고려거란전쟁

고려거란전쟁

고려의 영웅들 (상)

ⓒ 길승수 2023

초판 1쇄   2023년 11월 2일
초판 4쇄   2024년 1월 12일

지은이   길승수

출판책임   박성규   펴낸이   이정원
편집주간   선우미정   펴낸곳   도서출판 들녘
기획이사   이지윤   등록일자   1987년 12월 12일
디자인진행   하민우   등록번호   10-156
편집   이동하·이수연·김혜민   주소   경기도 파주시 회동길 198
디자인   고유단   전화   031-955-7374 (대표)
마케팅   전병우   031-955-7381 (편집)
경영지원   김은주·나수정   팩스   031-955-7393
제작관리   구법모   이메일   dulnyouk@dulnyouk.co.kr
물류관리   엄철용
ISBN   979-11-5925-814-5 (04810)
        979-11-5925-813-8 (세트)

대하드라마
〈고려 거란 전쟁〉 원작소설

고려거란전쟁

고려의 영웅들

上

길승수 지음

들녘

책을 읽기 전에

고려사, 고려사절요, 요사(遼史)를 기본사료로 취했다.

등장인물들은 대부분 실존 인물이고 사건들 역시 역사적 사실을 바탕으로 하고 있다.

시대 배경

거란의 소손녕이 고려를 침공한다(993년). 이때 그 유명한 서희가 활약하고 이 사건을 거란의 1차 침공이라고 한다.

이 소설은 그로부터 17년 후, 1010년에 있었던 고려와 거란의 전쟁을 배경으로 하고 있다. 보통 거란의 2차 침공이라고 부른다.

고려에서 강조(康兆)가 목종(穆宗)을 폐위시키고 현종(顯宗)을 옹립하자, 거란은 그 빌미로 고려를 침공한다. 거란 황제의 친정이었으며 총 40만의 대군이었다.

고려 측 주요 인물

1. 양규: 서북면 도순검사(압록강 국경지역의 최고위직)로서 거란군을 방어하는 임무를 맡고 있었다.

2. 김숙흥: 구주(龜州: 평안북도 구성시) 별장(무반 정7품)으로 양규와 함께 거란군에 맞선다.

3. 조원: 통군녹사(統軍錄事, 문반 정7품)로서 중하급 관료이나 중책을 맡게 된다.

4. 강민첨: 늦은 나이에 과거에 급제했으며, 1010년 전쟁 당시 애수진장

(隘守鎭將, 문반7품)으로 중하급 관료였다.

5. 왕순: 고려의 왕. 강조의 정변으로 18세에 왕위에 오른다.

6. 강감찬: 눈에 띄지 않는 평범한 관료였으나 위기의 순간 빛을 발하기 시작한다.

7. 강조: 고려의 주력군을 이끌고 거란군과 건곤일척의 승부를 한다.

거란 측 주요 인물

1. 야율융서: 거란의 6대 황제. 고려에서 강조의 정변이 발생하자, 이를 구실로 침공한다.

2. 소배압: 거란 황제의 친정이지만, 거란군의 총지휘는 소배압이 했다.

3. 한덕양: 거란의 대승상. 황제인 야율융서와 부자(父子)와 같은 관계이다. 야율융서의 어머니인 승천황태후*와 한덕양은 공식적인 연인관계였다.

4. 야율분노: 세세히 따지는 성격으로 요직에 중용(重用)되지 못했다. 그러나 고려 정벌에 적극 참여하면서 선봉군을 이끈다.

5. 야율세량: 한덕양이 지명한 자신의 후계자.

* 승천황태후: 거란 경종(景宗, 거란의 5대 황제)의 황후로 야율융서(거란 성종)의 어머니. 승천황태후가 병약한 남편과 어린 아들을 대신해 982년부터 1009년까지 사실상 거란을 통치한다.

일러두기

1. 귀주대첩으로 익히 알려진 지명인 '귀주'는 '구주'로 표기한다.

2. 본문에 나오는 각종 시와 노래들은 원문 그대로인 것도 있고 창작한 것도 있으며, 어떤 시의 내용을 차용한 것도 있다. 예를 들어, 좌우위의 노래는 〈도이장가(悼二將歌)〉를 변형한 것이다.

3. 한 척은 약 30센티미터의 당대척이고 한 근은 약 600그램이다. 당시의 역법은 선명력(宣明曆)으로 선명력의 1분은 현대의 약 10초이다. 일각은 현대의 900초이다.

4. 관직명에서 약간의 의도한 오류가 있다. 예를 들어, 감찰하는 업무를 담당하는 어사대(御史臺)는 시기별로 명칭의 변화가 있으나 어사대(御史臺)로 통일했다.

5. 1010년 당시 고려의 군제도

1) 중앙군 6위(六衛)*

	6위 명칭	병종별 인원	총 인원
전투 부대	좌우위(左右衛)	보승(保勝) 10령**(領), 정용***(精勇) 3령(領).	1만 3천 명
	신호위(神虎衛)	보승(保勝) 5령(領), 정용(精勇) 2령(領).	7천 명
	흥위위(興威衛)	보승(保勝) 7령(領), 정용(精勇) 5령(領).	1만 2천 명
치안 유지	금오위(金吾衛)	정용(精勇) 6령(領), 역령(役領) 1령(領).	7천 명
의장대	천우위(千牛衛)	상령(常領) 1령(領), 해령(海領) 1령(領).	2천 명
수문 부대	감문위(監門衛)	1령(領).	1천 명

2) 주진군(州鎭軍)

국경의 주·진에 주둔하며 방어를 담당했다. 이 소설에서는 구주군 (龜州軍), 통주군(通州軍) 등이 등장한다.

3) 사역군(노동부대)

일품군(一品軍), 이품군(二品軍), 삼품군(三品軍).

---

* 각 위에는 최고 지휘관인 상장군(정3품) 1명과 대장군(종3품)이 1명 있었다.

** 1령(領)은 1천 명의 군사로 구성되어 있으며 장군(정4품)이 지휘한다.

*** 정용과 보승에 대해서는 여러 설이 있다. 이 소설에서는 정용은 기병으로, 보승은 보병으로 설정했다.

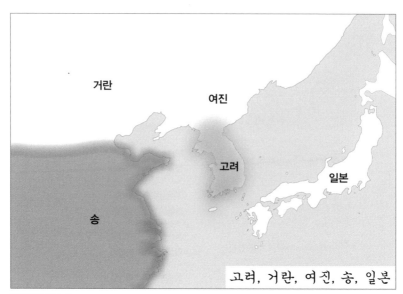

고려, 거란, 여진, 송, 일본

고려 지도

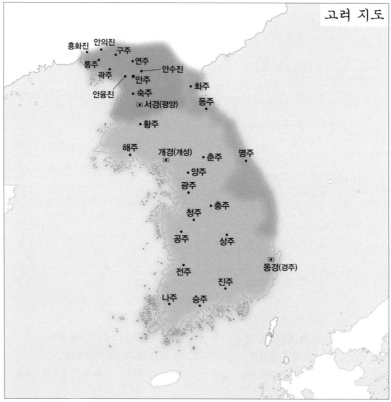

고려거란전쟁 - 고려의 영웅들 (상)

수성무기와 공성무기

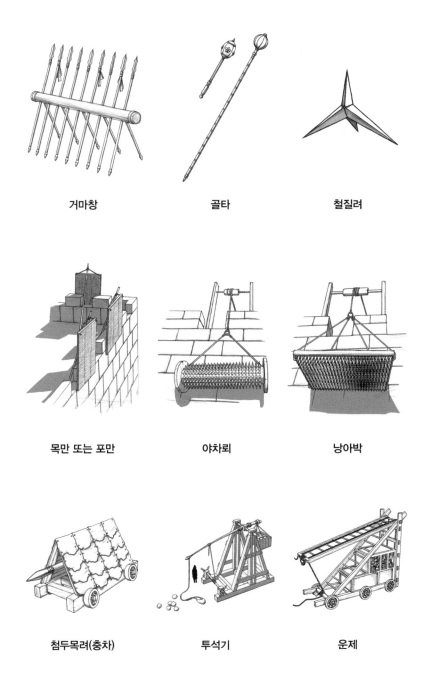

거마창   골타   철질려

목만 또는 포만   야차뢰   낭아박

첨두목려(충차)   투석기   운제

목차

프롤로그

10세기 초, 천 년간 찬란한 역사를 자랑했던 신라는 점차 국운이 쇠퇴하고, 결국 왕건(王建)이 세운 고려가 그 자리를 대신하게 된다(936년). 고려라는 국호에서 알 수 있듯이 왕건은 고구려 계승을 표방했다.

신라 북쪽에는 또 다른 고구려의 후신인 발해가 있었다. 발해 역시 이백 년간 존속하다가, 926년에 당시 신흥 세력이던 거란(契丹)에 의해 멸망당하고 만다.

왕건은 고구려의 영토를 계승하기를 원했으므로 북진정책을 추진했고 거란과는 적대하게 된다.

거란은 계속 세력을 키워, 만리장성을 넘어 '연운16주'라는 지금의 중국 북경을 포함하는 지역을 차지하고 제국으로 점차 성장한다.

고려와 거란 사이에는 지속적으로 전운이 감돌다가, 결국 993년 거란의 소손녕이 고려를 침공하게 된다. 이것을 거란의 1차 침공이라고 부른다.

고려는 선봉대가 거란군에 패하는 바람에 전투 초반 어려움을 겪었으나, 결국 서희의 활약으로 거란군을 막아내고, 협상을 통해 압록강 남쪽의 땅인 '강동6주'를 개척하게 된다.

서희는 거란의 재침에 대비해서 국경 지역에 '서북면'과 '동북면'이라는 특수군사행정구역을 설치한다.

그로부터 17년 후, 고려에서는 강조(康兆)가 당시 고려의 왕인 목종(穆宗)을 폐위시키고 현종(顯宗)을 옹립하는 일이 발생하고, 이것을 명분으로 거란 황제 야율융서는 40만 대군으로 다시 고려를 침공한다. 이 사건이 거란의 2차 침공이다. 이 이야기는 여기서부터 시작한다.

제1장 모루와 망치

I

드넓은 바다를 보다!

: 경술년(1010년) 십일월 십육일 진시(8시경)

　'선명(鮮明)'은 곡주(谷州: 황해북도 곡산군) 사람으로 나이는 스물둘이고,
고려 최정예군인 흥위위(興威衛) 소속 정용(精勇: 기병)이었다.

　선명의 아버지 역시 흥위위 정용이었는데, 십칠 년 전 거란군의 침입 때
(993년), 선봉군에 소속되어 봉산군(蓬山郡: 평안북도 구성시 부근)에서 싸우다
가 전사했다. 선명의 나이 다섯 살 때였다.

　선명은 나이 열여섯에 아버지에 이어 흥위위에 편제되었다가, 삼 년 후
에 흥위위 초군령*(抄軍領)의 정용으로 임명되었다. 정용으로 임명되는 것
은 실력과 연차가 모두 쌓여야 하는 것으로 쉽지 않은 일이었으나, 선명의
무예 실력이 출중하였기 때문에 아버지의 군적을 그대로 이어받게 되었
다. 또한 전사자의 후손을 예우하는 차원의 일이기도 했다.

　곡주는 서경(현재의 평양)에서 동쪽으로 삼백 리쯤 떨어진 곳에 있는데 산
맥 사이에 작은 분지가 형성되어 있는 지형이었다. 개경과 서경에서 아주
먼 지방이라고 말할 수는 없으나 산길이 구불구불하고 험해서 산중삼읍

---

*　흥위위는 정용(精勇) 다섯 개 령(領: 천 명 단위 부대)과 보승(保勝) 일곱 개 령(領)
　으로 이루어져 있었다. 각 령은 장군(將軍)이 지휘한다. 개개의 부대명칭은 명확한
　기록이 없으므로 단편적인 기록을 토대로 한 소설적 설정이다. 정용으로 구성된 령
　의 명칭은 초군(抄軍)령, 맹군(猛軍)령, 기군(奇軍)령, 좌군(左軍)령, 우군(右軍)
　령으로 설정하였고 보승으로 구성된 령의 명칭은 일(一)령, 이(二)령, 삼(三)령, 사
　(四)령, 오(五)령, 육(六)령, 칠(七)령으로 설정하였다.

(山中森邑)이라고 불리는 곳이었다.

선명이 처음 정용으로 임명되었던 해에는 마침 기동훈련이 있었다. 개경으로부터 서북쪽 변경으로 이어지는 길의 지리를 확실히 익히는 것이 훈련의 기본 목적이었다.

선명을 포함한 정용 다섯과 보인*(保人) 다섯이 말 열 필(匹)을 이끌고 곡주를 출발했다. 선명은 생전 처음으로 고향을 떠나서 개경으로 향하는 참이었다.

홍위위를 상징하는 흰색 전포를 입고 길을 나설 때의 설렘이란 이루 말할 수가 없었다. 이십여 년을 산으로 둘러싸인 작은 분지 안에서만 살다가 드디어 바깥세상을 구경하게 된 것이다. 떠나기 전, 선명은 며칠 동안 거의 잠을 이루지 못했다.

금교도(金郊道: 개경과 곡주를 잇는 도로의 명칭)를 따라 이동하자 중간중간에 역(驛)이 있었고 그곳에서 묵을 수 있었다. 며칠을 이동하여 개경 근처 금교역(金郊驛)에 거의 다다르니 말로만 듣던 그 유명한 송악산이 길 왼편으로 보였다. 선명이 보니 그냥 산이었다. 매일 산만 보면서 자란 선명에게는 그리 특별할 게 없었다.

잠시 후 길 동쪽에 송악산 남쪽 기슭을 따라 쌓아 올린 개경의 성곽이 보이기 시작했는데, 지세를 따라 우뚝 솟아 이어진 것이 마치 산허리에 용이 똬리를 튼 것처럼 웅장했다.

얼마 후, 삼거리에 다다르자 모두 말에서 내렸다. 선명도 얼떨떨하게 일행을 따랐다. 선명이 두리번거리자 바로 위의 선배인 척진수(拓珍秀)가 말했다.

---

*　보인(保人): 보인은 평시에는 정군(정용, 보승)에게 노역을 제공하는 등 경제적으로 뒷받침하였고, 전쟁 시에는 출정하는 정군을 따라다니며 수송과 사역을 도맡았다.

"오른쪽을 봐!"

선명이 척진수의 말대로 오른쪽을 보았으나 그저 작은 벌판과 산들만 보였다. 선명은 고개를 갸웃하다가 그제야 생각이 났다. 길에서는 보이지 않지만, 길 서쪽 편에는 태조를 모신 현릉(顯陵)이 있고 능 근처를 지날 때는 말에서 내려야 한다는 것을….

선명은 현릉을 직접 보지는 못했지만, 왠지 가슴이 두근거렸고 드디어 개경에 가까이 왔다는 것을 실감할 수 있었다. 삼거리에서 개경 쪽으로 향하는 동쪽 길로 접어든 후, 일행은 다시 말에 올랐다. 자그마한 언덕을 넘자 드디어 개경시가지가 눈에 들어왔다.

선명은 눈이 휘둥그레졌다. 왼편에는 황성(皇城)이 있었고 황성 앞에는 끝없이 펼쳐진 집들이 처마를 맞대고 장관을 이루고 있었다. 촌놈이 드디어 황도(皇都) 개경을 보게 된 것이다. 특히 길 오른편 시가지 중간에는 높은 목탑이 우뚝 서 있었다. 척진수가 선명에게 자랑하듯이 말했다.

"오른쪽에 탑 보이지. 저 탑이 바로 광통보제사(廣通普濟寺) 오층탑이야. 높이가 무려 이백 척이라구!"

이야기로는 들었지만 실제로 보니 멀리서도 뚜렷이 눈에 띄는 것이 규모가 대단했다. 가까이 갈수록 높이 솟은 것이 거의 동산만 했다. 결코 사람이 만든 것 같지 않았다.

개경은 역시 번화했다. 도심 어느 곳에 이르니, 사람들이 거리를 빼곡히 메운 것이, 마치 곡주 사람들이 연등회나 팔관회 같은 명절을 맞아 관아 앞 구정(毬庭: 격구장)에 전부 나와 있는 것과 같았다. 선명이 혼잣말을 했다.

"무슨 행사가 있는 것인가?"

선명의 혼잣말을 듣고, 옆에서 말을 타고 가던 척진수가 크게 웃으며 말했다.

"하! 하! 몰랐나? 개경에는 잔치가 많은데 오늘도 큰 잔치가 있는 날이라네!"

지금은 동짓달이다. 그러나 동짓날이 되려면 아직 십여 일이나 더 남았다. 선명이 고개를 갸우뚱거리며 생각해보니, 고향인 곡주에서 때아닌 행사는 대부분 사원을 새롭게 축성했거나 증축했을 때 치렀다. 고려의 서울인 개경에는 많은 사원이 있을 것이고 그 많은 사원은 증축과 개축이 빈번할 터였다. 선명이 알겠다는 듯이 고개를 끄덕이며 말했다.

"아! 사원이 증축이나 개축을 했나 보군요."

선명의 말에 척진수가 배꼽을 잡으며 웃었다. 다른 사람들도 역시 웃었다. 선명은 부아가 났으나 뭐라고 말해야 할지 몰랐다. 그저 얼굴만 벌게져 있는데, 얼굴빛이 햇볕에 그을린 듯 거무튀튀한 사십 대 초반의 사람이 선명에게 말했다. 항정*(行正) 이관(李寬)이었다.

"여기가 바로 개경의 '십자가(十字街)'야. 개경에 사람이 많으니 장(場: 시장)에도 사람이 많이 모이는 것이지."

이관의 말에 선명의 얼굴이 빨개졌다. 개경의 가장 큰 번화가인 '십자가'에 대해서는 여러 번 들어서 익히 알고 있었다.

선명은 실눈을 뜨고 척진수를 째려보았다. 스물일곱의 나이에도 아직 여드름 자국이 남아 있는 척진수는 싱글거리다가 선명이 쏘아보는 눈빛에 겸연쩍은 표정을 지으며 말했다.

"나도 처음에는 그랬어. 나는 광대패가 온 줄 알고 구경하려고 말에서 내려서 사람들한테 물어봤다니까!"

척진수의 말에 선명이 피식 웃으며 비로소 눈빛을 거두었다. 자신의 바로 위 선배인 척진수 역시 처음에는 지금의 자신처럼 창피를 당했을 것을 생각하니 마음이 누그러졌다. 이관이 선명에게 말했다.

"여기는 사거리인데, 좌측으로 돌아 이삼 리 정도를 가면 광화문(廣化門)이 나오고 광화문 바로 앞에 병부(兵部)가 있어. 병부 뒤에 흥위위 군영이

---

* 　항정: 자신을 포함한 군사 다섯 명을 지휘하는 계급.

있지. 우리는 거기서 신고한 후에 숙소를 배정받게 될 것이야."

십자가에서 왼쪽으로 방향을 트니, 희빈점(喜賓店)이라는 간판이 눈에 들어왔다. 다른 점포들은 간판을 내건 곳이 거의 없었는데, 여기는 이 층으로 규모도 큰 데다가 붉은색 무늬 있는 비단으로 화려하게 장식되어 있었다. 그리고 다른 점포들은 진열된 물건을 보고 무엇을 파는 가게인지 짐작할 수 있었는데, 이곳의 이상한 점은 진열된 물건이 아무것도 없다는 것이었다.

선명이 의아한 표정으로 보고 있자, 척진수가 묘한 표정으로 말했다.

"저기는 술집이야. 기녀가 있는…."

척진수의 말에 선명의 얼굴이 붉어졌다. 선명이 본 희빈점이란 곳은, 성종(成宗, 재위: 981년~997년) 때 상업의 활성화를 위해 관영으로 전국 주요 도시에 설치된 여섯 개의 주점(酒店)* 중 하나였다.

선명은 생애 첫 기동훈련에서 많은 것을 보았지만 가장 인상 깊었던 것은 청천강을 건너기 전에 본 드넓은 바다였다. 물로 가득 찬 넓고 넓은 바다를 보자 가슴이 크게 요동치며 떨렸다. 커다란 자연 앞에서 자신이 한없이 작게 느껴졌다.

"선명! 선명! 선명!"

누군가 자기 투구를 손바닥으로 마구 때리고 있었다. 선명이 정신을 차리고 보니 항정 이관이었다. 이관의 눈동자에는 핏발이 잔뜩 서 있었다.

"정신 바짝 차리게! 곧 적의 공격이 시작될 것이야!"

지금 선명이 있는 곳은, 압록강에서 남쪽으로 오십여 리 떨어진 쏙새산 자락에 자리 잡은 흥화진(興化鎭)의 성벽 위였다. 때는 경술년(庚戌年:

---

*   성례점(成禮店), 낙빈점(樂賓店), 연령점(延齡店), 영액점(靈液店), 옥장점(玉漿店), 희빈점(喜賓店).

1010년) 십일월 십육일 오전이었다.

    선명이 정용이 되어 바다를 처음 본 지 벌써 이 년이나 흘렀다. 그사이에 난이 일어나 고려의 임금이 민종*(愍宗)에서 대량원군(大良院君: 고려 현종)으로 바뀌었고 그것을 빌미로 거란주**(契丹主)가 직접 친정하여 고려를 침범해 들어온 것이다.

    처음에는 백만이 침입해 들어올 것이라는 둥, 팔십만은 될 것이라는 둥, 많은 소문이 있었다. 다행히 십칠 년 전(993년) 거란의 1차 침입 후, 고려는 거란에 대한 정보를 여러모로 모아서 거란에 대해서 꽤 자세히 분석해두고 있었다. 거란도 이 사실을 잘 알고 있었기 때문에, 소손녕(蕭遜寧)의 1차 침입 때와는 다르게 서신(書信)에 자신들의 병력 규모를 밝혔다고 한다.

    거란이 밝힌 병력 규모는 총 사십만이었다. 고려조정에서도 거란 황제의 친정이니 그 정도쯤은 되리라고 예상하였다. 일선 병사들에게까지 이런 정보를 알려주지는 않았지만 늘 새어 나가기 마련이다. 선명은 거란군의 규모가 사십만이라는 것을 알고 있었다.

    선명이 보고 있는 것은 넘실대는 사람의 바다였다. 선두에 선 거란군들은 주로 검은색 군복을 입고 있었기 때문에 마치 시커먼 먹물이 온 산하를 물들인 것처럼 보였다. 거란군들은 흥화진 동문 앞 들판을 완전히 메우고 있었고 얼마나 많은지 도무지 끝이 보이지 않을 지경이었다.

    "명령이 있을 때까지는 절대 발사하지 마라! 우리는 완벽히 준비되어 있다. 반드시 승리할 것이다!"

    선명이 보니 덩치가 산만 한 사람이 성벽으로 바쁘게 오가면서 침을 튀

---

*   민종은 1012년에 목종(穆宗)으로 묘호가 바뀐다. 이후 목종(穆宗)으로 표기한다.
**   거란주는 고려에서 거란의 황제를 낮추어 부르는 칭호.

기며 계속 소리치고 있었는데 낭장*(郎將) 원태(元泰)였다. 원태는 선명이 속한 흥위위 초군령 흑낭대**(黑郎隊)의 낭장이었다. 흥위위를 뜻하는 흰색 전포를 입은 원태의 모습은 마치 커다란 하얀 곰 같았다.

---

*   낭장(무반 정5품)은 200명의 군사를 지휘한다.

**   낭장이 이끈 부대의 명칭이 기록에 없어, 명칭을 낭대(郎隊)로 설정하였으며, 1령 (1000명) 안에는 청·백·적·흑·황낭대 5개의 낭대가 있다.

2

한기(韓杞)의 접근

: 경술년(1010년) 십일월 십육일 사시(10시경)

원태가 휘하 낭대원들을 격려하며 성벽 위를 돌아다니는데, 성 밖에서 열 기(騎) 정도의 거란 기병들이 성문 쪽으로 접근하고 있었다. 문루 위에서, 검은색 전포를 입고 약간 긴 얼굴에 마른 체형을 가진 사람이 심각하게 그것을 보고 있었는데, 홍화진부사(興化鎭副使) 이수화(李秀和)였다.

홍화진 도령중랑장*(都領中郎將) 견일(堅一)이 다부진 표정으로 이수화에게 물었다.

"어떻게 할까요?"

견일의 물음에 이수화가 뭐라고 대답하려는데 대장대**(大將臺)에서 도순검사***(都巡檢使)의 기(旗)가 움직이고 있었다. 잠시 후, 누군가 문루 위로 올라오면서 묵직한 목소리로 물었다.

"적들이 어디까지 왔는가?"

홍화진사(興化鎭使)·호부낭중(戶部郎中) 정성(鄭城)이었다. 정성은 입이 약간 돌출되고 입술이 두꺼웠는데 두꺼운 입술만큼이나 목소리가 묵직했다.

*   중랑장(中郎將, 정5품)은 장군(정4품)의 바로 아래 계급이다. 주와 진의 방어를 책임진 중랑장의 경우 앞에 '도령'이라는 칭호가 붙는다.
**   대장대는 장수(將帥)가 지휘하는 곳으로 성안에서 가장 전망이 좋은 곳에 설치되어 있다.
***   국경의 방어를 책임지는 총책임자로, '서북면 도순검사'와 '동북면 도순검사'가 있었다.

이수화가 답했다.

"백여 보 되는 거리까지 접근했습니다."

정성이 심각한 눈빛으로 밖을 보며, 같이 문루로 올라 온 사람에게 말했다.

"금세 공격하려는 것 같지는 않습니다."

"그렇군요."

얼굴이 검고 단단한 몸집의 사람이었는데, 바로 서북면도순검사(西北面都巡檢使)·형부낭중*(刑部郎中) 양규(楊規)였다. 양규는 전체적으로 다부진 형상이었으나 가까이서 보면 눈, 코, 입이 동글동글하여 사람 좋아 보이는 인상이었다. 그런데 정성과 이수화 등 다른 문관들이 모두 검은색 전포를 입은 반면에 양규는 자색(紫色) 전포를 입고 있었다. 문관들이 종군할 때는 검은색 전포를 입는 것이 상례였으나 양규는 도순검사라는 신분을 드러내고자 관복의 색과 같은 자색 전포를 입었다.

고려는 북쪽 국경지대를 두 지역으로 나누어, 서북쪽 지역에는 서북면(西北面), 동북쪽 지역에는 동북면(東北面)이라는 특수 군사 행정 구역을 설치하여 관리했다. 서북면도순검사라는 지위는 서북면 전체를 책임지는 위치였다.

거란의 침입이 임박하자, 양규는 원래 수자리(戍자리: 변경을 지키는 일)를 서는 흥위위 보승군 천여 명의 병력 외에 흥위위 초군 천 명가량의 추가 병력을 이끌고 흥화진에 들어와 있었다.

흥화진 안에는, 흥화진 주민으로 구성된 행군**(行軍) 천이백여 명이 있

---

* 형부낭중: 현대의 법무부에 해당하는 형부(刑部)의 정5품 관리.
** 행군(行軍): 주진군(州鎭軍) 중에 정예 병력의 명칭이다. 중앙군의 정용과 보승에 대응하는 병종.

었고 백정(白丁)이라고 불리는 사역군(使役軍)들 역시 천여 명이 되었다. 또한 흥위위 군사들을 따라온 보인들도 이천 명 정도가 되었으므로, 흥화진 안에서 무기를 들 수 있는 장정의 수는 총 육천여 명이었다.

열 기(騎)의 거란 기병들은 흰 기를 들고 다가오다가 얼어붙은 강을 건너 성벽에서 백 보 되는 곳에 멈춰서 깃발을 높이 흔들고 있었다. 이 거리부터 실제 공격거리이기 때문에 진입 허락을 구하는 행동이었다.

거란에서 오 년간 살다 와서 거란 사정을 잘 아는 이수화가 양규에게 말했다.

"진입 허락을 구하고 있습니다."

양규가 고개를 끄덕이며 말했다.

"진입을 허가하시오."

이수화가 거란 말로 고각군*(鼓角軍)의 소리꾼에게 말했다.

"허가한다."

소리꾼이 이수화의 거란 말을 듣고 그대로 따라서 우렁차게 외쳤다.

"허가한다! 허가한다! 허가한다!"

곧 거란의 기병들이 흥화진 동문 바로 앞까지 다가왔다. 그런데 다가오는 거란 기병들의 머리카락 색이 이상했다. 성벽 위의 고려군들은 매우 신기한 듯 그들을 바라보았다. 그들의 머리카락 색은 검은색이 아닌 노란 황금색이었던 것이다. 희한한 표정으로 그들을 바라보는 양규와 장수들에게 이수화가 말했다.

"저들은 황두실위(黃頭室韋)입니다. 실위**(室韋)족의 일종이라고 하는데

---

* 고각군은 북과 깃발 등을 관장하는 군사들.
** 실위: 만주 북쪽에 살던 민족으로, 이들 중 일부가 후에 칭기즈칸의 몽골 부족이 된다.

실제로는 어디서 왔는지 모른다고 합니다. 그런데 머리가 노랗고 눈동자가 파란 것이 색목인(色目人)의 일종이 아닌가 합니다."

거란의 기병들이 가까이 다가오자 양규가 이수화에게 말했다.

"최대한 예의를 차려서 응대하시오."

"예, 알겠습니다."

이수화가 유창한 거란어로 거란 기병들에게 말했다.

"가한(可汗)께서는 안녕하십니까?"

거란에서는 황제가 공식적인 칭호이나, 거란인들은 자신들끼리 대화할 때 자신들의 황제를 '가한'이라고 곧잘 칭했다. 이수화의 유창한 거란어에, 복두를 쓰고 갓옷을 입은 몸집이 비대한 사람 하나가 나섰다. 갓옷 안에 도포의 빛이 붉은색인 것으로 봐서 오품 이상의 관리인 듯했다.

"나는 대요(遼)나라의 합문인진사(閤門引進使) 한기(韓杞)요. 그대는 누구시오?"

"나는 흥화진부사 이수화요."

한기가 이수화를 알아보고 고개를 끄덕이며 말했다.

"아! 당신이군."

십칠 년 전 소손녕의 침입 후, 고려는 거란과 국교를 맺은 다음, 열 명의 동자(童子)를 거란으로 보냈었다. 거란어를 익히게 하기 위해서였는데 모두 역관(譯官, 통역을 담당하는 관직)의 자식들이었다.

그런데 보내고 나니 약간의 문제점이 있었다. 이들의 신분이 너무 낮았다. 단순 통역이라면 상관없지만 만일 거란의 국력이 더 커져서 거란어가 많이 쓰인다면 참상관*(參上官) 급 이상에서도 거란어를 할 줄 아는 사람이 필요할 것이었다. 역관의 자식들이 거란에 다녀와서 과거에 합격한다

* 참상관은 조회에 참여할 수 있는 종6품 이상의 관리.

면 상관없겠지만 과거 합격은 하늘의 별 따기였다. 그럴 가능성은 거의 없었다.

그래서 고려조정은 몇 개월 후에, 과거에 합격하지 못하더라도 음서*(蔭敍)로 관직에 진출할 수 있는 정도의 신분을 가진 자제들로 다시 열 명을 추려서 거란에 파견했었다. 그때 열두 살의 이수화가 있었다. 이수화는 거란에서 당시 지후낭군(祇侯郎君)의 관직에 있었던 진소곤(陳昭袞)의 집에 기거했다.

진소곤은 용맹과 활쏘기로 이름이 높았으며 언어에도 타고난 재능이 있었다. 그는 칠 개 국어를 말할 수 있었고, 몇 개의 국어는 들으면 이해할 수 있었다. 이수화 역시 언어에 뛰어난 자질을 가지고 있었기 때문에 이수화와 진소곤은 금세 의기투합했고 호형호제하는 사이가 되었다.

이수화는 거란에서 오 년간 머문 후 귀국했다. 귀국 후 비서성**(秘書省) 교감(校勘)에 임명되어 거란과 관련된 업무를 처리하였고, 승진해서 다른 직을 맡게 되어도 거란 사신단이 오게 되면 통역은 이수화의 기본적인 업무에 속했다. 또한 고려 사신단에 속해 거란에도 몇 번 갔다 왔으므로 거란 관리들을 많이 알고 있었다.

한기가 이수화에게 물었다.

"여기 책임자가 누구요?"

이수화가 양규를 가리키며 말했다.

"여기 계신 도순검사·형부낭중 양규 각하요."

한기가 약간 거들먹대며 양규를 보며 말했다.

---

*   음서: 고위 관료들의 자손을 과거에 의하지 않고 특별히 채용하는 제도.

**   비서성: 경적(經籍, 책)의 관리와 축문(祝文, 의례 때 짓는 글)에 대한 일을 맡은 관청

"우리 황제께서 강조의 죄를 묻기 위해 사십만의 의군천병(義軍天兵)을 이끌고 이곳에 오셨소. 강조 외에 나머지 사람들에게는 일절 죄를 묻지 않을 것이니 서둘러 성문을 열기를 바라오."

이수화가 한기의 말을 통역하며 양규를 바라보았다. 양규는 골똘히 생각에 잠겨 있었다. 양규가 아무 말이 없자 이수화가 물었다.

"뭐라고 답할까요?"

양규가 그제야 생각에서 깨어나서 답했다.

"'알겠다'라고 하시오."

문루에 있던 제장들은 모두 고개를 갸웃했다. '알겠다'라는 말의 뜻이 애매한 것이다. 이수화 역시 고개를 갸웃하며 머뭇거렸다. 이수화가 머뭇거리자, 양규가 이수화를 보았다. 양규의 눈빛을 받은 이수화가 정신을 차리고 한기에게 말했다.

"알겠소."

이수화의 말을 들은 한기가 크게 웃으며 말했다

"좋소이다. 우리 폐하께서 그대들에게 모두 상을 내릴 것이요. 나한테는 좋은 술과 안주가 있소. 지금 당장 그대들에게 대접하고 싶소이다."

사람은 자신이 보고 싶은 것만 본다고 했던가! 한기는 '알겠다'는 말을 항복하겠다는 뜻으로 받아들였다. 이수화가 한기의 말을 통역하자, 양규가 말했다.

"이 일은 중대한 일이어서 우리도 상의가 필요합니다."

한기가 위협하듯 말했다.

"시간이 없소. 보시다시피 곧 대군의 공격이 시작될 것이요. 일단 공격이 시작되면 누가 성안에서 살아나가겠소!"

양규가 이수화에게 말했다.

"저들을 돌려보내시오."

이수화가 한기에게 돌아가라고 하자, 한기가 다시 큰 소리로 말했다.

"시간이 정말 없소이다. 잘 생각하시오."

한기 등이 떠나자 양규가 제장들에게 말했다.

"적들이 급하게 공격할 것 같진 않은데…."

제장들 역시 양규의 의견에 동의했다. 얼마간의 논의가 있고 난 뒤, 양규가 제장들 중에 흰색 전복을 입은 장수에게 말했다.

흥위위 초군 장군 김승위(金承渭)였다. 김승위는 쉰다섯의 나이로 흥화진 안에서 군 계급이 가장 높았고 군사에 대한 모든 실무를 책임지고 있었다.

"흥위위 초군들을 조용한 곳에서 푹 쉴 수 있도록 하십시오. 그러나 출진 명령이 떨어지면 바로 출진할 수 있어야 합니다."

양규의 명령을 받은 김승위를 비롯한 제장들은 의아했다. 수십만의 적 병력이 흥화진을 동서남북으로 감싸고 있는데 출진 태세를 갖추고 있으라는 말이 무슨 뜻인가?

정성이 양규에게만 들리게 조그만 목소리로 물었다.

"어떤 비밀 명령이 있습니까?"

양규가 말없이 고개를 끄덕였다.

3
포진(布陣)하는 거란군

: **경술년**(1010년) **십일월 십육일 미시**(14시경)

홍화진은 삼교천이 동·서·남쪽을 감싸는 쪽새산에 자리 잡고 있었다. 그중 동쪽은 성벽 바로 밑을 흐르는 삼교천으로 자연 해자를 이루고 있었고, 서쪽과 남쪽은 야트막한 야산과 삼교천으로 된 이중 장애 지형으로 이루어져 있었다. 북쪽에는 하천이 흐르진 않지만 낮은 산들이 겹겹이 늘어서 있어 역시 접근하기 쉽지 않은 지형이었다.

그나마 성의 동문 밖의 삼교천을 건너기만 하면 꽤 넓은 평야가 펼쳐지기 때문에, 동문이 성의 주문(主門)이고 정면부라고 할 수 있었다. 홍화진을 공격하려면 반드시 여기에 주력군을 주둔시켜야 했다.

홍화진에서 삼교천을 건너 동쪽으로 이삼 리 정도 떨어진 곳에는, 칠팔 장 높이의 몇 개의 언덕으로 이루어진 지형이 있다. 언덕 주위에는 수많은 거란군이 주둔해 있었고 그중 한 언덕 위에 수십 명의 사람이 모여 있었다.

푸른 소가 멋들어지게 수놓아져 있는 붉은색 전포를 입은 장수가 감탄하며 말했다.

"성을 정말 절묘하게 쌓았군!"

바로 거란군의 총지휘관인 행군도통(行軍都統) 소배압(蕭排押)이었다. 소배압은 육 척이 조금 안 되는 키에 잘 빠진 몸매를 가지고 있었다. 이미 오십 대 중반을 넘긴 나이였으나, 골격과 근육들이 탄탄했고 기력이 팔팔하여 뒤에서 보면 삼십 대 초반쯤으로 느껴질 정도였다.

소배압의 옆에 있던 행군좌부도통(行軍左副都統) 유신행(劉愼行)이 말했다.

"고구려의 축성 기술이 뛰어났는데 고려도 만만치 않습니다."

유신행은 오십을 갓 넘긴 나이로 얼굴이 하얗고 몸가짐이 정갈한 것이 단아한 학자풍의 외모를 가지고 있었다.

행군우부도통(行軍右副都統) 야율화가(耶律化哥)가 흥화진 성안을 가리키며 말했다.

"지금 고려가 쌓은 성들은 고구려 때부터 존재하던 것들을 보수한 것이라고 합니다. 성문이 정말 절묘합니다. 성벽을 엇갈리게 해서 그사이에 성문을 만들어 놓으니 밖에서는 보이지도 않습니다."

야율화가는 눈꼬리가 위로 올라가고 풍채가 좋았으며 행동거지가 당당하며 자신감에 차 있었다.

행군도감(行軍都監) 야율팔가(耶律八哥)가 말했다.

"성문 안쪽에 내성(內城)도 있습니다. 성문을 돌파해도 지세가 가파른 데다가 다시 내성이 있으니 공격하기가 정말 까다로워 보입니다."

야율팔가는 마흔일곱 살이었고 책을 한 번 보면 바로 외울 정도로 고금에 보기 드문 천재였다. 그런데 평소 앉아서 책을 오래 보아서인지 거란인답지 않게 몸집이 뚱뚱했다.

소배압이 여유 있는 태도로 말했다.

"여러분은 어떻게 생각하십니까? 저 성이 쉽게 함락되겠습니까?"

소배압의 물음에 아무도 대답하지 않는데, 야율화가가 호기롭게 말했다.

"잘 쌓았기는 하나 겨우 손바닥만 한 성입니다. 우리의 기계들이 잘 준비되어 있고 대군이 일시에 들이치면 저 외로운 작은 성 하나가 어떻게 버티겠습니까!"

소배압이 뒤쪽의 비교적 젊은 사람들을 보며 말했다.

"그대들도 한마디씩 해보라."

소배압이 말을 시킨 사람들은 행군도통소에 배속된 참모들이었다.

동로통군사(東路統軍使) 소류(蕭柳), 해예랄군상온*(奚拽剌軍詳穩) 진소곤(陳昭袞), 동북상온(東北詳穩) 야율탁진(耶律鐸軫), 숭덕궁사(崇德宮使) 야율해리(耶律海里), 동경유수(東京留守) 야율알납(耶律斡臘) 등이었다. 이들은 소배압이 직접 고른 참모들로 여러 전투에서 뛰어난 공을 세운 바 있는 사람들이었다.

소류는 서른여섯의 나이로, 송나라와의 전쟁에서 많은 전공을 세웠으며 소배압의 조카였다. 서른다섯의 진소곤은 해예랄군을 이끌고 행군도통소를 경호했으며, 스물아홉 살의 젊은 장수인 야율탁진은 붉은 전포를 입고 송나라 군사들을 무수히 때려죽여서 '붉은 귀신'이라고 불리고 있었다. 마흔두 살의 야율해리는 숭덕궁**(崇德宮)을 책임지는 궁사(宮使)로 숭덕궁은 승하한 승천황태후***(承天皇太后)를 모시는 곳이었다. 이들 중, 동경유수 야율알납은 오십육 세로 젊다고 말할 수는 없었지만 과거 소손녕과 같이 고려 정벌에 참여했던 경험이 있었다.

---

* 해(奚)는 해족(奚族)을 말하며 거란과 언어가 통했다고 한다. 예랄(拽剌)은 용사(勇士)를 의미한다. 상온(詳穩)은 각 부(部)의 우두머리를 넓게 뜻하는 말이다. 해예랄군은 해족으로 이루어진 최정예병이다.
** 숭덕궁: 거란 태조 야율아보기는 자신의 친위 부대를 만들고 이 부대를 홍의궁(弘義宮)이라고 했다. 이것이 제도가 되어 황제마다 자신의 친위 부대를 만들었는데, 숭덕궁은 황제와 다름없었던 승천황태후가 만든 자신의 친위 부대였다. 이 부대들은 황제의 사망으로 해체되는 것이 아니라 다음 황제에게 소속되게 된다.
*** 승천황태후: 거란 경종(景宗, 거란의 5대 황제)의 황후로 야율융서(거란 성종)의 어머니. 승천황태후가 병약한 남편과 어린 아들을 대신해 982년부터 1009년까지 사실상 거란을 통치한다.

고려를 정벌하기로 한 뒤, 가장 큰 문제는 소국(小國) 고려와의 전투가 아니었다. 야전에서 고려와 전투를 벌인다면 반드시 이길 것이다. 문제는 소국 고려를 치기 위해서 지금까지 거란 역사상 가장 큰 대군을 동원한 것이었고 또한 황제의 친정이라는 점이었다.

고려를 침공하게 되면 제일 먼저 홍화진을 맞닥트리게 된다. 홍화진을 쉽게 함락시키면 더할 나위 없이 좋겠지만 그렇지 않다면 상황이 묘하게 된다.

황제의 친정이 아니라면, 적국의 성을 공격하다가 함락시키지 못하여 물러난다고 하더라도 크게 문제시될 것은 없었다. 성을 함락하기는 원래 어려운 일이었다. 이렇게 지형을 이용해서 잘 쌓아놓은 산성이라면 더욱 더 어려운 일이다. 성을 공격하다가 여의찮아 물러나는 경우는 매양 있는 일이었다.

그러나 황제의 친정이다. 당연히 황제는 황제의 위명(偉名)에 맞는 화려한 전과를 원하고 있다. 또한 주변국들이 모두 숨죽이며 지켜보고 있다. 여기서 성과를 내지 못하면 우스운 꼴이 된다. 대도(大刀)를 치켜들었다가 슬며시 다시 칼집에 꽂을 수는 없는 일이었다. 고려의 홍화진을 함락시키지 못해도 그냥 물러날 수가 없는 것이다. 반드시 일정한 성과가 있어야 한다. 그렇다면 홍화진에서 여의찮으면 홍화진을 우회하여 남하하는 전술을 쓸 수 있다. 그러나 이런 전술을 쓰기에도 애매한 부분이 있었다.

고려군은 거란군을 야전에서 상대하기보다는 성에 틀어박혀 농성하는 전술을 쓸 것이다. 홍화진을 함락시키지 못한 상태에서 염주 알처럼 늘어서 있는 고려의 성들을 공격한다고 해서 과연 몇 개나 함락시킬 수 있을 것인가? 설사 몇 개 정도를 함락시킨다고 해서, 그것이 황제의 위명에 맞고 황제가 원하는 수준의 전공이 될 것은 아니었다. 만일 그런 성들을 우회해서 계속 남하한다면 어디까지 남하할 것인가?

고려를 정벌하기로 결정이 나고 여러 가지 전술 논의가 있었다. 고려의 홍화진을 함락시켰을 경우에는 이견이 있을 리 없다. 그 이후에는 물 흐르듯이 흘러갈 것이고 그때그때 상황에 맞추어서 결정하면 된다. 그러나 홍화진을 함락시키지 못했을 때가 문제였다.

여러 가지 다양한 의견이 나왔는데 그중에 가장 과감한 작전이 '개경직공'이었다.

고려를 침공하면 고려군이 성에 틀어박혀 농성전을 하리라는 것은 불보듯 훤했다. 그런 성들을 하나하나 함락시켜 가며 전진한다는 것은 물리적으로나 시간상으로나 불가능한 일이었다. 그렇다면 태조 야율아보기(耶律阿保機)가 발해를 멸망시킬 때(926년)처럼 적국의 수도로 직공하는 작전을 생각해볼 수 있었다.

그러나 그 당시 발해의 사정과 지금의 고려와는 전혀 다르다. 당시 발해는 이미 정치가 혼란스러워 지방을 제대로 통제하지 못하고 있었다. 태조 야율아보기는 그런 사정을 알고 적진 깊숙이 들어가 발해의 수도 상경(上京)을 공격한 것이었다. 만일 발해가 지방을 잘 통제하고 있었다면 태조 야율아보기는 그런 작전을 시도하지는 않았을 것이다.

지금의 고려는 세워진 지 백여 년도 되지 않았고 지속적으로 중앙집권화를 강화해나가고 있는 발전하는 나라였다. 이런 나라를 상대로 깊숙이 들어가 상대의 수도로 직공하는 것은 위험부담이 너무 큰 작전이었다. 더구나 고려의 왕이 개경을 버리고 남쪽으로 도망쳐버려서 그를 잡지 못한다면 개경을 찍고 다시 회군하는 수밖에 없다. 적국의 수도를 점령했다는 의미는 있을지언정 얻는 것은 아무것도 없는 것이다.

가장 무난한 작전이 청천강 이북을 초토화하는 작전이었다. 고려군이 농성전에 들어갈 경우, 성 밖의 산과 들, 민가 등에 불을 질러 모두 초토화한다. 그리하여 청천강 이북을 생명체가 살 수 없는 곳으로 만들어버리는 것이다. 이 작전은 거란군이 주로 사용하는 것으로 가장 안전하고 무난했지만, 소규모 정벌을 하거나 본격적인 정벌 전에 사전 작업으로 하는 것으로, 황제의 위명에 맞는 모양새는 아니었다.

만일 시간이 충분하다면 전술에 훨씬 탄력을 부여할 수 있을 것이다. 그러나 원정에 주어진 시간은 길어야 석 달. 그 이상의 시간을 지체하면 축번기(畜繁期)와 농번기(農繁期)를 맞이하기 때문에 비용 부담이 기하급수적으로 증가할 것이다. 군사들이 목양(牧養)을 못 하고 농사를 짓지 못하는 것을 나라에서 보상해줘야 하기 때문이다.

그 비용을 감당한다고 쳐서 시간을 충분히 갖는다고 하더라도, 거란군에는 거란인만 있는 것이 아니다. 한인(漢人)을 비롯한 여러 종족이 있는데 그들 대부분은 오랜 원정에 익숙하지 않았다. 원정이 길어지면 길어질수록 군사들의 사기는 바닥에 떨어질 것이다.

또한 변방이 안정되었다지만 거란의 대군이 동쪽 끝 고려에 오래 머문다면 당연히 어느 쪽에서든지 문제가 일어날 것이다. 남쪽으로 송나라, 서쪽으로 서하(西夏), 서북쪽으로 조복(阻卜, 몽골을 비롯한 여러 부족), 동북쪽으로 발해 재건 세력, 슬금슬금 영역을 확장하는 여진 세력 등 어느 한 곳도 긴장의 끈을 놓을 수가 없는 것이다.

이것이 행군도통소의 상급 지휘관들의 가장 큰 고민이었다. 황제가 만족할 만한 전공을 세우고 주변국에 적당한 위엄을 떨치는 것, 이것을 석 달이라는 짧은 시간 동안 해내야 한다. 이것이 가장 큰 난제였다.

소배압은 선봉군을 흥화진에서 남쪽으로 이삼 리 정도 떨어진 지점에 포진시켰다. 선봉군은 흥화진 공격에서 배제하여 혹시라도 남쪽에서 올라오는 고려군을 견제하도록 한 것이다. 또한 필요하면 바로 선봉군을 남쪽으로 진격시킬 계획이었다.

흥화진 공격은 좌익군(左翼軍)과 우익군(右翼軍)이 맡고 중군(中軍)은 좌·

우익군의 뒤를 받치고 어영군(御營軍)은 황제를 모시고 무로대*(無老代)에 대기시켰다.

포진이 대강 끝나니 벌써 정오가 지난 미시(13~15시)가 되었다. 소배압은 병사들에게 소지하고 있는 건량(乾糧)으로 점심을 먹게 하고 일단 휴식을 취하게 했다.

소배압이 아군의 포진을 보니 장관이었다. 흥화진 동쪽 성벽 앞에, 포수군(砲手軍)이 백 대의 비포(飛砲: 투석기)들을 종류별로 세 겹으로 늘려 세웠고 장방패병들이 비포 하나하나를 둘러싸서 보호하고 있었다.

포수군 사이 사이에는 노수군(弩手軍)의 각종 노(弩)가 빼곡히 자리 잡아 비포들을 엄호했다.

포수군과 노수군 뒤로는 철갑을 입은 보병들이 각종 공성차와 운제를 비롯한 갖가지 공성 장비를 갖춘 채 대기하고 있었다.

오랫동안 군사를 지휘해 온 소배압도 처음 보는 대장관이었다. 이런 대장관을 보자, 어쩌면 흥화진을 쉽게 함락시킬 수 있을지도 모른다는 생각이 들었다.

---

* 무로대는 지금의 신의주 근처에 설치되었다고 추정되는 거란군의 전진기지.

4
거란군의 진군(進軍)

: 경술년(1010년) 십일월 십육일 신시(16시경)

거란군이 이처럼 대규모의 군사를 동원한 것은 송나라와 전쟁할 때뿐이었다. 그러나 그때는 이만한 대군으로 이렇게 조그만 산성 하나를 대놓고 포위하고 있을 수만은 없었다. 지원하러 오는 송나라 군대를 견제해야 했기 때문이다.

군대의 전투력은 거란이 더 강했으나 국력 자체는 송나라가 더 컸다. 거란군은 적은 수의 군사로 많은 수의 송나라 군사를 상대해야 했으므로 부족한 병력을 기동력으로 메워야 했다.

그렇기에 거란군이 송나라의 성을 공격할 때는 예상치 못한 시간에 나타나 급격히 공격하는 전술을 주로 썼다. 그게 통하지 않으면 바로 포기하고 물러났다. 오래 머물면 송나라 군대가 언제든지 배후를 칠 우려가 있었기 때문이다.

야율화가가 감탄하며 말했다.

"정말 장관입니다!"

유신행이 말했다.

"장관이긴 한데 기분이 좀 묘합니다."

유신행의 말에 소배압이 약간 쓴웃음을 지었다. 전쟁이라면 긴장감이 있어야 하는데 거의 없었다. 마치 힘센 어른이 힘없는 어린아이를 때리는 것과 같았다. 소배압은 생각했다. '참 묘한 전쟁이군!'

이기기 위해 전략과 전술을 짜는 전쟁이 아니었다. 이미 승리할 것이 기정사실화된 상태에서 전략과 전술을 짜는 전쟁이었다. 가서 그냥 때려주면 되는 것이다. 문제는 어떻게 모양새 있게 때려주느냐 하는 것이었다. 이 진세는 호부사(戶部事) 왕계충(王繼忠)의 작품이었다.

왕계충은 원래 송나라 사람이었다. '전연의 맹(1004년)'* 일 년 전, 송나라 군대의 일원으로 정주(定州)에 주둔하고 있었다. 그런데 휘하 부하 몇을 데리고 정찰 나왔다가 거란군에게 사로잡히고 말았다. 승천황태후(承天皇太后)는 왕계충이 능력 있다고 판단하여 우대하며 등용했다.

거란 황제 야율융서(耶律隆緒)는 올해(1010년) 오월에 고려를 정벌하기로 한 후, 공성전에 조예가 깊은 왕계충에게 흥화진의 지도를 주고 물자와 병력을 아끼지 말고 포진 계획을 짜게 했다. 압록강을 건넌 뒤 처음 맞는 전투여서 중요하다는 점도 있지만, 한편으로 고려인들에게 압도적인 위용을 보여줄 기회이기도 했다. 너희 따위는 아예 대항할 생각도 하지 말라는….

얼마 후, 도통소로 흥화진의 서·남·북쪽을 담당하는 부대로부터 전령들이 왔다. 강을 건너고 산을 넘어 흥화진을 공격할 준비가 되었다는 것이었다. 서·남·북쪽은 기계를 거의 쓸 수 없으므로 병력이 방패를 들고 산을 올라 돌진하는 수밖에 없었다. 하여간 이제 모든 준비가 끝난 것이다.

잠시 후, 일단의 사람들이 언덕 위로 올라오고 있었다. 아무 기치를 세우지 않아 멀리서는 어디 소속인지 알 수가 없었다. 그 모습을 본 소배압이 뒤를 보며 해예랄상온 진소곤에게 말했다.

---

* **전연의 맹**: 1004년 거란의 승천황태후가 송나라를 침공하여 맺은 맹약. 평화의 대가로 송나라는 거란에 매년 비단 20만 필, 은 10만 냥을 주기로 했다.

"황제 폐하의 기를 세울 것인즉, 방패병으로 물 샐 틈 없이 단단히 수비하도록 하라!"

진소곤이 긴장한 목소리로 말했다.

"예! 철저히 방비하겠습니다."

자흑색 빛이 은은하게 감도는 갓옷을 입고 앞서 올라오는 사람에게 소배압이 더할 나위 없이 깊이 몸을 숙이며 말했다.

"폐하! 모든 준비가 끝났사옵니다."

바로 거란의 황제 야율융서였다. 황제 야율융서가 대승상(大丞相) 한덕양(韓德讓) 등 신료들을 거느리고 도착한 것이었다.

소배압을 비롯한 여타 지휘관들의 생각은, 모든 준비가 갖춰진 후에 안전한 무로대(無老代)에서 황제가 공격 명령을 내리면, 그 명령을 받아서 도통소가 차려진 이 언덕에서 소배압이 상황을 봐가며 전군에 공격 명령을 내리는 것이었다. 그런데 야율융서는 군이 본인이 직접 보며 공격 명령을 내리겠다고 했다.

무로대에서 도통소의 언덕까지 이동하려면 삼십 리 이상의 길을 이동해야 한다. 무로대 근처만 평탄한 지형이고 나머지는 낮은 산과 산맥들이 연이어 있는 나름의 산악 지형이었다. 이곳에 수십만의 거란군이 바글거렸지만 주변을 완벽히 통제하고 있는 것은 아니었다. 산 어디엔가 고려군들이 매복하고 있을 가능성이 있었다.

소배압 등 모든 신하가 반대의견을 냈다. 그러나 야율융서가 뜻을 꺾지 않자 북원낭군(北院郎君) 야율세량(耶律世良)이 타협책을 내놨다. 황제의 기치를 세우지 않고 도통소의 언덕까지 이동한다는 것이었다. 많은 신하가 이 의견에 찬성했으나 야율융서는 당당하지 못하다며 그것도 탐탁하지 않게 생각했다.

소배압이 야율융서에게 말했다.

"폐하! 고려는 활로 유명한 나라입니다. 특히 그들은 과거로부터 천 보(步)를 나가는 노(弩)를 보유하고 있다고 합니다. 무로대에서 도통소까지 오시려면 그들의 천보노뿐만 아니라 다양한 공격 무기의 사거리에 들게 될 수도 있습니다. 폐하께서 굳이 이동하시겠다면 기치를 세우지 않는 것이 좋습니다!"

야율융서가 심드렁한 표정으로 소배압을 빤히 보며 말했다.

"도통은 어떻게 이동할 것이요?"

야율융서의 말은, '나보고 기치를 세우지 말라고 하면 너도 세우지 않고 다닐 것이냐?'라는 것이었다. 총지휘관인 도통이 적을 무서워하여 기치를 내리고 다닌다는 것은 도무지 말이 되지 않는 일이었다.

"흐읍-."

야율융서의 말뜻을 알아챈 소배압은 숨을 들이쉬며 잠깐 뜸을 들였다.

이윽고 소배압이 말했다.

"저는 도통의 기치를 당당히 높이 세우고 이동할 것입니다."

야율융서의 표정이 샐쭉해지며 언성을 높여 말했다.

"도통은 당당한 남아라서 기치를 높이 세우고 다니고, 나는 쥐새끼처럼 숨어다니라는 말인가?"

야율융서가 언성을 높이자, 막사 안의 분위기가 순식간에 싸늘해졌다. 모든 신하가 야율융서의 눈치를 보면서 눈빛과 표정으로 소배압을 탓했다. 소배압을 보는 신하들의 표정은 이렇게 말하고 있었다. '쓸데없는 말을 해서 황제의 비위를 거스르다니….'

소배압은 소(蕭) 씨족 가운데 가장 지체가 높은 황후의 가문 일원이었고, 전 황제의 딸이고 현 황제의 누이인 위국공주(衛國公主)의 남편이었으며, 여러 전투에 전공을 세워 지금은 거란의 군대를 통괄하는 지위에 있었다. 이런 소배압의 높은 신분을 참작하더라도 소배압의 말은 확실히 실수였다.

대승상 한덕양은 한마디 해서 야율융서의 노여움을 풀어주고 싶었으나 소배압은 무(武)로 쌓은 명성 못지않게 정치에도 고수였다. 한덕양은 소배압이 쓸데없는 소리를 하지는 않았을 것으로 생각했다. 또한 소배압의 표정이 태연한 것으로 보아 뭔가 복안이 있어 보였다. 한덕양은 가만히 사태를 지켜보았다.

소배압이 야율융서의 호통에도 표정 하나 변하지 않은 채로 말했다.

"이 배압은 소신(小臣)이옵니다. 소신 소배압을 대체할 훌륭한 장수는 여러 명 있습니다. 제가 죽으면 다른 훌륭한 장수들이 저를 대신해서 폐하를 위해 싸울 것입니다. 이 한목숨 따위야 대요나라의 위명에 비하면 아무것도 아닙니다. 제가 위험하다고 해서 어찌 기치를 세우지 않고 다닐 수 있겠습니까? 그러나 폐하께서는 대체 불가능한 요나라 자체이십니다. 폐하께서 위험하신 것은 나라가 위태로운 것과 같습니다. 어찌 저따위 소신에 비교하시겠습니까!"

소배압의 말에 대승상 한덕양이 흡족한 미소를 지으며 야율융서에게 말했다.

"도통의 말이 이치에 맞고 지당합니다. 소신들과 폐하는 다르옵니다."

야율융서의 표정이 살짝 풀렸다. 야율융서의 표정이 풀리자, 이때다 싶어 신하들이 소배압의 말에 편승한 갖가지 아첨의 말을 쏟아냈다.

"나라를 위태롭게 하는 것은 천부당만부당하옵니다. 폐하께서는 몸을 소중히 하셔야 합니다."

"하늘은 쉽게 움직이는 법이 아닙니다."

"하찮은 전투 따위는 장수들에게 맡기시옵소서."

야율융서가 짐짓 노한 표정으로 말했다.

"황제가 황제의 기치를 세우지 않는다면 군사들의 사기가 어떻게 되겠소?"

다시 여러 신하가 간하자, 야율융서는 그제야 마지못한 듯이 말했다.

"좋습니다. 여러 대신의 의견에 따르기로 하지요. 그러나 도통소에 도착하면 반드시 황제의 기를 세워야 합니다."

야율융서가 도착하자 높이가 삼 장(丈)이나 되는 황제의 기가 세워졌다. 짙은 황색 바탕에, 구름 위를 힘차게 뛰어노는 백마가 그려진 깃발이었다. 황제의 기가 오르자 군사들의 함성이 이어졌다.

"황제 폐하 만세! 황제 폐하 만세! 황제 폐하 만세!"

어느 정도 연출된 것도 있었지만 확실히 야율융서의 등장은 군사들의 사기를 올라가게 해주었다. 군사들의 함성을 들으며 야율융서가 미소 띤 얼굴로 소배압과 여러 신하를 보며 말했다.

"모두 수고했소. 정말 장관이구려. 일찍이 본 적 없는 대단한 진세요."

대승상 한덕양 역시 감탄한 표정으로 말했다.

"신도 칠십 평생 이런 진세는 처음 봅니다. 호부사가 아주 잘 해냈습니다."

야율융서가 소배압의 뒤편에 있는 왕계충을 보며 말했다.

"호부사! 준비를 철저히 했군요. 짐은 아주 감탄했소이다."

야율융서는 진정 감탄으로 상기된 얼굴빛이었다. 왕계충이 머리를 깊이 숙이며 말했다.

"황은이 망극하옵니다. 모두 폐하께서 지도해주신 덕분입니다."

야율융서는 황위에 오른 지 벌써 삼십 년 가까이 되어 이제 불혹에 이른 터였다. 그러나 이제껏 자신의 의지대로 큰일을 처리한 적이 없었다. 늘 어머니 승천황태후가 처리하거나, 황제 스스로 처리하고 싶어도 어머니 황태후의 허락을 받아야 했다.

황태후가 승하(昇遐)한 후, 처음으로 맞는 큰일이었다. 야율융서는 어머니 승천황태후를 진정 사랑했으나 또한 넘을 수 없는 벽이었다. 그 벽이 없어지고 처음으로 맞는 결정의 순간이었다.

야율융서는 심호흡을 하고 지휘봉을 높이 들었다.

"뿌웅~~~~~~~~."

황제의 기가 높이 오르고 뿔나팔 소리가 길게 일었다. 야율융서는 사방을 보았다. 모든 군사가 자신을 보고 있었다. 마음속에서 뿌듯한 호기가 샘처럼 솟아 올라왔다. 이제야 진정한 황제가 된 것처럼 느껴졌다.

야율융서가 지휘봉을 앞으로 누이자 황제의 깃발도 앞으로 누우며 기고군*(旗鼓軍)들이 북을 쳐댔다.

"둥, 둥, 둥, 둥, 둥…."

진군의 신호였다. 북이 울리자, 드디어 거란군은 흥화진을 향해 총진격을 시작했다.

---

*   기고군은 깃발과 북 등을 담당하는 군사들.

5
흥위위군의 노래
: 경술년(1010년) 십일월 십육일 신시(16시경)

높은 산을 넘고 넓은 강을 건너
나라를 구하기 위해
우리 흥위위가 간다!

우리는 여든 명의 용사들
한 번의 돌격으로
적의 대군을 물리쳤다
우리 흥위위가 간다!

비바람이 치고 거센 폭풍이 불지라도
백만대군의 적이 우리 앞을 가로막을지라도
나라를 구하기 위해
우리가 가야만 한다면
우리 흥위위가 반드시 간다!

거란군의 포진이 거의 끝나가자, 양규는 고각군(鼓角軍)들이 여러 곡의 고취악을 연주하게 했다. 그중에 〈흥위위가 간다〉라는 곡이 있었다. 〈흥위위가 간다〉가 울려 퍼지자 흥화진 안의 흥위위 군사들은 계급과 상관없이 모두 노래를 따라 불렀다.

이 노래는 흥위위의 군가로, 유금필*(庾黔弼)이 팔십 기(騎)의 기병으로 후백제 신검(神劍)의 수천 군사를 이긴 전투를 간략히 묘사한 노래였다. 그때(933년, 신검의 경주 침공 때) 유금필은 겨우 팔십 기의 기병으로 수천의 후백제군에게 돌격하며 이렇게 외쳤었다.

"정남대장군(征南大將軍) 유금필이 간다!"

이때의 기병 팔십 기가 흥위위의 직접적인 전신(前身)이 되었다. 유금필은 대단한 장수였다. 유금필과 그의 군사들은 싸우는 전투마다 항상 승리하였고 상대가 후백제이건 북방 민족이건 가리지 않았다. 그리고 결국에는 천장(天將) 유금필로 불리게 되었고 유금필은 흥위위가 모시는 군신(軍神)이었다.

그러나 무적을 자랑하던 흥위위는 유금필 사후에 두 번의 전투에서 패배하게 되는데, 첫 번째 패배는 성종 3년(984년)에 압록강 기슭에 성을 쌓을 때였다. 형관어사(刑官御事) 이겸의(李謙宜)의 지휘하에 흥위위 기군**(奇軍) 천 명과 일품군 이천 명이 투입되었는데, 여진족의 갑작스러운 습격에 이겸의와 일품군들 대다수가 포로로 잡히고 말았다. 흥위위 기군들은 중랑장 안소광(安紹光)을 중심으로 방어진을 짜는 데 성공하여 겨우 전력을 보존할 수 있었다. 흥위위 기군들의 병력 손실은 얼마 되지 않았으나 목표를 이루지 못했으니 패한 전투라고 볼 수 있었다. 그래도 두 번째보다는 훨씬 나았다.

두 번째 패배는 고려 성종 12년(993년), 거란 소손녕의 침입 때였다. 이때 흥위위 정용은 거의 궤멸적인 타격을 입었다. 급사중(給事中) 윤서안(尹

* 유금필(?~941): 태조 왕건 휘하의 장수로 불패의 명장이었다.
** 기군(奇軍)이라는 명칭은 고려사에 있다. 이 소설에서는 장군이 지휘하는 1천 명의 정용으로 이루어진 부대로 설정했다.

庶顔)이 이끄는 홍위위 정용의 다섯 개 령은 선봉대의 임무를 맡아서 나아가다가, 봉산군(蓬山郡: 현재의 평안북도 구성시 부근)에서 거란군과 전투를 벌여 절반은 전사하고 절반은 거란군에 포로로 잡히고 말았다.

거란과 국교를 맺은 후에, 거란에 속전(贖錢)을 지불하고 포로로 잡혔던 홍위위 군사들은 대부분 고려로 돌아오게 되나, 불패의 홍위위 군의 명성은 큰 타격을 입게 되었다.

이번에 거란이 다시 침입하자, 홍위위 중에 어떤 이는 십칠 년 전의 치욕을 갚을 기회라고 생각했으나 치욕을 갚기에는 거란군은 너무 많았다.

조용하던 홍화진 안에서 노래가 쩌렁쩌렁 울려 퍼지자, 진격하던 거란군들은 홍화진을 예의주시하며 조심히 움직였다. 고려군의 노래가 끝나면 이제 어떤 방식으로든지 고려군의 공격이 시작될 것이었다.

고려군의 쩌렁쩌렁한 노랫소리를 들은 야율융서가 큰 목소리로 명했다.

"우리 기고군은 무엇을 하는가! 어서, 우리도 고취악을 연주하도록 하라!"

야율융서의 명령에, 진격의 신호를 뜻하는 북을 치고 있던 기고군들은 곧 고취악으로 바꾸었다. 소배압은 살짝 당황했다. 전투 중 신호를 무분별하게 바꾸는 것은 패전의 지름길이었다. 소배압은 야율융서의 안색을 살폈다.

이제 마흔이 된 황제는 볼에 점점 나잇살이 두둑이 오르고 있었다. 원래 입술이 얼굴에 비해 작은 편이어서 부드러운 인상이었는데, 이제는 볼살이 많이 올라서 입술은 더욱 작아 보였고 인상은 더욱 부드러워졌다. 지금의 황제는 이전의 거란의 황제들과 다르게 유학을 사랑하여 인의를 강조하며 그것을 스스로 실천하려고 애썼다. 어쩌면 그런 성향이 나이가 들수록 얼굴에 더 잘 드러나는지도 몰랐다.

황제는 황제로서 체통을 지키려고 했지만, 기분이 들떠 흥분한 기색이 역력했다. 지금 간언하는 것은, 먹이를 먹으며 흥분해 있는 맹수에게 발톱에 박힌 가시를 뽑아주겠다고 덤비는 것과 같았다. 옳은 일이지만 때가 좋지 않았다. 소배압은 지금 전황이 급박한 상황도 아니니 황제의 흥을 깨는 것보다 나중에 조용할 때 간언하기로 마음먹었다. 그런데 그때 누군가 야율융서를 불렀다.

"폐하!"

소배압이 보니 남루한 외투를 입은 남원임아*(南院林牙) 장검(張儉)이었다.

야율융서가 장검을 보고 말했다.

"말하라."

"폐하께서는 중요한 것만 결정하시옵고 이런 작은 전투는 제장들에게 맡기시옵소서!"

장검의 말에 야율융서의 얼굴이 크게 찌푸려졌다. 황제의 흥에 찬물을 끼얹는 말이었다. 야율융서의 안색이 변하자, 주위의 신하들도 긴장했다.

야율융서의 안색이 좋지 않게 변했지만 장검은 다시 입을 열었다.

"신호가 바뀌면 병사들이 혼동할 수 있습니다."

장검은 황제가 무엇을 잘못했는지 깨닫지 못하는 것 같아 직접적으로 황제의 잘못을 지적한 것이다.

장검의 말에 소배압은 놀랐고 장검을 보며 생각했다.

'역시 장검이다!'

이런 분위기에서 공개적으로 야율융서의 잘못을 지적할 수 있는 사람은 한덕양과 야율실로(耶律室魯) 등도 있었지만 그들은 황제와 특별한 관계에 있었다. 장검은 등용된 지 얼마 되지 않은 한족(漢族) 관리였다.

* 임아는 문서 작성의 일을 하는 관직.

장검이 대놓고 자신의 잘못을 지적하자, 야율융서는 눈살을 크게 찌푸리며 장검을 노려보았다. 야율융서가 장검을 노려보자 신하들은 좌불안석이 되었다. 그러나 당사자인 장검의 표정은 매우 태연했다. 잠시 후, 야율융서가 표정을 풀고 피식 웃으며 말했다.

"그대는 여간하군. 이래서 짐이 그대를 총애하는 것이다."

사십 대 후반의 장검은 한족 출신으로 운주(雲州)의 막관(幕官: 하급지방관리)이었는데 운주절도사가 장검의 재주를 알아보고 야율융서에게 선물로 바친 사람이었다.

"폐하, 제가 다스리는 이 지방에는 보배로운 물건들이 별로 없습니다. 그러나 이곳에는 천하의 보물이 하나 있는데 바로 이 사람입니다. 이 사람을 폐하께 바치는 바입니다."

장검의 의복은 버려진 실로 짠 것이었다. 그는 식사할 때도 반찬을 두 가지 이상 먹지 않았다. 또한 주색잡기(酒色雜技)를 일절 하지 않았으며 온 힘을 오직 나랏일에 쏟았다.

야율융서가 웃으며 말했다.

"나도 알고 있다. 위급상황이 아닌 데다가, 적들의 노랫소리에 우리 군사들의 사기가 내려갈까 봐 고취악을 연주시킨 것이다."

장검이 머리를 조아리며 말했다.

"폐하께서 크게 헤아리신 바를 소신이 따라가지 못했나이다."

"도통은 왜 나에게 잘못을 깨우쳐주지 않았소?"

야율융서가 안색을 엄하게 하고 다짜고짜 소배압에게 힐문했다. 갑작스러운 야율융서의 힐문에 소배압이 당황하여 말문이 막혔다. 순간 적당한 대답이 생각나지 않았다. 알고 있었는데 말하지 않았다고 할 수도 없었고, 몰랐다고 할 수도 없었다. 진퇴양난이었다.

그러나 소배압은 오십 줄이 넘은 노련한 관료였다. 당금의 황제는 이전 황제들과는 다르게 성정이 온화한 황제였다. 말꼬투리 하나로 신하들을 심하게 다그치는 사람이 아니었다. 소배압은 일단 무난하게 답했다.

"소신이 실수했나이다. 전진하는 중이라 고취악으로 바꾼다고 해도 큰 무리가 없을 것으로 생각했습니다."

"세상 모든 일이 중요하나, 군사 문제는 수많은 사람의 목숨이 걸려 있소. 작은 순간의 실수 하나가 큰일을 그르칠 수 있으니 언제나 조심해야 할 것이오. 앞으로 군사 문제에서 내가 잘못된 판단을 내렸다고 생각되면 바로 알려주시오. 짐은 대업을 그르치고 싶지 않구려."

야율융서가 시원하게 자기 잘못을 인정했다. 신하들이 긴장한 기색을 풀며 치사(致辭)의 말을 쏟아냈다.

"성군이십니다!"

"폐하의 너그러움은 고금에 찾아볼 수가 없을 것입니다!"

"태조의 재림을 보는 것 같습니다!"

치사의 말이 쏟아지는 와중에 누군가 말했다.

"고취악을 울리게 하신 폐하의 견해는 탁월한 것입니다. 그냥 북만 치고 있었으면 저들에게 지고 들어가는 것이옵니다. 고취악을 들으면 군사들이 당연히 전진하지 누가 후진하겠습니까? 폐하의 잘못이 아니라 폐하께서 잘하신 것이옵니다."

키가 크지는 않지만 풍채가 좋은 북원추밀부사(北院樞密副使) 소합탁(蕭合卓)이었다.

이제 오십을 갓 넘긴 소합탁은 글을 잘 짓고 재주가 뛰어났다. 그러나 재주에 비해 도량이 좁았는데 지각 있는 대신들은 소합탁의 그런 점을 탐탁하지 않게 여겼다. 그렇지만 야율융서는 소합탁을 중용했다. 소합탁은 사람의 비위를 잘 맞추었기 때문이다. 특히 야율융서의 비위를 맞추는 일이라면 간이고 쓸개고 뺄 기세였는데 사람들은 그를 '신(神)'이라고 불렀다. '아부의 신'이었다.

소합탁의 말을 들은 야율융서가 빙그레 웃었다.

6

교두보(橋頭堡)

: 경술년(1010년) 십일월 십육일 신시(16시경)

거란군이 사방에서 흥화진을 향해 접근하고 있었다. 그러나 일단 서쪽과 남쪽, 북쪽은 급박하지 않을 것이다. 방패 하나 들고 달려드는 거란군을 물리칠 정도의 무기들은 이미 충분히 비축해두었다.

문제는 동쪽이었다. 포차를 비롯한 각종 기계로 무장한 거란군들이 새까맣게 몰려오고 있었다. 양규가 대장대에서 보니 거란군의 포차는 대·중·소로 세 종류였다.

거란군의 의도는 명확했다. 멀리서 대형 포차로 지원사격을 하면, 그 틈에 중형 포차가 접근하여 사격하고, 마지막으로 소형 포차가 대형 포차와 중형 포차의 엄호를 받아 성에 최대한 가까이 접근하여 사격하려는 계획일 것이다. 계획대로만 된다면 완벽했다.

양규가 동문 밖을 뚫어지게 응시하며 제장들에게 말했다.

"저 큰 포차를 계속 밀고 오는 것 보니 아직 사거리가 아닌가 봅니다. 저 대형 포차가 강의 얼음 위로 올라서기 시작하면 바로 사격에 들어가도록 하지요."

정성이 묵직한 목소리로 답했다.

"다 준비되어 있습니다. 명령만 내리시면 됩니다."

올해(1010년) 여름경, 거란군이 장차 침입할 것이라는 사실을 인지한 고려조정은 형부낭중 양규를 서북면도순검사로 임명했다.

양규는 중화(中和: 평안남도 중화) 사람이었는데 전 내사사인(內史舍人) 양연(楊演)의 아들이었다.

양규의 아버지 양연은 광종 23년(972년)에 과거에 급제하여 성종 12년(993년)에는 내사사인이 되었다. 이 해에 거란의 소손녕이 침입하자, 양연은 급사중 윤서안과 더불어 선봉군을 이끌다가 전사했다.

이때 양규의 나이 스물넷이었다. 양규는 아버지가 전사한 후, 그간 보던 서책을 멀리하고 오직 무예와 병법만 익혔다.

양연이 비록 패했으나 목숨을 다한 공으로 성종 14년(994년)에 양규는 태상부(太常府) 녹사(錄事)로 임명되었다. 양규는 관직에 나간 뒤에도 무예와 병법만을 익혔고 군사통(軍事通)으로 명성을 얻었다.

양규는 과거(科擧) 출신이 아니라서 승진이 빠르거나 요직에 임명되기 쉽지 않았는데, 군사통이었던 관계로 강조의 정변(1009년) 이후 국방을 튼튼히 한다는 이유로 몇 단계를 뛰어넘는 승진을 했던 것이다.

흥화진사·호부낭중 정성은 경주 사람이었다. 정성은 고지식하지만 맡은 바 임무에 대해서는 치밀한 성격이었다. 양규는 흥화진사로 정성을 추천했다. 정성이 양규보다 다섯 살 많았으나 둘은 비슷한 시기에 관직 생활을 시작했고 위위시(衛尉寺)에서 같이 근무했었기 때문에 서로를 잘 알고 있었다.

정성은 특별한 재주를 지니고 있지는 않았으나 우직하게 맡은 바 일을 수행했다. 단순한 작업을 반복하고 또 반복해서 적어도 주어진 일에 실수하는 법은 없었다.

흥화진은 고려의 관문이었다. 고려조정에서는 뛰어난 장수가 흥화진사가 되어야 한다고 생각했으나 도순검사 양규의 생각은 약간 달랐다. 어차피 전쟁이 일어나면 자신이 흥화진에 들어갈 것이다. 흥화진사가 전투에 뛰어난 장수라면 좋겠지만 이 전쟁은 최악의 전쟁이다. 전투에 뛰어난 자가 충성심이 강하다는 보장은 없었다. 정성의 군사적 재능은 어떻지 모르나 고지식한 외골수였다. 어떠한 일이 있더라도 자신의 임무를 다할 것이다. 이것이 바로 양규가 정성을 흥화진 진사로 추천한 이유였다. 양규의 강력한 주장에 흥화진사는 정성으로 결정되었다.

거란군의 대형 포차가 이윽고 삼교천의 얼음 위로 올라서기 시작했다. 양규가 흥위위 초군 장군 김승위에게 말했다.

"저 거대한 것이 생각보다 사거리가 길지 않군요. 화공으로 공격합시다!"

양규의 말에 김승위가 고각군에게 짧게 명했다.

"동쪽 공격!"

김승위의 명에 종소리가 한 번, 뿔나팔이 한 번 짧게 울렸다.

"쨍앵~, 뚜웅~."

동쪽을 뜻하는 소리였다. 뿔나팔이 울리면서 대장대에서 동문을 뜻하는 푸른 깃발이 올라갔다. 푸른 깃발이 높게 솟구치더니 잠시 후 아래로 향했다. 공격하라는 신호였다.

대장대에서 공격신호가 울리자, 동문을 지키던 흥화진 도령중랑장* 견일(堅一)이 큰소리로 명했다.

"포차! 맹화유**(猛火油) 포탄!"

견일의 명에 "포차! 맹화유 포탄!"하고 동문의 고각군들이 연이어 외쳤다. 잠시 후, 흥화진 동쪽 성벽 위에 있던 열 대의 포차에서 항아리들을 날리기 시작했다. 고려군의 포차는 위에서 아래로 쏘는 것이라 성능이 같더

---

* 　도령(都領): 동·서북면 각 주(州)와 진(鎭)의 군사 최고 지휘자. 관직명 앞에 '도령'이 붙는다.
** 　맹화유는 '맹렬하게 타는 기름'으로 성분에 대해서는 여러 설이 있다.

라도 거란군의 비포보다 사거리가 길 수밖에 없었다.

　거란군과 거란군의 포차는 작동원리가 달랐는데, 고려군의 포차는 '추의 원리'를 이용하는 것이었고, 거란군의 포차는 '사람들이 직접 줄을 당기는 방식'이었다. 성능의 차이는 거의 없었지만 '추의 원리'를 이용하는 포차는 만드는 데 공력과 시간이 많이 들기 때문에 수성군(守城軍)들이 주로 사용했고, 공성군(攻城軍)들은 쉽게 만들 수 있는 '줄을 당기는 방식'의 포차를 주로 사용했다.

　거란군의 비포들이 정렬하는 순간, 홍화진에서 발사한 항아리들이 날아들었다. 그 항아리들은 떨어지는 순간 터지면서 주위를 온통 불바다로 만들었다.

　거란군의 포수군들은 어떻게든 비포차를 사용하여 공격해보려고 했지만 고려군의 포차에서 날아오는 포탄의 명중률이 높은 데다가 불까지 붙으니 속수무책이었다. 비포차는 불타올랐으며, 몸에 불이 붙은 군사들이 비명을 지르며 땅바닥을 구르고 있었다.

　"으아아악!"

　그러나 불은 좀처럼 꺼지지 않았다. 군사들은 벗어날 수 없는 화염의 지옥에서 절규하듯 고통스러워했다. 그러나 멀리서 보면 아주 이상한 몸짓으로 야단법석을 떠는 것만 같았다.

　그 모습을 보고 있던 소배압이 야율융서를 흘끗 보았다. 야율융서는 인상을 크게 찌푸린 채로 있었고 옆에 있는 한덕양은 아무런 표정 변화가 없었다. 소배압과 한덕양의 눈이 마주쳤다. 한덕양이 소배압을 향해 미미하게 고개를 끄덕였다.

　한덕양이 푸근한 미소를 지으며 야율융서에게 말했다.

　"폐하, 이곳에는 압록강의 푸른 물로 만든 향기로운 술이 있습니다. 하늘은 세세하지 않고 기다린다고 했습니다. 천천히 들고 계시면 전투는 제 장들이 알아서 할 것입니다."

야율융서가 머리를 무겁게 끄덕이며 말했다.

"예, 알겠습니다."

야율융서가 한덕양의 말을 듣고 뒤로 물러나자, 소배압은 그제야 여유가 생겼다. 거란의 비포차 제일선은 얼어붙은 강물 위에서 전혀 전진할 수 없었다. 비포차를 엄호하기 위해 배치된 노수군들이 흥화진을 향해 화살을 쏘아댔지만 아무 의미 없는 공격이었다.

소배압이 몸에 불이 붙어 절규하는 군사들을 보며 약간 우려 섞인 목소리로 혼잣말을 했다.

"고려에서 맹화유가 난다던데…."

야율화가가 소배압에게 말했다.

"차라리 낭군군(郎君軍)을 일찍 전진시키는 것이 어떻겠습니까?"

소배압이 고개를 끄덕였다. 곧 삼 열의 투석기 뒤에 배치되어 있던 철갑을 입은 삼천의 낭군군과 자원병들을 출진시켰다. 원래는 낭군군 등이 비포차의 엄호 아래 흥화진으로 접근할 계획이었으나 비포차의 엄호가 되지 않으니 그대로 돌진시킨 것이다.

투석기 같은 무기들은 매우 무거운 포탄을 멀리까지 보낼 수 있으나 가까운 거리는 공격할 수 없다. 접근할 때 고려군의 포차 등에 약간의 피해를 보겠으나, 성벽에 달라붙으면 고려의 포차는 무용지물이 된다. 상대방의 주먹을 피하기 위해서 주먹이 닿지 않는 거리로 물러날 수도 있으나 상대방의 가슴으로 파고들 수도 있는 것과 같았다.

철갑을 입은 낭군군 등은 전호거*(塡壕車)를 앞세우고 그 뒤로는 첨두목

---

*   전호거는 앞에 커다란 방패를 단 수레.

려*(尖頭木驢) 등을 밀면서 돌격했다. 함성을 지르며 돌진하는 삼천의 철갑군의 기세는 대단했다. 앞에 있는 모든 장애물을 처리할 수 있을 듯했다.

더구나 낭군군이 전쟁에 임하는 태도는 다른 사람들과 사뭇 달랐다. 낭군군은 죄를 지은 귀족 집안의 자제들과 그들의 수하들로 이루어진 군대였기 때문이다.

귀족 세관**(世官)으로 죄를 지으면, 그 가속들은 모든 재산을 몰수당하고 와리***(瓦里)에 적몰(籍沒)되어 황실에 복역하게 된다. 황실에 필요한 다양한 노역을 수행하게 되는데, 자유는 있지만 노동으로 벌을 받는 형태였다. 그런데 기간이 정해져 있지 않았고 죄를 지은 사람에게만 국한되지 않았다. 황제가 특별히 용서해주거나 전공을 세우지 않는 이상, 그 자손들 역시 대대로 이 신분에서 벗어나지 못하게 되는 것이다.

전공을 세우게 되면, 자신뿐만이 아니라 연좌제(緣坐制)로 벌을 받는 집안사람들 모두가 재산을 돌려받고 노역에서 벗어나게 되니, 전쟁에 임하는 낭군군 군사들의 사명감은 막중할 수밖에 없었다.

낭군군들은 얼어붙은 강물을 넘어 흥화진의 성벽을 향해 힘차게 돌진했다. 검은색 철갑을 입은 삼천의 군사들이 돌진하자, 마치 거대한 검은 파도가 넘실대는 것과 같았다.

성벽을 오르는 데 성공한다면 적몰된 신분과 재산을 회복하는 것뿐만이 아니었다. 야율융서는 가장 먼저 흥화진성을 오른 자에게 절도사 자리를 약속했다.

낭군군 사이에는 각종 규군****(紈軍)과 자원한 노예 병사들도 있었다. 이들 중 누구라도 성벽을 가장 먼저 오른다면 역시 관직을 받게 될 것이다.

---

* 첨두목려는 수레에 삼각형의 지붕을 만들고 전체를 생소가죽으로 감싼 수레.
** 세관은 대대로 관직에 뽑힐 수 있는 자격이 있는 집안의 사람.
*** 와리는 황실에 복역하는 죄인이 사는 마을.
**** 규군은 정복한 부족민으로 이루어진 부대.

거란을 비롯한 북방 민족들의 사회에서는 신분 이동이 비교적 자유로웠다. 이합집산(離合集散)과 분쟁이 잦은 환경 때문에 신분보다는 개인의 능력을 중시하는 경향이 강했기 때문이다.

낭군군상온(詳穩) 해오야(奚烏也)는 얼어붙은 삼교천 위에서 부대를 지휘하고 있었다. 서른 살의 해오야는 해왕(奚王) 해화삭노(奚和朔奴)의 아들로 해 왕족의 적자였다.

해오야는 낭군군들이 기세를 올리며 힘차게 전진하자, 낭군군이라는 강력한 파도가 앞에 놓인 모든 것을 쓸어버릴 것같이 느껴졌다. 낭군군들의 강력한 모습에 마음이 뿌듯해지며 흥분과 설렘을 느꼈지만, 이 느낌은 오래가지 못했다. 낭군군들의 속도가 어느 순간 눈에 띄게 줄어들어 강력한 느낌이 사라져버렸기 때문이다.

전열(戰列)은 점점 뒤죽박죽되어 갔으며 전진하지 못하는 공성차들이 늘어났고 주저앉아 비명을 지르는 군사들이 생겨났다. 그 위로 고려군의 화살과 돌멩이들이 햇빛을 가리며 까맣게 날고 있었다. 곧이어 각 부대에서 전령이 와서 보고하기 시작했다.

"전진하는 군사들과 공성차들이 적이 파놓은 함정에 빠지고 있습니다!"

해오야는 그제야 확실히 알 수 있었다. 고려군들이 성벽과 하천 사이에 무수한 구덩이를 파놓은 것이었다. 구덩이에 빠진 군사들이 발을 잡고 신음하는 것으로 보아서 구덩이 안에는 쇠나 나무로 만든 꼬챙이가 있을 것이다. 이런 함정들은 보통 함마갱(陷馬坑)이라고 불렸다.

온통 혼잡한 가운데, 어떤 군사들과 공성차들은 꽤 전진했고 어떤 군사들은 거의 전진하지 못하고 있었다. 발이 함마갱에 빠져 주저앉아 신음하는 군사가 있었고 그렇지 않은 군사들도 있었다.

군사들은 함마갱에 빠진 공성차들을 빼내려고 여럿이 힘으로 들어 올리거나 지렛대를 함마갱 속에 밀어 넣어 바퀴를 들어 올리려고 하고 있었다.

온통 난장판인 가운데 딱히 뭐라고 내릴 명령이 없었다.

해오야가 상황을 심각하게 보고 있다가 부상온 야율호덕(耶律好德)에게 말했다.

"내가 직접 가서 상황을 파악할 것이니, 부상온은 여기서 적절한 대응을 해주시오!"

해오야는 호위병 몇을 거느리고 얼어붙은 강을 지나 강기슭을 올랐다. 성벽까지는 백 보가 조금 넘는 거리였고 고려군들이 쏜 화살이 날아올 수 있는 거리였다.

해오야가 스스로 방패를 단단히 잡고 주변을 자세히 살피는데 과연 땅바닥에는 고려군들이 파놓은 함정들이 있었다. 함정들은 교묘히 가려져 있었고 성벽 위에서 고려군들이 공격해대니, 빠지기 전에는 쉽게 눈치챌 수가 없었다. 그런데 그렇게 많은 함정이 있는 것 같지는 않았다.

해오야가 직접 전선을 시찰하자, 공격군 일대(隊)를 이끌던 패인낭군(牌印郎君)·대수*(隊帥) 소박(蕭朴)이 방패를 들고 몸을 잔뜩 웅크린 채로 해오야에게 다가왔다.

해오야가 소박을 보며 약간 책망하듯이 물었다.

"함정이 많지도 않은 것 같은데, 왜 이리 전진하지 못하는 것인가?"

소박이 변명하듯이 말했다.

"여기서는 고려군의 함정이 얼마 안 되는 것처럼 보이지만, 성벽에 가까이 갈수록 매우 조밀해집니다. 또한 성벽에 가까이 갈수록 고려군의 저항이 강력해지니 전진이 쉽지 않습니다."

소박은 이렇게 해오야에게 보고하고 다시 자기 부대로 돌아갔다. 해오야가 군사들 사이를 돌아다니며 독전(督戰)하는데 성벽으로 가는 길은 약간 오르막이었다.

* 대수(隊帥): 정군(正軍) 700명 정도의 지휘관.

맨몸으로 걸어간다면 완만한 언덕길이라고 느끼겠지만, 중장갑을 입은 채로 무기를 몸에 주렁주렁 달고 각종 장비를 밀고 끌면서 오르고 있었다. 또한 곳곳에 함정이 있는 데다 고려군들의 강력한 저항까지 받고 있으니 이런 상황에서는 결코 완만한 언덕길이 아니었다.

어쨌든 낭군군들이 희생을 무릅쓰고 조금씩이나마 전진하고 있었는데 어느 순간 딱 멈추어 서더니 조금도 움직이지 못하고 있었다.

해오야가 상황을 파악하려고 앞으로 움직이는데 소박이 다시 빠르게 와서 보고했다.

"성벽 앞 오십 보 거리쯤에 적이 함정을 파놓았는데 해자(垓子)와 같습니다. 메우지 않으면 전진은 불가능합니다!"

해오야는 소박의 보고에 즉시 후방으로 돌아가 보조병으로 배속된 한인 향병(漢人鄕兵)들의 지휘관 유작(劉綽)을 불렀다. 한인 향병은 한인들로 이루어진 부대로, 전투병이 아닌 각종 노동을 전담하는 사역병들이었다.

"부대에 남아 있는 모든 장작을 모아오고 또한 최대한 많은 흙포대를 만들게 하시오."

또한 해오야는 즉시 소배압에게 전령을 보내 지원을 요청했다. 해오야의 지원요청을 받은 소배압은 삼만 명의 한인 향병들에게 명하여 장작을 모아오게 하고 흙포대를 만들어 오게 했다. 삽시간에 산더미 같은 장작과 흙포대가 강변에 쌓였다.

비포차들은 불타오르거나 부서져 있었고 그 앞으로 공성차를 몰고 간 낭군군들은 함마갱의 함정 속에서 대기 중이었다. 함마갱에 빠져 발을 찔린 낭군군의 군사들은 앉아서 신음하고 있었다. 그 사이로 다른 낭군군들이 공성차 뒤에 몸을 가리고 장작더미와 흙더미를 들고 와서 처음부터 차근차근 함마갱을 메웠다.

고려군의 사격은 집요했다. 고려군의 포차에서는 각종 포탄이 계속 날았고 낭군군이 공성차 밖으로 조금이라도 몸을 내밀면 어김없이 화살이 날아왔다.

그러나 낭군군들은 함마갱을 메우며 조금씩 꾸준히 전진하고 있었다. 결국 성벽에서 오십 보 정도 되는 거리에, 높이가 일 장(丈) 조금 안 되는 흙 포대 방어벽이 구축되었다.

벌써 해가 뉘엿뉘엿 지고 있었으나, 거란군은 드디어 성벽을 향한 교두 보를 확보한 것이었다.

7

공방전(攻防戰)

: 경술년(1010년) 십일월 십육일 유시(18시경)

홍화진에는 다섯 곳의 장대(將臺)가 있었다. 동·서·남·북장대와 중앙에 있는 대장대였다.

원태의 흥위위 초군 흑낭대는 휴식을 취하며 대기 중이었으나 때때로 동장대로 와서 전황을 관찰했다.

초전에 홍화진의 포차로 거란군의 대형 비포차를 부수는 데 성공하고 함마갱으로 거란군에게 타격을 주고 진격을 늦추고 있었으나 거란군은 차근차근 다가오고 있었다. 유시(17~19시)가 가까이 되자, 무심한 석양이 벌겋게 달아오르고 있었고, 거란군들은 공성차를 밀며 성벽 바로 아래까지 접근해 있었다.

그런데 원태가 가만히 보니, 거란군들은 성벽 위에서 쏘아대는 화살과 돌덩어리 등을 신경 쓰느라 앞을 전혀 보지 못하고 있었다. 또한 거의 두 시진을 전진하느라 매우 지쳐 보였다.

원태는 즉시 대장대로 향했다. 대장대로 올라 양규에게 군례를 한 후 말했다.

"출진을 허락해주십시오!"

원태의 말에 양규가 물끄러미 동쪽을 보며 물었다.

"적들이 충분히 지쳐 보이오?"

"충분히 지쳐 보이는 데다가 위와 아래를 신경 쓰느라 정면을 전혀 보지 못하고 있습니다."

양규가 정성을 비롯한 제장들에게 물었다.

"어떻습니까?"

잠시 후, 홍위위 초군 중에 서른 기의 기병이 흑낭대 낭장 원태와 백낭대 낭장 유황(庾璜) 등을 필두로 동문에 도열했다. 중랑장 채굉(蔡宏)이 이끄는 나머지 홍위위 초군들은 적당한 곳에 흩어져 대기했다. 이들은 필요할 때 예비대로 쓰일 것이다.

원태는 자신의 철창(鐵槍)을 지긋이 잡았다. 원태의 철창은 증조부인 삼한벽상공신(三韓壁上功臣) 원극유(元克猷)가 쓰던 것으로 창의 몸체도 모두 철로 만든 것이었다. 창의 역할도 하면서 타격 병기의 역할도 할 수 있는 것이다. 그러나 무게가 삼십 근으로 매우 무거웠기 때문에 보통의 힘으로는 자유자재로 사용하기 어려웠다.

나머지 군사들도 모두 자신의 타격 병기를 꺼내 들었다. 대부분 골타(骨朵)나 백봉(白棒) 등이었다. 거란군들이 철갑을 입고 있으므로 창보다는 타격 병기가 효과적일 터였다.

바로 지금이 가장 긴장되는 순간이었다. 일단 전투가 시작되면 무아지경으로 싸우게 되지만, 전투가 시작되기 직전의 기분은, 흥분과 긴장과 공포 등 각종 감정이 혼합된 묘한 상태였다. 더구나 대군과 싸워야 한다. 평소보다 훨씬 더 긴장한 상태일 수밖에 없었다. 모두 심호흡을 하며 성문이 열리기를 초조하게 기다리고 있었다.

잠시 후, 성벽 위에서 거란군들을 향해 일제사(一齊射: 여럿이 한꺼번에 쏘는 것)가 행해졌다. 거란군들의 시야를 가리고 움츠러들게 만들기 위해서였다.

곧이어 성문이 열리자, 원태를 비롯한 서른 명의 홍위위 초군들은 말에 박차를 가했다.

낭군군은 두 시진째 성벽으로 전진했기 때문에 매우 지친 상태였다. 더구나 철갑의 무게는 오십 근에 가까웠다. 비록 많이 움직인 것은 아니나 벌써 두 시진 동안이나 공성차를 몰며 전진하며 함마갱을 메우고 지속적인 고려군의 화살과 돌멩이 세례를 받았다. 크게 체력적인 부담을 느끼는 것은 당연했다.

소배압은 의자에 앉아 있었다. 낭군군이 함마갱을 메우기 시작할 때부터는 별다른 상황이 없었다. 마치 멀리서 보면 그저 토목공사를 하는 것과 같았다. 그러나 그 토목공사에는 정확한 계산이 필요했다. 성을 공격하는 것은 사람의 힘만으로 될 일이 아니다. 기계들을 사용하여야 하고 그 이동 통로도 고려하여 쌓을 때는 쌓고 메울 때는 메워야 한다. 이 일은 왕계충의 몫이었다. 왕계충은 열심히 뛰어다니면서 병력과 기계 배치를 지휘했다.

소배압이 주위를 돌아보며 말했다.

"호부사가 열심이군요."

유신행이 말했다.

"우리 비포의 사거리가 좀 더 길었으면 좋았을 텐데요."

야율화가가 낭군군이 접근하는 모양새를 보며 말했다.

"동쪽에서 차근차근 접근하고 있고 나머지 방향에서도 군사들이 성벽에 접근하고 있으니 고려군들의 손발이 이제 슬슬 어지러워지지 않겠습니까?"

이렇게 한담을 나누고 있는데 소배압의 눈에 이상한 것이 들어왔다. 흥화진에서 허연 무언가가 갑자기 튀어나온 것이었다. 멀리에서 보니 마치 가죽 물병에 구멍이 나서 안에 들어 있던 하얀 말 젖이 쏟아져 나오는 것과 비슷해 보였다. 흘러나온 하얀 말 젖은 부챗살처럼 확 퍼지며 검은 기운을 제압하고 있었다.

소배압은 의자에서 몸을 벌떡 일으켰다.

"무엇인가?"

해오야는 강 위에서 전진하는 낭군군들을 보고 있었다. 흙포대로 교두보를 확보한 뒤로는 충분하다고는 할 수 없으나 상당한 지원사격이 이루어지고 있었다. 소형 비포차 몇 대가 흙포대 벽 뒤까지 오는 데 성공했기 때문이다. 비포차와 각종 활과 노(弩)가 흙포대 뒤에서 성벽에 접근하는 낭군군들을 위해 엄호 사격을 해주고 있었다.

아군은 치열하게 성벽을 향해서 화살을 쏘아대고 있었으나 고려군은 오히려 드문드문 쏘아대고 있었다. 화살 등을 아끼려고 정확히 빈틈이 보일 때만 쏘아대는 것 같았다.

그러나 양쪽 어느 쪽도, 서로에게 이런 사격전만으로는 결정적인 타격을 입힐 수 없었다. 물론 위에서 아래로 쏘는 고려군들의 사격이 훨씬 더 매서웠다.

해오야는 성벽 위를 계속 주시하고 있었다. 그런데 갑자기 흥화진에서 흰색 전포를 입은 기병들이 쏟아져 나왔다. 순간 무슨 일인지 판단하지 못했다. 전혀 예상하지 못한 일이라 처음에는 마치 어떤 풍경을 보듯이 보고 있었다. 그저 부는 바람과 같이 아무렇지도 않았다. 그러나 그 바람이 계속 휘몰아치자 그제야 해오야는 정신을 차렸다.

"낭군군의 예비 병력을 투입하라!"

양규는 뒤쪽에 있던 강 위의 거란군들이 동문 쪽으로 급히 접근하자 곧 후퇴 명령을 내렸다. 후퇴를 뜻하는 징소리가 나자 원태를 비롯해 출격했던 고려군들은 급히 성안으로 뛰어 들어왔다.

양규는 원태 등이 무리 없이 후퇴하자 전체 사격 명령을 내렸다. 양규의 사격 명령에 동쪽 성벽의 군사들은 포차부터 각종 활과 쇠뇌 등을 이용해 하늘을 날 수 있는 모든 무기를 쏘아댔다.

해오야의 명으로 강 위에서 대기하다가 급히 접근하던 낭군군들은 고려군의 투사 무기들을 머리 위에 뒤집어썼다. 다행히 주위에 흙포대로 쌓은 토성이 있었고 성하거나 부서진 공성차 등의 기계들이 많았기 때문에 황급히 엄폐할 수 있었다.

동쪽 성문에 근접해 있던 낭군군 군사들은, 성 밖으로 나온 고려군들에 의해, 이십여 명이 전사했으며 백 명 이상이 전투를 수행하지 못할 만큼 크게 다쳤다.

반면에 고려군은 단 한 명의 전사자도 없었고, 심각하게 다친 사람도 없었다. 고려군의 완벽한 승리였다.

소배압이 무심히 말했다.

"고려 기병들이 꽤 기민하게 움직이는군!"

야율화가도 머리를 끄덕이며 말했다.

"용맹이 있습니다."

고려군이 멋지게 승리를 거두었으나, 사실 전황 전체로 보았을 때는 별일 아니었다. 호랑이 앞에 선 토끼가 한 번 할퀴었을 뿐이었다. 대세에는 아무런 영향이 없었다.

그러나 흥화진의 고려군 입장에서는 굉장히 중요한 승리였다. 그 강력한 거란군들을 원태와 유황 등이 토끼몰이하듯이 쳐부수었다. 대군을 맞아 긴장하고 있던 고려군들의 사기가 올라갔다. 강자보다는 약자 쪽이 더 많은 사기가 필요한 법이다.

드디어 낭군군들이 함마갱 대부분을 메웠다. 운제(雲梯), 공성탑(攻城塔), 소차(巢車) 등의 기계들의 투입 준비를 마쳤다. 기계들은 동시에 전진해야 한다. 고려군의 포차 사격을 뚫고 가려면 축차적 투입보다는 동시에 투입하는 것이 상책이었다.

해는 막 떨어졌다. 이제 최상의 공격 시간이다. 모든 준비가 끝났다는 왕계충의 보고에 소배압이 짧게 명령을 내렸다.

"공격하라!"

기고군들이 북을 치고 횃불을 들어 신호했다.

"와! 와! 와!"

흥화진을 감싸고 있던 동·서·남·북의 모든 거란군이 큰 함성을 지르면서 일제히 움직이기 시작했다. 그래도 어쨌든 주공(主攻)은 동쪽 성벽이었다.

낭군군 대수 소박은 토성에 몸을 숨기고 있었다. 해가 떠 있는 시간 동안에는 가만히 있어도 추위를 느끼지 않았으나 해가 지자 스멀스멀 한기가 밀려왔다. 철갑 위에 전포를 껴입지 않은 것이 약간 후회됐다.

해가 흥화진의 산 서쪽으로 완전히 모습을 감추고 어스름한 상태가 되자 드디어 공격 명령이 내려졌다. 소박은 조심히 머리를 들어 흥화진의 성벽을 보았다. 삼 장 높이의 성벽은 견고하기 이를 데 없어 보였으며 성벽 위에는 목만*(木幔)과 포만(布幔) 등이 늘어서 있어서 고려군의 모습을 직접 볼 수는 없었다.

곧 노수군 등이 토성에 몸을 엄폐한 채 각종 노와 활로 사격하는 것으로 공격의 포문을 열었다.

소박이 뒤를 보니 운제(雲梯), 공성탑(攻城塔), 소차(巢車) 등의 기계들이 움직이고 있었다. 그 모습을 본 소박이 부하들에게 명했다.

"첨두목려를 선두로 진격한다!"

소박의 명령에 토성에서 대기하고 있던 공성차 중에 덮개가 달린 첨두목려들이 움직이기 시작했다. 첨두목려들은 성벽에 달라붙어 성벽의 돌을

---

* 목만과 포만: 나무나 천으로 만든 대형 방어막.

빼내려고 시도할 것이었다.

첨두목려는 지붕을 소의 생가죽으로 만들었는데 삼각형 형태로 되어 있어 방어력이 우수했다. 또한 지붕에 물까지 먹여놓아서 불화살 같은 화공에도 잘 견딜 수 있었다. 단지 생소가죽이라 쉽게 썩어서 오래 쓸 수 없다는 것이 단점이었다.

소박은 초조히 첨두목려가 움직이는 것을 지켜보고 있었다. 첨두목려가 성벽에 가까이 접근하자 홍화진에서는 기름먹인 불붙인 짚단을 던지는 등 화공을 시도하고 있었다. 아무리 첨두목려가 잘 타지 않도록 고안되었다고 하더라도 기본적으로 불에 타는 재료들로 이루어져 있다. 태우고 또 태우면 버티지 못할 수도 있었다.

낭군군들은 첨두목려 석 대를 일렬로 세워 한 조를 이루게 했다. 성벽에 붙어 있는 맨 앞의 첨두목려에 불이 붙을 것 같으면 뒤에 대기하고 있는 또 다른 첨두목려에서 소리를 질러 알려주었다. 그러면 그 첨두목려는 뒤로 후퇴해서 불을 끈 후 다시 투입되었다.

성벽에서 양측이 치열한 공방전을 벌이고 있는 가운데, 배부른 상현달의 고고한 달빛을 받으며 다른 기계들이 강기슭을 오르기 시작했다.

다시금 서로 간의 치열한 사격전이 펼쳐졌다. 한쪽은 결사적으로 성벽으로 붙으려고 했고 다른 한쪽은 필사적으로 붙지 못하게 막고 있었다.

잠시 후, 고려군은 항아리들을 성벽에 붙은 거란군의 공성차 위로 떨어뜨렸다. 고려군이 던진 항아리들은 쇳물을 담은 항아리였다.

펄펄 끓는 쇳물이 튀자, 화공에 대비하기 위해 수레 위에 물을 뿌려 놓은 것도 소용이 없었다. 쇳물 항아리에 정확히 맞은 수레는 통째로 타올랐고, 쇳물이 조금이라도 튄 수레는 쇳물이 닿은 부분부터 연기를 내며 타들어갔다.

"치이이익-."

고려군은 계속 이 쇳물 항아리를 던져대고 있었다. 쇳물 항아리가 쉴 틈

없이 날아와서 작열하자 낭군군의 수레들은 점점 불길에 휩싸였다. 그러나 더 큰 문제는 수레가 아니었다. 사람이었다. 뜨거운 쇳물이 거란의 철갑보병들 몸에 닿았기 때문이다. 그들은 극심한 고통에 몸부림쳤다. 차라리 바로 죽었으면 좋으련만 쇳물이 철갑옷과 살에 달라붙어서 천천히 피부와 근육을 태웠다.

쇳물이 묻은 철갑보병 수십 명은 고통스럽게 울부짖었다.

"으아아악!"

몇몇은 갑옷을 벗으려 했고, 몇몇은 땅에 구르며 어떻게든 열을 식혀보려고 하였다.

그 모습을 본 소박은 방패를 잡고 칼을 뽑으며 달려 나가 대열을 어지럽히는 군사들을 베어버렸다.

"대열을 유지하라! 대열을 어지럽히는 자는 모두 참수할 것이다!"

소박은 가열 차게 독전했으나, 성벽 위의 고려군들은 펄펄 끓는 쇳물과 더불어 타기 쉬운 이엉과 나뭇가지들을 계속 던져댔고, 낭군군의 공성차 부대는 불길에 휩싸여 팔열지옥(八熱地獄)으로 변해가고 있었다. 후방에서 접근하고 있던 다른 기계들도 고려군의 화공에 맥을 못 추고 있었다.

낭군군상온 해오야가 보니, 시도된 모든 공격이 막히고 있었다. 더구나 부상자가 점점 많아지고 있는 데다가 너무 지쳐있었다.

해오야는 급히 왕계충에게 가서 말했다.

"일단 한번 정비하는 것이 좋을 듯싶습니다."

후퇴하자는 표현을 돌려 말한 것이었다. 왕계충이 전황을 한번 살핀 후, 천천히 무겁게 고개를 끄덕이며 말했다.

"일단 강까지 후퇴시키도록 하시오."

왕계충은 후퇴 명령을 내린 다음에 급히 말을 타고 도통소로 향했다. 소배압과 다른 참모들은 바둑을 두며 한담을 나누고 있었다. 왕계충이 겸연쩍은 얼굴로 소배압에게 말했다.

"일단 병력을 강까지 후퇴시켰습니다."

소배압이 고개를 끄덕이며 말했다.

"고려는 당 태종도 정복하지 못한 나라요. 우리 요나라가 그나마 정복했을 뿐, 급하게 생각하지 마시오."

소배압이 그나마 정복했다고 한 것은 발해를 멸망시킨 것을 의미했다. 유신행이 말했다.

"병력을 교대해야 합니다."

야율팔가가 왕계충에게 물었다.

"병력과 기구의 손실은 어떻게 되는지요?"

"흠- 후우-."

야율팔가의 질문에 왕계충이 심호흡을 하더니 말했다.

"사망자는 오백여 명이고 부상자가 많습니다. 더는 전투에 참여할 수 없어 후송되어야 하는 인원만 천여 명 정도입니다. 기구는 공성탑 두 대, 운제 세 대, 소차 일곱 대를 잃었고, 성벽에 가까이 갔던 공성차를 많이 잃었습니다. 삼십여 대쯤 잃은 것 같습니다."

소배압이 고개를 흔들며 말했다.

"역시 산성(山城)이라 급하게 공격하기 어렵군."

거란은 많은 전쟁을 치렀기 때문에 방대한 전술적 경험을 축적하고 있었다. 소규모 전투부터 국가 간의 대규모 전쟁까지 싸움이란 싸움은 다 해봤다.

어떤 전투이든 지금까지 쌓아놓은 경험상 해법은 다 있다 싶었는데, 유일하게 정확한 해법이 없는 것이 산성을 공략하는 것이었다.

그것은 거란뿐이 아니었다. 당시의 기술력으로는 어떤 나라도 산성을 정공법으로 공격하여 함락시킬 만한 뚜렷한 해법을 알고 있지 않았다.

스스로 항복하지 않는다면, 희생을 무릅쓰고 힘으로 밀어붙여 함락시키거나, 오랫동안 포위하여 말려 죽이는 수밖에 없었다. 화포(火砲)가 나오기 전까지 산성은 방어적으로는 거의 난공불락이었다.

소배압이 제장들에게 말했다.

"계속 똑같은 방법으로 공격하면 희생만 많고 얻는 것은 없을 것 같소."

모두 수긍하자, 소배압이 왕계충에게 말했다.

"일단 필요한 기구들을 수리하고 보충하도록 하시오. 다음 공격은 새벽에 있게 될 것이오."

곧 북피실군*(北皮室軍)상온 소혜(蕭惠)를 불러 명했다.

"징과 북을 두드리고 필요하면 진퇴를 하여 마치 공격하는 것 같은 형세만 꾸미도록 하라. 적들이 잠들지 못하게 하는 것이 작전의 목표이다."

"명을 받드옵니다."

소혜는 자신 있게 답한 후 물러갔다. 그런 소혜의 뒷모습을 소배압이 물끄러미 바라보았다.

동로통군사 소류와 북피실군상온 소혜, 선봉도감(先鋒都監)으로 참여한 소허열(蕭虛烈)은 소배압의 동생이고 소손녕의 형인 소찰랄(蕭札剌)의 아들들이었다.

소찰랄은 관직에 뜻이 없어 힐산(頡山)에 은거하며 세속의 일에 관여하지 않았다. 그래서 이들 형제를 소배압이 키웠다. 백부와 조카 사이지만 사실상 부자 관계와 같았다.

스물여덟 살의 소혜가 한 군(軍)을 책임지는 상온으로는 처음 참전하는 것이라, 소배압의 눈빛에서 걱정하는 마음이 나타났다.

* 피실(皮室)은 거란어로 금강(金剛)을 뜻한다. 피실군은 거란군의 핵심 주력부대로 초기에는 거란인만으로 조직된 부대였으나 점차 다른 부족들로 이루어진 피실군들도 창설되게 된다. 남피실·북피실·좌피실·우피실·황피실군 등이 있었다.

8

통군사 최사위의 작전계획

: 경술년(1010년) 십일월 십오일 묘시(6시경)

통군사(統軍使) 최사위(崔士威)는 말을 타고 급히 달리고 있었다. 장수들을 거느리고 군사를 나누어 구주 북쪽의 내륙 길인 육돈도(毓頓道)·탕정도(湯井道)·서성도(曙星道) 세 방면으로 진군했다.

세 방면으로 진군한 것은 행군의 효율성을 높이기 위해서다. 세 방면으로 진군하여, 서성도로 나아간 기병으로 이루어진 주력은 무로대를 치고, 육돈도로 나아간 병력은 거란의 내원성을 견제하며, 탕정도로 나아간 병력은 흥화진을 포위하고 있는 거란군을 견제한다.

작전의 기본 목적은 무로대를 기습 공격하여 적의 치중을 불태우고 적의 작전 수행 능력을 떨어뜨리는 것이다. 작전계획은 대담했으며 거란군의 허를 찌를 것임이 분명했다. 만일 운이 좋으면 거란군에 더 심대한 타격을 입힐 수도 있었다.

많은 제장이 이 대담한 작전에 반대했으나 최사위는 강하게 밀어붙였다.

"적은 다수이고 우리는 소수요. 적의 의표를 찌를 수 있는 모험이 필요합니다. 만일 이 작전을 위해 내 목숨을 내놓아야 한다면 기꺼이 내놓겠소. 나는 나라를 위해서 이 한목숨 바칠 준비가 되어 있소이다."

강조도 처음에는 최사위의 작전계획에 반대했었다. 성공한다면 더할 나위 없이 좋겠지만 변수가 너무 많은 작전이었다. 이 대담한 작전계획을 들고 강조는 마음속에서 호기가 솟아올랐으나 반대하며 말했다.

"최 공(公)! 공의 계획은 정말 좋습니다. 제가 공과 함께 선봉에 서고 싶은 마음입니다. 그러나 변수가 너무 많아 위험합니다."

최사위가 단호히 말했다.

"이 싸움은 어차피 위험한 싸움이오."

최사위의 '위험한 싸움'이라는 말을 들으니 강조는 문득 느껴지는 바가 있었다. 최사위는 고려에 위험한 싸움이라는 뜻이었으나 사실은 강조 개인에게도 위험한 싸움이었다.

거란주(契丹主)는 자신의 죄를 묻기 위해 온다는 명분을 걸었다. 지금은 온 조야(朝野)가 거란과의 싸움을 위하여 합심하고 있지만 전쟁에 패하면 자신의 정치 인생은 끝나는 것이다. 더구나 이번에 거란군들을 막아낸다고 하더라도 그걸로 끝나는 문제가 아니었다.

고려는 소손녕의 침입 이후에 국제 정세를 예민하게 관찰하고 거란에 대해서 다각도로 연구하여 모든 정보를 모았다. 거란에 자주 사신을 보냈고 보낸 사신 중에는 반드시 화공(畫工)이 있었다. 화공에게 거란의 풍물에 대해서 그려오게 했고 민감한 사안은 기억했다가 고려로 와서 그리게 했다.

사실상의 간첩이었고 그 당시 대부분의 나라가 이렇게 하고 있었다. 또한 역정보(逆情報)를 흘리는 경우도 다반사였으며 정보전이 치열했다.

고려는 소손녕의 침입 후에 상국(上國)인 거란에 항복한다는 명목으로 고려의 지리도(地理圖)를 바쳤으나 거기에는 역정보가 가득했다. 만일 거란이 그 지리도를 믿고 고려를 공격했다가는 큰 낭패를 보게 될 것이 분명했다.

거란 역시 고려가 보낸 지리도가 전혀 못 믿을 정보임을 잘 알고 있었다. 그런데도 거란은 고려가 지리도를 바친 것을 칭찬하고 그 사실을 여러 나라에 홍보하기까지 했다. 고려의 지리도는 가짜지만 어쨌든 지리도를 바친 것은 사실이다. 이것은 주변 나라에 충분한 선전효과가 있었다. 거란은 고구려의 후신인 발해를 멸망시켰고 또 다른 고구려의 후신인 고려는 지리도까지 갖다 바치며 항복했다. 당 태종도 성공하지 못한 고구려 정벌이 거란에 의해 그럴싸하게 완성된 것이다.

물론 실상은 조금 달랐다. 발해 정권을 제거하였을 뿐 계속되는 발해부흥운동에 밀려서 발해의 상경부에서 철수하여 요하(遼河)를 방어선으로 삼을 수밖에 없었다. 또한 고려는 복지부동(伏地不動)하며 거란과의 충돌에 대비하여 군사력을 기르고 거란에 대항하여 갖가지 계책을 쓰고 있었다.

고려와 거란 사이에서는 서로 속고 속이고 속아주는 척하는 전쟁만큼 치열한 물밑 전이 계속되고 있었던 것이다.

고려는 거란과 송나라가 수십 년간 치열하게 싸운 것을 잘 알고 있었다. 처음에는 송나라를 통해서만 알았으나 거란과 수교를 맺게 된 이후에는 거란의 입장에서도 싸움을 관찰할 수 있었다. 같은 전투도 양측의 평가가 달랐으나 고려는 중간자적 입장에서 꽤 정확하고 자세히 파악할 수 있었다.

처음에는 송나라의 선제공격으로 시작되었으나 송태종이 야율휴가(耶律休哥)와 야율사진(耶律斜軫)에게 크게 패한 뒤로는 관계가 역전되어 거란이 송나라를 압박하는 형세가 되었다.

거란은 송나라를 꾸준히 압박하여 결국 '전연의 맹(1004년)'을 이끌어냈고, 송나라는 거란에 매년 막대한 양의 세폐(歲幣)를 바치게 되었던 것이다.

거란의 전쟁은 집요하고 끈질겼다. 거란이 고려를 침범한 이상, 이 전쟁도 쉽게 끝나지 않을 것이다. 이번에 막더라도 거란은 또 침입할 것이고 계속된 침입을 막아낸다고 하더라도 고려의 국력은 쇠잔해질 것이다.

고려의 국력이 약해지고 백성이 살기 어렵게 된다면 당연히 민심은 떠날 것이고 반란이 일어날 것이다. 그렇게 되면 강조 자신의 입지도 크게 흔들릴 수밖에 없었다.

이 전쟁은 자신을 위해서나 고려를 위해서나 오래 끌면 안 되었다. 전쟁을 오래 끌지 않으려면 이번에 완벽히 승리하여 다시는 고려에 쳐들어오지 못할 정도로 거란군을 섬멸하여야 한다.

강조는 이런 생각이 들자 최사위의 작전계획이 다시 보였다. 최사위의 작전계획이 쉬운 일은 아니었으나 해볼 만한 모험으로 생각되었다.

더구나 최사위는 이렇게 말했다.

"야간에 적을 습격하는 것이니 적들은 신속히 대처하지 못할 것이고, 만일 우리의 주공(主攻)이 적에게 가로막혀 무로대에 이르지 못하면 바로 후퇴하면 됩니다. 실패하더라도 큰 손실은 없을 것이고 적어도 적들의 간담을 서늘하게 할 것입니다."

최사위의 말에 일리가 있었다.

사람의 마음이란 이상한 것이다. 같은 사실도 좋은 면을 보기 시작하면 한없이 좋은 것만 보이는 법이고 나쁜 면을 보기 시작하면 한없이 나쁜 것만 보인다. 강조는 일단 긍정적인 생각이 들자 더욱 긍정적으로 되었다.

최사위가 말했다.

"병력이 많다고 꼭 좋은 것은 아닙니다. 적은 병력으로 많은 병력을 이긴 사례는 역사적으로 많이 존재합니다. 병력이 많으면 오히려 통솔하는 데 어려움이 따릅니다. 더구나 우리 땅은 저들에게 익숙한 초원 지역이 아닙니다. 산과 고개들이 굽이굽이 계속 펼쳐져 있습니다. 저들이 상황을 파악하고 명령을 내보내는 데 많은 시간이 걸릴 것이 분명합니다."

최사위는 이렇게 말하며 유금필을 언급하고 을지문덕(乙支文德)의 살수대첩(薩水大捷)과 연개소문(淵蓋蘇文)의 안시성전투(安市城戰鬪)를 예로 들었다.

유금필은 많은 전투에서 소수의 병력으로 다수의 적을 무찔렀다. 주저하지 않고 나아갔고 반드시 승리를 거두었다. 유금필은 항상 부하들과 후배들에게 이렇게 말했다.

"생각할 시간에 앞으로 나아가라! 앞으로 나아가면서 생각해라! 그렇게 할 수 있다면 이미 절반은 성공한 것이다. 그래서 실패한다면 그건 네 몫이 아니다. 나머지 절반은 하늘의 몫이다."

유금필의 '적극 전법'은 고려군의 최고의 전술로 추앙받고 있었고 유금필은 고려 최고의 명장으로 인식되고 있었다.

살수대첩(薩水大捷)과 안시성전투(安市城戰鬪) 모두, 백만 대군에 달하는 적들을 상대하여 과감하고 기민한 기동으로 승리를 거둔 전투였다.

결국 강조는 최사위의 작전계획에 찬성했다. 최고 실권자인 강조가 찬성하고 밀어붙이자 작전에 더욱 많은 살이 붙게 되었고 드디어 아주 그럴듯한 작전이 완성되었다.

작전명 '모루와 망치'*였다.

---

* 대장간에서 쓰이는 연장이다. 모루 위에 쇠를 놓고 망치로 두드린다. 모루 역할의 부대는 적을 견제하여 고착화하고, 망치 역의 부대는 우회 기동하여 적의 측면이나 후방을 노린다.

9
최사위의 공격군에 합류하는 구주군

: 경술년(1010년) 십일월 십오일 묘시(6시경)

구주성(龜州: 평안북도 구성시)의 북문으로 겨울 새벽의 찬 공기를 뚫고 수천 명의 병력이 성 밖으로 나가고 있었다. 기병 이백 기가 선두에 섰고 그 뒤로 보병들이 따르고 있었다. 구주성 밖에도 통군사 최사위가 이끄는 수많은 고려군이 서쪽으로 행군하고 있었다.

구주성의 북문루에서 그 광경을 두 사람이 보고 있었는데, 사십 줄을 넘어선 것 같은 중년의 무장과 이십 대 초반쯤으로 보이는 젊은 무장이었다.

훤칠한 키에 무장이라고 볼 수 없을 정도로 얼굴색이 하얗고 이목구비가 뚜렷한 젊은 무장이 감탄에 차서 말했다.

"우리 고려군의 기세가 대단합니다. 도령중랑장님!"

얼굴만 보아서는 마치 서생과 같았으나 그의 목이 통나무처럼 두꺼운 것이 상당한 육체적 단련을 했음을 알 수 있었다.

보통 키에 중년의 후덕한 몸집을 지닌 도령중랑장(都領中郎將)이라고 불린 사람이 말했다.

"대열이 질서정연한 것이 그동안 준비를 철저히 해왔다는 것이 느껴지는군."

도령중랑장이라고 불린 사람은 구주군(龜州軍) 전체를 통솔하는 위치인 도령중랑장 이보량(李保良)이었고, 젊은 무장은 구주군 본부낭대(本部郎隊) 별장(別將: 무반직 정7품) 김숙흥(金叔興)이었다.

이보량은 덕수현(德水縣: 개성직할시 판문군) 사람이었다. 이보량의 할아버지 도현(道玄)이 태조 왕건의 군대에서 공을 세워 이씨 성을 하사받게 되었다.

십칠 년 전(993년) 소손녕의 침입 때, 스물아홉의 이보량은 감문위의 교위였다. 감문위도 천우위와 금오위와 함께 경군(京軍)에 속했으나 경군 중에서 서열이 가장 낮았다. 따라서 승진이 잘되는 요직은 아니었다.

소손녕의 침입 때, 급사중 윤서안이 최정예군을 선봉으로 이끌고 나가다가 패하는 바람에 고려군은 순간적으로 전력 공백 상태가 되었다.

서희는 여진족을 몰아내고 압록강 연안까지 확보하길 원했지만 훈련받은 군사가 부족했다. 그리하여 지원자를 뽑고, 새로 개척된 영토로 이주하여 근무하면 무조건 한 계급을 올려주는 정책을 썼다. 이보량은 여기에 지원하여 구주에 정착하게 된 것이었다.

서북면에 거주하는 장교들은, 교위(校尉)까지는 자신의 거주지에서 근무했지만, 별장(別將) 이상은 대략 삼 년마다 서북면의 주진(州鎭)에서 근무지를 옮겨 다녔다. 근무지를 옮겨 다니게 한 것은 장교들에게 전체 주진들의 상황을 숙지시키려는 목적과 한곳에서 너무 오래 근무하여 세력이 토착화되는 것을 방지하려는 조처였다.

이보량은 이해 팔월까지는 곽주(郭州: 평안북도 곽산군)에서 근무하다가 거란군이 침입한다는 것이 확실해지자 자신의 자택이 있는 구주의 도령중랑장으로 임명되었다.

고려조정은 거란군의 침입에 맞서 장교들을 본인이 거주하는 곳으로 보내 방어하게 하는 것이 더 나을 것이라고 판단했다.

구주별장 김숙흥은 꽤나 귀한 혈통이었다. 김숙흥의 아버지 김선(金鐥)은 신라 마지막 왕인 경순왕의 여덟째 아들이었다. 김선은 경순왕의 아들이나, 서희의 원정군에 자원하여 성종 13년(994년)에 구주로 이주하게 되었다.

전 왕조의 왕의 아들이 새로운 왕조에서 할 일은 상당히 제한적이었고 언제나 꼬리표처럼 전 왕조의 후손이라는 허울이 따라다녔다. 본인 스스로 개경 생활을 갑갑하게 생각하고 있었고 고려조정의 이해와도 맞아떨어졌다.

고려조정 역시 사민 정책에는 모범이 필요했다. 경순왕의 아들이 모범을 보인다면 그것보다 더 좋은 것은 없었다.

그리하여 김선은 자기 부인과 그 당시 여덟 살 된 김숙흥의 손을 이끌고 구주로 이주하였던 것이다. 고려조정에서는 김선에게 종오품의 조산대부(朝散大夫) 품계와 구주방어사의 직을 주었다.

김선은 구주 생활이 아주 마음에 들었다. 뒤에서 손가락질하는 사람도 없었고 눈치 볼 필요도 없었다. 여러 번 유임을 요청해서 오 년간이나 계속 구주방어사를 지냈고 그 뒤 통주방어사 등을 역임하다가 목종 8년(1005년)에 사망했다.

김선이 세상을 떠날 때 김숙흥의 나이는 열아홉 살이었다. 김숙흥은 그때까지 하던 과거 시험공부를 때려치우고 음서를 신청해 구주교위 벼슬을 받았다.

성격이 활달하여 산으로 들로 쏘다니는 것을 좋아하는 김숙흥에게 방에 틀어박혀 책을 읽는 것은 크나큰 고역이었다. 아버지 때문에 어쩔 수 없이 과거 공부를 하는 척했을 뿐이다.

김숙흥은 경순왕의 손자이고, 아버지 김선의 품계 역시 오품 이상이었다. 그러므로 음서로 중앙 관직으로 진출할 수도 있었으나 자유로운 생활을 즐길 수 있는 구주를 떠나고 싶지 않았다.

도령중랑장 이보량은 오랫동안 김선의 휘하에서 일했었다. 무장으로서 특출한 능력은 없었지만 성실하고 충성심이 강한 이보량을 김선은 좋게 보았고 그 덕에 무난히 승진할 수 있었다.

이보량은 상관의 아들인 김숙흥을 살갑게 대했다. 김숙흥은 관직에 나가기 전에 평소 이보량을 아저씨라고 부를 정도로 둘은 마치 삼촌과 조카 같은 관계였다.

고려시대에는 남자가 십삼 세가 되면 성인으로 취급했고 양갓집에서는 그즈음 활을 선물했다. 이제 필요하면 나라를 위하여, 가족을 위하여 일어설 나이가 된 것이다.

보통 삼촌이나 이모, 고모가 선물하는 것이 관례였으나 때때로 아버지의 친한 동료가 선물하기도 하였다. 김숙흥에게 활을 선물한 사람이 바로 이보량이었다.

김숙흥은 일 년 전에 별장이 되었는데, 이보량이 다시 구주도령중랑장이 되자 김숙흥을 본부낭대의 별장으로 임명했다.

이보량이 자신의 지휘를 직접 받는 본부낭대의 별장으로 김숙흥을 임명한 것은, 단순히 전 상관의 아들이거나 친해서만이 아니었다. 김숙흥은 무예에 능할 뿐만이 아니라 아주 명석하고 상황 판단력이 좋았다. 또한 사고뭉치였다.

김숙흥은 열 살이 되기 전까지는 가만히 앉아 있질 못했다. 손발을 가만히 두지 못하고 끊임없이 움직였으며 지나치게 산만하여 김숙흥에게는 무언가를 가르칠 수가 없었다. 또래의 아이들과도 어울릴 수 없었는데 같이 놀 때도 놀이에만 온전히 집중하지 못했기 때문이다.

열 살이 넘자 주의력이나 집중력은 약간 나아졌는데 산만한 행동은 훨씬 더 심해지고 그 폭도 훨씬 넓어졌다.

집 대청마루에서 밥을 먹다가 물동이를 이고 가는 아낙을 보고 밥을 먹다 말고 갑자기 뛰쳐나가 아낙의 엉덩이를 향해 돌을 던진 적도 있었다. 김선이 놀라고 황당해 김숙흥을 크게 꾸짖으며 왜 그렇게 했냐고 묻자 김숙흥은 말했다.

"저 사람이 물동이를 놓쳐 물동이가 땅에 떨어지며 와장창 깨지는 걸 보고 싶어서요."

한 번은 구주성 북쪽에 있는 가마소(釜淵: 가마솥과 닮은 연못)로 꽃놀이를 갔었다. 그때 김숙흥은 지나가는 노루를 보고 갑자기 쫓아 달렸다. 주변 사람들이 말릴 새도 없었다. 노루는 달리고 김숙흥은 그 뒤를 쫓고 김선을 비롯한 수십 명의 사람은 그런 김숙흥을 쫓았다. 김선이 따라 달리며 아무리 고래고래 소리를 지르고 욕을 퍼부어도 김숙흥은 멈추지 않았다.

구주 북쪽으로는 여진족들의 마을이 산개해 있었는데, 평소 우호 관계를 맺어놓았음에도 여진인들은 고려인 수십 명이 미친 듯이 달려오자 들에서 일하다가 말고 비명을 지르며 산속으로 달아나기 바빴다.

김숙흥은 여진족 마을 두세 개를 완전히 초토화한 다음에야 멈췄는데, 노루가 시야에서 완전히 사라지자 그 흔적을 찾기 위해서 멈춘 것이었다. 김선은 그제야 김숙흥을 붙잡을 수 있었다.

김선은 숨을 헉헉 몰아쉬며 김숙흥의 팔을 움켜쥐고 김숙흥을 보았다. 김숙흥의 표정은 천진난만했으며 또한 매우 진지했다. 김선은 그간의 경험상 화를 내는 것은 아무 도움이 되질 않는다는 것을 깨닫고 있었다. 김선은 김숙흥에게 상황을 이해시키려고 했다.

"네가 이렇게 갑자기 달려 나간 바람에 얼마나 많은 사람이 고생한 줄 아느냐! 또한 여진인들은 놀라서 모두 숨어버리지 않았느냐! 만일 여진인들이 오해하여 화살을 쏘아댔다면 어쩔 뻔했느냐?"

열두 살의 김숙흥이 태연히 말했다.

"남자가 집중할 때는 태산이 무너져도 움직이지 않는 법입니다. 저는 노루에 집중하고 있었습니다."

김숙흥의 말에 김선이 하늘을 보며 탄식하고 일행들에게 사죄하는데,

옆에 있던 안소광(安紹光)이 땀을 닦으며 너털웃음을 터트리며 말했다.

"족하(足下) 덕에 오늘 훈련을 아주 잘했습니다."

다행히 김숙흥의 이런 행동들은 나이를 들면서 차차 나아졌고 열너댓 살이 되자 정상적인 생활이 가능할 정도로 호전되었다. 그래도 왕성한 활동력을 주체할 수 없었다.

교위로 임명된 후, 김숙흥은 상관과 마찰이 잦았다. 자기주장이 매우 강하여 상관의 명령이 조금만 불합리해 보여도 따졌으며 대답이 탐탁지 않으면 반드시 반항했다.

김숙흥이 경순왕의 손자에다가 구주에 자리 잡은 초대 구주방어사의 아들이 아니었다면 여러 번 감옥에 갔을 것이고 관직에서는 당연히 파직되었을 것이었다.

김숙흥은 다루기 어려운 부하였으나 그 반면에 아주 명석했고 판단력이 남달랐다. 어떤 상황이 발생하면 마치 위에서 내려다보는 것처럼 보고 모든 상황을 취합해 판단했다. 다룰 수만 있다면 부관으로 쓰기에 아주 좋은 재능이었다.

이보량이 김숙흥에게 조용히 물었다.

"자네 생각에는 어떤가?"

"작전계획은 아주 훌륭하고 그것을 실현하려는 의지도 좋습니다."

이보량이 상기된 얼굴로 말했다.

"나도 멋진 작전이라고 생각하네. 잘하면 거란군을 패퇴시킬 수도 있을 것이야."

김숙흥이 고개를 저으며 우려 섞인 목소리로 말했다.

"거란군들은 깜짝 놀랄 것입니다. 그렇지만 그들을 패퇴시킬지는 의문입니다."

"어차피 거란군을 패퇴시키는 것이 작전의 주목적이 아니지 않나! 거란군의 작전 수행 능력을 떨어뜨리는 것이 목표이니 그 정도 효과는 충분히 볼 수 있으리라고 생각하는데….”

“다만 제 생각에는, 거란군의 주력을 통주(通州: 평안북도 선천)까지 깊이 끌어들인 다음에 그 뒤를 치는 것이 더욱더 효과적이지 않나 싶습니다. 그렇게 하면 거란군들의 머리와 꼬리가 서로를 돌보지 못할 것입니다. 그런데 지금은 거란군들이 좁은 곳에 몰려 있어서 그들이 기민하게 대응할 수도 있다는 점이 작전의 위험 요소라고 생각됩니다.”

김숙흥의 말에 이보량이 심각한 표정을 지었다. 김숙흥이 넌지시 말했다.

“만일을 대비해서 정찰을 철저히 해야 할 것 같습니다.”

이보량이 말없이 고개를 끄덕였다.

IO

고려군의 우회기습

: **경술년(1010년) 십일월 십칠일 인시(4시경)**

거란군이 잠시 물러나는 것 같았다. 흥화진부사 이수화가 도순검사 양규에게 말했다.

"거란군이 물러나는 것 같으니 쓸 만한 무기들을 회수하는 것이 좋겠습니다."

거란군이 흥화진을 오래 포위 공격하지는 않을 것이라는 전망이 우세했지만 그래도 모르는 일이었다. 만일을 대비해 화살 하나, 돌 하나라도 최대한 물자를 아껴야 했다.

양규는 성문을 열고 약간의 병력을 내보냈다. 그리고 회수의 효율성을 위해 성벽 위에서 줄에 묶은 광주리를 내려서 회수한 물자를 광주리에 담아 끌어 올리게 했다.

양규는 이수화와 더불어 직접 동문으로 와서 피해 상황을 살피고 작업하는 것을 지켜보았다. 한참을 작업해도 거란군에게서는 별다른 움직임이 없었다.

"둥, 둥, 둥."

"와! 와! 와!"

얼마 후, 갑자기 천둥이 치듯이 거란군의 북소리와 함성이 들렸다. 무기를 회수하고 있던 몇십 명의 고려군이 화들짝 놀라서 명령을 받을 틈도 없이 동문 안으로 뛰어 들어왔다.

의자에 앉아서 졸고 있던 양규가 그 소리에 깜짝 놀라서 깨어났다. 옆에서 이수화가 긴장한 표정으로 성벽 밖을 응시하고 있었다. 성벽 위의 고려군들도 파수를 보는 병력 외에는 대부분 앉아서 쉬고 있었는데 갑작스러운 북소리와 함성에 놀라서 벌떡 일어났다. 그런데 귀로 들어오는 소리만 요란할 뿐, 눈에 들어오는 움직임은 없었다.

이수화가 한참 밖을 보다가 의아한 듯 말했다.

"별다른 움직임은 없습니다."

양규도 고개를 갸우뚱했다. 시간이 꽤 지나도 아무런 일이 없자 양규는 다시 의자에 앉았다. 낮 동안의 피곤함에 잠시 후 다시 졸기 시작했다. 한참을 달게 졸고 있는데 다시 깜짝 놀라 깨어났다. 또다시 큰 함성과 북소리가 들렸기 때문이다.

양규가 눈을 비비며 앞을 보는데 옆에서 이수화가 말했다.

"역시 별다른 움직임은 없습니다. 아무래도 우리를 지치게 하려는 속셈 같습니다."

양규가 하품하며 말했다.

"그렇군, 확실히 괜찮은 방법이야."

"이러다가 새벽쯤에 진짜로 공격하지 않을까요?"

"그럴 수도 있고 아닐 수도 있지. 그건 저들 마음이니까. 어쨌든 우리가 지쳤다고 판단했을 때 공격하겠지."

이런 상황이 계속되는 가운데 양규는 자다 깨기를 반복했다. 누군가가 자신을 흔들었다. 양규가 게슴츠레 눈을 떠 보니 역시 이수화였다. 양규가 눈을 비비며 말했다.

"무슨 일인가?"

"여기는 별일 없습니다. 거란군들이 우리가 잠을 잘 수 없게 괴롭히는 것 외 에는요. 그런데 남쪽에서 뿔나팔과 북소리가 은은히 들리는데 거리가 꽤 있는 것 같습니다."

이수화의 말에 양규가 몸을 벌떡 일으켰다. 양규는 남쪽 하늘을 바라보왔다. 하늘에는 특별한 조짐이 없었다. 그런데 과연 남쪽으로부터 뿔나팔 소리와 북소리가 은은하게 울려오고 있었다.

양규는 초조한 표정으로 계속 남쪽 하늘을 바라보았다. 눈치 빠른 이수화는 양규의 태도에서 어떤 비밀 작전이 있다는 것을 눈치챘다.

'홍화진 부사인 나에게조차도 비밀인 작전이라면 과연 무엇인가?'

이수화는 궁금증이 폭풍처럼 밀려왔으나 내색하지 않았다. 잠시 후, 남쪽 멀리서 별똥별 같은 것이 하늘로 솟구쳐 올랐다. 양규가 급히 이수화와 견일에게 말했다.

"조용히 모든 병력을 동원해 동문의 전투태세를 갖추도록 하시오. 곧 고려의 전 병력을 동원한 작전이 시작될 것이니, 거란군의 동향을 면밀하게 관찰하다가 특이 사항이 있으면 바로 보고하도록 하시오."

이수화와 견일이 놀라며 무슨 말을 하려고 하는데 양규는 급하게 자리를 떠서 대장대로 향했다.

대장대에서는 벌써 진사 정성과 판관 장호(張顥) 등이 꼬리에 등롱을 매단 세 개의 대형 연(鳶)을 날릴 준비를 하고 있었다. 조금 전 남쪽에서 솟아오른 별똥별도 바로 '연'이었던 것이다.

정성이 양규를 보자마자 물었다.

"보셨습니까?"

양규가 고개를 끄덕인 후, 성안 곳곳에 전령들을 보내 조용히 전투태세를 갖추도록 했다.

잠시 후, 꼬리에 등롱을 매단 세 개의 대형 연이 하늘을 향해 날아올랐다. 연을 보는 양규와 정성 등은 같은 마음이었다.

'작전이 부디 성공하기를….'

소배압은 단잠을 자고 있었다. 지금까지 치른 전쟁 중에 승패를 거의 염려하지 않고 화려한 전공을 세우는 데만 집중한 최초의 전쟁이었다.

대제국 거란의 위엄을 보이는 일이다. 마치 잘못한 어린아이를 혼내는 어른의 마음과 같았다. 대국(大國)인 송나라 군대와 상대할 때와는 천양지차였다. 적을 죽이지 못하면 내가 죽는 그런 전장이 아니기 때문에 긴장감보다는 설렘이 더 컸다. 그래서 더욱 화려해야 했다.

소배압은 꿈을 꾸고 있었다. 꿈속에서 과거로 돌아가 있었는데 삼십여 년 전(979년) 고량하(高梁河: 중국 북경 근처)였다. 마치 커다란 새가 된 양, 높은 하늘에서 전체 상황을 내려다보고 있었다.

당시 송나라 태종은 연운십육주(燕雲十六州)의 회복을 위해 북정(北征)을 실시했다. 그때 송나라의 군사력은 거란군보다 병력으로는 네 배나 우세했다. 더구나 송나라 황제의 친정이라 기세가 대단했다.

송나라는 백만 대군이라고 선전했고 거란 조정에서 분석한 바도 국경지대의 모든 군사를 합치면 얼추 그 정도 된다고 판단하고 있었다.

거란의 남부재상 야율사(耶律沙)와 기왕(冀王) 야율적렬(耶律敵烈), 통군사 소토고(蕭討古)가 이끄는 거란군은 백마령(白馬嶺: 산서성 우현 북쪽)에서 크게 패하였고 기왕 야율적렬, 돌려불부절도사 도민(都敏), 황피실군상온 당괄(唐筈)이 죽는 등 지휘관 여럿이 목숨을 잃었다.

여기서 거란군은 완전히 붕괴할 뻔했는데, 후방에 있던 남원대왕(南院大王) 야율사진(耶律斜軫)이 휘하 병력을 이끌고 일만 발의 화살을 동시에 발사하게 하여 송나라군의 추격을 늦추었다. 덕분에 거란군은 전력을 보존하여 퇴각할 수 있었다.

그 뒤 사하(沙河)에서 통군사 소토고 등이 이끄는 거란군이 다시 송나라군의 진출을 저지하려 격돌했으나 역시 패하여 물러나고 말았다.

송나라 황제가 이끄는 송군은 연이어 승전하며 북상하여 결국 거란의 남경(南京: 현재의 중국 북경)을 포위했다. 거란에 큰 위기가 찾아온 것이다.

태조 야율아보기가 동쪽으로 발해를 멸망시켜(926년) 제국의 기틀을 만들었다면, 태종 야율덕광은 만리장성을 넘어 연운십육주를 확보하여

(936년) 드디어 제국이 된 것이다.

연운십육주는 거란에 많은 인적 물적 자원을 제공해왔다. 인적 자원은 말할 것도 없거니와 물적 자원만 따진다고 해도 다른 모든 영토를 합한 것보다도 두 배 이상 많았다. 연운십육주를 잃는다면 사십여 년을 이어 온 거란 제국은 사실상 해체될 위기에 처하게 될 것이었다.

보름쯤 후, 거란군은 다시 고량하에서 송나라 황제가 이끄는 대부대와 조우했다. 서전(緖戰)을 승리로 장식한 데다가 황제가 직접 지휘하는 송나라 군대의 사기는 하늘을 찔렀다. 야율사가 이끄는 거란군은 다시금 송나라군에 패하여 뒤로 밀리고 있었다.

명령체계가 붕괴한 상태에서, 후방에 있던 야율휴가(耶律休哥)와 야율사진은 자신들의 판단으로 좌익과 우익을 나누어 맡아 승세를 탄 송나라군의 양옆을 쳤다.

야율사가 자신들을 중용하지 않고 후방에 머무르게 하자, 야율휴가와 야율사진은 미리 약속했다. 아군이 밀리게 되면 명령을 무시하고 좌·우익으로 나누어 적을 공격하기로….

군의 명령체계를 무시하는 것은 참수형에 해당하는 죄목이었다. 그러나 야율사가 대군을 지휘할 능력이 부족하다고 판단한 이 둘은 대담하게도 명령체계를 무시하고자 마음먹은 것이었다.

이때 소배압은 야율사진의 휘하에서 참모로 있었다. 백마령에서 송나라 군에게 패한 후, 야율휴가와 야율사진이 자신을 물리치고 밀담을 나눈 적이 있었다.

그전에는 야율사진이 자신을 물리치고 밀담을 나눈 적이 한 번도 없었다. 소배압은 약간 서운하고 당황스러웠다.

'이 중요한 시기의 밀담이라면….'

야율사진은 자유로운 성격의 소유자였다. 경종(景宗)이 즉위하자(969년)

추밀사 소사온(蕭思溫: 승천황태후의 아버지)은 야율사진을 '나라를 경륜할 수 있는 재주를 가진 사람'이라며 천거했다. 야율사진은 아로돈우월*(阿魯敦于越) 야율갈로**(耶律曷魯)의 손자이므로 경종 역시 야율사진에 대해서 잘 알고 있었다.

경종이 소사온에게 말했다.

"짐도 알고 있노라. 다만 너무 자유스럽다. 붙잡아 둘 수 있겠느냐?"

야율사진은 황제가 알 정도로 자유분방하게 생활했다. 그 자유로움을 정확히 말하자면, 사람을 사귀는 데 신분 고하가 없었다. 사람을 부귀가 아닌 사람 자체로 판단했다. 좋은 사람이라고 판단되면 노비와도 어울렸고, 안 좋다고 생각되면 재상의 신분을 가진 사람과도 만나지 않았다.

이런 야율사진의 모습은 좋게 보면 자유롭고, 나쁘게 보면 생각 없이 사는 사람처럼 보였다. 또한 자기보다 나이 어린 관료들에게, 나이 차가 얼마나 나든 상관없이 자신을 '형'이라 부르게 하고 스스럼없이 어울렸다.

반면에 야율휴가는 엄격했다. 공과 사를 정확히 나누었다. 어릴 적부터 엄중하고 무거워서 재상의 그릇이라고 평가받아왔다. 뭐 하나 단점을 찾을 수 없어 마치 책에서 튀어나온 사람 같았다.

야율휴가와 야율사진은 완전히 다른 성격의 사람들이었다. 그런데도 이 둘은 죽이 척척 맞았다.

야율사가 뒤로 밀리자 야율사진이 휘하 부대에 진격 명령을 내렸다. 소배압이 심히 당황해서 말했다.

"형님! 명령이 없습니다!"

---

*   아로돈우월: '위대한 우월'이라는 뜻으로 최고 공신에게 내리는 호칭.

**   야율갈로: 거란 태조 야율아보기와 육촌 간으로 건국의 일등공신.

소배압은 다급한 마음에 야율사진을 사석에서 부르듯 형님이라고 부른 것이었다.

야율사진이 소배압을 돌아보았다. 소배압을 보는 야율사진의 눈빛에는 애정이 묻어 있었다. 야율사진은 재능 있는 후배들을 매우 아꼈으며 특히 소배압을 사랑했다. 소배압이 나라를 이끌 만한 역량을 가지고 있다고 판단하고 있었기 때문이었다.

야율사진이 소배압을 향해 싱긋 웃으며 말했다.

"아우, 진정한 명령은 자기 스스로 내리는 것이라네."

야율사진의 말에 소배압이 벙 뜬 표정으로 어정쩡하게 서 있었다. 야율사진이 말을 타며 부하들에게 명했다.

"가자! 오늘 우리는 죽거나 새로운 역사를 쓸 것이다."

소배압이 급히 말을 타며 혼잣말을 뱉어냈다.

"이런 젠장!"

이 순간이 지금까지 소배압 인생에서 최악이자 최고의 찰나였다.

야율휴가 역시 부하들에게 명했다.

"남자의 목숨 따위는 아무것도 아니다. 오직 자신이 믿는 바를 실천할 따름이다. 우리는 나라를 지키리라고 맹세했다. 맹세한 대로 나라에 충성을 다할 것이다. 진격하라!"

야율휴가와 야율사진은 각각 좌익과 우익을 맡아, 승세를 타고 있는 송나라군의 양옆을 나누어 치고 치열하게 싸웠다.

야율휴가는 선두에 서서 적의 화살에 맞고 창에 찔리어 세 군데나 상처를 입었지만 계속 앞으로 나아갔다. 주장(主將)이 피를 뒤집어쓰고 나아가자 부하들 역시 목숨을 돌보지 않고 따랐다.

그리고 그 둘의 부대는 구만이나 되는 송나라 군사들을 주살했다. 송나라 태종은 단신으로 나귀가 이끄는 수레를 얻어 타고 겨우 도망쳤다.

그 뒤, 그 둘은 거란의 '양 날개'로 불리며 화려한 전공으로 거란군 일체를 통솔하게 되었다.

송나라를 압박하여 양무적(楊武敵)이라고 일컬어지던 양계업(楊繼業)을 사로잡는 등, 송나라와 거란의 전세를 완전히 역전시켰다. 예전에는 송나라가 공격하고 거란이 방어하는 추세였다면 이 둘의 등장 이후에는 거란이 송나라를 압박하는 형세로 바뀐 것이다.

소배압은 꿈속에서 이들의 영웅적인 모습을 보고 있었다. 그들은 용맹하고 빨랐으며 상대의 허를 찔렀다.

그러다가 어느새 지금의 자신으로 돌아왔다. 몇 번의 전공을 세워 소배압은 이제 거란 최고의 명장으로 대우받고 있었고 그들처럼 수십만의 군사를 손끝 하나로 지휘할 수 있게 되었다. 지위에 있어서는 그들과 같게 된 것이다.

그리고 자신도 그들처럼 화려한 전공을 세우고 있었다. 고려의 수도 개경에 입성하여 고려 왕을 자신의 발밑에 두게 된 것이다. 당 태종도 실패한 고려 정벌을 해내어 자신도 그들과 전공에서 어깨를 나란히 하게 된 것이다.

소배압은 잠결에 누군가 자신을 흔드는 것을 느꼈다.

"도통! 도통!"

꿈인지 생시인지 헷갈리다가 드디어 눈을 떴다. 반쯤 감긴 눈으로 보니 부관이 자신을 깨우고 있었고 그 옆에는 붉은 옷을 입은 장대한 체구의 사람이 서 있었다. 동북상온 야율탁진이었다. 지금은 인시의 중간(4시)이었고 야율탁진이 이 시간의 지휘사령이었다.

소배압이 잠에서 덜 깬 음성으로 말했다.

"무슨 일인가?"

야율탁진이 급히 말했다.

"적 대군이 남쪽에서 접근 중입니다."

소배압은 정신이 번쩍 들어 침상에서 몸을 튕기듯이 일으켰다.

II

모루와 망치

: 경술년(1010년) 십일월 십칠일 묘시(6시경)

강조가 이끄는 고려군 주력은 통주에서 흥화진 쪽으로 북상하여 거란군들을 압박한다. 강하게 압박하여 거란군들을 그 자리에 묶어 둔다.

최사위는 장수들을 거느리고 구주(龜州) 북쪽의 육돈도(恧頓道)·탕정도(湯井道)·서성도(曙星道) 세 방면으로 진군한다. 세 갈래 길로 나뉘어, 기병으로 이루어진 주력부대는 무로대를 공격하고, 다른 부대는 내원성 쪽을 견제하고, 또 다른 부대는 흥화진을 공격하는 거란군을 견제한다. 주공(主攻)은 무로대를 치는 부대다. 내원성과 흥화진 쪽을 견제하는 동안 무로대를 공격하여 적의 보급물자를 불태워 심대한 타격을 준다.

만일 무로대를 기습한 군사들이 보급물자를 불태우는 것 이상으로 거란군에게 큰 타격을 준다면, 강조의 주력군도 거란군들을 압박하고 견제하는 수준에서 벗어나 대공세를 펼친다. 위와 아래에서 적을 동시에 쳐서 압살시키는 것이다.

마치 '모루와 망치'처럼.

최사위는 무로대를 공격하는 부대를 직접 이끌려고 했다. 그러나 모든 제장이 반대하고 강조 역시 거기에는 강하게 반대했다. '주장이 너무 앞으로 나서면 상황통제에 좋지 않다'라는 게 이유였다. 따라서 무로대에 대한 공격은 우군병마사(右軍兵馬使) 이방(李昉)이 흥위위 정용 삼천과 여기저기서 끌어모은 천여 기의 기병들을 이끌고 출진하기로 했다

내원성에 대한 견제는 좌우위의 보승 병력 이천 명이 맡았고, 흥화진 쪽의 거란군에 대한 견제는 구주군 천여 명과 항마군 보병 천오백 명이 맡았다.

최사위는 용만(龍灣: 현재의 평안북도 의주) 근처에서 대기하기로 했다.

이윽고 최사위가 용만에 도착했을 때는 작전계획대로 동이 트기 바로 직전이었다.

압록강 남단에 있는 용만이, 동·서·남·북을 오가는 교통의 요지였다. 여기서 북쪽으로 강을 건너 두 개의 섬을 지나면 요동(遼東)이었고 처음 지나는 섬에 거란의 내원성(來遠城)이 있었다. 서쪽으로 사십 리쯤 압록강을 따라가면 거란이 세운 전진기지인 무로대(無老代)가 있었으며 남쪽으로 오십 리가량 가면 흥화진이었다.

거란이 무로대를 설치한 곳은, 직선거리로는 용만보다 거란의 동경(東京: 현재의 중국 요양(遼陽))에 더 가깝지만, 평소 땅이 질척대는 곳이기 때문에 주도로(主道路)는 아니었다. 그러나 겨울이라 압록강이 얼었고 땅이 단단해졌기 때문에 거란군은 여기에 전진기지를 설치한 것이었다.

하여간 용만을 틀어쥐고, 최소한 무로대 공격군들이 무로대를 공격하고 후퇴할 때까지 시간을 벌 것이다.

다만 한 가지 문제는 여기서 무로대까지는 근 사십 리 길이라는 것이었다. 길이 평탄하여 이동하기에 좋다지만 아무리 빨리 전령이 이동해도 반시진은 족히 걸릴 것이다. 기민하게 대응할 수 없는 것이다. 현장 지휘관인 우군병마사 이방이 잘해주어야 한다.

내원성에서는 갑작스러운 고려군의 등장에도 아무런 움직임이 없었다. 남쪽의 흥화진 쪽 거란군도 움직임이 없기는 마찬가지였다. 최사위가 생각한 대로, 적이 예상하지 못하는 장소와 시기에 기습을 가하는 것이 절반쯤 성공한 셈이었다.

최사위는 작전이 생각한 대로 진행되어가자 가슴이 뭉클해왔다. 폐로 들어오는 겨울의 공기가 차가웠지만 시원하게 느껴졌다.

통군부사(統軍副使)·호부시랑(戶部侍郎) 송린(宋隣)이 말했다.

"징조가 아주 좋습니다!"

다른 제장들 역시 덕담을 주고받으며 전투에 대한 기대감을 드러냈다.

반면에 체구가 큰 늙은 무장이 흰 수염을 나부끼며 아무 말 없이 주위를 형형한 눈빛으로 살피고 있었는데 흥위위 대장군* 채온겸(蔡溫謙)이었다.

최사위는 기대하면서도 초조히 기다렸다. 반 시진이 지나 거의 한 시진이 가까워져 올 무렵, 드디어 무로대 쪽에서 전령이 도착했다. 최사위는 흥분된 어조로 전령을 보자마자 물었다.

"전황은 어떻게 되어가고 있는가?"

전령이 상기된 표정으로 말했다.

"무로대를 공격하기 전, 남쪽에서 거란 기병들이 나타나서 그들과 대치 중입니다!"

최사위가 놀라며 말했다.

"무로대를…, 무로대를 공격하지 못하고 있다는 말인가?"

"적 기병들이 순식간에 나타나서 미처 무로대까지 진군할 수 없었습니다."

최사위의 얼굴이 어둡게 변했다. 송린이 차분한 목소리로 말했다.

"무로대를 기습하는 것은 실패했으나 아직 전투가 끝난 것은 아닙니다. 흥화진 쪽과 내원성 쪽을 잘 막아서고 있으니, 무로대 공격군의 전투 결과를 천천히 기다리는 것이 좋을 것입니다."

---

* 　대장군: 흥위위, 좌우위, 신호위 등 6위에는 각각 최고 상위 무관인 상장군(정3품) 1인과 바로 그 아래인 대장군(종3품) 1인이 있었다.

맞는 말이었다. 최상의 결과를 내는 것에는 실패했으나 아직 끝난 것이 아니었다. 비록 여의찮아 후퇴하더라도 최소한 거란군의 간담을 서늘하게 할 것이다. 대성공은 아니더라도 그래도 실패했다고 볼 수는 없는 것이다.

그런데 뒤쪽에 있던 젊은 관료 중 하나가 큰 목소리로 최사위를 불렀다.

"통군사 각하!"

최사위가 소리 난 쪽으로 돌아보니, 통군녹사(統軍錄事) 조원(趙元)이었다. 통군녹사는 통군부의 칠 품 관리로서 잡다한 일들을 처리하는 중하급 실무자의 위치였다.

최사위가 시선을 주자, 조원이 큰 목소리로 말했다.

"당장 무로대 공격군들을 후퇴시켜야 합니다!"

최사위가 조원을 우두커니 보고 있는데, 곧 구주군과 항마군에서 보낸 전령들도 속속 도착해서 보고했다.

"밀려드는 거란군과 교전 중입니다!"

흥화진에서 용만 쪽으로 오려면, 백마산 동쪽을 경유하는 가장 빠른 길과 백마산을 서쪽으로 우회하여 거란군들이 무로대를 설치한 곳을 통해 오는 길이 있었다.

통군판관(統軍判官)·시병부원외랑(試兵部員外郎) 원영(元穎)은 용만에서 남쪽으로 이십 리가량 떨어져 있는 어느 산꼭대기에 있었다. 이곳에서 백마산 동쪽 자락의 구주군과 항마군을 관찰할 수 있었다.

전투에 임하는 신호가 구주군과 항마군 쪽에서 울리자 원영은 전황을 예의 주시했다. 좁은 산길을 구주군과 항마군이 막아서고 있으니 거란군이 쉽게 넘어오지 못하리라고 예상하고 있었다.

그런데 거란군은 길도 없는 곳으로 꾸역꾸역 넘어와서 마치 성을 에워싸듯이 구주군과 항마군을 천천히 포위하려고 하고 있었다.

원영은 전령을 최사위에게 보내고 깃발로 신호하여 후퇴 명령을 내려주기를 요구했다. 송린이 원영이 보내는 깃발 신호를 보고 최사위에게 급히 말했다.

"구주군과 항마군이 후퇴 명령을 원하고 있습니다!"

최사위는 채온겸과 대화를 나누고 있다가 송린의 말을 듣고 남쪽을 보니 과연 후퇴 명령을 내려줄 것을 신호하고 있었다.

긴급했다! 만일 구주군과 항마군이 무너진다면 앞서 있는 무로대 공격군들은 전투의 승패와 관계없이 완전히 고립된다.

그러나 최사위는 망설였다. 아직 공격군의 전투 결과가 나오지 않았다. 조금만 더 구주군과 항마군이 버텨주기를 바랐다.

최사위가 망설이고 있는데 뒤쪽에서 누군가 앞으로 나서며 단호한 목소리로 말했다.

"당장 공격군에게 후퇴 명령을 내려야 합니다. 구주군과 항마군이 무너져 시기가 늦으면 공격군들은 완전히 고립되고 말 것입니다!"

역시 통군녹사 조원이었다. 최사위가 반응이 없자 조원이 다시 한번 힘주어 말했다.

"어서 후퇴해야 합니다!"

통군부사 송린이 조원에게 호통을 치며 말했다.

"녹사 따위가 어디 감히 함부로 나서는가!"

최사위가 채온겸에게 침통한 목소리로 물었다.

"대장군은 어떻게 생각하십니까?"

채온겸이 심각한 표정으로 서쪽을 보며 말했다.

"지금은 무리하지 않는 것이 좋을 듯합니다."

최사위는 일단 공격군들에게 후퇴 명령을 내렸다. 그러나 구주군과 항마군은 거란군에게 포위될지라도 어떻게라도 더 버텨주어야 했다. 무로대 공격군들이 용만까지 후퇴하면 그때 물러나야 한다.

우선순위는 정용을 비롯한 기병들이다. 정용이 군 전력의 핵심이다. 정용 군사 한 명을 기르는 데는 최소한 오 년 이상의 시간이 필요했고 그 전력을 유지하는 비용은 보병 다섯과 같았다. 정용들의 전력을 먼저 보존해야 한다. 그러기 위해서 구주군과 항마군이 희생된다면 희생시킬 수밖에 없는 것이다.

우군병마사 이방이 이끄는 무로대 공격군들은 예상보다 훨씬 빠르게 백마산을 서쪽으로 돌아 나온 거란군과 조우했다. 빠른 속도로 이동하던 두 나라 군대는 멈춰 서서 진영을 정비했다.

이방이 옆에 있던 전령에게 말했다.

"무로대에 도착 전, 적 기병과 만나서 대치 중이라고 통군사 각하께 보고하라!"

반 시진쯤 대치 상태가 이어지다가 산발적인 교전이 펼쳐지기 시작했다. 그러던 어느 순간 고려군과 거란군은 순식간에 격돌했다. 우열을 가리기 힘든 난전이 이어졌다.

우군병마부사(右軍兵馬部使) · 형부낭중(刑部郎中) 김정몽(金丁夢)이 다급히 이방에게 말했다.

"예상과 다르게 무로대를 기습하기 전에 적을 만났습니다. 더구나 적을 쫓지 못하고 난전 중입니다. 지금은 병법에서 말하는 사지(死地)입니다. 어서 후퇴해야 합니다."

김정몽의 말에 이방이 입을 다물고 아무 말도 하지 않았다. 병마판관(兵馬判官) · 내알자(內謁者) 유장(柳莊)이 말했다.

"아직 전투에 진 것도 아니고 후퇴 명령도 없습니다. 좀 더 기다려볼 여유가 있습니다."

이방이 천우위 대장군 원우(元祐)에게 물었다.

"대장군은 어떻게 생각하시오?"

원우가 전방을 주시하며 말했다.

"군사들을 조금 더 믿어보시지요."

"내 뜻도 그렇소. 조금 더 기다려봅시다."

공격군은 여전히 거란군과 난전 중이었다. 그러나 곧 불안감이 엄습해 왔다. 시간을 끌면 적들의 원군이 올 것이다. 그러나 아군의 원군은 없는 것이다.

이방의 마음속에서 자꾸 '후퇴'라는 단어가 솟아올랐다. 통군사의 명을 받지 않더라도 자체적인 판단으로 후퇴 명령을 내릴 수도 있는 것이다.

이방은 망설이고 있었다. 속절없는 시간이 계속 흐르는 가운데, 드디어 최사위가 보낸 전령이 도착하여 후퇴 명령이 내려졌음을 알렸다. 이방이 급히 외쳤다.

"후퇴하라!"

이방이 명령을 내리자, 고각군들이 요란하게 징을 쳐댔다. 징소리를 들은 공격군들은 분분히 말머리를 돌렸다.

12

출진한 구두군과 항마군

: 경술년(1010년) 십일월 십칠일 묘시(6시경)

홍화진을 포위한 거란군을 견제할 임무를 맡은 구주 보병 천여 명은 구주중랑장 이섬(李暹)이 이끌고 있었다.

교위 이상의 장교들은 말을 타고 있었으나 나머지 장병들은 벌써 한 시진째 계속 속보로 이동하는 중이었다. 이섬은 휘하 병력을 살폈다.

"후, 후-."

모든 병력이 숨을 고르게 쉬려고 노력하고 있었다. 숨이 흐트러지면 다리가 풀린다. 쉽지 않은 여정이었으나 평소 훈련받은 대로 잘 해주고 있었다.

이섬은 명령을 곱씹어보았다.

'탕정도(湯井道: 온천길)로 나아가 홍화진과 용만 사이에 길을 막아라!'

홍화진과 용만 사이의 산길은 한두 개가 아니었다. 사이에는 백마산이라는 큰 산이 있었고 백마산 동편은 지형이 얕은 야산들로 이루어져 있었다. 주도로(主道路)가 있었으나 작은 오솔길은 헤아릴 수 없을 정도로 많았다.

적은 병력으로 그 많은 길을 모두 틀어막는다는 것은 사실상 불가능했다.

십일월 초하루, 이섬은 구주방어사 최원신(崔元信)이 불러서 방어사실로 갔었다. 방어사실에 들어가서 보니, 방어사 최원신과 방어부사 장극맹(蔣

劇孟), 도령중랑장 이보량 등이 있었고 구주 관료가 아닌 몇 사람이 있었다.

그중 두 사람은 얼굴을 아는 사람들이었는데, 통군녹사 조원과 천우위 교위 고열(高烈)이었다. 조원과 고열은 거란의 침공이 예견된 후 구주에 자주 출장을 왔으므로 안면이 있었다. 조원은 의자에 앉아서 문서를 작성하고 있었고 고열은 그 근처에 시립하고 있었다.

이섬은 최원신에게 가볍게 읍하고 조원 등과는 눈인사를 주고받은 후, 상석에 앉아 있는 낯선 사람을 보았다. 방어사보다 상석에 앉아 있으니 당연히 신분이 높은 사람일 것이다.

이섬이 보니, 오십 정도의 나이에 하관이 좁은 얼굴형에 키는 보통 키였고 다부진 체형의 사람이 검은 옷을 입고 있었다. 검은 옷은 고려에서 모두가 즐겨 입었기에 그것만으로는 신분을 알 수 없었다. 단지 의복에서 은은한 빛이 나는 것이 고급 견(絹: 비단)으로 지어진 것은 알 수 있었다.

그런데 낯설면서도 낯이 꽤 익었다. 낯은 분명히 익은데 누군지는 바로 생각나지 않았다. 이섬이 머뭇거리자 이보량이 말했다.

"통군사 각하시네."

바로 통군사 최사위였다.

거란의 침략이 확실해지자 고려조정은 최사위를 통군사로 임명했다. 평시에는 서북면도순검사와 동북면도순검사가 변방의 병력 배치를 감독하나, 도순검사의 권한은 맡은 지역을 관리 감독하는 것에 그쳤다.

반면 통군사의 권한은 제약이 없었다. 군정을 모두 오로지하며 병력 역시 마음대로 움직일 수 있었다. 매우 큰 권한이므로 위기 시에만 임명되는 임시 직책이었다.

이보량의 말에 이섬이 깜짝 놀라며 급히 머리를 허리 아래까지 숙였다. 이섬이 예를 표하자 최사위 역시 자세를 단정하게 하고 답례했다.

이섬은 각이 없는 복두(幞頭)를 쓰고 그 위에 귀와 목을 가려주는 방한용 털모자를 더 쓰고 있었는데 너무 급하게 허리를 구부리다 보니 복두와 털모자가 벗겨져 땅에 떨어지고 말았다. 민상투가 그대로 드러나게 되자 이섬은 매우 당황했으나 인사하는 와중에 주울 수도 없는 터라 천천히 허리를 편 후 어색하게 서 있었다. 근처에 앉아 있던 조원이 재빨리 일어서서 복두와 털모자를 주위 이섬에게 건넸다.

최사위가 복두를 다시 쓰는 이섬을 보며 물었다.

"중랑장은 올해 나이가 어떻게 되시오?"

"마흔넷입니다."

이섬은 최사위의 말에 반사적으로 답했으나 최사위가 나이를 묻는 이유를 알 것 같았다. 이섬은 대머리였기 때문이다. 뒷머리와 옆머리만 가지고 상투를 틀어 올렸기 때문에 민상투만 있는 모습은 마치 갈색 달걀귀신 같았다. 이섬이 머쓱하여 복두를 귀 바로 위까지 꾹 눌러 쓰는데 최사위가 다시 말했다.

"나와 몇 살 차이 안 나는군요. 나도 마흔 언저리부터 눈에 띄게 빠지더니 지금은 민둥산 같다오. 우리 부인께서는 언제 출가할 거냐고 재촉하지요."

최사위가 이렇게 말하며 껄껄 웃자 주위 사람들도 따라서 웃었고 분위기는 매우 화기애애해졌다. 이섬 역시 미소 띤 얼굴로 다시 가볍게 읍하며 최사위에게 말했다.

"개경으로 출장을 갔을 때 먼발치에서 몇 번 뵈었는데 지금에서야 인사를 드리게 되었습니다."

통군사는 비상시기에 맡은 임시직이었고 이때 최사위의 실제 벼슬은 형부상서(刑部尙書)였다. 형부상서는 정삼품의 품계로 아직 재상(宰相)의 반열은 아니었으나 이 시기에는 아직 관직 분화가 엄격하지 않았다. 재상도 상서를 겸직하는 경우가 많았다. 상서 정도가 되면 재상급으로 인정받았다.

고려의 재상이라는 직위는 나라의 실제적 권력이었다. 형부상서가 되고 이부상서(吏部尙書)가 되기도 하고 참지정사(參知政事)를 겸직하기도 하는 등 특별한 문제를 일으키지 않는 한, 관직을 옮겨 다니며 권력의 최상층부에 있게 되는 것이다. 왕은 상징적인 면이 컸고 실제 통치는 최사위 같은 재상이 하게 되는 것이다.

이섬은 개경으로 출장을 갔을 때 먼발치에서 최사위를 몇 번 보았었다. 그래서 낯이 익은 것이었다.

물론 최사위의 권세는 대단했다. 그러나 그게 전부가 아니었다. 최사위는 학문적 소양이 뛰어났고 청렴하고 공정했으며 겸손했다. 병법서를 많이 읽어 병법에도 능하다는 평가를 받았다. 또한 무예를 능사로 삼지는 않았으나 평소에도 육체를 단련하여 제 앞가림을 할 정도는 되었고 이 시기의 대다수 관료처럼 활을 잘 쏘았다. 기사(騎射)에도 상당히 능했다.

현명함에 문무를 겸비했다. 고려 제일의 인재 중의 한 명으로 평가받는 사람이었고 그 누구라도 존경할 만한 사람이었다.

최사위가 만면에 미소를 띠며 예의 있게 이섬에게 말했다.

"방어사가 이 중랑장이 믿을 만한 사람이라고 하더군요."

이섬은 절로 고개를 숙이며 말했다.

"과찬의 말씀이십니다. 저는 그저 변변치 못한 변방의 무장일 따름이옵니다."

방어사 최원신이 이섬에게 말했다.

"통군사 각하께서 우리 구주군이 어떤 임무를 맡아주기를 바라십니다. 그 임무를 도령중랑장께서 직접 수행하시겠다고 했으나, 이 중랑장도 아시다시피, 구주의 군사적인 업무는 도령중랑장께서 모두 처리하고 있습니다. 도령께서 구주를 떠나는 것은 바람직하지 않다고 봅니다. 그래서 이 중랑장이 임무를 수행해주었으면 합니다."

이섬은 망설임 없이 씩씩하게 답했다.

"군인은 명을 받들 뿐입니다."

최사위가 흡족한 표정을 지으며 말했다.

"이곳 지형에 대해서는 이 중랑장이 전문가이지 않소! 일단 이 중랑장의 의견을 듣고 싶소이다."

최사위의 말은 사려 깊고 신중했다. 최사위의 말이 끝나자, 이보량이 이섬에게 작전계획을 설명했다. 작전계획을 들은 후, 이섬은 입이 딱 벌어졌다. 지금까지 경험해본 적이 없는 장대한 작전계획이었다. 과연 나라와 나라 간의 대전쟁이었다.

이섬이 떨리는 목소리로 말했다.

"흥화진과 용만 사이의 산길은 매우 많습니다. 그것을 모두 막으라는 말씀이십니까?"

최사위가 오히려 반문하며 물었다.

"그 모든 길을 막을 수 있겠소?"

이섬이 정색하며 말했다.

"당연히 모두 막을 수는 없습니다."

최사위가 미소 지으며 말했다.

"당연히 모두 막으라는 것은 아니요. 흥위위 정용들을 주축으로 하는 기병들이 무로대를 칠 것인즉, 한 시진 정도 막아설 수 있느냐는 것이오?"

이섬은 생각했다.

'한 시진이라….'

어려운 작전이었지만 기습인 데다가 지형은 거란군보다 이쪽이 훨씬 익숙할 것이므로 할 수 있을 것 같았다. 이섬이 말했다.

"계속 막아서는 것은 불가능하겠지만, 한 시진 정도라면 해볼 만합니다."

최사위가 흡족한 표정으로 양손을 마주 잡으며 말했다.

"좋소! 항마군(降魔軍) 천오백을 지원할 것이니, 길을 막는 세세한 작전 계획은 구주 지휘부에 모두 일임하겠소이다."

말을 끝낸 최사위가 몸을 일으키자 나머지 사람들도 자리에서 일어났다. 최사위가 조원을 보며 말했다.

"조 녹사, 자네는 구주의 병력을 점고하고 보고하게."

"예, 알겠습니다."

최사위가 좌중을 보며 말했다.

"공격군은 내가 직접 지휘할 것이요. 우리 잘해봅시다."

최사위의 말에 구주의 관료와 장수들은 모두 깜짝 놀랐다.

이틀 후에 항마군이 구주에 도착했다. 최원신과 장극맹, 이보량, 이섬 등은 병력 배치에 대해서 계속 의견을 나누며 계획을 완성해나갔고 작전계획을 비밀에 부친 채 구주군과 항마군들을 작전 상황에 맞춰 훈련했다.

작전 자체가 국가의 흥망이 달려 있었으므로 그 무게는 실로 엄청났다. 게다가 최사위가 직접 지휘한다는 것은 또 다른 자극이었다. 하나라도 소홀히 할 수 없었다. 그로부터 십오 일 후, 드디어 작전에 돌입하게 된 것이다.

홍화진 동문에서 북쪽으로 이십 리가량 가면 백마산 동편의 사거리가 나오고 여기서 다시 가을고개와 창살고개를 넘어 이십 리쯤 더 가면 용만(의주)이었다.

사거리에서 서쪽 길은 백마산 남쪽 자락을 따라 이어져 압록강 하구나 서해로 갈 수 있었고 동쪽 길이 탕정도였다.

사거리에서 가을고개로 이어지는 길이 홍화진과 용만을 잇는 주도로이고 이곳을 구주군이 막게 될 것이었다. 항마군은 가을고개에서 서쪽으로 이삼 리 떨어져 있는 소로를 맡았다. 지형이 익숙한 구주군이 주도로를 막는 임무를 맡고 지형에 익숙하지 않은 항마군에는 보조 임무를 맡긴 것이다.

구주에서 탕정도로 나아가면 냇가를 따라 움직이게 되는데 백마산이 눈에 보이는 지점에 도달하면 냇물 양옆으로 버드나무가 무성하다.

버드나무 숲까지 이동할 때는 거란군을 마주치지 못했지만, 버드나무 숲을 나와서 사거리 쪽으로 이동하는 동안 소수의 거란 기병과 마주쳤다. 그러나 그들은 고려군을 보자마자 후퇴했다. 사거리까지는 무리 없이 올 수 있었다.

이섬은 안도의 숨을 내쉬었다. 여기까지 무사히 왔다면 이미 절반은 성공한 것이다. 그리고 거란군의 방해를 받지 않고 계획대로 진영을 짰다.

사거리 서쪽 편의 야산을 점거하고 거마창을 둘러쳤다. 여기를 점거하면 사거리 전체를 통제할 수 있다.

다만 염려되는 점은, 거란군이 아군이 막지 않은 소로로 우회하여 용만으로 가거나, 신속히 대군을 보내 아군을 공격하는 것이었다.

그러나 거란군이 이런 수를 쓰려면 고려군의 의도를 정확히 안다는 전제가 필요했다. 두 가지 경우 모두, 단시간 내에 발생할 가능성은 거의 없었다. 그렇다면 진영을 계획대로 짰으니 팔 할은 된 것이다. 최사위에게 약속한 한 시진 정도는 어떻게든 충분히 버틸 수 있었다.

그러나, 계획대로 되지 않았다.

13

용만(龍灣) 남쪽의 구두 악귀군

: 경술년(1010년) 십일월 십칠일 진시(8시경)

항마군은 금오위 낭장 박성(朴成)과 보제사 대사 광숙(光肅)이 이끌고 있었다.

항마군은 주로 재가화상(在家和尙)들로 이루어진 부대였다. 재가화상은 화상으로 불리지만 일반 승려(僧侶)가 아니라 수원승도(隨院僧徒)였다.

고려는 승과(僧科)를 실시했으므로 승과를 보려면 상당한 공부를 해야 했다. 하루 일해서 하루 먹고 사는 일반 평민이 공부해서 승려가 된다는 것은 사실상 불가능했다. 승려가 되려면 어느 정도의 신분과 재산이 있는 사람이어야 했다. 따라서 일반 평민은 법적으로 막지는 않았으나 실제적으로는 승려가 되기 힘들었다.

수원승도(隨院僧徒)는 일반 평민들이었다. 불심에 따라 자기 집과 토지를 사원에 바치고 자발적으로 예속된 사람들이다. 이들은 낮에는 일하고 밤에는 종교적 수행을 했다.

평상시에는 사원의 토지경작과 잡무 등을 하며, 또한 일품군처럼 징발되어 관청에서 기물(器物)을 나르고 도로를 쓸고 도랑을 내고 성과 집을 축성하는 일을 했다. 고려조정은 이들로 따로 군대를 조직하여 항마군(降魔軍)이라고 불렀다. 이들도 다른 일·이·삼품군처럼 국가적 위기 상황을 맞아 동원된 것이었다.

고려거란전쟁 - 고려의 영웅들 (상)

항마군은 가을고개 서쪽 소로에 매복하여 초전에 거란군을 크게 물리쳤다. 이렇게 한번 물리치게 되면, 당황한 거란군은 전열을 정비하고 상황을 관찰하는 데 시간을 어느 정도 보낼 것이라고 예상했다. 그사이에 항마군은 포대에 흙을 채워 소로를 완전히 막아버릴 계획이었다.

그러나 거란군은 비할 데 없이 신속했다. 항마군의 매복에 걸려 패했으나 즉시 방패를 앞세우고 다시 진격해왔다. 거란군이 다시 진격해오자 낭장 박성이 외쳤다.

"저들은 절대 여기를 뚫을 수 없다. 철질려를 뿌리고 위치를 고수하라!"

항마군이 높은 위치를 선점해서 위에서 아래를 내려다보며 싸우는 것이기 때문에 아주 유리했다.

그러나 거란군들이 수천 발의 화살을 동시에 날려 항마군들이 든 방패에 수십 발의 화살이 꽂히자, 그 힘과 무게에 맨 앞의 항마군들이 나가떨어지며 진세에 균열이 생겼다. 그 틈에 거란군들이 돌격해왔다.

거란군들이 계속 돌격해 들어오자, 항마군들은 점점 뒤로 밀렸다. 재가화상들은 개개인의 용력이 좋고 불심으로 무장된 만큼 충성심도 높았으나 잘 훈련된 군사들은 아니었다. 더구나 여러 지역에서 모은 인원들이라 아무래도 단결력이 약했다.

거란군이 야산 위로 계속 돌격해오자 잠시 후면 포위될 것 같았다. 박성은 즉시 후퇴 명령을 내렸다. 이럴 때를 대비해서 여기에서 거란군을 막아내지 못하면 그보다 북쪽으로 물러나서 창살고개로 후퇴하게 되어 있었다.

구주군은 이섬의 지휘하에 거란군과 분전을 펼치고 있었다. 거란군들은 예상보다 훨씬 빠르게 다수의 병력으로 공격해왔다. 거란군의 공격이 거세어 전면의 진영이 조금 뒤로 밀렸으나 요소마다 병력을 잘 배치해둔 덕분에, 뒤로 밀린 후에도 재빠르게 진열을 정비할 수 있었다.

그러나 다수의 거란군이 넓게 감싸듯이 다가오자 곧 거란군에 포위될 것 같았다.

그때 항마군의 징 소리가 들렸다.

"징~징~징~징~징····."

후퇴의 징소리였다. 항마군이 창살고개로 후퇴하려는 것이다. 이럴 때는 작전계획대로 구주군도 뒤로 물러나 창살고개의 동쪽 편에 자리를 잡아야 한다.

그러나 거란군은 구주의 지휘부가 생각했던 것보다 훨씬 지형에 익숙했고, 훨씬 더 많은 병력으로 다양한 접근로(路)로 진격해왔다. 마치 이런 상황을 대비하여 미리 연습해놓은 것 같았다.

이섬은 구주군이 포진한 야산 정상에서 상황을 지켜보며 지휘했다. 항마군의 퇴각 신호를 듣자 이섬도 깃발을 흔들어 퇴각 명령을 내리려고 했다.

그러나 그렇게 할 수 없었다. 거란군이 이섬이 지휘하고 있는 야산의 정상부를 향해 동시사*(同時射)를 날렸기 때문이었다.

동시사의 위력은 무시무시했다. 사방 십 보(步) 정도밖에 되지 않는 좁은 지역에 두 번에 걸쳐 수천 발의 동시사가 날아오자 장방패가 일부 깨어지며 고각군들 대부분이 화살을 맞았고 이섬 역시 왼팔에 화살을 맞았다.

두 다리에 모두 화살을 맞은 고각군 항정(行正) 박명금(朴鳴金)이 용케도 쓰러지지 않고 신음하며 말했다.

"중랑장님! 우리도 후퇴해야 합니다!"

이섬이 주위를 돌아보니 고각군들을 비롯하여 수십 명의 군사가 화살을 맞아 신음하고 있었다. 이섬은 즉시 전황부터 살폈다. 얼마 후면 거란군이 야산을 완전히 포위할 듯했다. 병력 손실이 있더라도 일단 후퇴할 시기였

---

* 동시사: 여럿이 한꺼번에 화살을 쏘는 것.

다. 그런데 다시금 수천 발의 화살이 동시에 날아왔다.

수십 명의 군사가 화살에 맞아 그 자리에서 절명했다. 이섬은 원방패를 들어 어떻게든 막아보려 했으나 왼쪽 장딴지에 다시 화살을 맞고 말았다.

행군(行軍: 주진군의 정예병 명칭) 일낭대 낭장 황호맹(黃虎猛)은 야산의 정상에서 북쪽으로 몇십 보 떨어진 곳에서 군사들을 이끌고 유군(遊軍)으로 대기하고 있었다.

야산의 정상 위로 화살이 빗발치고 깃발들이 모두 쓰러지자 황호맹은 상황을 파악하기 위하여 정상으로 올랐다. 정상부는 마치 강력한 폭풍이 휩쓸고 지나간 것 같았다. 제대로 서 있는 사람들이 없었다.

황호맹은 즉시 전황부터 살폈다. 청색의 전복을 입은 거란군들이 대지를 온통 푸른빛으로 물들이며 구주군 주위를 잠식하고 있었다. 가장 큰 문제는, 세 번의 동시사를 맞아 지휘가 불가능했던 몇 분 동안에 거란군들이 구주군의 퇴로를 막아버렸다는 것이었다.

아직 거란군의 포위망이 단단해 보이진 않았지만 어쨌든 후퇴할 시점은 놓쳐 버린 것이다.

"젠장!"

황호맹의 입에서 욕이 튀어나왔다. 황호맹은 쓰러져 있는 이섬에게 급히 다가갔다. 이섬은 다리와 팔에 화살을 맞았으나 생명에 지장을 줄 정도의 심각한 부상은 아니었다. 황호맹이 다급히 이섬에게 말했다.

"적들이 퇴로를 막아버렸습니다!"

"끙···."

이섬은 신음만 낼 뿐 아무 말도 하지 못했다. 황호맹이 이섬을 부축하여 아래로 내려가려 하자 이섬이 거부하며 말했다.

"모든 구주군이 볼 수 있도록 중랑장기(旗)를 다시 세우게!"

황호맹은 이섬의 명령에 주저했다. 깃발을 다시 세우면 거란군들이 다시 화살을 날릴 것이기 때문이었다.

이섬은 몸을 일으키며 방패를 집어 들었다. 그리고 주저하는 황호맹에게 호통을 치며 말했다.

"깃발이 서지 못하면 군심이 흩어질 것이고 그러면 패전할 것이야!"

이섬의 호통에 황호맹이 중랑장기를 집어 들자, 이섬이 방패를 들고 황호맹 앞을 가렸다. 박명금 역시 다리를 질질 끌며 다가와 중랑장기를 세우는 황호맹을 방패로 보호했다. 중랑장기가 다시 세워지자, 근처에 숨이 붙어 있는 군사들이 다가와서 역시 깃발 주위에 방패를 세웠다.

다시 거란군들의 화살이 하늘을 날아 방패 위를 때려대기 시작했다. 이섬이 절규하듯이 외쳤다.

"깃발을, 깃발을 반드시 사수하라!"

거란군들은 조금씩 전진하며 구주군을 옥죄고 있었다. 거란군의 처음 공격이 폭풍처럼 거세고 빨랐다면, 주요 목을 점거해 구주군을 완전히 포위한 지금은, 조금씩 차근차근히 사방에서 전진하고 있었다.

잠시 후, 거란군의 공격이 멈췄다. 거란군 진영에서 누군가가 고려말로 외쳤다.

"그대들은 모두 포위되었다. 그리고 용맹하게 싸웠다. 더 이상의 싸움은 의미 없으니 모두 항복하라! 항복하면 우리 황제께서 모두에게 관직을 내려주시고 귀하게 써주실 것이다."

전투하고 있던 대부분의 구주군은 상황이 계획대로 돌아가지 않고 있다는 것을 인식하고 있었으나, 완전히 포위당한 것까지는 알 수 없었다. 거란군들이 고려말로 이렇게 외치자, 그제야 자신들이 완전히 포위당했다는 사실을 명확히 인식할 수 있었다.

거란군이 이렇게 외친 것은, 실제로 고려군들의 항복을 유도하기 위해서였고 만일 고려군들이 당장 항복하지 않는다고 하더라도 사기를 떨어뜨릴 의도였다.

구주군 사이에서 웅성거림이 터져 나왔다. 이섬은 방패벽 뒤에서 주위를 돌아보며 말했다.

"젓대(대금(大芩))를 가지고 있는 사람이 있는가?"

유일하게 상처를 입지 않은 황호맹이 답했다.

"제가 가지고 있습니다."

"⟨구주군가⟩(龜州軍歌)를 연주하라!"

⟨구주군가⟩는 서희와 함께 소손녕과 싸우고 북방 개척에 참여했던 태자 태사(太子太師) 최량(崔亮)이 지은 노래였다.

구주성이 쌓아지고 일 년 후인 성종 14년(995년) 겨울, 구주는 여진 제부족군에게 완전히 포위당했었다. 폭설로 아군이 올 수 없었고 식량도 한 달치밖에 없는 상태에서 구주군은 두 달 이상을 버텨냈다. 후에 이때를 '고난의 겨울'이라고 부르게 된다.

최량은 이때 중군사(中軍使: 중군(中軍)의 사령관)로 구주성 안에 있었다. 어느 날, 추위와 굶주림에 지친 상태임에도 동문 앞에 씩씩하게 서 있는 구주의 군사들을 보고 마음속에 느껴지는 바가 있어 작사한 노래가 ⟨구주군가⟩였다. ⟨구주군가⟩는 구주군사들에게 바쳐진 노래였다.

동문 앞의 저 용맹한 군사들,

수십 명이 무리 지어 있네.

튼튼한 두 다리로 땅 위를 딛고 서서,

부월을 힘차게 휘두르니 옥가루가 날리는 듯하네.

빼어난 모습은 뭇사람에 뛰어나고,

기이한 충성심은 따라갈 자들이 없다네.

내리는 폭설에도 여전히 그 자리를 지키고 서서,

뼈를 깎는 굶주림도 그들을 물러나게 할 수 없다네.
우뚝 솟은 그대들은 날아오르는 현무(玄武)와 같으니,
그대들은 과연 대고려의 첨병 구주군이다!

황호맹이 〈구주군가〉를 연주하자, 웅성대던 구주군들은 높이 서 있는 중랑장기를 보며 모두 〈구주군가〉를 따라 불렀다. 중랑장기가 서 있다는 것은 지휘체계가 살아 있다는 것을 의미한다. 지휘체계가 살아 있으면 아직 싸울 수 있는 것이다.

장교들도 재빨리 움직여 부하들 사이를 오가며 외쳤다.

"무기를 점고하고 갑주를 단단히 여며라!"

"우리는 구주군이다. 고려의 첨병이다."

"적에게 우리의 땅을 내어줄 수는 없다."

구주군뿐만이 아니라 동·서북면 군사들은 자신들이 고려의 최첨병이라는 사실에 커다란 자부심이 있었다.

서희는 동·서북면을 설정하면서 동·서북면 군사들에게 최고의 대우를 해줘야 한다고 생각했다. 이들은 고려가 밖으로 내민 창끝이고 또한 밖의 창으로부터 고려를 보호하는 최일선의 방패였다.

이들은 훈련 상태가 잘되어 있어야 하고 사기 또한 높아야 한다. 그렇다면 우선적으로 삶의 기반이 안정되어 있어야 했다. 그래야 농사일에 얽매이지 않고 필요할 때 훈련을 할 수 있으며 사기 또한 높아지게 되는 것이다. 구주군을 비롯한 동·서북면의 정군(正軍)들에게는 세금이 감면되었으며 필요하면 정부로부터 보조금을 받았다.

또한 이들의 자부심을 높이기 위해, 동·서북면에서 작은 전공이라도 세우면 전국적으로 그 사실을 홍보하게 했다. 전공을 세우면 개인적으로는 승진하게 되고 또한 개인뿐만이 아니라 부대 자체가 전국적인 유명 인사가 되었다.

성종 14년(995년)에 구주성이 폭설로 두 달 이상 고립되어 여진족들의 공격을 받았을 때, 성안의 양식이 떨어지자 구주군들은 성 밖으로 은밀히 나가 여진족을 잡아 와 사람고기를 먹으면서 버텼다. 그래서 생긴 별명이 '구주의 악귀군'이었다.

사람이 사람을 먹는다는 것은 어디에서나 용납될 수 없는 행동이었고 불교 국가인 고려에서는 더더욱 용납될 일이 아니었다. 서희는 그것을 비밀에 부쳤으나 여진족들을 통해서 결국 고려에도 알려지게 되었다.

그러나 서희의 예상과는 다르게 고려인들은 그것을 나쁘게 생각하지 않았고 오히려 자랑스럽게 생각했다. '구주군이 사람을 먹었다'라는 것은 마치 속담처럼 쓰였는데, 대의를 위해 자신을 내려놓는 것을 의미했다.

구주 군사들이 장교들을 수행하여 개경이나 서경 등으로 출장을 가면 사람들이 경탄의 눈으로 바라보며 주위에 모여들었다. 이들의 무용담을 듣기 위해서였다. 그래서 장교들은 연륜이 있어 전투 경험이 많고 되도록 입담이 좋은 병사들을 수행군으로 데리고 다녔다.

I4
도령이 왔다!

: **경술년(1010년) 십일월 십칠일 진시(8시경)**

구주군은 '고난의 겨울'을 겪은 후, 더욱 굳게 단결했다. 그 전통은 십오 년이 흐른 후에도 여전히 구주군을 강하게 관통하고 있었다. 그때의 장교들과 군사들이 아직 구주군에 남아 있었고 또한 그 후손들이 다시 구주군이 되었기 때문이다. 구주군은 거대한 가족과 같은 분위기였다.

구주군들은 포위되었다는 말에 잠시 흔들렸지만, 방비를 단단히 하고 한마음 한뜻으로 거란군과 싸울 태세를 갖추었다.

낭장 황호맹은 잠시 소강상태 동안에 중랑장기를 다른 군사에게 맡기고 이십여 명의 결사대를 조직했다. 어떻게든 포위를 뚫어야 했다.

소강상태가 끝난 후, 거란군은 다시 공격해왔다. 승기를 잡은 거란군들의 공격은 매서웠다. 구주군들은 잘 버티고 있었으나, 다수의 적에게 포위되어 있었다. 밖에서 도와줄 구원군도 없었고 구원군이 올 가능성이 없다는 것은 결국 소멸을 의미했다.

어느덧 한 시진이 지났다. 비록 포위당했으나 명령은 지켜낸 것이었다. 이섬이 보니, 이제 거란군은 물 샐 틈 없는 포위망으로 단단히 구주군을 에워싸고 있었다.

황호맹은 거란군 포위망의 빈틈을 찾으며 결사대 이십여 명을 이끌고 야산 북쪽 면으로 여러 번 돌진해보았지만 병력만 잃을 뿐 소득이 없었다.

이섭이 판단하건대 설사 황호맹이 포위를 뚫는다고 하더라도 완전히 포위된 지금, 그곳으로 모든 구주군이 빠져나갈 수는 없을 것이다. 오히려 후퇴하려고 섣불리 진을 풀어버리면 급속도로 패전하게 될 터였다.

이섭이 황호맹을 급히 소환해 말했다.

"자네는 날랜 군사 몇을 데리고 여기를 빠져나가 본대에 우리의 사정을 알리고 구원병을 청하게!"

황호맹이 무겁게 고개를 끄덕였다. 몇 명만이라도 빠져나간다는 것도 쉬운 일이 아니었고, 설사 빠져나가 본대에 구원병을 요청한다고 해도 구원병이 올 가능성은 희박했으나 그 수밖에 없다는 것을 황호맹도 잘 알고 있었다.

한편, 버드나무 숲 근처 작은 산 위에서 검은색 전포를 입은 일단의 군사들이 몸을 숨긴 채 전황을 살펴보고 있었다. 얼굴이 하얗고 목이 두꺼운 장교 복장의 사람이 미간을 크게 찡그리고 있었고 나머지 사람들도 심각한 표정이었다.

이들은 구주본부낭대 별장 김숙흥과 그가 데리고 온 기병 열두 기였다. 김숙흥은 정찰하겠다는 명목으로 휘하의 병력을 데리고 와 있었다.

그런데 전황이 애매했다. 구주군은 지키는 데는 충분히 성공하고 있었지만, 작전은 계획대로 되어가고 있지 않았다. 계획대로라면 구주군은 항마군의 후퇴 신호 때 같이 후퇴했어야 했다. 그런데 후퇴하지 못하고 있는 것이었다.

교위 최원(崔元)이 몸을 바짝 엎드린 채 잔뜩 긴장된 표정으로 김숙흥에게 물었다.

"형님! 이제 어떻게 하죠?"

김숙흥 역시 심각한 표정으로 반문하며 말했다.

"어떻게 해야 하겠나?"

김숙흥은 멀리 보이는 이섬의 구주 중랑장기(旗)를 보며 냉철히 생각했다.

이제 한 시진이 지났다. 구주군은 임무를 완수했지만 스스로 이 포위를 뚫을 가능성은 없어 보였다. 적들은 너무 많았고 구주군은 완전히 고립되었다. 구주군이 포위를 뚫으려면 밖의 도움이 있어야 한다. 그러나 구원군은 없는 것이다.

그렇다면 여기 인원으로만 저들을 도와야 한다. 그러나 겨우 열두 기의 기병이 있을 뿐이다. 더구나 김숙흥 본인을 비롯하여 모두 전투 경험이 없는 어린 군사들이다. 숙련병들은 모두 이섬이 이끌고 갔기 때문이었다. 겨우 열두 기의 기병으로 저 수많은 거란군을 뚫고 구주군을 구해낼 수 있을까?

아마 불가능할 것이다. 그러나 불가능할지라도 가만히 있을 수는 없다. 왜냐하면 어릴 적부터 같이 커온 구주 군사들은 형제와 다름없기 때문이었다.

그나마 희망적인 것은, 거란군들은 사거리에서 구주군을 포위 공격하면서 동쪽 길에 대해서는 특별한 방비를 하고 있지 않다는 것이었다.

김숙흥이 최원을 비롯한 부하들의 안색을 살피는데 두려워하는 기색이 역력했다. 김숙흥이 짐짓 말했다.

"우리 군사들이 위험에 빠졌는데 가만히 있을 수는 없지 않겠나? 나는 도우러 갈 것이니 너희들은 구주로 돌아가서 아군이 패한 사실을 전하고 방비를 단단히 하라고 전하라!"

최원을 비롯한 군사들이 눈동자를 크게 뜨고 멀뚱멀뚱 김숙흥을 쳐다보았다. 김숙흥은 군사들의 시선에 아랑곳하지 않고 몰래 가지고 나온 도령기(旗)를 말 엉덩이에 꽂고 도령의 뿔나팔을 목에 걸었다.

김숙흥이 등자에 왼쪽 발을 걸치며 말에 오르려 하자 최원이 심히 당황

고려거란전쟁 - 고려의 영웅들 (상)

한 표정으로 급히 김숙흥의 팔을 잡으며 물었다.

"어떻게 하려고 하십니까?"

김숙흥이 당연하다는 듯이 답했다.

"우리 구주군을 도우러 가야 하지 않겠나!"

최원이 거의 울상이 된 표정으로 김숙흥의 팔을 더욱 꽉 잡으며 말했다.

"형님이 가시는데 어떻게 우리만 돌아갈 수 있겠습니까?"

군사들이 이구동성으로 말했다.

"별장님만 두고 저희끼리 구주로 돌아가더라도 저희는 어차피 죽습니다!"

고려의 군법상, 상관을 위험에서 구하지 못하면 참수형이었다. 김숙흥이 포위당한 구주군들을 한번 슬쩍 본 후, 고개를 흔들며 말했다.

"우리는 아군이 포위당해 위태로운 것을 보았으니 여기서 이탈하면 어차피 참수형에 해당하는 죄를 짓는 것이로군!"

모두 몹시 두려운 표정을 짓는데 최원이 주저하며 말했다.

"어떻게 하실 생각이십니까?"

"우리 군사들을 구해야 하지 않겠나?"

최원이 어금니를 깨물고 약간 악을 쓰며 말했다.

"아니 제 말은 어떤 작전을 쓸 것이냐는 겁니다!"

김숙흥이 등자에 걸쳤던 발을 내리고 최원과 군사들을 보며 엄숙히 말했다.

"우리는 어차피 죽은 목숨이다. 그리고 우리는 형제와 다름없다. 어차피 죽을 바에는 형제를 구하다 죽는 것이 낫지 않겠나?"

군사들이 비장한 표정으로 고개를 끄덕였다. 김숙흥이 그런 군사들을 찬찬히 보며 명했다.

"내가 먼저 돌격할 것이다. 적과의 거리가 어느 정도 되면 도령의 뿔나팔을 불 것이다. 최 교위는 군사들을 이끌고 대기하다가 뿔나팔 소리가 들리면 그때 돌격하라. 돌격할 때는 가지고 있는 나팔들을 마구 불어대서 우리의 군세가 성대한 것처럼 가장하라.”

“적진에 뛰어든 다음에는 어떻게 해야 합니까?”

“나를 찾아라!”

최원이 잡고 있던 김숙흥의 팔을 놓으며 인상을 크게 찌푸리며 말했다.

“떨려 죽겠소! 시간을 끌면 더 떨리니, 가려면 빨리 갑시다!”

김숙흥이 최원의 얼굴을 보니 검은색 얼굴빛이 겁에 질려 완전히 하얗게 변해 있었다. 걱정스러운 낯빛으로 최원에게 말했다.

“할 수 있겠나?”

최원이 입술을 깨물며 말했다.

“어차피 이렇게 된 바에야 구주군의 명예를 걸고 전력을 다해 부딪쳐봅시다.”

김숙흥이 고개를 끄덕이며 부하들에게 명했다.

“좋다. 형제들을 구하러 가보자!”

김숙흥은 호흡을 가다듬고 말에 박차를 가했다. 말을 달리기 전에는 자신도 통제할 수 없을 정도로 몸과 마음이 떨렸으나 일단 달리고 나니 마음이 하나로 집중되었다. 김숙흥은 도령의 기를 높이 세우고 탕정도를 따라 사거리 쪽으로 그대로 돌격했다.

길 남쪽으로는 반쯤 얼어붙은 냇물이 길과 평행하게 동쪽에서 서쪽으로 흐르고 있었고 길과 냇물을 품은 폭이 수십여 보가 되는 분지가 사거리까지 길게 뻗어 있었다. 분지에는 갖가지 마른 풀들이 그득했다.

김숙흥은 거란군과의 거리가 삼십여 보 정도 되자 창을 빼 들면서 입에 물고 있던 뿔나팔을 힘차게 불었다.

“뚜웅~~~~~~~.”

그리고 적진을 휘젓기 시작했다. 마치 예리한 비수가 딱딱한 뼈를 피해

힘줄을 자르고 근육을 분리해내듯이, 거란군의 딱딱한 부분은 피하고 연한 속살로 뛰어 들어갔다.

김숙흥의 귀에, 포위된 구주군들이 '도령'을 외치는 소리가 들리기 시작했다.

최원은 달려 나가는 김숙흥의 뒷모습을 덜덜 떨면서 지켜보고 있었다. 최원은 김숙흥보다 두 살 아래로 어릴 때부터 같이 커왔다. 김숙흥의 정신상태가 괴상망측하여 예측 불가능하다는 것은 익히 알고 있었으나 수천수만의 적들이 우글대는 곳으로 저렇듯 거리낌 없이 돌진하리라고는 전혀 예상할 수 없었다.

검은색 김숙흥의 모습이 점점 작아지며 푸른 물결 속으로 쑥 들어가는데 그때 뿔나팔 소리가 울렸다.

"뚜웅~~~~~~~~."

김숙흥이 부는 도령의 나팔 소리였다. 김숙흥의 명에 따르자면 지금 돌격해야 하는데 최원의 발이 떨어지지 않았다. 김숙흥을 따라 구주성을 나올 때는 거란군과 마주치기를 바랐고 실력을 뽐내고 싶었다. 그러나 마주하기를 원했던 거란군은 소수이지 이런 대군이 아니었다.

김숙흥은 적진으로 계속 들어가고 있었고 '도령'을 외치는 소리가 바람결에 들리기 시작했다. '도령'이라는 소리가 귀로 들어와 몸을 가득 채우자 최원의 심장이 격하게 요동치기 시작했다.

저곳에서 자신이 그토록 자랑스러워하는 구주군이 적과 맞서 싸우고 있다. 어릴 때부터 저들의 무용담을 귀가 따갑게 들었고 아무리 들어도 질리지 않는 이야기였다. 그리고 이제 자신도 구주군이었다. 저들 중의 하나인 것이다. 아니, 이제 진정으로 저들 중의 하나가 될 때이다. 최원이 이를 악물고 부하들에게 명했다.

"우리도 간다!"

최원은 말 위에 올라 박차를 가했다. 달려 나가는데 눈에서 왠지 모를 눈물이 흘렀다. 두려움 때문인지, 눈에 들어오는 바람 때문인지 혹은 이제 진정한 구주군이 된다는 감동 때문인지 몰랐다.

최원은 울면서 매우 우렁차게 혼잣말을 내뱉었다.

"김숙흥, 이 미친 자식!"

구주군은 포위된 채로 악착같이 싸우고 있었다. 화살이 몸에 박혀도 창에 찔려도 땅에 쓰러져서도 싸웠다. 도무지 패배 의식 따위는 없었다. 무기와 사람이 일체가 되어서 숨이 한 조각 남아 있을 때까지 싸울 기세였다.

이섬은 여기서 이곳의 구주군들이 소멸할 것임을 감지했다. 그러나 소멸할지언정 임무를 완수하는 전통은 이어나가야 할 것이다. 자신들의 분전으로 구주군의 자부심은 지켜지게 될 것이다. 이섬은 마음속에 절망감이 깊었으나 그 절망감을 딛고 자부심이 솟구쳤다.

과거 '고난의 겨울' 후에 서희의 말이 생각났다.

"그대들은 극도의 고통과 절망을 딛고 고려군이라는 구주군이라는 자부심으로 버텨내었다. 그대들의 자부심이야말로 진정한 용사의 자부심이다."

이섬은 그때 스물일곱의 젊은 교위였고 이제는 구주에서 도령중랑장 다음가는 지위에 있다. 그때는 명령을 따라 싸우는 말단 장교였으나 지금은 명령을 내리는 최상위의 장교다. 이섬은 막중한 책임감을 느끼며 오직 하나의 의지에 집중했다. 바로 적과 싸우는 것!

스스로 북을 잡고 힘차게 쳐댔다.

"둥, 둥, 둥, 둥, 둥⋯."

그런데 그때 이섬의 귀에 뿔나팔 소리가 들렸다.

"뚜웅~~~~~~~~~."

귀에 익은 소리였고 이섬의 시선은 자신도 모르게 동쪽으로 향했다. 이섬뿐만이 아니었다. 포위되어 있던 모든 구주군이 약속이라도 한 듯 동쪽으로 거의 동시에 눈을 돌렸다.

동쪽 멀리서 다가오는 깃발 하나가 이섬의 눈에 들어왔다. 그 깃발은 매우 빠르게 움직이고 있었다. 그런데 깃발의 모양이 매우 낯이 익었다. 점점 가까이 오는 깃발에는 노란색 바탕에 포효하는 검은색 거북이가 그려져 있었다.

박명금이 오른손으로 깃발을 가리키며 떨리는 목소리로 크게 외쳤다.

"도령…, 도령의 기(旗)입니다!"

이섬이 보니, 높이 솟은 구주의 도령 깃발이 달려오고 있었다. 구주군 사이에서도 기쁨과 탄성의 외침이 쏟아졌다.

"도령의 깃발이다!"

"도령이다!"

"도령이 왔다!"

도령의 등장에 구주군은 자신들의 위기 따위는 잊고 열렬히 환호했다. 도령이 자신들을 구하러 온 것이다.

그러나 도령이 이 어려운 위기 상황을 타개시켜줄 수 있을지는 알 수 없었다. 어쩌면 그런 것 자체가 중요한 것이 아니었다. 중요한 것은, 이 위기에 도령이 자신들과 함께하러 왔다는 사실이었다. 형제들과 위기를 나누기 위해 도령이 온 것이다!

그러나 도령의 깃발은 구주군을 향하지 않았다. 거란군 사이로 점점 깊숙이 들어가고 있었다.

이섬이 보니, 도령의 기(旗)를 든 아군 기병 한 기(騎)가 거란군 진영에 바로 뛰어드는데 마치 천방강(川坊江: 구주 남쪽의 강)에서 잡은 잉어의 배를 칼로 길게 가르는 것과 같았다.

곧이어 여러 개의 뿔나팔 소리가 시끄럽게 울리며 또 다른 기병들이 거란군을 향해 돌격하고 있었다.

갑작스러운 상황이라 아군의 기병이 어느 정도 숫자인지는 정확히 알수 없었다. 그러나 이섬은 도령의 기가 움직이는 방향을 보고 도령이 하려는 바를 대강 알아챘다.

도령의 기를 본 황호맹이 이섬에게 급히 말했다.

"진을 나가 도령의 기(旗)를 따르겠습니다!"

김숙흥은 오직 하나만 바라보았다. 커다란 청색 일산(日傘)이었다. 누군지는 모르지만 그 가장 커다란 일산 안에 거란군을 지휘하는 자가 있을 것이었다.

일산 아래서, 거란군의 귀성군좌상병마도지휘사(歸聖軍左廂兵馬都指揮使) 야율현가(耶律賢哥)는 갑자기 동쪽에서 울리는 뿔나팔 소리를 들었다. 음색으로 들었을 때 거란군의 뿔나팔 소리가 아니니 분명 고려군의 것일 것이다.

야율현가는 내심 몹시 당황했다. 동쪽에 나타난 고려군이 아군의 뒤를 치면 아군이 역으로 포위당하게 된다. 만일 다수의 고려군이라면 지금 포위를 풀어야 한다. 포위를 풀지 않으면 옆구리를 얻어맞게 되고 앞뒤에서 적을 맞게 될 것이다. 그러나 동쪽에서 나타난 고려군들의 숫자를 창졸간에 정확히 알 수는 없었다.

야율현가가 동쪽을 바라보며 순간 어찌할 바를 모르고 있는데 포위된 고려군들이 열렬한 환호성을 질러대고 있었다.

야율현가는 등골이 오싹해졌다. 포위되어 궁지에 몰렸던 고려군들이 저렇게 환호성을 지를 정도면 상당히 많은 수의 고려군이 동쪽에 나타난 것이다.

야율현가가 동쪽을 보다가, 환호성을 질러대는 포위된 고려군들을 보고 있는데, 다시 동쪽으로부터 여러 개의 뿔나팔 소리가 어지럽게 들리기 시작했다. 야율현가의 가슴이 덜컥 내려앉았다.

그리고 어느새 고려 기병이 자신의 코앞까지 들이닥쳤다. 마치 아무것도 없는 평지를 달리듯이 매우 신속했고 창을 마구 휘두르는데 위맹하기가 이를 데 없었다.

깜짝 놀란 야율현가 근처의 거란군들이 급한 마음에 분분히 무기를 빼들었으나 김숙흥에게 그들을 상대할 마음은 추호도 없었다. 김숙흥이 노리는 것은 오직 적의 수장이었다.

적의 수장을 뒤로 움직이게 해야 한다. 적의 수장이 뒤로 움직이면 적군의 명령체계가 일시적으로 마비될 것이다. 그 잠깐의 시간을 벌어야 하고 그 시간 안에 구주군들이 후퇴하여야 한다.

김숙흥은 거란군들 사이를 요리조리 빠져나가며 야율현가를 향해 창을 내질렀다. 야율현가는 몹시 당황하여 황급히 몸을 엎드리고 김숙흥의 창을 피하며 말고삐를 우측으로 당겼다. 몸을 바짝 말 등 위에 엎드린 채 급하게 채찍질했다.

야율현가가 후방으로 내달리자, 기고군을 비롯한 야율현가를 수행하던 자들이 모두 그 뒤를 따라 달리기 시작했다.

김숙흥은 뒤를 쫓는 척하며 뿔나팔을 불어댔다.

"뚜, 뚜, 뚜, 뚜, 뚜, 뚜, 뚜…."

이섬이 도령 기의 움직임을 눈으로 쫓고 있는데 갑작스레 뿔나팔 소리가 울렸다. 뿔나팔을 짧게 여러 번 부는 것은 고려군의 후퇴 신호였다. 도령이 보내는 신호는 명확했다.

이섬은 망설이지 않고 후퇴 명령을 내렸다. 도령이 명하는 것인 데다가 거란군의 수장이 뒤로 움직이는 지금이 후퇴의 적기였다.

김숙흥은 야율현가를 잠시 쫓는 척하다가 도열해 있는 거란군의 궁병

속으로 뛰어들었다. 김숙흥의 목적은 거란군의 지휘체계를 뒤흔드는 것이었다. 지휘관이 뒤로 후퇴한 이상 충분한 목적을 이루었다. 거란군들은 구주군의 움직임에 당분간은 적절한 대응을 하지 못할 것이다.

그렇다면 후퇴에 가장 걸리적거리는 것은 일제히 화살을 날렸던 거란의 궁병들이다. 김숙흥은 거란의 궁병들 사이를 파고들어 그들의 지휘관인 듯한 자를 찾아 사납게 창을 휘둘렀다. 명령체계를 붕괴시켜 일제사(射)를 못 하게 하려는 의도였다. 그때 최원 등도 김숙흥에 합류해 거란군을 공격했다. 밀집해 있던 거란의 궁병들은 적절히 대응할 수 없었다.

마치 이리들에게 몰리는 양들처럼 이리저리 몰릴 뿐이었다.

거란군의 움직임이 일시적으로 마비되자, 야산 위의 구주군들은 일제히 북쪽으로 내려가 가을고개 쪽으로 달렸다. 길을 막고 있던 거란군들은 구주군의 기세에 밀려서 포위망에 균열이 생겼다. 그 균열로 구주군들이 썰물처럼 빠지기 시작했다.

김숙흥이 한참 거란군을 쳐대면서 보니, 이섬의 구주 중랑장기(旗)가 북쪽 길을 따라 움직이고 있는 것이 보였다. 김숙흥은 최원 등을 향해 외쳤다.

"이구산! 이구산! 이구산!"

이구산(犁邱山)은 구주성 북쪽에 있는 산이었고 북쪽을 뜻하는 구주군 사이의 암호였다. 곧 김숙흥과 최원 등은 북쪽으로 내달렸고 황호맹이 기병 몇 기를 데리고 합류하여 김숙흥을 도왔다.

이곳의 거란군들은 한족(漢族)들로 이루어진 귀성군*(歸聖軍)이었다. 기병보다 보병의 비율이 높았고 아무래도 최정예는 아니었다. 또한 지휘관

---

*   **귀성군: 항복한 한족 군사들로 창설된 부대.**

야율현가가 뒤로 물러난 터라, 어떤 부대는 야율현가를 따라서 후퇴하기도 하고 어떤 부대는 그 자리에 멈춰서 명령을 기다렸다.

귀성군들은 혼란에 빠져 있어서 급히 구주군을 추격할 수 없었다.

잠시 후, 구주군은 가을고개를 넘어 항마군이 주둔해 있는 창살고개로 접어들었다. 귀성군들이 약간의 기병으로 추격해 왔으나 매복해 있던 항마군들이 화살을 날려 그들을 저지했다.

김숙흥이 항마군을 이끄는 낭장 박성에게 말했다.

"구주 도령의 명으로 왔습니다. 뒤를 따르십시오. 우리는 무로대 공격군의 본대와 합류할 것입니다."

김숙흥은 곧 도령의 기(旗)를 보고 말을 타고 다가온 이섬을 만났다. 이섬의 양쪽 다리에는 피가 흥건했고 과연 격전을 치렀다는 것을 알 수 있었다. 김숙흥이 이섬에게 말했다.

"도령의 명으로 왔습니다. 지금부터 도령의 깃발 아래 지휘는 제가 하겠습니다."

15
용만(龍灣)에서

한편, 무로대를 공격하려는 고려군과 전투를 벌인 거란군은 동북상온 야율탁진과 북피실군상온 소혜가 이끄는 북피실군이었다.

야율탁진이 휘하 호위병 십여 기를 이끌고 앞장서 분전하였고 북피실군상온 소혜는 직접 북을 치며 독전했다.

그때 고려군들이 갑자기 후퇴하기 시작했다. 고려군이 후퇴하자 북피실군은 그 뒤를 쫓았다.

최사위는 초조히 공격군들이 후퇴하기를 기다렸다. 무로대 공격군들이 후퇴하면, 내원성을 견제하던 좌우위 보승군들도 후퇴시킬 것이었다.

그런데 이번에는 잠잠하던 내원성에서 거란 기병들이 뛰쳐나왔다. 좌우위 보승군들이 내원성에서 나온 거란군들과 교전하려 했으나 거란 기병들은 교전을 회피하며 단지 용만과 무로대 사이의 길만 막으려고 했다.

무로대 공격군들은 아직 퇴각하지 못했고 구주군과 항마군은 점점 포위당하고 있었으며 내원성에서 뛰쳐나온 거란 기병들은 용만과 무로대 사이의 길을 막으려고 기동하고 있다.

좌우위 보승군들이 그들을 잡으려고 전진하고 있으나 거란군은 숫자는 적었으나 기병들이었고 보승군들은 보병이다. 따라잡을 수가 없었다.

채온겸이 최사위에게 급히 말했다.

"보승군을 더 이상 전진시키면 고립될 가능성이 있습니다!"

구주군과 항마군을 관측하던 원영이 다급히 와서 말했다.

"항마군은 다음 지점까지 후퇴했으나 구주군은 완전히 포위되었습니다."

구주군이 포위된 것도 문제였으나, 더 큰 문제는 이제 그쪽에서도 거란군이 나타날 것이라는 사실이었다. 양옆을 단단히 막고 중앙을 친다는 계획은 이제 완전히 흐트러지고 있었다. 최선을 다하고 있었으나 전황 자체가 대단히 불리하게 흐르고 있는 셈이다.

최사위가 채온겸에게 물었다.

"대장군! 무슨 수가 없겠소?"

채온겸이라고 뾰족한 수가 있을 리 만무했다. 구주군과 항마군은 이미 잃어버린 셈이었고 무로대 공격군들은 앞뒤로 포위당한 것이나 마찬가지다.

있는 수라고는 한시바삐 좌우위 보승군들에게 후퇴 명령을 내려 그들의 전력이라도 보존하는 것이었다. 조금 더 있으면 남쪽을 막고 있는 구주군과 항마군 쪽에서도 거란군들이 몰려올 것이다. 그렇게 되면 좌우위 보승군들도 후퇴할 시기를 놓쳐 거의 모든 병력을 잃을 가능성이 있었다. 조금이라도 보존해야 한다.

채온겸이 침통한 표정으로 입을 열었다.

"좌우위 보승군에 즉시 후퇴 명령을 내려야 합니다."

최사위를 비롯한 제장들의 표정이 절망적으로 굳어졌다. 최사위가 큰 한숨을 쉬며 후퇴 명령을 내리려고 하는데 뒤쪽에서 한 사람이 말을 달려 나오며 급히 말했다.

"보승군에는 후퇴 명령을 내리고 진중에 있는 모든 기병으로 앞의 적에게 돌격해야 합니다. 그러면 조금이나마 무로대 공격군들이 퇴로를 확보할 가능성이 있습니다."

역시 통군녹사 조원이었다. 이번에는 최사위가 조원의 말에 반응하여 채온겸에게 물었다.

"어떻소?"

"가능성이 있습니다."

"보승군에 후퇴 명령을 내리시오!"

최사위의 말을 들은 조원이 갑자기 소리쳤다.

"안 됩니다!"

최사위 등이 조원을 보자 조원이 급히 말했다.

"먼저 기병으로 적들을 향해 돌격하고 그다음에 보승군에 후퇴 명령을 내려야 합니다. 보승군은 잠시나마 자리를 지켜야 합니다."

조원의 말을 들은 채온겸이 최사위에게 말했다.

"제가 기병들을 이끌겠습니다."

채온겸이 결연한 표정으로 창을 뽑으며 주변에 외쳤다.

"말을 가진 자들은 나와 같이 적에게 돌격한다!"

젊은 무장 하나가 앞으로 나서며 말했다.

"교위 고열, 앞장서겠습니다!"

고열은 통군부에 배속된 장교로 흑수(黑水: 현재의 중국 흑룡강성(黑龍江省)) 출신이었다.

채온겸의 외침에 수십 기의 기병들이 달려 나가려고 하는데 갑자기 앞이 어지러워졌다. 내원성에서 거란군 보병들이 튀어나와 좌우위 보승군을 공격한 것이다.

채온겸을 필두로 오십여 기의 기병들이 급박하게 달려 나갔다.

곧이어 무로대 공격군들이 거란군들에게 쫓기며 바로 이삼 리 앞까지 다가왔다.

내원성의 거란군 보병들과 좌우위 보승군들이 격전을 벌이고 있는 가운데, 먼저 내원성에서 나온 거란군 기병들은 후퇴하는 무로대 공격군들의 정면을 공격했다.

상황은 온통 혼란하고 아예 통제 불능 상태가 되어가고 있었다. 이제는 좌우위 보승군에 후퇴 명령을 내릴 수도 없었다. 후퇴 명령을 내린다면 진영이 허물어질 것이고 내원성의 거란군과 싸우고 있는 좌우위 보승군들은 말 그대로 한 번에 무너질 것이다.

내원성 안의 거란군은 발해인 고청명(高淸明)이 지휘하고 있었다. 고청명은 앞서 내원성을 지나쳐 서쪽으로 갔던 고려의 기병들이 퇴각하고 있다는 보고를 받았다.

'이들을 막아서야 한다.'

이들만 막아서면 동쪽에서 기습해 들어온 고려군은 큰 타격을 입을 것이다.

고청명은 기병 장교 하행미(夏行美)에게 명하여 삼백 기의 기병을 출격시켜 적과 교전을 피하며 길만 막아서게 했다. 그리고 내원성 안에 무기를 들 수 있는 자들을 모조리 긁어모았다. 취자(炊者: 취사병)들, 상인들, 각종 장인까지 모으니 거의 오천에 가까웠고 적당한 시기에 내원성을 아예 비워두고 이들을 출격시킬 생각이었다.

내원성의 기병들은 고려군이 퇴각해오자 그들을 막아섰다. 잘 훈련된 기병들은 고려군들에게 화살을 날리며 횡으로 내달렸다. 최대한 고려군들의 속도를 줄여보겠다는 심산이었다, 비록 소수의 기병이었으나 결국 고려군들의 속도를 줄이는 데 성공했다.

선두에 선 고려군들의 속력이 눈에 띄게 줄면서 뒤따르던 군사들과 엉겨버렸고, 그 뒤로 북피실군을 비롯한 거란군들이 바로 들이닥쳤다. 고청명은 즉시 내원성의 나머지 보병 병력을 출동시켜 고려군 보병을 공격하게 했다.

뒤쫓아 온 북피실군들은 고려군들을 포위하려고 시도하고, 일단의 무

리는 내원성의 거란 보병들과 싸우고 있던 좌우위 보승군의 옆을 치려고
했다.

이것이 거란군의 싸움 방식이었다. 승기를 잡으면 월등한 기동력으로
전면 포위전을 펼치는 것이다.

무로대 공격군 중 몇은 빠져나와 용만까지 이르렀으나 나머지는 포위
되었고, 내원성의 거란군과 싸우던 좌우위 보승군들도 앞뒤로 공격당하자
진세가 천천히 쪼그라들기 시작했다. 지금은 잘 버티고 있지만 구원군이
밖에서 도와주지 않는다면 결국 무너져 내릴 것이다. 더욱이 남쪽에서도
거란군이 조만간 나타날 것이다. 그러면 이곳에서 완전히 포위당하는 것
이다.

고려군은 그때 궤멸할 터였다. 이쯤 되면 주장(主將)으로서 할 수 있는
일은 아무것도 없었다. 대개의 전투에서 이 정도 되면 주장은 병력을 버리
고 몸을 피하는 것이 다반사였다.

순식간에 벌어진 상황에 모두 어쩔 줄 모르고 있는 가운데 통군부사 송
린이 불안한 표정으로 남쪽을 보며 최사위에게 말했다.

"이미 통제할 수 있는 상황을 벗어나고 있습니다. 남쪽에서 거란군이 나
타나면 이제는 끝장입니다. 통군사 각하께서는 지금 바로 몸을 피하셔야
합니다."

송린의 말에 원영도 최사위에게 피할 것을 권했다. 최사위가 무겁게 고
개를 가로저으며 말했다.

"나는 군의 주장(主將)이오! 군과 생사를 함께할 것이오."

최사위는 이렇게 말한 후, 고각군들에 명했다.

"군가를 연주하라! 우리는 이 자리에서 거란군과 결전을 벌일 것이다."

조원은 활을 빼든 채로 전황을 살폈다. 이번 작전은 위험한 작전이었다.

최대한 기민하게 움직이고 초기에 의도한 대로 되지 않으면 바로 미련 없이 물러나야 했다.

최사위는 평소 몸가짐이 무거웠고 책임을 질 줄 아는 사람이었다. 그래서 조원이 가장 존경하는 상관이었다. 그러나 지금 최사위는 기민하게 대응하지 못하고 있었다.

조원은 안타까웠다. 자신에게 움직일 병력이 있다면 어떻게든 해볼 텐데 녹사의 신분으로서는 무엇을 해볼 수가 없었다.

점점 거란군의 포위가 두꺼워지자 최사위가 칼을 뽑아 들고 외쳤다.

"우리도 전진한다!"

자신도 남아 있는 몇몇 병력을 데리고 전장에 뛰어들어 싸움을 거들 생각이었다.

최사위는 앞으로 나아갔다. 고려의 고위 관료라는 자존심으로 자신의 목숨을 걸 것이다. 최사위가 비장한 마음으로 앞으로 나아가는데 원영이 왼편을 보고 다급히 소리쳤다.

"남쪽에 적입니다!"

최사위는 맥이 탁 풀렸다. 일말의 희망도 없게 된 것이다. 온몸의 기가 일시에 빠져나가는 것 같았다. 그러나 오히려 마음은 차분해졌다.

최사위는 말 머리를 왼편으로 돌렸다. 남쪽의 적을 먼저 막아서야만 실낱의 실낱같은 희망이라도 있을 것이다. 큰 절망 속에서 다시 용기를 끌어내어 칼을 높이 들고 소리쳤다.

"나를 따르라! 우리가 저들을 막아선다!"

조원이 앞으로 나서며 말했다.

"제가 앞장서겠습니다."

조원이 말에 박차를 가하려는데 뿔나팔 소리가 길게 울려 퍼졌다.

"뚜웅~~~~~~~~."

그런데 뿔나팔 소리가 귀에 익었다. 제장들이 거의 동시에 외쳤다.

"아군…, 아군…, 아군이다!"

잠시 후, 남쪽에서 나타난 군사들이 산등성이를 빠르게 내려왔다. 앞선
자가 깃발을 높이 들었다가 앞을 가리키자 달려오는 군사들이 지축을 울
리는 큰 함성을 내질렀다.

"구주~~~~~~~~!"

"악! 악! 악!"

바로 적에게 포위되었었던 구주군이었다.

16
용만의 김숙흥
: 경술년(1010년) 십일월 십칠일 사시(10시경)

구주 낭장 진명(秦明)은 무로대 공격군에 참가한 이백 기의 구주 마군(馬軍)들을 이끌고 있었다.

무로대 공격군은 서로 엉겨서 엉망이었다. 적과 싸우는 자, 도망칠 기회를 엿보는 자, 무엇을 할지 모르는 자, 명령체계가 붕괴된 군대는 정말 아무것도 아니었다.

구주 마군들도 처음 후퇴할 때까지는 그럭저럭 대형을 유지하고 있었으나 앞이 가로막히자 다른 병력과 온통 뒤섞여서 명령체계가 통일될 수 없었다.

낭장 진명은 암담했다. 지휘관으로서 할 수 있는 일이 아무것도 없었다. 그저 근처에 있는 몇 명을 이끌고 적과 싸우기를 시도하거나 도망칠 기회를 노릴 수밖에 없었다.

이쯤 되면 군대가 아니다. 한 개인으로서 움직여야 하는 것이다. 그런데 바람결에 남쪽으로부터 뿔나팔 소리가 들려왔다.

"뚜웅~~~~~~~~."

처음에는 소리가 희미했으나 점점 가까이 다가오며 선명해졌다.

"뚜웅~~~~~~~~."

뿔나팔은 저마다 음색이 조금씩 달랐는데 이 음색은 진명이 잘 아는 것이었다.

바로, 구주 도령의 뿔나팔 소리였다. 진명은 매우 의아해하며 자신의 귀를 의심했다. 도령의 뿔나팔 소리가 울릴 리 없다. 그러나 마음으로는 의심하면서도 소리가 오는 방향을 유심히 바라보았다.

진명뿐만이 아니었다. 무로대 공격군에 어지러이 섞여 있던 구주 마군들은 모두 뿔나팔 소리를 똑똑히 들을 수 있었다. 흩어져 있는 이백여 명의 시선이 같은 방향으로 움직였다.

창살고개를 넘어 일단의 군사들이 달려오고 있었다. 그러나 구주 마군들 눈에 들어온 것은 오직 하나의 깃발이었다. 그것은 구주 도령의 깃발이었다.

"도령의 깃발이다!"

"도령이다!"

"와! 도령이 왔다!"

잠시 후, 깃발은 높이 솟구쳤다가 앞을 가리켰다. 달려오는 군사들이 지축을 울리는 큰 함성을 질렀다.

"구주~~~~~~~~!"

"악! 악! 악!"

우렁찬 함성을 지른 후, 부대는 두 갈래로 갈라졌다. 김숙흥은 원래 데리고 온 열두 기의 기병과 구주군 중 말을 가진 장교 열 명을 합류시켜 적의 기치가 늘어서 있는 곳으로 그대로 짓쳐 들어갔다. 나머지 구주보병들과 항마군들은 고려군들을 포위하고 있는 거란 기병들의 옆을 쳤다.

도령의 기(旗)가 등장하자, 흩어져 있던 구주 마군들이 움직이기 시작했다. 구주 마군장교들이 목청껏 외쳤다.

"구주 마군! 도령을 따라라!"

"모두 도령에게로!"

그러나 장교들이 외치기 전에 구주 마군들은 벌써 무엇을 해야 할지 알고 있었다. 바로 도령의 기(旗)를 따르는 것이었다. 구주 마군들은 '구주'를 외치며 순식간에 도령의 기(旗) 쪽으로 움직이기 시작했다.

"구주, 구주, 구주···."

지축을 울리는 소리와 함께 갑작스레 옆구리를 얻어맞은 거란군들이 놀라서 잠시 주춤하자, 그 틈에 구주 마군들이 김숙흥에게 합류하기 시작했다. 나머지 고려 기병 중 일부도 구주 마군의 뒤를 따랐다.

김숙흥은 이백 기의 구주 마군들과 따르는 여타 기병들을 이끌고 거란 북피실군의 중앙을 파고들었다. 거란군의 기치들이 늘어서 있는 곳으로 돌진한 것이었다. 기치들이 모여 있는 곳에 적장이 있을 것이었다.

한편 구주보병들과 항마군들은 거란군의 측면을 공격해 거란군의 앞과 뒤를 단절시키려 했다.

북피실군은 무로대 공격군과 상당한 시간 동안 전투를 했고 무로대 공격군을 추격하느라 매우 지쳐 있었다. 진영 역시 상당히 어지러워져 있었다. 또한 북피실군상온 소혜는 승기를 잡은 데다가 고려군들을 어느 정도 포위하게 되자 마음을 놓고 있었다.

그런데 갑자기 남쪽에서 고려군들이 나타나 측면을 공격한 것이었다. 갑작스러운 상황 변화에 소혜는 몹시 당황했다. 이제 역으로 북피실군이 고려군에게 포위당할 형국이었다.

소혜가 마음을 차분히 하고 상황 판단을 하려고 하는데 일단의 고려 기병들이 자신이 있는 곳까지 짓쳐들어오고 있었다. 남쪽에서 나타난 고려군들은 이 시점에 북피실군 진영의 가장 약한 부분을 제대로 알고 있었다.

소혜는 고려 기병들이 자신을 향해 물밀듯이 밀려오고 아군이 포위당할 것 같자 대항하려는 생각을 버리고 미련 없이 말을 돌렸다. 고려군의 무로대 공격을 좌절시켰으니 무리할 필요는 없는 것이다.

소혜 옆에 있던 동북상온 야율탁진은 밀려드는 고려군에 대항하려다가 소혜가 후퇴하자 같이 뒤로 물러났다. 소혜가 물러나자 북피실군도 순식간에 후퇴하기 시작했다. 거란군의 진퇴는 비할 데 없이 빨랐다.

고청명 역시 북피실군이 후퇴하자 급히 병력을 내원성으로 불러들였다.

구주군과 항마군의 공격에 거란군이 후퇴하여 포위망이 열리자, 최사위는 모든 기를 후방으로 누이고 징을 쳐서 전군 후퇴 명령을 내렸다. 마치 논두렁이 터지듯이 고려군들이 동쪽으로 빠져나가기 시작했다.

김숙흥은 최사위의 후퇴 명령에 아랑곳하지 않고 말을 몰아 거란군들 사이로 깊숙이 들어갔다. 구주 마군들은 여전히 그 뒤를 따랐다.

교위 고열은 김숙흥 등이 등장하자 자신의 장기(長技)인 쾌속사(快速射)를 날리며 힘을 보탰다. 고려군들 대부분이 빠져나가자 고열 역시 말고삐를 채며 후퇴하려고 했다.

그런데 당연히 후퇴할 줄 알았던 김숙흥이 이끄는 구주 마군들은 거란 대군을 쫓아 돌진하는 것이 아닌가! 고열은 구주군의 움직임에 깜짝 놀랐다. 후퇴하려다가 멈추고 그대로 구주 마군들의 뒤를 따랐다.

김숙흥은 기세를 올리며 북피실군을 추격하다가 어느 순간 말머리를 돌렸다. 한 번의 돌격은 기세를 보여 시간을 벌기 위함이지, 적을 섬멸하기 위한 것이 아니었다. 후퇴하나 말을 가볍게 뛰게 하여 비교적 천천히 움직였다. 마치 싸움에 승리한 개선장군과 같은 여유 있는 모양새였다.

급히 후퇴하던 고려군들은 거란군들이 물러나는 것을 보자 하나둘 걸음을 멈추었다.

최사위는 재빨리 기치를 올려서 병력을 점고하도록 했다. 그제야 한 덩어리로 어지럽게 얽혀 있던 고려군들은 자기 부대를 찾아서 다시금 전열을 정비할 수 있었다. 김숙흥과 구주 마군들은 당당한 보무(步武)로 최사위

쪽으로 다가갔다.

고려군들이 그런 구주 마군들에게 오른손을 왼쪽 가슴에 대는 군례를 했다. 존경의 표시였다.

김숙흥이 최사위에게 군례를 하며 말했다.

"구주별장 김숙흥입니다. 적이 금방 다시 올 것입니다."

최사위가 고개를 끄덕이며 명했다.

"전군, 구주로!"

고열은 동분서주하며 고군분투하고 있었다. 그러나 닫힌 포위망을 열 수 없었다. 이제는 포기해야 하는 시점이라고 생각하는 순간에 김숙흥이 이끄는 구주군이 등장한 것이다.

고열은 흑수의 사람이었고 문헌으로 증명할 수는 없지만 동명성왕(東明聖王)의 후손이라고 생각하고 있었다. 자신이 동명성왕의 후예라는 것을 자랑스럽게 생각했고 어려서부터 활과 화살을 끼고 살면서 부단히 노력했다.

그래서 활에 대한 상당한 조예를 갖게 되었다. 뛰어난 활 솜씨로 약관의 나이에 중금(中禁: 왕의 호위군)에 뽑혔고, 중금으로 칠 년을 복무한 뒤에 진명도부서*(鎭溟都部署) 교위에 임명되었으며 전쟁에 대비하여 통군부가 신설되자 다시 통군부로 자리를 옮긴 것이었다.

고열 스스로 자신의 활 솜씨에 대단한 자부심이 있었다. 다른 무예들도 자신 있었지만 활로 붙는다면 그 누구와 상대해도 지지 않는다고 생각했다. 심지어 활이라면 고려 최고의 무예가로 평가받는 천우위 중랑장 지채문(智蔡文)과 겨루어도 이길 자신이 있었다.

그런데 김숙흥이 보여준 움직임은 그런 개인의 용력과는 차원이 다른

---

* 진명도부서: 함경남도 원산 부근의 고려 수군 기지.

것이었다. 김숙흥의 움직임은 예리하고 시의적절했으며 아군의 군세를 잘 이용하고 적의 약점을 파악하여 그 기세를 누르는 것이었다. 고열이 지금까지 자부했던 것이 개인적인 무용(武勇)이었다면 김숙흥이 보여준 것은 제대로 된 군대의 지휘였다.

　고열은 오늘 김숙흥이 보여준 전투를 머릿속 깊이 각인시켰다.

17
흥화진 남쪽에서

: 경술년(1010년) 십일월 십칠일 사시(10시경)

예닐곱 명 정도의 사람들이 추운 날씨에도 불구하고 야외에서 작은 간이 의자에 앉아 여유롭게 한담을 나누고 있었다.

그 주위에는 번쩍이는 은빛 갑옷을 입은 수십 명의 군사가 시위(侍衛)를 서고 있었다. 이들은 우뚝하게 미동도 없이 마치 산처럼 서 있었다. 주변을 경계하느라 가끔 고개를 돌리지 않는다면 흙이나 나무로 만든 허수아비라고 해도 믿을 터였다.

근처에는 수많은 깃발이 서 있었고 특히 중앙에는 옅은 담황색 바탕에 오색으로 채색된 한 마리의 황룡이 구름 위를 힘차게 뛰어노는 대장기(大將旗)가 우뚝 서 있었다.

대장기와 같은 황룡이 수놓아진 전포(戰袍)를 입고 있는 사람이 여유로운 말투로 말했다.

"이 부사, 압록강에는 참게가 많지요?"

고려군의 총사령관 행영도통(行營都統) 강조(康兆)였다. 강조는 마흔둘의 나이에 키가 오 척 팔 치 정도 되었으며 밝은 피부색에 짙은 눈썹을 가지고 있었다. 밝은 피부색은 짙은 눈썹을 더욱 짙게 만들어주었고 그것은 대단히 강인한 인상을 심어주었다. 강조에게 이 부사라고 불린 사람은 행영도통부사(行營都統副使) 이현운(李鉉雲)이었다.

"며칠 내로 도통께서 눈으로 직접 확인하실 수 있지 않으시겠습니까?"

이현운은 몸집은 컸지만, 얼굴은 왠지 모를 귀여운 인상이었다.

"껄껄."

이현운의 말에 강조가 호탕하게 웃어 젖혔다. 이현운이 말을 이어나
갔다.

"우리나라 대부분의 강에 게가 많지만 압록강에는 특히 많아서 물이 반,
게가 반입니다. 제가 거란에 사신으로 갈 때 보니, 압록강 구당*(勾唐)의 군
사들이 그물을 놓았다가 바로 거두더군요. 오래 두면 게들이 그물에 잡힌
물고기를 모두 먹어 치워서 물고기들이 뼈만 남는다고요. 아마 국경이 불
안한 탓에 압록강 변에 사람이 많지 않으니 게가 크게 번성하는가 봅니
다."

이현운의 말을 들으며 강조가 옆에 앉아 있는 다른 사람에게 물었다.

"장 부사께서도 압록강을 넘어 거란에 가보셨으니 잘 아실 테지요?"

또 다른 행영도통부사(行營都副使統)·병부시랑(兵部侍郞) 장연우(張延祐)
였다.

도통 강조를 비롯해 행영도통부의 관료들은 대개 삼사십 대의 젊은 관
료들로 구성되어 있었으나 장연우는 경종 4년(979년)부터 관직 생활을 시
작해 이제 오십육 세의 나이로 원로급 관료였다. 그러나 음서(蔭敍)로 관직
을 시작해서 능력이 있다는 평에도 승진이 매우 느렸는데, 강조는 정변 후
장연우를 발탁해 병부시랑으로 임명했다.

장연우의 아버지 장유(張儒)는 중국 오월(吳越) 지방에서 삼십여 년을 살
다 와서 한어(漢語)에 능통했고 장연우 역시 한어(漢語)에 능했다.

강조의 물음에 장연우가 답했다.

"거란에 사신으로 가게 되어서 내원성에 잠깐 머무르는데 게를 넣고 국

*   **구당:** 큰 나루의 도강을 담당하던 관청.

을 끓여주더군요. 소금을 넣어서 맑게 끓인 국인데 안에 찻잎을 넣은 것이 특이했습니다. 국물의 색이 맑은 연한 녹색이었는데 보기에도 시원하고 그 맛 또한 시원했습니다."

강조가 입맛을 다시며 말했다.

"게는 똑같은 게지만 요리로는 우리나라의 게장이 최고가 아닙니까? 생각만 해도 군침이 돕니다."

강조의 말에 모두 동의하는데, 판관(判官)·기거사인(起居舍人) 곽원(郭元)이 말했다.

"저희 집은 큰 강이 없는 청주(淸州: 충청도 청주)에 있는데, 여기서는 게가 귀하고 가재는 많습니다. 가재로도 장을 담그는데 게장만은 못해도 꽤 별미입니다."

강조가 말했다.

"나는 가재장은 먹어보지 못했는데, 불에 구운 가재도 고소한 것이 참맛이 있지요."

곽원이 이어 말했다.

"저희 어머니께서는 가재를 기름에 자주 볶아주셨는데 마치 강정을 먹듯이 껍질까지 오드득 오드득 씹어 먹지요. 저는 그 맛에 길들어 있었는데, 개경에 올라오니 청주 지천에 있던 가재를 개경에서는 사 먹어야 하니 고향만큼 자주 먹지 못하여 아쉽습니다."

강조가 고개를 끄덕이며 말했다.

"우리 아버님 말씀으로는, 예전에는 개경 안의 개울에서도 가재가 많이 잡혔다던데 지금은 사람들이 너무 많이 살아서인지 씨알도 볼 수 없을 지경입니다."

이목구비가 뚜렷하고 특히 용모가 단정한 느낌을 주는 사람이 말했다.

"저는 초(초피)를 듬뿍 넣은 참게탕을 주로 먹습니다. 술 마신 다음 날 먹으면 그보다 더 좋은 것은 없지요."

판관(判官)·시어사(侍御史) 윤징고(尹徵古)였다. 윤징고의 말에 곽원이 웃으며 말했다.

"윤 판관의 집에서 먹는 참게탕은 참게탕이 아니라 초탕입니다. 얼마나 초를 많이 넣는지, 혀가 얼얼할 지경입니다."

윤징고가 정색하며 말했다.

"아니, 평소 우리 집에 와서 여러 번이나 잘 먹어놓고 인제 와서 딴소리를 하나!"

곽원과 윤징고는 성종 15년(996년)에 최섬(崔暹)이 주관한 과거에서 서눌(徐訥: 서희의 아들) 등과 같이 합격했었다.

고려의 제도에서 과거를 주관한 고시관(考試官)의 정식 명칭은 지공거(知貢擧)였다.

그런데 급제자들은 자신을 급제시킨 고시관을 좌주(座主)라고 부르고 자신들은 문생(門生)이라고 칭하며 제자의 예의를 갖추었다. 또한 급제자들끼리는 서로를 동년(同年)이라고 부르며 강한 유대감을 형성하고 있었다.

같은 해에 과거에 합격한 곽원과 윤징고는 국자감에서 같이 수학했으며 문생 관계로 엮여 있었고 나이도 마흔 언저리로 비슷한 연배여서 사적으로도 친분이 두터웠다.

곽원과 윤징고는 소위 말하는 친한 동기 사이였다.

행영도통부(行營都統部)는 도통(都統) 강조를 비롯하여 부사(副使) 두 명과 판관(判官) 세 명, 수제관(修製官) 두 명으로 이루어져 있었다.

강조와 몇이 참게를 주제로 한담을 나누는 동안, 또 다른 판관인 노전(盧戩)과 수제관인 승이인(乘里仁)과 최충(崔冲)은 묵묵히 앉아 있었다.

노전은 목종 5년(1002년)에 과거에 급제하여 관직 생활을 시작했다. 이제 마흔둘의 나이로 키가 보통보다 조금 작고 머리는 몸에 비해 컸으며 얼굴빛이 검고 원래 말이 많지 않은 사람이었다.

수제관인 승이인과 최충은 도통 등의 대화에 끼어들기엔 관계(官階)가 낮았다.

도통부 사람들은 매우 한가롭게 담소를 나누고 있었으나, 눈들은 모두 북쪽 하늘을 예의주시하고 있었다.

최사위의 무로대 공격군이 성공하면 보내게 될 신호를 여유로운 겉모습과는 다르게 초조히 기다리고 있었다. 무로대 공격군이 성공을 거두면 불붙은 연과 횃불로 신호하고, 그 신호를 흥화진에서 받아서 다시 통주에서 북상하고 있는 고려군 본대에 전해주기로 했던 것이다.

그런데 시간은 벌써 사시(9시~11시)를 지나고 있었다. 최사위가 성공했다면 이미 신호가 왔어야 했다.

강조는 태연해 보였으나 그 누구보다도 간절히 최사위의 신호를 기다리고 있었다. 작전의 성공 가능성을 아주 크게 보지는 않았지만 어쨌든 이 작전만 성공을 거둔다면 모든 것이 끝나는 것이다.

아니, 모든 것이 끝나는 정도가 아니었다. 송나라를 몰아붙여 평화의 대가로 세폐(歲幣)를 받는 거란이다. 거란은 지금 시점에서 최강의 군사력을 갖고 있었고 더구나 거란주가 직접 몰고 온 거란의 대군이다.

여기서 거란주가 몰고 온 거란군을 압살시킨다면 그다음에는 더욱 과감한 북진정책을 펼 수 있을 것이다. 고구려의 고토(古土)를 회복하고 거란을 대체하여 주변 세력들을 아울러서 제국의 위치로 올라설 수 있는 것이다.

이런 대단한 공을 세운다면 강조 자신은 광개토대왕이나 후한(後漢)의 광무제(光武帝) 등과 비견될 만한 영웅이 될 것이었다.

날이 밝았다. 북쪽에서 기병 하나가 '전(傳)'이라는 깃발을 들고 빠르게 접근하고 있었다.

전령이 말에서 내려 강조에게 부복하며 봉인된 서찰을 바쳤고, 은빛 갑옷을 입은 시위대 중의 한 명이 나서서 서찰을 받았다.

이 은빛 갑옷을 입은 군사들은 천우위 소속 백갑대(白甲隊)였다. 이들은 원래 왕의 시위대였는데 이번 전쟁에서는 총사령관 강조를 시위하는 임무를 맡은 것이었다.

우람한 덩치의 사람이 서찰을 받아 강조에 건넸다. 백갑대 지휘관인 낭장 양백(梁伯)이었다.

강조가 서찰을 펼쳐보니 '퇴(退)'라는 한 글자만 적혀 있었다. 전령이 강조가 서찰을 펼쳐보는 것을 보고 강조에게 말했다.

"도병마사께서 '퇴'라고 말씀하셨습니다."

명령하거나 명령을 요구할 때, 서찰의 내용과 지니고 간 사람의 입을 통해 맞춰보는 식이었다.

행영도통이 최고 상위직이나 강조는 행영도병마사(行營都兵馬使)를 따로 임명해 실제 병력을 이끌게 했다. 자신은 판단만 하고 실제 군대를 움직이는 업무는 행영도병마사에게 맡긴 것이다.

행영도병마사는 검교상서우복야(檢校尙書右僕射)·상장군*(上將軍) 안소광(安紹光)이었다.

안소광(安紹光)은 동주(洞州) 토산현(土山縣: 개경직할시 개풍군) 사람으로 무관 출신이지만, 전공을 많이 세웠고 전 왕인 목종의 총애를 받아 비록 검교직(명예직)일지라도 상서우복야에 임명되어 있었다. 안소광은 체모가 웅위하고 기세가 당당하였으며 무예에 능하였다. 목종의 총애로만 고위관직에 오른 것이 아니라 그 자신도 뛰어난 무장으로 인정받고 있었다.

---

* 상장군(정3품): 흥위위, 좌우위, 신호위 등 6위에 각각 한 명씩 있는 최고위직 지휘관. 그 바로 아래는 대장군(종3품)이다.

안소광은 좌군(左軍)을 이끌고 선봉에 서서 흥화진 남쪽의 거란군과 대치 중이었다.

안소광의 역할은 우선 거란군의 눈길을 끄는 것이다. 거란군들이 남쪽을 신경 쓰게 만든 다음, 최사위의 우군(右軍)이 구주에서 내륙 길로 나아가 무로대를 기습하는 것이다.

최사위의 기습이 성공하면 그때 안소광의 좌군도 맹렬히 거란군을 공격한다. 남과 북에서 거란군을 동시에 공격하여 압살시키는 것이었다.

그런데 흥화진에서 신호가 없는 이상 최사위의 우군이 실패했다고 보아야 했다. 그렇다면 후퇴해야 한다. 안소광은 후퇴할 시기가 지났는데도 강조로부터 명령이 없자, 전령을 보내 후퇴 명령을 요구한 것이었다.

강조가 서찰을 읽은 후, 잠시 북쪽을 바라보더니 말했다.

"다시 통주로 갑시다."

18

기회를 잡은 거란군

: **경술년**(1010년) **십일월 십칠일 오시**(12시경)

홍화진의 동남쪽에는 삼교천을 품은 꽤 넓은 평야 지대가 있다. 서희가 홍화진을 쌓은 후, 홍화진 군사들은 이곳을 개간해나갔다.

서희와 소손녕이 화의를 맺은 후, 저항하는 여진족들은 고려와 거란의 양동작전에 의해 동북쪽으로 축출되었다. 따라서 홍화진의 가상 적군은 오직 거란군이었다.

그런데 이십 년 가까이 거란과 친교를 유지한 덕분에 홍화진 군사들은 아무 방해 없이 일백여 결(結)이나 되는 둔전을 개간할 수 있었다.

거란군 선봉도통(先鋒都統) 야율분노(耶律盆努)가 이끄는 거란의 선봉군은 이 평야의 남쪽 끝자락 피나무 골 앞에 둔치고 있었다. 이 피나무 골을 넘어 남쪽으로 칠십 리가량을 가면 통주에 이르게 된다.

야율분노는 공신의 자손으로 이른 나이에 관직에 등용되었으나 높이 중용되지는 못했다. 성격이 너무 급하고 엄격하여 사람들이 꺼렸기 때문이었다. 그리하여 수십 년간 한직(閑職)을 맴돌았는데 야율분노는 평소 이를 매우 한스럽게 생각하고 있었다.

이번에 고려를 정벌하기로 결정이 난 후, 야율분노는 생에 마지막 기회라고 생각하여 야율융서를 찾아가 정벌에 신명을 바칠 것을 맹세했다. 야율융서는 야율분노에게 선봉도통을 맡겼고 벌써 나이가 예순둘인 야율분노는 적극적인 자세로 정벌에 임하고 있었다.

고려군들이 상당한 농지를 개간해놓았으나 아직 평야의 동남쪽 끝은 키가 한길이 넘는 갈대와 달뿌리풀 등으로 뒤덮여 있었다. 거란의 선봉군들은 갈대밭을 베는 등 진영 주변을 정리하느라 여념이 없었다.

고려의 대군이 남쪽에서 접근할 가능성은 거의 없었으나, 고려군이 소규모 군대로 기습을 가할 가능성이 크다고 보았고, 특히 겨울철이라 화공에 대한 대비를 철저히 하고 있었다.

선봉도통 야율분노는 남쪽에서 고려군이 접근 중이라는 원탐난자군*(遠探欄子軍)의 보고를 받고 약간 당황했다. 고려의 주력군이 먼저 밀고 들어올 것이라고 예상할 수 없었기 때문이다.

야율분노는 신속히 소배압에게 보고했다. 보고를 받은 소배압도 놀라기는 마찬가지였다. 고려군이 소규모 군사들을 이용한 빠른 기습이 아니라, 주력군을 대놓고 움직인다는 것은 전혀 예상할 수 없었다.

행군도통소의 제장들 역시 의외의 상황에 매우 의아해하고 있는데 야율팔가가 급히 말했다.

"북쪽입니다! 적들이 우리의 시선을 남쪽에 묶어두고 무로대나 내원성 쪽을 노릴 가능성이 있습니다!"

야율팔가의 말에 다른 제장들은 무슨 할 말을 찾지 못하고 있었다. 고려군이 야율팔가 말대로 움직인다면 상상할 수 없을 정도로 대담했기 때문이었다.

잠시의 시간이 흐른 후 소배압이 말했다.

"적들이 무로대를 노린다면 큰일이겠군."

소배압도 고려군이 그렇게 담대하게 움직일 것이라고는 생각하지 않았

---

* 원탐난자군: 거란의 정찰 전문 부대.

지만 무로대에는 황제가 있었다. 황제에게는 절대 무슨 일이 생겨서는 안되는 것이다.

소배압이 야율탁진을 보며 말했다.

"그대는 당장 북피실군과 무로대로 가서 만일의 사태에 대비하라!"

야율팔가가 다시 소배압에게 말했다.

"적들의 의도가 북쪽에 있는지는 아직 확실하지 않습니다. 그러나 적들이 북쪽에 뜻이 있다는 전제하에, 만일을 위해서 내원성 쪽으로도 병력을 보내는 것도 나쁘지 않을 것 같습니다. 적들이 내원성을 노린다면 우리 입장에서는 성급히 행동할 필요가 없겠지만, 적들이 과감한 기습 작전을 써서 무로대를 노린다면 내원성 쪽으로 보낸 병력으로 그들을 포위할 수 있을 것입니다."

소배압이 고개를 끄덕이며 말했다.

"만전을 기하는 것도 나쁘지 않겠지."

소배압은 만 명에 달하는 좌·우귀성군(歸聖軍)을 내원성 쪽으로 이동시키고 선봉도통 야율분노에게 전령을 보내 명했다.

"고려군의 속임수가 있을 터이니 방비를 철저히 하고 고려군이 먼저 공격하지 않는 이상 움직이지 말라!"

과연 남쪽의 고려군은 가까운 거리까지 왔지만 더는 움직이지 않았다. 얼마 되지 않아서 남쪽에서 접근했던 고려군은 물러나기 시작했다.

선봉도통 야율분노는 먼저 우피실군(右皮室軍) 상온(詳穩) 야율적로(耶律敵魯)에게 명했다.

"곧 고려군을 추격할 준비를 하라!"

그리고 역시 소배압에게 전령을 보냈다. 고려군이 후퇴하고 있음을 알리고 추격 명령을 구했다. 소배압의 답신이 왔다.

"일 대(隊)를 보내 추격하되, 우선 임무는 적의 대군이 어디에 진을 쳤는지 파악하는 것이다. 진의 위치를 파악하면 진의 형세를 그려서 보고하도록 하라."

소배압은 도통소에 들어오는 보고를 속속 받으며 적당한 명령을 내렸다.

고려군의 의도는 훌륭했다. 남쪽에서 견제하고 북쪽에서 산길을 통해 내습하는 것. 예상치 못한 대담한 작전이었다.

성안에 웅크리고 있을 줄만 알았던 고려군들이 이토록 규모가 큰 작전을 수행하리라고는 거란군 중 그 누구도 예상하지 못했다.

그러나 한 가지가 아쉬웠다. 작전이 성공하려면 남쪽에서 강하게 공격했어야 했다. 남쪽에서 거칠게 공격하여 아군이 뒤를 돌아볼 시간을 주지 말았어야 했다. 그런데 남쪽에서 접근해온 고려군들은 마치 갓 시집온 새색시처럼 얌전히 왔다가 물러갔다.

소배압이 자신에 찬 목소리로 참모들에게 말했다.

"내 생각에는 고려군의 우열(優劣)이 드러난 것 같소이다."

야율화가가 약간 상기된 표정으로 말했다.

"적들의 실력이 이 정도라면 이미 칠팔 할은 성공을 거둔 것입니다."

유신행도 말했다.

"고려군의 이번 작전은 대담하고 좋은 계획이었으나 뭔가 어설펐습니다. 아무래도 대군을 운용해본 경험이 적은 터라 그런 것 같습니다. 이 정도 실력이라면 야전에서 맞붙었을 때 필시 우리가 승리할 것입니다."

신중했던 유신행도 꽤 흥분한 것 같았다. 모든 참모가 희망적인 예상들을 내어놓고 있는데, 무로대 쪽으로 갔던 동북상온 야율탁진과 북피실군 상온 소혜가 돌아왔다.

소배압이 야율탁진에게 물었다.

"직접 맞붙어 보니 고려군은 어떤가?"

"선두에 섰던 기병들이 고려의 정예군인 듯싶었습니다. 기본적인 전투력은 우리와 별반 차이가 없었습니다. 다만, 집단 전술이 우리에게 뒤지는 것 같았습니다. 싸울 때는 용맹했으나 일단 후퇴하기 시작하자 무질서하게 무너졌습니다. 날랜 기병대라면 진퇴가 자유로워야 하는데, 고려군은 그런 명령체계나 훈련이 거의 되어 있지 않은 듯 보였습니다."

소혜의 의견도 야율탁진과 거의 같았다. 도통소의 참모들의 의견과 실제 고려군과 싸운 지휘관들의 의견이 모두 비슷하게 일치하니, 이것은 객관적인 진실이라고 보아도 무방했다. 이렇게 의견이 일치하기도 쉽지 않을 것이다.

소배압이 만면에 희색을 띤 채로 말했다.

"아주 좋소. 아주 잘 되었구만."

소혜가 말했다.

"그러나 우리가 고려군들을 포위했다고 생각할 즈음에, 고려군 장수 하나가 나타나서 포위를 뚫고 고려군 대다수를 구해 갔습니다. 그자는 대단히 민첩했습니다."

소배압이 대단치 않게 말했다.

"민첩한 장수 하나쯤은 아무리 약한 군대라도 하나씩은 있는 법이지."

야율탁진이 말했다.

"그자만 아니었으면 무로대를 노리고 들어온 고려군들은 모두 섬멸되었을 것입니다. 보기 드문 움직임이었습니다."

야율탁진도 소혜와 같게 말하자, 소배압은 그제야 관심을 가졌다.

"어떤 자인지는 파악했나?"

"그자가 나타나자 고려군들이 '도령'이라고 외쳤습니다. 사로잡은 고려군 포로에게 물어보니 '구주의 도령'이라는 직책이라고 합니다."

"구주의 도령이라?"

"구주성은 방어사가 최고 직책이고 도령이 군사관계의 최고 직책이라고 합니다."

"이끄는 병력이 얼마나 된다고 하오?"

"이천에서 삼천 정도라고 하옵니다."

소배압이 웃으며 말했다.

"그거 다행이군."

겨우 이·삼천을 이끄는 장수가 멋진 무용을 뽐냈다고 해서 대세에 영향
은 없을 것이었다.

소배압은 직접 무로대로 가서 야율융서에게 상황을 보고하고 놀라게 한
것을 사죄했다. 야율융서가 웃으며 말했다.

"아군이 승전했다니 좋은 소식이군요. 더구나 도통소의 모든 참모 의견
이 우리의 승리를 예상한다니 짐의 마음이 놓입니다."

야율융서는 어주(御酒)를 내오게 해서 소배압에게 권했다. 야율융서와
소배압이 한창 군략에 관하여 대화를 나누고 있는데 야율분노의 전령이
도착했다.

"적의 본대는 통주로 돌아가 그 부근에 진을 치고 있습니다."

야율융서가 약간 놀라며 소배압에게 말했다.

"고려군이 성을 의지하여 숨지 않고 야전으로 나와준다면 우리에게 대
단히 잘된 일이 아니겠습니까?"

소배압이 자신에 찬 어조로 말했다.

"바로 진군하겠습니다."

야율융서가 허락의 의미로 고개를 끄덕였다.

통주까지 정찰 나갔던 원탐난자군(遠探欄子軍)들이 통주 근처에서 추수
하던 고려인 남녀를 사로잡아 왔다. 야율융서는 고려인 남녀를 직접 접견
하며 말했다.

"나는 단지 고려 임금을 시해한 역적 강조를 벌하러 왔을 뿐이다. 고려

인들은 나의 백성들과 같으니 아무런 해를 가하지 않을 것이다."

야율융서는 이들에게 비단옷을 내려주고 종이로 감싼 화살 한 개를 주었다. 그러고는 군사 삼백여 명이 흥화진까지 호송하여 항복을 권유하게 했다.

편지의 내용은 이러했다.

"전 왕 왕송(王誦. 목종)이 우리 조정을 섬긴 지 이미 오래되었다. 이제 역적 강조가 임금을 시해하고 어린아이를 왕으로 세웠기 때문에, 짐이 친히 정예군을 거느리고 그 죄를 물어 법도를 세우고자 온 것이다. 너희들이 강조를 체포하여 짐에게 보내면 그 즉시 회군하겠지만, 그렇지 않으면 바로 개경(開京)으로 쳐들어가 너희 처자식들까지 모조리 죽일 것이다."

편지가 흥화진 지휘부에 전달되었지만 대응하지 않기로 했다. 흥화진에서 아무런 답장이 없자 화살에 또 다른 편지를 매어 흥화진 안으로 쏘아 보냈다.

"흥화진의 성주(城主) 및 군인과 백성들에게 칙명을 내린다. 전 왕 왕송은 그의 조부에 이어 우리의 신하가 되어 영토를 굳게 지켜왔다. 그런데 갑자기 간흉에게 시해당했으므로 짐이 정예군을 거느리고 와서 죄인을 치는 것이다. 역적 강조에게 협박을 당해 어쩔 수 없이 따른 사람들은 모두 죄를 용서해줄 것이다. 너희들은 전 왕이 베푼 후덕한 은혜를 받았으니, 짐의 뜻에 순종하여 후회를 남기는 일이 없도록 하라."

두 번째 편지가 도착하자, 흥화진 지휘부 안에서 갑론을박이 있은 후에 황제에게 올리는 표문(表文) 형식으로 답장을 보내기로 결정했다.

이수화(李守和)가 표문을 지었다.

"하늘을 머리에 이고 땅을 밟고 있는 사람이라면 마땅히 간악한 흉적을 제거해야 할 것이며, 어버이를 봉양하고 임금을 섬기는 사람이라면 모름

지기 절조를 굳게 가져야 할 것이니, 만약 이 도리를 어기면 반드시 재앙을 받을 것입니다. 엎드려 바라옵건대, 폐하의 밝으신 지략으로 백성들의 어려움을 두루 살펴주시기 바라옵니다. 하늘과 같은 폐하께서 악인을 잡는 그물을 크게 펼쳐두시고서 어찌 참새와 같은 작은 새가 먼저 뛰어들기를 바라십니까? 속히 회군하신다면 용맹스러운 비휴*(貔貅) 같은 군사들이 절로 승복할 것입니다."

홍화진에서 자신을 하늘에 비유한 공손한 표문을 보내자 흡족했으나 항복하겠다는 뜻은 없었다. 야율융서는 비단옷과 은그릇 등을 홍화진의 장수들에게 보내며 다시 편지를 부쳤다.

"그대들이 올린 표문을 모두 살펴보았다. 짐은 우리 다섯 성군**(聖君)을 계승하여 온 천하를 다스리고 있는 바, 충성스럽게 순종하면 반드시 표창해주고 간악하게 반역하면 반드시 정벌하여 제거하였다. 강조가 옛 왕을 시해한 다음, 어린 왕을 끼고 간악한 권세를 방자히 휘두르면서 사람들을 마구 핍박하고 있다. 그러므로 짐이 친히 정벌해 죽임으로써 정의를 바르게 시행하기 위해 모든 군사를 거느리고 온 것이다. 얼마 전 특히 짐이 윤음***(綸音)을 보낸 까닭은 그대들을 불러 잘 달래보려는 나의 뜻을 보인 것이다. 그런데 올린 글을 보아하니 귀순하겠다는 정성은 도무지 찾아볼 수 없다. 피력한 내용이 성실한 마음에서 우러나온 것이 아니며, 문장도 겉으로만 공경하는 체했을 따름이다. 하물며 그대들은 일찍부터 관직에 있었으니 필시 순종과 반역의 차이를 알 것인데, 어찌 역적의 무리를 주살하여 전 왕의 억울한 죽음을 복수할 생각을 하지 않는 것인가! 마땅히 미리 화

* 비휴: 범과 곰을 섞은 전설의 동물.
** 다섯 성군: 거란의 태조, 태종, 세종, 목종, 경종을 지칭.
*** 윤음: 임금이 신하나 백성에게 내리는 말.

와 복을 분별해야 할 것이다."

이수화(李守和)가 다시 답장을 지었다.

"예전부터, 신(臣)들은 폐하의 조서를 받들 때마다 변치 않는 마음을 밝혀 왔습니다. 우리 백성들을 아끼시는 어진 마음을 베풀어주시기를 바라오며, 또한 괴로움에 허덕이는 백성들의 마음을 풀어주는 인자하신 마음을 절실히 기원합니다. 우리는 어떤 고난이라도 이겨내면서 더욱 백성들의 마음을 안정시킬 것이며 분골쇄신하여 천년의 성스러운 왕업을 길이 받들 것입니다."

표문을 받은 야율융서는 홍화진의 장졸들이 항복할 의사가 없음을 알게되었다. 수십만의 군사가 외로운 성 하나를 감싸고 있는데 그들의 심지는 굳건했다.

고려군을 패퇴시킨 후, 내심 홍화진의 항복을 기대했기에 실망했으나 그들의 의지에는 찬탄했다.

"우리나라에도 이와 같은 자들이 있는가? 고려에 사람이 많다고 하더니 이제 그 이유를 알겠군!"

야율융서는 다시금 홍화진에 편지를 보냈다.

"그대들은 백성을 위안하며 기다려라. 짐이 이십만의 군사를 무로대에 주둔시켜 두고, 또 다른 이십만의 군사를 거느리고 친히 진군하여 통주에 이르러 강조의 죄를 물을 것이다."

홍화진의 장졸들은 거란군이 포위를 풀고 남쪽으로 향하는 것을 숨죽여 지켜보고 있었다. 홍화진을 지켜냈지만 전쟁은 이제 시작이었다.

그런데 흰 깃발을 든 기병 한 기(騎)가 삼교천을 건너 동문으로 다가오고 있었다. 단지 기병 한 기라 대장대의 제장들이 의아해하면서도 거란주가 어떤 편지를 다시 보내는 것이라고 생각했다.

이수화가 다가오는 사람의 모습을 유심히 보다가 양규에게 말했다.

"제가 아는 사람 같습니다."

이수화는 대장대를 내려와 동문루로 향했다. 거란 기병이 동문 바로 앞까지 다가왔고 그때 이수화도 동문루에 도착했다. 가까이서 보니 과연 이수화가 잘 아는 사람이었다. 비교적 흰 피부에 얼굴이 네모나고 짙은 눈썹과 두꺼운 입술을 가지고 있었다. 해예랄상온 진소곤이었다.

진소곤이 이수화를 보며 반가움과 착잡함이 묻어나는 목소리로 말했다.

"아우는 잘 있었는가? 어디 다친 곳은 없는가?"

이수화가 몸을 숙이며 말했다.

"전 괜찮습니다. 형께서도 무탈하셨습니까?"

진소곤이 고개를 끄덕이며 회상에 잠긴 표정으로 말했다.

"저번에 같이 마신 술의 향기가 아직도 입 안에 남아 있는데 이런 자리에서 보게 될 줄은 몰랐네."

이수화가 담담한 말투로 말했다.

"어차피 언젠가 예정된 일이었습니다."

잠시 서로를 말없이 물끄러미 바라보다가 이윽고 진소곤이 말했다.

"몸조심하게나!"

이수화가 고개를 숙이자, 진소곤이 말머리를 돌려 가려다가 무엇이 생각난 듯 다시 멈췄다. 진소곤이 두꺼운 입술을 옆으로 퍼뜨리며 약간의 미소를 띠며 말했다.

"내가 요새 대식국(아라비아)의 언어를 배우고 있다네."

이수화가 몹시 호기심 어린 표정을 지으며 말했다.

"오! 아주 재미있겠습니다!"

이수화의 말에 진소곤이 미소를 머금은 표정으로 고개를 몇 번 끄덕였다.

19
구두로 돌아간 최사위

: 경술년(1010년) 십일월 십팔일 신시(16시경)

최사위는 구주성의 방어사실에 들어가자마자 최원신과 장극맹, 이보량의 손을 번갈아 덥석 잡으며 말했다.

"감사하오. 그대들이 아니었으면 우리 군사들이 크게 낭패를 볼 뻔했소이다."

최사위의 말에 최원신 등은 약간 겸연쩍은 표정으로 말했다.

"아, 예."

조금 전에 이보량은 동문을 개방하여 패전한 무로대 공격군을 맞이하게 하였다.

서문과 북문을 개방하지 않은 것은 갑자기 거란군들이 들이칠까 염려해서였다. 물론 경계병들을 주요 목에 배치했기 때문에 거란군이 나타나면 단번에 신호가 오겠지만 만전을 기해서 나쁠 것은 없었다.

이보량이 동문루에 있었는데, 가장 먼저 구주에 도착한 병력이 자신에게 군례를 하는데 표정에 존경심이 가득했다.

이보량은 약간 의아했으나, 군사들이 전투에 패하여 위급상황이었는데 이제 안전한 아군의 성에 도착해서 기쁜 마음에 그러나 보다 했다.

그런데 그게 아니었다. 어떤 자는 말에서 내려 자신에게 절까지 했다. 이보량은 어안이 벙벙했다. 장교 하나가 이보량에게 다가와 존경심 가득한 표정으로 군례를 하며 말했다.

고려거란전쟁 - 고려의 영웅들 (상)

"좌우위 보승군 별장 임맹(林猛)입니다. 도령께서 힘써주신 덕분에 살았습니다."

이렇게 말하며 머리가 땅에 닿도록 몸을 굽혀 다시금 인사했다. 이보량은 그제야 알아챘다.

'비록 패했으나 우리 구주군이 꽤 용맹하게 싸운 모양이군!'

이보량은 무로대 공격군이 패했다는 소식을 듣고 노심초사했으나, 공격군의 피해가 생각했던 것보다는 경미했고, 그 와중에 구주군이 크게 무용을 뽐냈을 것이라 생각하니 마음속에서 뿌듯한 자부심이 올라왔다. 지금까지 한 훈련이 헛되지 않았던 것이다.

구주로 들어오는 군사들이, 전투에 참가하지도 않은 자신에게까지 이토록 존경을 표하고 감사할 정도라면 구주군의 활약이 어떠했는지는 미루어 짐작하고도 남음이 있었다.

이보량이 넌지시 임맹에게 물었다.

"근데 구주군들은 아직 안 보이는군?"

"홍화진 쪽의 구주보병들은 우리와는 다른 길로 후퇴했다고 합니다. 기병들은 곧 도착할 것입니다. 도령께서 제때 원군을 보내주시지 않았더라면 저희 모두 큰 낭패를 보았을 것입니다."

이보량은 임맹의 말에 몹시 의아했다.

'원군이라니?'

금시초문의 일이었으나 시치미를 떼고 임맹에게 물었다.

"원군이 다행히 제때 도착한 모양이군?"

이보량의 말에, 임맹이 김숙흥의 활약상에 대해서 침이 마르도록 칭찬했다.

이보량은 임맹의 입에서 김숙흥의 이름이 나오자 깜짝 놀랐다. 김숙흥이 정찰하겠다고 나가며 마음대로 도령 기(旗)를 가지고 가서는 사고를 친 것이었다.

이보량은 급히 임맹에게 위로의 말을 몇 마디 건넨 후 보냈다. 그리고 주위 군사들에게 가만히 명했다.

"김숙흥을 빨리 찾아오라!"

이보량은 이렇게 명한 후, 부리나케 방어사실로 갔다. 실질적으로 구주 군을 자신이 지휘하지만, 총책임은 방어사가 지는 것이다.

김숙흥의 행동은 군법을 엄격히 해석하면 참수형을 당할 만한 행동이었다. 자신뿐만이 아니라 방어사 최원신이 그것에 대한 관리 감독 책임을 지는 것은 당연했다.

이보량이 방어사실에 들어가 보니, 최원신은 부사 장극맹과 더불어 탁자에 놓인 지도를 보고 대화를 한창 나누는 중이었다.

이보량은 마른 체형의 최원신을 볼 때마다 깜짝 놀라거나 뭉클해질 때가 꽤 있었다. 특히 뒷모습을 볼 때는 최원신이 그의 아버지 최량(崔亮)과 너무 닮아서 최원신이 방어사로 부임한 처음에는 '중군사 각하!'라고 부른 적도 몇 번 있었다.

십오 년 전 '고난의 겨울' 때 중군사였던 최량은 구주성 안에 있었다. 식량이 떨어진 최악의 상황에서 원래 몸이 좋지 않았던 최량은 건강이 극도로 악화되었다. 그런데도 군사들과 같은 장소에서 솔잎 등을 끓인 음식을 같이 먹었고 지팡이를 짚고 다리를 끌다시피 하여 성벽을 순시하며 군사들을 격려했다. 최고 지휘관의 헌신적인 노력으로 결국 구주를 지켜낸 것이다. 당시 별장이었던 이보량은 최량의 모습을 생생히 기억하고 있었다. 최량은 마르고 체구가 크지 않았으나 이보량의 기억 속의 최량은 그 누구와도 비할 바 없는 거인이었다. 당시 구주 안의 군사들과 그들의 가족들은 전국에서 모인 사람들이었고 향·소·부곡 출신이나 노비 출신들, 귀화한 여진족들까지 다양했다. 처음에는 오합지졸에 불과했으나 이 같은 힘든 경험 후, 구주군이라는 이름 아래 하나로 단결하게 된 것이었다.

이보량은 최원신과 장극맹에게 자초지종을 설명했다. 최원신도 처음에는 당황한 표정을 지었으나 이내 표정을 풀고 말했다.

"군법에 '장수의 명령에 복종하지 않은 군사는 참수형에 처한다'라는 조항은 있으나, 명령을 어겨 위기에 빠진 아군을 구했다고 처벌받지는 않습니다."

이보량이 동의하면서도 우려의 목소리로 말했다.

"방어사님의 말씀이 백번 옳습니다만, 심혈을 기울여 수행한 전투에서 패배하였습니다. 군법을 엄히 해석하여 군령을 세우려고 할 수도 있습니다."

이보량은 여러 번의 전투를 경험했다. 전장(戰場)은 이성이 지배하는 곳이 아니었다. 마음속에 감정들이 극단으로 요동치는 곳이다. 용기라는 미덕도 사실은 감정의 극단의 한 형태라고 볼 수 있는 것이다.

전투에 참여한 모든 사람은 어떤 식으로든 감정의 극단을 겪는 데다가 군중(軍中)에서의 의사 결정은 독단적으로 행해진다. 전장에서는 지휘관의 심리 상태에 따라 평시와는 다른 결정이 왕왕 내려지는 법이었다. 평시와 같이 판단해서는 안 되었다. 매사에 조심할 필요성이 있었다.

최원신이 이보량에게 말했다.

"최사위 각하는 호방한 성격이십니다. 자기의 잘못을 가리려고 부하를 희생시킬 분은 아닙니다."

이보량이 말했다.

"최고 지휘부에 최사위 각하와 같은 분만 계신 것은 아니지 않습니까? 만전을 기하기 위해서 우리가 명령을 내린 것으로 하는 것이 좋을 듯싶습니다."

풍성한 얼굴의 부사 장극맹이 무거운 표정으로 말했다.

"도령의 말씀대로, 만일을 위해 만전을 기하는 것이 좋겠습니다."

최원신이 잠시 생각한 후 말했다.

"도령의 생각이 좋으나, 거짓을 고한 것이 나중에라도 탄로 나면 어떻게 할 것입니까?"

그것도 문제는 문제였다. 그러나 어차피 구주군의 일이므로 미리 구주군끼리 말을 맞추고 입단속을 잘하면 새어 나가지 않을 수도 있었다.

"지금 최대한 빨리 김숙흥을 찾아오라고 시켰습니다. 김숙흥의 말을 들어보고 결정하는 것이 어떻겠습니까?"

최원신 등이 딱히 결론을 못 내리고 있는 가운데, 군사들이 김숙흥을 찾아오기 전에 최사위가 먼저 도착한 것이었다. 김숙흥은 구주군과 더불어 최후방에서 이동했으므로 가장 늦게 도착할 수밖에 없었다.

최사위가 입이 닳도록 김숙흥을 칭찬하자 최원신과 장극맹, 이보량은 몸 둘 바를 몰랐다. 무슨 말을 해야 할지 서로 눈치만 보고 있었다. 그러나 계속 말없이 있을 수는 없는 일이었다.

최원신이 최사위에게 말했다.

"구주군들이 좋은 역할을 해서 다행입니다. 앞으로 저희는 어떻게 해야 하겠습니까?"

슬쩍 얼버무리며 화제를 다른 곳으로 돌리려고 했다. 최사위가 최원신의 말에 아랑곳하지 않고 말했다.

"부친께서 최 방어사를 정말 자랑스러워하실 거요!"

거란의 침공이 예상되자 고려조정은 최원신을 구주방어사로 부임시켰다. 구주 사람들은 최량(崔亮)을 신뢰했고, 그의 아들인 최원신 역시 마찬가지일 것이라고 판단했기 때문이었다.

최사위가 다시 이보량을 보며 말했다.

"김 별장의 무용은 놀라웠소! 이 도령이 잘 지도했기 때문이라고 생각하오."

이보량이 겸손한 자세로 말했다.

"저희는 그저 형편대로 상황을 보아가며 구주군들을 지원하라고 한 것이 전부입니다. 나머지는 모두 김 별장이 독자적으로 판단한 것입니다."

최사위가 엄숙한 표정을 지으며 최원신 등에게 말했다.

"지금은 심각한 전시입니다. 평시에는 취해질 수 없는 조치도 일이 급박하면 파격적으로 행해질 수도 있습니다."

최원신 등이 최사위가 말하는 뜻을 알지 못하여 가만히 있는데 최사위가 다시 말했다.

"김 별장을 임시로 구주 부방어사(副防禦使)로 임명할까 합니다."

최사위는 김숙흥을 구주 부방어사로 임명한 후, 구주군 중에 마군(馬軍)들을 모조리 차출하여 통주로 다시 돌아갔다.

제2장 삼수채 회전

삼수채 포진도

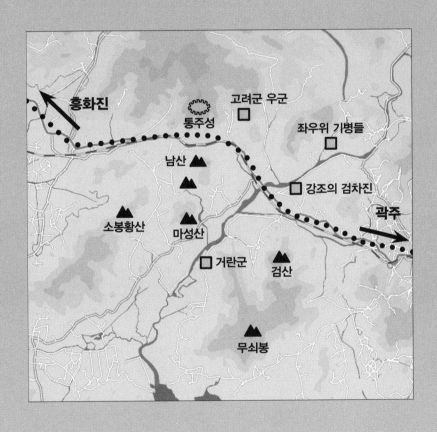

강조의 검차진 (개개의 검차진, 전체 검차진단)

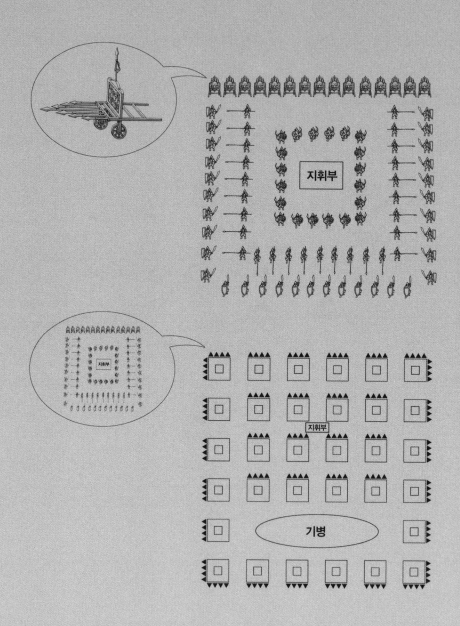

20
강조의 검차진
: 경술년(1010년) 십일월 이십일일 오시(12시경)

통주 쪽으로 물러난 강조는 제장들을 모아 명령을 내렸다.

"검차진(劍車陣)을 맡은 부대는 청강(清江) 북쪽에 진을 형성하라! 위치는 미리 정해주었으니 한 치의 오차도 있어서는 안 될 것이다. 천우위 대장군 원우는 기병들을 지휘하여 검차진의 바로 뒤에 위치하고, 행영도병마사 안소광은 좌우위 정용들을 거느리고 군영(軍營) 앞에 머물며 유군(遊軍)으로 투입된다. 우군병마사 이방은 통주성 동쪽에 진을 친다. 나는 검차진 중앙에 위치하여 직접 검차진을 지휘할 것이다."

강조의 목소리는 자신감에 넘쳤다. 강조의 명에 수십 명의 제장이 고개를 숙이며 말했다.

"예! 삼가 명령을 받들겠습니다."

제장들의 복명복창에 강조가 결연한 표정을 지으며 말했다.

"우리는 여기서 반드시 거란을 깰 것이오!"

강조는 무로대를 기습하는 작전의 성공 가능성을 크게 보지는 않았다. 입안자 최사위는 열심이었으나 강조가 생각하기에는 성공하면 설통발*에 두 자(尺)짜리 메기가 잡히는 형국이었다. 되면 더할 나위 없이 좋은 것이

---

* 설통발: 강이나 개울의 상류에서 내려오는 물고기를 잡으려고 물속에 거꾸로 놓은 통발.

고 안 되도 그만이었다.

강조가 심혈을 기울인 작전은, 청강의 두 물이 만나는 삼수채(三水砦)에 친 검차진의 군단(軍團)이었다.

십칠 년 전, 윤서안의 부대가 소손녕에게 참패하자 성종은 광범위하게 병법을 연구하게 했다. 옛 병법서를 참고하고 사적(史跡)을 모아서 하나의 책으로 펼쳐냈다. 그것이 바로 『김해병서(金海兵書)』였다. 그 『김해병서』에 기병대를 상대하는 궁극의 방법으로 기술되어 있는 것이, 바로 검차로 만드는 사각형의 방진(方陣)이었다.

기병대의 움직임은 매우 빠르고 변화가 심해서, 앞면을 공격하다가도 어느새 옆면을 공격하고 있고, 어느 사이에는 후면에 가 있는 것이다.

전면부만 강화한 진(陣)은 적의 기병대를 막을 수 없었다. 진의 사면(四面)을 같은 비중으로 방어할 수 있어야 하는 것이다. 사각형의 방진이라면 사면을 같은 비중으로 방어할 수 있다.

검차는 길이가 구 척이 되는 두 개의 나무와 오 척의 나무 두 개로 수레의 틀을 짜고 판자로 보강한 후, 전면부에는 아홉 개의 창을 설치하고 방패로 전면을 보호하는 형태였다. 방패에는 괴수를 그려 넣어 말이 보면 놀라게 했다. 바퀴는 앞에 하나, 뒤에 두 개를 달았고 검차의 뒤편에 좌우로는 접을 수 있는 버팀목을 달았다. 이동할 때는 바퀴 세 개로 이동하다가 멈출 때는 두 개의 버팀목을 내려서 검차를 고정할 수 있는 것이다.

방진(方陣)에 검차를 사방으로 두르면 검차방진이 되는 것이다. 강조는 전군(全軍)이 들어가는 커다란 검차방진이 아니라 하나의 령(천 명의 단위부대) 당, 한 개의 작은 검차진을 치게 했다. 작은 검차진을 삼십여 개를 만들어서 검차진 군단을 만든 것이다. 그리고 이것을 '검차진단(檢車陣團)'이라고 불렀다.

각각의 검차진에는 전면에만 검차를 배치했다. 나머지 좌·우와 후면에는 다섯 가지 병기를 든 보병들을 배치했다. 이들은 고려 보병의 집단 전술인 오병수박희*(五兵手搏戲)를 구사하여 진을 보호할 것이다.

하나의 커다란 사각형의 방진을 치고 그 안에 전군(全軍)이 들어가는 것이 기본 진형(陣形)이다. 그런 진형이 가장 탄력적인 병력 운용을 할 수 있지만 강조는 그렇게 하지 않은 것이다. 그런 커다란 방진은 적이 조금이라도 진 안으로 난입한다면 진이 모두 허물어질 수 있다는 약점이 있기 때문이었다.

강조는 작은 검차진을 삼십 개나 만들어서 진의 방어력을 높이면서도 탄력성을 잃지 않도록 했다. 작은 검차진이 삼십 개나 되기 때문에 몇 개가 무너진다고 해서 진영 자체가 허물어지지는 않는다. 검차진 하나가 무너지면 그곳에 있던 군사들은 검차 등의 장비를 버려두고 아군 검차진 사이를 통과하여 중앙이나 후방으로 와서 다시 전열을 정비하고 대기하면 된다.

기병들은 절대 검차를 넘을 수 없었고 이론적으로는 거란의 기병들이 이 검차진 군단을 피할 수는 있어도 깰 수는 없는 것이다.

그러나 이 검차진단에도 약점은 있었다. 검차진단 안에 공간이 협소하므로 많은 예비대를 검차진단 안에 둘 수 없었다. 따라서 기병들을 두 부대로 나누어 한 부대는 검차진단 바로 뒤에 위치시키고 다른 부대는 후방의 군영 쪽에 위치시켰다. 만일 검차진단이 급속히 무너진다면 이런 배치는 큰 문제가 되겠으나 강조는 그럴 가능성은 전혀 없다고 생각했다.

* **오병수박희: 방패병 1인, 창병 2인, 장창병 1인, 항정(사수) 1인으로 구성되며 경우에 따라서 무기 구성에는 약간씩 변화가 있다.**

강조는 전군을 셋으로 나누었다. 정용, 보승, 행군(行軍: 주진군의 정군(正軍)) 등 정예한 군사들 대부분은 통주의 남쪽 청강평야에서 강물이 합류하는 삼수채에 검차진을 치게 하고 강조가 직접 지휘했다.

좌우위 정용 삼천은 행영도병마사 안소광의 지휘 아래 본대의 동북쪽 오 리 정도 떨어진 산자락에 위치하게 해서 유군(遊軍)으로 전투의 변화에 따라 응하게 했다. 그다음, 우군병마사 이방이 대부분의 일품군을 이끌고 통주성 바로 동쪽 편에 진을 치게 했다.

홍화진에서 통주까지의 거리는 칠십여 리 길인데 홍화진에서 출발하면 처음에는 얕은 구릉지대로 이루어지다가 통주에 가까이 올수록 지세가 조금씩 험해진다.

통주에 거의 다다르면, 왼편에 백 장을 훌쩍 넘는 큰 산들로 이루어진 산맥이 있는데, 남쪽으로 향하던 길은 산맥의 끝자락에서 꺾여 동쪽으로 이어진다. 길의 남쪽에는 하천이 흐르고 있었고 하천의 남쪽에는 북쪽보다 높지 않지만 산들이 흩어져 있었다. 그 산 너머가 서해였다.

통주성은 이 도로에 바로 붙어서 도로 북쪽에 축성되어 있었다. 동·서·북쪽은 산자락을 이용하여 성벽을 쌓아 올렸고, 남쪽은 도로를 따라 평지에 성벽을 쌓았다. 남쪽 성벽 전체가 도로와 몇 장(丈) 떨어진 채로 평행하게 쌓여 있어서 도로를 통할하기에는 최적의 지세였다.

통주성의 동쪽 성벽 밖은 작은 분지 지형이었는데 이곳에는 오래된 탑이 존재하여 '탑 평야'라고 불렸다.

우군병마사 이방은 일품군들을 이끌고 이 탑 평야에 진을 쳤다. 탑 평야에 진을 침으로써 마치 도로에 이중 마개를 한 것과 같았다. 통주성으로 일차적으로 봉하고 다시 한번 그 뒤를 봉한 것이다.

거란군이 이곳을 통과하려면 통주성을 함락시키고 성의 동쪽에 둔치고 있는 고려군도 패퇴시켜야 한다. 실로 극히 어려운 일일 수밖에 없었다.

통주성 앞을 지나는 도로가 대로(大路)이지만 이 길만 있는 것은 아니었다. 통주성 앞을 지나지 않고 통주성 남쪽의 산 사이를 지나는 소로(小路)가 존재하고 있고, 아예 바다 쪽으로 완전히 붙어서 통주성을 멀리 돌아 남쪽으로 갈 수 있는 길도 있었다.

강조는 통주성 바로 앞의 대로 외에는 다른 길은 막지 않았다. 삼수채로 온 전력을 집중시켰다. 거기에서 궁극적으로 건곤일척의 승부를 볼 생각이었다.

결전을 원하는 거란군들은 남쪽의 소로들을 통해서 삼수채 쪽으로 올 것이다. 소로들은 마치 커다란 항아리에 바늘구멍들이 나 있는 것과 같았다. 거란군들은 한꺼번에 다수가 삼수채가 있는 청강평야로 들어올 수가 없다. 그렇다면 적당한 때 기병들을 보내 요격하면 거란군들을 들어오는 족족 각개 격파할 수도 있다.

강조는 청강평야 동쪽의 작은 산에 올라 진을 점검했다. 일대 장관이었다.

이현운이 강조에게 말했다.

"염윤(서희)께서 진을 치신다고 해도 이보다 더 잘 칠 수는 없을 것입니다!"

강조는 십칠 년 전 서희의 부관으로 종군할 때가 생각났다. 최정예로 구성된 고려의 선봉군은 봉산군에서 패하고 거란군들은 기세를 떨치며 남하하고 있었다. 아군의 사기는 바닥을 치고 있었으며 거란군의 진군에 모두 겁을 먹고 있었다.

그때 서희가 적진을 관찰한 후 기지를 발휘해 보급부대의 수레로 길을 막게 하여 거란군의 남하를 저지했던 것이었다. 그때는 급조된 평범한 수레였고 지금은 전투용 수레인 검차를 가지고 연구에 연구를 거듭한 진영을 짜고 있는 것이다.

만일 서희가 이 진세를 봤더라면 틀림없이 강조를 대단히 칭찬했을 것이다.

강조가 산에서 내려다본 검차진 군단과 통주성, 군영(軍營) 쪽에 주둔한 좌우위로 이어지는 진세는 완벽 그 자체였다.

2I

삼수채 앞

: **경술년**(1010년) **십일월 이십이일 미시**(14시경)

선봉도통 야율분노는 남쪽으로 진군하라는 명령을 받자마자 움직였다.

홍화진 쪽에서 육십여 리 정도 남쪽으로 내려오자 꽤 널찍한 평야 지대가 있었고 통주성에서는 서쪽으로 십오 리 떨어진 지점이었다. 거기에 진을 치고 작전회의를 시작했다. 정찰 나갔던 원탐난자군을 불러 모아 상황을 보고 받았다.

야율분노가 지휘봉으로 동쪽을 가리키며 원탐난자군 소교(小校) 소포노(蕭蒲努)에게 물었다.

"여기서는 성이 전혀 보이지도 않는군. 정확히 어디에 성이 있는가?"

소포노가 동쪽을 가리키며 답했다.

"저쪽 산 사이를 지나면 바로 도로 왼편에 성이 자리 잡고 있습니다. 성의 위치를 정확히 모르고 접근하다가 원탐난자군 둘을 잃었습니다. 마치 성 자체가 산속에 매복하고 있는 형태입니다."

선봉부도통 야율홍고(耶律弘古)가 물었다. 사십 대 중반의 야율홍고는 전대(前代) 가한(可汗)인 요련씨(遙輦氏)의 후손으로 군사들을 엄중히 잘 이끈다는 평을 받고 있었고 송나라와의 전쟁에서 많은 전공을 세웠었다.

"군대가 지나갈 만한 다른 우회 길은 없는가?"

소포노가 길 남쪽의 산들을 가리키며 답했다.

"저쪽 오른쪽 산을 따라 남쪽으로 오 리 정도 내려가면 또 다른 산들이 나오고 세 산 사이에 두 길이 있습니다. 다시 더 남쪽으로 우회하면 강과

바다가 만나는 하구에 가까워집니다. 거기에는 강을 가운데 두고 완전히 평탄한 지역만 폭이 사오 리 정도 되는 평지가 있습니다. 그 평야 지대의 강을 따라 거슬러 올라가면 적의 성 앞을 지나지 않고도 남쪽으로 갈 수 있습니다."

야율분노가 다시 물었다.

"적은 어디에 주둔해 있나?"

"고려군은 성의 동남쪽 어디쯤에 진을 치고 있는 것 같습니다. 고려군이 곳곳에 널려 있어 직접 눈으로 확인하지는 못했습니다."

"산 위에 올라가서 확인하진 못했는가?"

소포노가 약간 부끄러운 표정으로 답했다.

"산길은 고려군이 곳곳에 함정을 깔아놓고 매복하고 있었습니다. 저희 병력만으로는 산 너머를 관망할 만한 장소로 올라갈 수 없었습니다. 그래서 원탐난자군 중에 날랜 자를 몇 명 뽑아서 길이 아닌 곳으로 산에 올려보냈습니다. 길이 아닌 곳으로 오르는지라 적당한 장소까지는 시간이 꽤 걸릴 것입니다."

선봉도감 소허열이 나섰다. 소허열은 스물일곱의 나이로 소배압의 조카였다.

"적들이 산 너머를 보여주지 않으려고 꽁꽁 싸매고 있는 것이, 확실히 산 너머에 뭔가 있겠군요."

선봉부도통 야율홍고가 말했다.

"적들은 우리를 뻔히 보고 있는데 우리는 적들을 볼 수 없습니다. 좋지 않습니다. 일단 남쪽의 두 군데 길로 기병 백 기씩 보내면 어떻겠습니까?"

평상시에는 원탐난자군이라는 정찰 전문 부대가 십여 명 단위로 정찰하지만, 이렇게 적진과 가까워지면 날랜 기병 백 기(騎)로 적진 가까이 가서 정찰하는 것이 거란군의 기본 군사행동이었다.

기병 백 기면 상당한 전력인 데다가 불리하면 빠르게 후퇴할 수도 있다.

거란에서는 기병 백 기가 힘과 속도를 같이 가진 단위로 인정되고 있었다.

콧수염을 멋지게 기른 스물예닐곱 정도의 젊은 장수가 야율분노에게 말했다.

"적들도 우리의 지금 움직임을 예상할 것입니다. 그렇다면 적들이 예상할 수 없는 방향으로 움직여야 합니다."

우피실군상온 야율적로(耶律敵魯)였다. 야율적로는 황족으로 키가 육 척오 치로 몸집이 장대하고 힘이 남달랐다.

야율분노가 야율적로의 말에 고개를 끄덕였다. 전장에서 적의 의도대로 가는 것은 좋지 않은 것이다. 적이 예상할 수 없는 방향으로 움직여서 적의 의표를 찌르는 것이 가장 좋은 작전이다.

야율분노가 야율적로에게 물었다.

"좋은 생각이 있소?"

"시간을 끄는 것은 저들이 바라는 바입니다. 정찰하고 시간을 보내면 적의 의도에 빠지는 것입니다."

야율홍고가 정색하며 말했다.

"그렇다면 정찰도 하지 않고 군을 움직이자는 말이오?"

야율적로가 단호한 표정으로 말했다.

"그렇습니다. 지금 정해서 바로 움직이는 것입니다. 정찰은 움직이면서 하면 됩니다."

야율홍고가 뭐라 하려는데 야율분노가 말했다.

"괜찮은 생각인 것 같소. 어차피 지천에 적이 깔려 있어 소규모 정찰병만 보내면 희생만 늘어날 것이니 과감히 진군하는 것도 나쁘지 않은 듯하오."

야율홍고 등이 반대했으나 야율분노의 마음은 야율적로의 의견으로 굳어지고 있었다.

선봉도감 소허열 역시 야율적로의 의견에 찬성하며 말했다.

"조심히 움직여야 하겠으나, 이번 전쟁에서 우리는 반드시 승전할 것입니다. 문제는 얼마나 큰 전공을 세우냐입니다. 전쟁에 승패를 걱정할 필요가 없으니 과감히 움직이는 것도 좋은 방법이라고 생각합니다."

야율분노가 고개를 끄덕이며 말했다.

"좋소! 빠르게 움직여봅시다."

선봉도통이 마음을 정했으니 이미 결정은 난 것이다. 어떻게 움직이느냐만 남았다.

잠시 격론이 오고 간 가운데, 성을 공격하는 척하다가 남쪽으로 내려가서 세 산 사이의 두 길로 가기로 했다. 더 남쪽으로 내려가서 강 하구의 평야 지대를 따라 올라오면 진을 치기에 편하겠지만, 행군로(行軍路)가 너무 길어지는 문제가 있었다. 또한 노출된 측면을 고려군이 공격할 가능성도 있었다.

야율분노는 한인 향병들에게 통주성의 고려군 눈에 잘 띄는 장소에서 성을 공략하는 기구들을 만들게 했다. 고려군을 속이기 위한 작전이었으나 성 밖에 진을 치고 있는 고려군을 격파하고 나면 어차피 성을 공격할 터이므로 필요한 일이기도 했다.

잠시 후, 야율분노의 명에 선봉군들은 신속히 움직이기 시작했다. 특히 우피실군의 정군*(正軍)들은 선두에 서서 전속력으로 말을 몰았다. 십 리가 조금 넘는 거리였고 우피실군의 정군들은 일각도 안 되는 시간에 도착했다.

거란군들은 적이 바로 지척에 있을 때 이런 식으로 말의 체력을 소모하지 않는다. 오히려 말의 체력을 보호하기 위해 말 위에 오르지 않는다. 전

---

* 거란군의 기본 단위는 정군(正軍) 1명과 보급과 정찰을 담당하는 타초곡기(打草谷騎) 1명, 물품을 운반하고 영채를 세우고 수비하는 일을 맡는 수영포가정(守營鋪家丁) 1명으로 구성된 3명이다.

투가 벌어지면 그제야 말에 오른다.

산 사이의 길에 다다르자, 야율적로는 정군들을 말에서 내리게 하고 방패를 들게 하여 길로 몰아넣었다.

야율적로가 말의 체력을 소모시킨 데엔 이유가 있었다. 신속히 이동하는 것이 가장 중요했고, 길 입구에 도착하면 정군들을 말에서 내리게 한 다음 돌격시킬 생각이었던 것이다.

고려군 다수가 매복하고 있다면 이 병목 지대를 지나서 저쪽 어디쯤일 것이다. 만일 기병으로 들어가다가 적의 매복에 걸리면 기병은 가릴 수 없는 큰 표적이 되어 상당한 피해를 보게 될 것이다. 방패를 든 보병이 이럴 때는 훨씬 안전했다.

다행히 겨울이라 나뭇잎이 모두 떨어져 있었으므로 산속의 시계(視界)는 양호한 편이었다. 다수의 적이 매복해 있다면 금세 눈에 띌 것이다. 야율적로의 생각은 적중했다.

고려의 지휘관들은 거란군들이 이렇게 무지막지하게 군대를 몰아댈지 예상하지 못했다. 또한 병목 지대는 그렇게 길지 않았다. 대략 삼사백 보에 불과했고 그곳을 통과하자 급격히 넓어져 평야가 한눈에 들어왔다.

야율적로의 눈에 십 리 정도 떨어진 거리에 있는 고려군의 진이 보였다. 야율적로는 급히 방진을 치게 하고 선봉도통 야율분노에게 보고하여 신속히 후속군을 안으로 들이게 했다.

지금이 제일 위험한 순간이다. 적들은 벌써 진을 완벽하게 쳐놓았고 아군은 이제 투입되고 있었다. 적들이 아군을 공격하기에 적기인 것이다.

그나마 다행인 것은 고려군은 두 강이 만나는 완전한 평지 지역에 자리 잡고 있었고 이곳은 산자락이라, 고려군이 진을 세운 곳과 표고 차가 칠팔 장(丈)은 된다는 것이었다. 고려군이 아군을 공격하려면 완만하더라도 경사가 있는 언덕을 올라야만 한다.

야율적로는 서둘렀다. 그러나 예상과 다르게 고려군의 공격은 없었다.

고려군이 움직임이지 않자, 우피실군은 여전히 방진을 짠 상태로 있으면서, 나머지 선봉군의 병력은 슬며시 평야 지대로 내려가 고려군의 진에서 남서쪽으로 십 리 정도 떨어진 곳에 기병 진을 짜고 그 뒤에 보병 진을 세웠다.

고려군의 기습에 대비해 타초곡기*(打草谷騎)들은 싸리나무를 말 꼬리에 매달고 진 앞을 오가며 먼지를 피워댔다. 고려군이 아군의 진영을 볼 수 없게 하기 위해서였다.

대강의 수비적 대형을 이루고서도 고려군의 공격이 없자 각자의 역할을 하기 시작했다.

선봉군에 딸린 한인 향병들과 각 군의 수영포가정**(守營鋪家丁)들은 숲속의 나무를 베어 보병 진영 뒤로 커다란 군영을 세우기 시작했다.

원탐난자군들은 사방의 길로 다니며 왕복 도로, 우회로, 지름길, 조운로, 주변 산천의 형세 등을 살피고 길목을 장악하며 기록했다.

야율분노는 선봉도통소의 참모들 몇과 함께 언덕에 올라 고려군의 진을 관찰했다. 십 리 거리였지만 대강의 모양을 관찰하는 데는 별문제가 없었다.

초원에서 유목하는 사람들은 필요성에 의해서 먼 거리를 보는 능력이 특화되어 있었다. 가끔은 상상할 수 없을 만큼 좋은 시력을 가진 사람들도 있었는데 거란군은 이런 사람들을 '원안(遠眼)'이라고 부르며 각 지휘부에 배속시켰다. 이들은 오 리 밖에서 양의 암수를 구별할 수 있을 정도였다.

야율분노가 직접 보고, 또한 '원안'들의 말을 들어보면 고려의 진은 장

---

*   타초곡기: 정군에 1명씩 배속되어 약탈과 정찰을 맡는다.
**   수영포가정: 정군에 1인씩 배속되어 영채 건설과 수비를 맡는다.

방패로 사방을 두른 대형 방진처럼 보였다. 장방패를 든 병력이 앞에 있었고 장창병들이 그 뒤에 있었다. 그리 특별해 보이지는 않았다.

"그냥 방진 같은데…, 방진 가운데 기병이 있겠지?"

야율적로가 말했다.

"여기에서 눈으로 봐서는 그 정도 이상의 특이 사항을 찾을 수 없을 것 같습니다."

소허열이 말했다.

"일단 부딪쳐봐야 변화를 알 수 있을 것입니다."

이럴 때, 거란군은 기병 일 대(500~700기)를 보내 적진을 관찰하게 하고 경우에 따라서는 공격해서 적의 허실을 탐지한다. 적이 허점을 보이면 바로 총공격하고, 적의 허점이 보이지 않으면 계속 기병들을 투입해서 치고 빠지며 적정의 변화를 계속 관찰하는 것이다.

야율분노도 소허열의 말처럼 군사들을 내보내 한번 붙어보고 싶었지만 일단 기다려야 했다.

소배압에게 선봉군이 무사히 진을 치고 있다는 것을 보고하자, 소배압은 적을 자극하지 말고 방비를 철저히 하며 본대가 도착하기를 기다리라고 명했기 때문이었다.

아군의 전력이 적보다 훨씬 강하기 때문에 느리더라도 만전지책(萬全之策)을 쓰는 것이 상수였다. 적들이 아군보다 적은 병력으로 성을 나와 대결하려고 하니, 대군으로 사방에서 천천히 옥죄는 것이 안전한 선택일 것이다.

원탐난자군이 사방을 정찰 중이었고 타초곡기들 역시 약탈을 겸한 정찰을 하게 했으니 이들이 곧 상당량의 정보를 모아올 것이었다. 대군(大軍)으로 적을 옥죄려면 주변 정세를 완전히 파악하기 전까지 기다릴 필요가 있었다. 이것 역시 거란군의 기본 전술이기도 했다.

주변을 완전히 장악하여, 적들이 움직이고 볼 수 있는 범위를 좁혀 두는 것이다. 곧이어 원탐난자군의 보고가 속속 들어왔다. 주요 도로와 지형에 대한 보고들이었다. 선봉도통소에서는 화공(畵工)들이 이들의 말을 듣고 주변의 지형도를 차츰 완성해가고 있었다.

거란선봉군이 진을 친 평야의 오른편에는 높이가 백여 장이 넘고 산의 둘레가 수십 리쯤 되어 보이는 꽤 큰 산이 있었다. 고려인들이 검산(劍山)이라고 부른다고 했다.

이 검산을 우회하는 것이 가능하다면 고려군의 뒤편으로 돌아갈 수도 있어 보였다. 소포노가 이끄는 원탐난자군 부대는 이 산을 우회하여 고려군 뒤로 돌아가는 길을 찾아보기로 했다.

일반적으로 원탐난자군은 정찰할 때 밤을 틈타 움직인다. 낮에는 적의 매복 공격에 당할 가능성이 높기 때문이다. 지금 시각은 신시(15~17시)의 끝으로 가고 있었지만, 아직 낮이었다. 고려군이 어딘가에 매복해 있을 것이고, 반드시 공격을 당할 것이다. 그러나 해족*(奚族) 출신의 소포노는 공을 세우기 위해서 위험을 무릅쓰고 움직였다.

산을 우회하는 길은 매우 험하였고 도중에 고려군의 매복에 걸려 두 명의 군사를 잃었다. 그러나 결국 길을 발견하는 데 성공했다.

---

* 해족은 거란과 언어가 통했다고 하며 거란 태조 야율아보기에 의해 거란에 복속된다.

22

거란군 작전 회의

: 경술년(1010년) 십일월 이십이일 해시(22시경)

거란군은 흥화진을 두고 통주로 내려가기로 했다. 그런데 한 가지 큰 문제가 발생했다. 바로 황제가 있는 어영도통소를 어디에 위치시키느냐였다.

고려군의 작전은 실패했고 소배압은 의기양양했지만, 고려군에 대하여 좀 더 신중하게 생각하게 되었다. 고려군이 그렇게 과감히 나오리라고는 예상하지 못했으며 고려군이 남쪽에서 더 강하게 압박했다면 상황은 또 모르는 일이었다. 소배압은 여유로운 마음에서 이제는 어느 정도 긴장하는 마음으로 바뀌었다.

고려군은 예상 밖으로 대담했다. 앞으로 고려군이 무슨 작전을 펼칠지 알 수 없는 일이었다. 따라서 황제의 어영도통소는 안전한 곳에 머물러야 했다.

소배압은 일단 선봉군을 출발시킨 후, 무로대의 어영도통소로 향했다. 어영도통소에 들어가니 야율융서는 신하들 몇몇과 함께 악기를 연주하고 있었다.

야율융서는 직접 해금을 연주하고 있었는데 과연 황제가 연주하는 해금 소리였다. 해금소리는 울고 웃고 자지러지다가 애간장을 녹이는 맛이 있어야 하는 법인데, 야율융서가 연주하는 해금소리는 마치 고고한 유생의 말투처럼 청아했다.

야율융서가 소배압을 보고 연주를 그치자 일동이 모두 손을 멈췄다.

소배압이 야율융서에게 고했다.

"선봉군이 출발했습니다."

"수고하셨습니다."

"폐하께서 내리신 지침대로, 저희가 남쪽으로 내려가서 강조와 고려 왕을 잡아 오겠나이다."

야율융서가 고개를 끄덕이다가 문득, 소배압의 말뜻을 알아챘다.

"짐이 여기까지 와서 나아가지 않으면 어느 군사가 힘들여 싸우겠소! 어영도통소 역시 출진할 것이오."

소배압은 대승상 한덕양을 흘끔 보았다. 소배압의 눈빛을 받은 한덕양이 장대한 외모만큼이나 중후한 말투로 말했다.

"신하들이 모두 반대했으나 폐하께서 직접 가신다고 하니 어찌하겠소. 흥성궁*(興聖宮) 군사들이 수비를 엄히 할 것이니, 도통은 여기는 신경 쓰지 말고 어떻게 적을 격파할 것인가만 신경 쓰시오."

승천황태후가 실질적인 황제 노릇을 할 때 야율융서는 유학에 심취한 인자한 젊은 황제였다. 사람 죽이는 것을 싫어해 국법상 사형인 죄도 매만 때리고 용서해주기 다반사였으며 승천황태후가 누구를 죽이려고 하면 적극적으로 말리기를 마다하지 않았다.

그래도 승천황태후를 말릴 수 없다면 한덕양을 움직여 승천황태후를 제어하려고 노력했고 그것도 안 되면 그 죽을 사람에게 죽기 전에 사죄했다.

"짐은 그대가 죄가 없는 줄 안다. 그대의 식솔들은 우대할 것이다."

어찌 보면 유약해 보이기까지 했다. 사람들은 수군대었다.

"황태후가 없으면 저 유약한 성격으로 어찌 나라를 다스릴까?"

승천황태후가 사망하고 실질적인 황제가 되자 야율융서는 더 이상 유약

---

*　거란 황제 야율융서의 친위부대.

한 황제가 아니었다. 단지 유가(儒家)와 법가(法家)에 근본을 둔 통치를 하려고 노력했을 뿐이었다. 여전히 사람 죽이는 것을 싫어했지만 행동할 때는 과감히 행동했고 신하들이 반대해도 기어코 일을 추진했다.

고려 정벌도 대다수 신하가 반대한 상황 속에서 야율융서가 기필코 추진한 것이었다. 황제국이 제후국에서 일어난 반란을 묵과하는 것은 유가의 사상에 어긋나는 것이었다. 역(逆)을 순(順)으로 바꾸는 것은 황제가 반드시 해야 하는 일이며 그것이 바로 성군(聖君)의 조건 중 하나였다.

십이 세의 어린 나이에 황위에 오른 야율융서는 예전의 거란 황제들 같았으면 황위에 오르지도 못했을 것이고 오르더라도 금세 반란으로 폐위되었을 것이었다.

경종이 붕어하자(982년) 승천황태후는 야율사진과 한덕양을 따로 불러 흐느끼며 말했었다.

"자식들은 어리고 허약한데, 종친들은 강성하고 변경의 방비는 안정되어 있지 않으니 내 어찌해야 할꼬?"

종친들은 황위를 호시탐탐 노리고 있어서 언제 반란을 일으킨다 해도 이상하지 않았다. 만일 변경에 조금이라도 문제가 발생한다면 그것을 빌미로 바로 들고 일어날 것이었다. 아니, 문제가 없어도 들고 일어날 판이었다.

승천황태후가 계속 한탄하며 눈물지으니 야율사진과 한덕양이 위로하며 말했다.

"신들을 신임하신다면 무슨 염려하실 일이 있겠습니까?"

야율사진과 한덕양의 말에 승천황태후가 반색하며 말했다.

"나는 경들이 충성스러운 사람들이라는 것을 잘 알고 있소. 경들은 나와 어린 황제를 지켜주겠다고 이 자리에서 맹세할 수 있겠소?"

승천황태후는 결국 그 자리에서 야율사진과 한덕양의 맹세를 받아냈다.

"하늘에 맹세코 신들의 목숨이 다할 때까지 황태후 폐하와 황제 폐하를 지켜드릴 것이옵니다."

둘의 맹세를 받았지만 승천황태후가 완벽히 안심하려면 또 한 사람의 맹세를 받아야 했다.

바로 송나라와의 변방에 나가 있는 야율휴가였다. 그러나 야율휴가의 맹세를 받는 것은 어렵지 않았다. 야율사진의 한마디 말이면 충분했기 때문이었다.

승천황태후는 거란에서 가장 능력 있으면서도 의기 있는 세 남자의 충성 맹세를 받았고 이들에게 모든 권한을 위임했다. 가장 능력 있는 사람들이 권한을 잡고 움직이자 종친들은 결코 반란을 일으킬 수 없었고 변경의 문제 역시 점차 안정되었다.

승천황태후는 정치에 대한 대단한 안목이나 군사 문제에 대한 혜안을 가지고 있지는 않았다. 그러나 오직 단 한 가지 능력이 타의 추종을 불허했는데, 바로 '잘난 남자를 알아보는 능력'이었다. 그리고 그 '잘난 남자들'에게 막대한 권한을 부여했고 그들을 조종했다. 그들과 다른 신하들의 의견이 일치하지 않으면 내용을 보지도 않고 덮어놓고 그들 편을 들었다. 그리고 그것은 대부분 옳은 결정이었다. 이런 능력은 남자 황제들이 가질 수 없는 능력이었다.

특히 한덕양은 승천황태후와 공식적인 연인관계였다. 승천황태후는 한덕양이 야율융서를 비롯한 자기 자식들을 친자식처럼 대하기를 원했고, 자식들은 한덕양을 아버지의 예로 대하기를 원했다.

남자는 자신의 아이를 사랑하는 것이 아니라 자신이 사랑하는 여자의 아이를 사랑하는 것이라고 했던가!

한덕양은 승천황태후의 아이들을 친자식처럼 생각했고 그들도 역시 한덕양을 친아버지처럼 대했다. 야율융서와 한덕양은 마음으로 맺어진 부자 관계였고 그것은 오히려 피보다 더 진했다.

한덕양은 어린 황제였던 야율융서에게 자주 말했었다.

"신하들의 옳은 말을 귀담아듣되, 결정은 폐하가 내리는 것입니다. 폐하가 옳다고 생각하면 아무리 신하들이 반대하더라도 하는 것입니다."

야율융서와 한덕양의 말로 보아서 이미 어영도통소의 출진은 정해진 일이었다. 소배압은 순간 고민에 빠졌다. 그렇다면 어영도통소를 어디에 위치시킬 것인가? 다행히 소배압은 크게 고민하지 않아도 되었다.

"어영도통소는 맨 후미에 위치시킬 것이요."

야율융서는 소배압이 어영도통소의 위치에 대해서 고민할 것을 알고 있었다. 그래서 위치를 정해준 것이었다. 신하의 고민을 덜어주는 것, 역시 황제의 일이었다.

소배압은 어영도통소를 나와 빠르게 남쪽으로 움직였다. 거란군은 각 군에 도통(都統)을 임명하여 도통이 거느린 군대의 진퇴를 그의 책임하에 마음대로 정하도록 했다. 송나라와 전쟁을 벌이면 전선이 매우 넓어서 지휘체계를 하나로 통일할 수 없었다. 이런 식으로 각 도통의 책임하에 맡겨야 하는 것이다.

그러나 고려군과의 전선은 오직 하나다. 지휘체계를 군이 분산시킬 필요는 없다. 지휘체계를 단순히 하는 것이 더욱 효과적인 군사작전을 수행할 수 있을 것이다. 따라서 소배압은 모든 군사행동을 자신에게 보고한 뒤에 행하도록 명했다.

소배압은 빠르게 앞으로 나아가 행군도통소에 합류했다. 곧, 선봉군이 진을 치는 데 성공했다는 보고를 받았고 즉시 행군도통소를 선봉군 쪽으로 이동시켰다.

이동 중 선봉군으로부터 보고가 계속 들어왔다. 소배압은 적이 먼저 공격하지 않는 한 선공(先攻)하지 말 것과 군영을 완벽히 세우라고 명했다. 또한 철저한 정찰을 주문했다.

우피실군이 주둔한 지역에 거의 다다르자, 남쪽으로 크게 우회할 수 있는 길을 발견했다는 보고가 들어왔다.

소배압은 즉시 좌익군도통소에 전령을 보내 좌익군에 속한 좌피실군을 먼저 그쪽에 투입하게 하고 좌익군 전체를 그쪽으로 움직이라고 명했다.

선봉도통소에 이르자 소배압은 야율분노를 비롯한 선봉도통소의 장수들을 매우 칭찬했다.

"가장 어려운 일을 정말 잘 해냈소이다. 그대들 덕에 저 대역무도한 강조란 놈을 수월히 잡을 수 있게 되었소."

소배압은 행군도통소와 선봉도통소를 합치고 선봉도통소에 속한 화공들이 그린 주변 지형도를 면밀하게 들여다보며 세밀한 부분들에 대하여 자세히 질문했다.

고려군이 대담한 작전을 보여주긴 했으나 어쨌든 아군보다 전력이 많이 떨어지는 것은 기정사실이었다. 아군의 전력이 적보다 강할 때는 포위 공격이 정석이었다.

선봉군과 우익군, 중군은 고려군의 본진 앞에 진을 쳐서 고려군을 묶어두고, 좌익군을 오른편 산으로 크게 우회하게 하여 고려군의 뒤를 차단한다. 또한 통주성 앞의 대로에는 소수의 기병을 보내어 혹시 모를 적의 움직임을 감시하도록 한다. 이 정도로 고려군을 감싸면 거의 물 샐 틈 없이 포위하는 것이었다.

시간이 해시(21~23시)에 접어들었기 때문에 전투의 시작은 그다음 날 해가 뜨는 묘시(5~7시)로 예정했다. 대개의 일을 마무리하고 난 소배압에게 퍼뜩 의문이 생겼다.

"왜 고려군이 전혀 움직이지 않을까?"

행군우부도통 야율화가가 말했다.

"당연히 공격할 전력이 되지 않으니 움직이지 않는 것 아니겠습니까! 저번에 공격도 요행수를 바란 것에 지나지 않았습니다."

야율화가의 말대로, 고려군의 실력이 충분했다면 더 적극적으로 움직였을 것이다. 하지만 고려군은 저번에도 그렇고 이번에도 그렇고 뭔가 덜 박힌 못과 같았다.

선봉군이 들어올 때 공격하여 진을 치고 군영을 세우는 것을 방해했어야 한다. 그런데 고려군은 멀리서 보기만 하고 아무런 행동도 취하지 않았다.

선봉도통 야율분노가 말했다.

"적들 역시 서로 간의 전력 차가 크다는 것을 잘 알고 있을 것입니다. 저번에는 요행수를 바랐고 이번에는 요충지를 막아서서 버티자는 것 같습니다."

다른 제장들 역시 비슷한 의견이었다. 엷은 붉은색 피부에 이마가 높이 솟은 사람이 나서며 말했다. 동로통군사 소류였다. 소배압 가문의 조상은 회홀(위구르) 사람이었고 그 피를 받아서인지 이 집안에서는 회홀 족과 비슷한 외모의 사람들이 태어나곤 했다.

"저들이 무언가 준비하고 있을 수도 있습니다. 정찰을 철저히 하여 조심히 나아가야 합니다."

자잘한 몇 가지 일들에 대해 조금 더 논의한 후 작전회의를 파했다. 내일 아침부터 전투가 시작될 것이었다. 모두 체력을 충분히 비축해야 했다.

23

삼수채 회전(會戰)의 시작

: 경술년(1010년) 십일월 이십삼일 미시(14시경)

거란군들은 인시(3~5시)에 일어나서 전달받은 명령을 수행하기 시작했다. 강의 서안(西岸)에 선봉군과 우익군이 좌우로 배치되고 중군이 그 뒤를 받쳤다. 명령이 떨어지면 얼어붙은 강을 건너 고려군을 공격할 터였다.

좌익군은 새벽 동트기 전부터 출발하여 산을 우회해서 열심히 나아갔다. 좌피실군이 선두에 섰는데 고려군의 저항은 거의 없었다. 산을 우회하여 오십 리 길을 가자 드디어 고려군의 본진이 보였다.

좌피실군상온 야율포고(耶律蒲古)는 진을 치고 좌익군의 본대를 기다렸다. 곧 천운군이 도착했고 뒤이어 좌익군 도통 야율오불려(耶律烏不呂)가 좌익군 본대를 이끌고 도착했다.

듬직한 체구의 야율포고가 야율오불려에게 말했다.

"저 고려군들을 보니 십칠 년 전의 기억이 새롭습니다."

키가 크고 얼굴이 길쭉한 야율오불려가 말했다.

"그때 상온이 앞장서 싸워 고려군을 격파했으니 이번에도 기대해보겠네."

십칠 년 전, 야율오불려와 야율포고는 소손녕 휘하로 고려를 정벌했었다. 그때 둘이 선봉으로 나아가 고려의 봉산군(蓬山郡)을 함락시키고 고려의 삼천 정예병들을 격파했다.

날이 밝자, 소배압은 도통소에서 나와 제장 몇을 데리고 대담하게도 고려군의 진 바로 앞까지 가서 자세히 관찰했다. 포진한 고려군의 진을 본 소배압이 제장들에게 말했다.

"허! 빽빽하게 웅크리고 있어서 어디 틈이 보이질 않는군."

전혀 움직이지 않고 있던 고려군들은 밤이 되자 진을 치고 있는 거란군들을 곳곳에서 습격했었다. 밤새도록 소규모 충돌이 계속되었지만, 그때마다 고려군들을 손쉽게 격퇴했다.

산을 우회하는 좌익군에서도 순조롭게 진격 중이라는 보고가 들어왔다. 아주 좋은 징조였다. 거란군의 진영이 모두 갖추어지자, 고려군들은 활동을 멈추고 좋은 위치에서 저렇게 한 무더기로 뭉쳐있는 것이었다.

도감 야율팔가가 진을 자세히 바라보며 말했다.

"유리한 위치를 잡고 있으니, 저 진을 파하는 데 시간이 꽤 필요할 듯합니다."

소배압이 야율분노에게 물었다.

"밤새 적을 상대했으니 적의 허실이 어떤 것 같습니까?"

"고려군에게서 특별한 인상을 받지는 못했습니다. 화살을 잘 쏘았고 고려군 몇몇은 무예에 아주 능했습니다. 말 위에서 펼치는 기예가 대단한 자들이 있었습니다. 고려인 포로에게 물어보니 그런 기예를 '농마희(弄馬戱)' 또는 '말 놀음'이라고 한다더군요."

소류가 소배압에게 말했다.

"일단 적의 진을 흔들어 허실을 알아봐야 합니다."

소배압이 고개를 끄덕이고 곧 남피실군을 출격시켰다.

"남피실군은 적을 공격한다! 탐색전이니 적진 깊숙이 들어가지 말고 진퇴를 반복하며 적 진세의 변화를 유도하라!"

남피실군상온 야율효리(耶律爻里)는 먼저 경기병을 출동시켰다. 경기병들은 고려의 진 가까이 접근하여 화살을 쏘며 고려군을 공격했다.

거란군의 기본 전술대로, 오백 기에서 칠백 기의 기병들이 한 대(隊)를 이루어 열 개의 대(隊)가 축차적으로 고려군을 공격했다. 고려군은 화살로만 응사할 뿐 전혀 움직이지 않았다.

공격이 효과가 전혀 없자, 야율효리는 일 대(隊)의 군사들에게 마갑을 두껍게 입힌 후 고려군의 진에 돌격하게 했다.

고려군들은 거마창과 장창으로 응했다. 고려군은 워낙 밀집해 있었고 이런 식의 돌격에 잘 준비된 것 같았다. 이런 축차적인 공격으로는 고려군 진영을 붕괴시킬 수 없었다.

고려군들은 야산을 등지고 진을 치고 있었기 때문에 초원에서처럼 사면을 돌며 적의 약점을 파고들어 공격할 수가 없었다. 방어 준비가 잘되어 있는 적의 한두 면에만 축차적으로 공격하니 오히려 아군의 희생만 조금씩 늘어났다.

만 발의 화살을 동시에 날려도 보았고, 기름을 먹인 짚단에 불을 붙여 던지기도 했으나 별다른 효과가 없었다.

야율팔가가 내놓은 투석기로 공격하는 방법은 상당히 참신한 생각이었다. 투석기를 만들어 돌을 쏘아 보내자 고려군은 매우 당황하는 것 같았다. 고려군의 방진은 돌을 피해 조금 뒤로 물러갔다. 그러나 고려군은 마찬가지로 재빨리 투석기를 마련했다. 고려군의 투석기에 역습당해 거란의 투석기가 모두 깨져버리고 말았다.

고려군은 자국의 영토에서 전투를 벌이고 있었고 더욱이 통주성을 옆에 두고 진을 치고 있었으므로 물자 조달이 빠를 수밖에 없었다. 거란군의 투석기가 생나무로 만든 조잡한 것이라면 고려군의 투석기는 좋은 재목으로 만든 진짜 투석기였다.

오히려 고려군에게 좋은 방법을 가르쳐준 셈이 되어버렸다. 고려군의 투석기가 점점 늘어나더니, 총 열 대의 투석기가 거란군에게 연신 돌을 날렸다.

소배압은 남피실군의 공격을 중지시켰다. 산을 우회한 좌익군이 고려군의 좌측면에 당도했기 때문이었다. 이제 고려군을 완전히 삼면에서 포위하게 되어 총공격 시간이 다가온 것이다.

시각은 미시(13~15시) 초로, 아주 좋은 때였다. 고려군은 동쪽에 진을 치고 거란군은 서쪽에 진을 쳤기 때문에 아침에는 태양 빛이 거란군의 눈에 들어오게 된다. 이제 정오가 지났으므로 태양 빛은 고려군의 눈에 들어갈 것이었다. 시간이 잘 맞아떨어지고 있었다.

드디어 소배압이 지휘봉을 높이 들었다. 곧 뿔나팔 소리가 길게 울려 퍼지며 도통의 기(旗)가 높이 올랐다.

"뿌웅~~~~~~~~."

전군이 도통의 기(旗)에 집중했다.

곧이어 북소리가 빠르게 세 번 울렸다.

"둥, 둥, 둥."

북소리가 세 번 울리자, 거란군들은 천지가 떠날 듯이 일제히 세 번 함성을 질러댔다.

"와! 와! 와!"

십만이 넘는 거란군이 지른 함성은 온 산천을 진동시켰다. 심장이 약한 사람은 그 소리만으로도 오금이 저릴 지경이었다. 천지를 흔드는 함성이 울려 퍼진 후, 다시 징소리가 울렸다.

"징~ 징~ 징~."

거란군들은 함성을 지르다가 징소리가 울려 퍼지자 함성 지르기를 그쳤다.

잠시 적막이 흐르는 가운데 거란의 기병들은 말 꼬리를 묶고 하늘과 땅에 절을 했다. 거란군이 적진에 돌격하기 전에 하는 의식이었다.

소배압이 지휘봉을 아래로 누이자 도통의 깃발도 따라서 눕고 북소리가 일정한 간격으로 계속 울리기 시작했다.

"둥~, 둥~, 둥~, 둥~, 둥‥‥."

울리는 북소리에 맞추어 거란군들이 앞으로 진군했다. 천하제일이라는 자부심으로 뭉쳐진 이들은 마치 상대를 밟고 넘어가려는 것처럼 고려군에 접근해갔다. 이들이 돌진하면 상대방은 마치 강풍에 눕는 연약한 풀처럼 누워버릴 것만 같았다.

군대 전체에서 기(氣)가 폭발하는 듯했다. 방패를 든 철갑보병들이 선두에 서고 장창과 단병기로 무장한 보병들이 간격을 두고 그 뒤를 따랐으며, 또 그 뒤로는 좌·우철요자군(左·右鐵鷂子軍)과 철림군(鐵林軍) 등 철갑기병들이, 또 그 양익에는 경기병들이 보무도 당당히 전진했다.

한편, 좌익군 도통 야율오불려는 본대의 함성을 들었다. 역시 좌익군에게 함성을 지르게 한 후, 좌피실군과 천운군을 앞세워 진격시켰다.

야율융서는 중군 왼편에 야산 위에 올라 있었다. 이곳이 평야 전체를 관찰할 수 있는 가장 전망이 좋은 곳이었다. 아군은 큰 함성과 더불어 출진하기 시작했다.

야율융서가 의자에 앉아서 꽤나 만족스러운 표정으로 한덕양에게 말했다.

"이번 전투는 매우 장대하군요!"

한덕양이 뿌듯한 미소를 지으며 말했다.

"우리가 고려군의 삼면(三面)을 모두 감쌌으니 아주 유리한 위치를 잡았습니다. 도통이 군대를 잘 이끌고 있습니다."

야율융서가 추밀사 야율실로(耶律室魯)에게 말했다.

"추밀사는 어떻게 생각하는가?"

추밀사 야율실로는 체격이 장대(壯大)하고 기운(氣運)이 범상치 않았으며 용모가 아름다웠다. 야율융서와 동갑내기로 어릴 때부터 궁에 들어와서 야율융서의 친구 역할을 했다. 따라서 둘은 군주와 신하의 관계보다는 친구 같은 사이였다.

야율실로가 고개를 갸우뚱하면서 답했다.

"저는 고려군의 생각을 읽을 수 없습니다. 너무 쉽게 좋은 위치를 우리에게 내주어서 저들이 군사를 모르는 자들인지, 아니면 다른 준비된 것이 있는지 모르겠습니다."

야율실로의 신중한 말에 야율융서가 고개를 끄덕이며 말했다.

"추밀사의 말이 맞소. 지금까지는 알 수 없었으나 이제 곧 판가름 나겠지."

추밀부사 소합탁이 말했다.

"우리의 포석은 완벽한데, 그에 비해 고려군은 마치 목을 움츠린 자라와 같습니다. 이긴 다음에 싸운다는 것이 이와 같을 것입니다."

소합탁의 말에 야율융서가 미소 지었다.

선봉군은 얼어붙은 강을 건너 순조롭게 진군하고 있었다. 선봉도통 야율분노는 긴장했지만 고려군의 움직임이 별 볼 일 없으므로 긴장감보다는 자신감이 더 컸다.

이윽고 고려군이 있는 곳 삼백 보 앞까지 진격했다. 고려군은 송나라 군대와 별 차이가 없어 보였다. 가만히 자리를 지키고만 있었다.

가까이서 보니, 고려군의 전열(戰列) 뒤쪽에 수레가 얼핏 보였고 고려군은 수레를 이용하여 요충지를 요새화하는 것이 기본전략인 듯했다. 그것이 고려군의 기본전략이라면 지금까지 앞으로 나오지 않고 계속 움츠러든 것도 이해할 만했다.

허술하게 펼치느니 단단히 움츠러드는 것도 좋은 생각이다. 그러나 그 움츠림은 필요시 전진을 전제로 해야 한다. 야전에서 지키기만 해서 성공을 거둘 수는 없었다. 시간이 지나면 어딘가는 반드시 허물어질 수밖에 없는 것이다. 야율분노는 머릿속으로 이렇게 분석하며 고려군의 방진을 계속 살폈다.

북소리는 계속 울리고 있었고 이제 고려군과의 거리는 백 보 남짓이다. 행군도통소에서 기가 올랐고 행군 중에 사격하는 '보사(步射)'의 명이 떨어졌다. 궁수들은 계속 진군하며 화살을 날렸다. 고려군들은 장방패 뒤에 숨어서 일절 대응하지 않고 있었다.

이제 고려군과의 거리는 삼십 보였다. 산을 우회했던 좌익군도 합류하여 이제는 가운데가 우익군이고 양익이 선봉군과 좌익군이 되었다. 거란군이 짤 수 있는 가장 단단하고 강력한 진이 짜진 것이다.

이대로 고려군을 충격한다!

가장 긴장되는 순간이지만 야율분노는 긴장감이 별로 느껴지지 않았다. 왜냐하면 고려군이 전혀 움직이지 않았기 때문이다. 가만히 있겠다는 것은 이쪽에서 준 충격을 받겠다는 것이다.

보통 이런 행동은 군사행동을 모르는 자들이 하는 것이었다. 맞서서 같이 앞으로 나오든지 아니면 어떤 변화라도 주어야 한다. 가만히 있으면서 상대가 주는 충격을 그대로 받는 것은 좋지 않은 행동이었다.

야율분노는 고려군의 이런 어리숙한 모습을 보면서 본능적으로 흥분감을 느끼고 있었다. 마치 먹이를 눈앞에 둔 맹수와도 같았다.

도통소에서 뿔나팔 소리가 울고 다시 명령이 내려졌다. 좌·우철요자군 등 철갑기병에 대한 것이었다. 돌격을 명하고 있었다.

보병들 뒤에서 행군하던 철갑기병들이 보병대 사이로 순식간에 뛰쳐나가기 시작했다. 절묘한 움직임이었다. 철갑기병이 고려군을 충격하면 곧 바로 보병의 충격이 이어질 것이었다. 고려군이 지금처럼 가만히 있으면 뚫리지 않을 수가 없었다.

철갑기병 선두가 고려군 진영 이십 보 앞에 다다르자 갑자기 고려군의 진영에서 수백 발의 화살이 동시에 날아왔다. 철갑기병들의 피해가 크지는 않았으나 순간 움츠러든 것은 어쩔 수 없었다.

그런데 고려군의 화살이 날아오르자마자 앞서 있던 고려의 장방패병들이 순식간에 뒤로 빠지기 시작했다. 그리고 야율분노의 눈에 들어온 것은 도열해 있는 수레들이었다.

그 수레들이 순식간에 앞으로 밀고 나왔다. 야율분노가 수레의 모양을 인식하려고 한 순간, 고려의 수레들과 철갑기병들이 굉음을 내며 충돌했다.

수십, 수백 번의 '꽝' 하는 소리가 울려 퍼졌다. 굉음 뒤에, 말들이 울부짖는 소리와 사람이 말에서 떨어지는 소리, 사람의 신음이 전장을 온통 뒤흔들었다.

야율분노는 제대로 보지 못했지만, 앞서 달리던 철갑기병들의 말들은 갑자기 나타난 수레와 수레에 거치된 방패에 그려진 맹수 문양에 놀라 순간적으로 멈추고 말았다.

말들은 대개 넘을 수 없는 장애물이 앞에 있으면 회피하는데, 회피할 곳이 없으니 멈춰버린 것이다.

긴 종대로 달리던 철갑기병들은, 앞 열이 멈추어버리자 뒤 열이 앞 열에 부딪히고, 그 뒤 열이 또 부딪히는 연쇄 충돌을 일으켜 마치 휴지가 구겨지듯이 구겨지고 있었다.

고려군의 수레는 계속 밀고 나왔다. 당황한 보병들이 일단 들고 있던 방패로 막았지만, 개인의 힘으로 여럿이 미는 수레의 힘을 당할 수도 없거니와 방패 역시 그 정도로 단단하지는 않았다.

방패가 깨지고 뚫리고 힘에서 밀리면서 보병들은 단말마의 비명을 질러

대고 있었다.

"으악! 헉!"

야율분노는 순간 몹시 당황했으나 침착하려고 노력했다. 곧바로 전장의
상황을 살폈다. 어떤 해법을 구하기 위해 계속 관찰했다.

그러나 야율분노가 어떤 생각을 하기 전에 고려군의 수레 진 사이로 고
려군의 철기병들이 쏟아져 나오기 시작했다. 마치 위에서 아래로 흐르는
물과 같았다.

선봉대와 우익군, 좌익군 모두 전열이 뚫리며 고려 철기병이 난입하여
짚단을 세워놓고 무술을 연마하듯이 아군을 베고 찔렀다.

"아악! 윽! 컥!"

전장은 지옥도로 변하고 있었고 군사들이 지르는 비명이 천지에 가득
찼다.

잔뜩 웅크리고 있던 고려군은 순간 폭발하듯이 움직여서 아군의 진영을
갈기갈기 찢고 있었으며, 고려군의 전면에 창을 박은 수레가 맹수처럼 계
속 전진해 와서 아군을 바람에 눕는 풀처럼 쓰러뜨렸다.

야율분노는 급히 예비대를 투입했으나 고려군 수레의 전진을 도무지 막
을 수 없었다. 고려군은 자신이 있는 곳까지 압박해왔다.

후방에서 보고 있던 소배압도 역시 대단히 당황했다. 그러나 소배압은
수많은 전장의 경험으로 단련된 역전의 용사였다. 거란 제국은 적은 수의
군대와 불리한 상황 속에서도 믿을 수 없는 승리를 거두며 성장해왔다.

소배압은 앞과 뒤를 살폈다. 전방에 있는 선봉군과 우익군, 좌익군에게
어떤 체계적인 명령을 할 상태가 아니었다. 그들은 각개로 싸워야 한다. 소
배압은 뒤에 남아 있는 중군을 보았다.

'중군을 움직여야 한다!'

소배압은 급히 야율탁진에게 명했다.

"그대는 중군으로 가서 북피실군을 지휘하여 강을 넘어 동쪽에 매복하라!"

소배압은 자세히 명하지 않았다. 그럴 시간도 없거니와 야율탁진 정도면 알아들으리라고 보았다. 야율탁진 역시 소배압의 말을 듣고 바로 떠났다.

그러고는 바로 소류에게 명했다.

"너는 우피실군을 지휘하여 고려군의 진영이 길게 늘어지면 측면을 쳐라!"

또한 야율팔가에게 말했다.

"그대는 지금 군영으로 달려가 군영 앞에 갖가지 장애물을 설치하도록 하라. 목적은 고려군 수레의 기동을 어렵게 하는 것이다."

소배압은 말머리를 돌려 중군이 있는 후방으로 달리며 명했다.

"후퇴한다! 전군에 후퇴 명령을 내려라!"

기고군은 소배압을 따르며 징을 쳐 전군에 후퇴 명령을 내렸다. 소배압이 후퇴 명령을 내리자, 모든 거란군이 무너지며 뒤쪽으로 달리기 시작했다.

24

검차(劍車)

: 경술년(1010년) 십일월 이십삼일 미시(14시경)

강조는 검차진 안에서 직접 지휘하고 있었다. 거란군의 돌격이 시작되고 거란 기병들이 튀어나오자 강조는 큰 목소리로 명했다.

"검차진, 돌격하라!"

북소리가 울리며 검차의 돌격이 시작되었고 강조가 예상했던 대로 검차진은 거란군을 쳐부수고 있었다.

이런 검차는 과거로부터 존재했으나 몇 가지 요소를 개량했다. 그중 가장 괄목할 만한 점은 검차로 인한 충격량을 극대화하기 위해서 맨 가운데 창을 가장 길게 하고 양옆으로 갈수록 조금씩 짧아지게 했다는 것이다.

창의 길이가 같으면 다수의 적 보병이 방패로 막으며 버틸 수도 있다. 검차로 미는 힘이 창끝에 고르게 실리기 때문이다. 그러나 이렇게 창 길이를 다르게 함으로써 검차로 미는 힘은 가장 긴 가운데 창에 우선하여 실리게 되어 한 사람의 힘으로는 막을 도리가 없게 된다.

만일 적이 방패를 들고 횡으로 열을 만들고 있는 상황을 가정할 때, 검차와 적의 전열이 부딪치게 되면, 가운데 창과 맞붙은 적 한 사람은 반드시 무너지게 된다. 그러면 이번에 검차의 힘은 가장 긴 창의 양옆에 있는 창에 힘이 실리게 되고, 먼저 무너진 사람의 양옆의 사람 둘을 무너뜨리게 된다. 이렇게 순차적으로 힘이 실리니 적의 진은 반드시 무너질 수밖에 없는 것이다.

고려에는 검차가 한 방의 무기였으므로 절대 거란군에게 노출되면 안 되었다. 그래서 검차를 볏단으로 덮어 마치 치중을 운반하는 일반 수레처럼 보이게 했던 것이다.

거란군이 아군의 이런 수레진을 보면, 고려군이 요충지에 수레진을 쳐서 수비하며 버티려 한다고 생각할 것이다.

이쪽이 수동적으로 보이면 저쪽은 더 능동적이 되는 법이다. 거란군은 수동적인 고려군을 향해 적극적으로 돌진할 것이다. 강조는 그 허점을 노렸고 지금 완벽한 성공을 거두고 있었다.

검차진이 거란군의 보병대를 뚫어 버리자 강조는 급히 짧게 명령을 내렸다.

"철기! 돌격!"

강조가 명하자 철기를 부르는 뿔나팔이 울고 즉시 기가 올랐다가 앞을 가리켰다.

명령이 떨어지자 후방의 철기들이 순간적으로 질주하며 검차가 만들어 낸 거란군 진영의 균열 속으로 깊이 파고들었다.

강조는 온통 집중하여 전황을 살피고 있었다. 적들의 진이 무너지고 무질서하게 패주할 정도로 강하게 밀어붙여야 한다.

적들은 대군(大軍)이다. 적들이 다른 기회를 가질 수 없도록 끝까지 밀어붙여 반드시 이 한 방에 끝내야 한다. 완벽히 조건이 맞아떨어진 지금, 바로 끝내는 것이다.

강조는 전장을 살피며 잇따라 명령했다.

"후미의 보병 출격!"

검차진의 후미에 있는 보병 중 일부에게 강조는 이렇게 거란군을 밀어붙이게 되면 진을 풀고 거란군을 공격하라고 임무를 부여했었다. 창과 봉, 골타 등으로 무장한 보병들이 역시 검차진 사이로 나아가 거란군 진영으로 들어가더니 거란군들을 타격하기 시작했다.

거란군들은 검차에 밀려 계속 쓰러졌다. 고려의 철기들은 거란군 진영 깊숙이 들어가서 휘저었다. 그 뒤를 따라 보병까지 들어가자 거란군의 진은 처참할 정도로 구겨지고 있었다.

거란군은 생각보다 잘 버티고 있었으나 강조가 보기에 이제 곧 무너질 터였다. 이현운이 전방을 가리키며 흥분된 목소리로 외쳤다.

"적의 지휘관이 움직입니다!"

강조가 보니 거란의 지휘부가 뒤로 움직이고 있었다. 적들의 진이 구겨지고 있고 적의 지휘부가 말을 돌리고 있었다. 강조는 다시 명했다.

"경기병을 투입하고 좌우위의 기병들까지 남김없이 투입하라!"

적들의 지휘부가 말을 돌린다는 것은 더 버틸 힘이 없다는 것을 스스로 인정한 것이다.

강조는 경기병들을 모두 투입하고 군영 쪽에 예비대로 남겨놓았던 좌우위 정용들도 모두 출동시켰다.

과연 거란군은 모두 등을 돌려 달아나기 시작했다. 고려군의 검차들이 앞으로 더욱 빠르게 달려 나갔다.

강조의 눈에 수많은 거란군이 놀란 사슴 떼처럼 도망치고 있는 광경이 들어왔다. 가슴이 시원해지는 일대 장관이었다.

강조의 마음속에서 웅심(雄心)이 거대하게 부풀어 올랐고 짜릿한 희열이 온몸을 감쌌다. 강조는 큰 환희에 휩싸여서 아무 말 없이 그 광경을 감상하고 있었다.

이제 검차진이 계속 진격하여 거란군이 세운 군영을 넘어서면 전투는 끝나는 것이다.

판관 노전이 강조에게 급히 말했다.

"우리도 움직여야 합니다!"

노전의 말에 강조가 정신을 차린 듯 말했다.

고려거란전쟁 - 고려의 영웅들 (상)

"판관의 말이 옳소!"

고려군의 검차들은 앞으로 계속 나아갔다. 그러나 점점 도망치는 거란 군들과 거리 차이가 나고 있었다. 맨몸으로 달리는 것과 수레를 끌며 달리 는 것은 당연히 큰 차이가 날 수밖에 없었다.

더구나 땅바닥에는 부상당한 거란군들, 죽은 거란군들, 거란군들이 버 리고 간 갖가지 물품들에다가, 쓰러져서 울부짖고 있는 말과 낙타들까지 있었다. 검차는 많은 장애물을 넘으며 이동해야 했다.

검차의 이동이 더뎌지자 강조는 고각군에게 북을 치게 해서 행군을 재 촉했다. 그러나 재촉한다고 될 일이 아니었다.

두 강물이 만나는 곳을 넘어가자 적과의 거리가 너무 많이 벌어졌다. 검 차는 이미 적을 추격하는 용도로는 아무 쓸모가 없게 되었다.

그래도 꾸역꾸역 이동하고 있는데 앞으로 달려 나갔던 철기들과 경기병 들이 되돌아오고 있었다. 기병들이 되돌아오자 검차진 밖으로 나갔던 보 병들도 검차진으로 달려왔다.

노전이 급히 강조에게 말했다.

"진을 멈추고 재정렬해야 합니다."

강조는 달리던 검차진을 멈추게 하고 진을 재정비했다. 검차진의 군사 들은 이제야 숨을 돌릴 수 있었다. 앞서 달려 나갔던 병력이 속속 검차진 안으로 들어왔다.

천우위 대장군 원우가 달려와 보고했다. 원우는 기병들과 같이 직접 돌 격한 것이었다.

"거란군들이 삼면에서 공격해 와 후퇴할 수밖에 없었습니다."

"음-."

강조가 짧게 한숨을 내쉬었다. 검차진으로 적을 밀어붙이고 기병대를 적진으로 밀어 넣으면 전투가 끝날 줄 알았다. 만일을 대비해서 보병 돌격 대까지 만들어서 투입한 것인데 거란군의 숨통을 완전히 끊는 데는 실패한 것이다.

거란군은 고려군의 기습적인 검차 공격으로 위험한 상황을 맞이했다. 그러나 소배압이 지형을 정확히 숙지하고 있는 상태에서 병력을 적절히 기동시키는 빠른 판단을 내렸기 때문에 대패를 면할 수 있었다.

소류와 야율적로는 거란군이 패주하는 상황의 추이를 침착히 지켜본 후에, 고려군의 검차들과 고려군의 돌격군들 간의 간격이 벌어지자 고려군의 우측면을 쳤다.

또한 야율탁진과 소혜는 고려군의 좌측을 치고, 후퇴하던 거란의 중군이 돌아서서 공격하니, 추격하느라 진영이 늘어졌던 고려군은 물러날 수밖에 없었다.

25
거란군의 대공세

: 경술년(1010년) 십일월 이십삼일 신시(16시경)

거란군은 서전(緒戰)에 상당히 큰 패배를 당했지만 야율융서는 소배압에게 별다른 말을 하지 않았다. 전투를 한창 치르고 있는 장수에게 왈가왈부하는 것은 좋은 일이 아니라고 생각했다.

야율융서는 확실히 일국(一國)의 주인다웠다. 또한 소배압은 태조 순흠황후(淳欽皇后)의 일족이었다.

거란 역시 고려와 마찬가지로 삼촌과 사촌을 가리지 않고 친족끼리 중첩적인 혼인 관계를 맺었다. 거란은 고려보다 더 심해서 여자가 항렬이 더 위인 것도 신경 쓰지 않았는데, 그 혼인 관계 속에 소배압은 황후 씨족 중에 가장 높은 신분이었다.

모계사회의 전통이 강하게 남아 있는 거란에서 소배압은 황제라고 해서 가벼이 대할 신분이 아니었다. 거기에 소배압은 송나라와의 전쟁에서 큰 공을 세운 명장이었다.

소배압은 주로 야율사진의 휘하에서 공을 세웠으며, 야율휴가와 야율사진 이후에 최고의 명장이라고 평가받던 소달름(蕭撻凜)이 죽은 후에는, 소배압이 송나라와의 변경에 관한 일을 총괄했다. 신분 외에도 그만큼 능력을 인정받고 있는 장수였다.

소배압은 작전회의를 소집한 후, 고개를 떨구고 있는 제장들에게 말했다.

"우리 요나라 군대의 가장 큰 장점은 패배를 빨리 극복한다는 것이요!"

비록 각 군의 사상자가 만여 명이나 되었지만 아직도 거란군이 고려군보다는 우세했다. 또한 이제는 고려가 준비한 전술이 뭔지 알게 되었다. 거기에 맞추어 대응하면 되는 것이다. 소배압은 서전에 크게 패했지만 별로 신경을 쓰지 않았다.

고려군들은 다시 물러가 원래의 진지 자리로 돌아가 있었다. 소배압은 한인 향병들을 동원해 고려군 진지로부터 오 리쯤 되는 지점에 높이는 두 척, 길이는 열 보인 흙포대를 군데군데 쌓게 하였다. 고려군의 검차가 쉽게 기동하지 못하도록 장애물을 쌓는 것이었다.

거란군이 이런 진지 공사를 하자, 고려군의 기병이 다가와서 활을 쏘며 방해하고 거란군이 거기에 응사하는 방식으로 소규모 충돌이 계속 이어졌다.

서로 적극적으로 싸우지는 않았는데, 고려 기병들은 검차진의 지원을 받지 않는 큰 싸움을 하려고 들지 않았고 서전에 패한 거란군들 역시 매우 조심했기 때문이었다.

거란군들은 흙포대를 간격을 두고 조금씩, 조금씩 앞쪽으로 나오며 쌓았다. 고려군의 공격을 방어해내며 끈질기게 흙포대를 쌓으며 전진하여 고려의 검차진 앞 백여 보에 이르자 이번에는 다섯 척 높이로 흙포대를 쌓았다.

이제 사뭇 성채 같았다. 이곳을 거점으로 야금야금 진격하거나 다양한 공격법을 써볼 생각이었다.

그런데 갑자기 고려군이 검차를 앞세워 돌격해왔다. 거의 일렬로 오다가 흙포대 영채에 가까이 붙을 시점에 검차들이 서로 떨어지며 흙포대 영채 사이사이로 마구 쏟아져 들어왔다. 검차 하나하나가 또 하나의 진이었다. 그 뒤로 역시 고려 기병들이 짓쳐들어왔다.

소배압이 보니 마치 종이에 번지는 먹물 같았다. 막을 수가 없는 것이다. 고려군은 처음 장애물이 시작된 시점까지 온 뒤, 거란군이 쌓은 흙포대를 무너뜨리고 돌아갔다.

그래도 다행인 것은 한인 향병들이 약간 피해를 입었지만 인명 피해는 적었다는 점이다. 고려군들이 밀고 나오면 퇴각해도 좋다고 일러두었기 때문에 고려군의 전차(戰車)가 움직이자 군사들이 바로 퇴각해버렸다.

소배압은 그 모습을 보면서 쓴웃음을 지었다.

다시 처음부터 시작해야 했다. 이번에는 저번처럼 군데군데 쌓는 것이 아니라 몇 군데 출입구를 빼고는 마치 성곽과 같이 쌓으면서 사선(斜線)으로 쌓아 나갔다.

역시 어느 정도 거리에 접근하자, 고려군의 전차가 여지없이 몰려나왔고 거란군들은 어느 정도 후퇴했지만 초반처럼 속절없지는 않았다. 짓고 있던 흙포대 방어선 중 일부를 뺏기는 정도였다.

거란의 지휘부에서는 계속 고려의 전차진(戰車陣)을 깰 방법을 연구하고 있었다. 고려군과 싸우면 싸울수록 전차의 움직임에 대한 정보량도 쌓여 갔다.

일선의 병사들도 전차의 움직임을 점점 눈에 익혀가고 있었다. 어떤 병사는 고려군 전차의 돌격으로 피할 곳이 없자 전차의 창 위로 올라타서 목숨을 건진 자도 있었고, 심지어 어떤 병사는 몸을 누여서 전차진 안에 들어갔다가 나온 자도 있었다.

"피할 곳이 없어서 급히 몸을 웅크리고 누웠는데 곧 적의 전차진 안이었습니다. 제가 가만히 웅크리고 있자, 고려군들은 전방의 우리 군사들과 싸우느라 저를 신경 쓰지 않았습니다. 다행히 고려군들이 금방 물러나서 저는 저들의 전차진 안쪽으로 들어갔을 때와 마찬가지로 전차진 밖으로 나오게 되었습니다."

미시(13시~15시) 초부터 시작된 전투는 신시(15~17시)가 되도록 이어졌다. 거란군은 끈질기게 차근차근 준비하고 있었다. 결국 고려군의 이백여 보 앞에 흙포대 장벽을 완성했고, 그곳에 필요한 전투물자를 계속 비축했다. 그동안 고려군의 기습공격을 받기도 하고 때때로 기습적으로 고려군을 공격하기도 했다.

신시(15~17시)가 되어오자, 소배압은 전방의 병력을 뒤로 약간 물려 잠시 쉬게 하고 새로운 병력을 투입하며 철저히 방어할 것을 주문했다.

신시의 끝에 다다라 태양이 뉘엿뉘엿 저물자, 드디어 소배압은 다시 총공격 명령을 내렸다. 거란군은 진격하기 시작했고 이번에는 후방에서 가지고 온 수레들을 앞세웠다.

수레 자체가 고려의 전차처럼 공격 능력은 없으나 고려의 전차를 방어하기에는 충분할 것이었다. 그 뒤를 궁수의 엄호 아래 보병들이 진격하고 그 뒤와 옆을 철갑기병들이 받치고 또 그 뒤를 경기병들이 따랐다.

선두에 선 남피실군상온 야율효리가 명령을 내리자 남피실군 전체가 보무도 당당히 진격했다. 거란군들은 두 시진 전에 고려군에 크게 패했으나 전혀 기죽지 않았다.

거란군은 무적의 군대가 아니었다. 전투에 패하는 경우도 흔했다. 그러나 전쟁에 패하는 경우는 드물었다. 전투에 한 번 패하면 반드시 문제점을 고쳐서 기필코 전쟁에서는 승리했다. 일반 병사들도 그런 사실을 잘 알고 있었다.

지휘부는 고려의 전차진을 깰 방법을 계속 연구했고 병사들은 전차진과 몸을 부딪쳤다. 상·하가 모두 전차진에 대해서 알아가고 있었고 언제나 그랬던 것처럼 조만간 고려의 전차진을 부술 것이다.

"둥, 둥, 둥."

"와! 와! 와!"

역시 북이 세 번 울리자 거란군들은 큰 함성을 질렀고 서전에 패한 군사들이라고는 생각할 수 없을 정도로 사기가 높아 보였다.

거란군들이 다시 접근해오자 고려군 지휘부는 이번에는 바짝 긴장했다. 지금까지와는 다른 것이다.

처음에도 긴장은 했지만, 그때는 검차라는 숨겨놓은 비장의 무기가 있었다. 적을 함정에 유인하는 것과 같았다. 거란군은 고려군이 놓은 함정에 서서히 들어왔고 거란군들이 진군해올 때는 오히려 흥분감이 들 정도였다.

그러나 지금은 그런 이점이 사라졌다. 거란군은 이제 고려군의 검차에 대해서 충분히 알고 있었다.

거란군들도 수레 세 량(輛)을 한 대(隊)로 해서 백여 량(輛)의 수레를 띄엄띄엄 앞세워 전진하고 있었다. 일반 수레를 급하게 개조하여 엉성하였으나 검차의 초기 공격력을 상당히 무력화시킬 수 있을 것이다. 이제부터는 검차의 이점보다는 군사들의 힘에 의지해 싸워야 했다.

검차진 안에서 거란군의 진격을 보고 있는 고려 장수들의 표정도 굳어졌다. 혹은 결연했고, 혹은 낯빛에 두려움을 드러냈다.

강조가 주위의 제장들에게 자신감에 찬 목소리로 말했다.

"저들은 우리 검차진이 얼마나 두터운지 모르고 있소. 우리의 검차진을 공격하여 모두 파쇄한다는 것은 불가능합니다. 저들은 또 패할 것이오!"

이현운이 맞장구치며 말했다.

"도통의 말씀이 옳습니다!"

금오위 오령(五領) 중랑장 정신용(鄭神勇)은 전면에서 자신의 부대로 검차진을 하나 형성하고 있었다. 정신용은 금오위를 뜻하는 자색 전복을 입고 있었고 체구가 크지는 않았으나 눈빛이 형형했다.

정신용은 거란군들이 앞에 마주 서서 포진하자, 옆에 있는 덩치가 커다란 사람에게 말을 걸었다. 황낭대 낭장 고적여(高積餘)였다.

"역시 전투 전에는 기분이 묘하군. 오줌이 마려운 것이 말이야."

고적여 역시 차가운 공기를 폐부 가득히 들이키며 말하였다.

"이 기분은 전투를 경험한 사람만 느낄 수 있을 겁니다. 진짜 묘한 기분이지요."

정신용이 고적여의 말에 쓴웃음을 지으며 고개를 끄덕였다. 금오위는 도성의 치안을 담당하며 옥사를 관리하는 부대였으나 거란군이 대대적으로 침공하자 전투에 동원되었던 것이다.

마흔넷의 정신용은 십칠 년 전 소손녕의 침입 때도 종군했으나 거란군과의 전투를 직접 경험하진 않았었다. 나중에 강동육주를 개척할 때는 여진족과는 여러 차례 전투를 치렀다.

잠시 후, 거란군의 진격이 시작되었다. 정신용은 긴장한 부하들에게 소리쳤다.

"정렬! 정렬! 위치를 사수하라! 우리가 할 수 있는 모든 것은 위치를 사수하는 것이다!"

거란군들은 화살을 비 오듯 쏘아대며, 띄엄띄엄 수레를 앞세워 오며 서서히 속도를 높이고 있었다. 수레로 검차를 충격하여 빈틈을 노리겠다는 의도가 분명해 보였다.

정신용이 외쳤다.

"방패수는 화살을 막아라!"

정신용의 명령에 검차진 안에 있던 방패수 일 열은 방패를 세우고, 이

열은 그 방패 위에 비스듬히 쌓고, 삼 열은 다시 그 위에 방패를 거의 지면과 평행으로 쌓아서 검차진 안의 병력을 보호했다. 정신용은 명령을 초조히 기다리고 있었다.

드디어 도통으로부터 사격 명령과 진격 명령이 내려졌다.

"진격! 진격하라!"

정신용은 검차진을 진격시켰다. 거란군의 수레 세 량이 자신의 검차진을 향해 오며 쐐기 형태로 모양을 이루고 점차 속도를 높이고 있었다.

정신용이 외쳤다.

"적의 수레가 충격할 것이다! 검차수들은 모두 대비하라!"

검차는 기본적으로 네 명이 밀지만 정신용은 충격에 대비하기 위하여 두 명씩을 더 붙였다.

"꽝!"

곧 검차와 수레가 큰 소리를 내며 충돌했다. 거란군의 수레가 힘을 한 곳에 집중했으나 검차진을 뚫을 수는 없었다. 네 명의 검차수를 여섯으로 늘린 데다가 몇 명을 검차 뒤에 예비대로 더 배치했기 때문이었다.

비록 거란군의 수레가 검차진에 심한 균열을 내지는 못했으나, 수레가 검차진의 중앙을 충격함으로써 전체적으로 속도를 늦추게 하는 효과가 있었다.

곧이어 검차와 거란군의 방패벽이 충돌하려고 하는데 거란군의 방패벽의 속도가 줄면서 뒤에서 무수한 통나무들이 굴러 나왔다.

통나무들과 검차의 바퀴가 충돌하자 검차가 위로 튀어 올랐다. 검차의 돌격력은 이제는 거의 없는 것과 같았다.

곧 고려군의 검차와 거란군의 장방패가 부딪쳤는데, 거란의 장방패수들은 방패 위에 나무를 덧대어서 방어력을 높였고 처음처럼 일렬로 검차열에 부딪치지 않고 요철(凹凸) 모양으로 서서 검차의 창이 주는 충격을 여러 개의 방패에 되도록 고르게 걸리도록 했다.

거란군들은 확실히 달라져 있었다. 짧은 시간 안에 여러 번 패하면서 검차에 대한 여러 가지 대비책을 세운 것이었다. 고려군의 검차와 거란군의 장방패수들은 서로를 치열하게 밀어냈다.

날씨가 어두워지고 있었는데 거란군의 장방패수들 뒤가 갑자기 낮처럼 환해졌다. 거란의 장방패들 뒤에서 불들이 날기 시작했다. 그 불들은 고려군의 검차 위로 쏟아지는 횃불들이었다.

검차 상단의 방패에 생소가죽을 씌워서 불에 대한 방어력을 높였다고 하나, 어쨌거나 검차의 기본적인 재질은 나무였다. 불에 닿고 또 닿으면 당연히 탈 수밖에 없었다.

그러나 거란군이 검차에 대해서 연구하고 대비할 때 고려군도 가만히 있었던 것은 아니었다. 거란군이 불로 검차를 공격할 수 있다는 것을 충분히 인식하고 있었다.

검차에 물을 뿌려두었고, 낮은 겨울 기온은 물을 얼어붙게 만들어 검차 표면에 얇은 얼음 막을 형성하고 있었다. 어느 정도의 불로는 검차를 태울 수 없었다.

정신용이 예의주시하고 있는 가운데 고적여가 정신용에게 외쳤다.

"적이 통나무로 충격하려고 합니다!"

정신용이 그쪽을 급히 보니 거란군의 방패벽 사이에서 쐐기 모양의 긴 통나무 몇 개가 튀어나오더니 수레와 대치하고 있는 검차들 옆에 검차들 사이를 때렸다. 또한 다른 검차들 위에는 작은 흙포대가 마구 날아왔다.

고적여가 심각한 목소리로 말했다.

"적들이 우리의 검차진을 특별히 노리는 것 같습니다."

거란군들은 고려군 선두의 두 개의 검차진을 목표로 했다. 이런 전차진은 하나만 깨지면 그 선은 다 깨지는 것이다.

전력을 한 곳에 집중할 필요가 있었다. 다른 곳에 대한 공격은 '동쪽에

서 내는 소리'*였고, 두 개의 검차진에 대한 공격이 '서쪽을 공격하는 것'
이었다.

정신용은 마음이 급해졌다.

"댓돌을 던져라!"

정신용의 명을 받은 군사들이 대나무 자루에 끼운 물풀매에 돌을 담아
빙빙 돌리다가 던지기 시작했다. 이들은 돌을 던지는 훈련을 받은 석투군
(石投軍)이었다. 각 검차진 안에 석투군을 열 명씩 배치했는데 돌을 던지는
것을 전문으로 하는 병사들이었다.

맷돌만 한 돌이 날아서 거란군의 방패를 때리자 거란군의 방패병들은
방패와 같이 넘어지거나 방패가 깨져버렸다.

정신용은 곧이어 화살을 쏘게 했다. 화살이 거란군의 방패진의 균열로
여지없이 파고들어 거란군의 방패벽을 계속 붕괴시켰다.

움직이는 검차진에서 돌을 한 없이 쌓아놓을 수는 없는 일이라 석투군
들이 일 인당 대여섯 개의 돌을 던지자 더는 던질 돌이 없었다.

돌이 더는 날지 않자, 거란군들은 방패벽을 다시 견고히 세우고 흙포대
를 던져댔다. 흙포대가 점점 쌓여서 검차 몇 개가 거의 흙포대로 덮이게 되
었다.

검차의 방패 상단에는 쇠꼬챙이를 꽂아 적들이 쉽게 넘어오지 못하게
했는데, 이렇게 흙포대로 검차를 덮어버리니 흙포대를 밟으면 쇠꼬챙이도
넘어올 만한 높이가 되었다.

과연 거란군의 장방패벽 뒤에서 작은 원방패를 든 거란군들이 튀어나오
더니 검차로 오르기 시작했다.

*　성동격서(聲東擊西): 동쪽에서 소리를 내고 서쪽을 친다. 어느 곳을 공격하는 척하
　며 다른 곳을 공격하는 전술.

정신용이 다급히 소리쳤다.

"좌·우열의 창수들은 전면의 거란군을 막아라!"

정신용의 명령에, 좌·우열의 창수들은 검차 뒤로 가서 검차 위로 넘어오는 거란 보병들을 창으로 막았다. 거란 보병들이 검차 위로 넘어오려고 계속 시도하자, 고려의 검차수들은 검차의 창날을 위로 세워서 거란의 보병들을 막으려고 했다. 그러나 흙포대의 무게 때문에 검차를 들어 올리는 것은 불가능했다.

또한 일단의 거란 보병들이 검차진 밑으로 기어들어 와 도끼로 고려의 검차수의 발을 찍으려고 했다. 검차진 안의 창수들이 거란군들을 찔러 밀어냈지만, 거란의 보병들이 떼지어 검차의 위와 아래로 계속 득달같이 달려드니 잠시 후면 정신용의 검차진이 거란군에게 함락될 것 같았다.

검차가 기병대의 돌격을 막는 데는 궁극적인 무기였지만, 이런 식의 지속적인 보병돌격에는 검차진이 무너질 수 있었다.

정신용은 거란 보병 몇이 벌써 검차진을 넘었고 검차진 밑으로도 거란 보병들이 밀고 들어오자 좌·우열의 창수들뿐만이 아니라 후열의 보병들도 모조리 앞으로 투입했다.

이렇게 되자 방진인 검차진의 좌우가 얇아지고 후열은 완전히 비게 되었다. 어느 정도 시간은 막을 수 있겠지만 결국은 뚫릴 것이다. 이 상태로 오래 버틸 수는 없었다.

정신용은 초조했다. 고개를 돌려 이쪽 면을 책임지는 중군병마사(中軍兵馬使) 박충숙(朴忠淑)의 기(旗)를 보았다. 중군병마사가 이 상황을 보고 명령을 내려주기를 바랐지만, 중군병마사로부터는 아무런 신호가 없었다.

정신용은 스스로 창을 들고 검차 위아래로 오는 거란 보병들을 향해 창을 내질렀다. 한참 창을 내지르다가 상황을 파악하기 위하여 좌우를 돌아보는데 고적여가 눈에 들어왔다. 고적여 역시 창수들과 함께 열심히 거란군과 사투를 벌이고 있었다.

고적여는 덩치에 걸맞게 힘 역시 장사였다. 고적여가 창을 내지르면 그 창을 방패로 막더라도 거란군들은 뒤로 밀렸다. 창으로 베고 찌르고 하는 사이에도 거란 보병들은 꾸역꾸역 밀고 들어왔다. 거란 보병들이 계속 밀려오자 이대로는 계속 버틸 수 없음을 알았다. 이 상황에서는 어떤 명령이 있어야 한다. 그러나 아무런 명령이 없었다.

고적여는 순간 고개를 틀어 정신용을 바라봤다. 정신용 역시 자신을 보고 있었다. 평소 형형한 정신용의 눈빛이 이번에는 왠지 안쓰럽게 느껴졌다.

고적여는 정신용을 향해 순간적으로 미소를 보낸 후, 다가오는 거란 보병들을 맹렬히 공격하며 외쳤다.

"황도의 태평을 위하여!"

고적여가 외치자 모든 검차진 안의 모든 금오위 군사들이 따라 외쳤다.

"황도의 태평을 위하여!"

정신용은 군사들이 외치는 소리를 듣자 정신이 번쩍 들었다. 지금 할 일은 명령을 기다리는 것이 아니었다. 최대한 용맹하게 거란군과 싸우는 것이다.

정신용은 창을 꼬나 잡으며 군사들에게 소리쳤다.

"우리는 금오위 정용들이다! 가슴에 담긴 금오위의 명예를 생각하라! 우리가 황도를 지킨다!"

정신용의 외침에 정신용의 좌우에 있던 별장 서긍(徐兢)과 교위 박수암(朴守喦) 등도 용맹하게 거란 군사들과 교전을 벌였다. 군사들이 창을 내지르면서 저마다의 기합을 질렀다.

"합! 차! 얏!"

정신용은 미친 듯이 창을 내지르고 또 내질렀다. 철갑을 입은 거란군 상당수가 이미 검차를 넘어와 있었다. 정신용의 검차진은 이제 붕괴되고 있었다. 정신용은 좀 전까지 초조했으나 이제는 하나에 몰두하고 있었다. 바로, 싸우는 것이었다.

그런데 그때 정신용의 귀에 익숙한 뿔나팔 소리가 울려 퍼졌다.

"뚜웅~~~~~~~~~."

뿔나팔 소리가 울려 퍼진 후, 고려의 도통소에서 황색 깃발이 곧추서더니 이내 앞으로 숙여졌다. 깃발을 앞으로 숙임과 동시에 북소리가 천천히 울려 퍼졌다.

"둥~, 둥~, 둥~, 둥~, 둥····."

곧 고려군 제일선의 검차진 전부에서 돌덩어리들이 거란의 방패병에게 날아가기 시작했다.

정신용은 뿔나팔과 북소리에 기쁨을 감출 수가 없었다. 이것은 고려군의 전진 신호였던 것이다. 정신용은 기쁨에 찬 목소리로 군사들에게 소리쳤다.

"적들을 주살하라! 우리 고려군이 나아간다!"

이렇게 소리치며 검차진의 나머지 보병들도 모조리 앞쪽으로 투입했다. 아군들이 앞으로 진격을 시작할 것이므로 좌우의 보병들을 남겨둘 필요가 없었다.

거란군의 방패병들이 돌에 맞아 뒤로 넘어지고 있었고 전열의 검차진들의 검차는 거의 동시에 앞으로 나가기 시작했다.

거란 보병의 공격을 받는 중인 두 개의 검차진은 앞으로 나아갈 수 없었지만, 그 옆의 검차진들이 앞으로 나아가며 사선(斜線)으로 움직여, 공격받고 있던 두 개의 검차진의 간격을 메워버렸다. 절묘한 움직임이었다.

검차진을 넘어 온 거란군들은 황급히 후퇴하려다가 서로가 엉겨버렸고, 고려군 창수들의 열화와 같은 공격에 다수의 사상자가 났다.

또한 고려군의 검차들이 사선(斜線)으로 움직이며 두 개의 검차진의 간격을 메우고 있었으므로, 들어온 사람은 많았고 모두 한꺼번에 나가려고 하는데 나갈 길은 점점 좁아지고 있었다.

정신용은 재빨리 외쳤다.

"검차수들은 검차를 잡아라! 우리도 앞으로 나아간다!"

검차수들은 검차를 잡고 검차를 앞뒤로 강하게 흔들어서 흙포대를 어느 정도 떨어낸 후, 앞으로 나아가며 남은 거란군들을 공격했다. 이백 명이 넘는 거란군들이 검차진 사이에 끼어서 목숨을 잃었다.

26

검차진 안에 들어온 거란군

: 경술년(1010년) 십일월 이십사일 축시(2시경)

전투 상황을 보고 있던 강조는 좌우를 돌아보며 태연히 말했다.

"이제 밤입니다. 어떻게 하면 좋겠습니까?"

마치 거란군 정도를 이기는 것은 당연하다는 듯한 태도였다. 부사 이현운이 크게 웃으며 말했다.

"도통의 군략이 신과 같아서 거란군들이 맥을 못 추고 있습니다."

거란군의 대공세에 대단히 긴장하고 있던 고려의 제장들은 아군이 의도한 대로 승리를 거두는 모습에 안도했다. 그러나 판관 노전이 고개를 무겁게 가로저으며 말했다.

"거란군의 공격은 계속될 것입니다. 긴장을 늦추어서는 안 됩니다."

이현운이 못마땅한 듯 노전에게 말했다.

"거란군이 얼마나 오든 그들은 모두 패할 것이오!"

강조가 제장들에게 말했다.

"노 판관의 말이 전적으로 옳소. 적들은 더욱 몰려올 것이요. 긴장을 늦추지 않도록 하시오! 이제 밤이니 군사들을 군영으로 물리는 것이 좋을 것 같소이다."

강조의 말에 모든 제장이 동의했다. 강조는 짐짓 엄하게 말했지만 표정엔 여유가 있었다. 자신의 전술대로 거란군들을 계속 패퇴시키고 있었고 아직 준비한 것들이 더 남아 있었다. 다가올 긴장감보다는 현재의 기쁨이 더 컸다.

남피실군상온 야율효리는 전진했던 보병들이 황급히 후퇴하는 것을 보고 있었다. 고려군은 생각했던 것만큼 만만하지 않았다. 그들은 잘 준비되어 있었으며 또한 용맹했다.

야율효리가 부상온 야율아과달(耶律阿果達)에게 말했다.

"쉽지 않군."

야율아과달도 심각한 표정으로 말했다.

"고려군의 병력 규모나 훈련도가 우리가 예상했던 것보다 훨씬 괜찮습니다."

야율효리가 무겁게 고개를 끄덕였다. 그러나 야율아과달은 고려군의 진영을 바라보며 자신 있게 말했다.

"그러나 적들이 우리를 패퇴시킬 만큼 강력하게 공격하지 못한다면 결국 우리에게 패할 것입니다."

야율효리가 고개를 끄덕였다.

소배압은 아군이 패하는 것을 보고 한숨을 쉬며 고개를 절레절레 흔들었다. 도통소의 제장들도 역시 고개를 떨궜다.

한 사람이 무거운 분위기 속에서도 흐릿한 미소를 짓고 있었는데 소배압이 보니 뚱뚱한 몸집의 야율팔가였다.

야율팔가가 소배압의 눈길을 받으며 천천히 말했다.

"제가 볼 때는 우리가 거의 이겨가는 것 같습니다."

소배압은 야율팔가의 말에 표정을 찡긋하고서 상온 이상 제장들을 모두 소집했다.

상온 이상 제장들이 모두 소집되자, 소배압이 양미간을 좁히며 엄한 낯빛으로 명했다.

"오늘 밤 우리의 목표는 저들을 벌판에 세워두는 것이다. 각 군에 순서를 정해줄 터이니 그에 맞추어 고려군을 공격하라! 고려군을 저 벌판에 잡아두기만 한다면 패해도 상을 줄 것이다. 그러나 이기더라도 고려군을 벌판에 잡아두지 못한다면 군법에 의해 벌을 줄 것이다. 우리의 목표는 단 하나! 오늘 밤 저 벌판에 고려군을 세워두는 것이다."

소배압의 엄한 명령에 모든 제장이 고개를 숙이며 말했다.

"삼가 명을 받드옵니다."

제장들이 다 흩어져 받은 명령을 수행하러 갔는데, 큰 키에 젊은 장수 하나가 자리에 남아 있었다. 우피실군상온 야율적로였다.

소배압이 그런 야율적로를 보고 말했다.

"상온은 무슨 할 말이 있는가?"

야율적로가 목소리에 힘을 주어 말했다.

"우피실군은 전투에 적극 참여하지 않아서 많은 힘을 비축하고 있습니다."

소배압이 눈을 가늘게 뜨며 야율적로를 보았다. 야율적로가 다시 말했다.

"새벽 공격 시 제가 선봉에 서겠습니다."

야율적로의 말에 야율팔가가 웃으며 말했다.

"야율적로는 천리마와 같다더니 과연 틀림이 없군요!"

소배압이 표정을 엄히 하며 야율적로에게 말했다.

"이 공격에 우리의 승패가 달려 있다. 할 수 있겠는가?"

"우리의 시체를 산으로 쌓아서라도 반드시 앞으로 나아가겠습니다."

야율적로는 승패를 장담하지 않고 자신이 할 수 있는 일만 소배압에게 말한 것이다. 소배압이 야율적로의 말에 껄껄 웃으며 말했다.

"좋다! 승패는 내가 만드는 것이고 그대의 임무는 앞으로 나아가는 것이다."

소배압은 야율적로에게 자세한 작전계획을 설명했다.

한편, 고려군은 진을 풀고 십 리쯤 후방에 있는 군영으로 후퇴하려고 했다. 그러나 거란군들이 또다시 공격해왔다.

이전과 같은 대공세는 아니었으나 그래도 제법 규모가 있는 공격이었다. 더구나 맹렬했다. 고려의 검차진은 그들을 격퇴했고 많은 시체를 남겨두고 물러갔다. 그리고 금방 또다시 공격해왔다. 또다시 격퇴당하고 물러갔다가 또다시 몰려왔다.

부사 장연우가 강조에게 말했다.

"우리를 지치게 할 셈인가 봅니다."

강조 역시 심각한 표정으로 말했다.

"어떤 대책이 필요한데…."

이현운이 말했다.

"제가 볼 때는 적들은 마치 불을 보고 날아드는 부나방과 같습니다. 곧 제풀에 지칠 것입니다."

강조가 생각하기에 이현운의 말도 일리는 있었다. 어느 군대도 이렇게 계속 패하면서 공격을 지속할 수는 없다. 그러나 아군의 체력이 화수분이 아닌 이상 어떤 대비책을 강구해야 했다.

가장 좋은 것은 적당한 기회에 군영까지 후퇴하는 것이지만 거란군은 그런 기회를 주려고 하지 않을 것이고 섣불리 후퇴하다가는 낭패를 볼 가능성이 있었다.

군영 가까이까지는 방진을 유지하며 이동할 수는 있지만, 군영으로 들어가려면 진을 풀어야 한다. 거란군이 따라붙어 이때를 노려 공격한다면 큰 피해를 볼 수도 있었다.

제장들 사이에서 격론이 벌어졌다. 위험하더라도 군영으로 가자는 사람도 있었고 이 자리에서 버티자는 사람도 있었다. 각 주장의 논거는 분명했다.

한참을 듣고 있던 판관 노전이 무심히 말했다.

"적들의 의도가 우리를 쉬지 못하게 하는 것이라면 그 의도를 역으로 이용하면 되지 않겠습니까?"

노전의 말에 강조가 잠시 생각하더니 무릎을 치며 말했다.

"좋은 생각이오!"

강조는 군영으로 돌아가지 않고 머물기로 했다. 의논 끝에 전방의 검차진과 좌, 우, 후미의 검차진을 계속 교대하며 휴식하게 했다. 또한 방진의 중앙에 막사를 세우고 잉여 인력을 쉬게 했다.

전방의 검차진의 병사들이 가장 정예하지만, 지금까지 전황으로 보았을 때 어느 검차진도 충분히 거란군을 막아낼 수 있을 듯했다.

한편, 소배압은 한 시진 단위로 계속 군사들을 바꾸어가며 투입했다. 공격에 투입되지 않는 군사들에게는 충분한 휴식 시간을 주었다. 공격은 자시(23~1시)를 지나 깊은 밤인 축시(1~3시)까지 계속되었다.

축시의 중간에 날가해군*(捏哥奚軍)이 검차진을 공격하는데 검차진 사이에 군데군데 빈틈이 생겼다. 날가해군의 군사들은 그 틈으로 쏟아져 들어갔다.

거란군은 전공을 세우면 장수부터 말단 병졸들에게까지 확실한 보상을 한다. 전장(戰場)은 위험한 곳이지만 거란의 장졸들에게는 또한 기회의 무대이기도 했다. 전공을 세우면 신분이 상승할 수 있고 재물을 획득할 수 있는 것이다.

지금까지 전쟁에서 거란군은 십중팔구 이겼다. 고려군이 빈틈을 보이자, 날가해군의 군사들은 득달같이 달려 들어갔다.

* 날가해군: 날가해족으로 이루어진 부대. 날가해족은 해족(奚族)의 한 부족.

날가해군상온 소효선(蕭孝先)은 아군들의 계속된 공격에 드디어 고려군의 전차진에 균열이 생긴 것이라고 보았다. 급히 전 병력을 공격에 투입하고 소배압에게 보고했다.

날가해군 삼천의 정예병이 고려군의 검차진에 난입하고 곧이어 뒤에 대기하고 있던 남경(南京)의 신군(神軍)이 투입되었다.

소효선이 흥분된 마음으로 전황을 지켜보는데 신군이 투입될 시점이 되자 거짓말처럼 고려군의 전차진에 생겼던 균열이 사라져버렸다.

신군(神軍)은 더는 고려의 전차진 안으로 들어갈 수 없었다. 곧이어 고려의 전차진 안에서 비명이 연이어 들렸다.

"윽! 아악! 억!"

분명 전차진 안으로 들어간 날가해군의 군사들의 비명일 것이다. 소효선이 몹시 당황하고 있는데 소류가 도착해 물었다.

"전황이 어떻게 되고 있습니까?"

소효선이 당황한 낯빛으로 머뭇거리며 말했다.

"군사들이 고려의 진에 균열을 내어 안으로 들어갔습니다. 그런데…."

"으악! 컥! 윽!"

아비규환의 비명이 계속 들렸다. 소류가 고려의 전차진을 보니 전혀 균열이 없었다. 소효선의 말을 듣지 않아도 상황은 뻔히 짐작되었다. 고려군은 일부러 전차진에 틈을 내서 날가해군을 끌어들인 다음 가두어버린 것이다.

비명은 끊이지 않고 계속 울렸다. 날가해군 삼천이 모두 죽을 때까지 계속될 것 같았다.

소효선은 자신도 모르게 몸을 덜덜 떨었다. 자신이 거느린 정예부대 전부가 전멸당하고 있었다. 평생 절대 경험하고 싶지 않은 일이었다.

소류가 소효선에게 차분히 말했다.

"지금 중요한 것은 아군의 손실이 아니라, 고려군을 이곳에 묶어두고 저 전차진을 자세히 파악하는 것입니다."

소류는 단말마의 비명이 계속되는 와중에도 태연히 고려군의 진의 변화를 면밀하게 관찰하며 소효선에게 날가해군이 고려군의 진에 들어간 상황을 자세히 물었다.

소류는 관찰을 끝낸 후, 도통소로 달려가 소배압에게 보고했다. 소배압은 의자에 앉아서 눈을 감고 있었고 나머지 제장들은 고려의 전차진을 그린 도면을 보며 한창 대화를 나누고 있었다.

소류의 보고를 들은 소배압은 고려의 진에 대해서 알게 된 새로운 정보를 도면에 그리고 쓰게 했다.

한편, 판관 노전이 말한 것이 바로 이것이었다. 거란군들을 검차진 안으로 끌어들여 섬멸하는 것. 거기에 한 가지 계획이 더 있었다. 바로 역공을 취하는 것. 그러나 검차진 안으로 들어온 수천의 거란군들을 몰살시키는 데는 성공했으나 역공을 펼치는 것에는 실패했다.

진 안으로 들어온 거란군들을 몰살시키는 데 너무 오랜 시간이 걸린 데다가, 다른 거란군들이 그들의 아군을 구할 생각을 하지 않고 바로 물러나 토성을 지켰기 때문이었다.

고려군들은 검차를 이끌고 토성까지 진격한 후에 물러났다. 기본적으로 전력의 차가 있었으므로 거란군에게 어떤 틈이 보이지 않는 이상, 고려군은 무리할 수 없었다. 완벽한 기회를 만들거나 적이 제풀에 지치도록 하는 것이 최선의 수였다.

"적들의 시체들을 어떻게 할까요?"

부사 장연우가 강조에게 묻자 강조가 답했다.

"적들의 병장기와 갑옷 등을 회수한 후, 백 보 뒤로 물러납시다."

노전이 말했다.

"적들이 시체를 거두어 가게 하는 게 좋을 듯싶습니다. 삼백 보 정도 물러나는 것이 어떻겠습니까?"

판관 곽원도 동조하며 말했다.

"전장에 적의 시체를 방치해서 쓸데없이 적의 분노를 일으키는 것은 좋지 않습니다. 적이 스스로 시체를 수거해가서 애도할 시간을 주시지요. 그것이 오히려 적의 사기를 떨어뜨릴 것입니다."

판관 윤징고 역시 물러나는 데 찬성했다.

"적들이 시체들을 수거해간다면 그동안에 우리도 꽤 긴 시간의 휴식을 취할 수 있을 것입니다. 군사들이 너무 지쳤습니다."

고려군의 검차진은 삼백 보를 후퇴했다. 삼백 보를 후퇴하며 거란어와 한어로 외치게 했다.

"시신을 수거해가라! 시신을 수거하는 동안 우리는 공격하지 않겠다."

고려군이 '시신을 수거하라'라는 말을 남기고 군사를 뒤로 물렸다는 것이 즉시 소배압에게 보고되었다. 소배압은 보고를 듣자마자 자리에서 벌떡 일어났다.

먼저 신군(神軍)에 대한 명령을 내렸다.

"신군에게 명하라! 시신을 수거하되, 고려군의 상태를 파악하여 터럭도 놓치는 것이 없어야 한다. 적이 교대하는지, 쉬는지, 전포 색깔은 어떤지 모조리 보고해야 한다. 또한 시신을 수거하는 작업을 바로 시작하되, 시간을 끌며 되도록 천천히 하도록 하라!"

이어서 전군에 명령을 내렸다.

"토성을 지키는 병력 외에는 특별한 명령이 없는 한 모두 쉬도록 하라!"

명령을 내리고 나서 도통소의 제장들을 불러 모았다.

"이제 슬슬 때가 온 것 같소. 의견들을 말하시오."

소배압은 제장들의 의견을 들으며 야율분노를 비롯한 선봉군 지휘관들을 불렀다.

선봉군은 충분히 휴식을 취한 상태였고 홍화진에서 가장 힘쓴 낭군군 역시 하루 이상 휴식하여 어느 정도 체력을 회복한 상태였다.

소배압은 선봉군 지휘관들에게 명했다.

"계획대로 준비시키시오."

27

우피실군(右皮室軍)

: 경술년(1010년) 십일월 이십사일 묘시(6시경)

지금은 새벽인 인시(3~5시)였다. 고려군과 거란군은 일곱 시진째 싸우고 이제야 비로소 소강상태에 들어갔다. 거란군의 신군(神軍)이 날가해군 삼천의 시체를 수습 중이었기 때문이다.

양측 모두 피로했지만, 고려군의 피로가 더욱 심했다. 거란군은 두 번의 대공세 외에는 많은 병력을 동원하지 않았다. 그러나 고려군은 계속 전 병력으로 맞섰기 때문이다.

거란군은 지속적으로 고려군을 치고 빠졌다. 당장 이기지 못하더라도 고려군을 피로하게 하려는 의도였다. 이것은 공격군과 방어군의 차이를 이용한 공격이었다. 공격군은 때때로 쉬면서 공격할 수 있지만, 방어군은 쉴 수가 없다. 쫓는 자는 쉴 수 있지만 쫓기는 자는 쉴 수 없는 것과 같은 이치였다.

고려군과 거란군 모두 돌아가며 쉬고 있었지만 휴식의 질적 차이는 현격했다. 공격과 토성 방어에 동원되지 않은 거란군은 한 번 쉬면 서너 시진을 쉴 수 있었으나, 고려군은 쉬어야 반 시진 이상을 쉬기 힘들었다. 거란군이 대공세를 할 듯한 모양새로 계속해서 고려군을 공격했기 때문이다.

강조는 사방의 검차진을 서로 교대시키며 병사들을 휴식할 수 있게 했지만, 밤늦게까지 거란군의 공격이 계속되자 고려군의 피로는 극에 달했다.

거란군이 시신들을 인수하느라 공격을 그치자, 강조는 전방의 검차진과 후방의 검차진을 교대시켰다. 검차진의 교대가 완료되고 거란군이 공격할 기미가 없자, 고려군들은 차가운 땅바닥에 주저앉아 쉬었다.

정신용의 검차진은 조금 전까지 후방에서 있다가 다시 전열로 나왔다.

"거란군이 끈질기군! 몇 시진을 쉬지 않고 공격해대다니…."

정신용이 거란군들이 시신을 회수하는 것을 보며 고적여에게 말했다. 고적여가 피곤하지만 자신에 찬 얼굴로 말했다.

"이제 거란군 수천이 우리의 진 안에서 몰살되었으니 저들의 기세가 심히 꺾였을 것입니다."

고적여의 말에 정신용이 고개를 끄덕이며 부하들에게 명령했다.

"경계병 외에는 모두 휴식을 취하라."

정신용은 병사들을 휴식하게 한 후, 시신 수거 작업을 하는 거란군을 면밀히 관찰했다.

달은 하현을 지나 그믐으로 가고 있어서 달빛이 아주 밝지는 않았다. 그러나 거란군들이 횃불을 들고 있어서 대강 관찰하는 데는 지장이 없었다.

작업 중인 거란군들은 앞뒤로 '신(神)'이라고 써진 푸른색 전포를 입고 있었다. 거란군이 저렇게 횃불까지 밝히고 작업을 하는 것으로 보아 갑자기 기습할 생각은 없어 보였다.

정신용의 눈에 오백 보 거리에 있는 거란군의 토성이 흐릿하게 들어왔다. 토성에서 거란의 보병들이 갑자기 튀어나온다고 해도 여기까지 오는데는 수십 분*이 걸릴 것이다. 기병은 훨씬 빠르겠지만 검차는 기병의 돌진을 막는 최적의 무기였다. 기병의 급습은 신경 쓸 필요가 없다. 정신용은 이렇게 판단하며 안심했다.

---

* 당시 선명력(宣明曆)의 1분은 현대의 약 10초.

부하들을 보니 쭈그려 앉아서 한겨울의 추위에도 불구하고 꾸벅꾸벅 졸고 있었다. 그 모습이 무척이나 애처로워 보였다. 오늘 하루종일 분전했다. 중간중간 교대로 휴식을 취한다고 했으나 피로한 것은 어쩔 수 없었다.

당분간 거란군이 기습할 가능성이 없으니, 정신용은 병사들이 그나마 가장 편안한 상태로 쉬게 놔두었다.

강조는 몇몇 관료들과 더불어 검차진 중앙에 세워 둔 천막 안에 있었다. 행영도통소의 제장들 몇 명 이외에는 모두 군영으로 가서 쉬도록 했다. 심지어 자신을 시위하는 백갑대 군사들도 군영으로 가서 쉴 것을 명했다. 백갑대 지휘관인 낭장 양백(梁伯)이 말했다.

"저희는 성상폐하의 명으로 도통 각하를 수행하는 것입니다. 조금도 임무를 소홀히 할 수 없으니 지휘 막사 근처에 머물겠습니다."

강조가 고개를 저으며 말했다.

"전투가 길어질 수 있으니 군영에 가서 쉬면서 체력을 회복하도록 하라."

제장들이 강조 역시 군영으로 가서 쉴 것을 권했으나 강조는 검차진 안에 있기를 고집했다.

"주장(主將)은 군사들과 함께해야 합니다!"

강조는 뛰어난 인재 중 하나였다. 고려 초에 관료로 입사(入仕)하는 길은, 과거와 음서 두 가지였다. 그중 과거로 입사하는 것이 승진에 훨씬 유리했음은 물론이다.

과거로 입사하는 사람들도 두 부류로 나뉘었다. 자신의 실력으로 과거에 붙은 사람들, 그리고 과거 공부를 오래 하여 은혜적으로 합격시킨 부류다.

강조는 자신의 실력으로 과거에 붙었으며 또한 스물다섯 살이라는 이른 나이에 합격했다. 따라서 최고의 인재로 분류되었으며 병법에도 조예가 있어 서희의 뒤를 이을 재목으로 평가받고 있었다. 한 가지 흠이 있다면 바둑을 너무 사랑하는 것이었는데 바둑과 병법은 일맥상통한다고 여겨졌기에 문제가 되지는 않았다.

강조가 비록 정변을 일으켰지만 어쩔 수 없는 측면이 강했다. 강조 개인적으로는 무리해가며 굳이 정변을 일으킬 이유가 없었다. 김치양과 유행간 등이 조정의 기강을 어지럽히고 있었으나 강조는 문무의 능력을 인정받아 나름대로 승승장구하고 있었다. 정변은 강조가 의도한 것이 아니라 목종과 천추태후, 김치양 등이 만든 혼란한 상황 속에서 그렇게 하기를 강요당한 것이나 다름없었다.

강조는 정변을 일으킨 후, 정치를 어지럽힌 김치양과 유행간 등을 처단하고 능력 있는 사람들을 등용해서 목종 때 문란했던 정치를 바로잡았다. 몇몇 조정의 대신들이 강조를 비난하기는 했으나 김치양과 유행간 등을 그대로 놔둘 수 없었다는 것은 모두 동의하는 바였다. 특히 곽원과 윤징고 등 비교적 젊은 관료들은 강조의 정변을 내심 환영했다.

웬만한 고위 장수들은 모두 군영으로 돌아가 쉬고 막사 안에는 몇 명의 사람들만 남아 있었다. 이현운과 판관 노전, 감찰어사 노의, 양경, 이성좌와 수제관 최충 등만 남아서 바둑을 두고 있었다.

노전이 바둑을 두느라 반상(盤上)을 뚫어지게 바라보고 있는 강조에게 말했다.

"군사들이 매우 지쳤습니다. 지금 전투가 소강상태이니 뒤쪽에 대기하고 있는 좌우위군에게 엄호하라고 하여 군영으로 후퇴하는 것이 어떻겠습니까?"

바둑에 집중한 강조는 아무 대답이 없었다. 노전이 다시 입을 열려고 하는데 강조가 오른손을 들며 말했다.

"날이 밝으면 전투를 끝낼 것이오."

이현운이 몹시 반색하며 물었다.

"어떤 작전을 쓰실 생각이십니까?"

강조는 여전히 반상에서 눈을 떼지 않고 있었다.

노전이 말했다.

"적들은 점차 우리의 검차에 적응하고 있습니다. 그냥 검차만으로는 쉽게 밀리지 않을 것입니다. 이번에는 어떤 방법을 쓰실 생각이신지요?"

강조가 반상을 보며 고개를 갸우뚱하며 말했다.

"날이 밝으면 우리는 군영 쪽으로 후퇴할 것입니다. 그러면 적들은 반드시 따라오겠지요. 우리의 퇴각을 막아야 하니 따라오는 적의 병력은 다수일 것입니다. 그러면 군영 근처까지 후퇴한 다음, 방진을 풀고 학익진으로 전환하여 적을 포위할 것입니다."

강조의 말에 제장들이 모두 탄성을 질렀다. 드디어 방진을 풀고 진세를 변화시킨다는 것이었다. 검차진 자체가 비장의 무기였다면, 방진을 풀고 진세를 변화시키는 것은 두 번째 비장의 무기였다. 수많은 연습을 했으며 적당한 시기에 쓴다면 거란군을 패퇴시킬 수도 있을 것이다.

거란군은 하루종일 아군의 방진만 보았다. 진세가 변한다는 것은 전혀 예상치 못하고 있을 것이다.

강조가 말을 이어 나갔다.

"그리고 돌도 던지고 있는 맹화유 등도 다 써봅시다. 적의 진세에 구멍을 내고 심리적으로 두려움을 심어주면 적들은 반드시 붕괴할 것이오. 그때 모든 기병이 좌·우익에서 적들을 쳐서 포위한 다음 섬멸하면 됩니다. 만일 포위 섬멸에 실패해 적들 다수가 토성까지 도망하면, 이번에는 검차진 안의 병력도 최소한만 남겨두고 검차진을 나와 적을 추격하도록 할 것입니다. 그러면 적들은 반드시 저들의 영채까지 패주할 것입니다. 그다음에 일단의 기병을 움직여 저 깃발을 곧추세우고 있는 선우*(單于)를 공격해서 선우를 잡거나 도망치게 만든다면, 저들은 무질서하게 패주할 것입니다."

강조의 설명에 노전뿐만이 아니라 모든 제장이 고개를 끄덕이며 긍정적인 표정을 지었다. 강조의 생각대로 거란군을 아예 패주시킬지는 알 수 없었으나 한 번 더 승전을 거두리라는 것은 분명해 보였다.

"자, 해가 뜨려면 아직 시간이 있으니 바둑이나 두며 시간을 보냅시다."

강조는 제장들에게 이렇게 말한 후, 최충에게 명했다.

"작전회의를 할 것이니, 병마사들을 비롯한 장수들을 반 시진 내로 소집하도록 하라!"

신군(神軍)이 시신을 수거하기 시작한 지 벌써 한 시진이나 되었다. 소배압이 되도록 천천히 작업할 것을 명했기 때문에 아직 작업이 끝나지 않고 있었다.

묘시(5~7시)가 되자 소배압이 선봉도통 야율분노에게 말했다.

"지금입니다."

야율분노는 몇몇 제장을 거느리고 즉시 좌측의 우피실군에게 갔다.

우피실군상온 야율적로와 부상온 야율구리사(耶律歐里斯)는 부대를 준비시키고 대기하고 있었다.

우피실군은 공격에 거의 투입되지 않아서 사기와 체력을 충분히 비축하고 있었고 모두 신발에 천을 싸매고 있었다.

야율분노가 야율적로에게 말했다.

"명령이 떨어졌소."

야율적로가 결연한 표정으로 고개를 끄덕이며 부하들에게 명했다.

* 선우: 왕이나 황제에 비견되는 북방 유목민들의 칭호.

"지금까지 고려군이 이겼지만, 이제 우리 우피실군의 공격에 고려군은 무너질 것이다. 내가 앞장설 것인즉, 계획대로 움직여 모두 전공을 세우라!"

야율분노도 우피실군의 제장들에게 말했다.

"나도 여러분과 함께할 것이다. 우리를 위해서 차려진 밥상이다. 모두 용맹을 다하도록 하라!"

우피실군의 제장들은 소리를 낮추어 대답한 후, 각자의 부대로 흩어졌다.

야율적로와 부상온 야율구리사는 일부 군사들을 이끌고 고려군 방진의 우측으로 향했고, 야율분노는 부도통 야율홍고와 선봉도감 소허열과 함께 군사들을 이끌고 검차진 좌측으로 향했다.

야율적로는 군사들과 같이 언덕을 내려와 고려군의 우익으로 몸을 낮추고 조심히 접근했다. 야율적로의 앞에는 장방패를 든 우피실군들이 앞장서고 있었다. 고려군이 알아채기 전까지는 최대한 조심히 접근해야 한다.

"뚜, 뚜~~, 뚜, 뚜~~, 뚜, 뚜~~, 뚜, 뚜~~."

그러나 고려군 진영 밖 백여 보에 이르자 고려군 진영에서 뿔나팔 소리가 요란하게 울려 퍼지기 시작했다. 고려군들은 매우 지쳐있었으나 경계를 늦추고 있지는 않았던 것이다.

고려군의 뿔나팔 소리가 울리자, 선두에 선 장방패를 든 우피실군들이 전속력으로 뛰기 시작했다.

고려군의 전차가 먼저 달려와서 방패를 때리면 아무리 방패를 강화했어도 그 충격량은 무지막지했다. 최대한 전차 쪽으로 먼저 붙어서 충격량을 줄이는 것이 초반에 가장 중요한 점이었다.

야율적로가 고려군의 전차들을 보니 경계 태세를 소홀히 하지 않고 있었지만 확실히 반응이 낮보다는 굼떴다. 고려군이 지쳤다는 것을 확연히 느낄 수 있었다.

아마도 고려군은 지금 '피로와 방심'이라는 상태에 놓여 있을 터였다. 그 사이를 예리하게 파고들어야 한다.

고려의 전차진이 움직이기 전에 장방패병들이 고려군의 전차에 붙는 데 성공했다. 이에 야율적로가 외쳤다.

"걸쳐라!"

옆에 사다리를 들고 뛰고 있던 병사들이 사다리를 장방패병들의 머리 위를 지나 전차 위에 급히 걸쳤다. 야율적로는 제일 먼저 사다리를 타고 전차를 뛰어넘었다.

이번에는 전차를 그냥 기어오르지 않고 사다리를 써서 오르는 방법을 사용한 것이다. 이러면 전차 위에 꽂혀 있는 작은 쇠꼬챙이들을 피하는 것이 훨씬 용이했다.

야율적로는 뛰어들자마자 추추(鎚錐: 무기용 쇠망치)를 마구 휘두르며 등에 짊어지고 있었던 원방패를 왼손에 쥐었다.

야율적로를 따라 무수한 우피실군들이 검차진 안으로 들어와 결국 검차진 하나가 우피실군에 의해서 장악되었다.

야율적로가 군사들에게 급히 부르짖었다.

"전차를 돌려라!"

야율적로가 직접 이끄는 군사들은 검차 몇 대를 돌리고 고려군 다음 검차열로 돌진했다.

신속해야 했다. 고려군이 전열(戰列)을 정비하면 뚫지 못할 가능성이 크다. 고려군이 허둥지둥하면서 고려군의 지휘부가 대응하기 전에 뚫어야 한다.

검차들이 부딪친 후, 야율적로는 다시 사다리를 걸치라고 명하려고 했는데 일이 되려 하니 운도 따랐다.

검차를 잃은 고려군들은 다음 열의 검차진 쪽으로 도주했는데, 아군들이 도망 오자 고려군의 검차들이 앞으로 나오지 못하고 그 자리에 서 있었던 것이다.

우피실군사들이 미는 검차들이 달려가는 힘으로 서 있는 고려군의 검차를 충격하니, 충격을 받은 검차들이 뒤로 밀리면서 고려군 검차 사이에 사람이 들어갈 수 있는 틈이 생겼다. 야율적로는 그 기회를 놓치지 않았다. 몸을 날리듯이 그 틈으로 뛰어들었다.

28

검차진(劍車陣)!

: 경술년(1010년) 십일월 이십사일 묘시(6시경)

강조는 여전히 바둑을 두고 있었다. 이현운이 밖을 두리번거리며 초조한 말투로 강조에게 말했다.

"이제 진시(7~9시)가 머지않았습니다."

진시면 날이 밝아올 것이다. 강조가 만지작거리던 돌을 바둑판 위로 던지며 말했다.

"그렇군요. 이제 슬슬 작전회의를 해봅시다."

강조가 이렇게 말하며 의자에서 기지개를 펴는데 고려군의 뿔나팔 소리가 요란하게 울려 퍼졌다.

"뚜, 뚜~~, 뚜, 뚜~~, 뚜, 뚜~~, 뚜, 뚜~~."

뿔나팔 소리가 여러 번 울리자, 곧 우익에서 부는 뿔나팔 소리라는 것을 알 수 있었다.

"우익입니다!"

"거란군이 우익을 공격하고 있는 모양입니다."

곧이어 전령 하나가 달려와 보고했다.

"우익에서 적이 공격해 오고 있습니다!"

전령의 말에 강조가 알겠다는 듯이 고개를 끄덕였다. 이런 일은 종일 반복되었고 그다지 특별할 게 없는 상황이었다.

강조는 전령의 보고를 들으면서 탁자에 놓인 주전자에서 단술을 큰 사발에 따랐다. 벌컥벌컥 들이켜는데 전령 하나가 다시 헐레벌떡 뛰어왔다.

"적이 우익의 진 안으로 들어왔습니다!"

강조가 남은 술을 마저 들이켠 후 여유 있게 말했다.

"입안에 들어온 음식처럼 적으면 오히려 좋지 않으니 많이 들어오게 놔두라."

강조는 여유가 있었다. 얼마 전, 진 안을 들어온 거란군들을 몰살시킨 데다가 검차진이 쉽게 돌파될 리가 없었기 때문이다. 호들갑을 떨 때는 아니었다.

노전이 강조에게 말했다.

"우익에 예비대를 투입하는 것이 좋지 않겠습니까?"

이현운도 노전의 말을 도왔다.

"돌다리도 두드려보고 건넌다고 했으니, 예비대를 우익으로 보내시지요."

강조가 뭐라고 말하려고 하는데, 전령 둘이 허겁지겁 뛰어와서 겁에 질린 표정으로 말했다.

"거란군이 이미 검차진을 넘어 대거 침입 중입니다!"

강조가 놀라 벌떡 일어나며 전령에게 물었다.

"그게 정말이냐?"

강조는 전령의 대답을 기다리지 않고 즉시 명령을 쏟아냈다.

"전 예비대를 우익으로 보내라! 후면의 검차진들을 즉시 전진시켜라! 좌우위 정용들에게 즉각 전투명령을 하달하라!"

거란군들이 대거 방진 안으로 진입했다 하니, 강조는 후면의 검차진들을 앞으로 이동시켜 방진의 크기를 줄일 생각이었다. 방진의 크기를 줄여 그 안에 들어온 거란군들을 압살시키는 것이다.

잠시 후면 좌우위 정용들을 비롯한 기병들이 도착하여 검차진 밖에서 호응할 것이니, 한 면만 무너졌다면 이 방법으로도 충분히 적을 격퇴할 수 있을 것이라고 생각했다.

명령을 받은 전령들이 막 몸을 일으켜 가려는데 뿔나팔 소리가 여러 곳에서 울려 퍼지며 또 다른 전령들이 속속 도착하며 보고했다.

"전면에 적이 진군 중입니다!"

"좌익에 적이 진군 중입니다!"

전령들의 보고를 들은 강조는 투구를 들고 막 막사를 나가려고 했다. 자신의 눈으로 전황을 직접 파악하기 위해서였다. 그런데 갑자기 천막이 여기저기 찢어지며 흑색의 전포를 입은 사람들이 쏟아져 들어왔다. 거란 말로 뭐라고 외치면서 순식간에 강조를 비롯하여 이현운과 노전 및 노의, 양경, 이성좌 등을 모조리 포박했다.

수제관 최충은 마침 용변을 보려고 밖에 잠시 나가 있었다. 떠들썩한 뿔나팔 소리에 급히 다시 막사로 가려는데, 일단의 무리가 칼로 막사를 마구 찢으며 안으로 난입하고 있었다.

최충은 본능적으로 무언가 크게 잘못되었다고 느꼈다. 막사로 향하지 않고 뒤쪽으로 뛰기 시작하자 등 뒤에서 큰 목소리로 사람들이 외치는 소리가 들렸다. 발음이 약간 이상한 고려 말이었다.

"역적 강조를 잡았다! 역적 강조를 잡았다!"

그 소리는 끊임없이 계속 울려 퍼졌다. 최충은 그 소리를 듣자 정신이 아득해지며 다리가 후들거렸으나 멈추지 않고 달렸다.

야율적로는 검차진들을 돌파한 후, 바로 고려군의 지휘 막사로 향했다. 미리 군사들에게 이렇게 명령해놓았다.

"일단 적의 전차진을 통과하게 되면 우리의 목표는 오직 역적 강조다. 적들이 완전히 막아서지 않는 이상 도중에 만나는 적은 모조리 무시하고 무조건 적의 지휘 막사로 향한다."

이완(弛緩) 상태의 고려군은 반응 속도가 느릴 것이다. 고려군은 지금 몇 시진 동안의 공격을 막은 후 휴식 중이었다. 사람의 신경이란 미묘해서, 계속 공격하면 계속 반응하지만, 중간에 쉴 시간을 준 후 공격하면 오히려 반응 속도가 느려진다.

더구나 앞쪽의 전차진을 급속히 통과할 수 있다면 뒤쪽에 있는 고려군의 반응 속도는 한참 더 느릴 것이다. 갑자기 우피실군이 나타날 거라고는 전혀 예상하지 못했을 테니 말이다.

또한 그들을 공격하지 않고 지나가면 더욱더 반응하지 않을 수 있었다. 긴장이 풀린 상태에서 본인에게 급박한 위험이 없는데 즉각 대응한다는 것은 쉽지 않은 일이다.

소배압이 노린 것은 바로 이 부분이었다. 하여 야율적로에게 충분히 지시해놓은 터였다. 소배압의 예측은 정확히 맞아떨어졌다. 검차진 안에 있던 고려군은 거란군이 스쳐 지나가는 데도 적극적으로 반응하지 못했다. 덕분에 야율적로의 우피실군은 마치 거짓말처럼 고려군 사이를 통과하여 고려군의 지휘 막사에 도착할 수 있었다.

고려군의 지휘 막사가 보이자 야율적로는 몸에 전율이 솟았다. 저 안에 고려군 총사령관 강조가 있어서 그를 죽이거나 사로잡는다면 이번 전쟁은 끝난 것과 다름없었다. 최고로 으뜸가는 공을 세우게 되는 것이다.

야율적로가 이끄는 우피실군은 고려군의 지휘 막사를 덮쳤다. 고려의 지휘 막사를 덮치면서 야율적로가 외쳤다.

"고려의 장수들을 포박하라!"

정신용이 잠시 선잠을 자고 있는데 갑자기 뿔나팔 소리가 요란하게 들렸다.

"뚜, 뚜~~, 뚜, 뚜~~, 뚜, 뚜~~, 뚜, 뚜~~."

적 출현을 알리는 고려군의 뿔나팔 소리였다. 정신용은 눈을 번쩍 뜨고 전방을 주시했다.

거란군의 시신 수거 작업은 끝났고 전방은 조용했으며 오히려 평화로울 지경이었다. 평화롭지 못한 것은 오직 귓전을 때리는 뿔나팔 소리뿐이었다. 그런데 뿔나팔 소리는 우익 쪽에서 나고 있었다.

고적여가 정신용에게 말했다.

"적이 우익을 공격하나 봅니다!"

정신용이 검차 위에 올라 우익을 관찰했다. 백여 보밖에 떨어져 있지 않았지만, 아직 어둠이 걷히지 않아서 소리는 생생했으나 정확한 상황을 볼 수는 없었다. 더구나 하현인 달마저 이미 지고 없었다.

잠시 시간이 흐르고 있는데 누군가가 외쳤다.

"적이다!"

정신용은 반사적으로 옆에 있던 골타를 집어 들었다. 그러나 이전과는 다르게 조용했다. 심장을 두근거리게 하는 거란군의 말발굽 소리나 함성 따위는 들리지 않았다. 단지 멀리서 거란군 보병들이 천천히 다가오는 것이 보일 뿐이었다.

"검차진! 정렬하라!"

정신용은 이렇게 외치며 검차진 안을 순시했다. 잠시 후에 있을 거란 보병의 충격에 대비하며 위에서 내려질 명령을 기다렸다.

그런데 명령보다 빠르게 다른 소리가 후방에서부터 들렸다.

"역적 강조를 잡았다! 역적 강조를 잡았다!"

믿을 수 없는 소리였다. 정신용과 고적여는 고개를 돌려 후방을 본 후, 서로의 얼굴을 바라보았다. 나머지 군사들은 영문도 모른 채 서로 두리번거렸다. 지휘관들과 군사들은 동요하고 있었다.

지금은 동이 트기 전, 가장 어두운 시간이다. 상황을 정확히 관찰할 수 없었기 때문에 엄청난 불안감이 모든 장졸에게 엄습해 왔다.

전면에 거란군들은 천천히 다가오고 있었다. 다가오며 몇몇이 고려 말로 외쳤다.

"역적 강조는 이미 잡혔다! 나머지는 모두 죄가 없으니 쓸데없는 희생을 치르지 말고 항복하라!"

정신용 자신도 모르게 골타를 든 손이 떨렸다. 무엇을 해야 할지 몰랐다. 무엇을 해야 할지 모르는데 부하들에게 무슨 명령을 내릴 수도 없었다.

고적여가 정신용에게 말했다.

"일단 상황을 정확히 파악해야 합니다. 제가 후방에 다녀오겠습니다."

정신용이 고개를 끄덕였다. 그런데 그때 후방에서 소란스러운 소리가 들렸다. 어둠 속이지만 분명 뒤 열의 군사들이 검차를 버리고 도주하고 있다는 것을 알 수 있었다.

"아!"

정신용이 외마디 소리를 질렀다. 고적여가 말을 더듬거리며 말했다.

"진, 진을 포기해야 할 것 같습니다."

군사들은 몹시 동요하고 있었고 거란군들은 백 보 안으로 접근하고 있었다. 언제 들이칠지 몰랐다. 빨리 어떤 명령이든 내려야 했다. 정신용이 망설이고 있는데 징소리가 울리며 목소리들이 울려 퍼졌다.

"용수산! 용수산! 용수산! 용수산! 용수산!"

고려군의 공통적인 후퇴 신호였다. 그러나 도통소로부터 전달된 정상적인 신호는 아니었다. 원래는 무시해야 했으나, 불안한 마음을 한가득 안고 있던 군사들이 그 신호에 반응하여 무질서하게 뒤를 보고 달리기 시작했다.

정신용은 군사들을 제지하려고 하였으나 이미 엎질러진 물이었다. 정신용 역시 고적여와 서긍, 박수암 등과 더불어 뒤로 뛰었다.

29
노정(盧頲)과 백갑대(白甲隊)

: 경술년(1010년) 십일월 이십사일 묘시(6시경)

행영도병마사 안소광은 군영 중앙의 막사에 앉아 있었다. 강조가 제장들을 소집했으므로, 모두 모인 후에 검차진으로 갈 생각이었다. 잠시 후, 각군의 녹사(錄事) 이상의 관료들이 모두 모이자 안소광이 자리에서 일어났다.

안소광과 최사위를 비롯한 관료들은 모두 말을 타고 구사*(驅史)들은 그 뒤를 따라 검차진단으로 향했다.

안소광이 주변을 살피니 심히 어두웠는데 달은 진작 졌고 해가 뜨려면 아직 시간이 있었다. '해 뜨기 전이 가장 어둡다'는 말이 딱 들어맞는 시간이었다.

영문(營門)을 나와 백여 보를 이동하자, 검차진 쪽에서 뿔나팔 소리가 울리고 함성과 병장기 부딪치는 소리가 연달아 울려 퍼졌다. 거란군과 교전 중일 것이다.

안소광은 말을 멈추게 했다. 밤새도록 이런 상황이 계속되었으므로 특별한 긴장감은 없었다. 단지, 지금 진 안으로 들어갈 수 없는 상황일 수 있어서 멈춘 것이었다.

최사위가 안소광에게 말했다.

---

* 구사(驅史): 종친(宗親)이나 공신(功臣), 당상관(堂上官) 이상 및 각 중앙 관사 등에 소속되어 관리들을 호종(扈從)하거나 잡무를 수행하는 잡류직.

"교전 중인데 어떻게 하면 좋겠습니까?"

안소광이 잠시 검차진단 쪽을 본 후 말했다.

"좌우위군 역시 출전 준비를 마쳤을 터이니 좌우위군을 불러 적들을 들이쳐 쫓는 것이 좋겠습니다."

최사위가 난색을 표명하며 말했다.

"도통의 명령이 없으니…, 좌우위군을 이쪽으로 불러 일단 대기시키는 것이 더 나을 것 같습니다."

안소광이 최사위의 말에 고개를 끄덕이며 주위의 관료들에게 명했다.

"거란의 유군(遊軍)이 있을 수 있으니 만일의 사태에 대비하시오."

제장들이 모여서 좌우위군을 기다리고 있는데 검차진단 쪽에서 함성이 끊이지 않았다. 제장들이 약간 초조해하고 있는 가운데 어둠 속에서 갑자기 일단의 기병들이 들이닥쳤다.

안소광이 깜짝 놀라 자신의 창을 빼 들었다. 그런데 다가오는 병력은 질서정연하지 않았다. 가까이 다가온 자를 자세히 보니 고려군 기병들이었다.

안소광이 벽력같이 외쳤다.

"행영도병마사 안소광이다! 무슨 일인가?"

어떤 자가 계속 달려가면서 말했다.

"도통이 적에게 잡혔습니다!"

제장들의 얼굴은 흙빛으로 변했다.

'도통이 잡혔다면….'

제장들 사이에서 비명과 같은 탄식이 쏟아졌다. 최사위가 엄히 말했다.

"아직 정확한 사실이 아니요!"

행영도병마부사 노정(盧頲)이 급히 말을 달리며 안소광에게 말했다.

"제가 가서 상황을 보고 오겠습니다."

안소광이 답하기 전에, 성질 급한 노정은 벌써 앞으로 달리고 있었다.

달려오는 고려군이 점점 늘어났다. 어떤 자가 말을 달려오며 소리쳤다.

"대장군 원우입니다. 도통이 적에게 잡혔습니다!"

원우의 말을 들은 안소광은 즉시 말머리를 돌리며 제장들에게 단호하게 말했다.

"좌우위군과 합류해 급히 남쪽으로 후퇴해야 합니다!"

안소광은 제장들의 답을 기다리지 않고 말에 박차를 가했다. 군영으로 말을 달리는데 앞에 수십 명의 기병이 달려오고 있었다.

안소광이 말했다.

"행영도병마사다. 군영으로 돌아가라!"

말들이 급히 멈추어 서는데 모두 번쩍이는 은색 갑옷을 입고 있었다.

"백갑대 낭장 양백(梁伯)입니다!"

안소광은 계속 달리며 던지듯이 말했다.

"이미 검차진이 깨어졌다."

최사위를 따르던 통군녹사 조원이 말고삐를 늦추며 허탈한 음성으로 양백에게 말했다.

"도통이 사로잡혔으니 행영병마사 각하를 따르시오!"

"아!"

조원의 말에 양백이 탄식하며 휘하 부대원들에게 단호히 명했다.

"백갑대는 나를 따르라! 우리는 도통을 구한다!"

양백이 휘하 부대원들에게 내리는 명에, 조원이 당황하며 말했다.

"행영병마사 각하가 지휘권자입니다. 명령을 따르시오!"

양백이 조원을 보며 힘주어 말했다.

"우리는 오직 성상폐하의 명을 따를 뿐입니다."

안소광이 말을 달려 군영으로 가니 좌우위가 질서 정연히 출격에 대비하고 있었다. 안소광이 좌우위 대장군 신영한(申寧漢)에게 명령했다.

"어서 곽주로 퇴각하여 병력을 보존하라!"

신영한은 안소광에게 미처 무슨 일이냐고 물어볼 틈도 없었다. 그대로 곽주를 바라보고 남하했다.

행영병마부사 노정이 말을 타고 검차진 쪽으로 달려가는데 점점 더 많은 고려군이 도보(徒步)로 달려오고 있었다.

노정이 채찍을 들어 치며 일갈했다.

"행영병마부사·어사중승 노정이다. 길을 비켜라!"

노정이 지휘 막사 근처에 다다르자, 과연 거란군들이 보였고 몇몇이 포박당하여 땅바닥에 쓰러져 있었다. 상황은 혼란 그 자체였지만 아직 많은 거란군이 지휘 막사 쪽으로 들어온 것 같지는 않았다.

지휘 막사까지 내습한 거란군을 보자, 노정은 눈이 뒤집혀서 커다랗게 소리쳤다.

"이놈들 여기가 어디라고! 나, 대고려국의 어사중승 노정이다!"

노정은 이렇게 외친 후 협도를 빼 들고 거란군에게 달려들었다. 노정이 말 위에서 협도를 좌우로 맹렬히 휘두르니 거란군들이 주춤주춤 뒤로 물러났다. 노정은 한발 한발 강조 쪽으로 다가갔다.

그러나 거란 군사 하나가 노정이 탄 말의 다리를 베자 말이 외마디 비명을 지르며 무릎을 꿇었다. 노정은 땅에 내동댕이쳐지며 그만 협도를 손에서 놓치고 말았다.

노정은 즉시 몸을 일으켜 허리춤에서 도(刀)를 빼 들었다. 그리고 강조 등을 포위하고 있던 거란 군사 하나에게 달려들어, 그의 얼굴을 우측에서 좌측으로 비스듬히 내려쳤다.

거란 군사가 몸을 날려 피하자, 그대로 내디디며 얼굴을 투구로 힘껏 들이받았다. 거란 군사가 나가떨어지자 그 옆의 군사를 다시 공격했다. 노정은 진정 자신의 힘으로 강조 등을 구출할 요량이었다.

포박당해 누워있던 강조가 그 모습을 보고 무어라고 말하려고 했지만 입이 떨어지지 않았다.

노정이 단신으로 달려들자, 거란군들은 처음에는 별로 위태롭게 생각하지 않았다. 그러나 군사 하나를 쓰러뜨리고 도(刀)를 사납게 휘둘러대자 무시하지 못하고 병장기를 들어 노정을 상대했다.

노정은 쉴 틈 없이 거란 군사들을 공격했다. 워낙 사납게 덤벼드니 노정 하나를 금세 어찌하지 못하고 거란군들이 쩔쩔맸다.

지켜보던 거란 군사 하나가 시위에 화살을 먹여 노정에게 쏘아 보내니 화살이 노정의 오른팔에 박혔다. 화살에 맞아 노정이 주춤하자 거란군들은 이때다 싶어 노정에게 달려들었다.

노정은 오른손을 잘 쓰지 못하게 되자 왼손으로만 도를 부여잡고 휘두르면서 소리쳤다.

"좋다! 나 노정이 너희들을 제대로 상대해주겠다!"

왼팔 하나만 사용할 수 있었지만 다급한 마음에 오히려 두 팔로 도(刀)를 휘두를 때보다도 더욱 맹렬히 거란군들을 공격했다.

노정은 거란 군사 셋을 쓰러뜨렸지만, 오른팔에는 화살을 맞았고 거란군들의 창에 몸 여기저기를 찔렸다. 부상이 상당했으나 그 기세는 조금도 줄어들지 않았다. 고려의 장수들을 구하겠다는 일념에 자신의 몸을 일체화시켰다. 마음속에 아무런 두려움도 없었고 심지어 용기 같은 마음도 없었다. 오직 하나의 생각밖에 없었다.

'구하리라!'

오히려 주춤하는 쪽은 거란군들이었다. 노정이 자신의 피와 거란 군사들의 피를 뒤집어쓴 채 충혈된 눈으로 맹렬히 쏘아보며 공격하자 지옥의 나찰(羅刹)과 같은 노정의 눈을 마주보기가 버거울 정도였다.

노정은 계속 거란군들을 공격하면서 강조 쪽으로 접근했다. 짧은 도를 든 한 명을 근처의 백여 명의 거란군들이 어찌하지 못하고 있는 것이었다.

한참을 싸우다가 노정이 내려치는 도(刀)와 거란 군사의 도끼가 부딪쳤는데, 그만 노정의 도(刀)가 부러지고 말았다. 노정의 도(刀)는 수십 번의 병장기 간의 충돌로 이가 나가고 강도가 약해졌는데, 도끼에 부딪히자 그만 부러지고 만 것이다.

노정의 도(刀)가 '깡' 소리를 내고 부러지자 거란 군사들은 힘을 얻고 노정에게 달려들었다. 그러나 노정은 반 토막의 부러진 도(刀)를 갖고도 전혀 위축됨이 없이 계속 움직이면서 거란군과 싸워나갔다.

옆에서 상황을 보고 있던 우피실군 부상온 야율구리사가 꾀를 내어 노정의 등에 창을 던졌다. 앞만 보고 싸우고 있던 노정은 등 뒤에서 날아오는 창까지 방어할 수는 없었다.

창은 노정의 왼쪽 장딴지 부분에 와서 맞았다. 갑옷 위라 큰 상처를 입지는 않았지만, 창에 맞은 충격으로 왼쪽 무릎이 앞으로 꺾이면서 중심을 잃고 나동그라지고 말았다.

노정은 재빨리 부러진 도(刀)를 지팡이 삼아 일어서려고 했다. 그러나 거란군들의 창이 사방에서 찔러 들어왔다. 노정의 몸에 몇 개의 구멍이 뚫렸다. 더는 일어설 수가 없었다. 거란군들은 노정이 움직이지 않자 노정의 몸에서 창날을 빼어냈다.

거란군들은 아군이건 적이건 가리지 않고 용사를 존경했다. 거란군들이 노정의 부러진 도(刀)를 용사의 기념품으로 가지려고 앞다투어 손을 뻗치는 순간, 무릎을 꿇고 죽어 있던 것처럼 보였던 노정이 부러진 도로 땅을 짚고 대갈일성을 터트리며 일어섰다.

"나! 대 고려인…."

노정이 일어서자, 노정의 부러진 도(刀)를 가지려고 손을 뻗었던 거란군들이 혼비백산했다.

노정은 다시금 도를 휘두르기 위해, 땅에 박혀 있는 도를 쥔 왼팔을 드는 순간 그대로 쓰러졌다.

그러고는 다시 일어나지 못했다.

노정은 쓰러졌지만 다시 수십 명의 고려군이 강조를 잡고 있는 거란군에게 돌진해왔다. 이들은 모두 은색으로 빛나는 갑옷을 입고 있었다.

"도통을 구하라! 우리의 왕명은 도통을 지키는 것이다!"

이들은 왕의 시위대인 백갑대였다. 백갑대 낭장 양백은 '강조를 사로잡았다'라는 외침을 듣고 급한 마음에 말에 박차를 더하였다. 지휘 막사에 가까이 오자 누군가 단신으로 거란군과 싸우는 것이 보였다. 양백은 그 사람을 돕기 위해 최대한 빨리 말을 달렸으나 도착했을 때는, 단신으로 싸우던 그 고려인은 전사한 후였다.

양백의 백갑대는 달려오는 힘으로 거란군을 충격했다. 백갑대의 충격을 받은 거란군 십여 명이 쓰러졌다. 창으로 적들을 찌른 다음, 창이 부러진 병사들은 백봉이나 골타 따위를 빼 들고 강조가 잡혀 있는 곳까지 속도를 줄이지 않고 그대로 밀고 들어갔다.

양백 역시 거란군을 충격하느라 부러진 창을 버리고 백봉을 빼 들고 외쳤다.

"백갑대는 도통을 구하라!"

양백이 이끄는 백갑대는 이십 인에 불과했지만 최정예의 병사들이었다. 달려오는 충격으로 충분히 거란군을 뚫을 수 있었다.

양백이 강조를 발견하고 구하려 말을 멈추었다. 백갑대원들 역시 모두 말을 멈추고 강조와 요인들을 구하려고 했다.

백갑대가 말을 멈추자, 그들의 속력이라는 이점이 사라졌다. 양백은 강조를 비롯한 고려 관료들의 포박을 풀려고 했으나 거란군들 역시 빨랐다. 양백 등이 멈추자, 바로 포위하고 압박해왔다. 미처 강조의 포박을 풀 시간이 없었다.

거란군들은 점차 증원되고 있었다. 양백의 백갑대는 몰려드는 거란군들과 사투를 벌였고 시간이 지날수록 점점 피아가 뒤섞이며 난전이 되어갔다. 백갑대는 스무 명에 불과했지만 왕의 시위대인 만큼 화려한 무공을 보여주었다. 개개인이 모두 훌륭한 무사였다.

그러나 중과부적으로 한 명씩, 한 명씩 쓰러져갔다. 강조가 백갑대를 알아보고 양백에게 소리쳤다.

"양 낭장! 인제 그만 물러나게. 절대 희생할 필요가 없어! 목숨을 보전하게!"

양백이 꿋꿋이 대답했다.

"우리는 도통을 지키라는 왕명을 받았지, 목숨을 보전하라는 왕명을 받지는 않았습니다. 우리의 명은 바로 이곳에 있습니다!"

양백은 백봉을 높이 들고 강조를 지키고 있는 거란군들에게 달려들었다. 백봉으로 거란군 몇을 후려친 뒤 거란군이 내지른 창에 여러 곳을 찔리며 쓰러졌다.

양백이 눈물을 쏟으며 분한 음성으로 남쪽으로 머리를 땅에 찧으며 외쳤다.

"낭장 양백, 임무를 완수하지 못했습니다!"

나머지 백갑대원들도 모두 거란군과 싸우다가 전사했다. 백갑대는 그들의 임무를 완수하지는 못했지만 그들이 할 수 있는 최선을 다했다. 백갑대가 화려하게 싸워준 결과로, 후퇴하는 고려군들에게 많은 시간을 벌어줄 수 있었던 것이다. 검차진을 뚫은 거란군들이 퇴각 중인 고려군을 추격하기보다 고려군의 지휘 막사 쪽으로 먼저 달려왔기 때문이다.

야율적로는 강조에게 재갈을 물리고 양가죽 깔개로 감싸게 했다. 그리고 말에 실은 후, 군사들에게 미리 배운 고려 말로 소리치게 했다.

"강조를 잡았다! 고려군은 모두 항복하라!"

이렇게 강조를 말에 실은 후 끌고 다니자, 그것을 본 고려군들은 어찌할 바를 몰랐다.

    만일 고려군의 검차진들이 그대로 계속 버틴다면 거란군이 검차진 모두를 허물어버리는 데엔 아주 오랜 시간이 걸릴 것이었다. 그러나 고려군들은 강조가 사로잡히고 진이 뚫렸다는 것을 알게 되자, 공격을 받은 우측의 검차진들뿐만이 아니라 모든 검차진이 급속히 무너졌다.

    통주성 가까운 곳에 진을 치고 있던 고려군들은 진을 허물고 통주성으로 달려갔고, 통주성 먼 곳에 진을 치고 있던 고려군들은 곽주 쪽을 비롯하여 사방으로 내달리기 시작했다. 강조가 잡혀 고려군의 진이 허물어지자, 전장은 이제 고려군들에게 무간지옥(無間地獄)이 되어갔다.

30

서숭(徐崧)과 노제(盧濟)

: 경술년(1010년) 십일월 이십사일 진시(8시경)

우피실군을 비롯한 거란군들은 퇴각하는 고려군의 뒤를 두들겨댔다. 고려군들 중 일부는 항복하고 일부는 자신들끼리 엉겨 서로 밟혀 죽고 또는 거란군들의 화살과 창에 몸이 뚫려 죽어 나갔다.

그나마 고려군에 다행인 것은 통주성이 바로 지척이란 점이었다. 검차진단 우익의 패잔병들은 가까운 통주성으로 뛰었다.

패전한 고려군들 중 일부가 통주성 동쪽에 주둔하고 있는 우군(右軍)의 영채 앞에 당도했다. 날은 어슴푸레 밝아오고 있었다. 고려군들이 정신없이 뛰어오자 우군병마사 이방(李昉)은 아군이 패했다는 것을 직감할 수 있었다.

이방이 몹시 허탈한 표정으로 있는데 판관 유장(柳莊)이 이방에게 말했다.

"영문을 굳게 단속하여 아무도 들이면 안 됩니다."

우군병마부사 김정몽(金丁夢)이 놀라며 말했다.

"그렇다면 저들은 어쩌란 말인가?"

유장이 답하기 전에 이방이 말했다.

"판관의 말이 맞네! 섣불리 아군을 맞아들이다가는 곧 뒤따라온 거란군들이 진으로 난입할 것이야!"

이방은 영채 안으로 그 누구도 들여보내서는 안 된다는 엄명을 내렸고 강제로 들어오려고 하면 적으로 간주하라고 명했다.

"누구든 영채로 들이면 군법에 따라 참수할 것이다."

패주하는 고려군들은 우군이 받아주지 않자, 아우성을 치며 통주성의 동문으로 몰려갔다.

'강조가 사로잡혔다'는 소식을 듣자, 우군병마사 이방이 다급히 지휘관들에게 말했다.

"더 이상 전장에 있는 것은 위험한 일이오!"

이방 등은 급히 영채를 빠져나가 동쪽으로 향했다. 병마사 이방이 영채를 이탈하자, 영채에 있던 나머지 군사들은 몹시 당황하여 통주 동문으로 몰려들었다.

통주성 동문루에는, 상황이 심상치 않다는 보고에 통주성 안에 있던 제장들이 모두 나와 있었다. 통주방어사 이원구(李元龜) 역시 성문을 열지 말라고 지시했다.

통주 도령중랑장 최질(崔質)이 소리쳤다.

"그렇다면 저들을 다 죽이자는 말입니까?"

최질이 격렬히 항의했지만, 성문을 여는 것은 위험한 일이었다. 패주하는 고려군을 따라 거란군이 성안으로 난입할 수 있기 때문이다. 모든 제장이 이런 상황을 잘 알고 있었다. 누구나 비분강개하고 애석해했지만 최질의 말에 동조하는 사람은 없었다.

그때, 성벽 아래를 보고 있던 대장군 채온겸(蔡溫謙)이 갑자기 밑을 보며 외쳤다.

"서쪽 성벽의 골짜기로 가라! 서쪽 성벽의 골짜기로 가라!"

채온겸이 주위를 둘러보며 말했다.

"어서들 따라서 외치게나!"

채온겸의 말에 군사들이 따라 외쳤다.

"서쪽 성벽의 골짜기로 가라!"

채온겸이 이원구를 보며 말했다.

"패주한 군사들을 서쪽의 골짜기로 보내면, 뒤따르는 거란군들을 우리가 성벽에서 요격할 수 있으니 저들을 구할 수 있으리라고 생각됩니다."

통주성의 서쪽 성벽 아래에는 남북으로 십 리 이상 뻗어 있는 깊은 골짜기가 있었다.

군사들이 골짜기를 따라 성의 북쪽 끝으로 가면, 혹시 거란군이 뒤를 쫓는다고 해도 성벽 위에서 엄호해줄 수 있었고, 상황이 잠잠해지면 북쪽 성벽의 암문(暗門)을 열고 군사들을 성안으로 들일 수 있을 것이었다.

과연 패주하는 고려군들 뒤로 거란군들이 추격해왔다. 채온겸은 즉시 사격을 명령했다. 성벽 위에서 고려군들이 화살을 비 오듯이 날리자 거란군들은 일단 퇴각했다.

문제는 곽주를 비롯한 다른 방향으로 패주하는 고려군들이었다. 거란군들은 무질서하게 산지사방으로 흩어지는 고려군들의 뒤를 쫓았다.

패주란 무서운 것이었다. 사람에게 제일 중요한 것은 자신의 목숨이다. 그 가장 중요하고 세상에 하나밖에 없는 목숨을 걸고 전투에 임할 수 있는 것은, 평소 맺고 있는 사회적 유대관계 때문이다. 자신의 가족, 연인, 친구, 동료 혹은 조국.

개개인은 이런 유대관계를 지키기 위해 자기 목숨을 걸고 싸우는 것이다. 생명을 위협받는 전장에서도, 자신의 옆에 동료가 있고 그 뒤를 또한 우리 편이 받쳐주고 있다면, 사람들은 조직의 일원으로서 평소에는 상상할 수도 없는 용기를 낼 수 있다.

그러나 좌·우와 후방의 동료들과의 연결이 깨어진다면, 동료가 있다면 그토록 강한 용기를 발휘할 수 있는 사람이, 갑자기 용기는 사라지고 오직 두려움만 남는다. 조금 전까지 그토록 맹렬하고 용기 있었던 사람이 최고의 겁쟁이로 변하는 것이다.

지금 고려군들은 사냥꾼에게 쫓기는 겁먹은 토끼들과 같았다.

사재승(司宰丞) 서숭(徐崧)은 후방의 검차진을 순시 중이었다. 그런데 지휘 막사 쪽이 떠들썩해지더니 '강조를 사로잡았다'라는 외침과 함께 곳곳에서 함성과 비명이 요동쳤다. 정확한 사정은 알 수 없었으나 뭔가 심히 잘못되었다는 것은 곧 알 수 있었다.

'강조를 사로잡았다'라는 말은 계속 울려 퍼졌고 군사들은 크게 동요하고 있었다.

지휘 막사 근처에 있던 몇몇이 뛰어와서 여기저기에 말했다.

"도통이 거란군에 사로잡혔습니다!"

"도통이 사로잡혔다네!"

곧 도통이 사로잡혔다는 사실을 후방의 검차진의 모든 군사가 알게 되었다. 서숭은 상황을 통제해보려고 했으나 도통이 사로잡힌 상태에서 무엇을 한다는 것이 불가능했다.

여기저기서 군사들이 뒤숭숭하게 수군대는 소리가 들리다가 누군가 큰소리로 말했다.

"후퇴해야 합니다! 용수산! 용수산!"

후방의 검차 대열은 갑자기 붕괴하기 시작했다. 군사들이 군영 쪽으로 달리기 시작하자, 서숭은 매우 당황하여 어찌할 줄 몰랐다. 뭐라고 소리치고 싶었으나 도무지 생각이 나질 않았다. 주변에 고려군이 뛰어다녔으나 자신과는 이질적이었다. 마치 어떤 풍경 속에 자신이 구경꾼으로 들어와 있는 것 같았다. 고려군의 체계가 이미 깨어졌으므로 완결된 조직체가 아니라 목적 없이 모인 개인에 불과했다.

한참을 머뭇거리던 서숭도 드디어 군영 쪽으로 달리기 시작했다. 처음에는 자신을 수행하던 군사들과 같이 달렸으나 잠시 후에는 그들이 어디 있는지 알 수도 없었다.

고려거란전쟁 - 고려의 영웅들 (상)

오 리를 달려 군영 가까이 이르렀다. 날이 어슴푸레 밝아오고 있었고 군영에서 무수한 인마가 빠져나오더니 곽주 쪽으로 향하는 것이 보였다. 분명 군영에서 대기하고 있던 좌우위군들을 비롯한 군사들이 도통이 잡혔다는 소식을 듣고 군영을 빠져나가는 것이다.

서숭은 군영에서 군사들이 빠져나가는 것을 목격하자 이제 전투가 완전히 끝났음을 깨달았다. 도통은 적에게 포로가 되었고 다른 수뇌부들은 더는 싸울 생각이 없는 것이다.

달리면서 투구를 버리고 갑옷 역시 벗어 버렸다. 대책 없이 두 발로 달려서 패주하는 와중에, 갑옷은 오직 짐일 뿐이었다. 그래도 혹시 몰라서 차고 있던 패도(佩刀)는 버리지 않고 챙겼다.

서숭은 곽주로 가는 길로 접어들지 않고 동북쪽의 산길로 달렸다. 분명 거란군들도 고려의 나머지 부대가 곽주로 향했다는 것을 알 것이다. 거란의 창끝은 곽주로 가는 길로 향할 것이고 도보로 그 길을 따라 달리는 것은 자살행위나 마찬가지라고 판단했다.

서숭은 처음에는 창망한 가운데 무작정 달렸으나 어느 정도 달리자 점차 이성을 찾아갔다. 길을 따라 계속 달리면 안의진이나 구주 쪽으로 갈 수 있었으나 너무 멀었다. 가기 전에 체력이 다 소모되어 거란군의 기병에 따라 잡혀 죽을 것이었다.

그나마 가능성 있는 방법은 거란군이 잘 모를 산속의 소로를 통해서 구주나 안의진까지 가는 방법이었다. 서숭이 가만히 헤아려보니 소로로 이동하여도 이틀 정도면 충분히 구주에 도달할 수 있을 듯했다.

겨울이라 눈이 쌓여 있어서 이동에 어려움이 있겠지만, 목이 마르면 눈을 집어 먹으면 되니 물 걱정은 할 필요가 없을 것이다. 물만 있다면 수일 정도는 먹지 않아도 살 수 있고, 이틀 정도는 자지 않고 버틸 수 있다. 중간에 잠이 들어 얼어 죽지만 않는다면 충분히 구주나 안의진까지 갈 수 있을 것이다.

서숭은 삼수채에 진을 칠 때, 주변 곳곳을 답사하였고 지도를 완전히 숙지해놓았으므로 근처 지형에 매우 익숙했다. 머릿속에 지형과 지도를 그리고, 귀의 신경은 뒤쪽에 집중하면서 적당한 시기에 산등성이를 탈 생각을 했다.

너무 빨리 산등성이를 타면 구주나 안의진까지 험한 산길을 오래 가야 할 것이고, 너무 늦게 타면 거란군에게 따라 잡힐 가능성이 있다. 적당한 시기에 산등성이를 타서 그때 구주가 가까우면 구주로 가고 안의진이 가까우면 안의진으로 갈 생각이었다.

서숭이 이렇게 생각하며 속도를 조절하여 달리고 있는데 뒤쪽에서 말 울음과 사람의 비명이 들리더니 점차 가까워졌다. 거란군의 추격대가 드디어 따라붙은 것이다. 주변에 달리는 고려군들이 연신 뒤를 보며 울상이 되어갔다.

서숭이 앞을 보니 관료의 복장을 한 사람이 군사 하나를 부축하고 걷다시피 가고 있었다. 점점 가까이 다가가자 누군지 곧 알 수 있었다.

얼굴이 후덕한 그는, 주부(注簿) 노제(盧濟)였다.

"이보시오! 노 주부!"

서숭이 이렇게 말을 걸자, 노 주부라고 불린 사람이 고개를 돌려 서숭을 보며 말했다.

"사재승이시구려!"

서숭과 노제는 서로를 반가워했다.

둘은 올 사월에 같이 과거에 급제한 사이였다. 국자감에 있을 때부터 알던 사이였고 과거에 합격한 후로는 같은 문도(門徒)로서 여러 번 같이 어울렸다. 그러나 서숭이 보기에는 노제는 약간 둔한 성격의 소유자였다. 같은 문도로서 동질감은 있었으나 개인적으로는 별로 친하지 않았다.

서숭이 노제에게 물었다.

"지금이 어떤 상황인지 아시오?"

노제가 답했다.

"잘 모르겠습니다. 그저 우리 고려군이 패하고 있는 상황이라는 것밖에 요."

노제는 상황을 잘 모른다고 했으나 고려군이 패하고 있다는 것을 안다면 사실 다 아는 것이나 다름없었다. 그런데도 다리를 다친 군사를 부축하고 가다니….

서숭이 입을 굳게 다물고서 뒤를 흘끔 돌아봤다. 멀리서 먼지가 크게 이는 것이 필시 거란군들이 달려오고 있을 것이었다.

서숭이 초조한 낯빛으로 노제를 보며 말했다.

"거란 기병들이 뒤에서 따라붙고 있는 것 같습니다."

노제가 숨을 헐떡이며 말했다.

"주변이 온통 고려군인데 이렇게 무작정 도망쳐야 한다니, 젠장!"

곧이어 뒤편에서 단말마의 비명이 계속 들렸다. 거란군들이 고려군들을 참살하며 서숭과 노제 쪽으로 가까워지고 있었다.

서숭은 뒤를 돌아본 뒤, 노제가 부축하고 있는 다친 군사를 흘끔 보았다. 아주 어린 군사였다.

다시 노제에게 말했다.

"거란군이 우리 고려군을 도륙 중입니다. 부지런히 달리지 않으면 우리도 거란군에 곧 따라 잡힐 것입니다."

노제가 입에서 하얀 김을 내뿜다가 인상을 찌푸리더니 말했다.

"사재승께서는 먼저 가시오! 내 곧 뒤따라가리다!"

홀몸으로 도망쳐도 살 수 있을지 장담할 수 없는데, 다친 군사를 부축하며 가다가는 십중팔구 거란군에게 따라 잡힐 터였다. 서숭은 난감했다. 그러나 지금은 목숨이 경각에 달린 상황이다. 체면을 차릴 필요가 없었다.

서숭이 노제에게 무겁게 고개를 끄덕이며 앞서 달려 나가는데, 다친 군사가 울음을 터트리며 노제에게 말했다.

"주부 나으리! 저를 두고 가십시오! 지금까지 부축해주서서 너무 감사합니다."

노제가 고개를 가로저으며 말했다.

"부처께서 인연이 소중하다고 하셨는데, 내 어찌 나만 살겠다고 너를 두고 가리오. 어찌 방도가 있을 것이다."

서숭이 달려가며 앞의 지형을 살피는데, 노제와 어린 군사의 대화가 귀를 때렸다. 서숭의 얼굴이 화끈 달아오르며 발걸음이 느려졌다.

'서숭아! 서숭아! 네가 장원(壯元)인데 어찌 저 둔한 노제만 못하단 말이냐!'

서숭과 노제는 같이 과거에 급제하여 관직에 나왔으나, 서숭은 장원급제하여 종육품에 해당하는 사재승에 임명되었고 노제는 그냥 급제라 종칠품인 주부에 임명되었다.

관직에 임명되면, 성상폐하께 충성하고 백성을 위무하며 나라를 위해 신명(身命)을 바치겠다는 선서를 하는데 서숭이 장원이라 대표로 선서를 했었다.

서숭은 평소 자부심이 강한 사람이었다. 지금은 그 자부심의 크기만큼이나 마음속에 부끄러움이 가득해졌다. 노제는 어린 군사 하나를 구하기 위해서 자신의 목숨이 위험해지는 것도 감수하는데 자신은 그저 한목숨 챙기기에 급급하다니···.

일단 마음을 고쳐먹자, 고려의 관료로서의 책임감이 엄습했다. 서숭은 똑똑한 사람이었다. 우선 주위 상황부터 파악했다. 주변에 도보로 달려가고 있는 고려군들이 백여 명이 되었는데 십 리 남짓을 달려왔다.

사실 지금부터 도보로 달리는 고려군들한테는 위험한 순간이었다. 체력이 거의 고갈되는 시점이기 때문이다. 기병인 거란군들은 체력이 소진한 고려군들을 짐승 사냥하듯이 사냥할 것이다. 주위에서 달리는 고려군들은 차오르는 숨 때문에 헉헉대고 있었다.

서숭은 뒤로 돌아가기 위해서 멈추었다. 뒤로 돌아서는데, 십여 명의 고려군들이 서숭을 따라 멈추어서 서숭을 빤히 보고 있었다. 십여 명의 고려군들은 관료처럼 보이는 서숭의 뒤를 무작정 따라왔던 터다.

서숭은 등골에서 전율이 일었다. 관료로서의 책임감 따위를 생각할 겨를이 없었는데, 사실은 이토록 막중한 것이었다니!

서숭은 재빨리 명했다.

"너희 셋은 나를 따라라! 나머지는 저 앞으로 가면 오른쪽에 계곡이 있다. 그 계곡 입구에서 대기하라!"

서숭은 뒤로 돌아가, 같이 간 세 명의 군사에게 다친 어린 군사를 둘러 업게 했다. 노제와 어린 군사가 놀란 눈으로 서숭을 바라보자 서숭이 씩 웃으며 말했다.

"내가 장원이요! 어찌 그대만 못하겠소."

서숭이 계속 이어서 말했다.

"거란 기병들은 우리를 천천히 사냥하고 있소이다. 토끼를 몰듯이 몰아서 체력이 빠지면 잡지요. 우리는 지금 체력이 고갈되고 있소. 좀 있으면 저들에게 잡힐 것이오."

노제가 고개를 끄덕이며 말했다.

"사재승께서는 어떻게 했으면 좋겠습니까?"

"조금만 가면 오른쪽에 꽤 깊은 계곡이 있습니다. 그리로 들어가서 산등성이를 타면 구주(龜州)로 갈 수 있습니다."

서숭은 노제에게 이렇게 말한 후, 소리 높여 외쳤다.

"나는 사재승 서숭이다! 우리는 저 앞의 계곡으로 들어간다!"

서숭은 이렇게 계속 외쳤다. 얼마나 응할지 모르겠으나 도망하고 있는 고려군에게 자신의 의도를 알리기 위해서였다.

계곡 입구에 들어서자 아까 먼저 보냈던 군사들이 대기하고 있었다. 서숭은 자신이 가 있으라고 명했으나 그들을 보고 적지 않게 놀랐다. 그들이 도망쳤을지도 모른다고 생각하고 있었기 때문이다.

비록 고려군이 패주하고 있으나 군기(軍紀)가 사라지지 않았던 것이다. 서숭은 속으로 탄식했다.

'내 평소 영리하다고 자부했으나 사실은 멍청이였구나!'

서숭은 달리면서 계속 외쳤다.

"계곡 끝에서 왼쪽으로 가면 산을 넘는 길이다!"

계곡은 입구에서 끝까지 오 리쯤 되었고, 계곡의 끝에서 좌측으로 돌면 산길로 접어들게 되는데, 산 능선을 따라가다 보면 길은 험하겠지만 구주로 갈 수 있었다. 계곡 끝에 거의 도달하려는데 뒤편에서 말발굽 소리와 말 울음소리가 크게 들렸다.

서숭이 뒤를 돌아보니 계곡 입구로 거란 기병들이 들어오고 있었다. 분명 서숭 등을 보고 쫓는 무리일 것이다.

자신을 따르는 십여 명의 고려군들은 여기까지 오느라고 매우 지친 상태였다. 좌측 길로 나아가 산의 능선에 오르기 전에 반드시 뒤를 잡힐 것이었다.

그렇다고 숲에 숨어 요행을 바랄 수도 없었다. 겨울이라 나뭇가지에는 나뭇잎이 없었고 풀들은 죽어 있었다. 몸을 가려주는 은폐물이 될 수 없었다.

서숭은 외쳤다.

"무기가 있는 자들은 무기를 챙겨라! 무기가 없는 자들은 돌을 집어라! 이곳에 숨어 있다가 적이 이쪽 모퉁이에 접어들면 일제히 돌팔매로 적을 무력화시킨다!"

서숭과 노제가 옆에 있는 돌을 모으자 군사들도 따라서 돌을 모았다.

서숭과 노제는 패도를 차고 있었고 몇몇 군사들 역시 도(刀)를 소지하고 있었고 짧은 단도(短刀)를 지닌 군사들도 있었다. 다리를 다친 어린 군사도 기어 다니다시피 하며 돌을 주웠다.

노제가 돌을 모으면서 어린 군사에게 말했다.

"너는 길가로 몸을 피해 있거라!"

어린 군사는 노제의 말에 아랑곳하지 않고 한쪽 다리만 의지한 채 주위의 돌을 모았다.

서숭이 다시 말했다.

"오른편 숲에 숨어 있게. 그게 도와주는 거야."

군사가 머뭇거리자 서숭이 엄히 말했다.

"어서!"

서숭의 엄한 말에, 다친 군사가 주섬주섬 숲 쪽으로 이동하자 서숭이 물었다.

"이름이 뭔가?"

"수안현(遂安縣: 경기도 김포시) 일품, 혁연(赫然)입니다."

"나는 이천(利川: 경기도 이천시) 사람, 서숭이다."

서숭 등 십여 명이 조직적으로 움직이며 계곡으로 들어가자, 그 뒤를 따르는 다른 고려군들도 있었다. 지쳐 달려오는 그들에게 서숭이 말했다.

"모두 무기와 돌을 집어 들어라! 어차피 도망쳐야 죽는다. 여기서 고려인의 기개를 보여주자!"

서숭의 말을 무시하고 그냥 달려가는 고려군도 있었고 주저하는 고려군도 있었다.

달리기에 지친 늙은 군사 하나가 멈추어 서서 돌을 집어 들며 말했다.

"니미, 더는 못 달리겠구먼."

곧이어 달리기에 지친 병사들 칠팔 명이 멈추어 서서 돌을 양손에 집어 들었다.

서숭은 깊이 심호흡을 했다.

"모두 은폐하라! 거란군이 우리를 발견하지 못해야 한다."

서숭은 명령을 내리고 몸을 숨긴 후 거란군들을 관찰했다. 거란 기병들은 속보로 달리며 뒤처진 고려군들을 주살하며 다가오고 있었다.

서숭이 이제 이십여 명으로 불어난 병력을 돌아보며 조용히 말했다.

"내 명령을 기다려라! 적이 십 보 안에 들어오면 일제히 투석할 것이다."

고려군이 무질서하게 패주하는 것처럼, 추격하는 거란군도 질서가 없었다. 거란 기병들은 보통 열 명 단위로 움직였으나 적을 추격하게 되면 그런 단위는 의미 없게 되기 일쑤였다. 그래도 혼자 움직이지는 않았다. 병력이 아무리 쪼개어져도 두세 명 단위로 움직였다. 거란 기병 두 기가 말 위에서 연신 창을 찔러대며 서숭 쪽으로 접근해왔다.

서숭은 돌을 꼭 움켜쥐었다. 한 번 공격으로 거란 기병들을 쓰러트려야 한다. 거란 기병들이 십 보 안에 들어오자, 서숭은 벌떡 일어서서 거란 기병에게 돌을 던졌다.

서숭이 돌을 던지자, 이십여 명의 고려군들이 따라서 돌을 던졌다. 서숭은 돌을 던진 후, 도(刀)를 빼 들고 거란 기병에게 달려들었다. 노제 역시 도(刀)를 빼 들고 다른 기병에게 달려들었다. 최대한 빨리 제거해야 한다.

거란 기병 둘은 고려군들이 던진 돌에 맞았지만, 말에서 떨어지지는 않았다. 그러나 돌에 맞아서 순간 정신을 잃었다.

서숭과 노제는 먼저 말의 목을 베었다. 말이 쓰러지자 거란군들이 말 위에서 떨어졌다. 고려군들이 모두 달려들어 거란군들을 사납게 짓밟았다.

서숭이 재빨리 명령했다.

"먼저 거란군들의 무기를 챙겨라!"

거란 기병들은 경기병(輕騎兵)이었으나 완전 무장하고 있었으므로, 창두 자루와 활 네 개, 도(刀)와 골타 등의 무기를 얻을 수 있었다.

"피잉-, 피잉-, 피잉-."

고려군들이 무기를 수습하고 있는데 어디선가 화살이 날아와서 군사 둘이 쓰러졌다.

서숭이 다급히 외쳤다.

"모두 몸을 낮춰!"

서숭이 말하기도 전에 벌써 군사들은 몸을 낮추어서 쓰러진 말과 거란 군사 뒤로 숨었다. 모두 숨을 죽이고 있는데 어떤 군사 하나가 몸을 일으키더니 숲 쪽으로 뛰었다. 땅바닥에 엎드려 있는 것만으로는 불안했던 모양이었다. 재빨리 뛰어가면 거란군들이 미처 화살을 날리지 못할 거라고 생각한 것이었다.

그러나 거란군의 화살은 발걸음보다 훨씬 빨랐다. 몸을 일으켜 몇 발자국 뛰자 거란군의 화살이 날아와 그대로 가슴을 꿰뚫었다.

화살에 맞은 군사는 쓰러졌지만 아직 죽지 않고 신음을 내며 기어서 숲으로 가려고 했다.

"으윽! 으윽!"

그 모습을 본 노제가 일어서서 그쪽으로 가는데 다시 화살 몇 대가 날아와 노제의 몸을 꿰뚫었다.

"윽!"

노제가 외마디 소리를 지르며 쓰러져 움직이지 않았다. 서숭은 몹시 놀랐지만 노제의 생사를 확인할 틈도 없이 재빨리 몸을 굴려 쓰러진 거란의 군사의 활과 화살을 집어 들었다.

서숭은 화살을 시위에 걸고 거란군의 화살이 날아온 방향을 보았다. 이제 막 진시(7~9시)에 접어들어 날이 꽤 밝아올 때였다. 오십여 보 거리에 기병 몇 기가 눈에 들어왔다. 서숭은 그들에게 화살을 날렸다. 서숭의 화살이 시위에서 막 떠나는 순간, 서숭의 눈에도 무언가가 들어왔다. 그게 무엇인지 생각할 겨를도 없이 얼굴과 몸 곳곳에 충격이 왔다.

"아!"

서숭이 신음인지 탄성인지 모를 소리를 내며 앞으로 쓰러졌다. 노제가 죽고 지휘하던 서숭이 쓰러지자, 남아 있던 고려군 몇은 어찌할 줄 몰랐다. 일어서 도망가자니 거란군의 화살이 무섭고 빈약한 무기로 육박전으로 싸울 수도 없었다. 그러나 가만히 땅에 엎드려 있으면 반드시 죽을 것이었다.

어떤 군사 하나가 외쳤다.

"일시에 도망가면 몇 명은 살 수 있다! 지금이다!"

이렇게 외치며 달리자, 나머지 고려군들도 모두 일어서서 달리기 시작했다. 그러나 그 군사의 바람과 다르게 모두 죽는 데 그리 오랜 시간이 걸리지 않았다.

거란 기병들은 말을 달려 마치 표적에 사격 연습을 하는 것처럼 고려군들을 모두 죽였다. 거란 기병들은 화살 등을 회수하고 수급을 벤 후, 다른 고려군들을 쫓아 이동했다.

다행히 거란군들은 숲속에 숨어 있던 혁연을 발견하지 못했다. 혁연은 나무 뒤에 숨어서 이 광경을 숨죽여 지켜보고 있었다.

서숭과 노제를 비롯한 고려군들이 죽는 장면을 보자 눈물이 샘처럼 솟구쳤다. 눈을 통해서 몸에 있는 수분이 모두 빠져나가는 듯했다. 거란군들이 서숭 등의 목을 베자, 이번에는 온몸이 사시나무 떨리듯이 계속 떨렸다. 의식적으로는 멈추게 할 수 없었다.

혁연은 한참을 그렇게, 앉은 자리에서 떨었다.

31

완항령(緩項嶺)

: 경술년(1010년) 십일월 이십사일 오시(12시경)

청색 전포를 입은 중년의 장수가 급히 말을 달리고 있었다. 두툼한 입술을 굳게 다문 것이 매우 심각한 표정이었고 그의 곁에는 기수(旗手)들 몇이 따르고 있었다.

군영에서 대기하고 있던 좌우위 정용들은 곽주를 향해 급히 이동 중이었고 장군 이원(李元)은 좌우위 맹군*(猛軍)을 이끌고 있었다.

이원은 곽주 쪽으로 이동하라는 대장군 신영한의 명에 부대를 이끌고 군영을 나왔다. 곽주로 이동하라는 명에 처음에는 의아해했지만, 곧 까닭을 눈치챌 수 있었다.

검차진이 파쇄됐을 것이다. 이원은 가슴이 철렁 내려앉는 것 같았다.

이원은 부대의 선두를 중랑장 이응보(異膺甫)에게 맡기고 후방을 관찰하기 위하여 대열의 맨 뒤에 섰다. 어둠 때문에 고려군의 검차진이 붕괴하는 모습을 똑똑히 볼 수는 없었지만, 함성과 어렴풋이 보이는 형상 속에서 고려의 검차진이 붕괴되고 있다는 것을 분명히 알 수 있었다.

군영에서 나와 곽주로 가는 길은, 군영 앞의 산을 왼쪽으로 도는 길과

---

* 좌우위는 정용 3령과 보승 10령으로 구성되었다. 정용 3령의 각 명칭은 맹군(猛軍), 초군(抄軍), 기군(奇軍)이다. 이 명칭들은 고려사를 바탕으로 한 소설 상의 설정이다.

오른쪽으로 도는 길이 있었다. 산을 왼쪽으로 도는 길이 가장 빠른 길이 었다.

오른쪽 길은 앞서 거란군이 우회해 온 곳이고, 지금은 삼수채에서 패한 고려군들이 무질서하게 그쪽 길로 패주하고 있을 것이다.

아군들이 패주하고 있을 모습을 상상하는 이원의 가슴 속에서 뜨거운 무엇인가가 솟아 올라왔다. 그 뜨거운 기운이 온몸에 퍼지면서 주먹이 꽉 쥐어졌다.

"이런 제길!"

이원은 산을 지나친 후, 보인(保人)들을 곽주로 내려보내고 전령을 앞서 가고 있을 대장군 신영한에게 보냈다.

"좌우위 맹군은 아군의 후퇴를 돕겠습니다!"

이원은 이동 중, 낭장 이상 장교들을 소집해서 명했다.

"우리는 적과 교전하며 후퇴할 것이다. 모두 준비하라!"

장교들이 무척 긴장한 기색으로 주저하자, 이원이 며칠 동안 다듬지 못 한 수염을 곤두세우며 성난 목소리로 내뱉듯이 말했다.

"그럼 이대로 내뺄 참이냐!"

통주에서 곽주 쪽으로 이십 리 정도 내려가면, 두 길이 만나서 하나의 길을 이루는 삼거리가 나온다. 이원은 삼거리 쪽까지 후퇴한 후, 그곳에서 매복하기로 했다.

삼거리로 내려가는 길 중간중간에서 거란군을 요격하면 좋겠지만, 만일 시간을 끌다가 삼거리가 거란군의 수중에 들어가게 되면 후퇴할 길이 막 막했다.

삼거리 앞 언덕길에 도착했을 때는 날이 어스름 밝아오고 있었다. 이 언덕도 매복하기에 알맞은 요해처(要害處)였으나 그냥 지나칠 수밖에 없었다.

이원이 삼거리에 거의 다다르자 왼편에 한 떼의 군마가 보였다. 이원은 몹시 놀랐다. 벌써 여기까지 거란군이 진출했다는 말인가!

부랴부랴 활과 화살을 꺼내는데, 중랑장 이응보가 낮은 목소리로 말했다.

"아군입니다!"

이원이 정신을 차리고 보니, 기치나 모습이 확실히 고려군이었다. 놀란 가슴을 쓸어내리고 있는데 청색 전포를 입은 기병 몇 기가 다가왔다.

다가온 사람은 좌우위 초군(抄軍) 장군 김계부(金繼夫)였다.

"삼거리 동쪽 구릉에서 대장군께서 기다리고 계십니다!"

이원은 급히 부대를 이끌고 삼거리 동편으로 향했다. 과연 삼거리 동편 구릉 남쪽에 대장군 신영한이 있었다.

신영한이 이원을 보자마자 말했다.

"적을 멈추어 세우지 못하면 아군은 궤멸할 걸세! 앞에 기군(奇軍)과 초군(抄軍)이 길을 나누어 매복하고 있으니, 그들을 지원하도록 하게."

끊임없이 비명이 울려 퍼지는 가운데 삼수채에서 패주한 고려군 보병들이 무질서하게 삼거리로 들어왔다.

잠시 후, 기군과 초군이 매복한 곳에서 뿔나팔 소리와 요란한 함성, 화살이 날아가는 소리, 비명 등이 울려 퍼졌다.

이원은 찬 공기를 깊게 들이마시고 긴장된 마음으로 시위에 우는살을 걸고 기다렸다.

조만간 기군과 초군이 후퇴하여 올 것이다. 그 뒤를 쫓는 거란군들을 일시에 공격하여 멈추게 하거나 패퇴시켜야 한다.

금세 서쪽 길에서 청색 전포를 입고 투구 위에 붉은 술을 나부끼며 좌우위 초군이 먼저 후퇴해왔다.

초군이 지나간 후, 뒤쫓는 거란군이 보이자 이원은 우는살을 발사했다.

"피이히이이잉~~~~~."

좌우위 맹군들이 일제히 화살을 쏘자 수십 명의 거란군이 쓰러졌다.

초군들도 일제히 돌아서서 화살을 쏘아대자, 거란군들은 급히 뒤로 물러갔다. 거란군들이 뒤로 물러나자 초군들이 이번에는 거꾸로 거란군들을 쫓았다.

좌우위와 거란군들의 싸움에 산기슭으로 피했던 고려군 보병들이 환호성을 지르며 다시 길로 나와 곽주로 달리기 시작했다.

잠시 후에는 투구 위의 황색 술을 나부끼며 기군이 후퇴했다. 조금 전과 똑같이 하니, 역시 거란군들은 후퇴하였고, 기군들은 거꾸로 그런 거란군들을 쫓았다.

초군과 기군들은 역으로 거란군을 쫓았지만 멀리 가지는 않고 원래의 매복지점까지만 쫓았다.

이렇게 두어 번 하니, 거란군 기병들은 양쪽 길로 쉽게 오지 못했다. 그러나 계속 이렇게 매복하고 있을 수는 없었다. 적이 기다렸다가 대군으로 일시에 진군해온다면 양쪽 천여 명씩의 기병으로는 막아내지 못할 것이다.

두어 번 이런 공격이 성공하자, 신영한은 즉시 기군과 초군을 불러들여 삼거리의 맹군과 합류하게 하였다.

그리고 오 리쯤 후퇴하여 역시 얕은 야산들을 끼고 매복했다. 과연 적들이 대군으로 길과 들을 메우고 쏟아져 왔다.

좌우위군들은 불시에 화살을 쏘아댔다. 갑자기 쏟아진 화살에, 몰려오던 거란군들의 기세가 죽자 좌우위군들은 패전의 한을 풀듯이 미친 듯이 시위를 당겨댔다.

그러나 오랫동안 쏘아댈 수는 없었다. 거란군들이 뒤로 물러난 뒤 조직적으로 움직이며 응사하고 있었고 결정적으로 화살이 떨어지고 있었기 때문이다.

고려의 기병들은 기본적으로 서른 대의 화살을 휴대한다. 화살을 다 쏘면 일 대(隊)마다 화살을 가득 실은 복마(卜馬)가 두 필씩 딸려 있어서 화살을 보충해 준다. 복마의 화살도 다 떨어지면 뒤쪽에 대기하고 있는 보인들로부터 다시 보급받는데, 지금은 보인들이 모두 퇴각한 뒤라 더는 화살을 받을 수 없었다.

화살이 거의 떨어지자, 신영한은 퇴각 명령을 내렸다. 거란군들은 좌우위군의 기습에 수백 명이 죽고 다쳤으나 좌우위군이 물러나자 곧 뒤를 쫓았다.

좌우위군의 지연 작전은 어느 정도 성공을 거두었으나 거란군의 날카로운 예봉은 전혀 꺾이지 않은 것이다.

신영한은 달리면서 생각했다.

'적을 지연시켰으나 아직 충분치 않다. 아군들이 후퇴할 충분한 시간을 벌려면 저들을 물러나게 해서 전열을 정비하게 해야 한다!'

그러나 화살이 거의 떨어진 시점에 뾰족한 방법이 없었다. 신영한은 달리면서 지형을 살폈다. 앞으로 칠팔 리 정도를 달리면 완항령(緩項嶺)이었다.

완항령은 통주성과 곽주성의 중간쯤 위치한 고개로 십 리 정도 길이의 긴 고갯길이었다. 만일 모험해야 한다면….

완항령에 다다라 고갯길의 삼 분의 일을 지나자 왼쪽에 꽤 넓고 깊은 계곡이 있었다. 신영한은 그리로 들어갔다. 신영한이 계곡으로 들어가자, 모든 좌우위군들이 따라 들어갔다.

신영한은 가슴까지 내려온 반백의 수염을 나부끼며 붉은 술로 화려하게 장식된 자신의 창을 높이 들었다. 신영한의 행동에서 좌우위군들은 그 의도가 무엇인지 분명히 알 수 있었다.

신영한은 단병접전을 명하고 있었다. 장교들을 비롯하여 좌우위 군사들이 모두 분분히 단병기를 꺼내 들었다. 화살이 떨어진 지금, 단병접전을 벌여야 한다는 생각에 모두 긴장한 기색이 역력한데, 신영한이 나직한 목소리로 무언가를 읊기 시작했다. 점차 좌우위의 군사들이 따라 읊었다.

바로 〈좌우위의 노래〉였다.

주군을 지키고자 하는 마음 하늘 끝까지 미치니,

넋을 잃더라도 그 마음 변하지 않으리.

그 귀한 말씀 새겨듣고 몸을 바로 잡으니,

소임을 다 하기 위해 활 잡는 이 마음 새로워지는구나.

아름답다! 두 장절*(壯節)이여!

그 곧은 자취는 영원히 우리 좌우위와 함께하리!

좌우위, 성상을 위하여!

이원의 맹군은 가장 늦게 퇴각한 만큼, 뒤따라오는 적과 가장 가까웠다. 이원은 철을 두껍게 씌우고 끝부분에 작은 돌기를 박아 넣은 자신의 백봉을 뽑았다. 신영한이 단병접전의 명을 내렸고 지금은 자신의 맹군이 선두였다. 거란군을 언제 칠지는 이원이 결정하는 것이었다. 적이 아주 근접했을 때 급습할 것이므로 창보다는 타격무기인 백봉이 나을 것이다.

"후우--, 후우--."

이원은 몇 번 규칙적으로 심호흡을 했다. 거란군의 말발굽 소리가 점점 커지고 있었다. 이원은 긴장된 마음으로 계곡의 입구 모퉁이에서 길을 예의주시했다. 전속력으로 달리던 거란군들 수십 명이 맹군을 지나쳤다. 이원은 거란군들이 조금 더 들어오기를 기다렸다가 드디어 뛰쳐나갔다.

"좌우위!"

이원을 필두로 맹군이 뛰쳐나가자, 기군과 초군 모두 함성을 지르며 길

---

* 두 장절(壯節)은 신숭겸(申崇謙)과 김락(金樂)이다. 신숭겸과 김락은 공산전투(公山, 927년)에서 왕건을 구하고 전사하였다.

고려거란전쟁 - 고려의 영웅들 (상)

로 뛰어나갔다.

"성상을 위하여!"

좌우위군과 거란군과의 난전이 벌어졌다. 이원은 백봉을 휘두르고, 휘두르고 또 휘둘렀다. 점차 호흡이 거칠어졌으며 손아귀가 찢어질 듯이 아파왔다.

이때 거란의 군사들은 야율포고가 이끄는 좌피실군이었다. 고려군에 옆구리를 얻어맞은 좌피실군은 조금씩 밀리기 시작했다. 청색 전포를 입은 고려군들은 거친 파도처럼 달려들고 있었다.

야율포고는 아군이 밀리자 미련 없이 군사들을 후퇴시켰다. 옆구리를 얻어맞아 초반 기세에서 밀릴 수밖에 없었는데 단박에 이를 만회할 수는 없을 거라고 판단했기 때문이다. 갑작스러운 단병접전에 좌피실군은 백여 기의 병력을 잃고 퇴각했다.

좌피실군은 벌써 고려군을 추격하는 중에 오백여 명 정도의 군사들이 죽고 다쳤다. 통주에서 대승을 거두었고 고려군의 숨통을 끊기 위해서는 무리를 해서라도 추격해야 했으나 오백 명이 넘는 병력 손실은 너무 컸다.

야율포고는 복병이 있음을 소배압에게 보고했다. 고려군이 질서 없이 패주한다면 그 뒤를 쫓아도 상관이 없겠지만, 이렇게 조직적으로 계속 저항한다면 세밀히 정찰한 후에 전진해야 한다. 잘못하면 매복에 걸려 큰 병력 손실을 볼 것이다. 소배압은 아쉬웠으나 일단 남쪽의 군사행동은 멈추게 하고 병력을 재배치하기 시작했다.

거란군들이 물러나자 좌우위군들은 함성을 질렀다.

"와! 와! 와!"

"우리가 이겼다! 북적들이 물러갔다!"

이원은 군사들의 함성을 들으면서 물러가는 거란군들을 보았다. 거란군들은 다수의 병력을 잃었기 때문에 더는 쉽게 진군하지 못할 듯했다. 그러나 거란군은 무적이라고 생각했던 검차진을 깨고 말았다. 마음을 놓을 수 없었다.

대장군 신영한이 장군들을 소집했다. 이원이 가서 보니 신영한은 나무에 기대어 앉아 있었다.

"대장군!"

장군들이 놀라서 신영한을 부르는데 신영한이 얼굴을 찡그리며 말했다.

"내 실수하여 가슴에 한 방 얻어맞고 말았네."

신영한이 이원을 비롯한 장군들에게 말했다.

"이제부터 좌우위의 지휘를 이 장군에게 맡기겠네."

신영한의 말에 기군 장군 김훈(金訓)의 얼굴이 약간 일그러졌다. 서열상 다음 지휘권은 김훈에게 있었기 때문이었다. 그러나 신영한이 보기에 김훈은 용맹하기는 하지만 치밀한 성격은 아니었다. 용력이 뛰어나나 군사를 잘 부리는 형태의 장수는 아닌 것이다. 이원이 좌우위 장군들 중에서 가장 차분했고 상황 판단력이 제일 좋았다. 지금 같은 상황에서는 서열을 따질 때가 아니었다.

신영한이 표정이 좋지 않은 김훈에게 말했다.

"거란군의 추격이 멈추었으니 큰 공을 세운 것이야. 너무 언짢아하지 말게."

신영한은 대장군기를 이원에게 넘겨주고 들것에 실려 곽주로 갔다.

32

강조(康兆)

: **경술년**(1010년) **십일월 이십사일 미시**(14시경)

소배압은 좌피실군이 고려군의 거센 공격을 받았다는 소식을 접하자, 그 즉시 사방으로 보냈던 원탐난자군에게 전령을 보내 고려군의 동향과 기동로, 지형 등을 보고하도록 했다.

분명히 고려군의 주력은 이곳 삼수채에서 자신들에 의해서 깨졌다. 좌피실군을 공격하는 고려군들은 패잔병들이거나 후방에 대기하고 있던 예비대일 것인데, 조직적인 군사행동을 하는 것으로 보아서, 아무래도 예비대일 가능성이 컸다.

유신행이 소배압에게 말했다.

"후방에서 대기하고 있던 고려군의 예비대일 것입니다."

"내 생각도 그렇소이다. 좌피실군이 그들을 깨어버렸으면 좋으련만, 완벽한 상황은 아니군요."

유신행이 미소를 지으며 말했다.

"어디 세상사 뜻대로만 되겠습니까? 그래도 고려의 주력을 깼으니 공은 충분히 세운 셈입니다."

소배압이 아쉬운 듯 되뇌었다.

"그 고개를 막고 있는 고려군만 끝장내면 숨통을 완전히 끊을 수 있었는데…."

야율화가가 말했다.

"아직 통주성이 남아 있고 그 주위로도 고려군이 많이 도망갔습니다. 피실군들이 많이 지쳤을 터이니 휴식을 취하게 하고, 공격에 투입되지 않았던 군사들에게 명하여 통주성을 공격하게 하는 것이 좋겠습니다."

소배압이 고개를 끄덕이며 말했다.

"무리할 필요는 없겠지. 폐하의 친정인데 행여 실수가 있으면 안 될 것이니…."

그때, 부상온 이상은 모두 어영도통소로 모이라는 야율융서의 명이 도착했다.

소배압이 어영도통소로 가보니, 야율융서는 고려의 총사령관 강조를 비롯한 사로잡은 고려군의 수뇌부를 심문하고 있었다.

강조는 묶인 채로 꼿꼿이 서 있었다. 야율융서는 훌륭한 전술로 자신들을 상당히 괴롭힌 강조가 꽤 마음에 들었다.

야율융서가 사람을 시켜 강조에게 물었다.

"그대의 수레진은 훌륭했다. 그대가 창안한 것인가?"

강조가 의연히 답했다.

"옛 제도를 따랐을 뿐이다."

야율융서가 낯빛에 미소를 띠며 다시 물었다.

"그대의 수레진은 훌륭했고 여러 번 우리의 공격을 막아냈는데 왜 우리에게 패했다고 생각하는가?"

강조가 다시 꼿꼿이 대답했다.

"전투에서 승패는 병가지상사(兵家之常事)다. 이길 때도 있고 질 때도 있는 법이다. 나는 오늘 너무 교만했다. 내 검차진이 완벽해서 아무도 뚫지 못할 거라고 생각했다. 그것이 나의 패인이다."

통역관이 강조의 말을 통역하자 야율융서가 말했다.

"아! 그 수레를 '검차'라고 부르는 모양이군."

야율융서가 의자에서 내려가 강조 곁으로 가려고 하자 주위에서 말렸다. 손을 들어 주위를 물린 후, 강조의 앞으로 다가갔다.

"그대가 승패는 병가지상사라 했다. 나의 신하로서 다시금 공을 세울 기회를 가져 보지 않겠는가?"

강조가 머리를 들고 가슴을 내밀며 당당히 대답했다.

"나는 고려 사람인데 어찌 거란의 신하가 될 수 있겠는가!"

야율융서가 다시금 강조를 달래듯 말했다.

"그대 말대로 전투의 승패는 병가지상사다. 오늘 그대는 그저 한 번 졌을 뿐이다. 나와 같이 천하를 움직여보지 않겠는가? 앞으로 그대에게 많은 기회가 있을 것이다."

강조는 여전히 고개를 가로저었다. 야율융서가 거듭 설득했지만 강조는 요지부동이었다.

옆에 있던 거란의 신하들이 화를 내며 말했다.

"저자가 과연 얼마나 용기 있는지 봅시다!"

야율실로가 근위병에게 눈짓하니 근위병이 칼을 빼 들고 강조에게 다가갔다. 그리고 강조의 오른쪽 다리 살을 천천히 베어내기 시작했다.

강조는 거란의 근위병이 오른쪽 다리 살을 베어내자 피를 철철 흘리면서도 왼쪽 다리로 버티며 여전히 서 있었다.

야율융서가 다시 강조에게 물었다.

"내 신하가 되겠는가?"

강조는 여전히 고개를 가로저었다. 그러자 거란 근위병이 이번에는 강조의 왼쪽 다리의 살을 베어내었다. 양쪽 다리의 살을 다 베어냈는데도 강조는 다리를 부들부들 떨면서 여전히 서 있었다.

야율융서가 또다시 물었지만 강조는 여전히 고개를 가로저었다. 강조가 계속 서 있자, 근위병은 강조의 오른쪽 다리의 살점을 다시 떼어냈다.

강조는 그제야 더는 버티지 못하고 주저앉았다. 야율융서가 또다시 물었다. 그러나 강조의 대답은 처음과 같았다.

강조의 대답이 변하지 않자 야율융서는 강조의 옆에 있던 이현운에게 물었다. 이현운은 약간 망설이며 대답했다.

"두 눈으로 이미 새로운 태양과 달을 보았으니 어찌 옛 산천만을 생각하겠습니까(兩眼已瞻新日月, 一心何憶舊山川)?"

"으아!"

이현운의 말을 들은 강조가 대갈일성하며 천천히 몸을 일으켰다. 거란의 근위병에 당한 부상은 도저히 몸을 일으킬 수 없는 정도였으나 오직 의지 하나로 움직였다. 강조가 몸을 일으키자 야율융서를 비롯한 거란의 대소신료들은 깜짝 놀랐다.

강조는 몸을 일으킨 다음, 잘 움직이지 않는 발로 풍성한 몸집의 이현운을 걷어차며 말했다.

"너는 고려 사람인데 어째서 이런 말을 하는가? 우리가 전투에 패했을지는 몰라도 우리의 정신은 패하지 않았다!"

이렇게 말하며 이현운을 걷어차고 다시 쓰러졌다. 강조는 쓰러졌다가 다시 몸을 일으켜 꼿꼿이 앉았다.

강조는 마치 불상처럼 미동도 없었다. 강조의 자세를 본 야율융서를 비롯한 거란의 대소신료들은 강조의 마음에 한 치의 흔들림도 없음을 알아차릴 수 있었다.

야율융서가 감탄하여 말했다.

"남자다! 그를 곁에 두고 싶구나!"

야율융서의 말에 근위병이 다시 강조를 고문하기 시작했다. 마치 회를 치듯이 강조의 살점을 한 점, 한 점 벗겨냈다. 강조는 칼질에 몸을 움찔움찔했다. 온몸에 피가 철철 흘렀지만 여전히 자세를 흐트리지 않았다.

그 광경을 보고 있던 한덕양이 야율융서에게 말했다.

"저자는 확실히 기개 있는 자입니다. 이제 그만 욕을 보여도 될 것 같습니다."

야율융서가 혀를 끌끌 차며 말했다.

"나와 같이하면 부귀영화가 보장되거늘, 목숨까지 버리며 왜 그것을 걷어찬단 말인가!"

마침내 근위병이 강조의 목을 치기 위하여 강조의 등 뒤로 섰다.

행영도통판관 노전은 포승줄에 묶여 무릎이 꿇린 채, 강조가 고문당하는 것을 지켜보고 있었다. 강조는 지독한 고문을 당하면서도 의연함을 잃지 않았다. 강조를 보며 노전의 머릿속에는 여러 가지 상반된 생각들이 맴돌았다. 삶과 죽음의 길이 바로 눈앞에서 교차하고 있는 것이었다.

이윽고 거란병이 칼을 높이 들자 강조의 표정이 처연해졌다. 노전은 강조가 두려움에 그런 표정을 짓는 것이라고 생각했다.

강조가 하늘을 우러러보며 담담히 말했다.

"나는 만세토록 왕을 시해한 자로 남을 것이다! 그러나 조국을 배반한 변절자로 남지는 않을 것이다!"

마침내 번쩍이는 은빛의 칼날이 강조의 목덜미를 내려쳤다.

야율융서가 머리와 몸이 분리된 강조의 시체를 보며 말했다.

"멋진 기개다! 절조를 위해 목숨 따위는 아랑곳하지 않는구나! 고려에 이런 자가 얼마나 있을까? 그의 마음을 닮고 싶구나!"

야율융서의 말에 항복한 고려의 지휘관들은 부끄러움에 모두 고개를 숙였고 거란의 대소신료들도 낯빛을 엄숙히 했다.

"모두들 수고했소!"

야율융서가 들뜬 표정으로 제장들에게 말했다.

제장들은 이구동성으로 만세를 외쳤다.

"황제 폐하 만세! 황제 폐하 만세! 황제 폐하 만세!"

야율융서는 야율분노와 야율적로 등을 불러서 포상하며 말했다.

"명장들이다! 그대들이 있음에 무슨 걱정이 있겠는가!"

특히 야율적로의 손을 잡으며 말했다.

"경은 과연 우리 집안의 천리구*(千里駒)다."

야율융서는 과년한 황제지만 지금까지 어머니 승천황태후의 그늘에 있었다. 국가의 중대사 결정은 모두 어머니의 몫이었다. 야율융서는 어머니를 사랑했지만 또한 어머니라는 커다란 존재에게 눌려 있었다.

처음으로 스스로 결정한 전쟁에서 결정적 승리를 거둔 것이다. 야율융서의 눌린 마음이 풀리며 마치 하늘을 날아갈 것 같았다. 이제야 자신이 어머니의 그늘에서 벗어나 진정한 황제가 되었다고 느꼈다.

소배압은 기뻐하는 야율융서를 보며 조심히 말했다.

"폐하, 고려군을 패배시켰으나 아직 완전히 멸하지 못했습니다. 앞으로 어떻게 하는 것이 좋겠습니까?"

야율융서는 자신만만한 표정으로 남쪽을 가리키며 말했다.

"내 앞에 고려 왕을 잡아 대령하시오!"

소배압이 부복하며 말했다.

"옛, 명을 받들겠습니다!"

부복한 소배압에게 야율융서가 말했다.

"남쪽에서 고려군이 저항하고 있다고 들었소."

소배압은 야율융서에게 남쪽의 상황을 설명하고 군사들의 휴식이 우선임을 말했다.

"일단 군사들을 휴식하게 하고 통주성과 흥화진 등 고려의 성채에 항복을 명령하는 서신을 보내겠습니다."

* 　천리마(千里馬)와 같은 뜻이다. 뛰어난 사람을 이르는 말.

"그렇게 하도록 하시오. 그런데 남쪽으로 가는 길목을 막고 있는 고려군은 그대로 놔둘 작정이오?"

"그들의 숫자가 그렇게 많다고 생각되지는 않습니다. 예비대쯤 될 것입니다. 아마 그들의 목적은 고려군의 퇴로를 확보하기 위하여 시간을 버는 데 있는 듯합니다. 일정 시간이 지나면 자연히 물러갈 것입니다."

"그들이 쉽게 물러나지 않으면 어찌하리오?"

"우회 기동로를 확보 중인데, 별다른 고려군의 움직임은 눈에 띄지 않습니다. 우리 군이 우회하여 그들의 뒤를 칠 것이니, 만일 그들이 물러나지 않는다면 그곳에서 전멸하게 될 것입니다."

소배압의 자신에 찬 말투에 야율융서가 흡족한 표정으로 고개를 끄덕였다.

한편, 좌우위군들은 두 시진을 매복해 있었다. 거란군의 움직임은 거의 관찰되지 않았지만 그 시간 동안 좌우위군들은 초긴장 상태였다. 언제든지 거란의 대군이 밀고 올 수 있었기 때문이었다.

병력의 규모는 상대가 되질 않고 화살도 거의 없는 상태였다. 거란군들이 계속 밀고 들어온다면, 처음에는 막아내겠지만 결국 위기 상황으로 몰릴 것이었다. 좌우위군들은 장군에서부터 말단 병졸까지 이 사실을 잘 알고 있었다.

팽팽한 긴장이 흐르는 가운데 두 시진이 지나자, 드디어 흑색 전포를 입은 거란군이 모습을 드러냈다. 방패를 든 보병을 앞세우고 천천히 전진해 오고 있었다.

거란군이 다가오자 김훈이 이원에게 와서 말했다.

"우리는 충분한 시간을 버텼소. 이제는 퇴각해야 하오."

김훈은 명령조로 이원에게 말했다. 이원이 김훈을 흘끔 본 후 명했다.

"가지고 있는 화살을 모두 사격한 후, 기군, 초군, 맹군 순으로 후퇴한다."

김훈이 고개를 절레절레 흔들며 혼잣말을 했다.

"쓸데없이 화살은 왜 낭비하노!"

이원이 매섭게 쳐다보자 김훈은 잠시 이원의 시선을 맞상대한 후, '흥' 하고 콧방귀를 뀌더니 자신의 부대로 돌아갔다.

어쨌든 후퇴는 기군, 초군, 맹군 순으로 신속히 이루어졌다. 좌우위군들은 안주(安州: 평안남도 안주시)로 향했다. 중앙군들이 후퇴하거나 패했을 때의 다음 집결지는 안주였다. 안주 이후의 집결지는 서경(평양)이다.

제3장 지키는 자와 떠나는 자

33

통주성

: 경술년(1010년) 십일월 이십사일 신시(16시경)

소배압은 격문(檄文)을 써서 합문사(閤門使) 마수(馬壽)에게 주어, 항복한 고려의 행영도통판관(行營都統判官) 노전(盧戩)과 함께 통주성으로 보냈다.

노전과 마수가 통주성 동문에 이르자, 동문을 지키고 있던 거구의 장수 하나가 그들의 말을 들을 생각도 하지 않고 화살을 쏘아 사살하려고 했다. 통주 도령중랑장 최질이었다.

그러나 옆에 있던 땅땅한 체구의 사람이 그런 최질을 말렸다. 때마침 상황을 살피러 동문에 와 있던 통주방어사 이원구였다.

"전쟁에서 사신(使臣)을 죽이는 것은 법도에 어긋나오. 저들을 성안으로 들이도록 하시오."

최질이 이원구의 말에 분이 나서 씩씩대며 말했다.

"저들이 수많은 우리 고려군을 죽였는데 무슨 법도를 논한다는 말씀입니까?"

"저들을 죽이는 것은 저들의 말을 들어본 다음에 해도 늦지 않소이다."

상관의 말을 어길 수는 없는 노릇이라, 최질은 분을 참으며 병사들에게 동문을 열라고 지시하여 노전과 마수를 성안으로 들였다.

이원구가 계단을 내려가서 노전과 마수를 맞아들이고 동문의 문루로 안내했다. 대장군 채온겸, 부사 최탁(崔卓), 판관 시거운(柴巨雲) 등도 동문의 문루로 올라왔다.

방어사 이원구와 거란의 합문사 마수가 서로 예를 행한 뒤, 마수가 두루

마기를 펴서 읽었다. 거란 황제의 명령을 받들라는 태도였다. 마수가 거란 말로 읊조린 후, 노전이 다시 고려 말로 격문을 읽었다.

"이미 고려군은 패하고 그 장수들은 모두 사로잡혔으니 소의(小義)에 얽매이지 말고 대의(大義)를 따르라!"

노전의 말에 최질이 벌컥 성을 냈다.

"야! 이 노전아! 너는 고려의 신하가 아니더냐? 그새 목숨이 아까워 거란의 개가 되었느냐?"

최질은 막 도(刀)를 뽑아 노전을 베어버릴 기세였다. 키가 육 척 네 치에 이르고 이백 근 가까이 몸무게가 나가는 거구의 최질이 도를 빼어 들고 눈을 부라리니 지옥의 도깨비와 다를 바 없었다.

그런 최질을 옆에 있던 채온겸이 제지했다.

"경거망동하지 말게나!"

노전이 침통한 표정으로 제장들에게 상황을 설명했다.

"고려군은 대패했고 도통 강조와 부도통 이현운을 비롯한 고려의 지휘부 상당수가 포로가 되었습니다."

문루에 있던 모든 사람이 장탄식하며 당황한 낯빛을 감추지 못했다.

어둡고 거리가 있었기 때문에 통주성에서는 전투 상황을 정확히 알 수 없었다. 나중에 삼수채에 있던 아군들이 몰려들자, 그제야 아군이 패했다는 것을 명확히 알 수 있었고 도통 강조가 사로잡혔다는 것을 알게 되었다. 갖가지 소문과 억측이 돌았지만, 그래도 대패가 아니라 국지적인 패배이기를 바랐다.

이원구는 노전의 말에, 눈에 띌 정도로 안색이 변했다. 이미 진 싸움이어서 항복하는 것이 마땅했다. 더구나 성안의 민심도 매우 불안했다. 방금, 고려의 대군이 눈앞에서 패했는데 민심이 좋을 리가 없었다.

이원구의 마음은 항복하는 쪽으로 기울고 있었다. 더 이상의 전투는 무의미한 것이다. 그러나 본인 스스로 '항복'이라는 말을 내뱉는 것은 좋지 않은 일이다. 이원구가 제장들에게 조심히 말했다.

"상황이 좋지 않은 것 같소."

제장들은 고개를 숙이고 입을 꾹 다문 채 아무 말도 하지 못했다. 아무도 말이 없자 이원구는 상당수의 제장들이 마음속으로 자기와 같은 뜻일 것이라고 생각했다.

잠시 침묵이 흐른 후, 이원구가 조심히 노전에게 말을 건넸다.

"우리가 성문을 열면 어떤 대우를 해줄 것이요?"

이원구의 말이 끝나자마자, 최질이 크게 노하여 도를 빼어 들고 탁자를 내려쳤다. '꽝' 하는 소리가 나며 탁자가 두 쪽으로 갈라졌다.

"항복하고 싶은 사람은 성 밖으로 나가시오! 내 말리지 않겠소. 그러나 성안에서 항복을 말하는 자는 이 탁자처럼 될 것이오!"

분위기가 싸늘하게 얼어붙어 있는데, 얼굴에 붉은빛이 감도는 사십 대 초반의 무장 하나가 소매를 떨치고 일어났다. 통주 중랑장(中郞將) 이홍숙(李洪淑)이었다.

"우리는 성상의 명으로 이곳에 와 있습니다. 성상께서 거란군과 맞서 싸우라고 하셨지, 전황이 불리하면 항복하라고 하지는 않으셨습니다. 어찌 왕명을 어기리오. 나는 싸우겠소! 항복하고 싶은 사람들은 모두 성 밖으로 나가도록 하시오!"

최질이 노전을 보고 다시 꾸짖었다.

"노전아! 노전아! 어찌하여 아침에는 고려의 신하였다가 오후에는 거란의 개가 되어 왔느냐? 너는 부끄럽지도 않으냐?"

노전이 얼굴을 들지 못했다. 노전과 같이 온 마수가 거란 말로 말했다.

"이미 승패는 기울었소. 더 이상 쓸데없는 싸움을 할 필요가 뭐 있겠소? 그대들이 항복하면 우리 황제께서 섭섭하지 않게 대접할 것이오."

통역관은 눈치를 보며 통역하기를 주저했다. 최질이 통역관에게 소리쳤다.

"저 거란 놈이 무엇이라고 했느냐?"

최질의 호통에 통역관이 마지못해 마수의 말을 번역해주었다. 그 말을 들은 최질이 펄쩍 뛰며 말했다.

"내 저놈을 죽여서 더러운 입을 막으련다."

최질은 도를 들고 다가가 마수를 죽이려고 했다. 채온겸이 그런 최질을 다시 막아섰다. 최질은 도를 든 채로 채온겸을 무섭게 쏘아보았다. 여차하면 베어 버릴 태세였다. 그런 최질에게 채온겸이 조용히 말했다.

"나는 중랑장과 뜻을 함께하겠네. 그러나 저자는 우리에게 쓸모가 있을 테니 일단 살려두세나."

채온겸이 최질에게 이렇게 말한 후, 뭇사람에게 일렀다.

"만일 제장들 중에 거란군에게 항복할 생각을 가진 사람은 지금 이 자리를 떠나주시오. 우리는 왕명을 받들어 이곳을 지킬 것이오!"

채온겸의 말에 일순 정적이 흘렀다. 정적을 깨고 판관 시거운이 담담한 말투로 말했다.

"우리가 모은 정보로는 거란군은 공성전에 익숙하지 않다고 합니다. 반면 야전에는 매우 능하지요. 흥화진에서 계속 봉수(烽燧)가 오르고 있습니다. 그렇다면 흥화진은 아직 함락당하지 않은 것입니다. 야전에서는 거란군이 우리 고려군을 패배시켰지만 공성전이라면 해볼 만합니다."

시거운의 말에 모든 제장이 어느 정도 수긍하는 빛으로 고개를 끄덕였다. 소손녕의 침공 후, 고려는 거란에 대해서 많은 정보를 모았다. 거란의 인구, 병력, 생활양식에까지 광범위한 내용을 수집했다.

'거란군이 야전에는 능한데 공성전은 웬만하면 피하려고 한다.'

이것이 고려가 거란군을 평가하는 기본 생각이었다. 그래서 시거운의 말에 모두 고개를 끄덕인 것이다. 따라서 강조가 모든 병력을 이끌고 거란군과 삼수채에서 건곤일척의 승부를 가리고자 했을 때, 상당수의 사람은 이에 반대하며 매복과 청야전술을 먼저 사용하자고 주장하기도 했었다.

부사 최탁도 비슷한 말을 했다.

"거란군이 성을 함락시킨 경우는 많지만 성을 오래 포위했다는 얘기는 들어본 적이 없습니다. 우리가 약간만 버티면 거란군은 저절로 물러날 것입니다."

최질이 다시금 흥분하여 큰 소리로 외쳤다.

"거란군이 어떻든 그건 중요한 게 아니요. 우리는 무조건 이곳을 지킬 것이요!"

최질의 말은 무식 그 자체였으나, 그의 말을 들은 사람들은 그 무식한 말속에서 강인한 의지를 느낄 수 있었다. 이원구가 어찌할 줄 몰라 멍하니 서 있는데, 노전이 입을 열었다.

"최 중랑장의 말이 맞습니다. 힘써 지키면 거란군들은 물러갈 것입니다. 흥화진을 함락시키지 못한 이상, 거란군은 강물이 녹기 전에는 돌아가야 합니다. 제가 저들의 영채에서 보니 성을 공격하는 기계들을 거의 가지고 있지 않았습니다. 만일 우리가 단결하여 지킨다면 저들은 얻는 것이 없을 것입니다."

이원구가 노전에게 말했다.

"도관원외랑(都官員外郎)은 거란군들과 몸소 싸웠는데, 그들은 용맹하지 않소?"

노전이 얼굴 가득히 부끄러움을 띠며 말했다.

"제가 죽지 못하고 항복했으나 죽음이 두려워서가 아닙니다. 변명으로 들리겠지만, 다만 한 번 더 고려에 충성할 기회를 갖기 위해서입니다. 방어사께서 저에게 기회를 주십시오."

채온겸이 좌중을 둘러보며 말했다.

"싸워보지도 않고 항복한다는 것은 수치입니다! 고려인의 명예를 걸고 힘을 다해봅시다."

채온겸이 이렇게 말하자, 최질이 도를 높이 들고 외쳤다.

"우리는 왕명을 받들어 고려를 지킨다!"

이홍숙이 따라서 외쳤다.

"우리가 고려를 지킨다!"

채온겸 역시 도를 빼어 들고 외쳤다.

"우리가 고려를 지킨다!"

이들이 이렇게 외치자 나머지 제장들도 다 같이 도를 빼 들었다.

"우리가 고려를 지킨다!"

이들의 함성은 점점 커져 성안에 쩌렁쩌렁 울려 퍼졌다. 그러나 이원구는 그저 정신이 멍했다. 그런 이원구를 대신해서 채온겸이 명을 내렸다.

"거란의 사신들을 장대에 묶어라!"

진위부위(振威副尉)·호장(戶長) 김거(金巨)와 별장(別將) 수견(守堅)이 군사들을 지휘하여 거란의 사신들을 장대에 묶었다.

채온겸은 장대에 묶인 거란의 사신들을 동문 위에 세우게 했다. 성안의 고려인들과 성 밖의 거란인들에게 항전하겠다는 의지를 분명히 드러낸 것이다.

한편, 삼수채에서 패한 고려 군사들은 통주성 북면의 산속에 들어가 있었는데, 밤을 틈타 북암문을 열고 이들을 모두 받아들였다.

소배압은 작전회의 끝에 귀성군 등으로 하여금 통주성을 공격하게 하고 나머지 군사들은 일단 휴식을 취하게 했다.

강조의 고려군이 통주성 동남쪽에 진을 치고 있을 때는 통주성은 접근할 수도 없는 성이었다. 서, 남, 북은 모두 첩첩이 산으로 둘러싸여 있기 때문이다. 오직 동쪽으로만 열려 있어 그쪽에서만 군대를 진격시킬 수 있었다.

거란의 귀성군들은 들판을 가득히 메우며 통주를 공격해 갔다. 거란군의 통주성 공격은 홍화진을 공격할 때와 같은 방식으로 행해지고 있었으나, 성을 공략할 기계들을 얼마 가지고 오지 않았기 때문에 흥화진을 공격할 때처럼 장관을 보여주지는 못했다.

통주성 내에서는 최질과 이홍숙이 팔을 걷어붙이고 성벽을 뛰어다니며 방어전의 제일선에 섰다. 이원구도 상황이 이렇게 굳어지자 정신을 차리고 채온겸, 최탁, 시거운과 더불어 방어전을 총지휘했다.

통주성의 민심은 처음에는 극도로 흉흉했으나, 통주성 지휘부가 거란군이 성을 오래 공격하지 않는다는 것을 군민들에게 적극 알리고, 거란군들의 공격이 계속 무위로 돌아가자 차츰 안정되었다.

거란군은 나흘간 통주성에 파상공세를 퍼부었다.

34
흥위위 초군 흥화진을 나서다!
: 경술년(1010년) 십일월 이십오일 인시(4시경)

소배압은 강조의 인장(印章)으로 항복을 명령하는 서신을 만든 후, 이현운을 사신으로 하여 흥화진으로 보냈다. 이현운은 부끄러움에 가고 싶지 않았으나 어쩔 수 없었다. 항복한 마당에 거절한다는 것은 있을 수 없는 일이었다.

이현운이 흥화진에 도착하자, 양규가 반갑게 맞이하며 말했다.

"고생하셨습니다."

이현운은 마음속에 부끄러움이 가득했는데 양규가 부드러운 낯빛으로 맞이하자 긴장이 약간 풀렸다.

양규는 이현운이 건넨 서찰을 받았다. 도통의 인장이 찍혀 있는 정식 서찰이었다. 펴서 보니, '자신은 이미 항복했고 거란군에 대항할 수 없으니 나라를 보존하기 위하여 항복을 명한다'라는 명령서였다.

양규는 서찰을 읽은 뒤, 이현운에게 이런저런 위로의 말을 건넸다. 그러고는 만일 삼수채에서 고려군이 패한 것이 사실이라면 더 이상의 전투는 의미 없을 것 같다고 말하며 넌지시 항복할 뜻을 내비쳤다.

양규가 항복할 뜻을 비치자 이현운이 힘을 얻어 말했다.

"우리의 주력은 대패했소! 전쟁은 이미 끝난 것이요."

양규가 고개를 끄덕이며 말했다.

"성종대왕(成宗大王) 이후로 우리의 준비는 철저했습니다. 염윤(廉允, 서희)은 대단했지요. 염윤이 집대성한『김해병서』에 따르면 검차진은 적들을 패퇴시키기에 충분합니다. 쉽게 패할 수가 없는 상황인데 어떻게 패한 것입니까?"

이현운이 한숨을 쉬며 말했다.

"양 낭중의 말씀이 맞소. 염윤이 고안한 검차진은 과연 대단했다오. 검차진에 의해 거듭 승리하자, 강 도통은 매우 의기양양해졌소."

양규는 이현운에게 전황에 대해서 자세히 물어보았다. 이현운이 천장을 보며 회상하듯이 말했다.

"아시다시피 작전계획에 따라 우리는 삼수채에서 완벽한 진을 형성하고 있었소. 거란군이 도저히 침투할 수 없는 진세였지요. 그러나 거란군이 달빛도 없는 새벽에 은밀히 침투하여 진을 허물어버렸소."

양규가 정말 알고 싶은 것은, 패한 것이 아니라 고려군의 병력 손실 규모였다. 은근히 이현운에게 말했다.

"강 도통이 거느린 병력은 십만 정도였는데 진이 허물어졌다면 거의 몰살되었겠습니다."

이현운은 선뜻 대답하지 못했다. 눈빛이 흔들리고 있었다. 그러나 곧 표정을 고치더니 이렇게 말했다.

"우리 고려군은 전멸했소이다. 살아서 도망친 자는 거의 없소이다."

그러나 양규는 이현운의 표정에서 다른 사정이 있을 것이라고 짐작했다. 양규가 다시 이현운에게 물었다.

"그렇다면 통주성도 벌써 함락되었을 테지요?"

이현운이 아까와는 다르게 금세 긍정하며 말했다.

"맞습니다. 통주성은 바로 함락당했습니다."

양규가 고개를 끄덕이며 밖을 향해 말했다.

"밖에 누구 있는가?"

"낭장 이상은 모두 소집되어 있습니다."

대답한 사람은 장군 김승위였다. 양규가 말했다.

"들어오시오. 작전회의를 하겠소!"

모두 들어오자, 양규가 이현운을 무표정하게 바라보며 말했다.

"저는 거란군이 흥화진의 포위를 풀고 남쪽으로 떠난 후, 척후를 은밀히 통주 쪽으로 보내두었습니다. 척후가 가지고 온 정보는 부도통의 정보와는 매우 다릅니다. 정확한 진실을 말해주시지요?"

이현운은 당황했으나 순간적으로 머리를 굴렸다. 양규가 척후를 파견했다고 하나, 척후가 가지고 온 정보는 상당히 제한적일 것이다. 기껏해야 고려군이 삼수채에서 패했다는 정보일 것이다. 그렇다면 양규는 통주 근처에서의 사정을 전혀 모른다고 볼 수 있다. 원래대로 밀고 나가지 않고 말을 바꾸면 도리어 우스워진다.

여기까지 생각한 이현운은 정색하며 말했다.

"내 말은 한 치의 거짓도 없소이다."

양규가 그런 이현운을 물끄러미 바라보았다. 이현운도 양규의 눈빛을 피하지 않았다. 눈빛을 피하면 뭔가 숨기는 것이 있다고 생각할 것이다.

양규는 이현운에게 나직이 말했다.

"부도통, 우리는 흥화진을 나가 거란군의 뒤를 칠 것입니다."

이현운은 깜짝 놀랐다. 밖에는 수십만의 거란군이 득실거리는데 그런 거란군을 치겠다니….

이현운이 어리둥절해 있는데 양규가 엄히 말했다.

"우리 고려는 누란(累卵)의 위기에 빠져 있습니다. 고려를 구하기 위해서 해야 할 일을 해야 합니다. 부도통께서는 정확한 진실을 알려주십시오! 부도통께서 진실하다면 지금까지의 과오는 모두 없는 것이 될 것입니다. 오히려 공을 쌓게 되실 것입니다. 그러나 진실하지 않다면 계속된 과오가 쌓여 목을 내놓으셔야 할 것입니다."

양규가 이렇게 말하며 이현운을 쳐다보자, 이현운은 순간 말문이 막혔다. 머릿속으로 득실을 따져보려고 했으나 잘 되질 않았다.

만일 저울을 가지고 측량한다면 당연히 거란군 편에 서야 한다. 고려군보다는 거란군이 압도적으로 우세하다. 그러나 자신은 지금 고려군 진중에 있다. 거란군 수십만이 공격해도 함락시키지 못한 흥화진 안이다.

일단 이현운은 놀라는 척하며 말했다.

"지금 밖에는 수십만의 거란군들로 가득합니다. 흥화진 안의 병력은 모두 합해야 수천에 불과한데 어떻게 거란군을 친다는 말이오?"

이렇게 스스로 말하고 나니 자신의 말이 절대적으로 옳다고 생각되었다. 흥화진의 병력만으로 거란군을 치는 것은 당연히 불가능한 일이다. 양규가 짐짓 자신을 떠보기 위해 한 말일 것이다.

양규가 다시 이현운에게 말했다.

"거듭 말씀드립니다. 정확한 상황을 말씀해주십시오."

이현운이 정색을 하며 말했다.

"아니, 이미 말씀드렸지 않습니까! 내가 무슨 거짓말을 한다고 이러는 것이오?"

이왕 거짓말을 시작했으니 세게 나가야 한다. 이현운은 자신이 거짓말을 하고 있지만 양규도 거짓말을 하고 있다고 생각했다. 둘 다 거짓말을 하고 있다면 더 세게 하는 놈이 이기는 것이다.

그러나 양규는 진실을 말하고 있었고 그 진실을 반드시 실현하려고 하고 있었다.

양규가 엄숙히 말했다.

"이 자를 포박하라!"

이현운이 깜짝 놀라서 말을 더듬으며 말했다.

"양, 양 낭중! 왜 이러는 것이오?"

양규가 이현운의 말을 무시한 채 제장들에게 말했다.

"방금 말했다시피 우리는 지금부터 진을 나가 적의 뒤를 잡을 것이오."

양규의 갑작스러운 말에 제장들은 매우 당황했다. 대부분의 제장 역시, 양규가 이현운에게 한 말은 그저 떠보기 위한 것이라고 생각하고 있었다. 진 밖으로 나가 적을 찾아 나서는 것은 절대 불가한 일이었다.

홍화진사 정성이 튀어나온 입술을 앞으로 더욱 내밀며 당혹스러운 표정으로 말했다.

"홍화진의 병력은 방어에 맞게 배치되어 있습니다. 적들이 무로대라고 부르는 곳에 이십여 만의 병력을 남겨놓은 이상, 홍화진에서 빼낼 여력의 병력은 없습니다."

부사 이수화가 말했다.

"적의 기세는 원래도 대단했는데, 우리의 주력을 깨뜨린 지금은 그 기세가 하늘을 찌를 것입니다. 우리는 한 줌도 안 되는 군사로 왕명을 받들어 외롭고 고단하게 이곳을 지키고 있습니다. 앞으로 외부 지원도 전혀 기대할 수 없습니다. 오직 성안의 병력으로만 성을 지켜내야 하는데 이 임무를 수행하기에도 벅찹니다. 만일 나가서 승전한다고 하더라도 군사의 손실을 본다면 승전해도 승전한 것이 아닙니다. 우리의 손실을 알면 거란군들은 바로 이곳을 공격할 것입니다. 지금은 무리한 작전보다도 안전하게 성을 지키는 것이 상책입니다."

판관 장호(張顥)도 역시 정성과 이수화의 의견과 다르지 않았다.

양규가 김승위에게 불쑥 물었다.

"장군의 생각은 어떠시오?"

김승위가 턱을 문지르며 말했다.

"멋진 계책입니다만…."

김승위는 말꼬리를 흐렸다. 양규의 말은 대단했으나 그것은 가능한 일이 아니었다.

양규가 이번에는 흥위위 초군 중랑장 채굉을 보았다. 양규의 시선을 받은 채굉이 말했다.

"적은 군사로 대군을 맞아 성을 지켜낸 경우는 많습니다. 특히 우리의 전공은 거의 안시성과 비등하다고 볼 수 있습니다. 그러나 겨우 수천의 군사를 거느리고 수십만의 적을 야전에서 공격하는 경우는 없습니다."

양규가 이번에는 흥위위 보승군 장군 고연적과 흥화진 도령중랑장 견일(堅一) 등에게 물었다. 고연적 등도 역시 다른 제장들과 다르지 않았다. 중랑장 이하 장교들 역시 모두 불가하다고 말했다.

모든 의견을 들은 양규가 확고한 태도로 말했다.

"모두 반대하나, 나는 반드시 해야겠소."

모두 난색을 표하며 다시 불가함을 역설했다. 한참 갑론을박이 오가는 가운데 정성이 조용히 양규에게 물었다.

"도순검사 각하의 계책은 매우 실행하기 어렵습니다. 그러나 반드시 하려고 하십니까?"

양규가 무겁게 고개를 끄덕이며 말했다.

"그렇습니다. 그러나 내가 해야 할 일이 아니라 우리가 해야 할 일입니다. 우리는 고려의 관료들이고 그 의무를 수행해야 합니다."

정성이 살짝 한숨을 쉬면서 말했다.

"만일 명령이시라면…."

정성의 말은, 양규가 명령하면 그 계획에 찬성하지는 않더라도 따르겠다는 뜻이었다. 정성의 말에 제장들은 더욱 당혹스러운 표정을 지었다.

양규가 제장들을 둘러보며 말했다.

"어려운 일이라는 것은 잘 알고 있습니다. 그러나 우리는 의무를 수행해야 합니다. 여러분의 적극적인 분발이 필요합니다."

제장들이 수군대는 가운데, 양규가 딱 자르듯이 말했다.

"앞으로 반대의견 따위는 없습니다. 그러나 지금 당장 적의 뒤를 무턱대고 치지는 않을 것이오. 제장들의 의견대로 지금은 성을 안전하게 지키는 것이 우리의 가장 큰 임무입니다. 적의 상태를 살펴 적당한 시기에 본격적으로 움직일 것이오. 목표는 그것 하나. 그 목적을 이룰 때까지 그 목적을 실현시키기 위한 계책만을 내놓도록 하시오. 이것은 군령이오. 그리고 나는 지금 바로 초군들을 이끌고 성을 나가 패잔병들을 수습할 것이오."

양규는 이현운의 겉옷을 벗기게 하고 머리에 쓴 두건 역시 벗겨 민상투가 드러나게 했다. 이현운은 포박당한 채로 대장대로 끌려갔다. 차가운 겨울바람에 몸을 떨면서 어깨를 움츠리고 걸었다.

양규는 대장대에서 경계병을 제외한 홍화진의 전 병력을 소집하고 군사들에게 말했다.

"나와 여러분의 처음 임무는 이곳 홍화진을 지켜내는 일이었다. 우리는 적 사십만 대군을 맞아 용맹하게 성을 지켜냈다. 우리의 첫 임무를 훌륭하게 완수한 것이다. 우리의 용맹은 고금에 찾아보기가 힘들 것이다. 나는 여러분들이 자랑스럽다."

군사들이 환호성을 질렀다.

"와! 와! 와!"

"고려 만세! 성상폐하 만세!"

군사들의 환호가 가라앉자 양규가 다시 말했다.

"그러나 안타깝게도 나라를 지켜내야 할 우리의 주력군은 적에게 패하고 말았다. 적들은 개경까지 혹은 그 이상 내려갈 것이다. 아니 어쩌면 우리의 국토에 눌러앉으려고 하는지도 모른다."

모든 군사가 탄식을 쏟아내었다. 특히 한강(漢江) 이북에서 온 군사들의 얼굴은 절망 그 자체였다. 어디까지 전화(戰禍)를 입게 될지 몰랐으나, 한강까지는 확실히 전쟁의 화가 미칠 것 같았다.

거란군의 전쟁 수행방식은 아주 잘 알려져 있었다. 눈에 보이는 모든 것을 약탈해가는 것. 특히 가장 중시하는 것은 사람을 약탈하는 것이었다.

양규가 시름에 잠긴 군사들을 보며 다시 말했다.

"따라서 우리에게는 또 다른 임무가 주어졌다. 이번 임무는 첫 임무보다 훨씬 어려울 것이다. 왜냐하면 이번에는 단순히 성을 방어하는 것이 아니라 밖의 북적들을 공격하여 그들을 우리의 땅에서 몰아내야 하기 때문이다."

군사들이 비장한 표정으로 양규를 응시했다.

"흥위위 초군은 나와 같이 성을 나아가 흩어진 고려군들을 규합할 것이다. 이것이 우리가 새롭게 시작하는 첫 임무이다. 북적들을 우리의 영토에서 몰아낼 때까지 절대 멈추지 않을 것이다. 이것은 군령이다. 내가 앞장설 것이다. 그대들은 용사의 자부심으로 나라와 가족들, 친우들을 북적들로부터 반드시 구원해주길 바란다."

양규의 말이 끝나자 무거운 침묵이 흘렀다. 장졸들은 침울한 마음으로 자신들의 고향을 걱정했다.

"흑낭대가 앞장서겠습니다!"

침묵을 깬 사람은 흥위위 초군 흑낭대 낭장 원태였다. 원태의 말에, 흥위위를 뜻하는 흰색 전포를 입고 투구 위에는 초군을 뜻하는 붉은 술을 달고 흑낭대를 뜻하는 검은색 귀 가리개를 한 군사들이 부동자세를 취한 뒤 외쳤다.

"존명!"

초군 대정 이관은 양규의 말을 듣고 나니, 고향 곡산이 심히 염려되었다. 아군의 주력이 패한 이상, 거란군의 약탈을 완전히 막을 수는 없겠지만 그들을 지속적으로 공격해서 섣불리 움직이지 못하게 하는 것이 지금 할 수 있는 최선의 일이었다.

이관이 손을 높이 들고 외쳤다.

"흥위위가 간다!"

이관이 외치자 선명과 척진수 등이 따라 외쳤고 흥위위 군사들이 점차 따라 외치기 시작했다.

"흥위위가 간다! 흥위위가 간다!"

포박된 이현운은 그제야 양규가 허언하는 것이 아님을 여실히 알 수 있었다. 양규가 군령을 세우기 위해서 자신을 죽이려 할 수도 있었다. 군사들의 함성이 지나가자 이현운은 양규를 불렀다.

"양 낭중! 양 낭중!"

양규가 이현운을 물끄러미 보았다. 이현운이 다급히 말했다.

"우리가 비록 삼수채에서 패했으나 궤멸되지는 않았소. 어느 부대가 거란군의 추격을 막은 모양이오. 그리고 통주성은 항복을 거부하고 항전을 택했소."

이현운의 다급한 말에 양규는 고개를 살짝 몇 번 끄덕일 뿐이었다. 이현운이 다시 뭐라 말하려는데 양규가 부하들에게 추상같이 명했다.

"이 자의 목을 베라!"

화들짝 놀란 이현운이 항변하듯이 말했다.

"나는…, 나는 지금 진실을 말했소!"

군사들이 이현운을 사형 틀에 묶었다. 이현운이 양규를 애타게 바라보았지만 양규는 미동도 하지 않았다. 사형 틀에 묶인 이현운이 눈물을 흘리며 애절하게 말했다.

"난 그저···, 어쩔 수 없었을 따름이오."

양규가 가벼운 한숨을 쉬면서 작은 소리로 말했다.

"알고 있습니다. 그저 빌어먹을 전쟁일 뿐입니다."

양규는 이현운의 목을 베게 한 뒤, 흥위위 초군 낭장들을 따로 불렀다.

흑낭대 낭장 원태(元泰), 백낭대의 유황(庾璜), 청낭대의 최연(崔衍), 적낭대의 고영진(高英進), 황낭대의 임수림(林秀林)이었다. 이들에게 작전을 설명한 후, 곧바로 성문을 나섰다.

홍위위 초군 장군은 김승위였으나 김승위가 흥화진 안에 있는 전체 군사들을 지휘했으므로 초군은 중랑장 채굉이 이끌기로 했다.

35
흥위위 초군과 구두군

: 경술년(1010년) 십일월 이십오일 신시(16시경)

양규는 흥위위 초군들을 이끌고 동이 트기 전에 홍화진을 나와 안의진으로 향했다. 날이 밝아오는데 안의진에서 십 리 정도 떨어진 곳에 이르자 숲속에서 새들이 울기 시작했다.

채굉이 양규에게 말했다.

"안의진의 척후입니다."

양규는 고각군에게 〈연양(延陽)〉이라는 곡을 젓대로 불게 했다.

나무가 불이 되려면 반드시 자신의 몸을 해롭게 하는 화를 입는다.

그러나 깊이 쓰이는 것을 다행스럽게 여겨,

비록 재가 되어 없어진다고 하더라도 사양하지 않으리!

이 노래는 고구려 때부터 내려오는 곡이었다. 당연히 오직 고려인들만이 알고 연주할 수 있는 곡이었다.

안의진의 남문 앞, 이백여 보 떨어진 곳에 도착하자, 먼저 보냈던 전령이 돌아와서 보고했다.

"삼수채에서 패주한 고려군 몇이 진 안에 들어와 있다고 합니다. 그리고 어제 오후 늦게, 남쪽 길에서 거란 기병들이 나타났다고 합니다."

양규가 고개를 끄덕이며 물었다.

"진 안의 분위기는 어떤가?"

"진을 떠날 준비가 끝난 상태로 보였습니다."

양규와 흥위위 초군들은 즉시 안의진으로 들어갔다.

안의진의 진장은 이자림(李子琳)이었다. 마흔셋의 이자림은 넓적하고 거무튀튀한 얼굴에 뭉툭한 코를 가지고 있었는데 약간 촌스러운 외모였다.

양규가 이자림을 보고 말했다.

"아직 진을 떠나지 마시오. 진을 떠나야 한다면 그 시점을 추후에 알려드리겠소."

이자림이 몹시 난색을 표하며 말했다.

"안의진은 원래 방어 준비가 되어 있지 않습니다. 용만으로 향하는 군사들의 보급기지와 중간 경유지 역할을 맡았을 뿐입니다. 삼수채에서 우리의 주력이 패한 이상, 거란군이 이곳으로 몰려오면 당해낼 방법이 없습니다."

"알고 있습니다. 그러나 지금은 삼수채에서 패해 온 군사들을 안의진에서 보살펴야 합니다. 흥위위 초군들이 통주 가까이 가서 활동할 것이니, 만일 거란의 대군이 이곳으로 밀고 들어온다면 바로 알려드릴 것입니다."

이자림은 전혀 내키지 않는 표정을 지었다.

이자림은 청주 사람으로 성종 14년(995년)에 과거에 장원급제했고, 양규는 성종 13년(994년)에 음서로 관직에 나왔다. 양규가 이자림보다 일 년 일찍 관직 생활을 시작했으나 이자림은 장원급제자였다. 두 사람은 출발부터 매우 차이가 났다. 평시 같으면 양규가 이자림의 상관이 된다는 것은 있을 수 없는 일이었다.

그러나 거란의 침입이 예상되자, 군사 일에 익숙하다고 평가를 받던 양규는 단계를 뛰어넘어 승진했고 결국 서북면 전체를 통할하는 도순검사에 임명된 것이었다.

이자림은 분수를 아는 사람이었으므로 양규의 명령에 크게 고까워하지는 않았다. 그러나 원래의 작전계획이 진을 비우고 구주로 가는 것이었으며, 자신의 판단으로도 지금은 진을 비울 때였다. 애당초 안의진에서의 방어계획은 없었기 때문에 성을 방어할 장비가 제대로 갖추어져 있지 않았으며 더구나 안의진 안의 군사는 이백여 명밖에 되지 않았다. 진을 비우고 구주로 가는 것이 옳은 판단이었다.

이자림이 양규에게 다시 힘주어 말했다.

"원래 계획상, 지금은 진을 비우고 구주로 가는 것이 맞습니다."

"다시 한번 말씀드리지만, 흥위위 초군이 통주 근처에서 활동할 것이니 아직은 진을 비우지 말아주십시오."

이자림은 내키지 않았지만 어쩔 수 없었다. 지금은 양규가 상관이었고 그의 말을 따르지 않는다면 명령 불복종이었다.

양규에게 알겠다고 답한 후, 이자림은 진을 빠져나갈 준비를 완벽히 해놓고 정찰을 강화했다. 여차하면 양규의 명령 없이도 자신의 판단대로 움직일 생각이었다.

양규와 흥위위 초군들은 안의진을 나와 척후도 세우지 않은 채 거침없이 남하했다.

양규는 거란군이 낮에 길가에 매복해 있을 리가 없다고 생각했다. 나뭇잎이 모두 떨어지고 풀들이 말라버린 겨울이라 몸을 완전히 숨길 수가 없었다. 몇 명이라면 혹시 가능할지 몰라도, 아군에 위협이 될 만한 수백 명 이상은 길가 가까이에 매복하는 것은 불가능했다.

또한 거란군의 주력은 삼수채에서 승리한 후, 통주성을 공격하거나 남쪽으로 내려갈 가능성이 컸다. 적어도 거란군의 주력이 안의진 쪽으로 올 일은 없을 것이다. 따라서 이 길에서 횡행하는 거란군들은 정찰을 위한 소수 인원일 것이다. 그렇다면 이쪽이 과감하게 밀고 나가면 그들은 뒤로 물러날 것이다.

양규와 흥위위 초군들은 거침없이 남하하여 한 시진에 사십 리 길을 이동했고 양규는 장수들의 만류에도 앞장서서 움직였다. 과연 길 중간중간에 거란군들이 보였지만 소수였고 양규 등을 보자 화들짝 놀라서 퇴각했다.

통주 쪽으로 가까이 갈수록 길 양편에 고려군들의 시신이 보이기 시작했다. 양규는 계속 음악을 연주하게 했다. 혹시라도 살아서 산속에 숨어 있을 고려군들에게 보내는 신호였다.

양규와 흥위위 초군들은 안의진과 통주성 가운데 위치한 향산(香山)고개를 넘었다. 향산고개만 넘으면, 통주성 근처에 있던 아군 군영까지의 거리는 별다른 장애 지형 없이 오십여 리밖에 안 된다.

한편, 고려군의 군영이 있던 자리에는 거란의 좌익군이 주둔하고 있었고 군영 북쪽 길을 통제하고 있었다. 고려군의 움직임을 보고받은 좌익군 도통 야율오불려는 소배압에게 보고하고 지체없이 천운군을 출동시켰다.

야율오불려의 보고를 받은 소배압은 북쪽 내륙 길에서 나타난 고려군의 숫자가 그렇게 많지 않으리라고 판단했다. 대단한 일이 아니라고 생각했으나 흥화진에서 병력이 빠져나갔다는 보고가 있었으므로 무로대로 전령을 보내 흥화진 주위를 오가며 무리하지 않는 선에서 흥화진을 견제하라고 명했다.

양규는 향산고개를 넘어 얼마 가지 않아 다수의 거란군과 조우하자 교전하지 않고 바로 좌측으로 길을 꺾었다. 그러고는 또 다른 고갯길인 쑥고개로 향했다. 쑥고개에 들어서자 길가에서 누군가 다리를 절며 걸어 나왔다. 음악 소리를 듣고 나온 어려 보이는 고려군이었다.

그 모습을 본 양규가 급히 명했다.

"계곡 오십 보 안에 진을 친다!"

양규의 명이 떨어지자, 흥위위 초군들은 말에서 내려 급히 방패진을 펼쳤다.

잠시 후, 거란군들이 모퉁이로 들어오자 초군의 방패진에서 일제히 화살이 날았다. 거란군 몇이 말에서 떨어졌고 황급히 물러나며 더는 들어오지 못했다.

양규는 진을 뒤로 조금 물려 쑥고개 입구에 세 길이 모이는 곳까지 이동했다. 좁은 계곡인 이곳에 진을 치고 있으면 당분간 거란군들이 어찌해볼 도리가 없을 것이다.

양규는 숲에서 나온 어린 군사에게 터럭베*와 유삼**(油衫)을 두르게 하고 물었다.

"이름이 무엇인가?"

"수, 수안현(守安縣: 경기도 김포) 일품 혁연입니다."

혁연은 몸을 부들부들 떨고 있었다. 간밤의 추위가 뼛속까지 파고들어 있었고 얼어 죽지 않은 것이 용했다.

양규가 혁연을 위로하며 말했다.

"고생했다. 몸은 괜찮은가?"

양규의 부드러운 위로의 말에 혁연이 울먹울먹하다가 결국 울음을 터트렸다.

"엉엉…."

혁연이 폭포수 같은 눈물을 쏟으며 울자, 양규가 혁연의 등을 어루만지며 말했다.

"괜찮다. 살았으니 된 것이다."

---

*   터럭베: 짐승의 털로 만든 직물. 표준어는 터럭뵈이다.
**   유삼: 비나 눈을 막기 위하여 옷 위에 껴입는 기름 먹인 옷.

혁연은 자신이 알고 있는 삼수채에서 벌어졌던 상황을 자세히 양규에게 말했고 흐느끼며 서숭과 노제에 대해서 말했다. 서숭과 노제의 이야기를 듣고 양규가 깊이 탄식하며 말했다.

"그들이 자신의 역할을 다했군!"

곧 거란군이 흥위위 초군의 삼백 보 앞까지 다가와 대치했다. 혁연은 거란군이 다가오는 것을 보자 소스라치게 놀랐다. 어제의 고통스러운 기억들이 생생히 다시 느껴졌기 때문이었다. 혁연은 자신도 모르게 몸을 부르르 떨었다.

양규가 거란군을 흘끗 보더니, 미소 띤 얼굴로 혁연의 어깨를 가볍게 두드려 주었다. 혁연은 양규의 미소 띤 얼굴을 보자, 이상하게도 떨리던 몸이 차츰 진정되어 갔다. 양규는 군사 두 명을 붙여 혁연을 안의진으로 보냈다.

양규는 이렇게 진을 쳐놓고 숨어 있는 고려군을 찾게 했다. 곧이어 수십 명의 살아 있는 고려군들을 찾아 안의진으로 보냈다.

대치하고 있는 거란군들은 아무 움직임이 없었다. 양 언덕에는 군사를 올려보내 파수를 보게 했으므로 거란군들이 언덕을 우회하여 공격하려고 하면 금방 알 수 있었다. 양규는 최대한 시간을 끌며 살아남은 고려군들을 찾으려고 애썼다.

한편, 거란의 천운군도 바로 어제 고려군과 피 터지는 혈전을 벌였다. 하마터면 패할 수도 있었다.

이 길로 진출할 필요는 없으므로 대치하고 있는 고려군들이 굳이 먼저 공격하지 않는다면 무리해가며 좁은 길에서 싸우고 싶지 않았다.

실제적 행동은 없는, 그러나 팽팽한 긴장이 흐르는 서로 간의 대치가 계속되었다.

잠시 후, 쑥고개를 넘어갔던 군사 하나가 헐레벌떡 달려와서 보고했다.

"뒤쪽에 군마의 움직임이 있습니다!"

채굉이 당황하여 다급히 양규에게 말했다.

"만일 적이라면 앞뒤로 적을 맞게 됩니다!"

양규가 급히 명을 내렸다.

"적이 눈치채지 못하게 진을 풀 준비를 마치고 대기하라! 명령을 내리면 일시에 움직여서 쑥고개를 넘는다."

이어서 원태에게 명했다.

"명령이 떨어지면 흑낭대는 앞장서서 출발하라! 우회길을 확보하면 무리해서 적과 싸우지 말고, 만일 외길에서 적을 만나면 일시에 내달아 싸워 길을 열어야 한다!"

양규가 급히 명령을 내리는 중에 쑥고개 쪽에서 기병 몇 기가 달려왔다. 모두 대단히 긴장했으나 기치가 낯이 익었다.

가까이서 깃발을 보니 구주도령의 기였다. 다가온 기병들이 양규를 보더니 말에서 내려 군례를 했다. 구주의 도령중랑장 이보량과 별장 김숙흥이었다.

양규가 이보량에게 물었다.

"뒤편의 군대는 구주군입니까?"

"네, 그렇습니다. 어제 오후 늦게부터 삼수채에서 패한 고려군들이 구주에 도착하기 시작했습니다. 또한 놀랍게도 거란의 기병들도 수가 많지는 않았지만 구주성 앞을 오갔습니다. 많은 고려군이 산속에 숨어 있을 것으로 판단되어 어젯밤부터 나와서 구조 중이었습니다."

양규가 감탄하며 이보량에게 말했다.

"도령의 대응력이 탁월합니다."

이보량이 얼굴을 붉히며 말했다.

"여기 있는 김 별장의 계책이지 제 계책이 아닙니다. 아! 지금은 임시로 구주부방어사입니다. 통군사 각하께서 임명하셨습니다."

양규가 의아한 낯빛으로 김숙흥을 보자, 김숙흥이 부동자세를 취했다.

양규는 경순왕의 손자이자 구주 초대방어사의 아들인 김숙흥을 당연히 알고 있었다. 그런데 최사위가 김숙흥을 부방어사로 임명했다는 것은 이상한 일이었다. 별장을 부방어사로 임명하는 경우는 없기 때문이었다.

홍위위 초군들과 구주군들은 구조를 마친 후, 안의진으로 들어갔다. 양규는 이보량 등에게 김숙흥이 부방어사로 임명된 경위를 물었고 용만에서의 김숙흥의 활약상을 듣게 되었다.

양규가 대단히 감탄하여 김숙흥을 침이 마르도록 칭찬하자 김숙흥이 부끄러움에 얼굴을 붉히며 말했다.

"그저 천행(天幸)이었을 뿐입니다."

양규는 진 안에서 휴식을 취하던 대정 이상의 장교들을 모아서, 용만에서 전투에 대해서 김숙흥의 말을 듣게 했다. 모두 감탄하며 전투 상황에 대해 김숙흥에게 이것저것을 물었다.

양규가 김숙흥에게 물었다.

"내 생각에는, 우리의 주력이 비록 패했으나 우리가 이곳에서 단단히 버티면서 적의 후방을 괴롭힌다면 거란군들은 반드시 회군할 것이라고 생각하오. 부방어사의 생각은 어떠하오?"

부방어사라는 호칭에 김숙흥이 쑥스러운 표정을 지으며 잠시 생각한 뒤 말했다.

"저도 그렇게 생각합니다. 서북면이 굳건하다면 저들은 퇴각하지 않을 수 없습니다."

양규가 고개를 끄덕이며 말했다.

"그런데 삼수채에서 아군의 주력이 패하고 말았소. 남쪽은 온통 혼란한 상황일 것이니, 주진(州鎭)들이 거란군에게 모두 함락당할 가능성이 있소. 만일 모두 함락당한다면 전황이 어떻게 흘러갈 것 같으오?"

"그렇게 된다면…."

김숙흥이 잠시 생각한 뒤에 말했다.

"가장 중요한 곳은 서경일 것입니다. 모든 주진이 함락당하더라도 흥화진과 구주가 무사한 이상, 서경만 지켜낸다면 적들은 반드시 물러날 것입니다."

양규가 고개를 끄덕이며 다시 물었다.

"지금 우리가 어떤 작전을 썼으면 좋겠소?"

"우리가 할 수 있는 것은 상당히 제한적입니다. 기습을 가해 약간의 타격을 주고 도처에 출몰해 적들을 교란시키는 것이 최선일 듯합니다."

"음⋯."

김숙흥의 말에 양규가 신음인지 한숨인지 모를 숨소리를 내뿜었다. 김숙흥이 그런 양규를 보면서 조심히 그러나 자신에 찬 어조로 말했다.

"그러나 만일 거란군을 서쪽 해안 길이 아닌 이쪽 구주 쪽이나 안의진 쪽의 내륙 길로 끌어들일 수 있다면, 우리 구주군들은 그들에게 심각한 타격을 입힐 수 있습니다."

양규가 흡족한 표정을 지으며 고개를 끄덕였다.

36

지키는 자와 떠나는 자

: 경술년(1010년) 십이월 팔일 오시(12시경)

통주성의 군민들은 합심하여, 벌판을 새까맣게 뒤덮으며 공격해오는 거란군들을 잘 막아냈다. 나흘간 거란군들은 파상공세를 펼쳤으나 성안 고려인들의 항전 의지는 변함이 없었다. 사람의 의지와 단단한 성벽이 합쳐진 통주성은 난공불락의 성이 되어갔다.

거란군이 비록 고려의 주력군을 패배시켰으나 괴멸시킨 것은 아니었다. 더구나 흥화진을 함락시키지 못했기 때문에 통주성을 함락시키는 것은 거란군에게도 꼭 필요한 일이었다. 그러나 소배압은 통주성을 남겨두고 다시금 남하를 결정했다.

또한 그것은 야율융서의 뜻이기도 했다. 거란군은 통주를 떠나 곽주(郭州)로 향했다.

거란군이 남하하고 있다는 소식에 곽주 성내의 민심은 대번에 흉흉해졌다. 좌우위 대장군 신영한이 곽주로 들어와서 고려군이 비록 패했지만 전력의 상당 부분을 보존했다고 말했으나 역시 민심은 나아지지 않았다.

특히 곽주방어사·호부원외랑(戶部員外郎) 조성우(趙成祐)는 상당히 공포에 질린 듯했다. 방어사가 안절부절못하니 군민들의 마음이 통합될 수가 없었다. 마치 곽주를 버리고 빠져나가고 싶지만 서로 눈치만 보는 형국이었다.

거란군이 남하하고 있다는 소식이 전해진 다음 날, 신영한은 객사에서 나와 불편한 몸을 이끌고 대장대로 향했다. 대장대에 모든 제장이 도착했는데 오직 단 한 사람만이 보이지 않았다. 바로 방어사 조성우였다.

신영한이 주위를 돌아보며 의아한 듯 말했다.

"방어사께서는 왜 안 오시지?"

꽤 시간이 지나도 조성우가 오지 않자, 신영한이 휘하 군사에게 명했다.

"너는 관사로 가서 방어사를 찾아 모셔 오너라."

행영수제관 승이인이 직접 일어서며 일동들에게 말했다.

"제가 직접 방어사를 찾아오겠습니다."

승이인과 조성우는 스무 살 정도의 나이 차이가 있었으나, 두 사람의 집은 개경 광화문(廣化門) 근처에 있었기 때문에 개인적인 친분이 있었다. 승이인은 조성우가 불안해하고 있다는 것을 눈치챘다. 그래서 제장들과 회합하기 전에 조성우에게 몇 가지 조언을 해주고 싶었다.

대장대에 있던 공부낭중(工部郞中) 이용지(李用之)가 우려스러운 목소리로 말했다.

"성내에는 흥화진과 통주성 모두 적에게 떨어졌다는 소문이 돌고 있습니다. 지금 우리는 성 밖의 상황이 어떤지 전혀 알 수 없는 상태입니다."

이용지의 말에 신영한이 답했다.

"우리 고려군이 삼수채에서 패한 것은 사실이나, 좌우위가 완항령에서 적들을 매복 기습하여 물러나게 만들었습니다. 아직 우리 고려군에게는 싸울 만한 여력이 남아 있습니다."

신영한의 말을 들은 예부낭중(禮部郞中) 간영언(簡英彦)이 말했다.

"싸울 만한 여력은 있겠으나 그 힘이 통합될 수 있을지 걱정입니다."

신호위 대장군 대회덕(大懷德)이 말했다.

"곽주성 안의 병력은 충분합니다. 지키고자 한다면 못 지킬 이유가 없습니다. 거란군들이 공성전을 오래 했다는 얘기를 들어본 적이 없습니다. 우리가 전심을 다 하면 이곳을 사수할 수 있습니다."

이용지가 말했다.

"예부낭중의 말씀은 곽주성 안의 병력을 말하는 것이 아니라, 고려군 전체를 말씀하는 것 아니겠습니까? 지금 성상께서 즉위하신 지 얼마 되지 않은 터라 패주한 군을 다시 수습할 수 있을지 걱정입니다."

이용지의 말에 모인 장수와 관료들의 표정이 어두워졌다. 신영한과 대회덕, 이용지, 간영언 등이 의견을 나누고 있는데 관사로 방어사를 찾아 보냈던 군사가 돌아왔다.

"방어사께서는 관사에 계시지 않았습니다. 관사를 지키는 하인의 말로는 어젯밤에 말을 타고 관사를 나가셨다고 합니다."

사방으로 사람을 보내서 방어사 조성우를 찾아보게 했다. 잠시 후, 밤새 남문을 지키던 교위 하나가 와서 고했다.

"방어사께서는 어제 자정쯤에 남문으로 나가셨습니다."

대장대에 있던 모든 사람이 당황하는데, 신영한이 교위에게 물었다.

"어디에 가신다고 하던가?"

"적정을 직접 정탐하신다고 들었습니다."

몇몇 사람들이 약간 안도하는 낯빛을 보이자, 신영한이 고개를 가로저으며 말했다.

"방어사의 행동은 정상적이지 않습니다. 제 생각에는 아마…."

신영한은 이렇게 말하며 말끝을 흐렸다. 좌중이 술렁이며 동요했다. 잠시 후, 행영수제관 승이인이 대장대로 와서 침통한 목소리로 말했다.

"관인(官印)은 모든 것이 다 있는데 피각*(皮角)과 현령(縣鈴)만 없습니다. 방어사의 개인적인 소지품들도 없는 것으로 봐서 방어사는 성을 나가서 남쪽으로 간 것 같습니다."

---

*   피각은 공문서를 담은 가죽주머니이고 현령은 거기에 매단 방울이다. 피각과 현령이 있으면 역참을 이용할 수 있다.

승이인은 조성우가 남쪽으로 갔다고 온건히 표현했으나 결국 야반도주한 것이었다. 모두 고개를 떨구고 있는데, 신영한이 간영언에게 말했다.

"예부낭중께서 직급이 가장 높으시니 임시방어사 역할을 하셔야 될 것 같습니다."

간영언이 망설이며 말했다.

"저는 군사를 잘 모릅니다."

신영한이 힘주어 말했다.

"책임자가 한시라도 없으면 안 됩니다. 벌써 방어사가 안 보인다는 말들이 퍼져나갈 것입니다. 거란군이 코앞에 있는데 민심과 군심이 동요하면 안 됩니다."

다른 사람들도 애써 권유하자 간영언은 중앙으로 가서 방어사 자리에 앉았다.

곽주성은 능한산(凌漢山)에 자리 잡고 있었는데, 남서쪽만이 평지로 열려 있었고 나머지 방향은 산의 능선을 따라 성벽이 쌓여 있었다. 능한산은 산맥과 연결되어 있었으나 평지 가운데 솟구친 독립된 산에 가까웠다. 따라서 흥화진과 통주성보다는 접근성이 한층 용이했다.

거란군은 사흘간 곽주성 남서쪽을 밤낮으로 공격했다. 신영한은 갈비뼈가 부러졌음에도 간영언 옆에서 사실상 방어사 역할을 하며 적의 공격을 잘 막아냈다. 그러나 사흘간 밤낮으로 이어진 거란군의 공격은, 그 뒤에 있을 야간 공격을 위한 포석에 가까웠다.

공격한 지 사흘째가 되자, 거란군들은 잠시 공격을 멈추었다가 어둠이 내리자 다시금 군악을 연주하며 남서쪽 면을 공격하기 시작했다. 곽주의 고려군들은 매우 피로했으나 잘 막아내고 있었고 며칠간의 방어에 성공하자 자신감 역시 어느 정도 되찾고 있었다.

소배압은 고려군들의 시선을 완전히 남서쪽 면에 묶은 후, 자정이 되었을 때 성의 북쪽 면으로 은밀히 군사들을 투입했다. 동북상온 소류와 해예랄군상온 진소곤이 선두에 서서, 지금까지 전투에 투입되지 않았던 해예랄군을 이끌었다. 소류와 진소곤은 결국 해예랄군을 이끌고 성벽을 넘는 데 성공했다.

신영한은 간영언과 이용지, 승이인 등과 더불어 대장대에 있었다. 거란 군들이 북면의 성벽을 넘어 돌진해오자, 간영언과 이용지, 승이인은 주위의 군사들과 화살을 날리며 맞섰다. 갈비뼈가 부러진 신영한은 대도(大刀)를 단단히 쥔 채로 가슴까지 내려오는 반백의 수염을 바람에 나부끼며 꼿꼿이 서 있었다. 거란군들이 대장대 바로 몇 걸음 앞까지 몰려오자, 신영한은 몸을 아래로 날리며 대도를 크게 휘둘렀다.

"이놈들! 어디를 넘보느냐!"

거란군 두어 명이 대도에 맞아 나뒹굴었다. 신영한이 다시 대도를 들어 공격하려고 했으나 대도를 치켜드는 순간 가슴에 통증이 극심했다.

"윽!"

힘을 쓰자 부러진 갈비뼈가 다시 크게 어긋났다. 가슴의 통증 때문에 멈칫하는 순간 거란군의 골타가 신영한의 머리를 강타했다.

잠시 후, 간영언과 이용지, 승이인 등이 모두 화살을 쏘며 분전하다가 전사했다.

대회덕은 남서쪽 수비를 지휘하고 있다가 북쪽 성벽이 돌파당했다는 소식을 들었다. 곧 주위 군사 몇을 이끌고 대장대로 급히 가다가 거란군과 마주쳤다. 대회덕 역시 창을 들고 볼 만한 전투를 벌이다가 전사하고 말았다.

해예랄군들은 대장대를 점령하고 나서 고려군 포로들에게 외치게 했다.

"전투는 이미 끝이 났다!"

"쓸데없는 희생을 치르지 않도록 하라!"

이렇게 고려군 포로들이 외치고 다니자, 성을 지키던 고려군들은 거란 군에 하나둘씩 항복했다.

야율융서를 비롯한 거란군 지휘관들은 곽주를 함락시키자 상당한 마음의 여유를 가질 수 있었다. 그리고 다시금 남쪽으로 진군했다.

곽주마저 함락시키지 못했으면 더 이상 남하하는 결정을 내리지 못했을 수도 있었다. 아무리 기동력의 거란군이지만 후방에 고려군이 지키는 성을 연달아 남겨두고 남하한다는 것은 너무나 위험한 결정이었기 때문이다. 곽주를 함락시킴으로써 비로소 중간기지를 가지게 되었고 다시금 과감히 남하할 수 있게 된 것이다.

소배압은 제삼좌귀성군(第三左歸聖軍) 이천 명과 한인 향병 삼천, 부상을 입은 군사 천여 명을 잔류시켜 곽주를 수비하게 하고, 고려인 남녀 포로 칠천 명을 곽주에 남겨두었다.

곽주를 함락시킨 거란군들이 이틀 후 청천강까지 이르자, 안주를 지키고 있던 안북도호부사(安北都護府使)·공부시랑(工部侍郎) 박섬(朴暹)은 몰래 성을 버리고 도망가고 말았다.

부사인 박섬이 도망하자 그나마 안주에 모여 있던 군사들은 구심점을 잃고 우왕좌왕했다. 누군가 나서지도 않았고 나설 수도 없었다. 모든 고려의 성들이 거란의 손에 떨어졌다는 유언비어만 난무하는 가운데서 누군가가 이 상황을 제어한다는 것은 불가능에 가까웠다. 군사들과 주민들은 모두 사방으로 흩어져 도망가고 말았다.

안주에 들어와 있던 좌우위 정용들도 안주성을 나와 서경을 바라보고 급히 움직였다. 그런데 서경에 거의 이를 무렵, 김훈이 이끄는 기군은 서경을 지나쳐 가려고 했다. 깜짝 놀란 이원과 김계부가 말을 달려 김훈에게 가서 말했다.

"어디로 가시는 겁니까?"

김훈이 내던지듯이 말했다.

"나는 개경으로 갈 것이오."

이원이 어이없는 표정으로 언성을 높이며 말했다.

"원래 작전계획이 서경으로 가는 것인데 어떻게 마음대로 바꾼단 말이오!"

이원과 김훈이 서로 점차 고성을 내뱉다가 이원이 단호히 말했다.

"서경으로 가는 것은 명령이요!"

김훈이 삐딱한 자세로 말했다.

"그대가 무슨 권한으로 나에게 명령을 내린단 말인가!"

두 사람 사이에 일촉즉발의 긴장감이 흐르자, 초군 장군 김계부가 말렸다.

"두 분 모두 진정하시오."

김계부가 두 사람 사이에 들어가 말린 후, 김훈에게 말했다.

"대장군께서 대장군기(大將軍旗)를 이 장군에게 주었으니 이 장군의 말을 따릅시다."

김훈은 이원과 김계부가 친한 것을 알고 있었다. 김계부가 자신의 편을 들어줄 리 만무했다. 김훈이 얼굴을 찡그리더니 내뱉듯이 말했다.

"됐소."

김훈은 자신의 부대를 이끌고 서경을 지나쳐 남쪽으로 가버렸다. 김훈의 행동에 이원이 분개하자, 김계부가 달래며 말했다.

"김 장군은 우리가 통솔할 수 있는 사람이 아닙니다."

좌우위 초군과 맹군은 서경으로 들어갔다.

서경을 지나쳐 내려가던 김훈은 자비령을 지난 뒤 부하들에게 말했다.

"더는 조직적인 전투를 할 수 없으니 모두 고향에 돌아가 가족들을 돌보도록 하라!"

김훈도 자신의 고향으로 향했다.

고려거란전쟁 - 고려의 영웅들 (상)

소배압은 안주에 무혈입성했다. 이로써 고려군의 방어체계에 드디어 큰 균열이 생기고 있다는 것을 짐작할 수 있었다. 게다가 연이어 안주 남쪽의 숙주(肅州: 평안남도 숙천군)마저 점령하자 전쟁이 점차 마무리되는 느낌이마저 들었다.

따라서 사방으로 타초 곡기를 보내 약탈을 감행하게 했다. 군사들이 전쟁에 참여해서 얻는 것은, 군공을 세워서 관직을 받거나 약탈을 통한 재물 취득이다. 이제는 고려군의 저항도 미미할 것이니 약탈을 허용하여 군사들의 욕구를 충족시켜주는 것이 좋을 것이었다.

제4장 서경 공방전

서경 성곽도

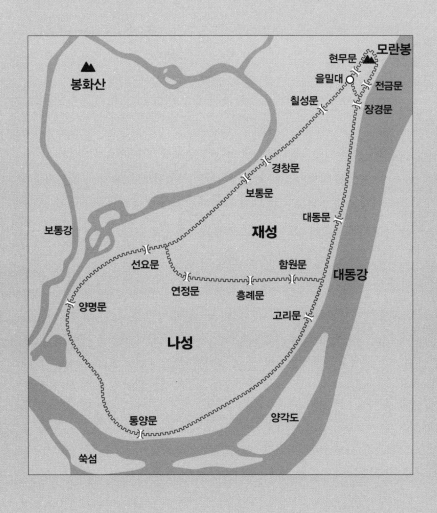

봉화산

모란봉

현무문

을밀대

전금문

칠성문

장경문

경창문

보통문

재성

대동문

보통강

선요문

함원문

대동강

연정문

흥례문

양명문

고리문

나성

통양문

양각도

쑥섬

37

애수진(隘守鎭)의 국밥

: 경술년(1010년) 십이월 이일 유시(18시경)

거란군의 선발대는 서경 근처까지 내려가 중흥사(中興寺)의 구층탑을 불
태웠다.

중흥사 구층탑은 고려 태조가 신라의 황룡사 구층탑을 모방해서 만든
것으로, 높이가 이백이십오 척인 황룡사의 구층탑보다 약 일 척가량 더 높
았다. 황룡사 구층탑이 신라 주위 아홉 나라가 복속해오는 염원을 담았듯
이, 중흥사 구층탑은 고려 태조의 북방 개척의 염원을 담은 탑이었다.

서경 근처까지만 오면, 하늘을 찌를 듯 웅장하게 서 있는 중흥사 구층탑
의 최상층을 어느 곳에서나 볼 수 있었다.

중흥사 구층탑이 불타오르자 서경민이 모두 나와서 그 광경을 지켜보았
다. 평소 웅대했던 탑이 시뻘겋게 타오르면서 시커먼 연기를 내뿜는 모습
은 서경민들에게 극도의 불안감을 안겨주었다. 마치 서경의 몰락과도 같
은 풍경이었다.

그런데 역설적이게도 중흥사 구층탑이 주위를 대낮처럼 밝히며 불타오
르는 지금, 그 모습은 어느 때보다 장관이었다. 몇몇 철없는 아이들은 불구
경에 신이 나서 거리를 뛰어다녔다.

통군녹사 조원은 교위 고열 등과 함께 말을 타고 빠르게 달리고 있었다.
조원은 삼수채에서 패한 후, 최사위를 따라 남하하다가 최사위의 명령으
로 동북면으로 급히 가는 중이었다. 만일 상황이 여의찮으면 동북면의 기

병 이천 기와 약간의 보병들로 서북면을 구원하기로 되어 있었다.

　최사위가 안주에 이르자 조원에게 명했었다.

　"자네는 지금 당장 동북면으로 가서 동북면의 병력을 이끌고 서북면으로 오게나."

　조원이 말했다.

　"서북면 어디가 좋겠습니까?"

　"시간상 안주보다는 서경이 좋지 않겠나? 그것은 그때의 상황을 판단하여 동북면도순검사가 정할 걸세."

　최사위는 조원에게 이렇게 명하며 교위 고열과 군사 몇을 붙여주었다.

　조원은 안주에서 최사위와 헤어져 동북면으로 출발하여 맹주(孟州: 평안북도 맹산군)를 거쳐 화주(和州: 함경남도 금야군)에 도착했다. 근 사백 리 길을 중간에 참역(站驛)에서 말을 바꿔 타며 이틀 만에 주파했다.

　조원은 즉시 동북면도순검사 탁사정(卓思政)을 만나 삼수채에서 패한 상황을 전하고 강덕진(剛德鎭: 평안남도 성천 부근)을 경유하여 상황을 보아가며 서경 쪽으로 갈 것을 주문했다.

　삼수채에서 패했다는 사실에 탁사정이 하늘을 우러러 탄식하며 물었다.

　"우리의 준비는 완벽했는데 어째서 패한 것인가?"

　조원이 간단히 답했다.

　"우리는 낮부터 밤까지 이어진 몇 번의 전투에 승리한 후, 해가 뜨면 거란군에 총공격을 가하려고 했습니다. 그러나 그 전에 거란군이 우리가 방심한 틈을 파고들어 왔습니다."

　조원은 탁사정에게 말한 후, 바로 남하해서 애수진(隘守鎭: 함경남도 고원군 부근)으로 갔다. 화주에서 애수진까지는 하룻길이었다.

애수진의 진장은 진주(晉州: 경상남도 진주시) 출신의 강민첨(姜民瞻)이었다. 강민첨은 마흔셋의 늦은 나이에 과거에 급제하여 벌써 마흔여덟이 되었다.

고려 초기에는 과거 공부를 십 년 하면 은혜적으로 과거에 합격시키고 말직(末職: 하급직)을 주었는데 사실 강민첨이 그런 경우였다. 강민첨은 과거급제 형태로 보나, 나이로 보나, 능력으로 보나 삼류로 평가받는 인사(人士)였다. 더구나 무예에도 능하지 않았다. 그래서 이 위험한 전시(戰時)를 맞아 관리들을 재편할 때, 강민첨은 별로 중요한 위치에 있지 않은 애수진의 진장으로 임명되었던 것이다.

애수진은 성종 2년(983년)에 쌓아진 성으로, 화주 남서쪽으로 백 리가량 떨어진 지역에 있었다. 애수진은 동북면 최북단에 있지 않으므로 변방의 방어 목적으로 만든 성이 아니었다. 동북면과 서북면을 연결하는 큰 역참 정도의 역할을 하는 성이었다.

나라의 큰 위기를 맞아 죄를 지은 관리들도 복직시켜서 일을 맡기는 판국에, 큰 역의 역장(驛長) 따위의 역할이 강민첨에게 주어진 일이었다.

조원은 애수진에 도착한 후, 조금 있으면 거쳐 갈 동북면의 군사들을 위하여 만반의 준비를 할 것을 강민첨에게 일렀다.

조원과 강민첨은 친분이 있는 관계가 아니었으나 서로를 알고는 있었다. 조원이 목종 10년(1007년)에 장원급제하였고, 강민첨은 그보다 이 년 앞선 목종 8년(1005년)에 급제했기 때문이다.

그런데 지금 둘의 관계는 좀 애매했다. 둘 다 종칠품이나 조원은 통군부의 통군녹사로 동·서북면 전체를 통할하는 막강한 권력을 가진 부서의 실무자였다. 강민첨은 한직(閑職)인 애수의 진장이므로 조원의 통솔을 받는 것이 순리에 맞는 것이었다. 그러나 강민첨이 조원보다 이 년 빨리 과거에 급제한 데다가 조원보다 무려 열여덟 살이나 나이가 많았다.

서른 살의 조원은, 마흔여덟의 나이에 크지 않은 키에 거의 중늙은이 외모를 한 강민첨을 보면서 명령이라기보다 부탁 조로 말했다.

"조금 있으면 동북기군(東北奇軍: 동북면 최정예 기마부대) 육백 기가 도착할 것입니다. 여기서 하룻밤을 쉬어 갈 것이니 잠자리와 말 먹이풀 등을 차질 없이 준비해야 합니다."

강민첨이 호쾌하게 대답했다.

"예, 알겠습니다."

강민첨은 나이 차이가 스무 살 가까이 나는 어린 후배에게 지시를 받는 처지인데도 별로 기분 나쁜 것 같지 않았다. 강민첨의 명랑한 태도를 보고 조원은 약간 마음이 편해졌다. 강민첨이 퉁명스러운 태도를 보일까 봐 조금 염려하는 마음이 있었던 탓이다.

"그리고 이틀 후에는 동북면도순검사가 이끄는 천사백 기의 기병들과 천여 명의 보병으로 이루어진 본대가 도착할 것입니다."

강민첨이 고개를 끄덕이며 말했다.

"이 일 때문에 객사를 이토록 크게 증축시킨 것이군요. 객사는 증축되어 있고 혹 모자라면 천막을 치면 되니 잠자리가 부족하지는 않을 것입니다."

동북면인 화주에서 군사들이 서경으로 이동하려면, 밤을 새워 길을 가지 않는 이상, 반드시 애수진에서 하룻밤을 묵어야 한다. 고려조정은 이런 상황을 대비해 지난 팔월, 애수진의 객사를 삼천 명 정도 수용할 수 있을 규모로 증축하라고 명한 터였다.

이 사실은 극비이므로 조정에서는 애수진장인 강민첨에게도 자세한 이유를 말해주지 않았다.

강민첨은 부하들에게 명해 모든 것을 차질 없이 준비하게 하고 그것을 감독했다. 조원이 그 모습을 보고 있는데, 진의 군사들이 움직이는 모습이 질서정연했고 부지런히 움직였다. 그들은 제대로 일하고 있었다.

조원이 그 모습을 보면서 생각했다.

'늙은 학생이 일은 꽤 하는군.'

과거에 급제하면 '급제자'로 불리고 일정 시간이 지나면 관직에 임명된다. 그런데 강민첨처럼 은혜적으로 급제한 사람들은 급제자들 사이에서 진정한 급제자가 아니라는 뜻에서 '늙은 학생'이라고 불렸다. 약간의 비하와 농이 섞인 표현이었다. 물론 본인 앞에서 대놓고 '늙은 학생'이라고 하지는 않았다.

조원이 애수진에 도착하고 두 시진이 지난 뒤 날이 어둑어둑할 무렵, 지채문이 육백 기의 동북기군을 이끌고 애수진에 도착했다.

강민첨은 지채문과 육백 기의 기병들에게 김이 모락모락 나는 뜨끈한 돼지국밥과 잘 익은 주먹만 한 무짠지 하나씩을 제공했다. 애수진에서 제공하는 식사에 동북기군들은 환호성을 질렀다.

추운 겨울날 종일 달려왔다. 완전 무장을 한 채로 두꺼운 옷을 입고 말을 타고 왔으므로 몸이 떨릴 정도로 춥지는 않았으나 한기(寒氣)를 느끼지 않을 수 없었다.

차가운 날씨에 뜨끈한 국밥처럼 한기를 몰아내고 배를 든든하게 해주는 것이 어디 있으랴! 더구나 국밥에 잘 익은 무짠지까지 곁들이니 이런 호사(豪奢)가 따로 없었다.

지채문이 활짝 웃으며 육 척 세 치가량 되는 큰 키에서 강민첨을 한참 내려다보며 말했다.

"강 진장께서 이렇듯 잘 준비해놓으셨으니, 이 지채문 정말 감사드립니다."

조원도 강민첨이 동북기군들에게 제공하는 식사를 보고 적지 않게 놀랐다. 기병들은 출정할 때 기본적으로 삼 일 치 건량을 휴대했고 이번 출정에는 칠 일 치 건량을 휴대하게 되어 있었다. 애수진장인 강민첨의 기본 임무는 이들에게 잠자리를 제공하고 마실 물 정도를 제공하는 것이었고, 겨울이라 따뜻한 물을 제공하는 것만으로도 충분히 호의를 베푼 것이었다. 지채문이 특별히 요구하지 않는다면 이렇듯 대단한 수고를 할 필요는 없는 것이다.

조원은 국밥에도 놀랐지만 정말 놀란 것은 무짠지였다. 국밥은 지금의 수고로도 끓일 수 있지만, 잘 익은 무짠지는 지금 뚝딱 만들 수 있는 것이 아니었기 때문이다. 이렇게 잘 익은 무짠지를 제공하려면 미리 예상하고 적어도 보름 전에는 만들어놓았어야 했다. 아니, 무짠지를 만드는 데 필요한 무의 수량을 확보하려면 여름에 그 정도의 수량을 예상하고 무를 파종했어야 했다.

강민첨이 머리를 조아리며 지채문에게 말했다.

"지 중랑장과 군사들이 좋아하니 제가 오히려 감사드립니다."

지채문이 약간 처진 눈을 반달같이 만들어 사람 좋은 미소를 띠며 강민첨에게 말했다.

"내 성상을 뵈면 강 진장이 매우 일을 잘한다는 것을 꼭 말씀드리겠소."

지채문의 지금 지위는 국왕을 호위 의장하는 천우위의 중랑장이었다. 왕을 지근거리에서 모시는 사람들의 권력은 주어진 직책보다 훨씬 큰 법이다. 더구나 지채문은 고려 최고의 무인으로 '무달(武達)'이라고 불리며 성종과 목종을 거쳐 지금의 국왕에 이르기까지 총애받는 인물이 아닌가. 지채문이 왕에게 강민첨을 위해 한마디를 해준다면 강민첨에게는 대단한 기회가 될 것이었다.

강민첨은 기이하게도 보통 사람보다 귀가 한 배 반은 더 컸다. 지채문의 말에 강민첨이 큰 귀를 펄럭이며 옅은 미소를 지었다.

조원은 강민첨의 미소를 보고 그제야 알아챘다.

'아! 이런 이유로 강 진장이 지 중랑장과 그의 군사들에게 이렇게 대단한 호의를 베푸는 것이로군!'

조원은 강민첨을 다시 보았다. 보잘것없는 능력에, 보잘것없는 외모를 가진 중늙은이인 강민첨의 마음속에는 이렇듯 대단한 여유가 숨어 있었던 것이다.

조원은 혀를 내둘렀다.

'이 한 번의 기회를 잡기 위해 전부터 무짠지를 담가놓고 준비했다는 말인가!'

그런데 가만히 생각해보니 이상한 점도 있었다. 지채문에게 잘 보이려면 굳이 군사들에게까지 이런 수고를 무릅쓰고 잘 대접할 필요까지는 없었다. 지채문과 휘하의 장교들에게만 떡 벌어지는 상을 차려서 음식을 대접하고 약간의 뇌물을 주면 그만이었다.

그런데 강민첨은 지채문을 비롯한 장교들에게도 군사들이 먹는 것과 똑같은 국밥을 대접하는 것 외에는 아무런 다른 대접을 하지 않았다. 오히려 지채문 휘하의 장교들이 술을 달라고 하자 술이 다 떨어졌다고 핑계를 대며 거부했다.

조원은 고개가 갸우뚱해졌다.

강민첨은 지채문에게 옅은 미소를 보낸 후, 국밥을 먹는 군사들에게 가서 말을 걸며 일일이 챙겼다.

"국이 모자라지 않는가? 밥이 모자라지는 않는가?"

강민첨은 몸소 국을 뜨고 밥을 날라주며 군사들을 먹이고 위로했다. 어떤 군사 하나가 무짠지를 더 먹고 싶다고 말하자, 강민첨이 난색을 표하며 말했다.

"무짠지는 다음에 오는 군사들도 먹여야 해서 여분은 없다네. 그 대신 우리가 먹는 장아찌라도 괜찮겠는가?"

군사가 고개를 주억거리며 끄덕이자 강민첨은 주방에서 장아찌를 내오게 하였다. 조원이 슬쩍 보니 갖가지 산나물로 만든 장아찌였다.

무나 오이 등과 같이 재배한 채소로 만든 장아찌와 짠지류가 상등의 찬이었고 산나물로 만든 것은 하등으로 쳤다. 재배한 채소는 공력이 많이 들어가는 데다가 맛도 산나물과는 비교할 바가 아니었기 때문이었다.

강민첨 자신들은 하등의 찬을 먹으면서 지채문을 따라온 군사들에게는 상등의 찬을 미리 만들어서 대접한 것이었다.

강민첨이 아직 솜털이 보송보송한 어린 군사 하나에게 다가가더니 말했다.

"뭐 부족한 것은 없는가?"

그 앳된 군사가 수줍게 그릇을 내밀었다. 강민첨이 국과 밥을 그릇 가득히 떠주고 군사의 등을 쓰다듬으며 말했다.

"많이 먹어두게. 추운 날에 따뜻한 국물만큼 좋은 게 어디 있겠나!"

따뜻한 국밥 한 그릇과 잘 익은 무짠지 하나, 그리고 따뜻한 말뿐이지만 조원은 느낄 수 있었다. 강민첨이 이들에게 진심을 다 하고 있다는 것을…. 이심전심이라, 따뜻한 국밥을 먹고 있는 동북기군들 역시 그런 강민첨의 진심을 느끼고 있었다.

서희에 의해 서북면이 안정화된 이후로 여진족과의 충돌은 주로 동북면에 집중되었다. 지채문은 동북면에서 전공을 세운 뒤 천우위로 뽑혀 들어갔다. 중앙의 천우위에 있으면서도 문제가 생기면 수시로 동북면에 파견되어 전투를 벌이고 전공을 세웠다. 지채문은 동북면에서 고려의 입장에서는 영웅이었고 여진족의 입장에서는 저승사자였다.

동북면의 군사들은 지채문과 함께라면 언제나 승리했다. 지채문은 뛰어난 무예로 앞장서서 군사들을 이끌었고, 동북면의 군사들이 그에게 보내는 신뢰는 절대적이었다. 지채문을 따르는 군사들의 자부심은 대단했고 사기가 드높을 수밖에 없었다.

그러나 지금은 군사들도 느끼고 있었다. 지채문과 함께라면 언제나 승리했지만 이번에는 그들이 수행한 작전 중에서 가장 어려운 일이 되리라는 것을….

군사들은 몸이 피곤한 것보다 정신이 피곤했다. 고려를 구하기 위해서 출병했고 자신감이 충만했지만 사람의 강한 기(氣)는 오래 유지될 수가 없는 법이다. 마음먹은 강한 기세는 금방 사람을 피곤하게 만든다.

강민첨의 따뜻함이 이들에게는 마치 휴식과도 같았다. 자애로운 어머니나 따뜻한 아버지와 같이 있는 것처럼 편안하고 안락했다. 몇몇은 국밥을 먹다가 약간 울컥하기도 했다. 그 울컥함은 앞으로의 두려움 때문이 아니라 지금의 따뜻함 때문이었다. 이 따뜻함은 고향집을 연상시켜주었다.

'이런 밥을 앞으로 몇 번이나 더 먹을 수 있을까?'

'살아서 다시 집에 돌아갈 수 있을까?'

동북기군들은 억세고 강인한 사람들이었으나 그들도 역시 사람들이었다.

지채문과 군사들이 식사를 다 마치고 잠을 청하러 객사로 들어가자, 조원은 강민첨을 보러 진장실로 들어갔다. 강민첨은 책상 위에 펼쳐진 고려전도(全圖)를 보고 있었다.

조원이 강민첨을 보자 다짜고짜 물었다.

"무짠지는 이렇게 군사들에게 제공하려고 미리 준비하신 겁니까?"

조원의 급한 말에 강민첨이 약간 당황하다가 무거운 미소를 띠며 말했다.

"그들은 앞으로 전장에 나아가 우리 고려를 위해서 목숨을 걸고 싸울 것입니다. 그들의 소중한 목숨에 비한다면 무짠지 하나가 무어 대수겠습니까?"

조원이 의아한 낯빛으로 말했다.

"전황이 어려워지면 동북면의 삼천 병력을 서북면으로 이동시킨다는 것은 조정에서도 극비 사항이었습니다. 누가 진장님께 귀띔해주었습니까?"

강민첨이 고개를 가로저으며 말했다.

"저는 지난 팔월에 이곳 애수진에 부임하였지요. 객사를 임시로라도 삼천 명을 수용할 정도로 증축하라는 명령이 떨어졌습니다. 그렇다면 동북면에서 서북면으로 그만한 병력을 이동시킨다는 말인데, 그럴 상황은 오직 한 가지 경우밖에 없었습니다. 우리의 주력이 패하여 전황이 심각해지면 무리해서라도 동북면의 병력을 서북면으로 이동시켜야 하지 않겠습니까.”

강민첨의 말에 조원이 언성을 높였다.

“그렇다면 우리가 패하리라고 예상하셨다는 것입니까?”

강민첨이 고개를 다시 가로저으며 말했다.

“짠지는 만들어두면 우리도 꾸준히 먹을 수 있지 않겠습니까? 썩는 것도 아니니 많이 만들어둔다고 해서 나쁠 것이 뭐가 있겠습니까?”

조원이 다시 직설적으로 강민첨에게 물었다.

“제 생각에는, 애수진 안에 동북기군의 장교들이 먹을 만큼의 술이 없다고는 생각되지 않습니다. 왜 술이 없다고 하셨는지요?”

조원의 직설적인 물음에 강민첨은 난감한 표정을 지으며 대답하지 않고 잠자코 있었다. 약간의 어색한 침묵이 흐른 후, 조원이 재차 물으려고 하자 그제야 강민첨이 말했다.

“동북기군 전체에게 줄 술은 없어서 그렇게 답했습니다.”

38

안주 함락 후 서경

: 경술년(1010년) 십이월 십일 사시(10시경)

동북면도순검사 탁사정은 통군녹사 조원으로부터 왕명을 받았다.

"동북면의 병력을 차출해서 신속히 서북면을 구원하라!"

동북면도 항상 여진족과 다툼이 있는 국경지대라 병력을 무리해서 차출할 수는 없었다. 그러나 지금과 같은 위급상황이 오면 미리 정해놓은 방식에 따라 삼천 명을 차출할 수 있도록 계획해놓았다. 집결지는 서경 동쪽의 강덕진(剛德鎭)이었다.

왕명을 받은 탁사정이 지채문에게 명했다.

"그대는 동북기군을 이끌고 당장 강덕진으로 향하라! 밤낮을 가리지 않고 달려 최대한 신속히 강덕진에 당도해야 한다!"

탁사정은 삼수채에서의 패배와 연이은 고려군의 패전 소식에 서경 민심이 공황 상태일 것으로 판단했다. 최대한 빨리 서경으로 가서 민심을 잡아야 한다.

탁사정의 말에 지채문이 결연히 답했다.

"명을 받드옵니다!"

강조가 거느린 병사는 십만 정도였는데 삼수채 회전에서 삼만 정도의 병력을 잃었다. 굉장한 손실이었으나 그렇다고 궤멸적인 타격은 아니었다. 오히려 회전(會戰)에서 대패했음에도 병력 손실이 삼만밖에 되지 않는 것은 큰 다행이었다.

야전에서 대군이 맞붙어 싸우다가 어느 한쪽의 진이 무너져서 패퇴하면, 그때부터 엄청난 살육이 벌어지는 것이 다반사였다. 대규모 전투에서 대부분의 인명 사상은 맞붙어 싸우는 중에 생기는 것이 아니라, 어느 한 편의 진세가 무너져서 군사들이 진을 이탈해서 도주하는 와중에 생긴다.

삼수채 전투에서 고려군은 궤멸적인 타격을 입을 수도 있었으나, 다행히 거란군은 배후에 있던 통주성을 견제해야 했고, 완항령(緩項嶺)에서 좌우위군의 분전으로 거란군을 물리치는 바람에 그나마 희생을 그 정도로 줄일 수 있었던 것이었다.

여기서 살아남은 칠만 정도의 병력은 통주 바로 밑의 곽주를 비롯하여 연주(延州: 평안북도 영변)와 안주, 서경 등으로 뿔뿔이 흩어졌다. 혹은 고향으로 돌아가는 사람도 있었다.

비록 강조가 삼수채에서 패하고 본인도 거란군에 포로로 잡혀버렸지만 고려군들은 흥화진과 통주성을 굳건히 지켜내었다. 또한 거란군의 공격로 상에 있지 않은 구주와 연주 등이 버티고 있었다. 따라서 서희가 재단한, 서경을 시작으로 안주와 최북단의 흥화진을 잇는 기각*(掎角)의 진격선은, 공격이 아닌 방어선으로서의 위력을 발휘하는 중이었다. 성채들이 염주알처럼 남에서 북으로 늘어서 있어 종횡으로 잘 조직된 철의 방어선이었던 것이다. 실로 야전에서 한두 번 패한다거나 성채가 서너 개 정도 함락당하더라도, 다른 성채들이 굳건히 버티기만 하면 적들은 자연히 물러갈 수밖에 없는 그런 방어체계였다. 그러나 아무리 훌륭한 체계라 해도 그것을 움직이는 것은 사람이었다.

안북도호부사·공부시랑(安北都護府使·工部侍郞) 박섬(朴暹)이 겁을 집어먹고 안주를 버리고 도망가는 바람에 청천강 방어선은 허무하게 무너지고 말았다. 안주가 거란군의 손에 넘어가자 그 아래 숙주를 지키던 방어사와

---

* 기각: 앞뒤로 서로 응해 적을 견제함.

군사들도 모두 도망하여 거란군은 숙주까지 쉽게 입성하게 되었다.

안주가 함락되었다는 소식이 서경성 안에 전해진 이후로, 서경성은 싸우자는 쪽과 항복하자는 쪽으로 나뉘어 대립각을 세우는 중이었다. 서경 지휘부 내에서도 회의를 열었으나 어떤 결론에도 도달하지 못하고 있었다.

인중이 길고 입술이 작은 서른 중반의 관료가 열변을 토하고 있었다. 분대어사(分臺御史) 조자기(曹子奇)였다. 조자기는 서경부유수(西京副留守) 원종석(元宗奭) 등 서경 관료들에게 세 가지 이유를 들어 항전을 주장했다.

첫째, 서경의 병력은 아직 충분하다.
둘째, 동북면에서 지원군이 서경으로 오고 있으니 충분히 싸워볼 만하다.
셋째, 서경이 거란군 수중에 넘어가면 고려의 존립이 위태롭게 된다.

이 세 가지 이유를 들어 적극 항전을 주장했으나 부유수를 비롯한 다른 관료들은 여러 가지 이유를 대면서 신중론을 펼쳤다. 그러나 실은 좋게 말해서 신중한 것일 뿐, 거란의 압박이 심해지면 항복하자는 뜻이나 다름이 없는 모호한 태도였다.

서경 판관 최위(崔緯)의 경우, 처음에는 모호한 태도를 취했으나 거란군이 안주를 점령했다는 비보를 들은 후에는 적극적으로 항복하자고 주장했다. 심지어 호장과 부호장들을 만나고 돌아다니며 항복만이 살길이라고 떠들고 다니는 중이었다.

거란군이 숙주마저 떨구자 서경성 안은 그야말로 벌집을 쑤신 듯했다. 원종석은 서경의 관료들을 소집하여 다시금 어떻게 할 것인지 논의했다. 이 회의에서 원종석은 어떤 결정을 내려야 할지 전혀 갈피를 못 잡고 있었다. 중후한 고위 관료로서의 품격은 지녔으나 이런 위기 상황에 필요한 결단력은 없었다.

싸우자는 사람과 항복하자는 사람, 성을 비우고 남쪽으로 피난하자는 사람 등등 여러 의견이 오가는 가운데 원종석은 그저 관료들의 의견을 듣기만 할 뿐 어떤 판단도 내리지 못하고 있었다. 이 위기의 순간에 목숨을 바쳐 나라에 충성할 용기도, 혹은 자기 한목숨을 부지하기 위해 나라를 배신할 용기도 없었던 것이다.

다른 관료 역시 마찬가지였다. 오직 최위만이 장하게도 스스로의 목숨을 부지하기 위한 용기를 발휘하고 있었다. 그래서 최위는 적극적으로 거란군에 항복을 주장했다.

조자기는 관료 회의에서 어찌할 바를 모르는 원종석을 비롯한 서경의 상위 관료들에게 심한 실망감과 냉소를 느끼고 있었다. 그러나 분대어사라는 직책은 서경에서 주된 관료가 아니라 객(客) 같은 위치여서 그런 감정을 드러내지 않고 있었다. 감찰 일을 하는 분대어사는 서경 소속이 아니라 개경 어사대(御史臺) 소속이었고 파견 형식으로 서경에 근무하는 것이었기 때문이다.

그러나 최위가 지속적으로 항복을 주장하고 다른 관료들 역시 최위의 주장을 마음속으로 동조하고 있다고 느끼자 더는 감정을 숨길 수가 없었다.

"엣취, 엣취!"

조자기는 갑자기 기침을 시작했다. 처음 한두 번 했을 때는 다른 사람들이 크게 신경을 쓰지 않았으나, 회의에 방해될 정도로 기침을 계속하자 사람들이 모두 조자기를 바라보았다. 조자기는 자신에게 쏟아지는 시선을 느끼면서도 계속 기침을 해댔다.

보다 못한 판관 함질(咸質)이 조자기에게 물었다.

"조 어사! 고뿔이라도 걸린 모양이구려?"

"엣취, 엣취!"

다시 기침을 하는 통에 조자기는 함질의 말에 답하지 못하고 고개만 끄덕였다.

최위가 이상하다는 말투로 말했다.

"아직 불혹도 되지 않은 사람이 갑자기 웬 고뿔이요?"

조자기가 콧수염에 묻은 코를 닦아내며 대답했다.

"어젯밤에 군사 하나가 갑자기 보통문 밖으로 도망하기에 잡으려고 한참을 쫓아갔더니 찬바람을 너무 많이 맞았나 봅니다."

"그래, 그런 일이 있었나? 아니 그 군사는 왜 보통문 밖으로 나갔단 말이요?"

도망하려면 남쪽으로 가야 할 텐데, 북쪽 길로 통하는 문인 보통문으로 나갔다는 것이 의아해서 함질이 물었다.

조자기가 답했다.

"북적들에게 항복하려고 그리로 나갔다고 합니다."

"그래서 어떻게 처리했소?"

조자기가 좌중을 돌아보다 최위에게 시선이 멎자 미소 띤 얼굴로 응시하며 답했다.

"군율에 의해서 목을 베어버렸습니다."

최위의 안색은 확 굳어졌고 회의장의 분위기도 순식간에 싸늘해지며 무거운 침묵만 흘렀다. 잠시 시간이 흐른 후, 조자기가 다시 입을 열었다.

"진작 보고를 드렸어야 했는데, 적에게 항복하려고 하는 것은 당연히 사형인 데다가 다른 일들을 처리하느라 깜빡 잊고 미쳐 보고를 못 드렸습니다."

실제로는 그런 일이 없었다. 조자기는 이야기를 꾸며서 최위를 도망쳐서 잡힌 군사에 빗대어 욕을 하고 있었다. 즉 적에게 항복하려고 하는 최위역시 사형감이라는 뜻이었다.

최위의 얼굴이 거무락푸르락 해지며 조자기를 매섭게 쏘아보았다. 다른 사람들도 조자기의 말에 가슴이 막막하여 가만히 숨을 죽이고 있었다. 불편한 침묵이 흐르자, 원종석이 일어서며 말했다.

"회의는 이것으로 끝냅시다."

이렇게 말하며 원종석은 회의실을 나가버렸다. 다른 관료들도 하나둘 일어나 자리를 떴고, 최위만이 그대로 앉아서 조자기를 무섭게 쏘아보고 있었다. 조자기는 최위의 시선에 아랑곳하지 않고 나가려다가 자신보다 급수가 높은 최위에게 예의를 차린다는 듯이 말했다.

"판관님은 안 나가십니까?"

최위가 대답 없이 계속 쏘아보자, 조자기는 미소를 띠고 목례하며 말했다.

"그럼, 저 먼저…."

거란군은 숙주에 입성함과 동시에 서경성에 항복을 권하는 사절을 보냈다. 삼수채에서 거란군에 포로가 된 감찰어사 노의(盧顗)가 거란 사람 유경(劉經)과 함께 격문을 가지고 서경에 와서 항복을 권유했다.

서경부유수 원종석은 드디어 결단했다.

"사세가 기울었으니 항복합시다."

원종석은 막료 최위, 함질, 양택, 문안 등과 함께 항복한다는 표문을 만들었다. 조자기는 혼자 반대한다고 해서 될 일이 아니라는 것을 알았다.

조자기는 관아에서 나오자 교위 광휴(光休)를 불렀다. 광휴는 올해 스물네 살로 서경 사람이었다. 중랑장이었던 아버지의 뒤를 이어 장교로 임명되었는데 사람됨이 충직하고 무예에 능했다.

광휴가 조자기에게 물었다.

"무얼 준비할까요?"

조자기가 조용히 말했다.

"아무래도 부유수와 다른 관료들은 북적과 싸울 생각이 없는 것 같네."

조자기의 말을 듣자, 광휴가 흥분하여 조자기에게 따지듯이 물었다.

"그렇다면 항복하자는 쪽으로 결정이 났다는 말씀이십니까?"

거란군이 시시각각 다가오자 서경민의 민심은 결전파와 항복파 둘로 나뉘었다. 당연하게도 거란군이 가까이 다가올수록 결전파보다 항복파가 늘어갔다. 그런데 광휴는 격렬한 결전파였다.

광휴가 흥분하여 묻자, 조자기는 고개를 가로저으며 말했다.

"아직 완전히 결정된 것은 아무것도 없네. 바람이 어느 쪽으로 부느냐에 따라 갈대들은 눕겠지."

광휴가 입술을 굳게 다물며 물었다.

"저에게 하명하실 일이 무엇입니까?"

조자기가 목소리를 낮추어 말했다.

"시간이 없으니 요점만 말하겠네. 지금 동북면의 증원군들이 서북면으로 이동 중일 것이야. 자네는 그들을 찾아서 최대한 빨리 이곳으로 데려올 수 있겠나?"

광휴가 무겁게 고개를 끄덕이며 말했다.

"지금 당장 출발하겠습니다."

잠시 의논 뒤, 서경 중성의 남문인 흥례문(興禮門)으로 갔다. 흥례문에는 교위 양일(梁一)이 수문장으로 있었다. 광휴와 양일은 친분이 두터웠고 양일 역시 결전파였다. 광휴가 사정을 설명하자 콧수염을 뾰족하게 기른 양일이 말했다.

"나도 합류하겠네."

양일은 성문으로 내려가서 스스로 빗장을 풀었다. 양일 휘하의 군사 하나가 당황하여 양일을 보며 말했다.

"저희는 어떻게 해야 합니까?"

양일이 아무렇지도 않은 듯 말했다.

"누가 묻거든 잠깐 집에 갔다고 하게나. 아마 신경 쓸 사람도 없을 걸세."

성문을 나서자 광휴와 양일은 부리나케 움직였다. 서경에서 사십여 리 떨어진 삼석(三石)을 거쳐 대동강을 넘어 강동현(江東縣: 평양시 북동부)을 지나 오십 리 정도를 더 가자 강덕진이었다. 아직 동북면 군사들은 보이지 않았다.

강덕진을 지나 동쪽으로 조금 더 달리자 멀리 앞쪽에서 다가오는 인마(人馬)의 움직임이 느껴졌다. 광휴는 정신을 얼른 차리고 재빨리 말고삐를 챘다. 수백 기의 기병들이 다가오는 소리였는데 동쪽에서 접근하고 있는 기병들이라면 고려군일 것이다. 그러나 거란군일 가능성도 배제할 수는 없었다. 광휴와 양일은 잔뜩 긴장한 채로 몸을 숨긴 채 기다렸다.

말발굽 소리가 점점 가까이 들리더니 선두에 선 기병들이 보였다. 햇빛을 받아 선명하게 드러나는 투구의 색깔은 반짝이는 검은색이었다. 마치 수백 개의 검은 거울이 반짝이는 것과 같았다. 광휴는 그 반짝임에 순간, 어느 편인지 알아보지 못하였다. 그러나 달려오는 기창수(旗槍手)를 보고 어느 편인지 똑똑히 알 수 있었다. 깃발에는 이렇게 쓰여 있었다.

'동북기군(東北奇軍)'

광휴는 뛸 듯이 기뻐하며 달려오는 기병들에게 손을 흔들었다. 선두에 선 기병이 활과 화살을 빼어 들고 광휴를 겨냥하면서 달려왔다. 여차하면 그대로 화살을 날릴 태세였다. 오십 보 거리까지 접근해도 광휴가 아무런 적대적 행위 없이 손만 계속 흔들자, 고려인이라고 판단했던지 큰 소리로 외쳤다.

"그대는 누군가?"

이 사람의 말소리는 아주 커서 쇠종이 쩌렁쩌렁 울리는 것과 같았다. 광휴가 역시 목에 힘을 주어 큰 소리로 외쳤다.

"서경 교위 광휴입니다!"

광휴가 이렇게 자신의 신분을 밝히자 선두에 선 사람이 말했다.

"나는 중랑장 지채문이네!"

바로 고려 최고의 무인으로 추앙받는 지채문이었다. 광휴는 즉시 지채문에게 군례를 했다.

지채문은 광휴에게 전황에 대해서 자세히 물었다. 지채문이 광휴의 말을 듣고 옆에서 나란히 말을 타고 달리고 있던 사람에게 말했다.

"한시도 지체할 수 없겠군요. 강덕진에서 본대를 기다리고 있을 수 없겠습니다."

지채문이 말을 건넨 사람은 마흔 정도의 나이에 몸이 매우 마른 사람이었는데 군용사(軍容使) 최창(崔昌)이었다.

최창이 지채문에게 말했다.

"아마 쉽게 성문을 열지 않을 것입니다."

지채문이 무겁게 고개를 끄덕였다. 그러나 자신감 있는 목소리로 말했다.

"저들이 열지 않는다면 열고 들어가면 될 것입니다."

39
노의와 유경

: 경술년(1010년) 십이월 십일 사시(10시경)

지채문과 동북기군들은 전속력으로 말을 달려 어느덧 서경의 북문인 칠성문(七星門) 앞에까지 당도했다. 성문에서 삼백여 보 떨어진 곳에 병력을 멈춰 세운 후, 지채문은 홀로 성문 쪽으로 말을 몰았다.

밖에서 병력이 접근하자 칠성문의 서경 군사들은 비상사태였다. 지채문이 쩌렁쩌렁한 목소리로 말했다.

"나는 중랑장 지채문이다. 성상폐하의 명으로 서경을 도우러 왔으니 성문을 열라!"

문루에는 얼굴이 둥그런 사십 대 무장이 서 있었는데, 서경 좌부별장*(左府別將) 이협(李協)이었다.

"성문을 열려면 부유수 각하의 허가가 필요합니다."

이협의 말을 들은 지채문이 날카로운 목소리로 말했다.

"지금 한시가 급하오! 거란군들이 바로 뒤에 오고 있소. 어서 성문을 여시오. 이것은 왕명이오!"

왕명이라는 말에 이협이 당황하여 말했다.

"성상폐하의 명령서가 있습니까?"

최창이 명령서를 꺼내 읽었다.

---

* 이 당시 서경은 도령별장(都領別將)이 군 최고 고위직이고 그 밑으로 좌·우부별장 (左·右府別將)이 각 두 명씩 있었다.

"동북면도순검사 탁사정에게 이른다. 지금 거란족속이 우매하게도 우리나라를 침범하고 있다. 도순검사 탁사정은 동북면의 모든 가용병력을 이끌고 서경으로 가서 고려의 위엄을 보이라!"

이협이 명령서를 듣고도 우물쭈물하자 지채문이 단호하고 위협적인 목소리로 외쳤다.

"성상폐하의 명령에 반역하겠다는 것인가?"

잠시 실랑이를 벌이고 있는데, 조자기가 칠성문으로 달려와서 이협에게 말했다.

"어서 성문을 여시오. 동북면 군대가 오면 성문을 열라는 부유수 각하의 명령이 있었습니다."

그래도 이협이 망설였다. 조자기의 말이 거짓이라는 것을 알았기 때문이었다. 조자기는 직접 성문으로 내려가 빗장을 열었다.

지채문과 최창이 들어오자 조자기가 낮은 목소리로 노의와 유경이 와서 거란에게 항복할 것을 권유한 사연을 자세히 설명했다.

최창이 크게 숨을 내쉬며 말했다.

"사정이 급박하군!"

지채문이 조자기에게 물었다.

"부유수 각하는 어디에 계십니까?"

"지금 관아에 계실 것입니다."

지채문이 우렁찬 목소리로 부하들에게 명령을 내렸다.

"동북기군! 나를 따라 관아까지 이동한다."

지채문은 지체없이 군사들을 이끌고 관아로 향했다. 관아 근처로 가니 주변에는 많은 서경민이 모여 있었다. 대부분 지팡이를 짚은 연로한 노인이거나 부녀자들이었다. 지채문이 기세등등하게 밀고 들어가자 누구도 막는 사람이 없었다.

원종석을 비롯한 서경의 지도부는 모두 관아에 모여 있었다. 지채문이

다른 사람은 신경 쓰지 않고 원종석에게 다가가 단도직입적으로 말했다.

"왕명으로 서경을 구원하러 왔습니다!"

갑작스러운 지채문의 등장에 원종석을 비롯한 서경의 지휘부들은 할 말을 잃었다. 최창이 말했다.

"서경을 지키라는 왕명을 받고 왔습니다. 조만간 동북면도순검사가 이끄는 동북면의 주력군이 도착할 것입니다."

최창의 말에 원종석은 묵묵부답했다. 갑작스러운 상황에 원종석은 할 말을 찾지 못했다. 서경의 지휘부 누구도 입을 열지 못하고 있는데 지채문이 말했다.

"전투를 하려면 군권을 일원화해야 합니다. 동북면도순검사가 도착하기 전까지 서경의 병력 배치와 지휘를 제가 맡도록 하겠습니다."

지채문의 말에 최위가 실눈을 뜨며 말했다.

"서경의 병력 배치는 끝냈고 부유수 각하의 지휘하에 있소. 일개 중랑장인 그대가 서경의 병력을 지휘하겠다는 것은 가당치도 않소!"

최창이 말했다.

"적이 지금 이곳으로 몰려오고 있습니다. 민심이 술렁이고 있는 바 민심을 잡을 단호한 행동이 필요합니다."

최창이 여기까지 말하고 잠시 뜸을 들인 후에 다시 말했다.

"분명 거란주는 사절을 보낼 것입니다. 그들을 억류하여 항전의 단호함을 보인다면 서경의 민심은 어쩔 수 없이 따를 것입니다."

최창은 거란의 사절인 노의와 유경이 서경 안에 와 있다는 것을 알면서도 모른 척 말했던 것이다. 최창의 말에 원종석 이하 서경의 지휘부들의 낯빛이 하얗게 변했다. 지금까지 어떻게 항복할까를 논의하고 있었는데 거란의 사절들을 억류하라니, 도저히 받아들일 수 없는 요구였다.

원종석이 여전히 우물쭈물하고 있는 가운데 최위가 단호히 말했다.

"전쟁 중에도 사절을 억류하지 않는 것이 원칙이요. 사절을 함부로 대할 수는 없는 노릇입니다!"

지채문이 원종석 등을 보면서 생각했다.

'어차피 이들에게는 항전의 의지가 없는 듯하다. 그렇다면 차라리 이들을 베어버리고….'

지채문이 이렇게 생각하며 슬며시 손을 허리춤의 도(刀)로 향하는데, 그것을 본 최창이 급히 지채문의 소매를 잡아끌며 원종석에게 말했다.

"제가 너무 흥분했나 봅니다. 사절을 억류하는 것은 옳지 않지요. 부유수 각하, 동북면의 주력이 곧 올 것이니 이제 안심하십시오. 저희는 물러나서 병력을 점고하며 대기하겠습니다."

지채문이 최창을 보니, 가볍게 고개를 끄덕이고 있었다. 분명 다른 꾀가 있겠다 싶어서 말없이 물러났다. 관아를 나와서 지채문과 최창은 군사들을 이끌고 옛 궁전의 남쪽 행랑으로 향했다. 가면서 지채문이 최창에게 말했다.

"어떤 계책을 가지고 있습니까?"

최창이 입술을 앙다물었다가 지채문에게 귓속말을 했다. 지채문이 결연한 표정으로 고개를 끄덕였다.

곧, 지채문은 휘하의 병력 중 일부를 이끌고 칠성문으로 향했다. 그리고 칠성문으로 향하면서 떠들썩하게 외치게 했다.

"우리는 도순검사 각하를 마중하러 나간다!"

지채문이 칠성문 앞에 이르러 문을 지키는 군사들에게 말했다.

"성문을 열라!"

성안으로 들어가는 것은 힘든 법이나 나가는 것은 들어가는 것보다 훨씬 수월한 법이다.

지채문은 성문을 나가 서경 북쪽에서 십 리가량 떨어진 산자락으로 향했다. 거란의 사절들이 북쪽으로 돌아가려면 반드시 이곳으로 지나가게 될 것이다. 미시(13~15시)쯤 되자, 산기슭에 매복한 낭장 정인(鄭仁)이 거란의 사절들이 매복지점에 도착했다는 수기(手旗) 신호를 보냈다.

지채문은 즉시 말을 달려 나갔다. 거란의 사절들이 눈에 보이자마자 가장 선두에서 오는 자에게 번개같이 화살을 날렸다.

"피이히이이잉~~~~~."

지채문의 우는살이 거란 사절의 가슴을 정확히 꿰뚫었고 산자락에 매복해 있던 동북기군들은 일제히 거란 사절들을 향해 화살을 날렸다. 삼 면에서 고려군들의 화살이 비 오듯이 날자, 이십여 명의 거란 사절들은 미처 대응할 틈도 없이 화살에 맞아 고슴도치가 되고 말았다. 일 인당 화살을 십여 발쯤 날리자, 지채문이 외쳤다.

"모두 사격을 중지하라!"

지채문은 거란 사절단이 쓰러진 곳으로 가면서 산기슭에 매복해 있던 군사들에게 신호했다. 매복해 있던 군사들이 도로로 나와서 전장을 정리했다.

"시체를 보이지 않는 곳에 숨기도록 하라! 화살을 수거하고 전리품을 획득하라. 또한 역적 노의와 거란 사신을 찾아라!"

지채문은 부하들에게 이렇게 명령한 후, 직접 시체들을 확인했다. 잠시 후, 지채문은 노의와 유경의 시체를 찾아 목을 베었다.

지채문이 말에 올라타며 외쳤다.

"서경으로!"

지채문은 앞장서서 칠성문을 통과한 후, 관아로 내달렸다. 지채문의 서슬 퍼런 모습에 그 누구도 앞을 막는 자가 없었다. 관아의 문은 굳게 닫혀 있었고 문을 지키는 시위(侍衛)들도 보이지 않았다. 지채문이 문을 열어젖히려고 하는데 단단히 잠겨 있었다.

지채문이 큰 소리로 외쳤다.

"왕명으로 왔으니 문을 열라!"

문 안쪽에서 아무런 반응이 없자, 부하들에게 근처에서 통나무를 구해 오게 했다. 문을 깨버릴 작정이었던 것이다. 한참을 이렇게 하고 있는데, 최창이 성안에 남아 있던 나머지 부대원들과 함께 합류했다. 최창이 지채 문에게 다급히 물었다.

"성 밖 일은 어떻게 되었습니까?"

지채문이 아직도 피가 뚝뚝 떨어지는 노의 등의 목을 들며 말했다.

"이것이 노의의 목이요. 거란 사절들은 노의를 비롯하여 모두 전멸했 소."

지채문은 최창에게 이렇게 말한 후, 부하들에게 명했다.

"문을 부숴라!"

지채문의 명에 병사들 십여 명이 통나무를 들고 문을 때렸다.

"꽝, 꽝, 꽝⋯."

통나무로 문을 계속 때리자 문이 요동쳤고 몇 번 더 때리면 부서질 듯했 다. 그때 누군가 담장 위로 머리를 내밀고 외쳤다. 판관 함질이었다.

"부유수 각하의 명이요! 동북기군들은 모두 물러가서 대기하도록 하시 오!"

지채문은 그 소리에 아랑곳하지 않고 부하들을 독려했다.

"어서 문을 부수라!"

군사들은 다시 통나무로 문을 때렸다. 문이 안으로 크게 휘청하는 것이 이제 부서지기 일보 직전이었다. 함질이 다시 크게 외쳤다.

"명을 듣지 않는 자는 엄단할 것이다!"

함질은 이렇게 말한 후, 화살 한 대를 지채문과 문밖에 있는 병력의 머 리 위로 쏴 보냈다.

"피잉-."

함질이 쏜 화살이 머리 위로 날자, 동북기군들은 몸을 낮추거나 방패로 몸을 가렸다. 지채문은 반사적으로 활을 들고 시위에 화살을 먹였다. 그러나 이미 함질은 담벼락 밑으로 몸을 숨긴 상태였다. 함질이 머리를 내밀지 않고 다시 외쳤다.

"사수(射手), 준비하라!"

함질의 외침에, 최창이 다급히 지채문에게 말했다.

"담벼락에 병사들이 매복하고 있는 것 같습니다."

지채문은 잠시 망설였다. 마음 같아서는 힘으로 밀어붙여 역적 같은 무리를 모두 소탕해버리고 싶었지만, 거란군과 싸우기도 전에 자중지란(自中之亂)의 상태에 빠질까 봐 저어됐기 때문이다. 지채문이 명했다.

"군사들을 뒤로 물려라!"

지채문은 이렇게 명한 후, 날 선 목소리로 관아 안쪽을 향해 외쳤다.

"거란의 사절들은 우리 동북기군에 의해 모두 전멸되었다!"

지채문은 이렇게 말하며 노의와 유경의 목을 담장 안쪽으로 던졌다.

"이것은 역적 노의와 북적의 목이다. 역적의 말로는 모두 이와 같을 것이다!"

지채문이 노의와 유경의 목을 담장 안으로 던졌으나 안에서는 아무런 반응이 없었다. 지채문은 품속에서 무엇을 주섬주섬 꺼냈다. 서찰이었다. 지채문은 편지를 펴고 한심한 표정을 짓더니 큰소리로 읽어 내리기 시작했다.

"삼가 폐하께 글을 올립니다. 저희는 작은 나라의 백성들로서…."

지채문은 이렇게 편지의 첫 문장을 읽더니 갑자기 욕을 해댔다.

"젠장, 누가 폐하란 말인가! 우리 고려가 작은 나라인가! 이런 망할 역적들!"

지채문은 이렇게 욕설을 내뱉더니 편지를 두 손으로 찢어버렸다.

"이따위 투항문을 누가 작성했는가? 우리 선조들이 비웃을 노릇이다!"

지채문은 투항문을 찢어버린 후에 돌아서서 병력을 점고했다. 최창은 방금 담벼락 위에서 머리를 내밀고 말한 사람이 함질이라는 것을 알았다.

"함 판관님!"

최창이 함질을 불렀다. 아무 대답이 없자 재차 불렀다.

"함 판관님! 군용사 최창입니다! 드릴 말씀이 있습니다."

함질은 담벼락 밑에 몸을 숨기고 있다가 무언가 밖에서 날아와서 땅에 떨어지는 것을 보았다. 병사 하나에게 가지고 오도록 지시하니 바로 노의와 유경의 목이었다. 함질은 소스라치도록 놀랐다. 지채문에게 거란 사절들이 전멸했다는 말을 들었을 때만 해도 반신반의했었다. 그런데 지채문의 말은 사실이었던 것이다.

함질은 최창이 말하는 소리를 들었으나 얼이 나간 상태였으므로 대답을 할 수 없었다. 최창이 계속해서 말을 이어갔다.

"거란 사절들은 모두 불귀의 객이 되었습니다. 그들이 모두 죽은 이상, 더 이상의 화평은 없습니다. 노한 거란주는 병력을 이끌고 곧 이곳 서경에 당도할 것입니다. 이제 다른 선택은 없습니다. 오직 서로 힘을 합해 힘써 맞서 싸울 수 있을 뿐입니다."

최창은 이렇게 말한 후, 지채문과 잠시 의논한 끝에 다시 옛 궁궐의 회랑에 가서 주둔하기로 했다. 거란 사절들이 모두 죽은 이상, 서경의 지휘부들이 어떻게 하겠는가! 거란에 맞서 싸울 수밖에 없을 것이다.

40
서경을 나가는 지채문

: **경술년**(1010년) **십이월 십일 미시**(14시경)

　최창의 말이 옳았다. 지채문과 최창은 서경의 상황을 막다른 곳까지 몰고 간 것이다. 함질은 정신을 차리고 겉옷을 벗어 노의와 유경의 목을 싸들고 급히 관아 안으로 뛰어 들어갔다.

　"부유수 각하! 부유수 각하!"

　다급히 원종석을 불렀다. 원종석이 보니 함질이 무엇을 들고 오는데 자세가 매우 어색했다. 의아한 표정으로 함질에게 물었다.

　"들고 있는 것이 무엇이오?"

　함질이 어정쩡한 자세로 답했다.

　"노의와 유경의 목입니다."

　원종석이 가당치 않다는 표정을 지으며 말했다.

　"그게, 무슨 말 같지 않은 소리를 하는 거요?"

　함질이 크게 한숨을 쉬며 힘주어 말했다.

　"분명, 노의와 유경의 목입니다."

　원종석이 두 눈을 크게 뜨며 말했다.

　"무슨 말이요! 노의와 유경의 목이라니….'

　"지채문이 일을 벌이고 말았습니다. 아마 거란 사절들이 돌아가는 길에 매복해 있다가 그들을 모두 주살한 것 같습니다."

　"이 무슨! 이 무슨!"

　함질은 탁자 위에 노의와 유경의 목을 조심스레 올려놓고 싸고 있던 자신의 옷을 풀었다. 원종석이 보니 과연 노의와 유경의 목이었다. 다리에 힘이 풀리며 의자에 털썩 주저앉았다. 원종석이 충격에 휩싸여 아무 말도 하지 못하고 있는데 함질이 말했다.

"어쨌든 대책을 세워야 하지 않겠습니까?"

원종석이 여전히 어찌해야 할지 몰라 우물쭈물하는 중에 벌써 소식을 들은 최위가 빠른 걸음으로 들어오며 함질을 보고 물었다.

"지채문이 수하들을 이끌고 관아의 남문을 공격하다가 물러났다고 들었소. 어찌 된 일이요?"

함질이 말없이 노의와 유경의 목을 가리켰다. 최위가 소스라치게 놀라며 물었다.

"이 수급은 노의와 유경이 아닙니까?"

함질이 탄식하며 답했다.

"맞습니다. 노의와 유경의 목입니다. 지채문이 수하들을 이끌고 거란 사절들을 전멸시켰다고 합니다."

최위가 발을 구르며 격하게 말했다.

"멍청한 무관 놈 같으니라고! 그 돌대가리 같은 놈이 제힘만 믿고 하늘 무서운 줄 모르고 날뛰다니…."

함질이 최위의 소매를 붙잡으며 말했다.

"이미 일은 벌어졌습니다. 어서 빨리 대책을 세워야 합니다."

최위가 짜증이 가득 담긴 표정으로 말했다.

"거란군들은 모두 혈연으로 맺어진 관계요. 이제 그들을 죽였으니 반드시 복수하려고 할 겁니다. 만일 복수를 못 한다면 그들에게 그것만큼 불명예가 없습니다. 목숨을 걸고 복수하려고 할 텐데 그것을 어찌 막는단 말이요!"

최위의 말에 원종석과 함질이 절망스러운 표정으로 서로를 쳐다보았다. 원종석이 문득 생각난 듯 입을 열었다.

"지채문이 거란 사절들을 전멸시켰다고 주장하고 있으나 사실은 정확히 모르지 않소? 거란 사절 중 몇은 도망갔을지도 모르지."

최위가 그런 원종석을 딱한 표정으로 보며 말했다.

"노의와 유경이 죽은 이상, 거란 사절 몇이 살아 돌아갔다고 해서 무슨 차이가 있겠습니까!"

원종석이 고개를 숙이며 말을 잇지 못했다. 그런 원종석을 보며 최위가 적선(積善)하듯이 입을 열었다.

"방법이 전혀 없는 것은 아닙니다. 거란 사회는 확실히 복수법이 가장 큰 대법(大法)이나 마구 행해지는 것은 아닙니다. 절도가 있습니다."

방법이 있다는 말에, 원종석과 함질이 눈을 동그랗게 뜨고 최위를 바라보았다. 최위가 잠시 뜸을 들인 뒤에 말했다.

"복수는 그 일을 행한 사람에게만 영향을 미칩니다. 그렇지 않다면 복수가 무한히 확대되어 사회 존립이 위태로울 것입니다."

최위가 이렇게 말하고 있는데 사록참군사(司錄參軍事) 양택과 문안이 들어왔다. 최위가 잠시 침묵했다.

원종석이 참다못해 말했다.

"최 판관! 도대체 어떻게 하자는 말이요?"

최위가 결연한 표정으로 말했다.

"지채문 등을 거란에 넘겨주면 됩니다."

최위의 말에 사람들의 표정이 일순 굳었다. 거란군에게 아군을 넘겨주자는 것 아닌가! 아무리 생각해도 그것은 너무 심한 일이었다. 함질이 정색하며 말했다.

"그것은 아무래도 좀⋯."

모두가 잠시 침묵을 지키고 있는데 원종석이 말했다.

"최 판관! 그렇다 쳐도, 그들을 어떻게 넘겨준다는 말이요?"

원종석의 말은, 넘겨줄 수 없다는 것인지, 넘겨주고 싶지만 어떤 방법으로 넘겨줘야 할지를 모른다는 뜻인지 분간이 되질 않았다.

최위가 냉소를 지으며 말했다.

"그들이 아무리 기세등등 날뛰어도 민심을 어쩔 수는 없을 것입니다."

원종석이 숨을 들이마시며 혼잣말을 했다.

"민심이라…."

최위는 즉시 거란군에 항복을 찬성하는 몇몇 호장을 불러들였다.

"지채문이라는 인간 때문에 이제 우리는 다 죽게 생겼소. 지채문이 수하들을 이끌고 거란 사절들을 몰살시켰소이다!"

최위의 말을 들은 호장 하나가 아연한 표정으로 말했다.

"그게 무슨 말입니까? 거란 사절들은 무사히 성을 나가지 않았습니까?"

"지채문이 무단으로 성을 나가서 길목을 지키고 있다가 거란 사절들을 몰살시킨 모양이요."

호장들은 놀라서 입을 벌리고 아무 말도 하지 못했다. 그런 호장들에게 최위가 낮은 목소리로 무엇을 말했다. 호장들은 가만히 고개를 끄덕였다.

지채문과 최창은 옛 궁전의 남쪽 행랑에서 군사들과 같이 대기하고 있었다. 지금은 대기하는 것 외에 따로 할 일이 없었다. 탁사정이 동북면의 군사들을 이끌고 빨리 도착하기를 바랄 뿐이었다.

긴장 상태에서 대기하고 있는데 담장 밖에서 소란스러운 소리가 들렸다. 지채문이 문 쪽을 보니 일단의 사람들이 안으로 들어오려고 문을 지키는 군사들과 실랑이를 벌이고 있었다.

지채문은 문 앞으로 걸어가서 무슨 일인지 파악했다. 문밖에는 연로한 사람들이 몇 명 모여 있었다.

"중랑장 지채문입니다. 어르신들은 무슨 일이십니까?"

그중 한 사람이 나서는데 그렇게 연로한 사람은 아니었다. 붉은색 비단옷을 입고 상당히 뚱뚱했는데 이제 막 오십 줄에 접어든 것 같았다. 그는 지채문에게 따지듯이 말했다.

"당신네가 거란의 사절들을 죽였다고 들었소! 우리의 주력이 삼수채에서 패하고 지휘부뿐만이 아니라 모든 병력이 궤멸된 상태에서 서경을 어떻게 지키려고 하시오? 서경민 모두를 죽음으로 내몰겠다는 말이오?"

지채문이 낯빛을 부드럽게 하며 말했다.

"조금 있으면 동북면의 증원군이 옵니다. 또한 삼수채에서 패한 우리 군사들도 적지 않게 서경에 와 있어서 병력이 적다고 말할 수는 없습니다."

지채문의 말에, 뚱뚱한 호장 옆에 있던 허리 굽은 노인이 언성을 높이며 말했다.

"동북면의 지원군이 오기나 하는 것이요? 설령 온다고 해도 수천에 지나지 않을 터, 거란군은 수십만에 달한다고 하는데 그들을 어떻게 막겠다는 말이오?"

지채문이 단호히 말했다.

"왕명이 내려졌습니다. 동북면의 지원군은 곧 도착할 것이고 그들과 더불어 반드시 막아낼 수 있습니다."

또 다른 노인이 지채문에게 눈을 흘기며 말했다.

"지금 이 상황에 무슨 왕명 타령을 하는 것이오! 쯔쯔쯔."

지채문이 그 노인을 보며 엄히 말했다.

"왕명은 지엄한 것입니다. 우리 군은 반드시 왕명을 실천할 것입니다."

노인이 냉소하며 혼잣말처럼 말했다.

"지금 성상이 있는 건지 없는 건지도 모르겠는데, 왕명이라니⋯."

노인의 말에 지채문의 얼굴에 노기가 띠었다. 만일 노인이 아니라면 벌써 베어버렸을지도 몰랐다. 지채문이 약간 높아진 언성으로 노인들에게 말했다.

"서경은 저희가 지킬 것이니, 이제 돌아가십시오."

지채문은 이렇게 말하고 행랑으로 돌아왔다. 어차피 시간이 해결해줄 문제이므로 느긋하게 휴식을 취할 생각이었다. 아예 모포를 깔고 드러누웠다. 이왕 쉬려면 제대로 쉬어야 한다. 그래야 힘을 쓸 때 제대로 쓸 수 있는 법이다. 군사들도 보초를 서는 인원 외에는 푹 쉬도록 명해두었다.

지채문이 살짝 잠들려는 찰나 '픽' 하는 소리가 귀를 때렸다. '픽' 하는 소리가 몇 번 들리더니 '와장창' 하는 소리가 들렸다. 지채문이 퍼뜩 잠에서 깨어나 사방을 살폈다. 무슨 일인지 파악하려고 하는데 옆에 있던 낭장 정인이 말했다.

"담장 밖에서 돌이 몇 개 날아든 것 같습니다!"

보초를 서던 군사가 달려와서 보고했다.

"서경민들이 밖에 모여 있습니다. 수천 명 가까이 되는 것 같습니다."

지채문은 즉시 담장 쪽으로 가서 발판을 딛고 밖을 내다보았다. 과연 많은 서경민이 밖에 모여 있었는데 정말 수천 명은 되어 보였다. 그들 중에 몇이 돌을 던진 것 같았다. 지채문이 가만히 살펴보니 젊은 남자들은 거의 없었고 대부분 노인과 아녀자들이었다. 아녀자들 중 몇은 아이들까지 대동하고 있었다.

한 노파가 행랑의 담장 쪽을 바라보며 울부짖듯이 절규했다.

"이놈들아! 우리 두 아들은 강조란 놈을 따라갔다가 모두 돌아오지 못했다! 이제 내 손주들까지 죽일 참이냐! 죽으려면 너희들이나 서경을 나가서 거란군과 싸우면 될 것 아니냐! 왜 죄 없는 우리를 괴롭히는 게냐! 썩 서경을 나가라!"

여기저기서 동조하는 외침이 터져 나왔다.

"지채문은 서경에서 물러가라!"

"싸우려면 성을 나가서 싸워라!"

"서경인을 다 죽이려 하느냐!"

지채문이 심각한 표정으로 그 장면들을 보고 있는데 최창이 지채문 옆에 와서 말했다.

"곤란하군요!"

지채문이 숨을 크게 들여 마신 후 부하들에게 명했다.

"전원 전투 준비하라!"

지채문이 명하자, 고각수들이 나팔을 불고 깃발을 흔들었다. 지채문이 다시 명했다.

"장교들을 소집하라!"

장교들이 모이자, 막 회의를 시작하려는데 밖에서 돌들이 날아와 행랑의 마당과 지붕에 떨어졌다. 지채문이 떨어지는 돌들을 보면서 명했다.

"만일 누군가 담장을 넘어오려 한다면 적으로 간주해도 좋다!"

장교들이 지채문의 명을 듣고 각자 맡은 구역으로 흩어졌다.

최창이 지채문에게 물었다.

"어떻게 하시려고 합니까?"

"이곳에서 동북면군이 올 때까지 버티면 되질 않겠습니까!"

최창이 수긍하듯이 고개를 끄덕이며 말했다.

"옳은 말씀이십니다. 그러나 만에 하나라도 거란군이 먼저 서경에 도착한다면 어쩌시겠습니까? 또한 서경민들이 불온한 행동이라도 한다면 그것도 낭패입니다."

지채문이 '끙' 소리를 내며 아무 말도 하질 못했다. 최창이 조심스레 지채문에게 말했다.

"일단 성을 빠져나가는 것이 나을 듯싶습니다. 성을 나갔다가 동북면 본대가 오면 그때 다시 합세하여 성에 들어오는 것이 좋지 않겠습니까?"

지채문이 가만히 생각해보니 성안에서 버티는 것보다는 성을 나가는 것이 과연 나을 것 같았다. 먼저 오는 거란군보다 더 당혹스러운 것은 행랑 밖의 서경민들이었다. 군중심리라는 것은 순식간에 돌변한다. 만일 서경민들이 흥분에 휩싸여서 접근해오면 무력을 사용할 수밖에 없을 것이다.

서경민이 무서운 건 아니었으나 그들을 주살하게 되면 그들의 협조를 받아 서경을 지킨다는 계획은 물거품이 될 것이다.

지채문은 가만히 생각해본 후 최창에게 말했다.

"군용사의 의견이 맞을 듯싶소. 그러나 서경민들이 주위를 둘러싸고 있는데 저들을 해하지 않고 어떻게 이곳을 나갈 수 있겠습니까?"

최창이 별일 아니라는 듯이 말했다.

"저들이 원하는 것은 거란군에 항복하여 목숨을 구하는 것입니다. 눈엣가시 같은 우리가 나가는 것을 막지 않을 것입니다."

최창은 지채문에게 이렇게 말한 후, 성큼성큼 걸어서 문 앞으로 간 후, 큰 소리로 말했다.

"나는 군용사 최창이요! 나와 동북면의 군사들은 당신들의 바람대로 성을 나갈 것이니, 길을 내어주기를 바랍니다!"

최창의 말에, 모여 있던 서경민들은 저마다 웅성웅성 댔다. 그 붉은 옷을 입은 뚱뚱한 호장이 다시 나서며 말했다.

"당신들이 서경을 나갈 것을 어떻게 보증할 수 있겠소?"

그 말을 들은 최창이 목소리를 높이며 말했다.

"우리가 선택할 상황은 두 가지요. 왕명을 듣지 않는 당신들을 주살하든지 아니면 성을 나가는 것이요!'

최창이 이렇게 말하며 모여 있던 사람들을 훑어보며 다시 말했다.

"우리는 조용히 대동문으로 나가길 원하오. 대동문으로 나가서 개경으로 갈 것입니다. 길을 터주시오."

뚱뚱한 호장이 잠시 가만히 있더니 말했다.

"잠시 기다리시오."

호장은 재빨리 최위에게 사람을 보내 지채문 등이 서경을 나가고자 한다는 것을 알렸다. 최위는 길을 터주라고 지시하고 만일의 사태에 대비해서 사람들을 이끌고 지채문의 뒤를 따르라고 일렀다.

잠시 후, 최위의 지시를 받은 호장은 서경민들을 한쪽으로 물러나게 하고 길을 터주었다. 지채문이 말에 오르며 군사들에게 단단히 지시했다.

"저들이 먼저 위해를 가하지 않는 이상, 먼저 도발하지 말라! 먼저 도발하는 자는 군법에 따라서 처벌할 것이다!"

지채문은 선두에 서서 군사들을 이끌고 문을 나갔다. 서경민들은 그저 지켜볼 뿐 별다른 움직임이 없었다. 대동문 쪽으로 길을 잡고 가는데 그 뒤를 서경민들이 뒤따랐다. 후방을 맡은 낭장 정인이 그 사실을 지채문에게 알렸다. 지채문이 고개를 돌려 흘끗 보니 과연 서경민들이 거리를 두고 뒤따르고 있었다. 지채문이 최창을 보며 말했다.

"저들이 우리를 배웅이라도 하려나 봅니다."

최창이 쓴웃음을 지으며 말했다.

"우리가 나가는 것을 감시하려는 것이겠지요."

지채문이 대동문에 거의 다다를 즈음에 갑자기 뒤쪽에서 소란스러운 소리가 들렸다. 지채문이 뒤를 돌아보니 일단의 무장한 군사들이 사람들을 헤치고 빠르게 접근해오고 있었다. 최창이 당황한 표정으로 지채문을 쳐다보는데 지채문이 말머리를 돌리며 간결하게 명령을 내렸다.

"추행진(錐行陣)으로!"

고각수들은 지채문의 명령을 듣고 재빨리 기를 휘두르고 나팔을 불어댔다. 지채문이 말을 돌리자, 지채문을 정점으로 하는 삼각형의 추행진이 순식간에 펼쳐졌다.

지채문과 동북기군들이 추행진을 짜고 전투태세를 갖추자 접근하던 병력이 멈추어 섰다. 멈추어 선 병력 중에 자색 전복을 입은 기병 한 기가 앞으로 나오면서 외쳤다.

"나는 금오위 대장군 정충절이다!"

정충절의 목소리를 들은 지채문 역시 앞으로 나서며 말했다.

"중랑장 지채문입니다. 그간 안녕하셨습니까?"

지채문의 인사에 정충절이 지휘봉을 들어 답례한 후, 단기(單騎)로 말을 몰아왔다. 지채문이 가까이서 보니, 과연 금오위 대장군 정충절이었다. 정충절은 풍성한 얼굴에 환갑의 나이임에도 수염이 아직 검은색이었다. 정충절이 거느린 군사들도 옅은 자색의 전포를 입은 것이 확실히 금오위 군사들이었다.

정충절이 지채문에게 말했다.

"내가 이끈 오천의 금오위군은 부끄럽게도 삼수채 싸움에서 패하고 말았네."

정충절이 몸을 돌려 뒤를 가리키며 다시 말했다.

"대부분 생사를 알 수 없고 저들 오십 인이 지금 남은 금오위의 전부라네. 자네 군이 거란 사절들을 전멸시켰다지?"

지채문이 답했다.

"예, 그렇습니다."

정충절이 대견스러운 표정으로 지채문을 보며 말했다.

"우리 남은 금오위는 그대와 합류하여 거란에 대항하겠네!"

지채문이 정중히 답했다.

"그렇다면 중군을 맡아주십시오. 제가 선봉에 서겠습니다."

부대가 대동문(大同門) 앞에 다다르자 수문장이 별다른 제재 없이 성문을 열어주었다. 최위가 미리 심복을 보내 문을 열어주라고 지시해놓았기 때문이었다. 지채문은 얼어붙은 대동강을 건너 남쪽에 진을 치고 전령을 동쪽으로 보냈다.

한시바삐 탁사정이 당도하기를 기다리면서….

41
서경의 정치를 설명하는 조원

: 경술년(1010년) 십이월 십일 신시(16시경)

조원은 강민첨과 더불어 애수진의 군사 백여 명과 같이 탁사정의 뒤를 따랐다. 모든 가용병력을 총동원하기로 했으므로, 애수진의 병력도 가용한 병력이 모두 동원된 것이었다.

애수진의 병력을 동원하려고 하자 진의 군사들이 술렁였다. 전황에 대해서 비밀에 부쳤지만 애수진의 군사들까지 동원된다는 데서 전황이 상당히 좋지 않음을 눈치챌 수 있었기 때문이다.

강민첨이 동요하는 진의 군사들에게 말했다.

"내가 그대들과 함께할 것이다! 우리는 이때를 대비해서 충분히 훈련했다. 훈련한 대로만 하면 어려움이 없을 것이다."

진장인 강민첨은 사실 빠지려면 빠질 수도 있었다. 이런 진의 실제 군사 지휘는 대부분 무관이 했기 때문이다. 그런데 강민첨은 스스로 진의 군사들을 이끌겠다고 했다. 당연히 진의 군사들이 출동하니, 진장이 이끌어야 한다는 것이다.

조원은 강민첨이 상당히 마음에 들었다. 지금까지 행동을 보면 일도 잘하고 책임감도 아주 강했다. 서북면을 지원하러 가는 것은 목숨을 거는 것이다. 빠지려고 마음먹으면 빠질 수 있는데도 자신의 책임을 다하기 위해서 스스로 위험을 무릅쓰는 것이다. 강민첨은 제대로 된 바람직한 관료였다.

강덕진에 도착하니, 지채문이 떠난 지 얼마 되지 않은 시점이었다. 탁사정은 군사들을 재촉해서 서경으로 향했다. 강동(江東: 평양특별시 강동군)에 이르자 드디어 거란 기병들이 멀리서 관측되기 시작했다. 거란 기병들은 고려군들을 보자 별다른 행동 없이 뒤로 물러났다.

그러나 물러갔던 거란 기병들은 어느새 다시 나타나서 맨 후방에서 행군하고 있는 애수진의 군사들 뒤로 따라붙었다. 거란 기병들이 뒤로 슬금슬금 따라붙자 애수진의 군사들이 뒤를 계속 돌아보며 불안해했다.

강민첨이 애수진 별장 팽홍패(彭洪覇)에게 명했다.

"뒤를 단단히 감시시키시오!"

팽홍패가 군사 둘을 시켜 후방을 감시하게 했고 강민첨이 군사들을 다독이며 말했다.

"평소 훈련한 대로 하면 된다."

조원은 애수진의 장교와 군사들과 몇 날을 같이 했으므로 상당히 친해져 있었다. 조원이 말했다.

"우리가 지금 건너는 곳이 마탄*(馬灘)입니다. 서경팔경(西京八景) 중에 하나지요. 이른 봄에 마탄의 눈석이물**이 넘쳐서 소용돌이치는 모습은, 얼음이 갈라지는 소리와 함께 장관을 이루지요. 뭐랄까! 말할 수 없이 가슴이 시원해지는 기분이랄까!"

조원은 장교들에게 주변의 경관과 지리를 마치 유람 나온 사람들에게 설명하는 투로 말했다. 애수진의 대정 이상의 장교들에게 말하는 것처럼 했지만, 흩어져 있는 대정 이상의 장교들이 들을 정도면 모든 군사가 들을 수 있었다.

조원은 끊임없이 서경 주변의 경치와 지리에 대해서 신나게 설명했다.

---

*   평양 동쪽 대동강의 여울.
**   눈석이물: 눈석임물의 사투리, 쌓인 눈이 속으로 녹아서 흐르는 물.

군사들은 따라붙은 거란 기병들이 신경 쓰여 조원의 말을 처음에는 잘 듣지 못했으나, 조원이 옛날이야기를 곁들여가며 재미있게 말하니 점점 조원의 말에 귀를 기울이게 되었다.

조원이 앞을 가리키며 다시 말했다.

"조금 더 가서 서경의 성벽이 보일 정도의 거리가 되면 왼쪽 대동강에 비단으로 된 섬이 보일 겁니다."

조원의 말에 애수진의 군사들이 믿을 수 없다는 듯이 고개를 가로저으면서도 귀담아들었다. 비단으로 된 섬이 있다는 것은 정녕 믿을 수 없는 일이었다. 말도 안 되는 소리였다. 그러나 만일 비단으로 된 섬이 정말 있다면 대단할 것이었다. 비단은 황금과도 같다. 비단으로 이루어진 섬에서 그 비단을 조금만 끊어 간다면 완전히 횡재하는 게 아닌가!

"그런데 정말 신기한 건, 이 비단섬이 원래 여기에 있던 것이 아니라는 것이지요. 사실은 우리가 지나왔던 강덕진에 있던 것입니다. 거기서 좀 오래전에 떠내려와서 서경 남쪽에 자리 잡았다고 합니다."

비단섬 그 자체도 더할 나위 없이 신비로운데 그것이 떠다닌다니 더욱 신비롭지 않은가! 애수진의 군사들이 조원의 말에 집중하기 시작했다. 조원이 애수진의 군사들을 돌아보며 말했다.

"더구나 거란주가 몸소 우리를 침공한 이유가, 사실은 이 비단섬을 갖기 위해서라는 말도 있습니다."

조원이 이번에는 오른쪽 멀리 보이는 큰 산을 가리키며 말했다.

"다들 들어보셨을 겁니다. 바로 저 산이 대성산(大城山)입니다. 용산(龍山)이라고도 부르지요. '용산은 푸르다'라는 경치가 바로 저 모습입니다. 용산은 사시사철 늘 푸른데 산 안에 용이 살기 때문이라고 합니다. 용을 본 사람들도 몇몇 있기는 한데…."

조원은 계속 서경의 경치와 풍경에 대해서 설명하며, 거기에 얽힌 전설의 유래와 더불어 이야기를 풀어놓았다.

드디어 대성산을 오른쪽에 끼고 돌자 서경의 성곽이 보이기 시작했다. 애수진의 군사들은 시선을 왼쪽으로 돌려 대동강 쪽을 주의 깊게 보았다. 아까 조원이 서경의 성곽이 보일 정도가 되면 대동강에 비단섬이 떠 있다고 했기 때문이었다. 모두 목을 길게 빼고 대동강 쪽을 두리번거리는데 정말 섬이 보였다. 멀리서 보면 별다를 게 없는 섬이었다.

조원은 대성산을 돌면 보이는 가장 멋진 풍경에 대해서 한껏 말하려고 했는데 그것이 보이질 않아 크게 당황하고 있었다.

바로, 중흥사 구층탑이 보이질 않았던 것이다.

조원은 잠시 멍하게 있다가, 정신을 차리고 이번에는 서경의 저잣거리의 풍경에 대해서 읊어대기 시작했다. 서경이 얼마나 화려한 도시인지 조원의 끊임없는 설명이 이어졌다. 특히 조원이 말하는 대도시 서경의 밤 문화는 젊고 혈기 왕성한 시골 젊은이들을 자극하기에 충분했다. 귀가 즐거웠고 상상만 해도 몸이 즐거워졌다.

조원이 의기양양한 표정으로 주위를 돌아보며 말했다.

"서경 관아 양편에는 연령점(延齡店)과 영액점(靈液店)이 있소이다. 다들 아실 게요. 끝내주지요. 시간 되시는 분들은 한 번 가보도록 하십시오. 그러나 술은 즐겁게 마시되 정신줄은 놓치지 말아야 합니다. 장사하러 서경에 왔다가 밑천까지 홀랑 주점에 갖다 바치고 빚까지 얻고 나서 속곳만 입고 야반도주하는 남자들이 부지기수니까."

조원의 계속된 얘기에 군사들은 침을 꼴깍 삼켰다. 이렇게 조원의 얘기를 듣는 사이에 조원이 말한 그 '비단섬'에 거의 다다랐다. 그런데 애수진의 군사들이 아무리 봐도 그냥 섬이었다. 뭐 특별한 점이 있어 보이지는 않았다.

교위 김소보(金所寶)가 조원에게 물었다.

"저 섬이 아까 말씀하신 그 비단섬이 맞습니까?"

조원이 답했다.

"아, 맞습니다. 한자로는 '능라도(綾羅島)'라고 하지요."

애수진의 군사들이 아무리 보아도 섬에 비단이 깔려 있지는 않았다. 군사들이 의아한 눈빛으로 조원을 바라보았다.

조원이 뭐라고 말하려는데 강민첨이 군사들에게 말했다.

"섬 위의 능수버들이 비단을 풀어놓은 듯 아름다워서 '능라도'라네."

애수진의 군사들이 얼굴을 찡그리며 조원을 보았다.

조원이 어깨를 으쓱하며 말했다.

"이런, 당신들은 진짜 비단섬인 줄 알았나? 세상에 비단섬이 어디 있겠나! 그렇다면 그 섬이 남아나겠는가! 다 재미있으라고 말하는 전설이지."

조원의 말에 애수진의 군사들이 야유했다.

이에 조원이 정색하며 말했다.

"좋소, 좋소, 내가 거짓말을 한 것은 아니지만 대세가 나의 책임을 묻는 듯하니, 장교들에게는 주점에서 술을 사고 군사들은 우리 집으로 초대해서 그 유명한 대동강 숭어국을 안주 삼아 거나하게 한 잔 대접하도록 하지. 어떻소이까?"

장교들이 좋아라 하자 군사들 역시 환호성을 질렀다.

강민첨이 부하들에게 웃으며 말했다.

"조 녹사님께 감사하는 뜻으로 함성을 세 번 지른다!"

강민첨의 말에 애수진의 군사들이 신나서 함성을 질렀다.

"애수! 애수! 애수!"

조원이 사방으로 읍하며 진심 어린 목소리로 말했다.

"당신들이 내 고향을 지키기 위해 와주었으니, 내가 진정 감사할 따름이오."

강민첨은 조원이 서경의 경치 이야기를 늘어놓기 시작하자 상당히 의아했다. 소수의 거란 기병들이 벌써 뒤에 따라붙었고 언제 어디서 거란의 대군이 나타나도 이상하지 않을 시점이었다. 강민첨은 태연한 듯 있었지만 주변 상황을 면밀히 살피며 혹시 발생할지 모를 상황들에 대해서 상상하며 그에 대한 대비책을 생각하고 있었다.

그런데 이런 시점에 한가로이 풍경 얘기라니….

분위기를 파악 못 해도 여간 못하는 인사가 아니었다. 아무리 미물(微物)이라도 자신의 목숨이 왔다 갔다 하는 상황은 파악하는 법인데, 지금 조원은 개미나 벼룩의 눈치도 없는 자였다.

그런데 조원의 얘기를 듣다 보니 자연스럽게 서경 주위의 산과 물과 길 등의 자세한 정보를 얻을 수 있었다.

군사 훈련에서 가장 중요한 것은 활쏘기 등의 무예를 연마하고 진법을 훈련하는 것이지만 그만큼 중요한 게 또 있다. 주변 지형과 기후 등을 파악하는 것이었다. 강민첨은 서경에 들어가게 되면 우선 서경 근처의 지형이 자세히 그려진 지도를 구해 군사들을 교육하려고 했다. 직접 답사까지 하는 것이 가장 좋겠으나 지금은 그럴 상황이 아니다. 그렇다면 지도만 보고 지형을 숙지해야 하는데 그것은 아주 재미도 없고 어려운 일이다. 지도만 가지고는 그 누구라도 정확한 지형의 반의반도 이해하지 못할 것이었다.

그런데 조원이 마치 유람을 시켜주듯이 기이하고 재미있는 전설과 일화를 섞어 말해주니, 듣는 사람은 서경과 그 주위의 지세를 절로 이해하게 되었다. 억지로가 아니라 자연스러운 흥미를 유발해서 생긴 학습효과였다.

강민첨이 보기에는 조원은 반드시 이런 효과를 의도하고 말한 것이었다.

조원의 경치 얘기에는 중구난방이 없었고 서경을 중심으로 이동로 네 곳에 집중해 있었다. 그리고 한 이동로를 설명할 때는 서경을 출발하여 마치 그곳을 직접 가듯이 가까운 곳부터 먼 곳까지 차분히 설명하고 있었다.

강민첨은 관리의 가장 중요한 덕목이 책임감이라고 생각했다. 자신의

고려거란전쟁 - 고려의 영웅들 (상)

위치에서 책임을 다하는 것. 심지어 자신을 버릴지라도….

강민첨은 애수진의 진장이다. 진장은 애수의 군사들을 부리며 돌봐야 한다. 더구나 지금은 전쟁 상황이다. 적과 언제든 마주칠 것이고 그렇다면 싸워서 이겨야 한다. 혹은 맞서지 못할 군세라면 즉시 적당한 곳까지 퇴각하여 전력을 보존해야 한다. 이런 결정은 촌각을 다투며 이루어져야 할 것이고 조금만 실수하거나 실기하면 애수진 군사들의 목숨은 허무하게 사라지게 될 것이다.

강민첨은 진을 출발할 때부터 이런 생각을 마음속 깊이 품고 항상 긴장 상태를 유지해왔다. 특히 강덕진에서부터는 내색하지는 않았지만 초긴장 상태였다. 계속 주변을 살피고 적이 나타날 상황을 가정하며 대비책을 세웠다.

그런데 조원의 경치 얘기를 들으며 조원의 의도를 파악하기 위하여 생각을 하다 보니 긴장했던 마음이 사뭇 누그러졌다. 긴장이 살짝 풀리자 좀 더 객관적으로 자신을 보게 되었고 지금까지 너무 긴장하고 있었다는 것을 깨닫게 되었다.

상황이 오기 전에 철저히 준비하고 대비해야겠지만, 너무 잘하려고 하다 보면 오히려 생각에 유연성이 떨어져서 잘 안 되는 경우가 더 많다. 준비는 철저히 하되 실전에 임해서는 마음을 비워야 하는 것이다. 지금까지는 마음을 너무 채워왔던 터라 그 마음이 지나치게 무거웠다.

긴장했다는 사실을 자각하다 보니, 자신이 반드시 필요한 말 외에는 입을 열지 않았다는 것을 깨달을 수 있었다. 긴장하고 있음을 내색하지 않았다고 생각했으나 주변의 장교들이나 눈치 빠른 군사들은 충분히 느꼈을 것이다.

상하가 서로 신뢰해야 강한 군대가 될 수 있다. 신뢰를 바탕으로 하는 강력한 명령체계로 군사들을 하나로 모아야 한다. 그러나 군사들이, 지휘관이 과도하게 긴장했다는 것을 느끼게 되면, 더불어 긴장하게 되며 지휘관에 대한 신뢰가 약해진다.

강민첨은 이를 깨닫자 즉시 마음을 비웠다. 마음을 비우자 눈이 맑아지며 더 잘 보이고 생각의 흐름이 더욱 빨라졌다.

강민첨은 조원과 며칠을 동행하며 조원이 밝은 사람이고 또한 영리한 사람이라는 것을 알게 되었다. 또한 애수의 군사들을 대하는 태도를 보면 상당히 자상한 사람이었다. 술을 좋아한다는 것이 단점이었으나 그렇다고 일을 망칠 정도는 아니었다.

조원이 가끔 기침하는 것을 보아 폐가 약간 좋지 않은 듯했다. 그러나 그것을 별로 신경 쓰지 않는 태도였고 도중에 시간 날 때마다 고열을 상대로 창술과 봉술, 검술을 익혔다. 조원도 무척이나 책임감 있는 사람이었다. 그런데 이제 보니 그 이상의 능력자인 것 같았다.

강민첨이 이런 생각을 하며 조원을 보다가 눈이 마주쳤다. 조원이 강민첨을 향해 씽긋 웃으며 뒤를 보았다. 여전히 거란 기병 몇 기가 뒤를 따르고 있었다.

강민첨과 조원은 약간 어색했었다. 넉살 좋은 조원이 숙영지에서 같이 술을 마시다가 강민첨에게 형님이라고 불렀는데, 공과 사를 철저히 구별하는 강민첨은 그런 호칭을 좋아하지 않았고 나이 차도 많았기 때문이었다. 강민첨이 정색하는 바람에 사이가 약간 어색해진 것이다.

강민첨은 조원을 책임감 있는 관료이긴 하나 세상 어려움을 모르는 약간 버릇이 없는 사람이라고 인식하고 있었다. 이제 그 생각이 바뀌어가고 있었다.

42
서경 안과 밖

: **경술년(1010년) 십이월 십일 유시(18시경)**

탁사정이 이끄는 동북면의 본대가 서경 남쪽에서 드디어 지채문의 병력과 규합하여 서경으로 들어갔다. 들어갈 때는 어렵지 않았다. 대군인 데다가 안에서 조자기, 광휴와 양일 등이 호응했고 외성에 주둔하고 있던 이원과 김계부가 이끄는 좌우위 군사들도 합류했기 때문이다.

동북면 군사들이 급하게 서경에 입성하자 원종석 등은 모두 성을 빠져나가지 못하고 숨었다. 조자기는 미리 이들에게 광휴와 양일 등을 붙여 놓았었다. 원종석 등 다섯 명은 금세 잡혀 관아로 끌려왔다.

칠 척에 가까운 키에 사천왕과 같이 생긴 탁사정이 긴 수염을 나부끼며 포박당한 원종석 등을 보고 추상같이 명했다.

"역적들을 참하라!"

원종석 등 다섯 명은 효수되어 저잣거리에 목이 걸렸다. 동북면의 군사들이 서슬 퍼렇게 들어와, 투항을 계획했던 서경 지도부를 모두 참수하자 서경 민심은 잠잠해졌다. 오히려 그동안 조용했던 항전 세력들이 목소리를 내기 시작했다.

법언(法言)은 중흥사의 주지였다. 원래 삼한의 불교는 호국불교의 성격이 강한데다가 거란군들이 중흥사 구층탑을 불태우자 법언은 매우 분노했다. 법언은 승려와 수원승도 등으로 조직된 오백의 군대를 모았다. 그런데 서경성 안의 분위기가 투항 쪽으로 흐르자 성을 나가 개경으로 가려고 했다. 다행히 때맞춰 동북면의 군사들이 왔기 때문에 거기에 합류할 수 있었다.

탁사정이 병력을 점고하니, 동북면 군사 삼천에, 좌우위 정용 천오백여 명, 각종 군사가 사천이 되었고, 서경성 안의 장정이 모두 오천이었다. 도합 만 삼천여 명에다가 각종 노역에는 부녀자와 아이들까지도 동원할 수 있으니 충분하다고는 말할 수 없지만 적지 않은 병력이었다.

탁사정이 한창 서경성 안의 병력을 점고하고 있는데 서쪽에서 일단의 군마가 나타났다는 보고가 들어왔다. 탁사정 등은 약간 놀랐다. 군마가 나타나서 놀란 것이 아니라, 군마가 나타난 길이 미처 예상치 못한 길이었기 때문이다.

군마가 나타날 길은 두 군데였다. 동북면의 군사들이 온 동쪽 길과 정북(正北)의 숙주 쪽에서 내려오는 길이었다.

그러나 지금 군마가 나타난 길은, 전혀 어느 쪽 군마의 등장도 예상할 수 없는 서쪽 해안 길이었다. 어쨌든 거란군일 것이다.

탁사정은 부랴부랴 성벽 위에 군사들을 배치하게 하였다. 지채문은 신속하게 자신의 동북기군들을 점고하며 탁사정에게 말했다.

"저 서쪽 길은 주도로가 아니니 저들의 병력은 기껏해야 정찰대 수준일 것입니다. 제가 나가서 처리하겠습니다."

탁사정이 기세 좋게 답했다.

"북적들을 모두 멸하라!"

지채문은 즉시 육백 명의 동북기군들을 이끌고 서쪽에서 접근하는 군마들을 공격하기 위해 성을 나가려고 했다. 성문을 막 나서는데 성벽 위의 군사들이 소리쳤다.

"아군 같습니다!"

지채문이 그 소리를 듣고 의아해하며 다시 성벽 위로 올라갔다. 점점 다가와 분별할 수 있는 거리가 되자, 기치나 복장이 완연한 고려군임을 알 수 있었다.

그들은 군가를 부르고 있었다.

구름이 북쪽으로 달리는데
그곳은 옛 부여의 땅이라
우리가 돌아갈 고향이로다.
흉맹한 무리가 침노하여
고향 땅을 떠났지만
우리는 한시도 잊지 않고 있다네
다시 돌아갈 그곳을.
흉맹한 적들을 쓸어버리고
고향 땅을 되찾기를 맹세하노니,
그 맹세를 지키기 위해
신령의 호랑이와도 같은
우리의 거센 용기를 보이리.
우리의 용기를!

황색 전포를 입은 고려의 신호위(神虎衛) 군사들이었다. 성벽과 거리가 오십여 보 정도 되자 큰 목소리가 바람에 실려 왔다.

"나는 신호위 장군 대도수(大道秀)요!

대도수라는 말에 성벽 위의 군사들은 환호성을 질러댔다.

"와! 영웅 대도수다!"

"안융진의 영웅이다!"

탁사정 등도 대도수라는 이름을 듣고 깜짝 놀라며 대단히 반겼다. 안융진의 영웅 대도수가 온 것이었다.

대도수는 발해의 마지막 태자인 대광현(大光顯)의 막내아들이었다. 발해가 거란에 망하자 대광현은 발해 유민들을 이끌고 고려에 귀의했다(934년). 고려 태조 왕건이 대광현에게 북벌을 약속했기 때문이었다. 왕건은 대광현에게 왕계(王繼)란 이름을 하사하여 종친으로 삼고 개성 서쪽의 백주(白州: 황해남도 배천군)를 영지로 하사했다.

왕건은 발해 유민들을 매우 후하게 대했는데, 당시에 후백제와 지속적인 전쟁 중이었으므로 병력이 계속 필요한 시점이었고, 남쪽의 전쟁을 완결지은 다음 북벌에 나설 생각이었기 때문이었다. 왕건은 발해 유민들에게 서북쪽 땅을 하사하고, 그들에게 북방의 땅을 개간하게 하여 영토를 넓힘과 동시에 우선 북방의 방어를 전담케 했다. 또한 그들의 군사력을 적극적으로 활용하여 후삼국을 통일하는 데도 대단히 유용하게 썼다.

대도수는 대광현의 아들이며 발해의 적통이지만, 탁사정 등이 대도수의 이름을 듣고 대단히 반가워한 것은 그것 때문만이 아니었다. 대도수가 십칠 년 전 안융진에서 유방(庾方)과 함께 거란군을 물리치는 큰 무용을 세웠기 때문이었다. 대도수는 그 이후로 유방과 더불어 '안융진의 영웅'이라고 불리며 이름을 크게 떨치고 있었다.

대도수는 그 이후에 승승장구하다가, 강조의 정변이 발생하자 유방과 같이 관직을 버리고 고향에 내려가 있었다.

이 어려울 때, 영웅 대도수의 등장이 탁사정에겐 심히 반가울 수밖에 없었다. 탁사정이 얼굴 가득히 반가운 기색을 띠며 대도수에게 물었다.

"어찌하여 서쪽에서 오십니까? 지금 사방이 북적들 천지라 저는 북적으로 오인하였습니다."

탁사정의 말은 매우 공손했다. 강조의 정변이 일어나기 전까지는 대도수가 자신보다 상관이었기 때문이다.

대도수가 심각한 표정을 지으며 탁사정에게 말했다.

"전쟁이 발발하자 나는 안융진으로 들어갔습니다. 그런데 삼수채에서 아군이 패했다는 소식을 듣고 결전을 준비하고 있었는데 안주부사 박섬이 밤을 틈타 도망갔다는 말을 전해 들었습니다. 안주를 거란군에 내어주는 바람에 더는 안융진을 지킬 수 없게 되었습니다. 그래서 북적들의 눈을 피해 서쪽 길로 달려 서경으로 온 것입니다."

탁사정이 고개를 끄덕이며 다시 물었다.

"서북면의 전황이 어떻게 돌아가고 있는지 알고 계십니까?"

"삼수채 전투 때까지는 흥화진이 함락당하지 않은 상태였습니다만, 그후 흥화진이나 통주성은 어떻게 되었는지 모르겠습니다."

탁사정은 어쨌든 무척 기뻤다. 정예병으로 천여 명의 병력이 더 생긴 데다가 안융진에서 거란군을 막아낸 경험이 있는 대도수가 온 것이다. 천군만마를 얻은 것처럼 마음이 든든해졌다. 대도수의 합류는 실제 군사력 면에서나 정신적인 면에서 서경에 상당한 힘을 실어주었다.

이때, 고려조정은 장작소감(將作少監) 왕좌섬(王佐暹)을 사신으로 발탁하여 거란 진중으로 항복한다는 표문을 보냈다.

야율융서가 직접 표문을 읽어보니 '요나라에 복속하기를 희망하며 영원한 충성을 맹세하고, 고려 왕 순(詢)이 직접 뵙기를 청한다'는 내용이었다.

소배압이 말했다.

"고려의 주력을 패배시켰고 저들의 성곽들을 우리 수중에 넣었습니다. 고려는 더는 우리에게 대항할 수단이 없습니다. 폐하께서는 당 태종도 굴복시키지 못한 고려를 굴복시켰나이다. 삼가 경하드리옵니다."

소배압이 이렇게 말하며 야율융서에게 길게 절했다. 모든 신하가 소배압을 따라 야율융서에게 절을 올리며 경하했다. 야율융서가 흐뭇한 표정으로 손을 들어 화답하는데 키가 작은 한 사람이 나서며 말했다.

"신! 폐하께 드릴 말씀이 있나이다."

야율융서가 그를 보니 적경궁사(積慶宮使) 야율요질(耶律瑤質)이었다.

야율요질은 곧고 정직한 성격으로 유명했다. 지난날, 야율융서는 야율요질을 등용하며 말했었다.

"경의 정직함을 듣고 등용하는 것이다. 그대는 나의 눈치를 보지 말고 국가의 이해관계에 대하여 숨김없이 진언해야 할 것이다."

야율요질은 야율융서의 화를 돋우더라도 개의치 않고 직언했다. 야율융서가 노해 벼루를 집어 던진 적도 있었으나 야율요질의 말은 대부분 받아들여졌다.

야율요질이 입을 열자, 어영도통소 안에 있던 수십 명의 신하가 야율요질을 보았다. 야율요질의 성격상, 지금 입을 연다면 반드시 지금의 대세와 다른 반대의견일 것이다.

"고려 왕 왕순이 단 한 번의 싸움에 패하자 대번에 항복하기를 청하고 있습니다. 고려군이 통주에서 우리에게 패했다고는 하나, 궤멸적인 피해를 본 것도 아니고, 우리가 저들의 성곽을 점령했다고 하나, 곽주 외에는 점령해서 얻은 것이 하나도 없습니다. 고려는 아직 힘이 있습니다. 단지 흩어진 힘들을 모을 시간이 필요할 뿐입니다. 따라서 저들이 지금 항복하겠다는 것은 힘을 모을 시간을 벌기 위한 속임수에 지나지 않습니다. 저들의 항복을 무턱대고 받아들인다면 저들의 속임수에 넘어가 저들이 힘을 모을 시간을 주게 될 것입니다."

야율요질의 말에 야율융서가 쓴웃음을 지었다. 같은 상황을 좋게 말하면 소배압처럼 말할 수 있는 것이고, 나쁘게 말하면 야율요질처럼 말할 수 있는 것이다.

소배압의 말보다는 야율요질의 말이 실상에 가까웠으나 신료 중에 이 전쟁을 길게 끌고자 하는 사람은 없었다. 흥화진과 통주성처럼, 고려는 힘한 지형에 의지해 곳곳에 성곽을 구축해놓고 있었다. 고려를 침입하기 전부터 성을 잘 구축해놓았다는 것은 알고 있었는데, 실제로도 공격해보니 힘으로 함락하기란 여간 어려운 게 아니었다. 대부분의 신하는 그런 고려를 완전히 점령한다는 것은 거의 불가능에 가까운 일이라는 것을 알게 되었다. 신하들의 생각은, 황제를 대강 만족시킨 후 적당한 시기에 이 전쟁을 끝내는 것이었다.

소배압은 삼수채에서 고려군을 패퇴시켰으니 큰 무공을 세운 것이다. 흥화진과 통주성에서 보듯이 고려의 성을 공격해보았자 그들이 지키고자 마음먹는다면 함락시키기가 매우 어렵다. 공격했다가 함락시키지 못하면 무공에 괜한 흠집만 날 뿐이었다. 소배압도 고려의 항복이 시간을 끌려는 속임수라고 생각하고 있었다. 그러나 고려의 주력을 패배시켰으니, 고려는 항복하고 우리가 그걸 받아준다면, 대강 그림이 그려진다고 보았다.

이 정도면 주변 나라에 충분히 위엄을 떨친 것이다.

야율융서가 여전히 쓰게 웃으며 야율요질에게 말했다.

"경의 말도 일리가 있으나 싸움에 져서 항복한다는데 받아주지 않는 것도 이상하지 않은가!"

야율요질이 눈에 힘을 주며 깐깐한 표정으로 말했다.

"폐하의 말씀이 옳습니다. 당연히 항복을 받아줘야 합니다. 그러나 지금은 때가 아니라는 것입니다. 저들을 더욱 밀어붙여 형세가 더욱 궁해져서 완전히 힘이 다할 때까지 기다려야 합니다. 그때야 비로소 저들은 진짜 항복할 것이고 그때 받아줘야 합니다."

신료들의 표정이 어색해지거나 찌그러졌다.

'맞는 말이기는 하나, 저들의 힘이 다하려면 우리의 힘은 또 얼마나 다해야 하는가?'

야율요질의 말은 전적으로 옳은 소리였으나 동의할 수 없는 옳은 소리였다.

소배압은 야율요질의 말에 반대하는 의견을 내려다 입을 다물었다. 황제는 고려를 완전히 종속시키기를 원하고 있다. 그렇다면 전쟁은 계속될 가능성이 컸고, 그렇게 된다면 고려의 항복은 거짓으로 판명 날 것이었다. 괜히 다른 의견을 냈다가 나중에 틀리면 위상에 흔들림만 온다. 지금은 가만히 있으면서 황제의 뜻에 맞추는 것이 가장 현명한 행동이었다.

야율요질이 직언했으나 야율융서는 승리감에 도취해 있었다. 고려 북방의 중심 도시인 서경이 항복하겠다고 하고 고려 왕도 직접 와서 항복한다고 하지 않는가! 상황이 좋은 쪽으로 흐르고 있었다.

야율융서가 야율요질에게 말했다.

"그대의 말은 잘 알겠다. 그러나 짐은 천하의 주인이다. 저들이 항복했으니 받아주는 것이 또한 짐의 도리이다."

곧 군사들의 노략질을 금하는 명령이 내려졌다. 그리고 정사사인(政事舍人) 마보우(馬保祐)를 개경유수로, 안주단련사(安州團練使) 왕팔(王八)을 부유수로 삼아 개경으로 부임하게 하고 태자태사(太子太師) 소을름(蕭乙凜)에게 기병 일천 기를 주어 호위하게 했다. 그리고 고려와 여러 번 교섭했던 우복야(右僕射) 고정(高正)도 딸려 보냈다.

야율융서가 고정에게 명했다.

"그대는 개경으로 가서 마보우와 왕팔을 부임시키고 고려 왕 왕순을 데리고 오라."

서경의 유수를 임명하지 않은 이유는, 서경에는 자치권을 줄 것이라고 약속했기 때문이었다.

소배압은 야율융서의 명령에 약간 당황했다. 서경에 간 유경이 사람을 보내 항복 표문을 작성하고 있음을 알려왔고 고려 왕 역시 항복한다고 했으나 여기서 개경까지는 사오백 리 길이다. 중간에 아무런 저항을 받지 않을 가능성은 희박했고 고려 왕이 순순히 고정을 따라 이곳까지 온다고 생각하는 것 역시 너무나 안이한 생각이었다. 장검 등 몇몇이 간언했으나 승리감에 도취해 있던 야율융서는 모두 물리쳤고 마보우와 왕팔이 야율융서의 뜻에 적극 따를 것을 맹세하니 그대로 시행되게 되었다.

또한 서경으로 간 유경과 노의가 예정 시간보다 늦어지므로 합문인진사(閤門引進使) 한기(韓杞)로 하여금 철요자군(鐵鷂子軍) 이백 기(騎)를 거느리고 서경으로 가게 했다.

한기는 배짱이 두둑했기 때문에 '전연의 맹' 때에도 살기등등한 전장에서 국서를 지니고 거란과 송나라 진영을 오가며 활약했었다.

43

지채문의 출격

: 경술년(1010년) 십이월 십일일 신시(16시경)

탁사정과 동북면군이 서경에 들어간 그다음 날, 신시(15~17시) 무렵이 되자 일단의 거란군들이 칠성문 앞에 나타났다. 바로, 거란의 합문인진사(閣門引進使) 한기(韓杞)와 철요자군이었다.

칠성문을 지키던 군사 하나가 급히 뛰어왔다.

"칠성문 앞쪽에 거란의 인마가 보입니다!"

탁사정을 비롯하여 모든 제장이 칠성문으로 달려갔다. 칠성문에 도착하여 보니, 이백 기 정도의 거란 기병이 칠성문 앞 삼백 보 정도 떨어진 지점까지 접근해 있었다. 그중 서너 기가 앞으로 나왔다. 이들은 대담하게도 칠성문 바로 코앞까지 접근했다.

몸집이 비대한 사람이 외쳤다.

"나는 대 요나라의 합문인진사 한기다! 황제께서 유경과 노의 편에 조서를 보냈는데 어찌하여 지금까지 소식이 없는가? 만약 명령을 거역하지 않는 것이라면 유수(留守)와 관료들은 모두 나와서 나의 지시를 받도록 하라."

한기의 말에 탁사정이 지채문에게 눈짓했다. 이미 유경과 노의 등을 다 죽여버린 마당에 할 일은 하나밖에 없었다. 지채문은 지체하지 않고 성문을 내려와 육백의 동북기군에게 명령했다.

"준비하라! 적은 이백 기의 기병이다. 적과의 거리는 삼백 보!"

거란군들을 묶어두기 위해 통역관으로 하여금 거란어로 소리치게 했다.

"유경과 노의는 아직 성안에 있소. 조금 있으면 서경에서 작성한 항서(降書)를 들고 성문을 나설 것이오."

통역관의 말을 듣고 한기는 성문 밖에서 태연자약하게 유경과 노의 등이 나오기를 기다렸다.

잠시 시간이 흐른 후에, 과연 칠성문이 열리더니 한 무리의 사람들이 쏟아져 나왔다. 그러나 그들은 한기가 기다린 유경과 노의 일행이 아니었다.

지채문은 성문이 열리자마자 동북기군 육백 기와 전속력으로 달려 나갔다. 말 그대로, 급하게 치는 벼락처럼 한기를 향해 덮쳐 갔다.

태연자약하게 있던 한기가 깜짝 놀라서 말고삐를 돌리려고 했으나 때는 이미 너무 늦었다. 쏟아져 나오는 고려군들로부터 도망치기에는 성문에 너무 근접해 있었기 때문이다.

지채문은 도망치는 한기의 등에 화살을 날리고 다른 거란 기병들에게 연거푸 화살을 쏘아댔다. 지채문은 역시 '무달(武達)'다웠다. 지채문의 화살은 날리는 족족 거란 기병들에게 날아가 꽂혔다. 동북기군의 군사들도 연이어 화살을 날렸다.

한기와 네 기의 기병들은 지채문 등의 사격으로 고슴도치가 되었는데, 그중 두 기는 놀랍게도 아직 움직이고 있었다. 낭장 정인이 그들을 가까이에서 보고 큰 소리로 외쳤다.

"적은 돌기병(突騎兵)이다!"

동북기군들은 지채문을 필두로 마치 커다란 매가 날개를 활짝 편 형상으로 나머지 거란 기병들을 덮치며 화살을 날렸는데, 거란 기병들은 화살에 몇 대씩 맞고도 말에서 떨어지지 않았다. 과연 거란의 철요자군들의 방어력은 우수했다. 오히려 과감히 지채문 등에게 돌격해왔다.

지채문은 적들이 돌기병이란 것을 알았다. 거란 기병들이 화살을 여러 대 맞고도 움직일 정도라면 상당한 무게의 갑옷을 입고 있을 것이었다. 적들이 무거운 갑옷을 입은 돌기병이라면 방어력이 강한 대신에 움직임이

느리고 지구력이 떨어질 것이다. 거리를 두고 사격하여 시간을 끈 뒤에, 저들의 체력이 다하면 공격하는 것이 유리했다.

그러나 지채문은 활을 활집에 꽂고 철창을 빼 들었다. 지금 서경 성벽 위에서는 군사들뿐만이 아니라 많은 사람이 지켜보고 있다. 더 과감한 모습을 보여주면 서경성 군민들의 사기가 더욱 오를 것이다. 따라서 시간을 둔 사격전이 아니라 단병접전을 택했다.

지채문이 처음 마주친 거란 기병을 향해 철창을 내려쳤다. 거란 기병이 방패를 들고 막았다.

"우지끈!"

뭔가 부러지는 소리가 났다. 지채문은 내려친 기병을 뒤로하고 또 다른 거란 기병을 향해 철창을 내려쳤다. 그 기병 역시 방패를 들어 지채문의 철창을 막았다.

"뚝!"

또다시 무언가 끊어지는 소리가 났다. 지채문은 마주치는 거란 기병들을 한 대씩만 내려치고 바로바로 지나쳤다.

지채문의 삼십 근 무게의 철창이 내려치는 힘은 산을 쪼갤 만큼 강력한 것이었다. 비록 방패나 병장기로 막는다고 하더라도 반드시 몸에 큰 충격을 주게 되어 있었다. 설사 내려치는 힘의 위맹함을 알고 방패나 병장기를 몸쪽으로 조금 당겨서 충격을 완화하더라도 몸이 균형을 잃는 것은 어찌할 수 없었다.

지채문이 처음 내려친 거란 기병은 팔이 부러졌고, 어떤 자는 어깨가 탈구되었으며, 어떤 자는 손가락이 부러졌다. 크게 다치지 않은 경우라도 어깨와 팔꿈치, 손목에 강한 충격이 와서 시큰한 아픔을 느끼는 것은 피할 수 없었다.

지채문이 이렇게 치고 지나가면 그 뒤의 일은 지채문의 뒤를 따르는 기병들의 몫이었다. 충격에 몸이 굳은 적들을 창이나 백봉 등으로 찌르거나 두들겨 처리했다.

지채문의 힘은 굉장했고 그 힘의 위력을 군대란 유기체에 맞추어 대단히 잘 사용하고 있었다. 지채문의 역할은 충격을 주는 것이었으며 적을 쓰러뜨리는 것은 다른 사람들의 몫이었다. 지채문은 효율적으로 움직이며 선두에 서서 동북기군을 이끌고 철요자군들을 두들겼다.

조원은 칠성문 근처 성벽에서 전투 상황을 보고 있었다. 지채문이 거란 기병 사이로 깊숙이 들어갔고 그를 따르는 동북기군들이 거란 기병들을 부수고 있었다.

성벽 위에 군민들이 열렬한 함성을 질러댔다.

"와아! 우리 군이 이긴다!"

"역시 무달이다!"

지채문과 동북기군들이 한기와 거란 기병들을 쳐부수고 포로들을 이끌고 다시 칠성문으로 돌아오자 열렬한 환호가 쏟아졌다. 조원 역시 소리를 지르며 환호했다.

이백 명의 거란 기병 중에 백여 명을 주살하고 백여 명은 부상당한 채로 사로잡았다.

탁사정은 사로잡은 백여 명을 심문했는데, 이들은 우철요자군 소속이고 거란인이 아니라 강족(羌族)들이라는 것을 알게 되었다. 이들을 통해 거란 군에 대한 자세한 정보를 획득할 수 있었고 흥화진과 통주성이 여전히 함락되지 않았다는 것을 알게 되었으며, 구주를 비롯한 서북면 내륙으로는 아예 거란군의 진출이 없었다는 사실도 알게 되었다. 그렇다면 비록 삼수채에서 아군이 패했지만 전황이 그렇게 나쁜 것만은 아니었다.

흥화진과 통주성이 함락되지 않았다는 사실에 탁사정을 비롯한 제장들은 대거 환호했다. 어떤 사람은 만세를 불렀고, 어떤 사람은 눈물을 글썽였다.

노의와 유경이 거란군의 진격로(進擊路)상에 있는 모든 고려의 주진이 함락되었다고 말했었다. 서경에서도 패잔병들을 통해 곽주와 안주, 숙주가 함락된 사실은 알고 있었다. 흥화진과 통주성에 대해서는 직접적인 소식을 들을 수 없어 정확히 알지 못했지만, 으레 함락되었으리라 예상하고 있었다.

그렇다면 서북면의 모든 주진이 함락되었고 서경이 최전선이다!

거란군은 아군의 주력을 부수고, 믿을 수 없는 속도로 아군의 주진을 모조리 함락하며 수십만의 대군으로 서경을 향해 몰려오고 있다. 거란군이 삼수채에서 아군을 깬 것은 오히려 이해할 만한 일이었다. 그러나 무슨 방법을 썼는지, 험한 지형을 택해 교묘히 축성해놓은 아군의 성들을 단 며칠 만에 모조리 함락시킨 것은 도저히 이해할 수 없는 일이었다.

고려의 방어선이 이토록 무기력하고 고려의 군사들은 이렇게 약하다는 말인가? 아니면 거란군들이 이토록 위력적인 것인가?

거란군은 마치 피할 수 없는 거대한 해일처럼 서경을 향해 밀려오고 있었다. 누구도 못 막은 그 거대한 해일을 막아내야 한다. 아니, 어쩌면 막을 수 없는 것을 맞아야 할지도 모른다. 그 누구라도 비장한 마음을 품을 수밖에 없었다.

그런데 흥화진과 통주성이 멀쩡하다. 흥화진은 거란의 첫 공격을 온몸으로 받아냈다. 거란군은 완벽히 준비해서 흥화진을 공격했는데도 흥화진을 함락시키지 못했다.

통주성 앞에서는 고려군의 주력이 패했다. 통주성의 군민들은 완전히 전의를 상실한 상태였을 것이다. 그런데도 거란군은 통주성을 함락시키지 못했다.

그렇다면 이야기는 완전히 달라진다. 탁사정을 비롯한 제장들은 커다란 희망을 품기 시작했다. 거란군은 해일이 아니라 파도다. 그것도 충분히 헤

처볼 만한 파도로 느껴졌다.

서경성 안의 군민들에게도 홍화진과 통주성이 건재함을 알려서 서경성도 지켜낼 수 있다는 믿음을 심어주려고 했다. 이런 일들을 처리하고 있는데 척후가 와서 다시 보고했다.

"안정역(安定驛: 평안남도 순안 근처)에 거란군이 주둔했는데 군마가 상당히 많습니다."

탁사정은 거란 군마가 상당히 많다는 사실에 긴장했으나 지채문은 간단히 말했다.

"적은 아직도 우리가 항복한다고 알고 있을 것입니다. 그냥 들이치면 되는 것입니다."

탁사정은 구천 명의 군사를 이끌고 성 밖을 나아가 거란군을 치기로 결정했다.

거란의 우복야 고정, 태자태사 소을름, 정사사인 마보우와 안주단련사 왕팔은 개경으로 가라는 야율융서의 명을 받고 출발하여 안정역에서 숙영 중이었다.

이제 환갑이 거의 되어 허리가 조금 굽은 고정은 발해 사람이었다. 거란에서 발해인으로 산다는 것은 외양적으로는 그다지 나쁘지 않았다. 거란은 발해인들을 회유하기 위하여 소금과 주류에 세금을 매기지 않는 은혜적인 정책을 썼기 때문이었다.

그러나 피지배자라는 설움은 항상 존재했다. 거란은 발해인이 격구(擊毬)하는 것을 금지하고 발해인이 적은 수라도 어떤 이유로든 모이면 바로 잡아서 심문했다. 결혼식이나 장례식 등 행사를 치르려고 해도 미리 관아에 신고해야 할 정도였다. 신고하지 않았다가는 곤욕을 치르기 일쑤였다. 또한 발해 병력을 움직이려면 다른 군(軍)보다 좀 더 복잡한 절차를 밟아야 했다. 거란은 거란에 복속한 족속 중에 발해인이 가장 위험하다고 보았기 때문에 늘 감시의 눈길을 거두지 않고 있던 것이다.

고정은 과거에 급제한 수재였다. 과거를 볼 때 발해인은 전혀 차별받지 않았다. 그러나 한족(漢族) 중심의 과거시험에서 평소 발해어를 사용하는 발해인이 시험에 붙는 데엔 상상 이상의 학습량이 필요했다. 또한 거란 조정에서는 거란어와 한어가 공식적으로 사용되었다. 과거에 합격하더라도 기본적으로 거란어를 알아야 관직 생활을 할 수 있었고 한어 역시 능통해야 요직에 나갈 수 있었다. 고정은 이 모든 관문을 통과해 드디어 거란의 고위 관료가 될 수 있었다.

고정은 발해인이었으나 거란에서 고위 관직을 역임하고 있었으므로 발해인이라는 인식이 크진 않았다. 그저 자신을 발해에 뿌리를 둔 '천하인(天下人)' 정도라고 생각하고 있었다.

발해가 멸망한 후, 고려는 발해 유민을 대대적으로 지원했다. 고려의 울타리로 들어와 살기 원하면 그렇게 해주었고, 거란에 항전하기를 원하면 사람과 물자를 은밀히 지원해주었다.

거란의 삼 대 황제 세종(世宗)이 시해당하고 목종(穆宗)이 뒤를 이어 정사가 어지럽게 되자, 고려에서 보낸 사람들이 발해인과 더불어 목종의 어가를 습격하기도 했다.

그중 강전(康兆)이라는 사람은 아버지 강윤(康允)과 함께 잠입하여 목종의 어가를 습격하고 부상당했으나 숨어 살다가 다시 고려로 돌아갔다. 그 뒤 송나라로 유학하여 과거에 급제했고 이후로 송나라에서 벼슬을 살다가 얼마 전 죽었다고 한다.

고정은 이런 세력들과 거리를 두고 있었다. 그러나 그 역시 발해인이었으므로 발해인 사이에서 떠도는 이야기쯤은 잘 알고 있었다. 자신을 발해인보다는 '천하인'이라고 생각하는 고정이지만 고려를 대할 때면 이상한 감정이 드는 것은 어쩔 수 없는 일이었다.

사로잡힌 남녀노소의 고려인들이 머리를 풀어 헤치고 울부짖는 모습을 보니 마음이 좋지 않았다. 더구나 발해어와 고려어는 기본적으로 통했으므로 그들이 울부짖으며 하는 말을 대개 알아들을 수 있었다. 대부분 부모 자식과 고향을 떠나는 것에 대한 아픈 심정을 토로하는 말들이었다.

고정이 저녁을 먹고 뜰에 나와 이런저런 상념에 잠겨서 거닐고 있었다. 그런데 갑자기 밖에서 군마의 소리가 요란하게 났다.

"무슨 일인가?"

사람을 보내 무슨 일인지 알아보게 하려는데 곧 스스로 알 수 있었다. 밖에서 화살들이 어지럽게 날아왔기 때문이다.

놀란 고정이 급히 몸을 숨기고 군사들에게 명하여 사정을 알아보게 하니, 밖에는 고려군 천지이고 완전히 포위된 것 같다고 한다.

고정은 소을름이나 마보우 등을 찾아볼 새도 없이, 주위의 군사들과 말을 타고 뛰쳐나가 보이는 길로 냅다 달렸다. 몇몇이 고려군의 화살에 쓰러졌지만 다행히 무사히 탈출할 수 있었다.

소을름과 마보우, 왕팔 역시 무사히 탈출했지만, 일천여 기병 중에 칠백 기 이상을 잃었다.

탁사정과 지채문이 다시 승전하여, 고각군이 군악을 크게 연주하며 서경성 안에 들어오니 서경 민심은 상당히 안정되었다. 흥화진과 통주성이 함락당하지 않았다는 사실은 서경민들에게 대단히 큰 안도감을 주었다. 지채문이 연이어 승전하자 역시 '무달'은 다르다는 믿음을 갖게 되었다.

원래 명성은 부풀려지게 마련이다. 거란군은 병력의 숫자에서 훨씬 압도적인 송나라에 맞서 늘 우위를 점하여 왔다. 거란군의 무용담은 입에서 입을 타고 주변 국가들로 퍼져나갔고, 거기에 살이 붙고 또 붙어, 거란군의 전투 능력은 과연 사람의 능력이 아니라고 소문이 나 있었다.

하루에 천 리를 간다거나, 반인반마의 기병들이 있다거나, 말 위에서 화살을 쏘아도 수백 보가 날아간다는 등 다른 주변 국가들과 마찬가지로 고려에도 거란인들의 능력이 부풀린 채 알려져 있었다. 고려인들은 이렇게 소문이 난 거란군에 대해 잔뜩 겁을 먹고 있을 수밖에 없었다.

그러나 지금 지채문이 거란군들을 손쉽게 제압하는 모습을 보니 거란군도 별것 아니었다. 그저 같은 사람일 뿐이었다. 지채문과 거란군 간의 전투를 지켜본 서경민들은 그동안 막연히 품고 있던 두려움을 떨쳐버렸다.

지채문 역시 상당한 자신감을 갖게 되었다. 거란군이라고 해도 지금까지 주로 상대했던 여진족들과 별반 다르지 않았다. 용맹하게 나가서 치면 이기는 것이다.

지채문은 아예 성 밖에서 거란군을 요격하자고 주장했다. 만일 적들이 서경 근처까지 오는 것을 방관하면 적들은 서경 주변의 너른 땅에 대군을 포진시킬 것이다. 적들이 완벽히 진영을 갖추고 서경을 포위 공격하면 평지성인 서경은 결국 함락될 것이다. 따라서 거란군이 좁은 길로 행군하여 오는 지금이 기회였다. 그런 거란군을 각개격파 해버리면 된다.

탁사정이 들어보니 이론상 맞는 말이었고, 지채문의 실력으로 보아 가능할 것 같기도 했다. 지채문의 말처럼 된다면 서경을 지키는 것을 떠나서 아예 거란군을 패배시킬 수 있다. 겨우 일만 남짓한 군대로 수십만의 군대를 깨버리는 것이다.

더구나 상대는 송나라를 무력으로 위협해서 세폐를 받는 거란이다. 지금 시점에서 천하제일의 무력을 자랑하고 있다. 이러한 수십만의 거란 군대를 단지 일만 군대로 깬다는 것은 엄청난 일이었다. 고금에 드문 전공일 뿐만이 아니라 그 후폭풍도 대단할 것이다. 나라를 구하는 것은 물론이고 천하의 판도를 뒤바꾸어버릴 정도일 터다.

이런 생각이 들자 탁사정은 갑자기 가슴이 쿵쾅 뛰기 시작했다. 지채문은 이원 등과 함께 서경 밖의 자혜사(慈惠寺)로 나가 진을 쳤다.

44
법언(法言)

: 경술년(1010년) 십이월 십이일 오시(12시경)

야율융서는 고정과 소을름 등이 숙주로 패퇴해왔으나 죄를 묻지 않았다.

"짐이 너무 가볍게 움직였노라. 만사가 뜻대로 풀리지는 않는구나."

소을름이 머리를 조아리며 비분강개한 어조로 말했다.

"폐하! 신에게 다시 기회를 주신다면 저 방자한 고려군들을 모조리 쓸어버리고 치욕을 씻겠나이다."

야율융서가 고개를 끄덕이며 말했다.

"짐이 그대에게 군마를 내어줄 것이다. 선봉으로 나아가 적의 예기를 꺾도록 하라!"

그리고 소배압에게도 명령을 내렸다.

"이미 서경을 무혈로 점령하기에는 그른 것 같소. 방자하게 날뛰는 고려군들을 제압하도록 하시오."

야율융서의 명령에 거란군들은 숙주를 떠나 서경으로 남하하기 시작했다.

다음 날 정오 무렵이 되자, 척후병이 돌아와 자혜사에 있는 지채문에게 보고했다.

"적군이 다시 안정역으로 와서 진을 쳤는데, 그 형세가 대단히 강성합니다."

지채문이 즉시 탁사정에게 알리자, 탁사정은 군사들을 거느리고 성을 나가 지채문과 이원 등의 군사들과 합류했다. 병력은 총 구천이었다.

지채문은 동북기군을 이끌고 선두에 서서 앞으로 나아갔다. 이곳 지리는 아군이 훨씬 잘 알고 있다. 유리한 곳에서 적과 마주치면 그대로 싸우면 되고, 불리한 지형이면 싸우는 척하다가 후퇴하여 유리한 곳에서 싸우면 된다.

지채문은 한참 북상하여 민둥고개 앞까지 나아갔다. 민둥고개를 넘어 십 리쯤 더 가면 안정역이었다. 기세 좋게 나아가던 지채문은 이곳에서 멈췄다. 민둥고개를 넘으면 평탄한 지형이 펼쳐진다. 그곳에서 적은 수의 병력으로 적의 대군을 맞는 것은 좋지 않았다. 지채문이 안정역 쪽으로 척후를 보내려고 하는데 탁사정이 보낸 전령이 도착했다.

"서경에서 연락입니다. 임원역(林原驛: 평양특별시 룡성지구) 근처에 적이 나타났다고 합니다."

지채문은 아뿔싸 싶었다. 당연히 거란군이 가장 빠른 이 길로 먼저 남하할 것이라고 보았는데, 오히려 동쪽 길로 우회기동을 했던 것이다. 지채문은 부랴부랴 말을 돌렸다.

탁사정은 지채문이 돌아올 때까지 기다렸다가 다시 지채문의 동북기군을 선봉에 세웠다. 탁사정이 지금 믿는 구석은 오직 지채문이었다.

지채문은 마음이 급해졌다. 거란군이 처음부터 우회해서 오리라고는 전혀 예상하지 못했기 때문에 첫 포석에서부터 거란군에게 허를 찔린 것이었다.

그러나 지리는 이쪽이 더 잘 안다. 대로를 따라 서경까지 가서 동쪽으로 나아가는 대신에, 도중에 도끼산에서 소로로 빠져서 임원역으로 향했다. 남쪽으로부터 접근하는 것이 아니라 거란군처럼 북쪽에서 접근하는 것이다. 임원역을 지나 남하하고 있는 거란군의 허를 충분히 찌를 수 있을 것이다.

소을름은 소류, 진소곤, 야율해리 등과 함께, 길을 동쪽으로 크게 우회하여 임원역이라는 곳에 당도했다. 고려인 포로에게 물어보니 그곳부터 서경까지는 이십 리 정도가 된다고 했다. 일단 이곳에 진을 치고 상황의 변화를 살피기로 했다.

소배압이 소을름에게 명했었다.

"동쪽으로 우회하여 임원역에 당도하면 일단 진을 치고 상황을 살피시오. 만일 적이 나타나면 싸우되 시간을 끌도록 하시오. 적과 싸워서 지더라도, 본대가 대로로 이동할 시간을 번다면 공을 세우는 것이오. 만일 적이 저물녘까지 나타나지 않으면 진을 풀고 출발하여 서경에서 십 리쯤 떨어진 곳까지 접근하여 영채를 단단히 세우도록 하시오."

지채문이 임원역 근처에 다다르니 뜻밖에도 적의 병력이 방진(方陣)을 치고 있었다. 거란군들이 계속 남하해서 서경에 바짝 다가갈 줄 알았는데 마치 지채문의 고려군을 기다리고 있는 듯이 보였다. 거란군들은 삼첩진(三疊陣: 삼열로 늘어서는 진) 같은 첩진(疊陣)을 선호한다고 들었는데 그것도 아닌 모양이었다. 첩진이 아닌 방진을 치고 있으니 급하게 공격하는 것은 좋지 않았다. 방진은 수비력이 좋은 진형이었기 때문이다. 지채문은 일단 탁사정의 본대가 도착하기를 기다렸다.

상황이 묘하게 흐르고 있었다. 행군하는 적을 치는 것이 지채문의 계획이었는데, 거란군들은 예기치 못한 방향으로 움직이고 있었다.

동북면의 본대가 도착하고 의논 끝에 법언이 승병을 이끌고 앞장서 공격해 들어가기로 했다. 초반 공격이 가장 어려운 법이다. 적들이 어떻게 움직일지 알 수 없기 때문이다. 탁사정은 승병이 가외 병력이기 때문에 잃어도 큰 상관이 없다고 판단했다. 또한 법언이 가장 어려운 임무를 시켜달라고 자원하기도 했다.

곧, 오백의 승려와 수원승도들이 열 맞추어 거란군의 방진 전면을 공격해 들어갔고 나머지 군사들이 그 뒤를 따랐다. 거란군들은 화살을 쏘며 진영을 엄히 단속했다.

지채문은 후방에서 전투를 관찰하며 거란군 진영에 변화가 생기면 바로 뛰어들 생각이었다.

법언의 승병 오백이 방진의 전면을 계속 밀어붙였으나, 거란군의 수비는 견고했고 앞에서 미는 것만으로는 진을 쉽게 깰 수가 없었다. 서로에게 부상자와 희생자가 생겼지만 결정적이지 않았다.

상황을 보고 있던 최창이 탁사정에게 말했다.

"이렇게 밀어붙이기만 해서는 승부를 낼 수 없습니다. 일단 약간 후퇴시키는 것이 어떻겠습니까? 우리가 후퇴하면 저들도 어떤 움직임이 있을 것입니다."

탁사정은 최창의 말이 옳다고 여겼다. 엄밀히 경계하라고 이르며 군사를 조금 뒤로 물렸다. 그러나 거란군들은 그 자리에서 미동도 하지 않았다.

군사들을 조금 쉬게 한 후, 탁사정은 승병들이 매우 지쳤을 것 같아서 교대시켜주려고 하였다.

그런데 법언이 목소리에 힘을 주며 말했다.

"아직 승병들은 지치지 않았습니다."

어쨌든 자원하니 또다시 승병들을 앞에 세웠다. 얼마 후, 탁사정이 공격 명령을 내리자 승병들은 불경을 암송하며 전진했다.

관세음보살이 깨달음의 언덕에 이르는 깊은 수행을 할 때,
물질과 느낌, 생각, 의지, 인식이 모두 공한 것을 알고
온갖 고통에서 벗어났느니라.
사리불이여! 색이 공과 다르지 않고 공이 색과 다르지 않으며,
색이 곧 공이요, 공이 곧 색이니,

물질과 느낌, 생각, 의지, 인식도 그러하니라.

(··중략···)

반야바라밀다는 가장 신비하고 밝은 주문이며

가장 높은 주문이며,

무엇과도 견줄 수 없는 주문이니,

온갖 괴로움을 없애고 진실하여 허망하지 않음을 알지니라.

이제 반야바라밀다주를 말하리라.

아제아제 바라아제 바라승아제 모지 사바하

불경을 다 암송했을 즈음 승병들이 다시 거란군과 방패를 맞대기 시작했다. 거란군들은 처음에 법언이 이끄는 고려의 승병들과 싸울 때는 별다른 느낌이 없었다. 그저 행색이 조금 이상하다고 생각했을 뿐이다. 그런데 이렇게 불경을 암송하며 접근해오자 비로소 승려들로 보이기 시작했다. 정말 이상한 광경이었다.

거란족은 원래 해와 달 등을 숭배하고 무당을 신봉했으나 연운십육주를 손에 넣은 뒤로는 불교가 빠르게 퍼져 융성하고 있었다. 또한 거란이라는 나라에는 거란족 외에 한족이 다수를 차지하고 있었는데 그들 대부분은 불교를 믿었다. 군사들 중에도 불자들이 많았는데 스님들이 무기를 들고 자신들에게 덤비는 것은 상상조차 할 수 없는 장면이었다.

법언은 대열의 선두 중앙에 있었다. 법언은 몸을 돌보지 않고 싸웠다. 마치 자기 몸을 이 전투에 보시하려는 것 같았다. 한참을 싸운 법언은 여기저기에 창과 칼을 맞았다. 피를 흘리며 상처 때문에 몸을 부들부들 떨면서도 싸웠다. 거란군의 칼에 턱을 맞아 턱이 너덜거리는 가운데도 멈추지 않았다.

법언의 턱을 칼로 벤 거란 군사는 법언을 보고 매우 놀랐다. 피를 철철 흘리고 턱이 너덜거리면서도 물러서지 않았기 때문이 아니라 법언의 눈빛 때문이었다. 법언의 눈빛은 고통스러워 보이지도 처절해 보이지도 않았다. 그 와중에도 눈빛은 형형했다. 하지만 살기라곤 찾아볼 수 없었다.

잠시 후, 법언이 쓰러졌다. 모든 생명력을 다 사용한 법언은 쓰러지자마자 깊은 열반에 들어갔다.

법언이 죽자 승병들은 목숨을 도외시하고 더욱 맹렬히 거란군들을 공격했다. 생사에 미련이 없는 사람들 같았다.

거란군 전열이 조금씩 뒤로 밀리기 시작했다. 거란 전열이 밀리자, 지채문은 드디어 공격 기회가 왔다고 보았다. 그런데 탁사정은 요지부동이었다. 지채문이 급히 탁사정에게 말했다.

"지금 공격해야 합니다!"

탁사정이 지채문을 보는데 눈빛이 흐리멍덩한 것이 마치 마음속에 두려움이 가득한 것 같았다. 탁사정은 무예에 능했고 전투 경험 역시 있었으나 이런 대규모 전투를 지휘하는 것은 처음이었다. 마치 무엇을 해야 할지 모르는 사람 같았다.

지채문이 다시 큰 소리로 말했다.

"총공격해야 합니다!"

그제야 탁사정이 공격 명령을 내렸다. 탁사정이 총공격 명령을 내리자, 전 고려군이 거란군 방진의 삼 면으로 돌격했다. 드디어 거란군의 방진이 여기저기 뚫리면서 결국 붕괴되었다. 전투는 난전이 되어갔다.

거란의 방진이 붕괴되었을 때 탁사정은 부대를 적재적소에 투입하여 거란군을 섬멸했어야 했는데, 아쉽게도 탁사정에게는 그런 안목이 없었다. 거란의 방진이 무너지면 거란군들은 도망갈 것이고 그러면 승리한다고 보았던 것이다.

그런데 탁사정의 바람과 다르게 거란군들은 도망가지 않고 싸웠다. 서로 소모전 양상으로 흐르는데 이번에도 지채문이 큰 역할을 했다. 지채문은 무력으로 거란 기병들을 짚단 넘기듯이 넘기며 소을름에게 접근했다. 적장을 잡거나 도망가게 하면 전투는 끝나는 것이다.

소을름과의 거리가 서너 장 정도 이르러서 공격 범위에 들어오는 순간, 거란 장수 하나가 지채문을 막아섰다. 해예랄상온 진소곤이었다.

지채문이 철창으로 진소곤을 내려치려고 하자, 진소곤은 지채문보다 빠르게 지채문 쪽으로 창을 내질렀다. 지채문이 흠칫 놀라며 진소곤의 창을 피했다. 지채문이 진소곤과 몇 합을 겨루자, 지채문이 즐겨 사용하던 집단 전술이 멈춰버렸다.

진소곤이 지채문과 맞상대하며 시간을 버는 동안, 소류가 소을름에게 말했다.

"지금 후퇴해야 합니다!"

소을름은 결국 후퇴 명령을 내렸다. 소을름이 먼저 동쪽으로 퇴각하자 모든 거란군이 소을름을 따라 동쪽으로 달리기 시작했다.

진소곤이 창을 크게 휘둘러 지채문을 물러나게 한 후 소을름을 따라 퇴각하는데, 지채문이 급히 활을 들어 진소곤을 쏘려고 했다. 그러나 지채문은 쏘기 전에 먼저 피해야 했다. 진소곤이 몸을 돌리지도 않은 채, 왼손을 휘둘러 단창을 지채문에게 던졌기 때문이다. 지채문은 황급히 몸을 숙여 단창을 피했다.

지채문이 다시 추격하려고 하는데 이번에는 화살이 거의 연달아서 세 발이 날아왔다. 화살이 너무 빨라 지채문은 쳐낼 생각을 못 하고 급히 몸을 뉘어 피했다. 그런데 그중 한 발이 지채문이 탄 말의 눈을 맞혔다. 말이 처절한 비명을 지르며 앞다리를 꿇었다.

화살을 날린 거란의 장수는 소류였다. 소류가 보니 고려군은 철창을 휘두르며 싸우는 한 장수를 정점으로 하고 있었다. 그자만 무력화시키면 고려군의 예기는 꺾일 것이다. 소류는 지채문을 향해 화살 세 대를 거의 동시에 날려 보냈다.

지채문은 즉시 다른 말로 바꾸어 타고 후퇴하는 거란군들을 추격하려고 했다. 그러나 탁사정은 급히 징을 쳐서 추격을 중지시켰다. 지채문이 징 소리를 듣고 돌아와 탁사정에게 따지듯이 물었다.

"이제 막 거란군들을 섬멸할 수 있었는데 왜 퇴각 명령을 내리셨습니까?"

탁사정이 주저주저 말했다.

"우리의 전력이 얼마 되지 않으니 행여나 거란군의 속임수에 빠질까 봐 그랬네. 우리는 매우 신중히 군대를 움직여야 하지 않겠나!"

지채문은 조금씩 느끼게 되었다. 탁사정이 큰소리와는 다르게 사실은 상당히 겁을 먹고 있다는 것을….

거란군 삼천 명이 죽고 고려군도 천여 명의 사상자가 났다. 특히 승병들은 법언을 따라 대개 전사했다.

45
지채문의 재출격

: **경술년**(1010년) **십이월 십삼일 묘시**(6시경)

이미 날이 지기 시작한 데다가 군사들은 모두 지쳐 있었다. 더는 거란군을 찾아 나설 수 있는 여건이 되질 않았다. 탁사정은 군사들을 이끌고 다시 서경으로 들어갔다.

지채문 역시 더 싸우려야 싸울 수 없는 상황이라는 것을 알았다. 아무 말 없이 탁사정을 따르며 큰 한숨을 쉬었다. 승전했으나 생각대로 되질 않았던 것이다.

한편, 소을름은 고려군에게 패한 뒤 한참을 퇴각하고 나서, 더는 고려군이 추격하지 않는다는 것을 확인하고 병력을 점고하게 했다.

숭덕궁 궁사 야율해리가 침통히 보고했다.

"숭덕궁 병력 중에 삼천을 잃었습니다."

숭덕궁의 병력 중 보병 대부분이 전사한 것이다. 소을름이 실의에 빠져 있는데 소류가 위로하며 말했다.

"우리는 거의 반나절을 버텼습니다. 도통의 말씀대로 공을 세운 것입니다."

소을름이 침울히 말했다.

"도통의 말대로라면 공을 세운 것이기는 하나, 숭덕궁의 병력을 삼천이나 잃었으니 지하에 계신 승천황태후께 심히 민망하오."

진소곤이 말했다.

"오늘 우리는 도통의 명 때문에 우리의 방식대로 싸우지 않았습니다. 겁먹은 자라처럼 몸을 움츠리고 적들을 맞았습니다. 버틸 수는 있었으나 절대로 이길 수 없는 전투였습니다."

진소곤의 말에 소을름이 고개를 끄덕이는데 소류가 자신 있는 말투로 말했다.

"오늘 태자태사께서는 역할을 다하셨습니다. 약간의 병력을 잃었으나 내일은 다를 것입니다. 오늘 마음의 찜찜함이 있다면 그것은 내일 풀 수 있습니다."

소을름이 매우 수긍하며 군사들에게 숙영을 명했다.

다음 날 아침, 서경 동쪽에서 기병들이 나타났다. 소을름의 군사들이었다. 칠성문에서 얼마 떨어지지 않은 곳에서 기세를 올리며 싸움을 걸고 있었다.

소류가 군사들에게 명하여 고려 말로 소리치게 했다.

"나와서 죽을 것이냐? 아니면 우리가 들어가서 죽여주랴?"

지채문이 그 모습을 보고 다시 출전하려고 하자 탁사정이 만류하며 말했다.

"지금 북쪽으로 보낸 척후들이 돌아오지 않고 있네. 언제 거란의 대군이 들이닥칠지 모르니 지금 성을 나가 싸우는 것은 위험한 일이 아니겠나!"

지채문이 탁사정을 설득하며 말했다.

"말씀드렸다시피 적이 이곳으로 오려면 길을 따라 열을 지어 와야 합니다. 한꺼번에 도착할 수는 없습니다. 적들이 진을 치지 않고 덤비니 어제와 다르게 전투는 금방 끝날 것입니다. 도순검사 각하께서는 성안에서 전체를 지휘해주시고 동북기군과 더불어 이천 정도의 기병만 있으면 충분합니다."

대도수와 이원, 김계부 등이 모두 출정하겠다고 자원하자, 탁사정은 허락할 수밖에 없었다. 그러나 탁사정은 대도수의 출정은 강력히 만류했다. 모두 출정하면 성을 지킬 군사가 너무 적다는 것이 이유였다.

그러나 탁사정이 대도수의 출정을 반대한 이유는 다른 곳에 있었다. 탁사정이 지채문 다음으로 믿는 사람이 안융진의 영웅 대도수였기 때문이다.

고려군들이 성문을 나서는 것을 보고 소류는 쾌재를 불렀다.

'이제 되었다!'

지채문 등이 다시 출전하자, 소을름이 이끄는 거란 군사들은 앞다투어 화살을 쏘아댔다. 마치 당황하여 사거리가 되건 안 되건 마구 쏘아대는 것 같았다. 지채문은 급하게 들이쳤다. 상대가 약해 보이면 더 힘이 나는 법이다.

고려군들은 자신감에 가득 차 있었다. 어제 비록 법언이 전사하는 피해를 보기는 했으나 거란군을 격퇴하는 데 성공했다. 그런데 오늘은 적들의 전열이 더욱 쉽게 허물어지는 것이 아닌가!

고려군들은 대단한 용맹을 떨치며 거란군들에게로 휘몰아쳐 갔다. 고려군들의 돌격에 거란군의 대열이 우르르 무너지며 후퇴하기 시작했다.

소류는 어제 지채문의 위력을 충분히 보았다. 보기 드문 강함이었다. 자신과 진소곤이 맞상대하지 않았으면 크게 패했을 것이었다. 그 강함을 똑같은 힘으로 맞서 싸울 수도 있었으나 그것은 거란군의 전법이 아니었다. 상대에 따라 유연하게 움직이는 것, 그것이 바로 거란군이었다.

거란 군사들은 어떠한 신호도 없이 무질서하게 패하여 달아나고 있었다. 적어도 고려군의 입장에서는 그렇게 보였다.

서경성 안의 군민들은 성벽에 올라가 전투를 숨죽이며 지켜보고 있었다. 앞서 한기의 이백 기의 거란군들을 지채문이 공격하여 전부 죽이거나 사로잡는 것을 보았으나 그때는 소수였다. 이렇게 군대라고 칭할 만한 숫자끼리 붙으니 그 긴장감은 앞서 한기 때와는 비할 바가 아니었다.

성벽 위의 군민들이 긴장과 초조함으로 숨죽여 전투 상황을 지켜보고 있는데 거란군들이 맥없이 패하여 달아나는 것 아닌가! 마치 두부가 으깨어지는 것과 같았다.

"와! 와! 와!"

"우리가 또 이긴다!"

성벽 위의 군사들과 백성들이 열렬한 함성을 질러댔다.

조원이 칠성문루에서 싸움을 지켜보는데 지채문은 과연 '무달'다웠다. 지채문이 철창을 휘두르며 돌격해 들어가자 그 위력이 강맹하기 그지없고 그 뒤를 따라서 동북기군이 같이 돌격하니 거란군들은 펄펄 끓는 기름에 콩이 튀기듯이 흩어졌다.

을밀대에서 그 광경을 보고 있던 조자기 역시 흥분하여 탁사정에게 말했다.

"적이 도주하고 있습니다. 성문을 열고 출격해서 적들의 숨통을 끊어야 합니다!"

탁사정은 대도수의 신호위 병력들을 제외한 나머지 군사들의 출격을 허용했다. 거란군이 패하고 도주하는 것을 본 고려군들은 기세를 올리며 앞다투어 성을 나가 추격했다.

조원은 성벽 위에서 전투 상황을 보며 매우 의아한 생각이 들었다. 전투는 기세라고 하지만 너무 후다닥 승패가 나버렸다. 자세히 보니 거란군들은 무질서해 보였으나 창과 칼을 하나도 부딪치지 않았고 일정한 거리를 두고 도주하고 있었다. 마치 잡힐 듯 잡히지 않는 연인 같았다. 조원의 표정이 어두워졌다.

거란군이 패하여 달아나는 모습을 본 성벽 위의 군사들은 벌 떼가 쑤신 듯 온통 야단법석이었다. 서로 뛰쳐나가 전공을 세우거나 물자를 노획하려고 난리들이었다. 다들 어디서 그런 용기들이 나왔는지 씩씩거리며 성문 쪽으로 뛰어 내려갔다.

조원이 성벽 위의 군사들이 성문 쪽으로 뛰어 내려가는 것을 보며 몹시 우려하고 있는데, 이상하게 칠성문과 경창문 사이의 일단의 군사들은 미동도 없었다. 유일하게 질서정연했고 군기가 엄정했다.

바로 애수진의 군사들이었다.

탁사정이 최고 책임자로서 서경의 갖가지 일을 신경 써야 했으나 탁사정은 별로 그런 것에 관심이 없었다.

서경의 실무 관리들과 아전들을 만나고 그들을 지휘하는 것은 자연스럽게 통군녹사 조원의 몫이 되었다. 조원이 짬을 내어 몇 가지 일을 탁사정에게 보고하자 탁사정이 손을 휘휘 저으면서 말했었다.

"내가 여념이 없으니 군사에 관한 것 외에는 조 녹사가 알아서 하게."

탁사정은 군사에 관한 것도 동북면 군사들에 대해서만 어느 정도 신경을 쓸 뿐이었고 특히 서경성을 방어하기 위한 배치에 대해서는 거의 관심을 기울이지 않았다.

조원은 낭장 홍협과 방휴, 서경의 법조*(法曹) 피위종(皮渭宗), 도령별장 양악(楊渥) 등과 더불어 잡다한 군사들을 성벽 위에 배치했다. 그중에 애수진의 군사들을 칠성문과 경창문 사이에 두었다.

적이 서경성을 공격한다면 칠성문과 경창문에 우선 집중될 것이다. 조

* **법조: 지방관청에서 법률에 관한 일을 담당한 관직. 품계는 8품 이상.**

원은 강민첨과 애수의 군사들과 며칠을 함께했다. 강민첨은 노련했고 자기 군사들을 잘 통솔하고 있었다. 남은 잡다한 군사 중 강민첨과 애수의 군사들이 믿을 만하다고 보았던 것이다.

조원은 애수의 군사들 쪽으로 뛰어가서 강민첨을 보자마자 다짜고짜 물었다.

"전황이 어떻게 될 것 같습니까?"

강민첨이 심란한 얼굴로 조심스럽게 말했다.

"제 좁은 소견으로는 좋아 보이지 않습니다."

조원이 고개를 끄덕이며 동의하자, 강민첨이 말을 이어 나갔다.

"거란군들은 서로의 간격을 넓게 서서 진군해 왔습니다. 이런 대형은 진·퇴·좌·우의 기동을 쉽게 하기 위해서입니다. 만일 거란군이 강력한 돌파력으로 밀어붙이고자 했다면 아군처럼 좁은 간격으로 서서 한 덩어리가 되어 돌진했을 것입니다. 그러나 지금의 거란군의 대열은 돌파의 대형이 아니었습니다. 미리 흩어짐을 염두에 둔 대형입니다."

조원이 말했다.

"강 진장님의 고견은, 적이 아군을 일부러 유인한다는 말씀이신데 그렇다면 아군의 패배에 대비해야겠지요?"

조원의 말은 거침없었고 직설적이었다. 강민첨이 약간 주저하며 말했다.

"제 좁은 생각에는, 만에 하나 아군이 패한다면 이곳 칠성문으로 올 가능성이 가장 큽니다. 그러나 동쪽의 장경문 쪽으로 올 가능성도 있습니다. 그렇다면 궁수들을 칠성문과 장경문 근처에 집중시켜야 합니다."

조원이 고개를 끄덕이며 말했다.

"또 다른 고견이 있으십니까?"

"일개 진장의 의견일 뿐입니다. 틀릴 확률이 더 높습니다."

조원이 고개를 가로저으며 말했다.

"지금 이 성안에서 정신이 멀쩡한 사람은 저와 진장님밖에 없습니다. 애수의 군사들 중에서도 활을 가진 자들을 칠성문 쪽으로 이동시켜주십시오."

조원은 강민첨에게 이렇게 말한 후 급히 달려가, 군사들 가운데 활을 가진 자들 가운데 천여 명을 뽑아 칠성문과 장경문 근처에 집중 배치했다. 탁사정에게는 따로 보고하지 않았다.

46
마란에서
: **경술년**(1010년) **십이월 십삼일 진시**(8시경)

서경성 안에서 조원과 강민첨이 패전에 대비한 대책을 세우고 있을 때,
지채문 등은 거란군을 부지런히 추격 중이었다.

거란군은 동쪽으로 달려 북쪽의 대성산과 남쪽의 대동강 사이의 벌판을
지나 용(龍)못 쪽으로 도주하고 있었다. 용못은 두 물이 만나는 곳으로, 이
곳의 동쪽은 넓은 분지였다.

이원은 지채문의 뒤를 받쳐 거란군을 이십 리 이상 추격해왔다. 그런
데 아무래도 이상했다. 아군의 돌격에 거란군이 도주할 때만 해도 승리에
대한 희열과 자신감에 차서 거란군을 쫓았다. 그러나 그 뒤부터는 거란군
은 도망치고 고려군은 그 뒤를 따라잡지 못하고 그냥 달리기만 하는 것이
었다.

거란군이 패주하는 것인지, 그냥 후퇴하는 것인지 정확히 판단할 수가
없었다.

그러나 한 가지 큰 희망은 있었다. 거란군은 고려의 지리를 잘 모른다는
것이다. 이렇게 무작정 후퇴하다 보면 결국 잘못된 길로 들거나, 잘못된 길
로 들지 않더라도 길이 굽은 정도나 높낮이, 노면의 상태 등을 알지 못하니
결국 궁지에 빠질 것이다.

고려군은 계속 쫓고 있었다. 고려군의 진세는 이제 길게 늘어지다가 완
전히 흐트러져 있었다.

고려거란전쟁 - 고려의 영웅들 (상)

지채문과 동북기군들은 고방산(高坊山)을 우측으로 끼고 움직여 삼석(三石)과 대동강 사이에 넓은 충적평야 지대에 접어들었다.

지채문은 거란군을 쫓으면서 점점 조바심이 났다. 거란군은 분명히 진영이 붕괴되어서 도주하는 중이었다. 도망가는 적들의 뒤를 잡으면 대부분을 주살할 수가 있다. 지금이 적들을 완전히 붕괴시킬 기회였다. 다만, 적들의 뒤를 잡기만 하면….

그러나 거란군들은 잡힐 듯하면서도 잡히지 않았다. 차라리 잡히지 않을 것 같으면 쫓지도 않겠는데 분명히 잡힐 듯하다. 조금만, 조금만 더 쫓으면 거란군의 뒤를 잡아 빛나는 승리를 거둘 수가 있는 것이다. 지채문은 이런 마음으로 벌써 사십 리나 추격하고 있었다.

지채문도 거란군을 쫓으면서 혹시라도 매복 작전을 펼치려고 하는 것이 아닌가, 라는 의심이 들기도 했으나 거란군들이 매복에 좋은 지형들을 연거푸 지나치는 것으로 봐서 아니라는 판단을 내렸다.

더구나 이제 거란군이 매복 전술을 쓸 수 있는 지형들도 모두 지났다.

오히려 적들은 지금 얼어붙은 마탄을 건너고 있었다. 강을 건너면 꽤 넓은 마탄벌이 나오고 거기에서 매복 작전을 쓰는 것은 불가능하다. 게다가 마탄벌은 거의 막다른 길이었다.

마탄벌을 지나면 산악 지형이 나오는데 당연히 군대의 이동이 불편했다. 따라서 거란군이 그곳으로 들어서면 병목현상을 겪게 될 것이다. 그러면 스스로 무너지게 될 것이고 그런 적들을 요리하는 것은 식은 죽 먹기였다.

지금 거란군은 마탄을 건너며 말 수십 마리가 미끄러지며 넘어졌다. 이런 거란군의 우스꽝스러운 모습에 지채문은 더욱 자신감이 붙었고 호흡을 가다듬었다. 이제 승리가 바로 눈앞에 있었다.

진소곤과 그가 이끄는 해예랄군은 거란군 중 맨 뒤에서 달리고 있었다.

후퇴하는 와중에 몇몇이 고려군의 화살에 맞았지만 방패를 등 뒤로 걸고 있어서 별다른 피해는 없었다.

진소곤은 얼어붙은 강을 건너자마자 말을 급히 멈춰 세우고 뒤로 돌아섰다. 선두에 서서 쫓아오고 있는 지채문이 눈에 확 들어왔다. 전광석화와 같이 지채문에게 화살을 날렸다. 진소곤이 화살을 날리자, 해예랄군 천여 기가 좌우로 날개를 펴듯이 흩어지며 모두 지채문 하나를 목표로 화살을 날렸다.

지채문은 화살이 날아오자 창으로 화살들을 쳐내려고 하였으나 그럴 만한 숫자가 아니었다. 황급히 말 머리를 오른쪽으로 틀며 말의 오른편에 몸을 숨겼다. 화살 세례를 받은 지채문의 말이 구슬피 울며 쓰러졌다.

해예랄군이 사격을 하자 모든 거란군이 말을 멈추고 달려오는 고려군들을 향해 일제히 사격하기 시작했다.

고려군들은 달려오던 탄력 때문에 계속 얼음 위로 올라왔고, 급히 멈추려고 하다가 서로 엉겨서 미끄러지며 중심을 잃고 있었다. 그리고 거란군의 화살이 그 위를 덮쳤다. 지채문의 동북기군 육백 기는 순식간에 거의 전멸했다.

그 모습을 보고 있던 소류가 큰 소리로 명했다.

"전군, 돌격하라!"

이원은 달려오면서 동북기군이 얼음 위에서 몰살되고 있는 것을 보았다. 소스라치게 놀라 급히 말을 멈추었는데 곧 거란군들이 돌격해왔다. 고려군의 진영이 길게 늘어졌으므로 승세를 탄 거란군의 기세를 결코 막아낼 수 없었다.

중랑장 이응보가 이원에게 급히 외쳤다.

"퇴각해야 합니다!"

이원은 퇴각 신호를 울리며 급히 말 머리를 돌렸다. 뒤따라 달려오고 있는 군사들과 충돌하지 않으려면 다른 길로 가야 했다. 이원과 최창은 용못을 건너 남쪽으로 방향을 잡았다.

거란군들의 기습 공격에 고려군들은 일사불란한 명령체계를 가질 수 없었다. 모두 뿔뿔이 사방으로 흩어졌다.

뒤에 오던 김계부는 이원이 울린 퇴각 신호를 들었다. 비록 동북기군이 몰살되는 것은 제대로 보지 못했으나 일이 잘못되었다는 것은 명확히 알수 있었다. 김계부는 군사들을 이끌고 서경 쪽으로 퇴각했다.

지채문은 무수한 화살 세례를 받았음에도 말 뒤에 몸을 완벽하게 숨겨 상처 하나 입지 않았다. 일어서서 반격하려고 했지만 동북기군들이 순식간에 몰살당하는 것을 보았다. 지채문은 마치 죽은 듯이 가만히 있었다. 거란군들이 동북기군에게 화살을 쏘고 나서 다른 고려군들에게 돌격할 때 재빨리 뛰쳐나가 남쪽의 산을 보고 뛰었다. 여기서 살 수 있는 길은 그 길밖에 없었다.

진소곤을 비롯한 해예랄군은 지채문에게 화살을 날린 후, 지채문의 말이 쓰러지자 지채문 역시 죽었거나 큰 상처를 입었을 것으로 보았다. 그래서 별로 신경을 쓰지 않았다.

그러던 중 지채문이 어느 정도 달려가자 그제야 눈치채고 해예랄군 몇기가 따라붙은 것이다. 지채문은 달리면서 몸을 뒤집어서 화살을 날려 세명을 거꾸러뜨리고 결국 산으로 들어가는 데 성공했다.

김계부는 서경 쪽으로 달리다가 대성산을 지날 즈음 일단의 군사와 마주쳤다. 후속으로 달려오는 아군인 줄 알고 다가가는데 그들이 다짜고짜 화살을 날렸다. 놀란 김계부는 말 등에 몸을 눕혀 가까스로 화살을 피했다.

어디서 나타났는지 알 수도 없는 거란 군사들이었다. 거리가 가까워 화살을 쏠 틈도 없어서 급히 창을 빼 들었다. 그런데 창망한 와중에도 생각해 보니, 앞뒤로 거란군들이라 가망이 없었다. 다행히 아직 남쪽 길이 열려 있었다. 김계부는 즉시 남쪽으로 말을 달렸다.

47
탁사정의 계획

: **경술년**(1010년) **십이월 십사일 신시**(16시경)

조원은 칠성문 위에서 혹시라도 패주하는 고려군을 성안으로 받기 위하여 긴장하고 있었는데 군사들이 북쪽을 가리키며 외쳤다.

"북쪽에 적입니다!"

"북쪽에 적이 나타났다!"

먼저 나타난 것은 패전한 고려군이 아니라 북쪽에서 나타난 거란군들이었다.

조원은 몹시 당황하여 성벽을 따라 탁사정이 있는 을밀대로 전속력으로 뛰어갔다. 탁사정은 북쪽에서 나타난 거란군을 보며 안절부절못하고 있었다.

조원이 탁사정에게 말했다.

"적이 북쪽에서 나타났습니다! 아군의 상당수가 성을 빠져나갔으니 병력 배치를 어떻게 해야 합니까?"

탁사정이 붉게 충혈된 눈빛으로 조원을 보더니 말했다.

"지 중랑장이 곧 돌아올 것이라네."

조원은 어이가 없었다. 지채문이 돌아오고 안 오고의 문제가 아니었다. 거란군은 서경 성벽 바로 앞까지 당도했다. 따라서 방어전을 면밀하게 계획하여 지휘해야 한다. 그런데 최종 책임자인 탁사정은 지채문 타령만 해대는 것이다.

조원이 기막혀하는 가운데 대도수 역시 거란군을 보고 을밀대로 왔다.

조원이 대도수를 보고 반색하며 말했다.

"적들이 나타났습니다. 성의 방비를 단단히 하고 군사들을 지휘해야 하는데…"

조원은 대도수에게 이렇게 말하며 탁사정을 흘긋 보았다.

대도수가 조원에게 말했다.

"일단 병력 배치는 되어 있고, 저들은 우리를 바로 공격하지는 않을 것이오. 지금은 군사들을 경계시키되 또한 안심시키는 것이 중요하오."

역시 대도수였다. 그러나 문제는 지휘였다. 누군가가 작전을 총지휘해야 한다. 그런데 탁사정은 점점 한계를 드러내고 있었다. 탁사정의 지휘는 믿을 수 없었다. 지휘를 할 의지가 과연 있는지도 의심스러웠다.

조원이 대도수에게 조심히 말했다.

"장군께서 도순검사 각하를 도와 총지휘를 하시는 것이 어떻겠습니까?"

조원의 말은 사실, 탁사정 대신에 대도수에게 총지휘를 맡아달라는 뜻이었다. 대도수 역시 무관 출신인 탁사정이 무예는 능할지 몰라도 군대를 이끄는 능력은 부족하다는 것을 느끼고 있었다.

조원의 말에 대도수가 고개를 끄덕이며 말했다.

"여기서 내가 도순검사 각하를 도와 방어전을 지휘할 것이니 조 녹사는 서경의 행정을 잘 책임져주시오."

대도수는 조원이 사실상 부유수의 역할을 하고 있다는 것을 잘 알고 있었다. 조원과 대도수가 이런 대화를 나누고 있는 가운데도 탁사정은 계속 동쪽과 북쪽만 번갈아 보고 있었다.

거란군이 패하는 것을 보고 뛰쳐나갔던 군사들은 돌아왔으나 지채문을 따라 성을 나갔던 고려군은 결국 한 명도 돌아오지 못했다.

거란군들은 북쪽에서 끊임없이 몰려왔고 차분히 서경을 포위하기 시작했다. 먼저 서경 주위의 모든 도로를 막아서 외부와의 교통을 차단하고 적당한 거리에 숙영지를 세우고 있었다. 지채문이 출격군을 이끌고 나간 날에는 대도수의 말처럼 아무 일도 일어나지 않았다.

항복을 권고하는 거란의 사신(使臣)도 오지 않았는데 앞서 지채문이 노의와 유경, 한기 등을 모두 죽였기 때문일 것이었다.

조원은 야간에 혹시 거란군이 습격할까 봐 잔뜩 긴장하고 뜬눈으로 밤을 지새웠는데도 역시 아무 일도 일어나지 않았다.

아침부터 거란군들은 분주했다. 칠성문과 경창문, 홍례문 앞에 거란군들이 집결하며 공성 장비들을 쌓아 놓고 각종 기구를 만들고 있었다. 얼마 후에 커다란 운제와 공성차들이 모습을 드러내기 시작했다.

대도수는 을밀대에서 전체를 조망하고 있었다. 벌써 늦은 오후가 되어가고 있었고 거란군들은 구름처럼 자리 잡기 시작했다. 아직은 공격하지 않는 것이, 완전히 준비하여 한 번에 힘을 모아 공격할 생각인 듯했다.

차라리 거란군들이 빨리 공격했으면 정신없이 싸우며 다른 생각을 할 틈이 없을 테지만, 이렇듯 보란 듯 준비해대니 공격을 당하는 입장에서는 직접적인 공격보다도 오히려 더 피가 마르는 시간이었다. 마치 매 맞는 것보다 매 맞기 전에 기다리는 시간이 더 싫은 것과도 같았다.

대도수는 십칠 년 전에 안융진에서 거란군과 싸웠으나 그때는 거란군의 기습작전으로 병력은 많게 잡아도 일만이 되지 않았다. 뜻밖의 기습을 노린 것이지 이와 같은 정규적인 공격은 아니었다.

대도수는 성 밖의 거란군을 보면서 한숨을 쉬었다.

'성은 크고 병력은 부족하다. 과연 우리가 저 대군을 막아낼 수 있을까?'

내색하지는 않았지만 실은 심히 걱정스러웠다. 탁사정 역시 옆에서 한숨을 쉬고 있는 게, 자신과 같은 생각을 하고 있는 것 같았다.

홍화진과 통주성이 함락당하지 않았다고 하나, 두 성은 산세를 의지해 쌓은 성이었다. 사람이 살기 위해 쌓은 성이라기보다, 공격할 때는 전진기지와 보급기지의 역할을 하고 수비 시에는 방어기지의 역할을 하기 위한 무장도시(武裝都市)에 가까웠다. 성에 접근한다는 것 자체가 쉽지 않았고 성을 공격하기 위한 공격 방향도 상당히 제한적이었다.

거란군은 곽주는 함락시켰다. 곽주 역시 산세를 이용해 쌓은 성임에도 함락당하고 만 것이다. 산성이 방어력이 뛰어나지만 반드시 완전무결한 것은 아니었다.

그런데 서경은 산성도 아니고 평지에 쌓은 성이었다. 북쪽은 산으로 막혀 있고 나머지 삼면은 강물로 둘러싸여 있다고는 하나, 겨울인 이상 물이 주는 이점은 없었다. 거란군은 어느 방향에서도 공격할 수 있었다.

이렇게 대군이 공격해 들어오면, 병기와 식량을 쌓아두고 군민이 합심하여 방어에 나서며, 외부의 지원까지 받는다고 해도 지키기가 쉽지 않을 것이었다.

그런데 서경 민심은 어쩔 수 없이 싸움에 이른 것이지 자발적인 것은 아니었다. 언제 등을 돌릴지 알 수 없었다. 또한 지채문이 밖으로 출격하여 삼천이나 되는 정예병들을 손실했다. 삼천의 병력 손실은 너무나 뼈아팠다. 그나마 물자와 식량이 넉넉하다는 것 외에는 긍정적인 면이 전혀 없었다. 대도수는 계속 한숨을 쉴 수밖에 없었다.

조원이 자신을 상당히 믿는 눈치였으나 이런 대군을 상대로 싸워본 적이 없는 건 조원이나 자신이나 마찬가지였다. 대도수와 탁사정이 저마다 생각에 잠겨 있는데 서쪽 성벽에서 전령이 왔다.

"기치와 거란군의 움직임으로 보았을 때 대동강 서쪽 '서망일사(西望日寺)'에 거란주가 주둔하고 있는 듯합니다."

대도수는 전령의 말을 듣고 깜짝 놀랐다. '서망일사'라면 서쪽 외성에서 강만 건너면 바로 있는 절이었다. 강물이 얼었고 병력이 부족하므로 바로 외성은 포기하였으나 그래도 성에서 상당히 가까운 거리에 주둔한 것이었다. 역시 거란군은 그 임금까지도 담대했다.

탁사정 역시 전령의 말을 듣더니 상당히 놀라는 눈치였다. 대도수와 탁사정이 서로의 눈길을 마주친 뒤, 같이 서쪽을 바라보았다.

잠시 후, 탁사정이 입을 열고 조그만 목소리로 말했다.

"허심탄회하게 말씀해보십시오. 장군께서는 서경을 지킬 수 있을 것으로 보십니까?"

대도수가 답했다.

"목숨을 걸고 싸움에 임할 뿐 그 나머지는 모릅니다."

탁사정이 고개를 저으며 말했다.

"제 생각에는 정상적인 방법으로는 서경을 지켜낼 수가 없습니다. 저 거란의 군세를 보십시오. 평지성인 이곳이 저 군세에 맞서 얼마나 버티겠습니까! 이곳은 사방에서 공격당할 수 있습니다. 흥화진과 통주성과는 전혀 다릅니다. 더구나 우리에겐 군사도 부족한데 민심은 이미 떠나 있습니다."

탁사정이 이렇게 말하며 고개를 좌우로 흔들었다. 대도수가 무거운 표정으로 말했다.

"그렇다고 무슨 뾰족한 방법이 있는 것도 아니지 않습니까? 그저 용맹하게 맞서 싸울 수밖에요."

탁사정이 눈빛을 반짝이며 말했다.

"방금 전령에게서 거란주가 서망일사에 있다는 보고를 듣는 순간, 한 가지 계책이 떠올랐습니다."

탁사정의 말에 대도수가 의아한 눈빛으로 탁사정을 보았다. 탁사정이 말을 이어나갔다.

"거란주는 대담하게도 외성과 지척인 서망일사에 있습니다. 만일 기습적으로 나가서 거란주를 사로잡는다면 전쟁을 바로 끝낼 수 있습니다."

"거란주가 주둔한 곳이라면 방비가 몹시 삼엄할 것입니다. 우리가 가진 군사로는 불가능합니다."

대도수가 기습 공격에 대해 부정적으로 답했지만, 탁사정은 어차피 대도수 역시 서경을 지켜내는 것을 어렵게 생각한다고 느끼고 있었다. 대도수는 발해태자 대광현의 아들이었다. 또한 모두가 존경하는 안융진의 영웅이다. 가만히 앉아서 당하고만 있지는 않을 것이다. 탁사정이 말했다.

"그렇다면 장군께서는 지키기만 해서는 반드시 함락당할 터인데 가만히 있겠다는 말씀이십니까? 뭔가를 해보아야지 않겠습니까? 가능성이 있다면 반드시 해야 할 것입니다."

탁사정의 말에 대도수는 잠자코 있었다.

대도수는 대광현의 막내아들로 아버지와 오래 생활하진 못했다. 그러나 말년의 아버지 모습만큼은 생생히 기억하고 있었다.

대광현 집안의 남자들은 아침마다 북쪽에 절을 하는 것으로 그날 하루를 시작했다. 찾아가지 못하는 북쪽의 조상들에게 올리는 예였다.

아버지는 늙어갈수록 매일 한탄으로 시간을 보냈다. 발해가 멸망할 때 어지러웠던 정치를 생각하며 한탄했고, 고려 태조가 거란을 치기로 약속하고 결국 실행에 옮기지 못하고 사망한 것을 한탄하고, 고려 태조가 죽은 후 고려의 정치가 불안해져 북진을 꿈꾸지 못하는 것을 한탄하고, 그 뒤 남은 발해 부흥 세력들이 하나로 합쳐지지 못하고 이합집산하며 하나씩 쓰러져가는 것을 한탄했다.

다만, 광종 때 드디어 고려의 정치가 안정되어 북벌에 나서자 아버지는 몸이 불편함에도 기어코 참전하려고 했다. 결국 스스로 참전하지는 못했지만 아버지는 모든 발해 일족에게 참전을 명했다. 고려군이 여진족을 몰아내고 가주(嘉州: 평안북도 운전군 가산), 송성(松城) 등의 성을 쌓아나간다는 소식을 듣고 아버지가 기뻐하던 모습이 눈에 선했다. 마치 온몸에서 광채가 나는 것 같았다.

대도수는 아버지가 기뻐하는 모습에 감동하여 자신도 모르게 말했다.

"아버지, 제가 크면 발해를 꼭 되찾을 거예요!"

대광현은 입꼬리가 찢어질 정도로 크게 웃으며 대도수를 번쩍 들면서 말했다.

"우리 도수는 똑똑하니 반드시 그리해낼 것이다. 우리 발해 일족의 운명은 이제 우리 도수 손에 달렸구나! 하! 하! 하!"

늘 탄식하고 슬픔에 묻혀 있던 아버지만 보아왔던 대도수는, 비록 그때 여섯 살의 나이였으나, 광채가 감도는 아버지의 모습을 지금도 생생히 기억하고 있었다.

태조 때 고려의 기본 정책은 천천히 안정적으로 성을 쌓아가며 북쪽으로 진출하여 옛 땅을 되찾는다는 것이었다. 한 번에 거란을 치면 좋겠으나 고려와 거란 사이의 거리는 천 리가 넘었고 중간에 여진족 등 많은 부족이 있었다.

소손녕의 침공 이후 고려와 거란이 화친을 맺어 서북쪽이 안정된 뒤로는 고려의 북방 개척은 동북면에 집중되었다. 대도수는 열렬히 고려의 북방 개척에 참여했다. 비록 아버지에게 말한 대로 발해의 모든 땅을 회복하지는 못했으나, 오십 대 중반이 된 지금, 지하에 계신 아버지께 부끄럽지 않은 인생을 살았다고 평가하고 있었다.

48

야습(夜襲)

: 경술년(1010년) 십이월 십사일 자정(24시)

고려조정에서는 이미 거란에 항복한다는 표문을 보냈다. 그것이 단지 시간을 끌기 위한 계책이라고 하더라도 이제는 절대 외부적인 도움은 없을 것이다. 거란도 서경의 중요성을 잘 알고 있다. 이곳을 점령하면 대동강 이북은 모두 거란 땅이 될 수 있다. 거란군은 이곳에 공격을 집중할 것이었다.

서경성은 삼면이 물로 둘러싸인 천혜의 요지에 있었지만 대동강 물이 모두 얼어버린 지금, 강물이 지닌 방어적 이점은 모두 사라져버렸다. 평지에 덩그러니 있는 성(城)인 것이다. 거란군은 압도적인 대군으로 모든 수단을 동원하여 공격할 것이다.

얼마나 막아낼 수 있을까? 몇 달 정도는 막을 수 있을까? 아니 단 며칠이라도 막아낼 수 있을까? 대도수가 아무리 생각해도 함락은 기정사실이었다.

또한 서경을 지켜낸다고 하더라도 아무 의미 없는 일일 가능성도 농후했다. 강조가 이끌던 고려의 주력군이 삼수채에서 패했고, 지채문 역시 서경 밖에서 패전했다. 고려에는 더는 거란군을 막을 군대가 없었고, 고려조정은 이미 항복한다는 서신을 거란에 보낸 터였다. 고려 자체가 항복한다면, 서경을 지켜내는 것은 아무런 가치가 없는 일이었다.

그런데 지금 거란의 임금이 지척에 와 있다. 어차피 서경을 지켜내기 힘들 것이고, 또 지켜낸다 해도 가치가 없다면, 한 번쯤 모험을 걸어보는 것도 좋지 않겠는가! 실패하면 죽을 테지만 어차피 조금 빨리 죽는 것뿐이다.

그러나 성공하면 그 효과는 대단하다. 거란주를 제거하면 거란에서는 반드시 내분이 일어날 것이다. 그렇다면 그 기회를 이용해 거란을 공격하여 멸망시켜 원수를 갚고 땅을 되찾을 수 있다. 또한 송나라도 가만히 있지 않을 것이다. 내분이 일어난 거란을 고려와 송나라가 함께 쳐 올라가면 거란은 결코 대응하지 못할 것이다.

이렇게 생각하자 대도수는 가슴에서 뜨거운 피가 솟아올랐다.

'좋다, 해보자!'

대도수의 마음에는 대광현의 슬픈 탄식과 더불어 광채가 도는 기쁨이 상반된 듯 하나가 되어 깊이 새겨져 있었다. 만일 목숨을 걸어서라도 거란주를 잡을 수 있다면 아버지의 한을 풀 수 있으리라!

이렇게 생각하고 나니 걸리는 것이 한 가지 있었다. 탁사정을 얼마나 믿을 수 있느냐는 것이었다.

탁사정은 얼마 전까지만 해도 천우위 중랑장이었다. 강조의 정변에 적극 협조해 갑자기 관직이 높아졌다. 무장으로서 탁사정은 꽤 높은 평가를 받았었다. 그러나 지금 보니 지휘관의 자질은 그다지 없어 보였다.

대도수가 자신을 보며 어떤 생각을 하는 듯하자 탁사정이 말했다.

"이 작전은 빠르면 빠를수록 좋습니다. 거란군이 포진을 끝내지 못한 지금이 최적기(最適期)라고 판단됩니다. 지금을 잃으면 이제 기회는 영영 없을 것입니다. 더구나 오늘은 보름달에 가까우나 하늘에는 구름이 잔뜩 끼어 있습니다. 공을 세우기 위해 하늘이 주신 절호의 기회입니다!"

대도수가 수긍하는 빛을 드러내자 탁사정이 적극적으로 말을 이어 나갔다.

"장군께서 먼저 동문(東門)으로 나가서 공격하고, 곧이어 제가 서문(西門)

으로 나가 앞뒤에서 협공하면 반드시 뜻을 이루게 될 것입니다."

탁사정이 동문으로 나간다고 했다면 의심하는 마음이 들었을 것이었다. 동문은 남쪽의 주도로로 연결되고 탁사정이 그대로 달아나버리지 않는다고 어찌 장담할 수 있으리오!

그런데 탁사정이 서문으로 나간다는 것은 적진 한가운데에 뛰어들겠다는 것과 같았다. 이 정도라면 해볼 만하다.

대도수와 탁사정은 조원을 불러들였다. 조원이 이들에게 목례한 후 말했다.

"성벽 위의 군사 배치는 모두 마무리했고 적의 공격이 시작되면 부녀자들과 아이들은 시기에 따라 필요한 노역에 동원될 것입니다. 다만 성벽에 세울 군사 수는 부족하지 않은데 훈련과 사기가 낮은 것이 걱정입니다."

조원의 말에 탁사정은 무미건조하게 고개를 끄덕였고 대도수 역시 가만히 잠자코 듣고 있었다.

조원이 다시 조심스럽게 말했다.

"거란군들이 대놓고 보통문 근처의 성벽 앞에 공성 장비들을 쌓아두고 있으니 공격은 거기에서 시작될 것입니다. 정예 군사인 동북면군이나 신호위군 중에 필요한 인원을 차출해서 이곳에 배치했으면 합니다만…."

대도수가 고개를 가로저으며 말했다.

"조 녹사를 부른 이유는 뒷일을 부탁하기 위해서요."

대도수의 뜬금없는 말에 조원이 어리둥절한 표정을 짓자 탁사정이 비장한 표정으로 말했다.

"나와 대장군은 오늘 밤 성을 나가 거란주를 습격할 것이라네. 성공하면 이 전쟁을 끝내게 되겠지."

탁사정의 말에 조원이 심히 황당하여 소리치듯이 말했다.

"그건 말도 안 되는 작전입니다!"

대도수는 부드러운 목소리로 조원을 돌아보며 말했다.

"조 녹사, 그대는 이 서경성을 지킬 수 있다고 보시오?"

조원은 놀라움과 의아함에 눈을 크게 뜨고 대도수를 바라보았다. 그런 조원을 보고 대도수가 얼굴 가득히 패인 주름으로 미소를 지으며 말했다.

"지킬 수 있을지도 모르지. 하나 방어만 해서는 절대로 지킬 수 없을 것이요."

조원이 정색하며 말했다.

"서경성은 고구려 이래로 공격을 받아 함락된 적이 없습니다. 지키고자 마음먹으면 지키지 못할 바가 아닙니다."

대도수가 조원의 말을 듣고 껄껄 웃으며 말했다.

"조 녹사, 당신은 젊고 능력 있는 좋은 관료요. 그러나 성이라는 것은, 밖에서 우세한 전력으로 마음먹고 시간을 두고 공격하면 결국 함락당하게 되어 있소. 이 상황에서 외부의 도움 없이는 오래 버틸 수 없을 것이오."

조원이 항변하듯이 말했다.

"아직 홍화진과 통주성이 건재한 데다가, 거란군들이 점령한 우리의 성들은 얼마 되지 않습니다. 아직은 충분히 해볼 만합니다."

대도수가 조원을 가르치듯이 말했다.

"홍화진에는 겨우 몇천의 병력이 있을 뿐이고 통주성 역시 마찬가지요. 거란주가 홍화진과 통주성을 그냥 남겨둔 것은 시간을 절약하기 위함이지 결코 그곳을 함락시킬 수 없기 때문이 아니오. 이 서경의 중요성은 우리도 알고 있듯이 거란군도 충분히 알고 있을 것이오. 거란군은 서경을 공격하는 데에는 홍화진 등과는 다르게 전력을 다할 것이오. 얼마 안 되는 병력으로 거란의 수십만 대군을 언제까지 막아설 수 있을 것 같소?"

대도수는 여기까지 말한 후, 잠시 북쪽을 바라보았다.

"우리 조상의 나라 발해국도 이렇게 거란군에게 멸망했소. 거란군은 바람같이 빠르고 호랑이처럼 강하오. 우리의 주력은 삼수채에서 궤멸됐고, 무공이 그토록 고강(高強)한 지채문 중랑장도 패하고 말았소. 또한 밖에서 도와줄 병력도 더는 없소이다."

조원이 목소리를 높이며 말했다.

"그래도 계획하신 작전은 너무 무모하고 어떤 커다란 요행이 있어야 성공할 수 있습니다."

"힘들겠지, 쉽지 않을 것이야. 그러나 성만 지키고 있다가는 더욱더 승산이 없소. 일단 수십만 거란군이 성을 포위하게 되면 성안의 민심은 급격히 이반(離反)하게 될 것이고 군사들의 사기는 땅에 떨어질 것이오. 무기가 없어도 싸울 수 있지만, 사기가 떨어진 병사들로는 아무것도 할 수가 없소."

조원이 힘주어 말했다.

"고려는 아직 힘이 남아 있습니다. 우리가 이곳에서 버텨주면 중앙에서 곧 군대를 다시 조직하여 거란과 승부를 겨룰 것입니다."

"조 녹사도 사정을 잘 아시지 않소. 전(前) 성상은 정치가 어지러워져서 물러났고 지금의 성상은 갑자기 보위에 오른 지 얼마 되지 않소. 더구나 어린 나이요. 지금 이 상황을 타개할 능력이 있다면 도리어 그편이 더 신기한 일일 게요."

조원이 대도수의 말을 들어보니 구구절절 옳은 말이기는 했다. 그래도 대도수의 계획은 너무 무모했다.

대도수가 다시 말했다.

"거란군을 물리치기 위해서는, 용기를 가슴에 품고, 하늘이 내린 행운을 받아 건곤일척의 승부를 겨루는 길밖에 없을 거요. 나는 목숨을 걸고 성을 지키기보다는 목숨을 걸고 적들을 기습하겠소."

대도수의 태도는 불가능한 일을 가능하게 하겠다는 것이 아니었다. 불가능한 일에 목숨을 바치겠다는 태도였다. 멋있고 장렬했으나 조원이 보기에 그것은 필부(匹夫)의 용기일 뿐이었다. 정예병 삼천이 사라진 지금, 또다시 병력이 사라진다면 전력의 누수가 너무 크지 않은가.

물론 대도수의 말에도 일리는 있었다. 그러나 아직은 성벽이라는 든든한 아군을 포기할 때가 아니다. 더구나 대도수는 그렇다고 쳐도 탁사정은 무슨 꿍꿍이인지 도대체 알 수가 없었다.

대도수가 조원에게 간곡히 말했다.

"우리가 밖에서 실패하여 성에 다시 들어오지 못한다면 뒷일은 조 녹사가 맡아주시오."

자정에 이르자 대도수는 천여 명의 신호위 군사들을 이끌고 말발굽을 가죽으로 감싸고 말에 재갈을 물려 대동문을 나갔다. 되도록 성벽에 바짝 붙어서 서쪽으로 움직였다.

하늘에는 구름이 끼어 칠흑같이 어두웠다. 재성의 성벽을 지나 외성의 성벽에 접근하자 성벽에서 조금 떨어졌다. 외성은 이미 거란군들이 접수했기 때문이었다. 곧 외성의 남쪽문인 통양문 근처에 이르렀다. 여기서부터 서망일사까지는 칠팔 리 거리밖에 되지 않았다.

대도수는 숨을 가다듬었다. 발해 일족이 그토록 저주하던 거란주가 바로 지척에 있는 것이다.

거란어로 무어라고 외치는 소리가 들렸으나 일절 대응하지 않고 계속 서망일사를 향해 나아갔다. 서망일사 근처까지 가니 서망일사 주위에는 횃불이 대낮처럼 밝혀져 있었다.

대도수는 활을 들었다. 이제 적에게 들키지 않고 접근할 수 있는 방법은 없는 것이다.

말을 천천히 달리며 접근하자, 서망일사 주변의 거란군들이 그제야 대도수 휘하 고려군의 존재를 알아보고 소리를 지르며 움직이기 시작했다.

대도수는 서망일사를 향하여 우는살을 날렸다.

"피이히이이잉~~~~~."

대도수의 우는살이 날자, 신호위 군사들 모두 화살을 서망일사로 날렸다. 누군가를 맞추려고 하는 화살이 아니라 돌격하기 전에 하는 제압용 사격이었다.

화살을 날린 뒤 대도수는 창을 빼어 들고 돌격하며 외쳤다.

"우리의!"

대도수의 선창에 신호위 군사들 역시 말에 박차를 가하며 외쳤다.

"용기를!"

"우리의 용기를 보여주자! 와아!"

잠시 후, 대도수와 신호위 군사들은 거란군에 완전히 포위당했다. 거란 임금의 신변을 지키는 경비가 그렇게 호락호락하지는 않았던 탓이다.

대도수는 뿔나팔을 길게 불었다.

"뚜웅~~~~~~~~."

완전히 포위되었음을 탁사정에게 알리는 신호였다. 그런데 올 때가 된 탁사정의 군사들이 오지 않고 있었다. 만일 오다가 거란군에게 발각되었다면 신호를 하기로 했었는데 그것도 없었다.

대도수는 창을 사납게 휘두르며 거란군과 계속 싸우다가 탁사정이 이끄는 군사들이 결국 도착하지 않자 그제야 깨달았다. 탁사정에게 완전히 속은 것이었다.

거란군들은 대도수 등을 단단히 포위한 뒤로는 고려군들이 먼저 덤벼들지 않는 이상 무리하게 공격하지 않고 있었다.

잠시 대치 상태가 계속되는 와중에 거란군 중에서 누군가가 고려 말로 말했다.

"나는 우복야 고정이요. 그대들은 대담했고 용감했소. 전투는 이제 끝났으니 무기를 버리고 항복하도록 하시오. 황제께서는 대담한 그대들에게 깊은 호의를 가지고 계시오. 모두 중용하겠다고 하셨소."

대도수는 창을 들고 부들부들 떨었다. 실패에 대한 절망과 탁사정에게 배신당했다는 생각에 몸이 떨렸다. 대도수는 창을 버렸다. 그리고 칼을 꺼내어 자신의 목을 그으려고 했다. 그런데 옆에 있던 장교 하나가 알아채고 재빨리 대도수의 팔을 잡고 말렸다. 그 와중에 거란군들이 우르르 달려들어 대도수 등을 포박했다.

대도수는 고정을 보며 말했다.

"나는 대도수요! 나의 군사들 대부분이 발해의 후예들이오."

고정이 고려조정에 사신으로 몇 번 온 적이 있어 대도수는 고정이 발해인이라는 것을 알고 있었다. 고정이 대도수와 신호위 군사들을 찬찬히 보았다. 고정의 마음속에 뭐라고 표현할 수 없는 이상한 감정이 솟구쳤다.

한편, 조원은 심히 우려스러운 마음으로 대도수의 출격을 지켜보았다. 그런데 잠시 후에 탁사정이 서문으로 출격하기로 되어 있었는데 갑자기 방향을 바꿔 동문으로 향하는 것이 아닌가!

조원이 급히 다가가 이유를 물으려고 했지만 조원이 닿기 전에 탁사정은 동문을 나가고 말았다. 조원이 급히 문루에 올라 살피니 어둠 속에서도 탁사정이 이끄는 군은 서쪽이 아니라 남동쪽으로 향하고 있다는 것을 알 수 있었다.

조원은 몹시 놀랐다. 탁사정이 성을 빠져나가기 위해 계략을 써서 모두를 속인 것이다.

49
동명왕(東明王)의 신사(神祠)

: 경술년(1010년) 십이월 십오일 축시 (2시경)

조원은 남쪽으로 향하는 탁사정을 보며 나직이 내뱉었다.

"이런, 망할 자식!"

조원은 급히 고열을 깨워서 강민첨과 조자기를 불렀다. 또한 낭장 홍협과 방휴를 소집했다. 무관 중에서 그들이 가장 상급자였던 것이다.

조원이 상황을 대략 설명하니 모두 몹시 당황하고 황당한 표정들이었다. 도무지 말이 안 되는 상황이었다.

방휴가 치켜 올라가 있는 눈꼬리를 더욱 위로 올리며 말했다.

"탁사정 그 미친 인간은 도망하려면 자신이나 갈 것이지, 왜 굳이 대도수 장군을 속이고 남은 동북면의 기병들을 모조리 데리고 갔을까요?"

강민첨이 말했다.

"자신에게 가장 안전한 계책을 쓴 겁니다."

모두 탁사정에 대해 험한 말들을 해댔다. 욕이 난무하는 가운데 조원이 일침을 놓았다.

"황당한 상황이지만 어쨌든 서경을 방어해야 합니다."

조원의 말에 모두 잠자코 있었으나 지금 와서 거란군에 항복할 수도 없는 노릇이었다.

조자기가 던지듯이 말했다.

"어차피 탁사정 등은 아무 일도 하지 않았습니다. 서경의 일은 지금까지 우리가 모두 처리하였으니 당장 큰 문제는 없습니다. 다만 정예병을 이천 명이나 잃은 것이 뼈아픕니다."

강민첨이 말했다.

"서경을 지키기 위해서 우리는 당장 큰 문제 둘을 해결해야 합니다. 첫째는 민심이고, 둘째는 전반적인 방어 작전을 수립하는 것입니다."

강민첨의 조리 있는 말에 모두 고개를 끄덕였다. 강민첨이 말을 이어 나갔다.

"먼저 민심의 이반을 잡아야 하는데, 우리가 서경 전체를 지휘하기에는 관직이 너무 낮습니다. 따라서 제 생각에는 조 녹사를 병마사로 추대하는 것이 좋을 것 같습니다."

조원은 굳이 거부하지 않았다. 그보다 더 나은 방법은 없기 때문이었다.

모두 수긍하는 가운데 유독 조자기만이 애매한 표정을 짓고 있었다. 조자기는 종육품으로 정칠품인 조원보다 관품이 높았다. 강민첨이 조자기의 표정을 보고 뭐라고 말하려는데 조자기가 입술을 굳게 다물고 양손을 들어 강민첨을 제지했다. 그러고는 고개를 끄덕끄덕했다.

조원이 말했다.

"그러나 병마사가 왕명으로 임명된 것이 아닌 이상, 권위가 있기 힘듭니다. 더구나 서경민들이 상위 지휘부가 모두 빠져나간 것을 알게 되면 자칭 병마사라는 것은 우스운 허울밖에 되지 않을 수 있습니다."

강민첨이 말했다.

"그렇기는 하지만 조 녹사는 서경 사람이고, 서경에서는 나름 상당한 권위를 가지고 있지 않습니까? 그걸로 어떻게 되지 않을까요?"

강민첨의 말에 아예 일리가 없는 건 아니었다.

과거시험에 장원급제하면 전국적으로 유명인이 되고 자기 고장에서는 지역을 빛낸 영웅이 된다. 조원이 장원급제한 뒤로 서경에는 '공부는 조원처럼'이라는 말이 유행했다. 조원은 중흥사에서 공부했고 많은 사람이 공부하는 조원을 보았다. 조원이 장원급제하자 사람들의 기억은 조작되고 미화되기 시작했다. 거기에 살이 붙고 또 붙어, 조원의 얘기가 전설처럼 회자되었다. 홍수가 났어도 꿈쩍하지 않고 공부했다는 둥, 잠을 자면서도 꿈속에서 책을 보며 공부했다는 둥, 여러 이야기가 사람들 입에서 입으로 떠돌았다. 또한 조원은 키가 육 척에 허우대가 멀쩡했다. 아직 총각인 조원에게 서경의 처녀들이 갖는 관심은 엄청났고, 혼인 적령기의 딸을 가진 부모들은 조원의 일거수일투족에 지대한 관심을 표명했다.

조원이 통군녹사라는 별로 높지 않은 신분임에도 실제로 부유수의 역할을 수행하는 데 무리가 없었던 것은 이런 이유가 크게 작용했다.

강민첨은 서경민들에게 조원이 대단히 인기가 있으니 병마사로 추대하면 대강 통하리라고 보았던 것이다.

조원이 곰곰이 생각하며 말했다.

"강 진장님의 말씀이 일리가 있기는 하지만 조금 약한 것 같습니다. 어디선가 권위를 빌려오면 더욱 좋을 듯합니다."

조자기가 의아한 표정으로 말했다.

"성상폐하의 명령서를 위조할 수는 있으나 지금 상황에서 그런 것이 통할 리가 없지 않겠습니까?"

조자기의 말을 듣고 강민첨이 말했다.

"조 녹사는 성상폐하가 아니라 다른 존재를 말씀하시는 것 같은데…."

강민첨의 말에 조원이 살짝 미소 지으며 말했다.

"서경에는 유명한 신이 몇 있습니다. 신의 권위를 빌려오면 서경 민심을 달랠 수 있으리라고 봅니다."

조원의 말에 강민첨이 눈을 번쩍 뜨며 말했다.

"그거 좋은 생각이오!"

홍협이 두꺼운 입술을 움직여 중얼거리듯이 말했다.

"지키면 지키는 것이지, 별 이상한 행동도 다 해야 하는군."

방휴가 말했다.

"'신사(神祠)'라면 '동명왕의 신사'가 최고 아니겠습니까?"

일동은 잠시 의논 후, 만일의 사태에 대비해 조자기를 비롯한 서경의 관료들은 성벽을 순시하기로 했다. 조원은 강민첨과 홍협, 방휴, 고열 등을 대동하고 급히 동명왕의 신사로 향했다.

그들은 가면서 방어 작전에 대해서 의논했다. 지금 당장은 별문제가 없었다. 단지 동북면군의 기병과 신호위 군들을 예비대로 삼으려고 했는데 그 부분만 빠져버린 상태였다. 일단 홍협과 방휴가 거느린 군사들과 거기에 병력을 더 충원하여 예비대를 형성하기로 했다.

동명왕 신사는 모란봉 아래 영명사(永明寺) 서쪽에 자리 잡고 있었으므로 을밀대에서 멀지 않았다. 축시(1~3시)에 가까운 밤이라 길에는 아무도 없었고 성벽 위에 보초를 서는 군사들만 보였다.

조원의 일행이 신당(神堂)이 보이는 곳까지 접근하자, 갑자기 어디선가 검은 옷을 입은 남자 두 명이 나타나 앞을 가로막았다. 이들은 외곽에서 신당을 지키는 사람들인 듯했다.

이들 중 한 명이 엄히 말했다.

"이곳부터는 신성한 신사의 구역입니다. 이 밤에는 출입할 수 없으니 돌아가 주십시오. 뭔가 축원하실 일이 있으시다면 내일 아침에 다시 와주십시오."

조원이 그들에게 자신들의 신분을 밝히며 말했다.

"외람되지만 지금 급한 일로 신녀님을 꼭 만나야 하니 말씀을 넣어주셨으면 감사하겠습니다."

검은 옷의 남자가 여전히 고개를 가로저으며 말했다.

"지금은 축시가 다 되었습니다. 이 시간에 남의 집을 방문하는 것도 큰 결례가 되는 판에 신성한 신사에 출입할 수 없는 건 당연하고 신녀님을 만난다는 것은 가당치도 않습니다."

조원이 다시 간절히 말했다.

"서경의 안위가 달린 중요한 일입니다. 수만의 목숨이 걸려 있으니 꼭 신녀님을 만나게 해주십시오."

조원의 간절한 부탁에도 두 남자는 길을 막은 채 요지부동이었다. 조원은 심히 난처했다. 힘으로 이들을 제압하는 것은 어려운 일이 아니나 부탁하러 온 처지다. 억지로 완력을 쓸 수는 없었다.

조원이 난감해하고 있는데, 강민첨이 나서서 두 사람에게 가까이 다가가서 조용히 말했다.

"지금 서경성 안은 계엄(戒嚴)이 선포되어 있소이다. 우리는 외적을 막으려는데 그대들은 우리를 막고 있소. 이것은 역적질이고 즉시 사형감이요. 당신들이 물러나지 않는다면 이 자리에서 바로 사형을 집행하도록 하겠소."

강민첨이 이렇게 말한 후, 앞으로 걸어갔다. 두 사내가 멈칫대었지만 물러나지는 않자, 강민첨은 무장들을 보며 준엄히 말했다.

"이들이 물러나지 않는다면 모두 목을 베도록 하시오!"

강민첨의 말에 홍협 등이 다가가자 그제야 이들은 몸을 돌려 신당 쪽으로 달려갔다.

조원 등이 신사의 마당으로 들어서는데, 신사에서 십여 명 정도 되는 사람들이 뛰어나와 앞을 막아섰다. 무녀 복장을 한 신당의 무녀들이었다. 모두 청남색 의복을 입고 있었다. 처음에는 나이 어린 처자들인 줄 알았는데 자세히 보니 연령대가 다양해 보였다.

조원은 서경 사람이지만 신사를 지나친 적은 있어도 이렇게 신사 안에 들어와 보기는 처음이었다.

무녀 중 한 명이 나서며 정중하면서도 단호한 태도로 말했다.

"이곳은 동명왕신을 모시는 곳입니다. 그렇게 무장을 한 채 이곳에 들어갈 수는 없습니다. 더구나 신시(15~17시) 이후에는 남자들의 출입이 허용되지 않습니다. 죄송하지만 돌아가주십시오."

말을 한 무녀는 약 이십 대 중반 정도의 나이였다. 육 척에서 몇 치 부족해 보이는 상당히 큰 키에 약간 호리호리한 몸매를 가지고 있었다. 얼굴은 조금 긴 편이었는데 이목구비가 꽤 뚜렷했다. 절세미인은 아니지만 그래도 꽤 괜찮은 외모였다.

조원이 무녀에게 다가가 자신의 신분을 밝히고 사정을 설명한 후, 꼭 신녀를 만나봐야겠다고 말했다. 무녀는 여전히 단호하게 거절했다.

조원은 여러 가지 말로 무녀를 설득했는데 무녀는 조원이 어떤 말을 해도 완강히 거부했다. 이렇게 실랑이를 벌이다가, 조원은 강민첨을 보았다. 아까 남자들을 물릴 때처럼 강민첨에게 어떤 수가 있을까 싶어서였다. 강민첨은 조원의 시선을 받자 어깨를 으쓱해 보였다. 강민첨도 이렇게 여자들에게 둘러싸이자 당장 뾰족한 수가 생각나지 않았던 것이다.

조원이 신사를 향해 큰 목소리로 말했다. 신녀가 안에 있을 터이니 신녀가 듣도록 한 것이었다.

"나는 통군녹사 조원이오! 일단 만나서 얘기나 들어주시오. 만일 우리의 얘기를 들어보시고 그래도 거부하신다면 우리는 조용히 가도록 하겠소이다."

신사 안에서는 아무런 대답이 없었고 무녀들은 조원 등을 단단히 둘러싸고 있었다.

계속 이렇게 소중한 시간을 허비할 수는 없었다. 조원이 다시 무슨 말을 하려는데 강민첨이 조원에게 눈짓했다. 강민첨에게 뭔가 계책이 생각난 모양이었다. 조원은 입을 닫고 강민첨이 하는 것을 지켜보았다.

강민첨은 화가 심하게 난 표정으로 조원에게 말했다.

"우리는 한시가 급한데도 이들을 좋게 봐주었더니 역적질을 하고 있습니다. 모두 목을 쳐서 귀감으로 삼아야 합니다. 이들을 모두 처형하고 신녀 역시 처형하고 신녀의 목을 들고 다른 신사로 갑시다. 신녀의 목을 집어 던 지면 자기네들이 우리들의 요구를 들어주지 않고 어떻게 배기겠습니까?"

강민첨은 이렇게 말한 후, 홍협 등에게 서슬 퍼렇게 명했다.

"모두 포박하도록 하시오! 내 직접 목을 베겠소이다."

여인들이 아무리 많기로 억센 무장들을 어떻게 당하랴!

홍협 등은 삽시간에 여인들을 모두 포박하고 무릎을 꿇렸다. 강민첨이 칼을 빼어 들고 한 무녀에게 다가서는데, 아까 물러갔던 남자 둘을 포함한 남자 다섯이 손에 병장기를 들고 몰려왔다.

강민첨이 홍협 등에게 말했다.

"저들부터 다 목을 베시오!"

홍협 등이 칼을 뽑아 들고 남자들에게 접근하자 남자들의 병장기를 든 손이 덜덜 떨렸다. 일반 사람이 전문 무사들을 상대해보았자 결과는 뻔했 다. 이들은 결과를 뻔히 알면서도 무녀들을 지키기 위해 후들거리는 다리 로 그 자리에 서 있는 것이었다.

강민첨이 떨고 있는 남자들에게 말했다.

"그대들은 정말 용기 있는 남자들이다. 죽음으로 그 용기를 완전히 실현 시키도록 하라! 나는 그대들의 용기를 대견하게 기억할 것이다."

홍협 등이 남자들을 향해 한 걸음씩 다가갔다. 몸을 부르르 떨며 죽음을 기다리는 그들의 모습은 그야말로 애처롭기 그지없었다.

홍협 등이 그들을 칼로 내리치려고 하자 남자들은 병장기를 들어 막으 려고 했다. 사실 병장기를 들어서 막는다기보다는 마치 병장기 뒤에 숨으 려는 것 같았다.

그때 조원을 상대했던 키 큰 무녀가 다급히 몸을 일으키며 말했다.

"그만하시오! 당신들의 말을 들어보겠소."

조원 등이 의아함에 무녀를 쳐다보자 무녀가 위엄 있는 자세와 표정으로 말했다.

"내가 신녀요!"

잠시 뒤, 조원 등은 신사에서 나와 관아로 향했다. 조원이 강민첨에게 은밀하게 물었다.

"아까, 정말 여차하면 다 죽이려고 하셨습니까?"

강민첨이 겸연쩍은 얼굴로 말했다.

"그냥 일종의 연희(演戱: 연극)였다고 해둡시다."

조원이 강민첨의 표정을 보고 혀를 내두르며 말했다.

"진짜 다 죽이려고 하셨군요."

"그나저나 나중에 신녀가 무슨 청을 할지 모르겠군요. 뭔가 요상한 청을 할 것 같은데…."

"지금 그거 생각할 겨를이 어디 있겠습니까?"

조원과 강민첨은 관아에서 서경 방어에 대한 여러 가지 의견을 나누면서 서경의 관료들을 모두 소집해서 상황을 설명했다. 모두 황당해했으나 이미 물은 엎질러진 뒤였다.

서경의 법조(法曹) 피위종(皮渭宗) 역시 부름을 받고 왔는데 황망하기 그지없었다. 그나마 다행인 것은 조원과 강민첨이 무엇을 해야 할지 알고 있는 것 같다는 것이었다.

50

동명왕신(東明王神)의 굿

: 경술년(1010년) 십이월 십오일 묘시(6시경)

조원과 강민첨은 바쁘게 움직였다. 신녀가 굿을 하려면 제단이 필요하고 음식들이 필요했다. 신녀가 하는 굿은 '왕신굿'이라고 했다. '동명왕신'이니 '왕신'이고 그래서 '왕신굿'이라고 한다.

조원이 군사들을 깨워 제단을 만들게 하고 강민첨은 취자(炊者)들을 시켜 급히 음식을 만들게 했다.

신녀가 요구하는 규모는 엄청났다. 제단의 길이는 최소한 칠 장(丈) 이상은 되어야 하고 거기에 쌓인 음식들은 모두 십 단 이상이 되어야 했다. 또한 통으로 잡은 소 한 마리와 돼지 두 마리가 있어야 했다.

한참을 일하고 있는데 신사의 남자들이 의례에 쓸 각종 물품을 수레에 실어 오고 키가 큰 중년의 무녀 한 명도 같이 왔다. 이름이 '정심(貞心)'이라고 했다.

이 중년의 무녀인 정심은 감독 역할이었다. 제단 만드는 것을 감독하고 관아의 부엌으로 가서 음식 만드는 것을 감독했다.

정심이 오자, 조원과 강민첨은 정심의 지시를 따라야 했다. 정심은 바쁘게 오가며 이것저것을 지시하고 끊임없이 잔소리해대며 때때로 비아냥댔다. 조원은 정심의 계속된 잔소리와 비아냥에 정말 화가 났지만 꾹 참았다.

강민첨은 정심의 잔소리에 헛웃음을 웃었다.

"허, 허, 허."

화기(火氣)를 꾹 참으며, 조원과 강민첨은 정심이 시키는 대로 고분고분

따랐다. 그러면서도 따로 똑같이 한 가지 생각에 골몰해 있었다.

어떻게 서경을 지킬 것인가?

일이 대강 되어가자, 조원과 강민첨은 서경민들에게 굿하는 것을 어떻게 알릴지 의논했다. 되도록 많은 사람을 굿판에 참석시키는 것이 좋을 것이다.

군사 몇을 풀어 동명왕 신사의 신녀가 굿을 할 것이라고 소문내게 하고, 서경의 군사들에게는 직접 알리기로 의견을 모았다.

그러나 군사들이 오밤중에 사람들의 집을 방문해 굿을 할 것이라고 알리는 것은 난처한 일이었다. 또한, 교대로 자고 있는 서경의 군사들을 억지로 깨우는 것도 웬만하면 피하고 싶은 일이었다.

그렇다고 굿이 열리는 시각을 미룰 수도 없었다. 날이 밝으면 거란군의 공격이 곧 시작될 것으로 예상했기 때문이다.

정심이 이것저것을 감독하며 오가다가 조원과 강민첨이 의논하는 것을 들었다. 정심은 비웃음 가득한 표정으로 이들을 보았다. 둘은 정심이 보내는 비웃음의 시선을 한가득 받으며 어색하게 서 있는데, 정심이 비꼬듯이 말했다.

"이 일은 우리가 전문가이니 나머지 일은 이제 우리에게 모두 맡기시고…, 당신들은 성을 지킨다고 하지 않았소? 당신들은 당신들이 할 일이나 하시구랴."

정심은 다시 제단으로 향하며 혀를 차며 한마디를 덧붙였다.

"쯔쯔쯔…. 연약한 아녀자들의 목이나 칠 줄 아는 사람들이 저 흉맹한 북적들을 어떻게 상대할꼬."

정심의 말을 듣고 조원은 욱했다. 한마디 욕을 해주고 싶었으나 역시 참아야 했다. 조원은 크게 숨을 들이쉬며 감정을 다스렸다. 강민첨은 정심의 비아냥대는 말을 듣고 역시 헛웃음을 웃었다.

조원이 강민첨에게 얼굴을 찡그리며 물었다.

"진장님! 그렇게 웃으면 좀 낫습니까?"

"가슴으로 올라오는 화기를 바깥으로 배출하는 것이지요. 더구나 좀 전에 우리가 저들의 목을 베려고 하지 않았습니까! 저 무녀는 나름 우리에게 복수하고 있는 겁니다. 마음속 응어리가 풀리도록 우리가 좀 받아주어야죠."

이런 일의 전문가는 역시 신녀를 비롯한 신사의 사람들이었다. 신녀는 서경성의 안위에 대한 동명왕신의 계시를 받았다는 것을 몇몇 사람들에게 알렸고 이 말은 빠르게 퍼져나갔다. 사람들에게 지금 가장 절박한 것은, 자신들의 목숨이 달린 성의 안위 아니겠는가!

군사들을 시켜 일부러 사람들을 깨우지 않아도 성의 안위와 관계된 신탁이라는 말은, 오밤중임에도 불구하고 사람들 사이를 번개처럼 달렸다.

동이 트자, 신녀는 신사를 나와 관아로 향했다.

강민첨이 관아에서 모든 준비를 마치고 기다리는데 청아한 피리 소리와 간간이 맑은 종소리가 울려 퍼졌다.

때맞추어 온 방휴가 강민첨에게 말했다.

"이제 곧 신녀가 올 것입니다."

방휴의 말대로 신녀가 모습을 나타냈다. 강민첨이 다가오는 신녀의 일행을 보는데 행색이 대단했다.

신녀는 쇄갑(鎖甲)을 갖추어 입고 예리한 창을 잡고 다섯 마리의 말이 끄는 마차를 타고 앉아 있었다. 신녀가 탄 마차 앞에는 열 명의 무녀가 형형색색의 꽃종이를 뿌리며 오고 있었고, 그 뒤로 수많은 사람이 구경하며 따르고 있었다.

그 모습을 보며 방휴가 강민첨에게 말했다.

"오룡거(五龍車)를 탄 동명왕의 모습입니다. 저 창과 갑옷은 하늘에서 내려온 것이라고 합니다."

강민첨은 진주 사람이라 동명왕 신녀의 행차를 처음 볼 것이기 때문에 설명해준 것이었다. 방휴의 말에 강민첨이 고개를 끄덕이며 말했다.

"그래서 말 머리와 말 꼬리에 용과 같이 보이도록 장식을 한 것이로군 요."

신녀가 타고 있는, 다섯 마리 말이 끄는 마차는 멀리서 보면 마치 용들이 끄는 것처럼 보였다.

신녀는 마차에서 내려 제단 앞에 섰다. 제단의 길이는 신녀가 원한 대로 칠 장 정도 길이의 엄청난 규모였고 음식들은 십 단 높이로 산더미와 같이 쌓여 있었다. 제단의 가운데에는 방금 잡은 소 한 마리가 통째로 손질된 채 놓여 있었고, 소 양쪽에는 손질된 돼지도 한 마리씩 있었다.

그 앞에 동명왕의 전신 초상이 서 있었다. 신녀가 무녀의 부축을 받아 공손히 동명왕의 초상 앞으로 나아가 절을 하고 술을 올렸다.

술을 올리고 세 발자국 정도 물러나 동명왕신의 안부를 묻는 말을 하고 다시 앞으로 나아가 술잔을 올렸다. 이것을 총 아홉 번 하는데 이것을 구배 (九拜)라고 한다고 했다.

마지막 아홉 번째 절을 하고 신녀가 드디어 소원을 말했다.

"동명왕신이시여! 밖에는 지금 북적들이 몰려와 성을 공격하여 저희를 죽이려고 하고 있습니다. 제발 저 흉악한 무리로부터 우리의 성을 보호해 주시고 그대의 자손인 우리를 구해주십시오!"

신녀는 소원을 말하며 오방신장기(五方神將旗)를 하나씩 하늘로 던져 올렸다. 깃발들이 하늘을 수놓으며 올라갔다가 떨어졌다.

신녀는 오방신장기가 떨어진 곳으로 가서 그 모습을 찬찬히 살폈다. 신녀가 한참을 살피자, 왕신굿을 보고 있던 모든 사람은 숨을 죽이고 기다렸다. 부녀자들은 연신 손바닥을 비비며 중얼대고 있었고 남자들도 마른침을 꿀꺽 삼켰다.

한참 후에 신녀가 몸을 일으키며 이윽고 점괘를 말했다.

"동명왕신께서 이 제사를 기뻐하시니 성이 반드시 온전하리라!"

신녀가 점괘를 말하니 무녀들이 한목소리로 점괘를 외쳤다.

"동명왕신께서 이 제사를 기뻐하시니 성이 반드시 온전하리라!"

신녀의 점괘를 듣고 사람들이 환호성을 질렀다.

"아이고, 이제 살았다. 동명왕신님! 감사합니다."

"동명왕께서 성을 지켜주신다!"

한참의 환호성이 지난 후, 신녀는 창무(槍舞)를 추기 시작했다. 창무를 추면서 신녀의 모습은 점점 변해갔다. 동명왕신이 신녀에게 점차 이입되는 것이었다.

잠시 후, 창무가 멈추고 신녀는 동명왕신과 완전히 접신하였다. 신녀는 사람들을 쭉 훑어보면서 크게 원을 그리며 걸었다. 신녀의 눈빛은 마치 죽은 자의 눈빛과 같았다. 혹은 그것이 신의 눈빛인지도 몰랐다. 아니면 신녀의 눈은 신계와 인간계를 연결하는 통로와 같은 역할을 하는지도 몰랐다. 신녀의 눈빛을 받은 사람들은 자신도 모르게 심장이 뛰고, 어떤 사람들은 정신이 아득해졌다.

신녀가 한참 그렇게 사람들을 보다가 갑자기 창끝으로 한 사람을 가리켰다. 바로, 조원이었다.

신녀가 조원을 가리키며 외쳤다.

"내가 저자에게 나의 힘을 빌려주겠나니, 나의 창을 받아 성 밖의 적들을 모두 소탕하라!"

조원은 신녀의 갑작스런 말에 깜짝 놀랐다. 이런 것은 조원 등이 전혀 예상하지 못한 상황이었다.

조원이 생각한 것은 신녀가 많은 사람이 보는 곳에서 굿을 좀 하고 점을 쳐서 길한 점괘를 얻는 정도였다. 이건 예상보다 훨씬 강했다. 조원은 처음에는 상당히 당황했지만, 얼른 자세를 바로잡고 앞으로 걸어 나갔다. 이미 엎질러진 이상 사람들에게 당당한 모습을 보여주어야 한다.

조원은 당당하게 걸어 나가 신녀가 주는 창을 받아들었다. 그리고 그 창을 높이 들었다.

조원이 창을 높이 들자 사람들이 외치기 시작했다.

"동명왕! 동명왕! 동명왕! 동명왕! 동명왕! 동명왕!"

사람들은 계속 동명왕을 외치고 있었다.

신녀는 옆의 무녀들 품으로 쓰러졌다. 동명왕신이 신녀에게서 빠져나간 것이었다.

조원은 엄숙하고 자신에 찬 표정으로 창을 높이 들고 서 있었다. 사람들은 '동명왕신의 화신'이 된 조원을 보고 열광하고 있었다. 하지만 조원은 자기가 연희의 배우에 지나지 않는다는 것을 잘 알았다. 뜻밖이었지만 조원은 훌륭히 연기하고 있었다.

조원은 쓰러진 신녀를 보고 생각했다.

'젠장! 망할 신녀 같으니라고….'

조원은 신녀가 자신을 짓궂게 기롱(譏弄)한다고 생각했다.

51

서경성 공방전의 시작

: 경술년(1010년) 십이월 십오일 진시(8시경)

굿이 끝나고 조원이 가장 먼저 한 일은 서경의 사람들에게 면천법(免賤法)을 발표한 것이었다. 공사(公私) 노비로 조직된 부대가 이미 있었으나 새롭게 이들의 명칭을 '동명신군(東明神軍)'이라 정했다.

'동명신군'은 글자 그대로 '동명왕신의 군대'라는 뜻이었다.

'북적의 머리 일 급(級)을 베어 오거나, 한 명을 죽이거나 심각한 부상을 입혔다는 것을 증명할 수 있는 증인이 두 명 이상 있으면 양인의 신분을 준다'고 선포했다.

기존의 면천법에 약간의 조항이 추가되었으나 이 정도는 위기 때마다 일반적으로 나올 수 있는 조치였다.

이런 면천법은 정종(定宗, 재위: 945~949) 조에 광군(光軍)을 조직할 때도 있었고, 성종(成宗, 재위: 981~997) 조 소손녕의 침입 때도 있었다. 이번에 강조도 역시 노비로 이루어진 부대를 조직하면서 북적의 머리 일 급(級)을 베어 오면 면천시켜준다고 약속했었다.

일전에 신사를 나오며 강민첨이 조원에게 말했었다.

"굿이 끝나면 먼저 면천법을 발표하는 것이 좋을 듯합니다."

조원이 의아한 말투로 말했다.

"면천법은 이미 발표되어 있습니다."

강민첨은 고개를 가로저으며 말했다.

"기존의 법은 '북적의 머리 일 급을 베어 오면 면천해준다'는 것입니다. 그런데 우리는 성을 방어하는 전투를 치르는 것이고 적을 죽일 수는 있어도 적의 수급을 벤다는 것은 거의 가망이 없는 일입니다."

조원이 고개를 크게 끄덕였다. 조원이 긍정의 반응을 보이자 강민첨이 계속 말을 이어갔다.

"그래서 제 생각에는 원래의 법에 '한 명을 죽이거나 심각한 부상을 입혔다는 것을 증명할 수 있는 증인이 두 명 이상 있으면 역시 양인의 신분을 준다'라는 조항을 추가했으면 합니다."

조원이 천천히 고개를 끄덕이며 말했다.

"아주 좋은 생각이십니다."

조원은 강민첨의 의견에 동의한 후, 입을 굳게 다물고 잠시 생각에 잠겼다. 조원은 입술이 앞으로 튀어나올 정도로 꽉 다물었는데, 집중해서 생각할 때 나오는 자신도 모르는 습관이었다.

잠시 후, 조원이 입을 열었다.

"우리는 정예병들이 대거 빠져나가 병력이 심히 부족합니다. 노비들도 보조부대가 아니라 정예병들처럼 싸워줘야 합니다. 그렇다면 더 과감하면 어떻겠습니까?"

"더 과감하다면?"

"이렇게 발표하는 것입니다. '전공을 세우면 본인만 양인이 되는 것이 아니라, 위아래 직계 가족들과 현재의 아내도 양인이 된다. 전사(戰死)해도 마찬가지다.' 어떻습니까?"

새로운 면천법이 발표되자 노비들은 환호성을 질렀고, 겨우 일어설 힘밖에 없어 보이는 늙은 노비들조차 앞다투어 성벽 위에 서겠다고 자원하며 나섰다. 자신이 공을 세우거나 전사하면 아들 손자들이 모두 면천되는 것이다. 진정 해볼 만한 모험이었다.

사실, 가장 환호성을 지른 것은 노비 신분의 유부녀들이었다. 남편이 공을 세우면 자신과 아이들까지 모두 면천되니 이보다 더 좋을 수는 없었다. 노비 신분의 유부녀들은 남편들을 격려하며 성안의 일에 발 벗고 나섰다.

심지어 과부이거나 남편이 없는 여자 노비들도 스스로 성벽 위에 서겠다고 자원했다. 조원은 처음에는 이들을 말렸으나, 곧 생각을 바꿔 갑옷과 군복을 입혀 거란군의 공격 가능성이 거의 없는 북동쪽 성벽에 이들을 세웠다. 군세를 가장하기 위해서였다.

"그대들이 요행히 공을 세운다면 면천될 것이고 공을 세우지 못한다고 하더라도 성실도에 따라서 은자를 차등 있게 내릴 것이다."

노비들은 해보자는 마음으로 활발히 움직이며 성안의 분위기를 이끌었다.

조원이 한창 성벽을 순시하는데 성벽 위에 있던 어떤 사람이 조원에게 말을 걸었다.

"저는 박원작(朴元綽)이라는 사람인데 병마사 각하께 드릴 말씀이 있소이다."

박원작이라는 이름에 조원이 고개를 갸우뚱하며 그 사람을 살펴보았다. 약 서른 중반 정도의 나이에 키가 작았으며 몸집은 약간 통통했다.

그런데 조원의 옆에 있던 조자기가 박원작을 알아보고 놀라며 말했다.

"몇 년 전부터 개경에서 그대를 볼 수 없었는데 언제 서경에 온 것이요?"

조자기가 박원작을 아는 체한 후, 조원에게 말했다.

"고(故) 박양유(朴良柔) 시중(侍中) 각하의 자제입니다."

개경에서 유력 집안의 자제들이었던 조자기와 박원작은 원래 친분이 있었다.

박원작이 조원에게 읍한 후 말했다.

"제가 병기를 제작할 줄 아니, 약간이나마 도움이 되었으면 합니다."

조자기가 조원을 보며 말했다.

"박원작은 과거 군기감(軍器監)에서 일했었습니다. 각종 기계를 만드는 재주가 탁월합니다."

조자기의 말에 조원이 박원작에게 읍하며 말했다.

"힘을 보태주신다니 감사하기 그지없습니다."

조원은 박원작을 일단 서경의 군기감(軍器監)에 배치했다.

박원작은 시중 박양유의 아들로서 아버지와 달리 학문에 뜻이 없었다. 어릴 때부터 오직 각종 장난감을 만드는 것을 좋아했는데 그런 이유로 박양유에게 자주 엄히 혼났었다.

그러나 거란과 일차 전쟁이 벌어지자 박양유는 생각을 달리하게 되었다. 박원작과 같이 무언가를 만드는 재주도 쓸 곳이 있을 것이었다. 박양유는 박원작이 군기감에서 일을 배울 수 있도록 성종에게 청했고 성종은 그것을 들어주었다.

박양유가 사망한 뒤, 박원작은 음서를 신청했다. 그러나 떨어지고 말았다.

평산 박씨(平山朴氏)로 유력 가문인데다가 아버지는 최고 관직인 시중(侍中)을 지냈다. 절대 음서에서 탈락할 수 없는 상황이었다.

물론 음서를 신청하면 무조건 받아주는 것이 아니라 간단한 시험을 보았다. 아주 기본적인 것을 묻는 시험이라 그 시험에서 떨어지는 사람은 없었다. 일종의 형식적인 시험이었다. 그런데 박원작은 거기서 떨어진 것이다.

만일 성종이 계속 재위했다면 어떤 융통성을 발휘하여 박원작을 관직에 임명했을 것이었다. 그러나 성종의 뒤를 이어 목종이 즉위한 뒤로는 박원작에게 관심을 갖는 이가 없었다.

박원작은 진정 쓸어기* 취급을 받았다. 하는 일 없이 개경에서 거의 십 년 동안 무위도식하다가, 삼 년 전 개경을 떠나 아는 이가 거의 없는 서경에 와 있었던 것이다.

전쟁이 나자 박원작은 서경의 원정양반군(元定兩班軍)에 편성되었다. 거란군들이 삼수채에서 고려의 주력을 깨고 서경으로 올 듯하자 박원작은 서경부유수 원종석을 찾아갔었다. 자신이 무기를 만드는 재주가 있으니 그 재주로 서경을 방어하는 것을 돕기 위해서였다. 그러나 원종석은 아예 만나주지도 않았다.

박원작은 자포자기하여 일련의 사태 속에서 '될 대로 되라' 하는 식으로 지내던 참이었다. 동북면의 군사들이 왔을 때도 스스로 나설 생각을 하지 않았다.

그런데 하룻밤 사이에 갑자기 상황이 어려워지더니 통군녹사 조원이 병마사를 칭했다. 그 상황 속에서 조원 등은 뭔가 해보려고 열심히 노력하고 있었다. 박원작은 신녀의 굿에 이어 그 후 조원 등이 하는 행동을 보며 그들을 돕고 싶어졌다. 신녀의 굿에 감응해서가 아니라 조원 등의 노력이 마음에 들어왔기 때문이다.

거란군들은 서쪽으로는 보통문과 경창문 쪽에 집결해 있었고 남쪽으로는 외성을 넘어와 연정문과 함원문 쪽에 집결하였으며 동쪽으로는 대동문 앞에 집결해 있었다.

세 방향에서 동시에 공격하려는 것 같았다. 보통문과 경창문 쪽은 강민첨이 맡았고, 나머지 문은 서경의 도령별장 양악(楊渥)과 부별장(右府別將) 함진(咸進)과 이협(李協)이 서경의 군사들로 방어하고, 홍협과 방휴가 예비대를 이끌기로 했다.

* **쓸어기**: 쓰레기의 옛말

조원은 거란군들과 앞장서 전투를 벌이고 싶었으나 모두가 말렸다. 조원이 혹시라도 무슨 일을 당하면 서경의 사기는 바닥을 치게 될 것이다.

강민첨이 조원에게 말했다.

"동명왕의 화신은 어떤 일이 있어도 온전해야 합니다."

조자기가 말했다.

"지금은 병마사가 곧 서경입니다. 병마사에게 문제가 생기면 서경에 문제가 생길 것입니다."

조원이 여럿을 둘러보다가 시선을 강민첨에게 주며 말했다.

"이 병마사의 깃발을 들고 강 진장님께서 이곳에 서 계시고, 저는 보통문 쪽을 맡으면 어떻겠습니까? 사람들은 알아차리지 못할 것입니다."

조원의 말에 강민첨이 조원을 잠시 보았다. 다른 사람을 제쳐두고, 굳이 자신에게 이렇게 말하는 이유를 알 것 같았다.

강민첨이 단호한 태도로 조원에게 말했다.

"이 강민첨이 늙고 보잘것없어 연궁(軟弓)이나 당길 줄 알지만 지휘의 요체는 굳은 기개와 과단성에 있습니다. 저는 제 역할에 충실할 테니, 병마사 각하께서는 병마사의 역할을 충실히 하십시오."

강민첨의 말에 조원이 얼굴을 약간 붉혔다. 조원이 말리는 일동들에게 엄숙한 표정을 지으며 말했다.

"동명왕의 화신은 창과 칼이 몸에 범접할 수 없고 한번 뛰면 만 길을 뛴다는데…."

모두 조원의 말을 무시했다. 조원은 다쳐서도 안 되고 더욱이 죽는다는 것은 상상할 수도 없었다. 조원은 서경을 위해 반드시 온전한 모습으로 남아 있어야 했다. 따라서 비교적 안전한 을밀대에서 전체적인 지휘를 하기로 했다.

을밀대에서 회의하는 동안, 밖의 거란군들은 성을 공격하기 위한 준비를 하고 있었다.

모두 긴장하고 걱정하는 표정이 역력했다. 특히 가장 걱정스러운 것은 역시 군사들의 사기였다. 말이 군사지 거의 훈련받지 않은 자들이 태반이었다. 특히 노비들은 평소 창 자루 한번 잡아보지 못한 자가 수두룩했다. 거란군들이 접근해오면 두려움에 어떤 행동을 보일지 알 수 없었다.

이런 점들을 특히 걱정하고 있는데 조자기가 단언하며 말했다.

"노비들의 사기는 걱정할 필요 없습니다. 그들은 잘 해낼 것입니다."

조자기의 단언에, 제장들이 의문스런 낯빛을 띠자 조자기가 말을 이어나갔다.

"제가 성안을 순시하는데, 어떤 노비 부녀자가 성벽으로 향하는 남편을 격려하며 이렇게 말하더군요. '석충(石忠) 아빠, 일생의 기회이니 석충이를 위해서라도 반드시 전공을 세워. 정 안 되면 목숨이라도 바쳐!'"

진시(7~9시)가 되어 해가 떠오르기 시작하자 거란군은 삼 면에서 총진군하기 시작했다. 보통문 앞의 거란 군사들은 공성차를 앞세워 촘촘히 늘어서서 진격해왔다. 운제와 공성탑 등이 일정한 거리를 두고 그 뒤를 따랐다.

강민첨이 보통문의 문루에서 접근하는 거란군들을 보니 더할 나위 없는 장관이었다.

사람과 마필, 기계가 보통강의 얼음 위를 가득 메우며 전진해오는데, 말의 발굽과 각종 기계의 바퀴에 긁히는 얼음 조각들이 마치 안개처럼 날리며 대기를 가득히 채우고 있었다. 더욱이 해가 비추어 서릿발처럼 날을 세운 병장기들이 빛을 받아 은빛으로 빛나고, 대기 중의 작은 얼음 조각들이 이 빛을 산란시켰다. 모든 것이 찬란하게 빛났다. 마치 구름 위 천상의 군대가 지상에 도래한 것 같았다.

거란군들은 방패를 앞세워 전진하며 거의 백여 보 앞까지 왔다. 강민첨이 보기에 최대한 성 가까이 와서 일시에 화살 등을 날린 후, 성벽을 오르려는 계획인 것 같았다.

거란군이 백여 보 앞에 이르자, 강민첨은 포차의 사격을 명했다. 다섯 대의 포차에서 일제히 돌이 날았다. 오십 근짜리 돌이 하늘을 날아서 거란 군사들이 들고 있는 방패를 때리자 방패가 여지없이 깨지며 수십 명의 거란군이 쓰러졌다.

깨진 방패벽 사이로 성벽 위에서 화살이 날았다. 그러나 깨진 방패벽은 금세 메워졌다. 거란군이 이십 보 거리에 이르자 강민첨은 석투군에게 명했다.

"투석하라!"

수십 명의 석투군들이 성가퀴에 몸을 숨기고 무릿매를 빙글빙글 돌리다가 메주만 한 돌을 던졌다. 돌이 역시 거란군의 방패를 때리자 방패는 깨지고 돌에 맞은 거란군은 나뒹굴고 넘어지며 엉덩방아를 찧었다. 그때 역시 성벽 위에서 쏜 화살들이 그 틈을 파고들었다.

거란군도 이제는 가만히 있지 않았다. 방패벽 뒤에서, 무수한 화살을 성벽 위로 일제히 날리기 시작했다. 그다음 사다리를 든 군사들이 일제히 튀어나오며 성벽을 향해 뛰기 시작했다.

사다리를 든 거란 군사들은 머리 위에 방패와 같이 생긴 나무판자를 이고 있었다.

강민첨이 그 모습을 보고 급히 명했다.

"기름병을 던져라!"

발화군들은 심지에 불붙은 기름병을 다가오는 거란군들을 향해 던졌다. 기름병이 거란 군사들에게 맞으며 기름이 산지사방으로 튀며 불길이 일었다.

"으악! 헉! 윽!"

몸에 불이 붙은 거란군들이 비명을 질러대며 땅바닥을 데굴데굴 굴렀다. 성벽 위에서는 접근하는 거란군들을 향해 돌과 기름병을 계속 던지고 틈틈이 화살을 날렸다.

성벽 아래 있는 거란군은 성벽 위로 화살을 계속 쏘아댔다. 그러나 성벽 위에서 던진 돌과 기름병들은 거란군들을 계속 매섭게 때렸지만, 거란군들이 날린 화살들은 성벽 위에 있는 고려군들을 일시적으로 제압할 뿐이었다.

거란군들이 드디어 성벽에 다다라 사다리를 걸쳤다. 원래 계획대로라면 동시에 수많은 사다리를 걸쳐야 했으나 성벽 위 고려군의 공격에 막혀서 동시에 많은 사다리를 걸 수가 없었다. 한꺼번에 수많은 사다리가 걸쳐진다면 대응이 어려웠겠지만, 축차적으로 걸쳐지는 겨우 몇 개의 사다리라면 별로 어려운 것이 아니었다. 고려군들은 긴 선장(禪杖)으로 사다리를 죄다 밀어냈다.

공성차가 성문과 성벽에 접근하여 성문을 때리고 성벽의 돌을 빼어내려고 시도했지만 화공에는 어쩔 수 없었다. 아무리 공성차 겉가죽에 물과 진흙을 발랐다고 해도 지속적인 화공에는 결국 타오르게 되어 있었고, 특히 기름에 붙은 불은, 물에 젖은 공성차를 태우지 않으면서도 사람에게만 피해를 입혔다.

드디어 운제와 공성탑이 성벽 가까이 접근했으나 운제는 집중적인 화공(火攻)에 역시 전혀 맥을 못 추었고, 공성탑은 가까이 올 때를 기다려 성벽 위의 포차에서 돌을 날리니 상층부가 여지없이 부서져 무기로서 효용가치를 상실하고 말았다.

보기에는 치열한 공방전이 계속되고 있었으나 고려군 쪽에서는 여유가 있었고 거란군의 희생이 점점 늘어났다.

거란군은 공격하다가 물러나기를 두어 번 반복하다가, 세 번째 공격 때는 똑같이 공격하는 척하며 고려군의 시선을 끌어놓고, 갑작스런 유군(遊軍)을 내어 방어군이 적어 보이는 성벽을 불시에 공략했다.

그러나 이런 공격은, 시선을 끄는 공격이 강력하여 성안의 예비대까지 그쪽에 투입되어 있어야 성공 가능성이 큰 법이다. 서경성 안의 예비대는 휴식을 취하며 체력을 충분히 비축한 채로 대기하고 있었다.

결국 유군(遊軍)에 의한 공격도 서경 성안의 예비대가 완벽히 막아냈다. 거란군들은 오전 내내 공격하고 물러나기를 반복했다.

52
거란군의 총공격

: 경술년(1010년) 십이월 십오일 오시(12시경)

오시(11~13시)가 되어오자 소배압은 성안의 고려군도 꽤 지쳤을 터라고 판단했다. 기름을 비롯한 물자들도 어느 정도 떨어져가고 있는 듯했다. 불붙은 기름병을 처음에는 무분별하게 던지는 것 같더니 이제는 드문드문 필요한 순간에만 던지고 있었기 때문이다.

더구나 밤사이에 고려군의 총지휘관 탁사정이 성을 빠져나간 것과 서경성 안에 병력이 그렇게 많지 않다는 것은 확실한 사실이었다. 지금까지는 서경성의 고려군들이 비교적 잘 싸우고 있지만, 대군으로 삼 면에서 일시에 들이치면 반드시 어지러워지리라.

소배압은 총공격 명령을 내렸다. 지금까지는 귀성군 삼만과 여진군 일만을 주공격대로 삼았었고 나머지 부대들은 뒤에 대기시켰었다.

그러나 이제 전군을 공격군으로 투입하는 것이다. 공격군은 황제 호위군과 예비대 육만을 제외한 총 십만 명의 대부대였다. 소배압은 대기 중인 부대들 앞으로 말을 달리며 군사들에게 외쳤다.

"먼저 성을 오르면 일급의 전공을 세우는 것이다. 거기에 더해 은 천 냥을 줄 것이다. 만일 그가 전사한다면 그 가족들에게 주어질 것이다!"

소배압의 말은 빠르게 군사들 사이로 퍼져나갔다. 소배압의 명령에 십만의 대군이 서경성을 향해 진군하기 시작했다. 대군의 전면적인 공세는 성을 곧 함락시킬 수 있을 것처럼 보였다.

조원이 을밀대에서 성 밖을 보니 성의 삼 면을 에워쌌던 거대하고 긴 줄들이 서서히 옥죄어 오기 시작했다. 마치 뱀이 똬리를 틀어 먹잇감을 옥죄어 죽이는 것과 같은 형국이었다.

조원은 바짝 긴장했다. 지금까지처럼 여유롭지 않다. 상황을 정확히 파악하여 적재적소에 예비대를 투입하여야 한다. 잘못된 작은 판단 실수 하나가 돌이킬 수 없는 결과를 만들어낼 수 있다.

긴장감이 등골까지 오싹하게 파고들었으나 조원은 일단 긴장을 풀고 마음을 차분하게 했다.

마음이 너무 무거워도 안 되고 너무 가벼워도 안 된다. 너무 빠져서도 안 되고 너무 떨어져서도 안 된다. 마음의 적절한 상태. 그 상태에서 최상의 판단을 할 수 있으리라.

조원은 주위 사람들에게 준엄하게 말했다.

"모두 무기를 가까이 두고 대기하시오. 전황이 급해지면 우리가 마지막 예비대가 될 것이요."

그러나 소배압은 반 시진도 지나기 전에 보통문 쪽을 제외한 나머지 두 곳의 공격군들에게 후퇴 명령을 내려야 했다. 서경성 안의 고려군들에게는 지금까지 보여준 것 말고도 다른 것이 더 있었다.

포차에서 포탄을 쏘고, 메주만 한 돌과 기름병을 던지는 것은 같았지만, 대공세를 시작하자 이번에는 다른 무기들도 튀어나왔다.

공성차가 성벽에 다다르자 시뻘건 쇳물이 뿌려졌다. 또한 기계식 노(弩)에서 거대한 화살이 쏘아져 나와 여지없이 거란군의 방패를 부수고 사람들을 상하게 했다. 화살에는 밧줄이 매여 있어 고려군들은 밧줄을 잡아당겨 노 화살을 회수했다.

가장 무서운 것은 석회가루였다. 성안의 고려군들이 커다란 풀무로 석회가루를 성벽 아래로 뿌려댄 것이었다. 사방으로 바람을 타고 나는 석회가루 때문에 거란군들은 도무지 눈을 뜰 수가 없었다. 티끌만큼만 눈에 들어와도 눈물이 줄줄 흘렀다. 석회가루가 눈에 많이 들어가면 실명할 수도 있었다.

불행 중 다행인 것은 성안의 고려군들은 남쪽과 서쪽을 공격하는 거란군들에게는 석회가루를 뿌려댔지만, 성의 북서쪽 부분을 공격하는 거란군들에게는 석회가루를 뿌릴 수 없다는 점이었다. 겨울이라 북서풍이 약하게 불었기 때문이다.

소배압이 급히 명했다.

"모든 공격을 북서쪽에 집중시킨다!"

소배압은 이렇게 명하고 직접 북서쪽 성벽으로 달려갔다. 기세상 지금 가장 강하게 공격할 때였다. 이때 성을 함락시키지 못하면 군의 체력과 사기를 회복하는 데 상당한 시간이 걸릴 것이다.

소배압은 직접 북채를 잡고 북을 치며 독전했다. 거란군들은 도통이 직접 치는 북소리를 들으며 치열하게 성벽에 달라붙었다.

거란군이 북서쪽 성벽에 전력을 집중하자 조원은 즉시 홍협의 예비대를 투입했다. 보통문을 위시한 북서쪽 성벽에서 지금까지 중, 가장 치열한 전투가 벌어지고 있었다.

거란군은 수만 발의 화살을 계속 날리고 있었고 화살의 엄호를 받아 운제와 사다리가 계속 성벽에 달라붙고 있었다.

강민첨은 미동도 없이 거란군의 공격을 지켜보았다. 거란군들이 성벽으로 새까맣게 몰려오는 지금, 사실 강민첨이 할 일은 없었다. 병력의 이동을 명할 것도 없었으며 무슨 대응을 하라고 명할 것도 없었다. 지금은 군사 하나하나가 할 수 있는 모든 수단으로 자신의 전력을 다해서 싸울 때였다.

강민첨은 장대에서 내려가 성벽으로 향했다. 강민첨이 장대를 내려가자 별장 팽홍패가 뒤를 따랐다. 강민첨은 성벽으로 가서 한 명의 병사가 되어 싸웠다. 활을 쏘고 돌을 던지고 선장으로 성벽 위에 걸쳐진 사다리를 밀어 내는 것을 도왔다. 거란군의 화살이 검은 비처럼 쏟아지고 있어서 밝은 대 낮이 어둡게 느껴질 정도였다. 성벽 위에 삼베로 된 장막(布幔)을 둘러 세웠 기 때문에 화살로 인한 피해는 거의 없었으나 화살이 쏟아지는 강맹한 기 세는 사람들의 마음을 위협하기에 충분했다.

강민첨은 한창 싸우면서도 주위의 상황을 살폈다. 좌측 이십여 보쯤 되 는 거리에 적의 운제가 걸쳐지려는데 근처에 목뢰차(木檑車)가 아직 도착하 지 않았고 주위에 발화 군사도 없는 것 같았다.

강민첨은 몸을 낮추고 장막 사이를 지나 그쪽으로 뛰며 소리 질렀다.

"적의 운제다!"

두어 개의 장막을 지났을 때, 강민첨은 투구 상단에 강한 충격을 받았다. 자기도 모르게 몸을 휘청거리며 주저앉았다. 그 충격에 머릿속이 어지러 워지며 속이 메스꺼워 몸의 균형을 맞추기 힘들었다. 그러나 이내 다시 몸 을 일으켜 비틀비틀 걸으며 운제가 걸쳐진 곳으로 향했다.

운제의 사다리가 걸쳐지고 거란 군사들이 사다리를 타고 올라오고 있었 다. 강민첨은 어지러운 와중에도 활을 쏘았다. 주위의 군사들도 다투어 활 을 쏘고 돌멩이를 던져댔다. 거란 군사들은 방패로 몸을 가려가며 기를 쓰 고 올라왔다.

금방 거란 군사 하나가 성벽 위에 올라서는데 드디어 목뢰차가 도착하 여 목뢰를 던졌다. 목뢰가 던져지자 사다리를 오르던 거란 군사들이 목뢰 에 얻어맞고는 앞다투어 사다리에서 뛰어내려 목뢰를 피했다. 또한 발화 군사가 급히 와서 불붙은 기름병을 던지니 운제가 불타오르기 시작했다.

전투는 점점 치열해졌고, 북서쪽 성벽 앞은 지옥으로 변해갔다. 돌과 화 살에 맞고, 불에 덴 거란 군사들이 땅바닥에 주저앉아서 신음하고 있었다.

돌에 머리를 얻어맞아 두개골이 함몰된 군사 하나가 머리에서 뇌수를 흘리며 퀭한 눈으로 두리번대며 앉아 있었는데, 왜 이곳에 있는지 인지하지 못하고 있는 듯했다.

몸에 불이 붙은 거란 군사들은 울부짖으며 땅에 몸을 굴렸고 거란군 장
교들은 그런 군사들을 칼로 베어버렸다. 그들이 대열을 어지럽히기 때문
이었다. 다행히 장교들의 칼에 맞지 않고 몸에 붙은 불을 끈 군사들은 심한
화상을 입은 채 주저앉아서 지독한 고통에 가쁜 숨을 내쉬었다.

전투가 격화되자 조원은 마지막 남은 방휴의 예비대까지 투입했다. 마
지막 예비대가 투입되자 고열이 조원에게 말했다.

"저도 가서 전투를 돕겠습니다."

조원이 허락하자 피위종 등 서경 관리 몇도 자원하여 고열을 따라갔다.

소배압이 북을 치며 전투 상황을 지켜보는데 곧 군사들이 성을 오를 듯,
오를 듯하면서도 성벽 위로 올라가지 못하고 있었다. 시간이 지날수록 성
벽 앞에 부상자가 점점 늘어난다는 보고가 전령에 의해 빗발치기 시작
했다.

소배압은 아랑곳하지 않고 계속 북을 쳐댔다. 서경에 대한 이제까지 모
든 상황 판단이 맞는다면 서경은 조금만 있으면 함락될 것이다. 약간의 희
생이 있을지라도 조금만 더 공격하면 서경을 반드시 함락시킬 수 있다.

그러나 시간은 점점 흐르고 있었다. 함락을 예상했던 시간이 점점 늦추
어지고 있었다.

유신행이 조심스럽게 소배압에게 말했다.

"일단 군사를 뒤로 물려 휴식을 주는 것이 어떻겠습니까?"

소배압이 성벽을 한번 쭉 훑어본 후, 북을 치던 손을 멈추며 말했다.

"막 그렇게 하려던 참이었습니다."

소배압은 전군을 완전히 뒤로 물러나게 했다. 의욕에 찬 공격이었으나
많은 희생만 남긴 채 실패하고 말았다.

서경의 고려군들은 거란군들이 물러나는 것을 보면서 환호성을 질렀다.

"우리가 이겼다!"

"동명왕신이 우리를 지킨다!"

거란군이 뒤로 물러나기 시작하자 조원은 드디어 긴장을 풀었다. 조원이 환호하는 을밀대 위의 사람들을 보는데 신녀가 눈에 들어왔다. 조원은 신녀에게 가서 몇 마디 말을 건넸다.

그 후, 조원은 기수(旗手)를 데리고 성벽 위를 순시했다. 조원의 병마사 깃발이 을밀대를 나와서 성벽 위로 움직이자 서경성 안의 군사들은 환호성을 질러댔다.

"와! 와!"

"동명왕이다!"

조원은 군사들의 환호에 손을 들어 화답했으나 '동명왕이다'라는 말이 들리자 속으로 투덜댔다.

'젠장, 이 광대 짓을 언제까지 해야 하나!'

그러나 그렇게 기분이 나쁘지는 않았다. 오히려 묘한 흥분감이 있었다. 팔관회 때 본 연희(演戲) 속 영웅담의 주인공이 된 듯했기 때문이었다.

조원은 가장 전투가 치열했던 보통문으로 먼저 향했다. 강민첨을 보자 감격스러운 표정으로 덥석 손을 잡으며 말했다.

"수고하셨습니다!"

강민첨이 머리를 긁적이며 말했다.

"워낙 성안에 물자가 잘 비축되어 있어서 수고한 것도 없습니다. 오히려 앞으로가 문제이고 적들이 밤에 행할 야습이 문제입니다."

조원이 동의하며 고개를 끄덕이는데, 강민첨의 머리 오른쪽에서 붉은 피가 나더니 이마를 거쳐 뺨을 타고 흐르기 시작했다.

조원이 깜짝 놀라며 강민첨에게 말했다.

"어디 부상당하셨습니까?"

강민첨이 흐르는 피를 닦으며 별것 아니라는 표정으로 손사래를 쳤다. 옆에 있던 팽홍패가 강민첨의 화살 맞은 투구를 들어 보이며 조원에게 말했다.

"화살이 진장님의 투구에 와서 꽂혔는데 부상이 크시진 않습니다."

조원은 급히 자신의 투구를 벗어서 강민첨을 주고 강민첨의 구멍 난 투구를 받아들었다. 그 뒤 성벽을 한 바퀴 돌며 군사들을 위무하고 을밀대로 돌아왔다.

전투가 소강상태에 접어들자 서경성 안의 부녀자들은 분주해졌다. 소와 돼지로 끓인 따뜻한 국물과 아침에 제사 지낸 음식들을 성벽 위의 군사들에게 나누어 주기 위해서 바쁘게 움직였다.

조원이 을밀대 위에서 그 광경을 보고 주위를 돌아보며 말했다.

"우리가 딱히 한 일은 없지만 밥은 먹어야 할 것 아닌가?"

그렇지 않아도 조원을 위한 밥상은 이미 을밀대 위로 향하고 있었다. 조원이 말하기 무섭게 떡 벌어지는 밥상이 차려지기 시작했다. 밥과 국, 각종 전과 소고기와 돼지고기가 한 상 가득했다.

옆에 있던 피위종이 조원에게 말했다.

"북적들의 공격이 예상보다 대단하진 않았습니다."

조원이 답했다.

"아마 어젯밤 야습으로 신호위 중에 상당수가 포로로 잡혔을 테니, 북적들은 성안의 상황이 좋지 않다는 것을 잘 알고 있을 겁니다. 아마 이런 식의 공격도 통할지 모른다고 보았겠지요. 이제 안 된다는 것을 알았으니 다른 방법으로 공격을 해오겠지요."

조원이 밥을 먹고 고기를 뜯느라 분주한데 을밀대로 강민첨이 올라왔다.

강민첨이 조원을 보고 말했다.

"드릴 말씀이 있습니다."

53
총공격 후 거란 진영
: 경술년(1010년) 십이월 십오일 미시(14시경)

한편, 소배압은 전군을 뒤로 물린 후, 행영도통소로 향하며 고개를 좌우로 흔들었다.

이틀 전에는 성을 나온 고려군을 패퇴시켰고, 어젯밤에는 야습을 감행한 대도수 등을 사로잡았다. 대도수는 침묵했으나 천 명에 가까운 발해 출신 고려군들이 항복했으므로 서경의 사정을 알아내는 것은 어렵지 않았다. 소배압이 듣기에 서경성 안의 상황은 최악이었다.

새벽에 대도수의 부대와 탁사정의 부대가 좌우로 나뉘어서 어영도통소를 치려고 했다고 한다. 그런데 어영도통소를 공격한 것은 대도수의 부대뿐이었다. 탁사정의 부대는 어영도통소 근처에도 오지 않았다. 그렇다면 탁사정의 부대는 성을 아예 나오지 않았거나 성을 나와서 다른 곳으로 간 것이었다. 그런데 밤사이 원탐난자군에서 성의 동문으로 나온 또 다른 부대가 남동쪽으로 향했다는 보고가 있었다. 그렇다면 탁사정은 성을 나왔으되 서문으로 나오지 않았고 동문으로 나와 남동쪽으로 도주한 것이었다.

합리적으로 추론해보자면, 탁사정은 황제가 직접 전장에 도착하고 압도적인 대군이 서경을 포위하기 시작하자 겁을 집어먹었을 것이다. 따라서 대도수를 속여 어영도통소를 습격하게 한 후, 거기에 눈이 쏠릴 때 갑자기 성을 나가 남쪽으로 도주한 것이다.

소배압은 대도수를 비롯해 항복한 발해 출신 고려군들에게 이 사실을 알렸다. 그들은 그들의 지휘관에게서 버림받은 것이다. 항복한 고려군들은 분개하며 탁사정을 욕했다.

최고 지휘관이 자신의 부대를 이끌고 몰래 도주할 정도라면 성안의 사정은 보지 않아도 알 수 있었다. 최악의 분위기에 흥분과 공포가 성안을 휩쓸고 있을 것이다.

또한 항복한 고려 군사들의 말을 들어보면 서경성 안에는 지금 이렇다 할 고위 지휘관들도 없었고 군사들도 그렇게 많지 않다.

소배압은 마음에 여유가 생겼었다. 거대해 보였던 서경의 성벽이 마치 언제든지 넘어갈 수 있는 나무 울타리 같아 보였다. 혹은 회색빛의 성벽이, 멀리서 보면 마치 겁먹어서 어찌할 바를 모르고 잔뜩 웅크리고 있는 쥐새끼 한 마리 정도로 보였다.

아침에 공격 준비를 시키고 서경성을 보니 과연 기치가 전날과 달라져 있었다. 성벽 위의 기치는 같으나 대장대 위의 기치가 달랐다.

소배압은 공격하기 전에 먼저 항복을 권유하지 않았다. 한기와 유경과 노의 등을 서경의 고려군들이 모두 죽였기 때문이다. 여기서 또 항복을 권유하면 이쪽의 체면이 말이 아니게 된다.

그래서 먼저 공격하여 위엄을 보여준 후에 저쪽에서 애원하면 항복을 받아주려고 했다. 어쩌면 이쪽에서 공격 준비를 하는 것을 보고 서경성에서 사람들이 득달같이 달려 나와 항복을 애걸할지도 모른다.

그런데 소배압의 예상은 완전히 빗나갔다. 공격을 준비하는 동안 서경성 안은 매우 조용했고 공격이 시작되자 누가 지휘하는지는 모르지만 일사불란하게 방어전을 수행하고 있었다. 마치 성안은 간밤에 아무 일도 없었던 것 같았다.

서경의 대장대에서 병마사라는 글자가 적힌 깃발이 나부낀다는 보고가 있었다. 진짜 병마사일 리는 없을 것이고 아마 자칭한 것이리라….

소배압은 서경의 성벽을 보며 생각에 잠겼다. 우뚝한 성벽은 단지 성벽이 아니라 고려의 저력처럼 느껴졌다.

'이곳에도 사람들이 있군. 끝날 듯하면서도 끝나지 않는군.'

소배압이 행영도통소에 이르니 도통소의 제장들이 모두 모여 있었다. 소배압이 왕계충을 보고 말했다.

"이거 생각보다 쉽게 안 풀리는군요."

왕계충이 소배압에게 말했다.

"적들의 대처가 매우 적절했습니다. 서경의 고위 지휘부가 모두 빠져나갔다고 했는데 그것도 아닌가 봅니다."

유신행이 머리를 갸웃하며 말했다.

"사로잡힌 발해 군사들과 어젯밤 원탐난자군의 보고를 보면 최고 지휘관인 탁사정이 빠져나간 것은 확실한 사실이라고 보이는데 말입니다."

야율팔가가 말했다.

"누가 지휘하는지는 몰라도 지금까지는 우리의 공격에 효과적으로 대처하고 있습니다."

야율화가가 말했다.

"저들이 지금 기름을 많이 사용하고 있는데 무한정 있지는 않을 것입니다. 지속적으로 공격하면 결국 한계를 드러낼 것입니다."

야율화가의 말에 야율팔가가 머리를 저으며 말했다.

"그러나 이렇게 계속 공격하는 것은 효과적이지 못한 데다가 희생이 늘어나면 아군의 사기가 떨어질 것입니다."

갑론을박이 오갔지만 어쨌든 이런 일의 전문가는 왕계충이었다. 왕계충이 일동을 보며 말하였다.

"성을 반드시 떨굴 방법이 있기는 있습니다."

성을 반드시 떨굴 수 있다는 왕계충의 말에 모두 집중했다.

"여기 큰 강물을 패수라고 부른다던데 수량이 풍부합니다. 강을 둑으로 막았다가 터트리면 성은 물에 가라앉게 되어 있습니다."

왕계충의 말에 모두 고개를 옆으로 흔들었다. 가능은 하겠지만 걸리는 시간을 어떻게 감당한다는 말인가! 게다가 강에는 수많은 군마가 지나가도 튼튼할 정도로 얼음이 꽝꽝 얼어 있다. 당장은 사용할 수 없는 방법인 것이다.

그런데 소배압이 왕계충의 말에 눈빛을 반짝이며 물었다.

"과거에 그런 예가 있습니까? 확실히 가능한 방법입니까?"

소배압의 질문에 왕계충이 답했다.

"위무제*(魏武帝)가 하비성을 공략할 때 쓴 예가 있습니다."

"좋소!"

소배압의 좋다는 말에 제장들이 의아한 눈으로 모두 소배압을 보았다. 소배압이 모두의 눈빛을 받으며 어깨를 으쓱하며 말했다.

"아, 그 방법을 쓰겠다는 것이 아니라 방법 자체가 좋다는 말이요."

소배압이 왕계충에게 말했다.

"저들이 성을 잘 지킨다는 전제하에, 한 달 안에 성을 함락시키려면 어떤 방법부터 써야 하겠소?"

"저들이 지키고자 마음먹는다면 갑자기 함락시킬 수는 없습니다. 비포로 가장 취약한 성벽이나 성문을 때리고, 공격하기 가장 용이한 성벽 앞에는 토산을 쌓고, 또한 여기저기 굴을 뚫는 방식으로 차근차근 공격해야 합니다. 다행히 이 서경성은 산성이 아닌 평지의 성이기 때문에 다양한 공격 방법을 쓸 수 있다는 이점이 있습니다."

홍화진과 통주성은 함락시키지 못했고 내륙 길의 구주와 연주 등은 아예 손도 대지 못하고 놔두었다. 적진 깊숙이 들어와 있는 형상이라, 서경을

---

* 삼국지의 등장인물로 그 유명한 조조(曹操)이다.

무작정 오래 공격하고 있을 순 없었다.

벌써 십이월 중순이었다. 고려에 머물 수 있는 기간은 앞으로 길어야 한 달 정도였고 따라서 서경을 오래 공격한다고 해도 딱 그 정도 시간밖에 없었다. 그 이상 장기적인 포위전을 펼치는 것은 불가능했다.

아직 확실히 정해진 것은 없었다. 황제는 아직도 고려 왕이 항복했다고 믿는 눈치였다. 고려 전체는 항복했고 단지 서경이 독자적으로 반기를 든다고 생각하는 듯했다. 그러나 고려 왕의 표문에는 항복한다고만 했지, 여러 성의 투항을 명하는 문서 등이 딸리지 않았다. 말은 있으되 실행은 없는 것이다. 앞으로의 일은 황제의 의중과 상황에 따라서 매우 유동적이었다.

서경성 안이 약화되었을 것으로 판단해서 감행한 전면 공격은 실패였다. 이젠 왕계충의 의견대로 차근차근 공격하는 방법밖에 없었다.

소배압은 회의를 파하고 왕계충을 따로 불러 위무제의 하비성 공략에 대해서 자세히 물었다. 왕계충의 이야기를 귀담아들은 뒤, 소배압은 어영도통소로 향했다.

어영도통소에 들어서니 야율융서는 중신들과 더불어 오후 만찬을 들고 있었다. 야율융서가 소배압에게 말했다.

"도통은 식사하시었오? 같이 드십시다."

소배압이 의자에 앉자, 한덕양이 소배압에게 말했다.

"고려가 대단합니다. 저력이 있어요."

야율실로가 말했다.

"분명 성안에는 고위 지휘관들이 없을 터인데 대단히 배짱 좋은 사람들이 있는가 봅니다."

소배압이 야율융서의 안색을 살피며 앞으로의 작전에 대해 간략히 보고했다. 야율융서가 듣고 고개를 끄덕였다. 다행히 황제는 서경 공략을 마음에 두고 있는 듯했다.

서경성의 방비가 예상과 다르게 만만치 않자, 소배압이 오기 전에 어영도통소에서는 많은 의견이 오갔다. 대다수 관료의 의견은 이렇게 모였다.

전쟁은 이제 마무리 단계이고 서경을 공략하면 오히려 북쪽의 고려성들이 고립된다고 볼 수 있다. 서경을 함락시키면 보급선이 끊긴 북쪽의 성들은 오래 버티지 못할 것이다. 그러면 서경 이북을 취할 수 있다. 우리가 서경 이북을 가진다면 고려의 국력은 절반으로 줄어들게 된다. 더구나 서경과 개경은 멀지도 않다. 그렇다면 고려는 더 이상 개경을 수도로 삼지 못할 것이다. 남쪽으로 천도할 가능성이 크다. 그렇다면 고려의 국력은 더욱 줄어들 것이다. 적이 줄어들면 취하고, 또다시 적을 줄이고 취하는 것이다. 이것이 만전지책이다.

어영도통소 관료들의 의견은 이렇게 결론이 났고, 가장 강경했던 야율요질도 이에 찬성했다. 따라서 야율융서 역시 동의할 수밖에 없었다.

소배압은 야율융서가 서경 공략에 집중할 듯 보이자, 패수를 언급하며 강에 둑을 쌓아 서경을 잠기게 하는 장대한 방법에 대해 설명했다. 야율융서는 큰 관심을 보였다.

위무제가 기수(沂水)와 사수(泗水)의 물을 어떻게 끌어들여 하비성을 공략했는지 신나게 설명하며 단지 지금은 겨울이라 그 방법을 쓰기가 애매하다고 덧붙였다.

야율융서가 귀 기울여 열심히 듣더니 말했다.

"정말 장대하겠소! 한 번 그 방법을 꼭 써보고 싶군요."

야율융서가 잠시 생각에 잠기더니 다시 말했다.

"흥화진 앞에도 물이 많이 흐르지 않소. 여기서는 쓰기 그래도 장차 흥화진이 계속 항복하지 않는다면 거기에 쓸 수 있지 않을까요?"

옆에 있던 한덕양이 야율융서를 칭찬하며 말했다.

"참으로 영명(英明)하신 생각이십니다. 차차 검토해보면 좋겠습니다."

54
대도수(大道秀)

: 경술년(1010년) 십이월 십오일 미시(14시경)

오전에 서경을 총공격한 거란군들은 오후에는 군대를 재편하여 네 곳을 집중적으로 공략하기로 하였다.

비포 중에 가장 큰 칠초포(七梢砲)를 계속 만들어 서경의 대동문과 연정문, 보통문을 때리고, 성벽의 북서쪽 모서리 앞에는 토산을 쌓기로 했다. 석회가루에 호되게 당했기 때문에 고려군들이 석회가루로 공격하기 힘든 지점에 토산을 쌓는 것이었다.

그리고 공격 전에 한 가지 의식을 치르기로 했다. 바로 '사귀전(射鬼箭)' 이었다.

사귀전은 본디 거란군이 출정할 때 하는 의식이었다. 그러나 오전 공격이 신통치 않았기에 아군의 사기를 높이고 서경성 안에 있는 고려군의 사기는 꺾기 위해서 시행되었다.

사귀전의 대상은 간밤에 항복한 발해 출신 고려군 중 심문에 응하지 않은 삼백여 명이었다. 그중에는 대도수도 포함되어 있었다.

사로잡힌 팔백여 명의 고려군들을 모두 보통문 앞으로 데리고 가서 두 집단으로 나누었다.

대도수가 포함된 심문에 응하지 않은 집단은 홑옷만 입은 상태에서 손과 팔은 단단히 묶이고 다리는 짧은 보폭만 내디딜 수 있을 정도로 묶인 상태였고, 심문에 응한 집단은 전포를 착용하고 손과 발이 자유로운 상태였다.

거란 군사가 대도수가 포함된 집단 중 한 사람의 발에 묶인 끈을 풀어주자 통역하는 자가 말했다.

"성문까지 뛰어가면 살 수 있다."

성문까지 거리는 약 사백 보였다. 전력 질주한다고 해도 살 수 있는 거리가 아니었다. 포승이 풀린 고려 군사가 머뭇거리자 바로 목을 베어버렸다.

또다시 한 명의 다리를 풀어주자 이번에는 전력을 다해서 뛰기 시작했다. 잠깐을 뛰었을까! 곧 귀신 소리가 천지를 울리기 시작했다.

"히이이이이이, 히이이이이이, 히이이이이이."

우는 귀신의 화살인 귀전(鬼箭)이 그를 고슴도치로 만들어버렸다.

그다음부터는 두 명씩 풀어주었다. 역시나 귀전들이 하늘을 날며 달려가는 고려군들을 모두 고슴도치로 만들어버렸다. 조금이라도 달려가기 주저하면 그 자리에서 바로 목을 베었다.

이렇게 십여 명에게 사귀전을 행한 후, 통역하는 자가 손발이 묶인 대도수와 고려군에게 큰 목소리로 외쳤다.

"우리 요나라의 백성이 되기 원한다면 저쪽에 가서 서라! 이쪽에 있으면 죽을 것이요. 저쪽에 간다면 살 것이다!"

저쪽이란 거란에 협조하기로 한 고려군들 옆을 말했다. 그 소리를 들은 대도수가 참담한 표정으로 하늘을 보고 나서 옆에 있는 부하들에게 말했다.

"우리의 전투는 끝났다. 쓸데없이 자존심을 세울 필요는 없다."

대도수의 말에 몇몇이 주저주저하며 발길을 옮겼다. 대도수가 다시 부하들에게 말했다.

"너희들의 자존심은 내가 가지고 가겠다. 너희들은 부디 살도록 하라! 이건 내가 마지막으로 내리는 명령이다."

대도수는 이렇게 말하고 발이 묶여 있는 채로 성문 쪽으로 걸어가기 시작했다. 거란군들은 대도수를 제지하지 않고 그냥 놔두었다. 어차피 발이 묶여 있어 뛰지 못할 테니 급하지 않았다.

대도수는 몸을 떨며 걸었다. 떨림은 추위 때문이었으며 또한 마음속 깊은 곳에서 나오는 공포심 때문이라는 것을 대도수는 잘 알고 있었다.

대도수는 걸어가며 낮은 음색으로 노래를 부르기 시작했다.

서리 내린 하늘에 달이 비치고 은하수가 밝은데,
나그네는 돌아갈 생각으로 마음이 간절하구나.
긴 밤에 홀로 앉아 시름 이기지 못하는데,
어디선가 홀연히 여인의 다듬이 소리가 들려오네.
바람결에 실린 소리는 끊어질 듯 이어지고,
밤이 깊어 별이 지도록 잠시도 멈추지 않네.
고국을 떠난 후로 저 소리 들어보지 못했는데,
지금 타향에서 그 소리 다시 듣네.

양태사(楊泰師)가 지은 〈밤에 다듬이 소리를 들으며(夜聽擣衣聲)〉란 시에 곡조를 붙인 노래였다. 양태사는 발해의 관료로 발해 문왕(文王) 때(758년) 일본에 사신으로 갔었다. 〈밤에 다듬이 소리를 들으며〉는 그때 고국을 생각하며 지은 시였다.

그리고 대광현이 생전에 고향을 그리며 가장 애창하는 노래였다.

"히이이이이이."

귀전 하나가 날아와 대도수의 왼쪽 허벅지 뒷부분에 박혔다. 대도수는 휘청거렸으나 넘어지지 않았다.

"히이이이이이."

다시 귀전이 날아와 이번에는 대도수의 오른쪽 허벅지에 박혔다. 대도수는 역시 휘청거렸으나 넘어지지 않았다.

귀전이 대도수를 향하여 계속 날기 시작했다. 하나씩, 하나씩 대도수의 몸에 박혔다.

을밀대에서 그 모습을 보고 있던 고열이 갑자기 흥분하여 조원에게 말했다.

"제게 마갑 입힌 말 한 마리를 내어주시면 나가서 저들을 구해보겠습니다!"

조원이 고개를 가로저으며 말했다.

"고 교위의 마음은 충분히 이해되네. 그러나 지금은 그럴 때가 아니네."

고열은 흑수의 발해인에 뿌리를 두고 있었다. 고열의 집안은 발해의 잔존 세력이 야율사진에 의해서 사실상 해체될 때(985~986년) 고려로 귀부하였다.

태어나자마자 고려로 온 고열은 발해인이라는 의식은 희박했고 자신을 고구려인이라고 생각했다. 고열의 집안은 세계(世系)를 정확히 상고할 수는 없지만 고주몽의 후손이라고 믿고 있었다.

고열은 평소 대씨들을 대할 때 별다른 감흥이 없었으나 막상 대도수가 화살에 맞는 것을 보자 몹시 흥분했다. 고열이 평소에는 인식하지 못했으나 발해인이라는 동질감이 의식 깊숙한 곳에 강하게 남아 있었던 것이다.

조원은 고열이 분노에 떨자 말했다.

"그대의 분노는 앞으로 충분히 풀 수 있을 테니 지금은 군인이라는 신분을 잊지 말게. 그대는 명령을 따르게나."

대도수는 귀전을 열 발이나 맞았다. 그런데도 쓰러지지 않고 계속 걷고 있었다. 귀전에 맞아 상체에 묶인 줄이 끊어져 양팔이 자유로워졌지만 그것은 별 의미가 없었다.

대도수는 화살의 고통을 느끼며 화살을 많이 맞을수록 그만큼 많은 책임을 지고 가는 것이라고 생각했다. 발걸음을 옮길 수 없을 정도로 고통은 점점 증가했으나 두려움은 점차 줄어들었다.

대도수가 계속 걷자, 이번에는 거란군들이 쏜 귀전들이 빼곡히 하늘을 날았다. 대도수의 등에 무수히 많은 화살이 꽂혔다.

"커억!"

대도수는 왈칵 입으로 피를 쏟으며 더는 발걸음을 떼지 못했고 무릎을 꿇으며 머리를 들어 하늘을 보았다. 시퍼럴 정도로 푸른 겨울 하늘이 눈에 들어왔다.

하늘 높은 곳에서 커다란 새 한 마리가 빙글빙글 원을 그리며 돌고 있었는데 왠지 모르게 마치 자신을 기다리고 있는 것 같았다. 그런데 그 새가 그리는 원 속에서 어떤 형상이 나타나기 시작했다. 그 형상은 차츰차츰 어떤 모양을 띠면서 공중으로부터 자신을 향해 천천히 내려오고 있었다. 그 형상이 내려올수록 자세해지며 점차 구체적인 모습을 띠었는데, 그것은 어떤 사람의 모습이었다.

"아!"

대도수는 그 사람이 누군지 곧 알 수 있었다. 대도수가 아주 잘 아는 사람이었기 때문이었다.

대도수의 얼굴은 말할 수 없는 환희로 뒤덮였다. 그 사람이 하늘에서 하강하여 자신의 바로 앞에 이르자 대도수는 기쁨에 찬 얼굴로 두 팔을 힘차게 뻗으며 외쳤다.

"아버지!"

대도수는, 공중에서 환하게 미소 띤 얼굴로 다가오는 대광현을, 두 팔을 높이 뻗어 강하게 끌어안았다. 대도수는 아버지의 따뜻한 품에 안겼다.

대도수가 '아버지'를 외치며 쓰러지자 홑옷을 입고 있던 젊은 신호위 군사 하나가 외쳤다.

"우리의!"

홑옷을 입고 있던 군사 몇이 작은 목소리로 반사적으로 화답했다.

"용기를!"

화답하는 소리가 작자, 선창했던 젊은 군사가 다시 악을 쓰며 외쳤다.

"우리의!"

이번에는 제법 많은 군사가 화답했다.

"용기를!"

젊은 군사가 다시 한번 '우리의!'를 외치자 이번에는 홑옷을 입은 군사들이 모두 우렁차게 외쳤다.

"용기를!"

선창과 후창이 점점 절도를 갖추게 되자, 이들에게서 패잔병의 초라한 모습은 사라졌다. 몸은 비록 꽁꽁 묶여 있었으나 구호를 타고 마음속에 있던 '신의 호랑이'가 다시 깨어난 것이다.

전포를 입고 있던 신호위 군사들도 점점 구호에 동참하기 시작했다.

홑옷을 입은 신호위 군사들이 구호를 외치며 앞으로 나아갔다. 곧이어 무수한 귀전들이 이들의 뒤를 덮쳤다.

동료들의 죽음을 보며 전포를 입고 있던 신호위 군사들도 구호를 외치며 하나 둘 성문 쪽으로 발걸음을 옮기기 시작했다.

이들은 패해서 흩어진 개개인들이 아니라 다시금 '신호위'라는 이름으로 하나로 뭉친 부대가 되었다.

소배압은 그 모습을 보면서 눈살을 찌푸렸다. 의도했던 상황이 연출되지 않은 것이다.

몇몇 포로에게 사귀전을 실시하면 겁먹은 발해 출신 고려군들이 자리를 옮긴다. 그러면 그들을 살려줌으로써 성벽 위에서 보고 있는 고려인들에게 저항했더라도 항복하면 살려준다는 뜻을 확실히 전달하는 것이다.

소배압은 앞으로 나서는 고려군들의 목을 모두 베도록 했다. 의도한 대로 되지 않았으니 길게 끌 필요가 없는 것이다. 모두 목을 베니 남아 있는 발해 출신 고려군은 백여 명에 불과했다.

성벽 위에서 이 장면들을 보고 있던 서경의 군민들은 처음에는 개인에 따라 각양각색의 감정을 느꼈다. 고열 같은 사람은 대단히 분노하였고, 어떤 사람은 안타까움을 느꼈으며, 어떤 사람은 두려움에 떨었다.

그런데 신호위 군사들이 구호를 통해 단결하며 그들의 용기를 보여주는 장엄한 장면에, 서경 군민들의 마음도 어느새 그들을 응원하며 하나로 모이고 있었다.

신호위 군사들의 용기가 구호를 타고 서경 군민들의 마음속에 들어와 서로 호응하며 어느새 신호위의 구호를 같이 외치며 일치단결하고 있었다. 신호위 군사들과 서경 군민들은 완전한 하나가 되어갔다.

조원 역시 이런 분위기를 분명히 느끼고 있었다. 호기(好機)는 아무 때나 오는 것이 아니고, 오면 반드시 잡아야 하는 법이다. 조원은 즉시 고취악을 연주하게 하였다. 분위기를 좀 더 고조시키기 위해서였다.

보통문 위에 있던 강민첨은 고취악이 울리자 을밀대를 바라보았다. 조원은 첫인상과는 완전히 다른 사람이었다. 분위기에 휘둘리지 않으면서 사람들의 마음을 이해하는 지휘관다운 능력이 있었다.

55

토성을 쌓는 거란군

: 경술년(1010년) 십이월 십오일 신시(16시경)

신시(15~17시)가 되자 흙포대를 말 위에 실은 거란군들은 기습적으로 돌진하여 서경 서쪽 성벽 오십 보 정도 앞에 흙포대를 쌓아댔다.

성안의 고려군들이 이내 활과 노로 사격을 하자, 거란군은 오 장 높이의 포만(布幔) 여러 개를 토산 앞에 세워 고려군의 화살을 방비했다.

곧이어 포만 근처에 장인(匠人)들이 투입되어 목재로, 좌우로 십 장(丈), 전후로 오 장, 높이는 사 장 정도의 사각형 틀을 만들었다. 그리고 그 틀 안에 여러 개의 격자를 설치하여 흙이 안에 들어갔을 때 흙의 무게를 지탱할 수 있도록 했다.

이어서 방패수들을 앞세우고, 흙과 돌을 실은 수레와 흙포대를 어깨에 멘 군사들을 투입하여 목재 틀 안에 계속 흙을 부어나갔다.

거란군이 그들의 작전을 실행하듯이 성안의 고려군도 그들의 일을 시작하고 있었다.

조원은 강민첨을 을밀대에 있게 하고 보통문 쪽에서의 역할은 별장 팽홍패가 맡게 했다. 팽홍패가 방어전에서 좋은 능력을 발휘한 데다가 강민첨은 더 중요한 역할을 해야 했기 때문이다. 바로 전체를 조망하고 작전계획을 수립하는 일이었다.

거란군의 오전 공격을 막아낸 후, 강민첨은 을밀대로 와서 조원과 대화를 나누었다. 대화를 나눈 후, 조원은 강민첨의 생각대로 성안의 일을 처리하게 했다.

그리고 강민첨이 을밀대에 머물기를 요청했다. 강민첨은 처음에는 거부했다. 거란군의 공격이 시작되기 전에, 조원이 강민첨이 늙고 연로한 데다가 무예에 능숙하지 못하니 을밀대에 머물라고 말한 것처럼 들렸기 때문이다.

강민첨이 거부하자 조원은 늘 그렇듯이 단도직입적으로 말했다.

"제가 오전에 진장님더러 을밀대에 계시라고 한 이유는, 진장님이 연세가 있으시고 무예에 익숙하지 않으시기 때문이었습니다. 그러나 지금 머무르시라고 하는 이유는 진장님이 꼭 필요해서입니다. 앞으로 북적들의 공격은 더 교묘하고 거세질 것입니다. 그것을 판단하고 적절히 대처할 사람이 필요합니다."

강민첨이 아무 말도 하지 않고 가만히 있자 조원이 다시 말했다.

"그리고 이것은 명령입니다."

조원은 강민첨을 부병마사(副兵馬使)로 임명했다.

조원과 강민첨이 을밀대에서 거란군의 움직임을 예의 주시하고 있는데 강민첨이 품속에서 무언가를 꺼내더니 입에 넣었다. 조원은 처음에는 신경 쓰지 않았으나 강민첨이 계속 입맛을 다시며 쩝쩝대자 힐끗 보았다. 강민첨은 무엇인가를 입 안에 넣고 빨고 있었다.

강민첨의 행동이 거슬리는 것은 아니었으나, 조원이 궁금하여 강민첨을 바라보자, 조원의 시선을 느낀 강민첨도 조원을 보았다. 할 말이 있는 것 같아 보여 조원의 말을 기다리는데, 조원의 시선이 자신의 입을 향하고 있다는 것을 알아챘다.

강민첨이 겸연쩍은 표정으로 말했다.

"엿입니다. 긴장하면 달달한 것을 먹는 버릇이 있어서…."

강민첨은 예전에 과거시험에서 계속 낙방하자 시험 울렁증이 생겼었다.

아는 사람의 조언으로 긴장을 풀기 위해 시험장에 엿을 물고 가기 시작했는데 그것이 습관이 된 것이었다.

강민첨은 조원에게 엿을 하나 건넸다.

잠시 후, 거란군들이 토산을 쌓는다는 보고가 들어오자 조원이 강민첨에게 말했다.

"부병마사님이 가보시고 상황을 판단하셔서 적절한 조치를 취해주십시오."

강민첨은 즉시 을밀대를 내려가 연정문 쪽으로 향했다. 상황을 본 강민첨은 일단 포차 세 대를 재배치해 거란군이 토산을 쌓는 것을 방해했다. 또한 포만을 높이 세워 성벽 위를 관찰할 수 없게 한 후, 삼 장 높이의 망루 두 개를 급히 만들었다. 망루가 만들어지자 강민첨은 군사들을 망루에 올리고 성벽 위의 포만을 낮춘 다음, 토산을 쌓고 있는 거란군을 내려다보며 사격하게 했다.

갑자기 높은 곳에서 고려군의 공격이 있자, 토산을 쌓고 있던 거란 군사들이 화들짝 놀라 흩어져 달아났다. 그러나 곧 거란군도 군사들을 투입하여 사격하며 응전해 왔다.

거란군들은 어떻게 하던 토성에 접근하려고 했지만 투사력의 차이로 쉽사리 접근할 수가 없었다.

소배압은 고려군의 공격 때문에 토성에 접근할 수 없다는 보고를 받자, 일단 만들어진 칠초포 두 대를 그쪽으로 이동시키라고 명했다.

그러나 칠초포는 바퀴가 없는 물건이었다. 이동시키려면 어느 정도 분해했다가 다시 조립하는 과정을 거쳐야 한다. 이동성이 상당히 떨어질 수밖에 없었다.

시간은 벌써 신시(15~17시)를 지나 유시(17~19시)가 되어오고 있었고 조금 있으면 해가 떨어질 것이다.

소배압은 네 방향에서 공격하려던 작전을 바꾸어 일단 토성 앞 성벽에 집중하기로 하였다.

칠초포가 토성 근처에 도착하고 재조립하는 동안, 벌써 어둠이 짙게 깔리고 둥근 보름달이 뜨기 시작했다.

강민첨은 거란군들이 백여 보 정도 떨어진 곳에 목책을 단단히 세우고 포만 세우는 광경을 지켜보고 있었다. 분명 포를 위한 진지임이 분명했다. 노의 사정거리에는 닿았기 때문에 간간이 노로 사격하고, 포차로 작은 돌멩이를 쏘아 보내 진지 작업을 약간이나마 지연시켰다.

강민첨은 하늘의 둥근 달을 보며 생각했다.

'다행이군!'

달빛이 밝으니 적들을 관찰하기가 용이하여 적들의 야습을 쉽게 눈치챌 수 있을 것이다. 벌써 술시(19~21시)의 중간이 되었고 비로소 거란군의 포상(砲床)이 모두 완성된 듯했다.

그 모습을 본 강민첨이 조용하고 낮은 목소리로 명했다.

"모든 포차는 쇳물 병을 발사하라!"

강민첨은 거란군이 포상을 짓는 것을 보고 성안에 있는 모든 포차 십오 문을 이쪽으로 이동시키게 했다.

그러면서 시간을 두고 포차 한 문씩, 거란군의 포상에 사격하게 해서 거란군이 아군 포차의 개수를 눈치채지 못하게 하면서 사거리 조정을 끝내 놓았다.

거란의 칠초포는 장대한 포이고 위력 역시 막강하지만 조작하려면 이백오십여 명의 군사가 필요하고 많은 인원이 줄을 당겨 발사하는 것이니만큼 예민한 구석도 많았다.

강민첨의 명에, 십오 문의 포차에서 동시에 쇳물 병들이 발사되었다. 쇳물 병들이 공중을 날아 거란군의 포상 안에 들어가 깨지면서 펄펄 끓는 쇳물들이 사방으로 튀었다.

포상 안에 있던 거란군들이 물맞은 벌통의 벌들처럼 순식간에 밖으로 뛰쳐나왔다. 포에도 불이 붙었으나 포상 안에 물을 비축해놓았음에도 그 누구도 불을 끌 생각을 하지 못했다. 고려군들이 쏜 포탄과 화살이 계속 날아왔기 때문이다.

칠초포가 고려군에 의해 불탔다는 보고를 들은 소배압은 마시던 차를 뱉으며 화를 냈다.

"어찌 아무도 불을 끄려고 시도하지 않은 것이냐? 칠초포의 장교와 군사들을 모두 장형에 처하라!"

아침에 공격을 시작할 때와는 완전히 다른 분위기로 상황이 흘러가고 있었다.

소배압이 왕계충에게 짜증을 내며 말했다.

"포를 너무 성벽 앞에 붙인 것 아니오?"

왕계충이 얼굴을 붉히며 변명하듯이 말했다.

"저들이 몰래 포를 집중시켜 두었다는 것을 몰랐지 않습니까? 적들이 지금까지는 한 번에 한두 문씩만 발사했기에 그 정도는 충분히 무릅쓸 만하다고 보았는데, 이렇듯 몰래 배치하여 한 번에 쏠 줄은 전혀 예상하지 못했습니다."

사실 왕계충의 말이 맞았다. 이건 왕계충의 잘못이 아니었다. 고려군들이 영악한 것이었다.

갑자기 야율팔가가 소배압에게 큰 목소리로 말했다.

"지금입니다! 적의 포차가 한군데 몰려 있으니 다른 쪽을 공격해볼 만합니다."

야율팔가의 말에 소배압의 정신이 번쩍 들었다.

"그거 좋은 생각이군!"

소배압은 토성 근처에서 공방전을 계속 벌이게 했다. 고려군들의 시선을 토성에 묶어두기 위해서였다. 그렇게 하고 급히 경창문과 칠성문 사이의 성벽에 병력을 파견했다. 그 위치에서는 고려군들이 석회가루를 뿌릴 염려가 적었고, 성벽을 지키는 군사들이 서쪽 모퉁이에 쏠려 있을 것이므로 군사들도 가장 적을 가능성이 있었다.

정예 부대 중 오전의 전투에 피해를 별로 보지 않은 부대는 남피실군이 있었다. 남피실군은 고려군들이 석회가루를 뿌리자 바로 후퇴한 데다가 동쪽 성벽을 공략했으므로 바람의 방향 상 석회가루가 멀리 퍼지지 않아서 입은 피해가 미미했다. 또한 서경까지 내려오면서 주도적으로 전투를 참여하지 않았기 때문에 아직 힘이 있을 것이었다.

야율팔가는 소배압의 명을 받고 직접 남피실군으로 가서 남피실군상온 야율효리에게 명령을 전달했다. 남피실군상온 야율효리는 즉시 삼천의 정군 병력을 북쪽으로 이동시켰다.

남피실군이 이동을 시작하자, 소배압은 사방에서 공격하는 형세를 꾸미게 했다. 고려군들은 토성이 거란군의 주공(主攻)인지, 아니면 어느 성벽을 공격하는 것이 주공(主攻)인지 전혀 눈치를 채지 못할 것이었다.

서쪽 성벽에서 거란군을 효과적으로 퇴치하고 있다는 보고를 받은 조원은 을밀대에서 눈을 감고 앉아서 쉬고 있었다. 어젯밤을 지새웠음에도 별로 피곤하지는 않으나 이런 때에는 쉴 수 있을 때 쉬어야 한다. 한참을 비몽사몽간에 있는데 고열이 조원을 불렀다.

"병마사 각하! 병마사 각하!"

조원은 누가 누구를 부르는 소리가 들리는 것 같은데 자신과는 상관없게 들렸다. 조원이 깨어날 기미가 없자 고열이 조원의 의자를 살짝 흔들면서 다시 불렀다.

"병마사 각하!"

그제야 조원이 눈을 뜨며 기지개를 켰다.

"적들이 움직이고 있습니다."

겨울바람이 매섭게 차가웠지만, 달은 휘영청 밝았다. 평소 같았으면 이런 날은 옷을 몇 겹을 껴입고서라도 달빛에 한잔하곤 했다.

조원이 성벽 밖을 보니 거란군들이 사방에서 뛰어다니고 있었다. 달빛에 그 모습을 보고 있자니, 형상이 낮보다는 정확하지 않아 마치 개미떼가 이리저리 먹이를 찾아 움직이는 것 같았다. 몇 기의 거란 기병들은 성벽에 아주 가까이 왔다가 다시 돌아가기를 반복하고 있었다.

곧 각 성벽에서 전령들이 와서 보고하기 시작했다. 적 기병들이 성벽 가까이 와서 화살을 쏘거나 돌을 던지고 다시 물러간다는 내용이었다.

한 전령이 을밀대 위로 뛰어 올라왔다.

"적들이 토산을 쌓으며 성벽을 공격 중인데 계속 격퇴하고 있습니다. 부병마사님께서는 주공(主攻)은 다른 곳에 있을 것이라고 말씀하셨습니다."

서쪽 성벽에서 강민첨이 보낸 전령이었다. 전령이 돌아가고 조원이 성밖의 거란군의 움직임을 유심히 살피는데, 보병들이 방패와 포만 등을 앞세우고 여러 방면에서 성벽으로 접근하고 있었다.

그중 한 무리의 보병들이 눈에 들어왔다. 그들은 경창문과 칠성문 사이의 성벽으로 접근하고 있었다. 수천 명 정도의 보병들이었고 수천 명 단위라면 성벽을 대거 공격할 만한 병력이었다.

조원은 즉시 홍협의 예비대를 그쪽으로 보냈다. 그런데 접근하던 거란군들은 성벽 앞 백여 보 지점까지 왔다가 다시 돌아갔다. 홍협이 그쪽으로 갔을 때는 이미 거란 보병들이 다시 돌아가는 중이었다.

돌아가고 있는 거란 보병들을 보며 조원이 머쓱함과 약간 아쉬움을 담은 목소리로 주변에 말했다.

"저들이 성벽으로 접근하기에 성벽을 공격할 줄 알았는데…."

홍협의 예비대가 제자리로 돌아가고 일각 정도 시간이 흐른 후, 다시 그 방면으로 빠르게 기병들이 접근해왔다.

보병들이 접근했던 곳까지 온 후에 말에서 내리는 것 같더니 도보로 성벽으로 돌진해오고 있었다.

조원은 급히 뿔나팔을 불고 기(旗)를 세워 홍협과 방휴에게 경창문과 보통문 사이로 가라고 지시했다. 홍협과 방휴는 즉시 예비대를 이끌고 성벽 쪽으로 향했다.

거란군들이 성벽에 가깝게 접근하자 조원의 몸에 전율이 솟았다.

56

서경의 항마갱(降魔坑)

: 경술년(1010년) 십이월 십오일 해시(22시경)

　이곳의 성벽은 얕은 산세를 이용해 쌓았기 때문에 성벽 높이는 남서쪽보다 낮은 이 장(丈) 정도였다. 그러나 지형 자체가 이쪽이 험하기는 훨씬 험했으므로 공성에는 어렵고 수성에는 좋은 곳이었다.

　거란 기병들이 사다리를 들고 순식간에 성벽에 접근하여 성을 오르려고 하고 있었다.

　보병들이 아까 접근했던 것은 지정된 장소에 사다리를 놓아두기 위해서였다. 보름달이 밝게 비추지만 얇은 사다리를 백여 보 떨어진 성벽 위에서 식별하는 것은 불가능에 가까웠다.

　거란군의 작전은 아주 괜찮았다. 보병이 먼저 접근하여 지정된 장소에 사다리를 두고 가면, 그 뒤에 기병들이 접근하여 말에서 내려 사다리를 들고 뛰는 것이다. 방어하는 쪽에서는 기병들이 가까이 접근하면, 와서 활이나 쏘고 갈 줄 예상했지, 이런 작전을 쓸 것이라고는 상상조차 하지 못했을 것이다. 순식간에 성벽에 달라붙으면 방어하는 쪽에서는 즉각 대응하지 못할 수도 있었다.

　조원 등도 역시 예상하지 못하고 있었다. 역시 거란군은 전투 경험이 풍부한 군대였다.

　성벽 위아래에서 격전이 벌어지기 시작했다. 거란군들은 성벽을 오르려고 했고 성벽 위의 고려군들은 그것을 막으려고 했다.

　거란군이 성벽 앞에 도착했을 때 홍협과 방휴도 예비대를 이끌고 거의 같은 시각에 도착했다. 홍협의 예비대는 즉각 성벽 위에 올라가서 원래의 수비 병력과 같이 방어전을 수행하고, 방휴의 예비대는 성벽 위에 오르지 않고 성벽 아래 지정된 곳에서 대기했다.

조원이 보기에 이번 거란군의 공격은, 공격을 위장한 것이 아니라 진짜 공격이었다.

조원은 고각군과 미리 대기시켜둔 십여 명의 기녀들에게 음악을 연주하게 하고 노래를 부르게 했다.

"젖 먹던 힘까지 다해서 연주하라! 중간에 절대 음악이 끊겨서는 안 될 것이다!"

조원은 전투 장면을 손에 땀을 쥐며 지켜보았다. 오전에 거란군이 전면 공격을 해왔을 때도 긴장했지만 지금처럼 아슬아슬한 느낌은 없었다.

일각 정도, 혹은 그보다 더 짧은 시간이 지났을까! 마음이 초조하니, 마치 시간이라는 개념이 없는 영원(永遠)의 공간 같았다.

드디어 거란 군사들이 성벽 위에 모습을 드러내기 시작했다. 한 명씩, 한 명씩 모습을 드러내더니 곧 십여 명 이상이 되었다.

"와아!"

"우리가 성벽 위에 올랐다!"

등성한 거란 군사들과 성벽 밖에서 보고 있던 거란 군사들은 모두 환호성을 질렀다. 이들의 환호성은 누가 들어도 승전의 환희에 차서 가슴 깊은 곳에서 내지르는 소리였다. 같은 편의 군사들에게는 깊은 환희를 전달하고, 반대편 군사들에게는 그 깊은 환희만큼이나 깊은 절망을 주는 소리였다.

거란군은 계속 등성하면서 성벽을 따라 퍼져나가려고 했으나 그것은 불가능했다. 고려군이 등성 지점 바로 양옆을 방어용 수레를 가지고 막았기 때문이다.

거란군은 함성을 지르며 계속 등성하고 있었는데, 뒤이어 올라오는 자들을 위해 먼저 올라온 자들은 자리를 비켜주어야 했다.

옆으로 갈 수 없다면 밑으로 가는 것이다. 다행히 성벽 아래에는 나무 계단 같은 것이 있었는데 밟고 밑으로 내려갈 만했다. 사실 그런 것 따위는 생각할 틈도 없었다. 올라오는 자들에 밀려서 먼저 오른 자들은 밑으로 내려가야만 했다. 선택권 따위는 없었다.

"윽!"

맨 처음 땅을 밟은 거란 군사가 약한 신음을 냈다. 어디선가 고려군의 화살이 날아와 복부를 때렸기 때문이다. 그러나 철갑을 입고 있었기 때문에 화살촉이 한 치 이상 파고들지는 않았다.

곧 함성을 지르며 몇십 보 앞의 고려군을 향해 돌격하는데, 갑자기 땅이 꺼지며 아래로 굴러떨어지고 말았다. 정신을 차리고 보니 사람의 키보다 깊은 구덩이에 빠져 있었다.

그러더니 곧 외마디 비명을 질렀다.

"으악!"

구덩이 안은 뾰족한 세 치짜리 침을 촘촘히 박아둔 나무판들로 덮여 있었는데 그 침을 밟은 것이었다. 거란군들은 계속 밀려왔고 속속 구덩이에 빠졌다.

고려군들은 길이 삼십 보에 폭이 오십 보 정도 되는 삼 장 깊이의 구덩이를 파고 그 위에 나무판을 덮어 놓았다.

나무판 위에는 아(亞) 자 모양으로 홈을 파고 그곳에 얇은 판재나 나뭇가지 등을 덮어 놓았다. 밟는 즉시 무너져내리며 함정에 빠지게 되어 있었다.

구덩이의 존재를 미리 눈치채기란 거의 불가능했다. 보름달이 떴다고 하더라도 낮처럼 밝은 것은 아닌 데다가, 성벽 안쪽에 있던 고려군들이 화살을 계속 쏘아대고 있어서 방패로 단단히 얼굴을 가리고는 땅에 닿자마자 급하게 돌격해야 했기 때문이다.

고려거란전쟁 - 고려의 영웅들 (상)

남피실군상온 야율효리는 성벽 밖에서 공격을 독려하다가 드디어 아군이 성벽 위로 올라가는 것을 보았다. 즉시 말을 달려 성벽 밑으로 가서 직접 사다리를 타고 기어오르기 시작했다. 큰 공을 세울 기회인 것이다. 성벽 위로 오르는 것은 몇 초 걸리지 않았다.

그런데 성벽 위로 올라보니 예상한 상황과는 약간 달라 보였다. 아군이 전혀 성벽을 장악하지 못하고 있었다.

야율효리 역시 어떤 행동을 취할 틈도 없이 떠밀려 성벽 아래로 내려갔다. 성벽 아래에는 고려군이 쏜 화살과 돌이 날아가고 있었고 남피실군 몇이 쓰러져 있었는데, 당장 할 일은 등에 걸친 방패를 왼손에 고쳐 잡는 것이었다.

야율효리가 성벽 아래로 내려가며 앞을 보니, 눈에 보이는 남피실군의 수가 매우 적었다. 야율효리는 몸을 낮추고 앞으로 나아갔다. 명령을 내려 대열을 정돈하고 싶었으나, 계속 밀려오는 군사들 때문에 대오를 정비할 틈도 없이 앞으로 돌격해야 했다.

그런데 조금 돌격하다 보니 밑으로 꺼진 곳이 보였고 그곳에는 남피실군들이 사람 키보다 훨씬 깊은 구덩이에 빠져 있었다. 야율효리는 급히 멈추려고 했으나 멈출 수가 없었다. 계속 내려오는 군사들 때문에 어쩔 수 없이 구덩이로 들어가서, 부상당했는지 혹은 죽었는지 모르는 아군 병사의 몸을 밟고 섰다.

야율효리는 주위를 살펴보다가 결국 함정에서 헤어날 수 없음을 눈치챘다. 있는 힘을 다 짜내어 외쳤다.

"적들의 함정이다! 퇴각하라!"

힘껏 외쳤으나 그의 외침은 고려군의 음악소리와 나무판자 위를 밟는 남피실군의 발소리, 그리고 여기저기서 들려오는 함성에 묻히고 말았다.

야율효리는 계속 외치고 싶었으나 그럴 수 없었다. 지휘관 복장을 한 야율효리를 발견한 고려군들이 야율효리를 향해 커다란 돌과 화살을 날렸기 때문이다. 철갑을 입었으나 가까운 거리에서 쏜 화살 수십 발을 맞고 돌에 머리를 얻어맞으니 야율효리는 결국 쓰러지고 말았다.

수충보절치주공신(輸忠保節致主功臣) 야율발고철(耶律勃古哲)의 아들 야율 효리(耶律爻里)가 이렇게 죽었다.

소배압은 남피실군들이 성벽 위로 올랐다는 보고를 접하자, 남피실군이 공격하고 있는 곳 외에 다른 곳도 전력을 다해 성을 공격할 것을 주문했다. 성벽 위의 고려군을 묶어두기 위해서였다.

그리고 나머지 예비대를 모두 남피실군 쪽으로 투입하고 직접 말을 달려 경창문과 칠성문 사이의 성벽으로 갔다.

야율팔가는 야율효리가 직접 성벽을 오르러 가자, 함께 가려다가 마음을 바꿔 머물러 있었다. 이 전투는 남피실군이 수행하는 전투였고 전공이 생긴다면 모두 남피실군에게 돌아가는 것이 옳다고 생각했다. 자신은 특수한 사정이 생기지 않는 한, 감군(監軍)의 역할에 충실하는 것이 지족하는 자세였다.

야율팔가는 야율효리가 성벽을 오르는 것을 지켜보았다. 서경을 함락시키는 데 성공한다면 남피실군상온 야율효리는 강조를 부수는 데 일등 전공을 세운 우피실군상온 야율적로와 같은 수준의 공을 세우는 것이다.

그런데 뭔가 이상한 느낌이 왔다. 분명 남피실군이 성을 오르는 데 성공하고 계속 등성 중인데 성벽 위가 매우 차분해 보였다. 느낌이 마치 밑 빠진 독에 물을 붓는 것과 같았다.

가만히 보니 등성에 성공한 성벽 부분은 폭이 겨우 이십여 보 정도밖에 되지 않았다. 다른 성벽 부분은 고려군이 아군의 공격을 격퇴하고 있었다.

벌써 수백 명 이상의 남피실군이 성벽으로 올라갔으므로, 성벽 위에서 혹은 성안에서 어지러운 사태가 발생하고 시끄러운 소음이 들리고 그에 따라 혼란스러워야 하는데 너무 질서정연했다.

오히려 서경성의 대장대 근처에서 군악을 연주하는지 음악소리와 노래소리가 시끄러웠고 연주를 한다기보다는 악기를 울려대는 것과 같았다. 남피실군의 공격도 고려군의 방어도 진짜 전투와 같지 않았다. 마치 평소에 편을 갈라 진행하는 훈련 같았다.

야율팔가는 직접 올라가서 확인해보고 싶었으나 등성에 성공한 쪽의 사다리에는 남피실군이 잔뜩 몰려서 병목현상이 발생하고 있었다. 올라가려면 한참을 기다려야 했고 그렇다고 성벽 위로 올라가는 군사들을 막아서고 오를 수도 없는 노릇이었다. 야율팔가는 초조히 기다렸다.

남피실군 이천여 명이 등성하자 남피실군 부상온 야율아과달도 곧 등성하려고 하였다. 그러나 불안감이 계속 강하게 야율팔가를 엄습했다. 더는 가만히 기다릴 수가 없었다.

성벽 쪽으로 가려고 하는 야율아과달에게 말했다.

"군사들의 등성을 잠시 멈추게 하고 부상온이 등성하도록 하시오."

야율아과달이 의아한 낯빛으로 말했다.

"지금 한창 승기를 잡아 급히 밀어붙여야 하는데 무슨 말씀이십니까?"

야율팔가가 다른 쪽 성벽 곳곳을 가리키며 말했다.

"저들을 보시오. 성안에 우리 군 이천여 명이 들어갔는데도 아무 동요가 없소이다. 이상한 일이 아닐 수 없소!"

야율아과달이 보니, 과연 그랬다. 지금까지 등성에만 신경 쓰고 있다 보니 주위를 돌아보지 않고 있었다.

그러나 야율팔가의 말에 일리가 있었으나 꼭 그런 것만은 아니라는 생각이 들었다.

"이곳 서경은 둘레가 사십 리가 넘는 대성(大城)입니다. 고작 이천이 들어갔다고 해서 서경성을 완전히 제압할 만한 대병력이 들어간 것은 아닙니다."

야율아과달의 말도 일리가 없는 것은 아니었으나 야율팔가는 자신의 느낌을 더욱 믿기로 했다. 그리고 마침 도통의 깃발이 멀리 보였다.

"꼭, 내 말대로 군사들을 잠시 멈추게 한 후에 등성하도록 하시오. 등성하여 상황을 파악한 후, 그다음 결정은 부상온의 판단에 맡기겠소. 만일 등성을 잠시 멈추어서 문제가 생긴다면 그것은 모두 내 책임입니다."

야율팔가는 야율아과달에게 단단히 말한 후, 소배압에게 달려갔다. 소배압은 참모들 몇과 급히 달려오고 있었다.

야율팔가가 소배압을 보고 군례를 할 틈도 없이 말했다.

"남피실군이 성벽에 오르는 것은 성공했으나 상황이 이상합니다."

환희에 차 있던 소배압의 표정이 순식간에 약간 일그러졌다. 소배압이 야율팔가의 말에 언짢은 기색으로 말했다.

"상황이 이상하다는 것이 무슨 말인가?"

야율팔가가 약간 부끄러운 기색으로 말했다.

"확실하지는 않지만 고려군이 우리의 등성을 일부러 유도하는 것 같습니다."

소배압은 말을 달려 성벽에서 오백 보 떨어진 곳까지 나아갔다. 소배압이 성벽으로 더 가까이 접근하려고 하자, 진소곤이 호위의 불가함을 말했으나 소배압은 진소곤의 말을 물리치고 삼백 보 앞까지 접근했다. 호위병들이 소배압의 앞을 방패로 가리는 등 부산해졌다.

이때 야율아과달은 사다리를 붙잡고 막 오르고 있었다. 야율팔가의 말대로, 등성하려고 사다리 근처에 있던 군사들을 대기시킨 후, 자신이 성벽 위에 올라가서 신호하면 그때 다시 올라오도록 명했다.

야율아과달은 순식간에 성벽 위에 섰다. 고려군이 연주하는 음악소리가 성벽 위에 올라가자 말할 수 없이 크게 들렸다.

더는 올라오는 군사들이 없자 남피실군들은 멈추어 서기 시작했고 성벽을 내려가 있던 군사들이 소리를 지르기 시작했다.

"적의 함정이다!"

"여기 구덩이가 있다!"

야율아과달의 등에서 식은땀이 주르륵 흘렀다. 여러 가지 함성과 더불어 고려군이 크게 군악을 연주하고 노래를 부르고 있었으므로 성 밖에서는 절대 남피실군의 외침을 들을 수 없을 것이었다.

야율아과달이 다급히 명했다.

"퇴각하라!"

야율아과달이 다시 내려오려고 급히 사다리를 잡았다. 그런데 성벽 양옆의 고려군들이 수레를 밀며 공격해오고 있었고 긴 창으로 거란군의 사다리를 죄다 밀어 버리고 있었다.

야율아과달이 사다리를 잡고 한두 발 내려오는데, 고려군에 의해 사다리가 밀어져서 넘어가고 말았다. 사다리를 꽉 붙잡고 있다가 지면에 닿기 전에 사다리를 놓으며 땅에 착지하려고 했다.

몸보다 다리를 먼저 땅에 닿게 하는 데는 성공했으나 공중에서 떨어지는 충격량 때문에 양쪽 다리에 지독한 통증을 느끼며 쓰러지고 말았다.

"우둑, 뚜둑."

야율아과달은 몸을 일으키려고 했으나 일으킬 수가 없었다. 먼저 땅에 닿은 왼쪽 다리의 대퇴부가 부러졌고, 오른쪽 다리는 힘을 옆으로 받으며 힘줄이 늘어났기 때문이다.

야율아과달은 말할 수 없이 고통스러웠지만 옆의 군사들에게 명했다.

"나를 도통께 데려가다오!"

성벽 위에서 탈출한 남피실군은 단지 몇 명밖에 되지 않았다. 성벽 위의 고려군들이 양쪽에서 수레를 밀고 들어와 남피실군의 성벽 교두보를 없애버렸기 때문이다.

곧, 지금까지 남피실군들이 밟고 내려갔던 목재 계단과 구덩이를 덮고 있던 판자들이 불붙기 시작했다. 남은 천여 명의 남피실군들이 갈 곳은 한 군데밖에 없었다. 바로 구덩이 안이었다.

몇몇 군사들이 활을 쏘며 저항했지만 그들을 기다리고 있는 것은 단 하나…. 바로, 죽음이었다. 불에 타고 돌에 맞고 커다란 도리깨에 맞아 죽었다. 살이 타는 매캐한 연기가 성안에 가득 퍼졌다. 거란어로 울부짖는 소리와 신음하는 소리가 천지에 진동하다가 점점 잦아들기 시작했다.

오전에 거란군의 대공세를 막아낸 후, 강민첨이 을밀대로 와서 제안한 작전이 바로 이것이었다. 거란군이 성벽을 오르도록 유인한 다음, 성의 안쪽 성벽 아래에 커다란 함정을 파서 거란군을 빠뜨리는 것이었다.

그래서 경창문과 칠성문 사이 성벽과 대동문과 장경문 사이 성벽에 각각 함정을 파놓았다. 그중 경창문과 칠성문 사이 성벽의 함정에 거란군들이 걸려든 것이었다.

성안의 고려군들은 함정을 파면서 함정에 항마갱(降魔坑)이라는 이름을 붙였다. 악마를 물리치는 함정이라는 뜻이었다.

조원은 강민첨이 작전을 제안할 때 말했었다.

"수백 명의 적들이 산 채로 함정에 빠지면 어떻게 처리해야 할까요?"

강민첨이 무표정한 얼굴로 답했다.

"밖에 북적의 대군이 있는 상태에서 우리는 많은 포로를 수용할 수 없습니다. 모조리 죽여야 합니다."

57
조원과 강민첨의 대화
: 경술년(1010년) 십이월 십육일 축시(2시경)

서쪽 성벽 끝에서 거란군은 밤새도록 칠초포를 쏘아댔고 토성에 흙을 부어 나갔다. 고려군의 포탄 사격을 피해 이백여 보나 떨어진 거리에서 칠초포를 쏘았기 때문에 이십 근짜리 돌을 쏘거나 한 근짜리 돌 스무 개가량을 쏘아 보냈다.

칠초포의 포격으로 성벽을 부수거나 성안의 고려군을 살상할 수는 없었지만 그래도 고려군을 주의하게 하는 효과는 있었다.

토성 주위에는 물을 뿌린 크고 작은 포만과 목책 등을 계속 세워서 고려군의 화살과 포차 공격에 대비하며 어떻게든 토성을 완성해나가려고 했다. 그러나 고려군들이 다양한 방법으로 계속하여 방해했기 때문에 작업은 더디게 진행되고 있었다.

거란 기병들은 밤새 성벽 밖을 돌며 요란하게 뿔나팔을 불어댔고, 성벽 위에 조금이라도 빈틈이 보이면 다가와 사격을 하고 뒤로 물러갔다.

청색 전포를 입은 삼십 대 중반의 사람이 을밀대 위에서 찬바람을 맞으며 서 있었다. 보통 키에 단단한 체구를 가지고 있었고 굳건히 다문 입술은 좌우로 꽤 길어서 개구리를 연상시키는 인상이었는데, 서경의 법조(法曹) 피위종이었다.

피위종의 아버지는 송나라 사람이었고 광종 때 귀화했다. 피위종은 경종 원년(976년)에 개경에서 태어났고 어린 시절은 주로 녹효현(綠驍縣: 강원도 홍천군)에서 보내다가 십 대 시절부터 서경에 살기 시작했다. 아버지의 영향으로 한어(漢語)를 할 줄 알았고 목종 5년(1002년)에 음서로 관직에 임명되어 목종 6년(1003년)에는 사신단을 수행하여 송나라에 다녀왔었다.

피위종은 을밀대에서 거란군의 움직임을 보고 있었다. 성벽 밖을 돌아다니는 거란 기병들은 아무것도 아니었다. 성가시게 기습적으로 화살을 쏘아댔지만 그저 성가실 뿐이었다. 기병들이 하늘을 날아 성에 들어올 수는 없는 일이지 않은가! 그러다가 갑자기 기습할 수도 있겠지만 운제 등의 공성기계 없는 공격은 이제 무서울 것이 없었다.

거란군의 토성이 마치 작은 가시처럼 슬슬 다가오고 있었으나 아직은 조그만 가시일 뿐이었다. 완성된다고 하더라도 성벽에서 오십 보 떨어져 있는 그 정도 높이와 크기의 토성 자체가 큰 위력을 발휘할 수는 없을 것이었다.

가장 큰 문제는 시간이었다. 과연 거란군들이 얼마의 시간 동안 서경을 공격할 것인가? 지금까지 저들이 해온 대로 단 며칠, 혹은 십수 일 아니면 한 달이나 두 달 그것도 아니면 일 년.

서경에는 십만 석의 곡식이 있다. 군민들을 배부르게 먹여도 일 년은 버틸 수 있는 양이다. 또한 민가에도 집집마다 어느 정도 비축되어 있을 것이다. 무기도 충분하다. 유형적인 것들은 충분히 대비되어 있었다.

문제는 눈에 보이지 않는 것에 있었다. 바로 사람의 마음.

조원과 강민첨은 빼어난 능력을 보여주고 있었다. 탁사정이 성을 빠져나간 뒤 보여준 그들의 움직임은 단 하루 동안이지만 과감하면서도 섬세했다. 정확히 말하면 조원은 과감했고 강민첨은 섬세했다. 아! 아닐지도 모르겠다. 어쩌면 둘 다 과감하면서 섬세하지만, 조원은 과감함이 두드러져 보이고 강민첨은 섬세함이 두드러져 보이는지도 모르겠다. 어쨌든 이 둘은 마치 이런 어려운 상황에 맞추어 하늘에서 보내준 사람들 같았다. 정말 동명왕의 도움일까?

조원이 '동명왕의 화신'이라는 말이 나올 때마다 얼굴을 붉히는 것을 보면 아무래도 그건 아닐 것이다.

그러나 이 둘이 아무리 출중하게 성안의 군민들을 이끈다고 하더라도 오랜 시간 포위당하면 민심은 당연히 돌아설 것이다. 민심이 이반되지 않으려면 외부의 도움이 있어야 한다. 그러나 외부의 도움을 기대할 수 있을까?

고려의 주력은 통주에서 패했고 군사들은 사방으로 흩어졌다. 강조의 정변으로 통치 상황도 정상적이지 않았다. 강조의 도움으로 즉위한 열아홉 살의 왕은 꼭두각시에 불과했다. 물론 지금의 왕이 명민하다는 평이 있기는 하지만 명민을 발휘할 틈조차 없다.

더욱더 안 좋은 것은 강조가 패하여 죽었다는 점이다. 그나마 있던 힘 있는 구심점마저 사라져버린 것이다.

지금의 왕은 정변으로 즉위하여 정통성이 약한 데다가 이제 즉위한 지 이 년도 되지 않은 열아홉의 젊디젊은 청년이다. 정치기반이 약한 어린 왕이 이 어려운 상황에서 구심점이 될 리가 만무하다. 오히려 제 목숨 하나 지키기도 벅찰 것이다.

조정에서 항복문서를 거란에 보냈다고 한다. 시간을 끌기 위한 것이라고는 하나, 알 수 없는 일이다. 진짜 항복하려고 하는지도 모르는 일이었다.

동북면의 군사들을 서경으로 보내며 서경의 방비를 강화하는 한편, 거란에는 항복하는 문서를 보낸 것이다. 서경을 방어해내면 아주 좋은 것이고 방어해내지 못하면 미리 항복해두었으니, 서경에서 저항한 것은 중앙의 명령을 어기고 서경민이 자체적으로 결정한 것이라고 하면 된다.

그러고 나서 완전히 항복하면 왕은 어떻게 될지 모르지만 중앙의 관료들은 몇을 제외하고는 큰 피해를 입지 않을 것이다. 거란이 고려를 통치하려면 기존 고려 관료들의 협조를 받지 않을 수 없기 때문이다.

항복과 대항을 동시에 하는, 적도 속이고 같은 편도 속이는 이중계책이었다.

더욱 알 수 없는 것은, 서경에 지원군을 보내고 거란에 항복문서를 보내는 이중계책이 과연 정말로 조정의 의견이 모여 나온 것인가 하는 점이었다.

고려의 복잡한 정치 상황을 볼 때 일관된 대처를 기대할 수가 없다. 자신이 살아남기 위해 같은 편에게 싸우라고 명령해놓고 자신들은 항복해버리는 이런 이중계책은 비겁해 보일 수도 있지만, 만일 의견을 모아서 그런 계책을 쓰고 있는 것이라면 그래도 나았다. 어쩌면 어떻게 할지 몰라서 중구난방으로 움직이는지도 몰랐다.

피위종이 생각하기에는 이중계책이 아니라 중구난방 쪽이 더 설득력이 있었다.

서경의 관리들은 조원과 강민첨이 보여준 능력과 성과 때문에 당장은 아무 말도 하지 않고 있으나 대부분 상황을 낙관적으로 보고 있지 않았다.

조원과 강민첨이 당장의 방어에 성공해내니 내색하지 않는 것일 뿐, 시간이 흐르면 결국 서경을 지켜낼 수 없으리라고 보고 있었다. 일반 백성들이야 중앙의 정치 상황을 잘 모르니 좋은 말로 속일 수 있어도, 정치 상황을 잘 아는 서경의 관리들까지 속일 수는 없는 것이다.

피위종은 이불을 두르고 앉아 있는 조원의 뒷모습을 보았다. 조원은 서경에서 알아주는 똑똑한 사람이다. 역시 상황을 제대로 인지하고 있을 것이다.

그는 과감하고 쾌활하게 행동했으나 그도 상황상 어쩔 수 없는 전투를 치르고 있는 것이다. 탁사정 등이 서경을 항전할 수밖에 없는 상황으로 몰아넣고 자신들은 도망가버리고 말았다.

그 뒤처리를 '아닌 밤중에 홍두깨' 식으로 조원 등이 하고 있는 것이다. 조원도 역시 어떤 사명감이 있어서가 아닌, 어쩔 수 없이 그나마 살길을 찾고 있다는 것이 진실에 가까우리라! 피위종은 원하지 않게 궁지에 몰린 자신을 비롯한 서경민들도 불쌍하지만 조원 역시 불쌍해 보였다.

조원은 을밀대에 있던 관리들과 군사들을 최소한의 인원만 남기고 따뜻한 곳에 가서 쉬도록 명했다. 그리고 자신 혼자 이불을 뒤집어쓰고 밖을 바라보며 생각에 잠겨 있는 듯했다.

조원은 지금 몸을 잔뜩 웅크리고 있었다. 원하지 않은 상황에서 떠밀려 병마사가 되었으니 생각이 많을 수밖에 없을 것이다. 조원의 뒷모습은 매우 무거운 짐을 지고 있어서 그 무게에 쪼그라든 사람 같았다. 피위종은 조원과 동질감을 느꼈다.

피위종이 한참 조원의 뒷모습을 보며 이런 생각에 빠져 있는데 시간은 벌써 축시(1~3시)가 되어오고 있었다. 누군가 을밀대로 올라오는 소리가 들렸다. 피위종이 밑을 보니 강민첨이었다.

강민첨이 을밀대에 올라와 의자에 앉아 있는 조원을 보며 말했다.

"좀 들어가서 따뜻한 곳에서 쉬시지요."

조원은 아무 대답을 하지 않았다. 강민첨이 다시 조원을 불렀다.

"병마사 각하! 병마사 각하!"

강민첨이 여러 번 불러도 조원의 반응이 없자, 피위종이 다가가 조원이 앉은 의자를 가볍게 흔들며 조원을 불렀다.

"병마사 각하!"

그제야 조원이 웅크렸던 몸을 천천히 일으켰다. 몸을 일으켜서 허리를 곧추세우더니 두 팔을 들어 기지개를 쭉 켜며 몸을 부르르 떨며 말했다.

"우아! 잘 잤다."

강민첨이 조원의 모습에 웃으며 말했다.

"이 추위에 잠이 옵니까?"

조원이 그제야 강민첨을 알아보고 말했다.

"이불을 뒤집어쓰고 옆에 곁불이 있으니 추운지 모르겠습니다. 부병마님도 좀 쉬셔야지요. 저 밖에서 뛰노는 자들이 언제 물러갈지 모르지 않습니까! 체력을 아껴 써야죠."

피위종의 생각과는 다르게, 조원은 밖을 보며 상념에 빠진 것이 아니라 체력을 회복하기 위해 단순히 자고 있었던 것이다.

몸을 크게 펴고 쾌활한 음색으로 말하는 조원에게는 피위종이 느꼈던 쪼그라든 모습 따위는 없었다. 그저 조느라고 몸을 웅크리고 있었던 것뿐이었다.

피위종은 스스로에게 모순을 느꼈다.

'조원이 쪼그라든 것이 아니라 내 마음이 쪼그라든 것이로구나!'

강민첨이 조원에게 말했다.

"저도 의자에 앉아서 한참을 졸다가 오는 길입니다."

조원이 걱정 어린 표정으로 말했다.

"밖이 차니 안에 들어가서 좀 쉬십시오."

강민첨이 미소 지으며 말했다.

"제 체력은 제가 잘 안배할 것이니 그런 작은 문제에는 신경 쓰지 마십시오. 그보다도 북적들의 토성이 완성되려면 시간이 꽤나 걸릴 것입니다. 제 생각에는 삼 일은 넘게 걸릴 것 같은데 우리가 얼마나 적극적으로 방해하느냐에 달렸습니다."

조원이 잠시 생각하더니 말했다.

"군사를 손실하지 않는 선에서, 최선이 답일 것 같습니다. 그 토성 자체로는 큰 위협이 되지는 못할 테니까요. 제가 생각하기에는 북적들이 저 대군으로 이곳에 오래 머무르지는 못할 것입니다. 길게 잡아야 한 달 정도, 그 이후가 되면 날이 풀려 강물이 녹으니 그 전에 돌아갈 것입니다. 토성 자체가 힘을 쓰기에는 너무나 적은 시간입니다."

강민첨이 긍정하며 말했다.

"저들이 굳이 오래 머무르고자 한다면 머물러 있을 수는 있을 것입니다.

그러나 그렇게 되면 일단 보급에 큰 문제가 생길 것이고 저들의 다른 쪽 국경선에서 반드시 말썽이 일어날 것입니다."

"그렇다면 우리의 방어전은 길어야 한 달 정도를 기한으로 삼으면 되겠군요!"

"제 생각에도 그렇습니다만 몇 가지 경우가 더 있습니다."

"어떤 경우 말씀이십니까?"

"저들이 다 물러가지 않고 일부 병력을 저들의 수중에 들어간 안주와 숙주, 곽주 등에 남겨두고 가는 것입니다."

조원이 고개를 끄덕이며 말했다.

"그렇군요. 그럴 수가 있겠군요. 그렇지만 좀 애매합니다. 만일 제가 저들의 지휘관이라면 그렇게 하지 않을 것 같습니다. 남겨진 병력의 안전이 너무 위험합니다."

강민첨이 말했다.

"맞습니다. 일반적인 경우라면 그렇게 하지 않는 것이 좋습니다. 그러나 지금 우리 고려의 정치 상황이 매우 좋지 않습니다. 조정에서 제대로 된 대처를 하리라고 기대할 수 없습니다. 또한 우리의 관료 중 많은 수가 북적들에게 사로잡혔습니다. 그중에는 고위 관료들도 상당수가 있습니다. 북적들은 우리의 사정에 대해서 소상히 파악하고 있을 것입니다."

"그렇군요. 우리 상황은 좋지 않고, 저들은 그것을 알고 있으니, 좀 더 과감한 행동을 할 수도 있겠군요."

강민첨이 고개를 끄덕이며 말했다.

"만일 북적들이 병력을 남긴다면 한 삼만 정도 남기지 않을까 싶습니다. 여기를 포위하고 있을 수도 있고 안주와 숙주, 곽주 등에 나누어 배치할 가능성도 있습니다. 그렇지만 후자 쪽이 좀 더 가능성이 있다고 봅니다."

강민첨의 말에 조원이 냉소를 지으며 말했다.

"만일 북적들이 여기를 포위하기 위해서 삼만 정도의 병력을 둔다면 그들은 모두 죽은 목숨입니다."

조원의 단언에 강민첨이 껄껄 웃으며 말했다.

"병마사 각하의 생각과 제 생각이 같군요. 그들은 우리의 등쌀에 살아남지 못할 것입니다. 그래서 여기를 포위하고 있는 것보다는 아마 병력을 세 성에 나누어 배치해서 다음 침공 때 그 성들을 전진기지로 쓸 것입니다."

조원이 말했다.

"그런 상황이 된다면 우리가 제대로 대처해야 합니다. 태조께서 서경을 북방 개척의 중심으로 삼았기 때문에, 행여 개경이 적의 손에 넘어가더라도 서경 이북은 모두 서경이 관할할 수 있는 행정체계가 마련되어 있습니다. 북적들의 대군이 물러나면 숨어 있던 상당수의 군민이 이곳 서경으로 오거나 다시금 서경 주위에 있는 자신들의 마을로 돌아갈 것입니다. 그러면 우리는 최소한 이·삼만의 병력을 꾸릴 수 있습니다. 그 정도 인원이라면 군대를 조직해서 한바탕해볼 만합니다."

"병마사 각하의 말씀이 옳습니다. 그렇다면 우리가 군사를 내어 숙주, 안주, 곽주 순으로 공략하면 반드시 고려를 구할 수 있을 것입니다. 청천강 이북의 주진들 상당수가 적의 손에 떨어지지 않았으니, 적의 증원 병력은 뒤늦을 수밖에 없을 것이고 민첩한 우리를 당해내지 못할 것입니다."

조원이 힘주어 말했다.

"태조께서 서경을 중시하신 것이 참으로 심모원려(深謀遠慮)였습니다."

강민첨이 고개를 끄덕이며 말했다.

"우리가 태조의 뜻을 받들어 북적을 멸하지는 못해도 막아낼 수는 있습니다."

조원과 강민첨은 한참 더 대화를 나누었다. 이번에는 서경에 대한 거란군의 예상 공격 방법과 수비 전술에 관해서였다. 거기에 한 걸음 더 나아가, 성을 나가 기습적으로 공격할 계획까지 세우고 있었다.

피위종은 잠자코 둘의 대화를 듣고 있었다.

마치 미친 사람들 같았다. 자신감이 너무 팽배했고 지금 자신들이 하는 일에 자신들의 모든 것을 걸고 있었다. 뒤를 본다거나 옆을 보지 않았다. 오직 하나의 일에 진심 주력하고 있었다.

피위종은 결국 깨달았다. 저 둘의 모습이 진정한 고려 관리의 모습이라는 것을….

그러더니 점점 자신의 얼굴이 화끈 달아올랐다. 자신이 원망하고 한탄하고 있을 때, 이들은 해결방안을 생각하여 서경을 방어하려고 하고 있었고 나아가 고려를 구하려 하고 있었다. 정말 부끄러운 것은 이들이 자신처럼 원망하고 한탄하고 있을 것이라고 넘겨짚었다는 점이었다.

인시(3~5시)가 되자 강민첨은 성벽을 순시하며 토성 쪽으로 돌아갔다.

강민첨이 간 후, 피위종이 조심스레 조원에게 물었다.

"병마사 각하께서는 죽음이 두렵지 않습니까?"

조원이 피위종의 질문에 뚱한 표정으로 말했다.

"그런 것에 대해 별로 생각하지 않습니다. 살기도 바쁜데 언제 죽는 걸 생각하겠습니까?"

조원이 잠시 생각하는 듯하더니 깨달았다는 듯이 말했다.

"참, 우리는 죽으면 신(神)이 되지 않습니까?"

조원의 말에 피위종이 의아한 표정으로 말했다.

"신이 된다는 것을 어떻게 아십니까?"

조원이 당연하다는 듯이 말했다.

"우리가 제사를 그렇게 많이 지내지 않습니까?"

"그건 정확하지 않은 사실입니다."

피위종의 말에 조원이 정색하며 말했다.

"그럼 성상을 포함한 천하의 모든 사람이 다 멍청이라는 뜻입니까? 없는 신에게 제사를 그리 많이 지내게요."

"그건…."

피위종의 태도에 조원이 조용히 말했다.

"저는 그저 단순하게 생각합니다. 정말 알 수 없을 때는 가장 좋은 쪽으로 믿는 것입니다."

조원의 말에 피위종은 가만히 있었다. 잠시 후에 고개를 들어 하늘을 보니 보름달이 정말 밝게 떠 있었다.

여담이지만 이때가 피위종의 '인생의 그 순간'이었다. 피위종은 이후에도 여러 차례 공을 세워 승진을 거듭하게 되고 곽원(郭元)과 이자림(李子琳) 등과 같이 대거란 강경파로 활동하며 거란에 대한 적극적인 공격을 주장했다.

십이 년 후, 피위종은 병부낭중(兵部郎中)으로 국경의 진지 바깥쪽을 순시하게 되었다. 그러다가 사냥에 나섰던 거란의 장군 야율살할(耶律撒割)을 보고는 군사를 움직여 국경을 넘어 들어가서 그의 목을 베어버린다.

물론 함부로 군사를 움직였다는 이유로 잠시 유배생활을 해야 했다.

58

능동방어 전술(能動防禦戰術)

: 경술년(1010년) 십이월 십칠일 미시(14시경)

거란군들은 아침부터 부산히 움직였다. 공격을 위한 부산이 아니라 공격 준비를 위한 부산이었다. 거란군과 고려군과의 공방전은 오직 토산 근처에서만 행해졌다. 나머지 거란 군사들은 나무를 베고 공성기구를 만들고 목책과 진지를 건설해댔다. 마치 이곳 서경 주위에 오래 머물 태세였다.

조원과 강민첨 등은 을밀대에서 거란군의 움직임을 보며 자세히 의견을 나누었다. 강민첨이 말했다.

"북적들이 지금 주요하게 노리는 것은 성벽의 일정 부분을 부수는 것일 겁니다. 거기서부터 작전이 나올 것입니다."

강민첨의 말대로 거란군이 당장 노리는 것은 한 가지라는 결론을 얻었다. 수많은 포차를 제작하여 성벽의 일정 부분을 무너뜨리는 것이다. 거기에 대한 대비책을 강구하며 할 일들을 의논했다. 수동적으로만 적을 막아서는 이길 수 없다. 능동적으로 움직여야 한다.

적의 포차에 대항하여 성안에서도 만들 수 있는 한 최대한 많은 포차를 만든다. 적들의 포차는 상당히 커야 하지만 아군의 포차는 적들처럼 대형일 필요는 없다. 적들이 성벽을 깨려면 최소한 수십 근 무게의 포탄을 써야 하겠지만 아군은 한 근짜리 쇳물 병으로도 적들에게 큰 타격을 줄 수 있기 때문이다.

일단 적의 포격은 한 곳에 집중될 것이다. 그렇다면 포탄이 아예 성벽을 상하게 하지 못하도록 미리 방지책을 강구한다.

물에 충분히 적신 거적이나 삼베 등으로 만든 발을, 적이 노리는 성벽 위에 여러 겹 내려뜨리면 추운 겨울 영하의 기온에 돌처럼 꽁꽁 얼어붙는다. 이것을 얼음으로 된 성곽이라 하여 빙성(氷城)이라고 부른다. 이 단단한 빙성은 성벽이 포탄에 받는 충격을 상당히 완화할 수 있다.

또한 적들이 집중적으로 포격하는 지점 성벽 안에 토성을 쌓는다. 이 토성 위에 아군의 포차를 올려놓고 발사한다. 적들보다 위에서 사격하니 사거리를 더욱 늘려줄 것이다. 거기에 이 토성은, 만에 하나 성벽이 무너졌을 때 옹성의 구실을 해준다.

치열한 포격전을 펼쳐 적의 포차들을 부수어 적이 성벽을 깨지 못하도록 미연에 방지한다. 그러나 만일 적의 포격에 성벽이 무너진다면 성벽과 토성 사이에 발화물질을 많이 던져 넣었다가, 적들이 이곳에 들어오면 불을 질러 팔열지옥(八熱地獄)으로 만든다. 불바다로 변하면 적들은 쉽게 들어오지 못할 것이다. 그때 목책을 겹으로 써서 무너진 성벽을 보수한다.

거란군들이 성벽을 무너뜨리려는 것은 실초(實招)일 것이나 또한 허초(虛招)로도 쓰일 수 있다. 거기에 온통 시선을 집중시키고 다른 방향에서 공격해오는 것이다. 다른 방향에서 공격해온다면, 사다리를 놓는 방법은 분명히 통하지 않을 것임을 거란군들도 잘 알 것이다. 그렇다면 공성기구인 운제를 이용할 확률이 가장 높다.

여기에는 박원작이 첫날 방어전을 지켜보고 조원에게 와서 만들기를 제안한 기구가 효과적일 것이다. 박원작은 이것을 '큰 부들'이라고 했다. 생긴 것이 마치 부들의 암꽃과 같았기 때문이다. 그런데 만드는 과정에서 누군가가 이 '큰 부들'을 어법에 맞지 않게 대우포(大于浦)라고 불렀고 그것이 이름으로 굳어졌다.

대우포는 기다란 나무에 커다란 작두와 같은 날을 박아 놓은 것이다. 목뢰와 다른 점은, 목뢰가 가로로 떨어뜨려 접촉면을 넓게 하는 것이라면 대

고려거란전쟁 - 고려의 영웅들 (상)

우포는 세로로 떨어뜨려 절삭력을 극대화한 것이었다. 대우포는 급할 때는 목뢰처럼 쓸 수도 있으나 운제와 같은 사다리를 자르는 데 특화된 무기였다.

여기에 급시에 하는 개문출격(開門出擊)이 빠질 수가 없었다. 말이 천여 필이 있었으나 군마로 쓸 수 있는 말은 칠백여 필 남짓했다. 군마의 숫자로는 적다고 하면 적고, 많다고 하면 많은 수이지만 문제는 거기에 탈 사람들이었다. 당연히 기마술에 능해야 했으며 또한 수십만의 적이 우글대는 밖으로 나갈 배포가 있어야 했다.

지원자 중에 가려 뽑은 자는 겨우 오십여 명에 불과했다. 노비로 조직된 동명신군들이 의욕적이었으나 그들 중에 기마술을 할 줄 아는 자는 거의 없었다. 이 선발된 오십 명을 동명신기군(東明神騎軍)이라고 불렀다. 방휴가 그 오십 인의 동명신기군을 이끌려고 했는데 홍협이 나서며 방휴에게 말했다.

"동명신기군은 내가 이끌겠네."

방휴와 홍협은 같은 서경인인 데다가 둘 다 삼십 대 중반으로 비슷한 연배의 무관들이었다. 같은 근무지에 근무할 때도 많았고 이 전쟁 전에는 안주에서 같이 근무했다. 방휴는 사교성이 있는 편이었고 홍협은 별명이 '말 없는 홍협'이었다. 방휴와 홍협이 같이 일을 하게 되면 대개 방휴의 의견대로 했다. 그러나 꼭 필요할 때는 홍협이 말을 했는데 그때는 방휴는 반드시 홍협의 의견에 따랐다. 둘의 관계는 이렇게 균형이 맞추어져 있었다. 홍협이 말을 하자 방휴는 군소리하지 않고 그 의견에 따랐다.

그리고 부대 하나를 더 만들었다. 야간기습군이었다. 신분에 상관없이 몸이 날랜 자들로 추려서 뽑았다. 적들 역시 오랫동안 포위 작전을 펼치면 피로가 누적될 것이었다. 오히려 이 추운 날씨에 밖에서 지내니 더욱더 피로가 빨리 찾아올 것이다. 거란족과 해족 등과 같이 유목 생활을 하는 족속들은 엄동설한에 천막 속에서 지내는 것이 익숙할지 몰라도, 거란군은 한족을 비롯한 다양한 종족들로 이루어져 있었다. 그들 모두 추위에 익숙할 수는 없었다.

적들이 지쳤다고 판단될 때, 야간기습군을 내보내 적의 천막이나 치중을 불태우는 것이다. 성공하면 더할 나위 없이 좋고, 성공하지 못해도 적들에게 심리적으로 큰 타격을 줄 수 있을 것이다. 마음 편히 잘 수 없다는 것은 시간이 지날수록 정신적인 측면뿐만이 아니라 몸 자체를 피폐하게 만든다.

이쯤 되면 수비에서 공격으로 전환할 수도 있다. 적들은 지쳤고, 오랫동안 적과의 교전은 역설적이게도 성안의 장정들을 모두 정예병으로 만들어놓을 것이다. 성안의 군사들을 삼군(三軍)으로 나누어 진법을 훈련시킨다. 이 정예병들이 진법을 익혀 진퇴가 일정해진다면 적의 빈틈을 노려 성을 나가 싸워볼 수도 있을 것이다. 그러나 이것은 상당한 시일이 지난 후의 일이기에 자세히 논의하지 않고 대강만 정해놓았다.

조원은 이 전술을 '능동방어전술(能動防禦戰術)'이라고 불렀다.

논의가 끝나고 할 일이 정해지자 조원이 일동에게 말했다.

"저들보다 우리가 더 빨리 강해질 것이오! 그리고 우리는 시간이 지나면 지날수록 더 강해져서 점점 약해지는 저들을 압도할 것입니다."

모두 맡은 역할을 수행하기 위해 움직였다. 강민첨만 홀로 남았는데 조원에게 가까이 와서 최대한 작은 목소리로 말했다.

"최악의 상황도 생각해두지 않을 수 없습니다."

조원이 가만히 고개를 끄덕였다. 강민첨이 말을 이어나갔다.

"적이 성안에 난입하게 되면 전투로 적을 막을 방법은 없습니다. 아녀자들과 아이들은 영명사로 보내고 나머지 군민들은 북성의 성벽과 관풍전

(觀風殿) 앞에 진을 치고 최후의 결전을 벌이는 수밖에 없을 것입니다. 그리고 시가지에는 불에 탈 만한 것들을 곳곳에 쌓아두고 기름 등을 발라 놓아, 적들이 시가로 깊숙이 들어오면 불을 질러 화공을 시도해야 합니다. 또한 화공을 시도하기 전에 장애물을 설치하여 시가지의 길들을 구불구불하게 만들어 적의 이동을 늦추어야 할 것입니다.”

조원이 턱을 문지르며 말했다.

“시가지의 화공으로 적에게 얼마나 피해를 입힐 수 있다고 생각하십니까?”

“경우에 따라 다르겠지요. 그러나 적들이 대거 성에 난입하면 최대한 피해를 입혀도 대세에는 영향이 없을 것입니다.”

강민첨은 이렇게 말하며 조원을 보았다. 조원은 첫인상과 같이 여전히 명랑, 쾌활, 어찌 보면 생각 없음의 태도를 유지하고 있었다.

강민첨은 조원과 극한 위기의 이틀을 함께하며 조원의 생각 없어 보이는 태도가 사실은 집중의 반사작용이라는 것을 알게 되었다. 조원은 한 가지에 집중하면 다른 것들을 잊어버렸다. 애수에서 진장실로 찾아와서 다짜고짜 궁금한 것을 묻고 추궁하는 것은 예의 없고 생각 없는 태도였다. 그러나 그것을 다른 측면에서 보면, 알고 싶은 한 가지에 집중한 열정이었다.

강민첨이 보기에, 조원은 위기가 닥치면 긍정적인 면을 보고 해결책을 찾으려고 노력하는 사람이었다. 오늘 새벽에 조원과 대화할 때는, 거란군들이 앞으로 정확히 어떻게 나올지 알 수 없었다. 여러 가지 피상적인 경우를 상상하며 긍정적인 해결책만 이야기했다. 그런데 오늘 아침 거란군의 움직임은 시일이 걸리더라도 완벽히 준비해서 공격하겠다는 태도였다. 저런 모습이라면 거란군의 공격은 한 달 이상 계속될 가능성도 있었다. 서경성은 넓은 평지성이고 지킬 군사는 적었다. 거란군이 장기간 포위를 풀지 않고 계속 공격한다면 상황은 모르는 것이었다. 이제는 최악의 경우까지 생각해놓을 때인 것이다.

그리고 쾌활한 조원이 자기 자신의 죽음을 생각할 때 어떤 태도를 보일지, 강민첨은 자못 궁금하기도 했다.

조원이 이마를 찡그리고 입을 굳게 다물고 있는 것이 잠시 생각에 잠겨 있는 듯했다. 점차 조원의 표정이 풀리며 원래의 표정으로 돌아왔다.

"이길 수 없는 적의 대군에 맞서 나라와 백성들을 지키기 위해 끝까지 싸우는 고려의 용사들! 아, 이거 멋진데요. 나중에 팔관회에서 '성상과 염윤'보다 더 인기 있는 연희 중의 하나가 될 것 같습니다. 제목은 아마….."

조원은 고개를 갸웃갸웃하면서 생각했다.

"음, 제목은…, '용사의 자부심' 이거 어떻습니까?"

만일 강민첨이 조원과 며칠간의 시간을 함께하지 않았다면 정말 생각 없는 사람으로 치부할 법한 태도였다. 그러나 이제는 강민첨도 조원을 안다. 약간 맞장구치듯이 말했다.

"거기에 저도 주연급으로 출연하겠군요."

강민첨의 말에 조원이 반색하며 물었다.

"진장님께서는 어떻게 사망하실 생각이십니까?"

강민첨은 조원을 보며 자신도 모르게 칼자루를 손으로 잡았다.

오후 신시(15~17시)가 되자 거란군은 만들어진 여러 형태의 포차로 포격해왔다. 서경의 고려군도 맞대응하니 서로 간의 치열한 포격전이 벌어졌다. 한참의 포격전이 펼쳐진 뒤 거란군은 포차를 뒤로 물렸다. 아마도 시험 사격인 것 같았다. 이날 하루는 이렇게 지나갔다. 거란군은 더욱 완벽히 준비한 뒤에 공격하려는 것 같았다.

조원이 자정 무렵 을밀대에 있는데, 북쪽 하늘 먼 곳에서 유성이 긴 꼬리를 늘어뜨리며 지상으로 떨어지고 있었다. 을밀대에 있던 장졸들이 모두 목을 빼고 그 장면을 구경했다. 유성이 지상으로 떨어지는 것은 평생에 한 번도 보지 못할 진귀한 구경거리였다.

그러나 유성이 떨어지는 것은 어떤 변고를 뜻했다. 유성이 시야에서 완전히 사라진 후 조용하고 어색한 침묵이 흘렀다. 유성의 의미를 길조로 해석해야 할지 흉조로 해석해야 할지 알 수 없었다.

침묵을 깨고 조원이 일동에게 말했다.

"유성이 북쪽에 떨어졌으니 거란에 좋지 않은 일이 일어날 것입니다."

그다음 날에도 동이 트자마자 거란군들은 바쁘게 움직이며 자신들이 맡은 작업을 수행했다. 성안의 서경 군민들도 역시 마찬가지였다. 마치 서로 누가, 누가 일을 더 잘하나 경쟁하는 것 같았다. 오전 내내 그렇게 시간이 지나갔다.

그런데 오후 미시(13~15시)가 지나자 거란군의 움직임이 심상치 않았다. 심상치 않은 정도가 아니라 괴이할 정도였다. 자신들이 지금까지 만들고 있었던 모든 공성기구를 군데군데 모으고 있었다.

공격을 위해 공성기구들을 한곳으로 모으는 것이라면 당연한 일이었다. 거기에 맞춰 대응하면 된다. 그러나 거란군이 공성기구들을 한곳에 모으는 모습은 질서정연하지 않고 마치 마구 쌓아 놓는 것 같았다. 어떻게 대응하고 자시고 할 것이 없었다. 그 이상한 모습에 서경의 장졸들이 고개를 갸우뚱하며 지켜보고 있는데 거란군이 갑자기 자신들의 공성기구에 불을 지르기 시작했다.

불길이 크게 일었다. 이것은 전혀 예상할 수 없는 상황이었다. 정말 해괴한 일이었다.

강민첨이 을밀대로 흥분하여 뛰어 올라왔다.

"적들이 토성에서 완전히 철수했습니다!"

홍협과 방휴 등도 을밀대로 올라와서 상황을 같이 지켜보았다.

"저들이 단체로 실성한 것일까요?"

거란군은 공성기구들에 불을 지르고 대오를 갖추기 시작했다. 거란군의 이런 움직임이 서경민들에게 전해지자 서경민들은 모두 성벽 위에 올라 그 광경을 지켜보았다. 뭐라 판단할 수 없는 뜻밖의 모습이라 모두 숨을 죽이고 있었다.

한참 후, 거란군들은 포위를 풀고 한 부대씩 남쪽을 향해 이동하기 시작했다.

성벽 위의 서경의 군민들이 환호를 질렀다.

"북적들이 물러간다!"

"우리가 이겼다!"

서경의 군민들은 서로 부둥켜안고 발을 구르며 눈물을 흘리며 기뻐했다. 을밀대 위에 제장들도 역시 서로 얼싸안고 기쁨을 감추지 못했다.

강민첨이 거란군의 움직임을 심각하게 보면서 혼잣말을 했다.

"남쪽이라…."

강민첨의 혼잣말을 듣고 조원이 말했다.

"무언가 일이 생긴 것은 분명한데, 북쪽으로 돌아가는 것이 아니라 남쪽으로 가는 것이라면 내부적인 일은 아닐 것입니다."

조자기가 말했다.

"이 원정을 빨리 마무리해야 할 필요성이 생긴 것 같습니다."

"혹시 조정에서 항복 표문을 보내서 개경에 입성하려는 것이 아닐까요?"

"그건 아닐 것입니다. 그렇다면 우리에게도 조정에서 보낸 사신이 와서 성문을 열고 항복하라고 했을 것입니다."

여러 장수와 관리들이 너도나도 의견을 말하고 있는데 강민첨이 조원에게 말했다.

"제가 볼 때는 북쪽에서 어떤 문제가 생긴 것 같습니다. 우리 고려군이 발생시킨 것일 수도 있고, 혹은 저들의 국경선이 넓고 다양한 나라들과 접하고 있으니 거기 어디에 문제가 생겼을 수도 있습니다."

조원이 말했다.

"저들도 사정이 꼭 좋지만은 않다는 것이군요. 그렇다면 우리는 저들의 사정을 더욱 안 좋게 만들어주어야겠습니다."

강민첨이 다시 조원에게 말했다.

"저들의 움직임으로 보아서는 남쪽으로 가는 것이 계략 같지는 않으나 그래도 혹시 모르니 군민들을 잘 통제해야 합니다."

하권에서 계속